陕西师范大学优秀学术著作出版资助

文学世界里的触摸与感知

——吕红研究资料汇编

程国君　周　健◎主编

陕西师范大学出版总社　西安

图书代号 WX25N0903

图书在版编目（CIP）数据

文学世界里的触摸与感知 ：吕红研究资料汇编 /
程国君，周健主编. —— 西安 ： 陕西师范大学出版总社
有限公司，2025. 6. —— ISBN 978-7-5695-5200-3

Ⅰ. I712.06

中国国家版本馆CIP数据核字第202501NA00号

文学世界里的触摸与感知——吕红研究资料汇编

WENXUE SHIJIE LI DE CHUMO YU GANZHI ——LUHONG YANJIU ZILIAO HUIBIAN

程国君　周　健　主编

出 版 人　刘东风
责任编辑　马　磊
责任校对　刘　畅
装帧设计　允在文化
出版发行　陕西师范大学出版总社
　　　　　（西安市长安南路199号　邮编 710062）
网　　址　http://www.snupg.com
印　　刷　西安浩轩印务有限公司
开　　本　787 mm×1092 mm　1/16
印　　张　27.25
插　　页　2
字　　数　453千
版　　次　2025年6月第1版
印　　次　2025年6月第1次印刷
书　　号　ISBN 978-7-5695-5200-3
定　　价　98.00元

读者购书、书店添货或发现印装质量问题，请与本公司营销部联系、调换。

电话：（029）85307864　85303629　传真：（029）85303879

目 录

吕红寄语

承蒙陕西师范大学文学院、人文社会科学高等研究院的厚爱，我作为客座教授、特聘驻院作家，于2018年金秋、2019年暮春，数月间梅开二度来到西安这座具有深厚历史文化底蕴的古城。恰逢人间四月天。校园内，姹紫嫣红，草长莺飞，蝶舞鸟鸣，生机盎然。

在这教学相长、自由探讨学术的氛围中，与敦厚、渊博而深刻的师友们座谈交流，海外华文文学研究中心主任程国君教授和他所带领的研究团队，在重点项目准备就绪即开始启动《吕红研究资料汇编》。一系列行之有效的项目策划及行动将现在和未来拉得很近很近。包括封艳梅、苏芳泽博士，以及丁润之、罗吉萍等多位研究生，反复斟酌和筛选，将各类研究资料收集整理出厚厚的文集，于是便有了如此丰盈的呈现。

细读这一篇篇充满睿智或感性理性交融、纵横开阖汪洋恣肆的论文，不由感触万端。在全球化浪潮中，尤其那些有移民背景跨文化的作家，因族裔身份产生的困惑及思考，书写具有人性深度的作品愈来愈被人们关注。文本是思辨性阅读的基石。欧美著名文学理论家M. H. 艾布拉姆斯（Meyer Howard Abrams）曾指出文本解读的两条路径：一条是直面文本，一切与文本相关的断言与结论，都必须以文本为依据；另一条则是通过文本与作者、读者或者环境的关系来间接地解释作品。他在其专著《镜与灯：浪漫主义文论及批评传统》（*The Mirror and the Lamp：Romantic Theory and the Critical Tradition*）中表明，作为文学生产主体的作家是将最独特的审美体验，通过作品传达给读者。读者对作品进行潜在的精神沟通和阅读鉴赏才是其价值体现。文学四要素的内在联系并非孤立的、静止存在的，而是相互依存、相互渗透、相互作用的。"它是围绕着作品这个中心，作者与世界、读者之间建立起来的一种话语伙伴关系，一个有机的活动系统。"

深深感谢陕西师范大学文学院、人文社会科学高等研究院的领导及多位同人的鼎力支持，为海外学人提供一片心灵的净土，守护着专注学术研发的思维空间。感谢程国君教授团队为资料汇编所付出的心血与辛劳。这本汇编不仅是对本人多年梦寻文学创作之旅的小结，也是鼓励，更是鞭策。专家学者睿智的阐释与论说、对话与批评，深入解析、遥相呼应，共同完成对于海内外人生世态及精神世界的一种观照，并为创作主体提供了多维度的思考，为文学研究提供了可供参考的路径，进而为全球化语境下新移民文学蓬勃生长提供了多角度、全方位的梳理与展现。

吕　红

2019年5月31日

于陕西师范大学专家楼

第一部分

创 作 谈

静夜随想：创作手记

吕 红

手记之一

印度诗圣泰戈尔曾启示世人：思想有它的界限，感觉器官各自盈满了周围的万物，但是，我们的灵魂超越了大脑的思想，超越了躯体的运动，在这一瞬间，它携浑然的永恒，以生命的灵感，激励着生命力前行。

偶然经过街角一店铺，一曲深沉委婉的吟唱在轻轻回荡：当花瓣离开花朵，暗香残留……不知怎么就蓦然想起，多年前的秋天。和同伴参加医疗小组，每日奔波在那片乡野之地，跋山涉水给农妇们针灸，治疗子宫脱垂。那是乡村妇女的痼疾，多半因生育后没歇着就干重活，而导致发病。细长的针由女伴来主扎，你生性胆怯，只能预备点药棉消毒。渐渐闻风而来、身患各种疾病的老乡愈来愈多。有个七八岁腼腆秀气的哑女，因发烧损害了听力。娘带她来针灸，日日风雨无阻。无论闭塞又黯然无光的隧道有多长，无论跋涉路途有多远，只要还有一线希望，她就不放弃……

初尝乡村的艰难苦涩。一日三餐都是盐水煮茄子加粗面馍馍。中秋想吃月饼，要翻山越岭跑老远的小店去买。包在纸袋里的月饼，硬邦邦的，你刚咬一口，却一下子咯疼了自己的牙齿，唉，这哪里是月饼？分明是"铁饼"嘛！

傍晚赶到放工的农家，给瘫痪在床的老妇针灸。憨厚木讷的老汉，端出大碗热腾腾的汤水，饮一口竟是甜丝丝的！碗底还卧着几只新鲜的、滚热的荷包蛋！在遥远贫瘠的山村，这是多么难得！感动之际，你悄悄地把碗中新鲜食物拨到另外碗里，留给农妇，并留下少许硬币。小村道旁，频向送别的老人挥手。和女伴深一脚浅一脚走在乡间原野田埂上，远处，农家低矮的土屋炊烟袅袅；一阵婴孩啼哭，几声犬吠；苍茫里，无边落木萧萧下；风声水流声伴着归林的倦鸟，让你切近感受了大地的原始与淳朴，混沌和荒芜……竟忽然参悟了，这块土地生生不息、延绵已千年的沧桑！从荒寂贫困里，你似发现了理想与现实间的虚妄和差异，从而感觉永恒地奉献是生命的真谛。"奉献的完美便是生命的完美"。你将此情此景和飘忽思绪，抒写成零星手稿……在每个灯火如豆的夜晚。

手记之二

秋叶静静飘落。与伙伴守着丝丝冒烟的煤油灯的幽暗小屋，伙伴哈欠连天，洗把脸就睡了。你独自在煤油灯下，一字一句抄录普希金的诗体小说《叶甫盖尼·奥涅金》，足足抄了三大本。偶尔，火车轧过路轨，惊扰寂寞的夜。你神思缥缈……那个羞怯的、果决的，匆匆去幽会的女孩。路边篱笆上慵懒淌下来浓密的植物……她来了，赶过草地追着河水来了。生命是漫长孤寂的，触到爱那一刻才是真实。每个人都有向往，都曾洁白无瑕，在爱情中义无反顾。每个人也都有令人羡慕嫉妒或令人扼腕叹息的年轻。然而伸手可触的梦幻，陡然消逝。

那也是你从书本里第一次认识文学上的"多余的人"。那被上流社会腐败侵蚀、抛弃了信仰和爱情，在死亡的悲泣、绝望的痛苦中沉溺的形象……接着你又读了莱蒙托夫的《当代英雄》，"当他笑时，这双眼睛却不笑"，"或意味着心狠手毒，或显现了久埋心中的忧伤"。那个形象，一代苦闷年轻人的心灵解剖，无疑成为超越了时空的经典。

当信任遭到背叛，爱情遭到亵渎，当生命变得索然乏味之时，他或她默立在希望的废墟向苍天伸出双手……没有语言，唯有音乐和静谧。在地图上找不到的山村，仍然是记忆里简单古老的样子。荒凉中一条铁轨缓缓伸展，犹如记忆之轨。

时过境迁。还记得一条流淌的大河，清波粼粼。苍穹里徐徐掠过的孤鹰之翼，盘旋看，在梦中凌虚而行。当火车呼啸而过，情不自禁，你会追随奔跑。匆匆而过的景象，总难免令人生出莫名的伤感。隆隆驶近的列车带来一份希冀；远去的车厢背影，亦会带走几分怅惘……"什么是心灵？"《伊萨奥义书》答曰：它是一，它静止着，却比思想迅速，感觉器官不能抵达它，它伫立着，却超越了飞驰的万物；在心灵里，生命的灵感包含着流逝的生命力。

手记之三

秋日的傍晚总是这样的，落叶满地，留下时光流逝的印记。那些细微的记忆竟如此清晰，恍如昨日，温柔而尖锐地穿透了你的眼帘。

自小对寺庙和菩萨总有几分神秘的敬畏，觉得那些神灵来自不可知的世界……身穿袈裟的和尚口中念念有词，一声声敲打着木鱼。懵懂无知的幼童，痴望着混沌的世界。而当你步履踉跄已穿越了东西两个半球，亦走过寒暑，正试图迈向一种更为超然的境界……童心未泯的你，仍然和那些男女老少一起，默默地前移，以自己特有的方式数着。想知道哪一尊菩萨是你未来人生的观照？你看见金色莲花上，一尊慈眉善目的佛在微笑。记下佛号和名，去窗口取一份精致的小小护身符，再找寺庙里的法师讲解。尊者法相所现为身体略向左侧静坐，双手前伸，抚慰众生，长发过肩。尊者笑容可掬，性格爽朗，朴实无华，道行高妙，诗云："归元福地拜罗汉，且将罗汉仔细看。罗汉也从凡人修，有心万事可登攀。"忽然想起多年前的旧作《曾经火焰山》里有这样一句结语：科学，追求真；宗教，追求善；艺术，追求美。三者皆人生最高境界，殊途同归。

"在眼前的局部里追寻真谛，我们凝望的真谛便游荡着。当我们遥远地凝望那真谛的整体，它就默默地静立着。当我们逐章翻阅一本书，书就流逝着。当我们洞烛了书的精髓，我们就发现它默默地静立着，所有的章节便和谐于一体。"

仰慕文学巨匠以作品洞烛人生，让世界和我们相濡以沫。科学或可分析和概括奉献的过程，却不能分析那奉献的礼物。礼物是心灵对心灵的奉献。自历史的开端起，人就在一切创造中感觉到人格的触摸，企望赋予它名称和形式，把它编织到环绕着个体生命和民族生命的神话……泛溢出歌声、绘画和诗歌，泛溢出意象、神殿和节日，泛溢出无穷的创造之流！

（原载《星岛日报》副刊2006年12月3日）

探究文学遗传的神秘基因

吕 红

少小接触的文学作品委实有限。鲁迅给我最初的启蒙，竟是从邻家门旁的废纸框里乱翻，翻出《大学国文》中的《狂人日记》，躲在被子里偷偷看狂人的呓语，体会"吃人"的心理恐惧和"救救孩子"的无声呐喊，分明看不懂。父亲早年喜欢吟诗作词、构思小说。可是随着周围亲友的倒霉，他不再敢碰文学。眼睁睁地看着他，把自己过去珍爱的小说一本本烧掉。有些书甚至没头没尾，连封皮都没有，不知经过多少人传阅。母亲为孩子们拆洗被单，发现枕头下厚厚一本、纸页已经泛黄的旧书，拿起一看，竟是《红楼梦》。才八九岁的小孩子，怎么会读这个？父母的大惊失色让俺感到几分好奇。从同学家箱子里翻到这本书时，并不知道那是经典名著，只是被那些线条古朴简洁、造型生动的人物插图给迷住了，就抱回来，蒙上薄薄的透明纸临摹。

虽然幼时有点怕姨妈，但在她恨爱交织的骂声中依然故我。在姨妈家幽暗的阁楼里，也藏着上百部中外名著，那是一生酷爱读书的姨父的藏书。趁着放暑假，俺猫在阁楼里，度过一个又一个无人打搅的白天黑夜。古今中外、文学历史加科幻。终日沉迷，一本又一本。有时哭，有时笑，有时怔忡，有时憧憬；像个小疯子，简直忘了身外的世界。姨妈点着鼻子骂"书虫"。她怎会想到，书虫，就是我最乐意听到的赞美呢！

俄罗斯文学，普希金、莱蒙托夫、托尔斯泰、陀思妥耶夫斯基、契诃夫、蒲宁、写"多余人"的屠格涅夫，还有对"日瓦戈医生"那种与生俱来的忧郁的沉迷。获奖作家哈金就曾表示他受俄苏文学深刻影响。之后进入更开放的时代，现实主义、存在主义、魔幻现实主义，泛起一波又一波的外国文学思潮。海外华人作家的作品也进入国内读者视野，比如查建英的中短篇，周励的纪实文学，聂华苓、白先勇、余光中、纪弦、痖弦、郑愁予等的诗歌散文，对初出茅庐的我的影响也如交响乐般此起彼伏，绚丽多姿。

女性文学发展走过一段曲折的路程，由于思想禁锢造成了文化的断裂，一直处于停滞状态。即使在那非正常的年代，那些"毒草"中的爱情片段仍被少男少女偷偷品尝。当张洁以她独具一格的勇气、女性的率真敏感给刚刚苏醒而偏重点还落在伤痕上的文坛吹来一股清风——《爱，是不能忘记的》，在思想解放的巨大背景下具有了林中响箭的意味，让阳刚为主调的文坛为之一震。柏拉图式的爱情，温馨感伤的吟诵，委婉又执着地要求着人的权利，把西方文艺复兴时期的观念带入20世纪七八十年代之交的中国文学，由此而具有了开创性意义。紧接而来的是一系列作品中关于"人"的思考。

靳凡的书信体小说《公开的情书》启蒙式的"巨型语言"成为一代青年的精神旗帜。而女主人公真真娓娓倾诉的苦闷因带有那个时代知识女性共同的心理特征而受女性读者欢迎。遇罗锦的出现有其特殊背景，虽属昙花一现，但那两篇"童话"把爱情的寻找与失落表现得脆弱伤感，作者不加掩饰甚至是过于直露的笔法穿透了那个时代的虚伪与矫饰。不少女作家都偏爱类似坦露心迹的叙述方式，肆无忌惮地冲撞着父权社会。

张辛欣把女权意识张扬得极痛快，在《同一地平线》中，爱情惯有的温馨被男女各自过分强调个性、自我价值等现代意识渗透，爱情的梦幻被糟糕混乱的感觉、实用的观念击碎。女作家尖锐而辛辣的笔锋将一派"女强人"的双重矛盾，即为社会角色与家庭角色无法和谐统一极端苦恼而分裂的面孔，坦然呈现在我们面前。张洁驾着《方舟》左突右奔，在奋斗途中耗损的心力改变了她温柔透明的调子。她们都以极端偏激尖刻的话语让男性瞠目结舌——仿佛一夜之间女人们皆由温驯可怜的小猫变成龇牙咧嘴的孟加拉虎一般凶猛可怕。至于让人说不清道不明的残雪的出现更是一个奇怪征兆，她呓语式的语言碎片、自虐性幻想，被理解为父权压迫下的呻吟。对于粗鄙丑陋的世俗世界的强烈不满与反抗，由于缺乏物质基础和现实力量而流入空幻，因此她在反抗此岸世界的同时又远离了彼岸世界，变成了纯主观个人被肢解的梦呓。精神偶像情感对象的坍塌使以爱为支点反抗环境、反抗封建意识、寻求自我解放的女性陷入痛苦茫然的境地。从呼唤到失望，对男性依赖又厌弃的矛盾心态，女性文学在表现这类题材作品时显得得心应手、游刃有余。

曾经以满腔激情呼唤爱的张洁，此时只能让她心爱的女主人戴着"祖母绿"在事业中寻求慰藉。张辛欣发出"错过了你"的感叹后继续寻找"最后的停泊地"，张抗抗越过庸俗的男性奔向"北极光"……但残雪等一批更年轻的作家出现，表明新时期启蒙精神的爱情主题受到深刻怀疑。道德伦理的分崩离析，潘多拉盒子被打开，不论是弗洛伊德的泛性主义日渐走俏，还是劳伦斯略加遮掩的遍地畅销，或是"空荡荡"——尽管一露头便遭到官方迎头痛击。尽管是探索，王安忆仍以她大胆细腻的笔触将性剥离出来进行描写，"三恋"的中心主题：自由性爱没有现实基础，要么遁入天国，要么在现实中挣扎，要么保留在精神世界，与当初张洁的《爱》刚好形成对应，区别是一个无可奈何地压抑，一个心满意足地顺应。从爱到性，女性文学由弱到强经过一场摸索试探之后，终于解除了长期强加在心理上的束缚，从欲露又掩的窘境中走出来。迟疑、冷漠、暧昧甚至是低沉的叙述方式成为时尚，随着"巨型语言"消失，抒情风格荡然无存，先锋派与新写实文学的兴起支配了人们的阅读习惯，有人比喻为"中年丧妻后无可奈何的续弦"。新时期文学的代表逐渐退场，她们的愤世嫉俗在后起来的一批女作家那里就变成了无奈认同和宽容。中国理想主义终结包括爱情幻灭在查建英的《丛林下的冰河》中成为一曲最后的挽歌，一个绝唱与绝响。

有人称20世纪90年代面对的是个空旷的历史背景，一个虚脱的历史现场。当市场经济以一种新的方式决定这个时代的一切存在时，文学话语似乎成为一种稀薄、淡远的声音，失去了对这个时代的震荡力。文学这一新状态、文学滞后于现实生活的发展，对新的历史流动缺乏有力度的自身方式的诉说，也是症结所在。而今书多、网络阅读泛滥，却很少让人产生心灵巨大的共鸣，多是平庸的、雷同的、撞车的或一窝蜂的感觉。有评论家谈到这个问题，认为作家需要价值的确定，道德心灵的复活。文学少了常道，肯定精神少了，生命少了庄严和气魄，就开不出新的文学世界。

再说到张爱玲。对她，我感觉诸般复杂，一向自认为不是张迷。越说不喜欢却越去买，也不知搭错了哪根筋。出国前就收集了张的各种版本，不知不觉，几乎将凡所能见到的，都收了个全。还有各类研究参考。大约是性格所致，那时我看研究多于读原著。总觉她太灰暗、冷僻。吊诡的是，行囊中竟还夹有两本《私语》和《永远的张爱玲》，去国离家经年，咋放进去的都忘了。尤其是张爱玲那个散文集，细一看，是刘川鄂教授编写的序。转眼竟30年了！

在张爱玲离世12周年之际，《红杉林》刊登了其遗作《同学少年都不贱》并点评。而《色戒》痛入骨髓。那次开会，途经香港，闺蜜托我带张爱玲的《小团圆》。曾听人说过旺角那地方有几家书店在楼上，可打折的。跑了几条街，爬了几层楼，询问，都没有这本。唯弥敦道的中华书局，门庭若市。厚厚一叠显眼地摆在进门收款处。抱着期待我先取一本。那天除了吃饭，大半时间就待在客房，拧亮台灯，床头半依，读她。浑然已忘今夕何夕，陡然坠入了另一个活色生香，意乱情迷。想起半个世纪前，张爱玲时期的香港，还有旧上海。一个苍凉的手势，若有若无，定格在半空——"这是一个热情的故事，我想表达出爱情的万转千回，完全幻灭了之后也还有点什么东西在"。混合在阅读中的，零零碎碎细细腻腻的感觉，朦朦胧胧的片段，似梦非梦，意绪飘忽，才情摇曳，构成尘间的恨爱、纷繁。书中主角永远都是，一个女子孤零零的背影，以及遥远的历史深处不知谁留下的一声叹息。想起不知谁言：这样的绝世奇才，哪个时代都安不下她。

忽然彻悟，唯她的文字是经得起岁月磨砺的。难怪说读书需要恰当的时候，太早，不行；太晚，也不行。这是联想，有人翻译《浮士德》，年轻时只能译前半部，到了中老年才领悟了后半部的深刻内涵。

在讨论世界华人文学或华文文学时，有人说海外创作也是中国文学的一部分，但事实上，海外作家写的东西跟中国的文学还是有一定的距离。距离就从那个语言环境、社会环境、心理背景甚至语感等中反映出来，也就是说，文字虽然是同样的，但表现内容则不一样，抑或有交叉，但不是一码事儿。比如说，著名作家白先勇在未出国前写的作品与留美之后的作品虽然有一脉相承的感觉，但是心态、情态与状态截然不同。

有一句话怎么说来着，你的气质，藏着你读过的书、走过的路和爱过的人。

其实每个幽暗的心灵都渴求一点光亮，哪怕是只言片语的火花，思想的碰撞，对话交流的闪光。即便先贤已经口不能言，却能借书流传，于是乎有"劝人百世以书"之说。一本好书可以提升心智，让人走出迷惘，其功效是不能以世俗的金钱观念来衡量的。老舅如是说。

（原载《长江文艺》2017年第5期）

尘缘，夙愿

吕　红

　　倘若不是一桩深藏于心的夙愿，大约这辈子都没机会去那个偏远的山沟沟，那个山清水秀的地方吧！多少年来，自己一直怀有探寻母系家族的愿望。听老辈人谈家族史，略知曹氏家族的渊源深厚；又曾在大舅那里看到几张黑白照片，那峰回水转中的古村落，原始自然传递出徽州大地的久远、淳朴和原生态的珍藏，一下子让我惊呆了：好美呀！那般古朴雅秀、韵味独特的地方，一定有影响久远的人文与历史。

　　于是定了日子结伴同行，年高七旬的舅舅，还有患病随时要吃药的表姐。多亏十年前结缘旧金山的徽州友人，一路开车相送，那份率真淳朴，任何时候想起来，都感动不已。

　　好酒也怕巷子深。要致富，先修路。因修路，路况挺糟，就在颠颠簸簸、灰尘蔽天，或泥浆中艰难前行。当车进了小山村，如换了一方天地似的，河水清幽，树绿两岸，一脉静谧宁静。没有旅游的喧闹嘈杂与商业味道，几乎就是未开发的处女地。

　　到达旺川已是下午了，接待我们的是和蔼可亲、很有学问的曹健先生。趁着天还亮着，便随着曹健先生探幽寻秘、访古问今。桥下河里的水很清澈，有年轻女子在水边淘米、洗衣，顽童在水里嬉戏，似乎一下子倒回到多年前。犹如梦中，既陌生，又熟悉。沿着河道缓缓而行，最是惬意。清风扑面，水上岸上，咫尺之间，就是两个世界了。

　　村妇与访客，聊着，招呼着，听说是寻根问祖的曹氏家族后人，万里迢迢，从远方来，从大洋彼岸来，笑容可掬的天然质朴，不由让人生出莫名的感动。

想去祖坟祭祖，听说祭祖是有时间的，再加上路途不方便。老人说，心到就好了。

早晨，沿着小山村的青石板路散步。炊烟袅袅，村里的人都起来了，有人扛着个锄头大约是要下地吧，看见我，露出个憨厚的笑，斜斜地就走了。只有几十户人家的小山村，集中在山坳之中、溪水之旁。似乎古人安身立命之地，大都是选择风景优美地势偏僻的地方，以求天人合一，很是纯粹。

在村口转悠。悠闲的乐处，则是融入山水。与表姐徜徉于山水间，流连忘返。就在那桥上看日落日出，云飘水流，甚是清幽。水总是有着诗意的。一有水，似乎人就变得濡湿温柔，也变得睿智。古人不是说吗？仁者乐山，智者乐水。望着小溪里的鱼儿，心里一派清明透剔。水清凉无比，似乎连身体都能够感觉到水和空气的甜味。透着淡淡的诗意。古老山村的宁静啊，要修多少辈子的福气，才能体味？

一阵音乐传来，旺川小学的学生在做广播体操，引人连连拍照，那熟悉的场景，活泼的动作，犹近似远的音乐，唤起一抹久远的回忆……孩子们也睁着童稚的眼睛，好奇地望着门外的远方客。

在旺川落住了几天之后，仿佛有种来到仙境的感觉。与表姐感慨，真没有想到这个徽州的千年古村是那样的迷人：绿水，青山，老屋，水碓；向晚，看烟霞如醉，山峦起伏……

读史偶记。读中国古代历史书，特别是《资治通鉴》，不知看过多少遍了，还有《二十四史》《前唐书》《后汉书》以及《三国志》。《资治通鉴》里面有什么？有的是成王败寇、阴谋诡计、宫闱秘密、载舟覆舟，有的是你争我夺抢椅子、取宝座的把戏。为了夺取和维护至高无上、不容他人觊觎的绝对权力，可以不惜任何手段。一部《二十四史》实质上也是权力抢夺史，始终弥漫着暴戾的血腥味。据说金庸当年在香港执笔写社评，读《资治通鉴》几十年，一面看，一面研究，了解中国的历史规律。一个民族要想融入现代文明同样注定了步履艰难，一步一个血窝。在世人眼中，没有《资治通鉴》，只有"风月宝鉴"。好了伤疤没忘疼的有没有？

司马迁曰："人固有一死，或重于泰山，或轻于鸿毛。"只是无法说清楚老祖宗究竟是"重于"还是"轻于"？如果是抗金兵、抗倭寇那还好说，偏想维持的是唐高祖唐太宗的大业，就叫人欲说还休、忌讳莫深了。求真或许是人的共性，但真实性的残酷往往叫人始料不及。

从某种意义上说，这样的小山村是人们的起源，每一个人都是一片叶子，叶子连着茎，茎连着枝干，枝干深入土地。而人类社会，就是密密匝匝的树木构成的森林。旺川是什么呢？旺川是一株树，一株千年古树，在它的上面，悬挂着无数果实，也飘摇着无数叶子。

曹老还带远行客去游览了历史古迹，太平天国时期留下的壁画。老人担任临时讲解。似乎，历史在这里打了一个结。据说因躲避战乱，先祖跑出山沟沟，到都市闯出一片天。

于是我将箱子里的衣物搬开、扔下，将厚重的族谱装入旅行箱。一个地方，总是暗藏着一种精神，暗藏情缘，也孕育着一种情结。或许小山村的历史过于平淡了一些，但它与整个徽州，与整个历史的运转是紧密相连的。历史如果浓缩起来可以是惊涛拍岸的，但其实，它在绝大多数时候却是静水深流。

那泛黄的纸页上的文字隐现多少世纪前的人事跌宕：僻远而幽静的乡村生活，天灾兵燹的茫然和惊悸，少年的欢欣与担忧，以及凡夫俗子的个人世界、细腻烦扰的日常生活情节。无比钦佩那些老人，怀揣心愿，在这宁静偏僻之地，默默地收集整理，日积月累，完成了编纂史书般浩大的工程。仰望老屋天井里露出的那方蓝天，缕缕遐想……

顺路去上庄胡适故居重游，在旺川村的马路边有曹诚英的墓。痴情盼着有情人有朝一日归来时从她墓边经过。尘缘情孽，让人唏嘘。

一个流落在外多年、晚年不能回归故乡的老人，在生命的最后时光里，只能在自己回忆的字里行间去寻味家乡的景象，寻觅着凋零的慰藉。

从踉跄步履，茫然的寻觅，到寻根溯源，回归故里，内心充满感恩。

梦想追寻的方舟

——《美国情人》代后记

吕　红

　　在出版社招待所一间小屋里，我独自对着电脑，将灵感化为流动的文字。正值京都炎炎夏日。喧嚣繁华已遮蔽在青藤缠绕的窗外。傍晚，收到一条手机短信：今天是父亲节。蓦然回想去年这个时候，同老父吃饭的情景。于是拨通了老家的电话。父亲问：还顺吗？我说当然。他说那就好。

　　从大洋西岸湿润海风孕育的灵感，到文友间交流的初稿；海外文学刊物节选刊登，华文作品精心地选载。中国华侨出版社以"当代世界华文作家文库"隆重推出。7月凉爽的长春，第十二届世界华文文学国际学术研讨会召开。《美国情人》这本装帧别致的新书，成为赠予八方代表的特别礼物。专家学者的评价、交流，远近亲友至深的关切，始终都在慰藉海外华文创作的寂寞。

　　首都师范大学研究女性文化的王红旗和我相约，在"人民网"做访谈节目时说：你作品中的"地球村意识"，性别立场，多元视角，特别是由边缘向中心坚韧游移的生存和文化状态；对西方现代精英文化的质疑，还有你对多元女权主义的诘问，都凸显了你作为一位女作家的感性和智性。其实，人活在这个世界上，有意无意，都在寻找一种身份。不管你漂流在何处，总要寻找自己的生存空间，面对各种各样的矛盾或冲突。作为新移民，在边缘重建自己的文化身份，很漫长，也很痛苦。这里包括中西方文化的差异，女性自身在社会相互矛盾的角色冲突中的尴尬。小说就是希望透过活生生、有血有肉的人物来表现这一艰难历程。

　　文海沉浮多年的老兄，读来竟心头发酸，无穷感慨：女人的深度，是在细微之处见到的！

人性有它的优点和弱点，写出人性才能抓住超越文化的基本点。现代人生活在多重身份和多重意识的变乱与分裂中。通过一面镜子，映照不同的灵魂，也许会起到洗涤和升华的作用。而作品所表现的，不仅是一个情殇，更是梦想的破灭和存续；是人所向往的远方，这远方是挫折的记忆，也是对奋斗精神的守望。

回想起来，那份甘苦，交织莫可名状的疼痛，一如女人的怀胎分娩。有人说，当读者都会感觉到痛的时候，作品的深度就达到了。作为一个女人，有共通的东西，特别是情感方面的共性。无爱取代真爱，真爱陷于无奈，但她重新找到了自己生存的真谛和安身立命之道：把握自己，淡然完成了一个女人的最高境界。女性的人格境界：燃烧—微笑—平静。平静的淡然是理性，是大彻大悟的智慧。

文友紫云飞说：无论社会环境变化到什么程度，女人心里那种幻想不会轻易丢失，如果丢失以后人生没有梦，还有什么意思。大概这种情感是最美的、最能表达的，而且最能寄托自己的理想和希望。这是一个梦，是玫瑰色的梦。如果一个女人能把梦做到80岁，我觉得是很幸福的事。

情是人世间一点一滴的积累和护卫，是倾听和倾诉，是督促和安慰。作者和作品一起成长。透过写作，我结识了许多人，增长了新的体验和经历。在这里要感谢所有给予我鼓励、帮助的文学前辈和师长，始终不渝地默默鼎力支持、同我分享苦乐的亲友。异邦漂泊，不就是在寻找另一种活法吗？自由率性的寻找中，是不是应该怎么舒服怎么写，怎么开心怎么活呢？而母语写作，恰似无涯无垠沧海的、梦想追寻的方舟……

还要感谢中国华侨出版社，有着20多年出版经验的方鸣社长对选题的重视。本书责编、世界华文文学出版中心主任崔卓力，不顾天气炎热，带着封面和版式多个设计稿来招待所，反复比较甄选……那份认真和敬业，在文学并非大众眼中的升值股票，或者说看影视光碟、网络八卦多过读文学的时代，尤其难得，也更为令人感动！

（原载《多维时报》2006年9月8日）

徜徉于光影迷离间

——《午夜兰桂坊》后记

吕　红

在旧金山总图书馆做演讲时，我说海外写作就像是孤独的梦游者，在异域语境中，以决绝的姿态默然独行在幽暗隧道。很难听见喝彩与掌声，自是比身在国内的作家更需要坚持和坚韧。

庐山之旅，路上与同行交流，思维火花迸发：科学满足欲望，人文提供意义。海外创作的价值也不外乎两点，一是满足欲望，二是提供意义。

写小说的人，似乎总是尝试着打碎点什么（如评论家的解构），揉进点什么（或建构），老是幻想把艺术渗入生活或把生活升华为艺术。就像水依然在流着，但已经不是你最初蹚进的那条河了……身处变化多端的世界，人充满了不确定性，无论身份，还是创造形式。面对中西方文化的差异，男女相互矛盾的角色冲突尴尬。而小说，就是希望透过活生生、有血有肉的人物来表现的。当传统形式不能充分表达时，就要一新形式来表达出随心所欲之境。因此就挑战前人已有的观念或形式，挑战自我，好比堂吉诃德挑战风车。

都市成长的人，是书本或影像中的生活先于真实生活的。影像艺术与生活混淆。在普鲁斯特的小说中到处充满了暧昧的场景，说回忆是构成小说的外在因素，还不如说它本身就是小说。就像本雅明的一类"侦探家"，"无时无刻不在侦察着世界的真相。采取旁观者的姿态，篡取各种细节，但是却从不参与。无论距离多近，也只能是遥远事物的体现。似乎永远在不确定中游走……"当其走出黑房子之后，将面临世界这个更广泛的"黑房子"。

自从有了文学梦，我的写作几乎就跟电影梦相关联，最初练笔就是电影剧本。

后来读了不少专业书。再以后到了海外，电影节频繁，作为影评人又接触了大量的各国电影，于是不知不觉渗透到我的创作中。探索中，多少具有艺术形式交叉渗透的意味。

蒙太奇手法，意识流结构，拼贴、跳跃，打破时空顺序；混合着从东方到西方，从小电影到大视角电影，从看电影到评电影。移民生涯时空交错，仿佛人生一场又一场电影。

有人说，心目中最希望看到的电影，电影史上有没有拍出来？观众也许会说这部片子很好，那部片子很好；但皆未必是心目中最想的那部。可见深深触碰到人们心底的作品是多么难！写作亦如。这，便是驱使自己不断努力再努力的内在动因。

偶然回眸幼时，看父亲阅读古典文学选编，以浓重的乡音吟诗咏词。只觉得奇妙，那古老文字何以让一向威严的男人变得柔和、俊朗大气。耳濡目染，潜移默化，也是我最终选择了以文字安身立命的缘故吧。

感谢长江文艺出版社具有丰富经验的刘学明社长对选题的重视，还有王虹——多年前《当代作家》的年轻责编，而今已是一位温婉敏慧的副社长。正因他们对出版事业的执着，对海外华文作家的关注，才使我有信心将散落的文字集结，从湿润海风孕育的灵感，到文学刊物刊登，华文作品精选，终让这本装帧别致的新书，成为旅美文字生涯的一个小结。

专家学者及读者的关切与鼓励，予我更多激情和耐力，继续一段艰辛而美妙的旅程。

（原载《午夜兰桂坊》，长江文艺出版社，2010年）

文坛中的柔性与韧性

吕　红

　　记得我最早参加首届女性文学国际学术研讨会是在1995年，即第四届世界妇女代表大会前，人称"会前会"（当时最活跃的女作家评论家都聚集在此），论文载于高琳主编《论女性文学——中外女性文学国际研讨会文选》，中国妇女出版社出版，并在《文艺评论》发表。

　　本人女性意识多少也反映在这个时期的文本创作中，如长篇小说《尘缘》（节选发表在《芳草》），中篇小说《红颜沧桑》《曾经火焰山》（《长江文艺》1996年第3期）、《秋夜如水》（《当代作家》1996年第4期）、《调色板中的世界》（《当代作家》1996年第2期）、《曝光》（《太行文学》1996年第3期）、《老四》（长篇小说《尘缘》节选，见《芳草》1997年第6期）、《红颜沧桑》（写于1987年，大概发表于1995年江西文联刊物《创作评谭》）。短篇小说《一封终未发出的信》《今天是愚人节》《商情、伤情》《云中梦》等在《长江丛刊》《文汇》等留下印记。评论家樊星教授撰文《吕红小说印象》，汪洋主编，刘富道先生、黄曼君老师、聂尔等发表多篇评论。

　　旅美后在报刊开专栏，发表许多散文随笔，2005年由花城出版社结集出版《女人的白宫》。创作小说《海岸的冷月》《漂移的冰川和花环》《微朦的光影》《那年春天》《流逝》《不期而遇》等，从不同侧面刻画了各类女性人物的性格和命运，并出版了长篇小说《美国情人》《午夜兰桂坊》《智者的博弈》等。

　　海外办刊不易，坚持更难。创作时间受到影响，只能见缝插针或将中篇扩展为长篇，或将长篇分解为中短篇。中篇小说《怨与缘》《日落旧金山》陆续刊登于2005年的《美华文学》与2006年的《红杉林》；《云中梦》发表于2010年的《青年作家》，连载于《世界日报》副刊；《午夜兰桂坊》发表于2010年的《安徽文学》；《患难兄弟》刊发在2014年的《香港文学》。影视文学《患难兄弟》刊发在《红杉林》。短篇小说《一箭之遥》《裂隙》等发表于2015年香港的《文综》杂志。其中有些作品属于家族系列，陆续发表在海内外文学刊物。

长篇小说《尘缘》通过表现一个家族跨世纪的兴衰，以及知识分子对人生道路的不同选择及独特命运来反映时代变迁，折射出错综复杂的社会。主人公是一个有着浓厚的传统文化积淀的儒商，面对残酷黑暗的社会现实，在诸多矛盾冲突中挣扎徘徊，雄心与梦想、痛苦与惶惑，从不名一文到家产万贯，最终在一贫如洗的命运跌宕中确立了自己的人格尊严。小说意在表现纵有雄才大略也抵不过社会动荡的冲击，表现民族资本在旧中国的尴尬困境，民族灵魂在炼狱中的惨痛经历、磨难和考验，透过大起大落的情感跌宕、曲折多变的情节起伏、悲欢离合的命运交错和独具个性的人物形象等，揭示中产阶级始终没有成为社会主流的历史，探究两个时代的文化心态和群体意识，以及在这种氛围下人伦关系的微妙变化等，为历史提供一份参照系和备忘录。

当日本宪兵队威逼利诱，欲利用他在商界的地位和影响让他出任伪市长时，他断然拒绝，表现了大义凛然的民族气节。而新中国成立后，连老朋友著名专家、民主党派人士请他进京，亦被婉言谢绝——"你走你的阳关道，我走我的独木桥！"

夫人蕙韵出生书香门第，年轻时漂亮多才，受大革命风潮的吸引，曾追随革命党首领参加北伐，却被父亲差人拦截在火车站。嫁与曹家后接连生育19胎。当敌机轰炸，大火将家产烧为灰烬时，老爷捶胸顿足，她搂着七八个孩子宽慰：全家平安是万幸，其他无足轻重了！

风风波波，曲曲折折……还有一些亲戚关系错综复杂，如二嫂即是二哥的表妹，在那个年代亲上加亲也不足为奇，因中国的社会心理历来重视人伦关系、命运遭际。传统作品惯于用人们的悲欢离合来博取读者的轻嗟长叹，甚至同情之泪。本篇无意浓墨重彩地抒写历史重大事件，而以平凡琐细、沉重与轻松交织的生活流来侧面表现巨大的社会变迁，以人物命运的浮沉来反映时代风潮及人文影响。

长篇小说毕竟容量丰厚，有着十分广阔的艺术空间，根据人物性格逻辑织就出错综复杂的关系网，展现纷繁驳杂的人生及社会沧桑巨变，无论是从反映社会生活还是描述人类心灵史的深广度，较之中短篇有更大的优势。海外作家有意从人物性格及命运的角度向纵深开掘，并通过家族人物的种种遭际来折射社会进程的必然趋势。

如果说，"愤怒出诗人"，那么，苦难的经历就可能造就一个作家，海外女作家的写作也许佐证这样的推论。作为女性身份的性别语言，俨然有别于男性语言，这一方面与女性思维特征有关，另一方面也是社会环境所造就。当然，由于女性主义的全球性影响，女性写作所发出的声音又在不断变化之中。海外女作家写女性意识和女性命运，却是在历史风云的刀光剑影里有些不同寻常的从容淡定，甚至是让历史作为隐隐约约的背景，以人物心态情态乃至意识跳荡作为主线，凝练、冷峻、不动声色地铺展出人物的性格变化和命运的跌宕。

海外移民女作家作品似乎不完全是写纯粹的浪漫，而是正视人生血淋淋的残酷现实。在哀叹世事缺憾的同时，她们对人性弱点不乏惋惜、伤感和悲悯，在悲悯中又继续寻求梦想，观照不同的社会压力及欲望驱使下的斑驳陆离的人生百态。[①] "无爱取代真爱，真爱陷于无奈。在形形色色悲欢离合的情感体验中，对西方社会的认识和对男女婚姻的审视，将不同性格和命运的男女之间的情感纠葛，以及精神追求和灵魂堕落之间的种种形态表现得活灵活现，为当代华文文学提供了耐人寻味的典型。"

写作是可达到创作心境的"自由王国"。正如公仲教授、江少川教授与北京大学陈晓明教授所指出的那样，《午夜兰桂坊》中的一批知识女性，寻求的目标其实正是精神的，真正的旅途也在精神层面。在作品中寻找身份认同或者说文化身份，可以视为某种"在路上"心态的延续。李凤亮教授指出："海外女性挣扎和生存压力中的幻灭和破碎在作品中得到淋漓尽致的展现。情节穿插片段尤似蒙太奇，给人以很大的想象空间……小说人物的活动舞台在美旧金山，具有浪漫都市特征以及海湾情结引发的幻想。并触及了生活在他处这个永恒而深刻的主题。"[②]

文学的最高表现就是人性的揭示。无论以什么渠道或形式支持创作，既是一种境界或胸襟，也让文化人形成凝聚力。卓越、独创，这是我们始终如一的宗旨，更是边缘坚守的力量所在。毕竟，海外华文写作者比起海内作家更为不易。要在胼手胝足谋生之余，以极纯净又虔诚的心，去触摸那源远流长、脆弱而又坚韧的母语文字。

或许现代社会使人们注意力变得支离破碎，但文学的意义依然存在并将永远存在。

（原载《新移民文学的里程碑》，百花文艺出版社，2016年）

---

① 张炯：《海外移民的生动画卷》，载《华文文学》2006年第6期。
② 吕红：《文坛中的柔性与韧性——华文文学创作感言》，见《新移民文学的里程碑——首届中国新移民文学研讨会文集》，百花洲文艺出版社，2016年，第129—137页。

并非多余的话

——《女人的白宫》创作谈

吕 红

每逢春天，武大校园的樱花纷纷扬扬。人在异乡，透过越洋电话和"伊妹儿"，仍感觉那淡如柔云的芳华。恍然就想起在母校的点点滴滴，觉得那是一段很值得回味的日子。犹记当年读书时，文学评论家陈美兰、於可训老师等曾建议我，多写散文。我说写不出"大家之气"。老师道，为什么一定要黄钟大吕？小桥流水也好嘛！一晃也好多年了。我不仅没有写成"大家"，连"小家"也未敢自许。

去国离家，陡然转换到另外一种陌生环境，其间巨大的冲击和落差，还有那种寄人篱下的漂泊感，变幻莫测，纠结在情绪暗流之中。想要诉说的愿望比任何时候都强烈，每当拿起电话，犹如决堤洪水滔滔不绝，"煲电话粥""精神会餐"已成通病。以文字为生的人，还有到哪都改不掉的毛病：用笔倾诉。当感触如潮水般邐涌，急切要找到出口，找到心灵安放的地方，于是，就有了瞬间感悟，有了真实而稚嫩、粗疏或细腻、灵动或拘束的文字。

午夜梦回，心生一念：若将甘苦的心语端出，倾听文友批评，不是又如同回到了校园？发一组拙作得一番鼓励。

老师说："终于读到了你寄来的全部作品。我曾多次在外地与大学生作讲座时，问过他们一个问题：一对年轻的恋人的一场拥抱和狂吻，一个中年人午夜起身、拥被而坐的一声悠长的叹息，哪样更令人感动？大学生们的回答居然是我所期望的：后者！你的散文令我想到了这个提问，真到了一种炉火纯青的境界，如陈年老酒一样醇厚。如此冰川一样漂流又不失期盼的生活经历，我在欧游期间听得太多了，也见过不少，读来真令人感叹唏嘘。你作品的语言和叙述的能力都有很大改变，洋味儿更足了。散文诗化的色彩很重，小说有新感觉的味道。"老师感慨：
"这种东西方文化差别感，前几年我在欧洲讲学的时候也有过。记得回来还写了篇文章，叫《感受欧洲》，你的文章又勾起了我的感受，让我重温旧游。……真羡慕你有这么多温馨的回忆，我们现在是什么回忆也没有了，整日价不知为什么，总好像有忙不完的事，也许这样好，什么都不想，只干眼前的。实在固然实在，然而渐渐地人就成了一个实在的木头了。所以你有空还是多写写这些温馨而美丽的文章，这是防止人发生异化的良方。再则，散文写得能像小说一样，寥寥几笔，就勾画了一个人的性情，诚非易事。"

文友间有文必读，有读必复，有复必精，是远离中文核心语境的海外写作者最好的精神滋润。无论是生存竞争下为充塞版面的频频发稿，还是夜深人静的心灵释放……无形中成为边缘人的另一种文化坚守和生命存在方式。

秀才人情半张纸。因文章或聚会，与人相遇相识。交错变换的时空，大开大阖的命运。美利坚合众国，好一个藏龙卧虎的地方。前些年，报社为挖掘潜力发挥优势，特增辟"成功之路"版，让我试图从他人的光荣与梦想里，找出一些放之四海皆准的经验或者诀窍。他们中有部长、州长、外交官、科学家、教育家、作家、艺术家、企业家、慈善家、律师、医生、政要和侨领，有的颇负盛名，有的小有名气或是行事低调默默无闻，但独特的个性和人性光芒，照耀着迁徙者的跋涉，令人不禁想起那首经久流传的歌——"三百六十五里路啊，从故乡到异乡；三百六十五里路啊，从少年到白头"。

从采写的上百篇人物特写中挑选出一小部分，汇集在此，让美华各界精英人物的心灵脉动，为我们提供不同层面、角度和意义的观照。在这个变化多端的时代，相信每个人的故事都有使人内心怦动的理由。时有穷通、地有广隘、位有荣辱、一生的际遇，浮沉冷暖，在这里都已不再重要。抽丝剥茧，讲述成败得失，可遇而不可求的撼动。去接近一个个性格迥异又极具魅力的人物，拉近距离，记取那些深埋在心底的动人故事和闪着人性光芒的成长经历，感受和领悟来自心灵深处的、伤感的、最温柔的倾诉……

毋庸忌言，从东方到西方，从奇妙的旅程到艰辛的历程，从短暂的停留到落地生根，我头脑产生的震撼，以及人生的改变是巨大的。那些观感、灵感，毕竟是在应付生存压力的间隙里，零敲碎打写就的篇章。不过是大海边偶尔捡拾了几片贝壳，掬起一捧浪花，"就以小悲欢为全世界"。一旦要把见诸报刊的文稿结集出书了，又不免心怯。尤其是泛读了大家之作后，颇有高山仰止、望而却步之感。一位学者说，文学是不朽的。我惶然。另一位编辑曾说，文章贵在真实。我心定。那么，就让我立足真实吧。

在写作和出书的过程中，得到的热情鼓励让我终身受益无穷。首先要感谢《美华文学》社长黄运基先生，从最初一份外州发来的传真稿所给予的鼓励，到具体无言的诸多帮助；感谢《侨报》副刊前主编陈楚年先生，让从未谋面的我，在落寞徘徊孤军奋战的夜晚，尽情倾诉乡愁；《星岛日报》副刊原编辑刘维群，给我开辟了一块新的耕耘园地——《天高水长》，而他的匆匆离去，留给文友的是永远的痛！尤其，我要特别感谢美国阿姆斯壮大学校长黄天中博士，他挥洒自如的一句话"泪水只能流在枕头上，笑颜永远面对世界"，竟成一路支撑我前行的动力。他一生为实现"没有围墙的大学"而全球奔波，就在匆匆启程去飞机场前，越洋电话仍给我打气——"努力呵，加油！"……感谢每一位朋友和师长对我的关爱，也感谢亲人对我的包容和支持，更感谢花城出版社编审詹秀敏女士，作为本书的责任编辑，以信心、耐心和诚心给读者分享了自己——人在异乡的成长历程。

因为你的厚爱，让我有了与你交流的机会。

（原载《女人的白宫》，花城出版社，2005年）

第二部分

访 谈 录

寻索在游离或跨域之间

——吕红访谈录

江少川　吕　红

江少川：我最近在思考一个问题，从发生学的角度考虑：新移民文学为什么会发生，你以及你的文友是如何思考这个问题的？移居海外的新移民作家，有的在国内已有作品问世，有的是学中文的，更多的人以前从未搞创作，为什么出国后会拿起笔从事创作？

吕红：新移民文学是在一定条件因素影响下产生的。自20世纪80年代中国改革开放以来有大批的华人移民海外，加之报纸副刊林立、网络兴起，为无数非专业的写手提供了自由抒发的天地。目前在海内外有影响的新移民作家，是那些坚持不懈、有相当阅历且文字功力扎实的。其实，海外的华文文学是挺惨淡经营的。新移民要为生活打拼，只是凭着一番热忱，利用业余的空隙默默耕耘，其题材与移民生活、与情感有关，尤其与漂泊身世和海外奋斗的经验有关。作为移民，他们来到一个陌生的国家，必然要面临着各种问题，首先是生存的压力、身份问题。所以，"移民，这是个最脆弱、敏感的生命形式，它能对残酷的环境做出最逼真的反应"。

著名旅美作家於梨华在谈《又见棕榈，又见棕榈》创作时说，20世纪70年代的留学生很多是学而不留，20世纪80年代的大陆出来的，更有不少是留而不学。以受到磨砺后的精干向各行业冲刺，杀出一条血路。90年代呢？更是五花八门。出国不光靠留学，有移民，有短期访问，有贸易交流，有探亲，更有短期或者长期"卖身"；这些形形色色的人的身份，使得海外华人移民文学与留学生相比，有了更为丰富的内容：从手法上吸取了一些现代文学的艺术表现力，在人性和社会性方面有了更深刻的挖掘。新移民作家从直面"边缘人的人生"，到人性在特定历史背景下所具有的全部张力和丰富深邃的内涵。

有人说过，新移民作家要过的关有两个：第一关是对客观现实世界的深度认识，而第二关更重要，是身份转变的自我定位。主观身份的转变，影响着对客观世界的认识。从原乡到新乡，是移地、移根、移文化，面对新的挑战和挫折，过程有想融入主流社会而变不了，或欲保留原来的生活方式与思维不想变，却由不得自己的许多挣扎、冲击，所以说，入境是瞬间的行为，移民却是一个漫长过程。用文字记录下在原乡与异乡文化之中的挣扎、冲突、挫折、修复、存活……这就诞生了移民文学。

对这个问题，我的思考是，华人移民在迁徙异乡的漫长过程中，虽然可以跨越地域疆界，获得一个新地的居留权或身份位置，却无法从精神上获得归属感，也就是说，移民获得"永久居民"或"绿卡"，并不等于建立了真正的文化归属，有时甚至感觉身份更尴尬和模糊。

人们关注自身存在以及全球化带来的各种变化因素。海外华文文学的特性就是在这多元而复杂的，原民族性与当地本土性的交错、冲突与融合中突显。不少新移民作家试图通过作品超越地域或其他精神藩篱，去重建新的文化身份。

江少川：你为什么会去美国，并且最终留在那里成为新移民作家？

吕红：应该说，这似乎是个很简单又很复杂，深想起来其实很纠结的问题。我在散文集《女人的白宫》后记中说过，在我访问人家时，人家也在问我你怎么来美国，又为什么会留在美国？三言两语怎么可以讲得清这样一个牵扯许多因素的问题呢？早年气盛而又懵懂的我，若抓住命运给予的机会，人生当重新改写。可是当时根本觉得自己的脚，没必要踏上一条遥远的路。热爱华文写作的人，干吗要到另外的国度去发展呢？岂料，多年之后，我还是走进了美利坚——当初被一个清高的女孩斩钉截铁、断然拒绝的地方。

当然，访学交流与移民他乡是完全不同的，前者只是随意看看走走，没什么心理负担；而后者，就需要勇气，要有长期打算。因为你不知道前面路途会有什么样的艰难挑战？运气是好是坏？我曾对高校研究海外文学的与会者笑谈，说感觉就像走在独木桥上，往前走很难，往后退几乎不可能，有随时掉下去的风险，这是很考验人的耐力的。

最初阶段有"寄人篱下"的漂泊感，纠结着，想要诉说的愿望比任何时候都强烈，而以文字为生的人，还有到哪都改不掉的毛病：用笔倾诉。要找到心灵安放处，于是，就有了瞬间感悟，有了真实或粗疏的文字。文字就是我娓娓的倾诉。

毋庸讳言，从东方到西方，从奇妙的旅程到艰辛的历程；从短暂的停留到落地生根；对我头脑产生的震撼，对人的改变是巨大的。所以移民海外，等于将一棵树连根拔起，是死是活？是健康还是病态？大约需要十年才能见分晓。随着对美国社会的了解，从表层观光转到深层透视，也就是从散文随笔进入中长篇小说创作了。

我常常笑自己是个心血来潮的人，在莫名其妙的机缘下有时就做了另类的选择，包括出国什么的。人家热衷时我无动于衷，人家觉得该安稳了我却到处飞。有人说，在我这里发生任何奇怪的事情他们都不会觉得奇怪，我的我行我素总是超乎一般人的思维习惯。从自己的心态来说，也并不觉得从此就定居在某处，总是喜欢到处跑到处飞，感受不同环境、见识不同的人；从创作角度来说，母语语境对华文文学创作比较有优势，但海外具有另一种视角，可以多角度看人生。人生嘛，也就是潇洒走一回吧。

无论如何，读万卷书行万里路，对一个创作者来说是非常重要的。

江少川：你们出国前，中国当代文学，尤其是新时期文学，从文学思潮而言，经历了从伤痕文学、改革文学、寻根文学到先锋文学、新写实文学等思潮的变化与更迭，你们的创作是否有意或无意受到这些思潮的影响？

吕红：我出国前已经是省市作协签约作家，在创作手法上，曾尝试过新写实、先锋和魔幻现实主义，以及现代拼贴风格等，这也是受各种思潮冲击、各种文学流派影响所致，属浅尝辄止。但受法国存在主义作家萨特、西蒙娜·波伏娃，还有杜拉斯等的影响，女性意识已很鲜明，有论文见诸报刊。记得最早我参加首届女性文学国际学术研讨会是在1995年，即第四届世界妇女代表大会，人称"会前会"（当今女作家包括池莉、评论家陈俊涛、阎纯德、乔以钢等参会）。过去我比较关注女作家的作品，如张洁、王安忆、张欣欣、铁凝、张抗抗等以及稍后一批女性文学的冒尖作家，也很关注新写实文学，像池莉等人的作品。但由于个人性情或生活环境差异，我没沿用类似的手法或风格什么的，而是比较喜欢用意识流、新感觉的手法去突显现代都市的玄幻或喧哗。记得当时邓一光曾经说过这样的话，说青年作家在创作中包含较多"城市化"信息的有两位，其中一个是吕红。经过这些年的发展，他已经颇成气候，闻名文化圈；而本人远离喧嚣，在海外跌宕。所谓的性格决定命运吧。

江少川：就创作方法而言，你走的主要是现实主义的路子。虽然是在美国写作，但也受到西方现代派小说的写法或技巧，或者说，西方现代派文学的影响。就接受文学传统而言，我认为更多的是受到中国新文学优秀传统的影响，这种说法准确吗？就这个问题，请谈谈你的思考。

吕红：的确，从技巧或创作特色上看，有的说我的作品有"新感觉"的遗风，有的发现了法国女作家的叙事痕迹；也有专家认为我的中篇小说在人性挖掘中有突破，还有的在这些爱情小说里看到了非爱情因素，也就是超越一般爱情小说的地方。我自己觉得还可以挖掘得更深一点，如果时间从容还可以更细致些、婉转些，因为潜力还在。当然也有文友说还是温和了点，路子还不够野，若将自己推到极端、极限、极致，那就成功了。或许吧，总之作家要特色鲜明，才能在高手如林的文坛站得住脚，才能让读者在浩如烟海的文本中发现并且记住你。

所谓的这种独具特色的语言，破碎的短句，快节奏的闪回与跳跃，十分具有影视画面感。而这些恰好就是区分我与其他新移民作家风格不同的地方。

李凤亮教授指出："作为一个漂泊主题，这是华文文学永恒的一个主题。在这个主题上，吕红的小说写出那种身心的挣扎，体现了人生对遥远的梦想的追寻。她不仅有身体上的累，还有心灵的挣扎和选择。她的作品语言体现了一种生命的质感，有意为之的拼贴风格恰恰衬托出主人公在情感挣扎和生存压力中的幻灭和破碎。情节穿插片段尤似蒙太奇电影表现手法，给人以很大的想象空间……小说人物的活动舞台在美旧金山，具有浪漫都市特征以及海湾情结引发的幻想，并触及了生活在他处、这个永恒而深刻的主题。"

就如我作品里表述的，人生如戏，混浊混乱的世界就像个舞台，不停地上演各式各样的戏。不知道到底谁是演员？谁是导演？或者有时是导演，有时就是演员吧？呈现出来的自然也是复杂多变的人性。我认为，移民文学的兴起已成为影响当今世界文学生态格局的一个重要因素。随着地球村趋势加速，人的流动性将更频繁更宽泛，也会越来越引起人们关注。我现在也比较关注世界移民作家的作品，它们融入了许多过去没有的、别创一格的元素，生发出新的艺术感觉，是很值得汲取和借鉴的。

江少川：移居国外搞创作，你们感觉与国内有何不同？如思维方式、文学视野、创作方法等。

吕红：前不久有读者说，你们搞写作的没有办法进入主流，所以你们写不出有分量的东西，你们有些作家都去写历史题材了。我觉得她这个说法可能是有一定代表性的。这句话的意思是什么呢？还是从前的观念，文学作品要写硬的、宏大的题材，如果没有进入主流社会就无法表现主流的明争暗斗，就无法引起社会轰动。这个说法与前些年流行的"走出边缘，打入主流"是差不多的。这其实是一种误导。正如评论家（公仲）所言，其实在文学领域内，不存在什么边缘、主流之分。从美学观点来讲，边缘倒是产生美感的良好土壤。在现实中，主流往往倒是强权和利欲支配下的逢场作戏，聚集着矫饰、虚伪、杂乱、丑恶，而只有边缘地带才能皈依本真，显露出人性、真情和纯美。那些被凡人视为边缘的文学，也许正是真正的主流文学之所在。

人的生命其复杂性来自多元化、差异性和变化性。新移民作家打破了本土创作的封闭性，努力汲取东西方文化的精华，显示其独特的跨文化的文学艺术价值。比如题材问题，新移民作家由于脱离了本土，来到了"天外"，可以站得更高，看得更远，除了国内的经历，更有许多国内无法经历到和感受到的另一个世界的广阔天地和特殊的海外传奇，这极具开发价值的富矿，正是他们所珍视的人生财富。海外作家群最主要的特点就是"变"，主要是因为作家思想在多元文化中不断变化和发展，产生出新的灵感和表现手法。

江少川：请你谈谈对北美新移民文学的看法，你对美国华文文学的现状如何评价，它的发展前景如何？

吕红：新移民文学以至于全世界华文文学都是无法回避的一个热门话题。中西文化的差异、对撞、矛盾和冲突，新移民文学的优势就在于处于多元文化的交汇点上，可以广泛地博采各种文化的精华来充实、丰富自己。诗人郑愁予就主张诗人要流浪、漂泊。小说家汤吉夫提出新移民文学要从传统中"剥离"出来。认为这样完全可能产生出一种有别于中华文化和其他多种文化的文化新质来，这也许倒还是新移民文学的新生机、新出路。

从人类的本能本性来看，各种文化的形成，都是后天环境所致，而同处这地球村的后天环境，人性、人情、人道都是相通的。好像是小说创造了现实，给了它深广的层次。而海外华文文学，或新移民文学的主力，不论过去或现在，几乎都在北美，像於梨华、聂华苓、白先勇、陈若曦、丛甦、张系国、李黎、查建英、严歌苓、张翎等。另外还包括其他用英文写作的华裔作家，像小说家汤亭亭、谭恩美、哈金、戏剧家赵健秀、黄哲伦，还有新近获奖的新秀李翊云等的作品都对海内外文坛产生了影响，虽然有的不属于华文文学之列。

在这种文化背景下，形成的北美华文作家群就分成了三个群体：老一代华侨，20世纪60年代台湾留美学生，还有现在影响最大最活跃的新移民作家。我认为新移民作家的叙事策略主要是虚构与非虚构、现实主义与现代主义混杂，主要体现了跨文化状态写作的特别意蕴。

正如专家所见，新移民作家是有其自身优势的：大都受过良好的教育，文化素质较高，属精英文化阶层。浪迹天涯的经历，打开了眼界，又得天独厚地享有中外多种文化传统的滋养，加之生活平稳安定，写作是完全可以达到创作心境的"自由王国"的。海外作家努力让自己的作品进入人性深处，表现灵魂所经历的种种磨难，并上升到悲悯情怀的高度。

江少川：在小说创作上，中国与西方作家中，对你们影响最大的有哪几位？对你们影响最深的作品有哪几部？这种影响主要表现在哪些方面？

吕红：可以说，最早是中国古典名著，譬如《红楼梦》等是对我们的文学启蒙。另外不少俄国大作家譬如普希金、莱蒙托夫、屠格涅夫、契诃夫等，法国作家雨果、巴尔扎克、大仲马、小仲马，英国的狄更斯、勃朗特三姐妹等作品，还有魔幻现实主义作家马尔克斯以及前面所说的存在主义作家萨特等。开始写作之后阅读就更广了，包括许多当代作家的作品。

身处活生滚烫的美国，感受福克纳、海明威、霍桑、索尔·贝娄、亨利·米勒、弗朗西斯·司各特·菲茨杰拉德等作家作品影响；尤其是旧金山，作家杰克·伦敦在此出生和成名；与哈特浪漫主义并驾齐驱的是马克·吐温的诙谐幽默。20世纪60年代文坛巨星弗林格蒂、金斯伯格和杰克·凯鲁亚克影响深远的《在路上》一书至今仍是年轻人的精神所在。对于艺术家来说，独特的艺术氛围和自由创作的环境让敏感的艺术细胞在无形中被催化、发酵，孕育出奇异的作品，多元文化的包容就是要鼓励那些艺术冒险家及探索者表达自己与众不同的思想。

曾经有评论家称，在我的作品中可见艺术的独创性。有比较多的意识流、心理小说或者新感觉派的味道。结构主义色彩较浓，笔触深入古代神话的原始意象，加以对比手法多层次地充分运用，使作品在扩充容量、引发深思的同时也在结构形式上显得较为鲜明，渗透了人文主义的意味。尤其别出心裁的时空闪回与穿插，既有对历史风云的回眸，更有对现实的扫描；有对理想人生的追忆与钩沉，小说既追求容量浓缩，又有意呈现给读者思维翱翔的空间。表现的不仅仅是一种人生的广度，同时也力求开掘人性的深度。前者表现在必然王国的不幸，后者则是表达自由王国的不幸——因为我们还远未到真正的"自由王国"。

广泛阅读和深入生活的关键是，颠覆了人们以往的审美价值观念、评判标准，通过写作揭示人类"内宇宙"奥秘的深度和广度。对某些西方异味的，甚至还有些"离经叛道"的审美情趣，也可以用比较包容的眼光去审视或欣赏。甚而自觉不自觉地影响到创作中。

江少川：请你谈谈对女性主义文学的看法，你在自己的文章中谈到，你的女性主义观点体现出与存在论的结合，请你作具体阐释。

吕红：我们知道，当今文学批评思潮中最具兴奋点与冲击力的，莫过于女性主义的兴盛和女性作品的重新诠释。事实上，女性的觉醒始于认识到"人"这个抽象概念掩盖下人和人事实上的不平等，始于女人追求和探寻自己作为人的价值的全面实现。在西方，Feminism即女权主义，而Feminine一词包含了"女性"与"女权"的双重含义，在不同阶段的女性主义内涵嬗变体现在多方面：第一阶段主要提出各种社会政治要求，追求男女政治、社会、经济权力的平等。第二阶段以新一代女性主义者为代表，强调男女差异，否定男性本质，颂扬女性本质。而进入第三个阶段，就是和存在论哲学相结合的女性主义。在这一阶段，女性主义所要重构的，是有别于第一阶段之社会政治权力重构、第二阶段之知识话语权重构的日常生活世界重构。在文学上实现女性的多样化的生存体验与叙述。

我在一些作品中，有意以女性视角表现女性在东西方文化冲突中的迷惘，并隐含在迥异的社会历史背景下，男权意识的专制粗暴对女性发展的制约及伤害。譬如表现在女主人公所处具体境遇的感受与描绘上，以女性的逻辑来和世界打交道，来建筑自己心中的世界镜像，而不是按一个先验的所谓女权主义模式，将小说写成后殖民女性主义的妇女觉醒或解放的文本。我并不在意所谓传统的、现代的女性的划分。它是一种原生态，是既未经男权话语也未经某种模式化的女权话语浸染的原生态，也许因此更接近人文主义真谛。

由我和玲瑶主编的《女人的天涯——新世纪海外华文女性文学奖作品精选》分简体版和繁体版，大陆版与台湾版。该书正是一批海外女作家的作品在这个阶段的集中展现。

海外新移民女作家因身份多重性、文化背景多元性，文本内涵呈现丰富性与复杂性。华夏源流透过含蓄典雅、柔美温婉的映现；西方知性更让女作家游离传统束缚，于多重时空之间寻求融合变异。海外华人女作家，无论他们来自中国大陆或台湾，无论是移民或留学生，都贡献自己的丰富经验，探索人的内心世界和宇宙，以及生活在不同社会中的人。既是前两个阶段的深化，也就更加接近每个平常生活、生存的女人。

江少川：你作为《红杉林》的主编，请你谈谈北美华文文学刊物的生存现状，包括分布、作者与读者群，未来发展的前瞻。

吕红：以荟萃人文思想和艺术创作的精华、弘扬中华文化为宗旨的《红杉林·美洲华人文艺》（*Chinese Literature of the Americas*，国际刊号ISSN1931-6682），自2006年春季创刊以来，获得社会各界极大的鼓励和支持，尤其是加州伯克利大学亚美研究系鼎力相助。由大学学术专家和名作家共同组成编委会，并特邀全美及国际名家为顾问，如纪弦、白先勇、余光中、郑愁予、痖弦、洛夫、张错、张炯、单德兴、严歌苓、美国国会图书馆亚洲部主任李华伟博士、香港联合出版集团总裁陈万雄博士等。

高屋建瓴，开放广博；不拘一格，兼容并蓄。这是《红杉林》的办刊风格。该刊主要发表来自世界各地的华文原创作品，如小说、散文、诗歌及评论等，为海内外华文作家、学者的创作和研究提供发表和交流的平台。

本刊不仅得到海内外专家学者的肯定，还获中国侨联颁发荣誉证书。为表彰《红杉林》在推动文学创作、华文教育及东西方文化艺术交流方面的成绩和贡献，美国加州议会和旧金山市政府曾颁发多项嘉奖。

本刊发行面向海内外各个图书馆、大学研究机构、书店和报刊销售点等。目前读者订户包括美国、加拿大，还有中国香港及台湾地区等机构和个人。有的读者只要看了一期马上就来函表示，这本纯文学杂志有品位、有质量，希望预订全套。最近美国斯坦福大学来函表示希望连续预订。伯克利大学早就收藏《红杉林》多年。

香港的中文大学、城市大学以及台南的书社也是长期订户。

我作为主编，既辛苦也欣慰。从大量的来稿中感受到非同寻常的才思，从这些作品里常常能切近感受和触摸淋漓尽致的心脉律动，或是鲜活灵动的形象。作家们从东西方经典中生发出新的创作灵感、新的故事结构，亦变幻出新的艺术感觉或文学意蕴。也就是说，透过现代人的观点，在如此博大的情怀和视域下产生的作品，自有其深广的腹地；海外文学创作往往兼容多项素质，并且不自觉地注入了"多元化"的必然性：在形式上，有典范与新锐的并呈；在内涵上，显示出不同的视野或焦点；新移民作家以不同的方式来诉说命运的跌宕起伏和经验的细微感知，既包容又专精，既多变又执着，形成了海外华文文学的丰硕景观，创作实力不可小觑。目前还有很多题材和内容有待深入发掘，好好梳理，才能创造出更有深度和厚度的文学经典来。

江少川：近年，有些移民海外的作家，如阎真、查建英，近期如施雨等回国定居或发展，你如何看待新移民海归文学？

吕红：除了您提到的几位作家，据说严歌苓也是两边住的作家之一。在我看来，不管是否海归，在今天一体化的国际地球村，文学研究应有宏观的视野，文学是"人学"，对人性的刻画正是它们最大的共同点。

新移民作家不论身在何处，生活形式起了多大变化，如冀望写出质优而又能传之久远的作品，必然要有一个庞大而深厚的文化传统在背后支撑着。不局限于某种意识形态，唯其如此，才可以发展更独立、更自由、更多元的创作风格。

所谓新移民海归文学，结合东西方跨域视野与写作技巧的优势，相信他们会比从未出去过的作家具有更出色地发挥吧。当然，在这个人心比较浮躁、受到各类娱乐消费或经济冲击的文学愈来愈边缘的今天，能否沉下来扎扎实实创作，我觉得对所有的新移民作家都是一个考验，更需要全心投入，才可能达到更高的艺术境界。

江少川：《午夜兰桂坊》的出版在你的创作道路中占有相当重要的位置，具有承前启后的意义，从《美国情人》到《午夜兰桂坊》，请谈谈你移居美国后的创作历程。

吕红：现代社会的生存挤压使人们的注意力变得支离破碎，敏感性变得迟钝薄弱，如果说文学创作具有任何意义的话，与多年前凯鲁亚克本人为主要代表《在路上》里的人物一样，《美国情人》也好，《午夜兰桂坊》也罢，无论是作品中的芯、蔷薇还是海云等一批女性，她们所寻求的目标其实是精神的，真正的旅途也在精神层面，在永恒的彼岸。在作品中寻找身份认同，或者被视为探索和拷问"美国梦"承诺的小说，也可以视为某种"在路上"心态的延续。

《美国情人》是我旅美之后创作的第一部长篇小说。以女性的视角，围绕异乡漂泊男女的遭遇，刻画了形形色色的人物心态和情态。通过林林总总、不同层次的移民心路写尽寻梦者的苦乐悲欢。无论是华文媒体从业者，还是学校老师；是小生意老板，或是餐馆大厨；甚至沦落风尘的按摩女，情场决斗的"第三者"，都以鲜活的形象表现了斑驳陆离的海外人物众生相。同时，透过复杂交错的人物命运，反映了海外新移民多种多样的生存状况。

世界华文文学学会名誉会长、原中国作家协会副主席、中国社会科学院文学研究所所长、中国当代文学研究会会长张炯给予了高度评价："这部小说通过主人公芯离别故土和亲人，在梦寻中挣扎和奋斗，经历了个人思想和情感的种种挫折和磨炼，终于获得事业成就的故事，寄托了作家对新移民生活命运的许多带有哲理性的思考。描写了某些新移民成为'边缘人'后如何寻找'身份认同'的经历。在对边缘人心态及生存状态的细腻刻画中，凸显了少数弱势族群在异乡生存的艰难以及种族冲突、文化冲突、性别冲突带来的各种人生况味。在文化差异巨大的社会背景中有力地伸展了女性的内心挣扎的深度和广度，尤为人们揭示出人性的丰富和复杂。"

我在小说结尾时提到，人们是否能给自己忙乱的生活找到一个意义？一个精神的支撑点？都是生命价值的寻找和超越……文化的冲突和碰撞必然要产生交汇融合。西方文化，相对于东方文化是人类整体文化的一极。人类文化就像太极图般呈现出互补结构。西方的阳刚与东方的阴柔互补，才能达至阴阳平衡。找到超越人种、肤色、民族、国籍以及宗教派别的人类心灵的共通点，从而达成和谐发展的远景。

"也许这也是小说所表示的一种宏观性的哲学命题吧！当然，小说的内涵比它的议论更为丰富。作者想深入探究的是人与世界的关系，与他人的关系。找到或建立与世界的关系，找到其中能够支撑其生命的真正的联系和其中的界限，也就是找到安身立命之道。"

曾经有人说，郑重提议将我的作品结集，否则不利于人家对我的创作做总体的研究。直到今年回国，去南昌参加首届小说节前，想对近年中短篇小说做个小结。要不要出集子呢？犹豫不决。庐山之旅，路上与同行交流，思维火花碰撞闪烁：科学满足欲望，人文提供意义。忽然就给了我信心：海外创作的价值也不外乎两点，一是满足欲望，二是提供意义。

写小说的人，似乎总是尝试着打碎点什么（如评论家的解构）揉进点什么（或建构），老是幻想把艺术渗入生活或把生活升华为艺术。就像水依然在流着，但已经不是你最初蹚进的那条河了……身处变化多端的世界，人充满了不确定性，面对中西方文化的差异以及男女相互矛盾的角色尴尬，各种各样的困窘。当传统形式无法表现，便要以新的手法去突破、去追求随心所欲之境。当然，在异国创作毕竟是寂寞的，要有点阿甘精神吧。原打算今年出版论文，再出本散文集，是近年报刊发表的散文随笔。考虑时间精力不够，长篇小说修改也延后，想出好作品还是要慢工出细活吧。

我很感谢国内专家学者的许多鼓励和关注。北大著名教授陈晓明表示："吕红的小说书写中国人在美国的寻梦经历，尤其是情感和内心价值观历经的冲击。《午夜兰桂坊》显示出她小说艺术的阶段性成果。她的小说才情不俗，能写出处在跨文化状态中的人们的那些微妙的心理落差，那些感情变化的细腻层次。在故事的背后，不只是中西文化价值观念的差异，还有中国'文革'后的社会变动在这代人身上留下的深刻烙印。吕红的小说构思颇为精巧，叙述自然而有内在情致，语言清雅中透出灵秀。你能感觉到人物的命运在时间中起伏，而不经意的光与影交织于人生的各个侧面，留给人长久不能平息的韵味。"

我是觉得，无论长篇还是中篇小说都是对一个作家实力的检验，让你尽可能地展现其丰富和深刻的东西。独特的艺术构架，体现人类生生不息的内驱动力。一个人能够坐下来好好地写作，真的是很享受的事情。不管目的是否达到，这也是一种努力和尝试，一种超越女性自我的企图心。

（原载《世界华文文学论坛》2012年第1期）

撕碎东西方"情人"温情的面纱

——解读吕红作品《美国情人》

王红旗　紫云飞

"一代飞鸿"影响彼岸文学风云

王红旗：我非常敬佩游走在地球经纬线上的海外华人女作家们，建构自己女性文学谱系的执着。特别是在北美崛起的新移民华文女作家群，以真切的生命体验，坚韧地播种和移植着民族精神。如"一代飞鸿"影响着彼岸文学风云。正如中国作协副主席张炯先生在你的新长篇《美国情人》序言中概括的："随着地球村意识的渗透、海外移民逐年趋增的态势，新移民文学的关注点已超越近乎传奇般的个人经历，而扩展为对无数海外漂泊者的普遍境遇和命运深层次的探索。"你如何看待海外华文女作家崛起的意义？支撑你们写作的信念是什么？

吕红：海外移民文学无论从当今自身的研究和发展，或对世界华文文学所产生的影响，都是不可低估的。尤其作为文化的表现形式之一，在很大的程度体现了全球化视域下中西两种异质文化的冲突、融合的历史。新移民文学在各具特色的书写中又有了更多的文化超越。她们关注故事背后蕴含的生命本体，关汼在社会背景变异中人的命运。在作品的精神层面追问和寻找贯穿始终，对过去贫瘠荒芜年代的回顾、命运的错综纠葛以及人性的深刻挖掘，无疑给读者带来强烈的震撼。焦虑中困惑、漂泊里无奈、压抑中奋起，在"一代飞鸿"所聚集的40多位新移民作家作品的字里行间，在全球华人各类文学社团的风起云涌中亦可见端倪。而北美华文女作家群的崛起更是具有全新的意义！我认为每个人生来是都有一种使命的。不管你成长的环境或时代背景造成了你什么样的先天优势或缺陷，都是你自身可以挖掘的潜力和资本。如果你热爱写作，并希望让作品升华达到一个更高的境界，除了坚韧，没有其他可依靠。既然命运造成了海外女作家有别于国内的特殊的生存和表达方式，那么就该尽可能地充分地自由自在地发挥出来！

王红旗：你新出版的《美国情人》，读起来很有味道，也很有分量。我是在根本没有动的情况下读完的。因为有一种东西在激励着你，非要读完不可。小说中的"地球村意识"，性别立场，多元视角，特别是由边缘向中心坚韧游移的生存和文化状态，都能感觉到你的挑战性。在作品里对西方现代精英文化的质疑是相当有力度的。不像有些"另类"作家，把西方男人写得那么雄性十足，好像中国的男人都是窝囊废。这个质疑是有一种影响力的。还有你对多元女权主义的诘问，都凸显了你作为一位旅美作家的感性与智性。你在思考怎样做会更真实、更客观，情绪化的东西在你作品中很少见。在这个结构比较庞大的长篇小说中，你寄托了怎样的理想？

吕红：这个话题又回到小说主题。人活在这个世界上，有意无意，都在寻找一种身份。不管是在中国还是在美国，或在其他城市，你要寻找自己的生存空间，都要面对各种各样的矛盾或冲突。何况一到那边以后完全是边缘化的。你原以为你的人生理想可以在异国实现，其实去了以后会有很大的落差。这个是心灵的坎儿。有的人能过去，有的人过不去。在边缘重建自己的身份状态，这个过程很漫长也很痛苦。海外华人作家的精神状态一开始就是在边缘的，从各方面来讲，在一个异域的环境氛围里遭遇到了前所未有的冲突。然而中华文化的源远流长，数代华人作家在异域环境中的不懈努力，给了海外移民不少精神的滋养。我想以小说这样的形式把自己在海外的观察和思考作一个多方位的总结。这里包括中西方文化的差异，女性自身在社会相互矛盾的角色冲突中的尴尬等反映在小说中，通过有血有肉的人物来表现。

"情人"这个令女人想入非非的人物

王红旗：当读者都会感觉到痛的时候，作品的深度就达到了。尽管我没有出国，但作为一个女人，有共通的东西，特别是情感方面的共性。海外女作家关于写情感话题的长篇小说，陆续不断地在大陆出版。为什么海外女作家的"情人写作"

成为一种现象？你们为什么从各种不同的层面，来揭开情人这个令女人想入非非的神秘面纱呢？真是值得探讨。

吕红：情人就是你心中的偶像，或者说你成长过程中有特别喜欢的……

王红旗：不过"情人"只能在你心里，是一种幸福的感受，在想象中"情人"的面孔也许一会儿变成他，一会儿变成另一个他的心灵——

紫云飞：要是把所有的优点综合在一个人身上就好了。可能由于女人天性对这种情感的需求，一是女人天生追求浪漫，再一个是有天生的灵感和需要，无论社会环境变化到什么程度，心里那种幻想不会轻易丢失，如果丢失以后人生没有梦，还有什么意思。大概这种情感是最美的，最能表达的，而且最能寄托自己的理想和希望。这个是一个梦，是玫瑰色的梦。如果一个女人能把梦做到80岁，我觉得是很幸福的事。

王红旗：所以小说就成为女作家们追寻情感的方舟。《美国情人》用一个个"爱"的细节，再一次撕碎了"情人"的温情脉脉的面纱，赤裸裸袒露出了其真实灵魂，超越了以往人们对西方社会的崇拜，对西方男人仰视和夸张的虚像。以平和善意的思考，揭示了东西男权文化的共谋关系，以及东西方男人共患的病症——人格阉割。他们共同的缺陷是自私和狭隘，而且还逃避责任。不像那些另类的写作，把西方的男人写得雄性十足，特别唯美。这是你对当代华文女性文学人物形象画廊的一大贡献。我们在前几天的文学讨论会上还在探讨文学远离生活的隐忧。

吕红：我觉得东方男人和西方男人在表象上是不同的。东方男人比较实在。西方男人多年培养起来的绅士风度、女士优先，出门给你披衣服、拉门，等等，对这些细节特别注重，彬彬有礼，这就是文化方面的差异。中国过去还强调男尊女卑。当然如今情人节也在东方流行，男人也会给女人献一束鲜花，送张卡了。说明文化的影响将东西方差异逐渐缩小。小说是要表现人性的，写出人性才能抓住超越文化的基本点。我们这一代受理想主义的影响比较深，就是把人性想得很美。但恰恰忽略了某类男人的共性，那种自私狭隘，不管是东方还是西方，尤其是商品经济时代更明显。

王红旗：男人能逃就逃，性是性，爱是爱，责任是责任。都是分裂的。

吕红：我想通过各式各样的人物透彻各种各样的灵魂，把它当作一面镜子，映照不同的灵魂。通过这个也来反思一下，希望能达到洗涤和升华的作用。

王红旗：这一点我不否认。但是国内的男人也不都是那么猥琐、卑劣和阉割，你小说中写的林浩和芯的前夫，有自私的一面，善良的根还没有丢失，我觉得中国农民意识的男人们也有很可爱的一面。还有那个老拧小心眼，真是鲜活的朴实。这是放在不同文化背景下，对自我民族精神的反思。

你认为你塑造最理想的男人形象是谁？我认为不是皮特，也不是前夫，我认为就是林浩。林浩跟皮特和前夫三个男人对比的话，他真的是很可爱，他后面的缺点都让人觉得可爱。他为什么前后表现矛盾是有其深刻原因的。就像你说的，新移民对美国充满着各种各样的幻想，而现实的残酷让幻想破灭。人之所以复杂，因为很迷茫，很多东西让他们都摸不着头脑。

吕红：他以为他的冒险在美国能够成功，那他确实是对美国了解太少了，他又急于成功，这种人在那地方就处处碰壁，原作有一句话是说美国就是人吃人的社会，你不行的话就被吃了，这也符合弱肉强食、生存竞争的规律。别人比你强，英语比你好，懂得比你多，人家有手段，就把你吃了。你总在冒险，不懂人家的门道，肯定是失败。所以他是一个失败者，他用尽他的全部力量，去拼去搏，去圆他的美国梦，然而最终破产。但他不是一个懦弱者，要使劲地往前走。他是本身有很多缺陷的人，但他做这件事情的时候又有本真可爱的一面，符合人的本性。

王红旗：我觉得特别丰富的人物形象就是林浩。我说男人也好女人也罢，可说都是以两种爱为主轴。第一种爱——对两性之爱的追求贯穿始终。第二种爱——对身份地位的追求——则较为私密，而且过程充满羞辱。然而，第二种爱的强度却毫不逊于第一种。林浩这个人物是有些特点的，也同样透着宿命和身份焦虑。好像是海浪扑着岩石，一代代地重演着，涉及野心，还有人类冲破社会限制的自由意志。从新移民经验最深的伤口中汲取能量，东西方社会和文化差别，人们跨越鸿沟的奋斗和成功既是天堂般的神话，也是灵肉煎熬的炼狱。

吕红：在创作时你不一定会对作品人物进行道德评价，只是把他们真实地表现出来，有血有肉地表现出来，让读者自己去解读。国内有位评论家看了，认为是第一次在海外作品中看到这样，像林浩霎霎等这样的生活状态。其他作家没有表现这一点，他觉得非常新鲜有意思。但他也提出他的疑惑，譬如林浩这个人，前面是纯朴的农村人的憨厚和爽快，怎么到后面写的是他的那种复杂，跟黑社会的人有联络，一件事情变了几变，不像他刚开始的形象。我说人物在某种情景下会表现出另外的东西，也是人性在不同情形下的真实一面。作品尽可能用一些不同的细节来表现它的丰满性。前人说性格即命运。关键是如何参透异乡人生存的这种经验的复杂性：它既是现实的也是超现实的……所以，人物一开始就被置于宿命氛围，你若掌握事物这虚的、神秘的一面，就有可能提供全新的景观。

王红旗： 在作品中你着力表现了男人的祈愿和野心，或者说是梦想，生命的意义由此被界定在某个高不可及的地方。因此，这也是一部关于身份焦虑的小说。新移民生活在多重身份和多重意识的变乱和分裂之中，小说犀利地表现了这种分裂的深度：理智和情感的相互背叛。在骨子里、本质上，对充满冒险因素的社会又爱又恨，就像他强大的自我，同时也无比虚弱……

所以，这也是宿命，是男人在奋斗过程中必然遭遇的宿命。不仅是一个情殇，更是梦想的破灭和存续。是人所向往的远方，这远方是挫折的记忆，同时也是对奋斗精神的守望。

海外华人知识女性的"生命移植"

王红旗： 刚才说到很多男人形象，现在我们谈谈你在小说中塑造一群到美国寻求发展的知识女性形象，这些女性都是很执着的，她们用自己的行动建构自己的自我和尊严。无论遭遇逆境或者顺境，都坚守善良和宽容。东方女性的那种真美善，在这个小说当中体现得非常明显。与"丈夫们""情人们"的自私虚伪、逃避责任形成了鲜明对照。请问像妮娜、蔷薇、芯、虹，这些人物生活与你创作的关系？

吕红： 可以说是提供了一种灵感，根据作品的需要，让你的人物表现得更新鲜、更有血有肉。这些到美国寻求发展的知识女性，境界和境遇各有不同。曾经有一位女性从香港过来，在那边不管做教师还是做媒体工作，已经有一定的社会地位。那么她到美国来首先要面临着生存，还要面临一种身份改变，在那种艰难的状况下，她非常有个性，始终坚守自己不向环境妥协。这种人给我的印象特别深刻，很多时候我都在以她的个性和精神作为参照。

王红旗： 特别是从20世纪80年代改革开放以来，出国寻求发展的知识女性越来越多，她们在"生命移植"的过程中，遭遇是难以预料的。原来你是把生活中的经验和思考，演绎成有血有肉的典型人物。作品每个女性都有自己的个性，都体现了中华民族那种传统美德。还有些女性，站在传统的角度来讲，好像有点不道德？不正派？其实每个人都有每个人的活法。她也想改变境遇，但是不容易，她有她特殊的背景和环境。所以对这样的人物，我还是寄予同情的。其实这个小说里还有一个人物，叫雯雯。是一个过场人物，她对蔷薇的形象刻画是一种衬托。她是非法移民，为了能让孩子去美国留学，她吃了很多苦，最后去做了按摩女。

吕红：这样的人在美国也不少，只是没有人去写她们。当然也有些极为边缘人物，她们生存的状况可怜又可悲，又让人同情和理解。这也是她们生活的方式，有她们的人生价值。她们忍辱负重，天然承担的很多东西，也就是"草根"阶层的女性。

王红旗：就我们中国女性来说，就是有一种忍辱负重天然的承担，不认为是苦，还会笑谈悲欢艰难，因为她们认为这就是生活的本来面目。

贤妻良母可能是符合女人天性的

王红旗：还是谈谈芯吧。小说中的女主人公芯是你着重笔墨塑造的形象。作为当代的知识女性，为什么为了追求事业理想，会付出如此的代价？背后遮蔽的东西是什么？这一代知识女性为了追求自己的理想，她们所付出的代价太大了。

吕红：从女性自己的本性来讲，做贤妻良母是符合我们天性的。但在很多的压力之下，你往往身不由己，被潮流推动着往前走。其实从社会的角度上讲，现代女性都希望找到一种平等，这种观念已在心理上根深蒂固了。我觉得最早表现这个主题的是张欣辛的《同一地平线》。主人公随时随地会感觉到一种压力。当你不得不放弃什么，不完全是你所情愿的。

王红旗：女人放弃了很多，才能往前走一点点。我觉得冥冥中有一种巨大的力量牵制着你。比如放弃了房子，就好像是放弃了一种体制。本来你享受它的福利，享受它给你的一切的条件，但是你一放弃它，就放弃了所有。体制内和体制外是不一样的。放弃是很复杂的，无可选择。

吕红：我觉得男人如果在社会上有一定的地位，他不会放弃的。要从零做起，这是很痛苦的，他比女人会痛苦很多。男人思考的问题不一样，他比较理性，利益、权益、名利和地位都是第一位的。男人来美国，也会考虑到美国有很多吸引人的地方，但是要考虑到放弃那么多东西的话，是绝不会放弃的，除非有一些条件，重新再找到，如果找不到的话，会觉得这个代价就没有必要了。这个确实是很艰难的问题。无论男女，都在命运的得失之间不断拉扯。

王红旗：如果你放弃体制，还拥有丈夫，丈夫最后还能支持你，和你比翼齐飞，做你最后的港湾，那是幸运的。可是丈夫恰恰又不肯放弃，你不放弃丈夫的话，就无法实现自己的理想。你也很爱他，也不愿意放弃他，其实是很无奈的。放弃丈夫的话，家肯定没有了。这是几个层面的放弃。

吕红：女人牺牲是名正言顺的，男人是不可以做牺牲的。为什么女强人的奋斗结果是要么有家，最后没有了，要么是从来没结过婚。为什么女性就不能拥有完美的东西，又有家，又有事业，到最后就变成这样的结果。悲剧一直在重演。但男人要想成功，家还是存在的，女人在后面牺牲，谁也没觉得不妥。社会力量太强大了。

紫云飞：在这样一个男性决策社会，大部分从事主要工作和主要领导的成功者还是男人。男女平等观念灌输到我们这一代人的心灵深处，实际上这个任务非常艰巨，可能一辈子、两辈子、三辈子都完不成。我们受的教育要争取到平等的权利，正是因为没有平等才争取，你在争取的过程当中，无形当中已经踏入男性的领地。他在有形、无形当中会对你有一种善意的防护，女人的难度就增加了。女性要想追求一个男女平等，不仅经济上要平等，在社会上担任角色，家庭上也必须结婚、生育养孩子，要追求到极致，对一个女人的要求非常高。有时候不得不提起这个，放下那个。在一个阶段有一个选择，在一个阶段没有选择，如果把握不好的话，就会失去很多。

吕红：但我并不认为作品主人公"失去了自己"，而恰恰认为，她是找到了自己。有读者说，她失去了枷锁，得到了心灵的自由。还是红旗姐说的那句话"活出了自己"才是对的。

王红旗：封面上的题眼，如果写"活出自己"，我相信比"丢失自己"要有意义。

紫云飞：有一部分人喜欢看丢失自己，这也是迎合一部分人的心理。他要看的是她为什么丢失了自己，这中间有多少环节，还有很多想象空间，我觉得从读者和市场的角度看是这样。

王红旗：芯在丢失了一切的路上，发现无爱取代真爱，真爱陷于无奈，重新找到了自己生存的真谛和安身立命之道：把握自己。芯因为华文创作成就，荣获全美少数族裔发展协会颁发的杰出贡献奖，宁静淡然地完成了一个女人的最高境界。我常常把女性的人格修养归为三个境界：燃烧—微笑—平静。平静的淡然是理性，是大彻大悟的智慧。芯仍是一个行动者，因为，老祖宗告诉她，不满足是一个人和一个民族前进的第一步。难怪张炯先生把这个人物称为"海外华文文学人物长廊里新的浮雕"。

女性移民生活最精彩的一面

网友：为什么有这么多人关注女性，是因为她们是弱势群体吗？她们在社会生存和发展中是不是要付出更多的努力？

吕红：大概女性原来被关注得不够吧，最近好一点。当然，为了成就一番事业，为了争取一点平等，女性也要付出很大的代价。或许旁人听起来好像不值，但是没有办法选择。看看我们所认识的出色女人，谁不付出代价？这不是她们所情愿的，但是没有办法，她们家也接受不了。

网友：是不是旅居国外的作家，很多女性都找不到工作，然后才会在家开始写作？

吕红：在他乡你找不到活路的话，真的没办法写作。新移民每分钟都在为生存而打拼，特别难。在国内自己是签约作家，还有时间搞创作。到美国很长一段时间就是搞职业报道，做记者。那个压力简直无法形容。原来在国内一个星期写一篇稿子，编一个版，大把的时间属于自己，好快活好悠哉。到那边一天要编五六个版，很多东西想写都写不了，见缝插针写散文和随笔。创作是最近才捡起来的，在海外生活安稳才可能进行创作。要么是工作顺利，要么有好男人支撑。

网友：女性移民生活最精彩的是什么？东西方文明和思想的冲突，是怎么融合的？

吕红：感觉到每天都有新的发现或者新的人物、新的收获，这就很精彩了。当你很艰辛地付出得到回报，就是很精彩的。文化冲突随时随地可以在生活中感受到，有时候可以化解，有时不一定能够化解，各有各的思维，他人的想法和你的想法肯定会有很大的区别，甚至南辕北辙，最后结果是不一样的。我唯一坚持的一点就是真诚，再就是顺其自然。

要谈冲突的例子一下子说不清楚，要说文化不同引起的麻烦的话，还好讲一点。譬如我第一次去赌场，美国有一个规定，21岁以下不能进赌场，不能喝酒。我去赌场是由几个朋友带着一块儿去的，进门的时候警卫就拦下来我，他要看我的身份证明，我说怎么看我的身份证明啊，我难道不像21岁以上的人吗？这个特别可笑，于是我就拿出美国大学教职员的卡，旁边的人也帮我说，如果她不满21岁，怎么能得到这个卡，这个是经过很多学习的过程才能得到的。警卫还是说不行，后来我找我的中国身份证复印件，他说看不懂中文，还是不行。这很糟糕，最后我说你可以打电话给学校，可惜那天刚好是一个节日，电话也打不通。我们大老远开车去了却进不去。后来讲了半天，找了他们的上司来，最后找了他们的最高领导过来，还是没有用，最后只有回去了。从这个小事里，我有一个感觉，美国人太认真了，认真到了极点，什么东西都跟他讲了还是不行。另外一点是不是他们太笨了。后来他们说这是美国人的严谨，他宁可不赚你的钱，也不违法。我回去以后还挺兴高采烈的，第一次被人认为是21岁以下的人。

只要相信爱情就一定会遇到

王红旗：在经历了痛苦涅槃后，谈谈你了解到的海外华人或者你自己现在的婚姻爱情观？对异国婚姻怎么看？

吕红：感觉是很美好的。如达到相互包容程度的话，教育水准一定要非常高。美国的电影文化表现男人又绅士又浪漫，很多人做这种梦，认为是比较理想的婚配。但是成不成功，机会怎么样很难讲。华人到美国后大部分人的生活圈子很窄。要达到一个很好的沟通，也不是那么容易的。小说里也写到芯经过生育、离婚、写书等等经历之后对爱情的看法：不管是15岁、30岁还是50岁、80岁，还是相信爱情的，不会因为年龄，也不会因为看到或者经历的挫折而改变自己的观念。所以我觉得爱情是人类永恒的梦想。

王红旗：只要你相信它，就一定会遇到。你不相信它，就会擦肩而过，甚至认为是一个陷阱。我觉得女人不应该把自己最喜欢的东西丢失了，这也是女人能够有活力和快乐的源泉，是一种希望。看爱情经典多了，无形就比较理想化。

网友：在生活中"情人"的地位是很低的，是被人唾弃的，为什么还会出现这么多，你想过是什么原因造成这样的现象吗？

吕红：我觉得原因是多方面的。可能跟人性有一定的关系，也跟情感有一定的关系，人总是追求完美，但现实不可能完美，这就总有让你追求的梦想。另外可能是跟生活压力有关，有时候需要找别的渠道去宣泄。人的相互交流，产生共鸣可能也会发生情感的联系。至于说非夫妻的男女之情不被社会认可，似乎跟现存的婚姻制度有关。

王红旗：你觉得东西方对"情人"的看法有什么区别吗？

吕红：美国人大部分生活也是很传统的，非常规矩的，下了班回家。像《廊桥遗梦》那样，在平淡里有一点艳遇，也是很偶然，最后成为心中的怀念。生活中有花花绿绿的，但这是另外的一种。

从两性世界的裂缝处开掘女性情感

王红旗：谈到小说结构，你以游动的、多重的、跨国的、超时空的历史与方式，来架构小说文本的宏观背景，从两性世界的裂缝处开掘女性情感世界的纵深的丰富。这个切口非常好，让你的作品有比较宽阔的社会历史背景，作品涵盖华人社区、美国主流。能谈谈你这样架构的初衷吗？

吕红：我想可能是由于文化身份的特性。彼岸视界总会让你有许多激动人心的见闻，让你见识到不同的文化。在这种视野里展现，看待你过去没有注意到的东西，这是比较特殊的，也是有特别价值的。所谓的地球村，非常清晰地出现在你的眼前，而不是像过去很遥远的仅停留在想象和口头上。当你每天见到各种各样不同的人，跟他们打交道，他们的故事和经历随时随地会给你产生很多灵感。遇到形形色色的人，并透过他们看不同的人生和人性。所以我总想尽可能地展现其丰富和深刻的东西。如果不把它变成你的作品的话，将会非常可惜。长篇小说是对作家创造力的考验，应该要展现它的丰富，艺术构架应该涉及人类生生不息的内驱动力。要有移山之力处理多端的角度和广阔繁杂的意义空间。不管目的是否达到，这也是一种努力和尝试，一种超越女性自我的企图心。

王红旗：我觉得正由于女性本身比较感性，没有定数，生活才会更丰富，更不可捉摸。更体现人性的复杂、美、善和丑恶的东西。传统男人一般会有惜香怜玉的本能。但在社会压力和生活压力下会产生变异，出现一些意外，这种意外往往更真实。他们觉得女人这么智慧、这么强就是一种威胁。一旦感觉到是威胁的时候，女人就惨了。因为周围生存环境影响，他说不定就是你的上司，说不定就是你的合作伙伴，这时候就会出现更多的冲突。有一个美国朋友谈到，男人和女人是可以平等的，因为以前社会的发展男人是靠力的，现在是靠智慧的，男人和女人都受教育，智慧都是平等的，现在有这么多文化和观念的更新，男人和女人的平等是可以实现的。

吕红：原来男性和女性的对话都很艰难，女人站在女人的角度，男人站在男人的角度。现在社会也给女性提供了一些机会，再加上大家有一种自强的愿望，应该说比过去要进步快一些。我认为前景并不悲观。社会在进步。我相信人类还是会往善的方向走。当然还有一个漫长的过程。

王红旗：一个比较完美的女人，应该是在她的事业、家庭、亲情、友情、爱情，找到一个平衡点，而且游刃有余，可能对女人要求太高了。人性就是慢慢地要往高处走。我与很多精英男人接触也比较多，很多男人对女人的智慧还是非常认可的，很欣赏。温柔也是一种力量。

吕红：实际上男女冲突，多半是传统和现代观念的冲突问题。提到作品中的人物，比如说老拧，他是很憨厚的人，他一看见他喜爱的女孩跟别人去交流，他就不舒服，也用很多方式去阻碍，骨子里的占有欲马上就蹦出来了。刘卫东是另一种表现，每到芯要改变命运时，他就命令：你给我稳住后方。

王红旗：这是中国男人典型的男人宣言，非常精彩。男人往往会像那样去下指令。他就不去想一想，妻子是一个知识女性，你有你的事业要求，她也有她的事业。让大男子主义们去思索如何做丈夫？可能相互又是另外一种关系。其实"刘卫东"这个人物很有意思，并不是说他的形象不丰富，可能有一些情绪化对这个人物形象的塑造是有损伤的。他还不是很典型的大男子主义。如果塑造很真实的大男子主义的丈夫，可能又是另外一种关系。这个冲突怎么样更清楚地把握，我一直在思考这个问题。

人类和谐的基础是文化的多元融合

王红旗：小说开篇时出现的那个名字叫虹的女人，着笔不多，但是给我的影响是不灭的。那位超越了婚姻与情人"漩涡"的东方女人，在夏威夷金色的沙滩上，与那些西方男人对话，这些画面背后所隐喻的文化意义，彰显了你在小说里面的一种和平主义的理想。作品表现出了生命价值的寻找和超越。小说蕴含的哲学意义也就在于它的命题达到一个非常高的境界。在这里要探讨西方的阳刚与东方的温柔的互补关系。你是如何看待的?

吕红：出国以后，我们常常感觉到观念的矛盾冲突。西方文化提倡的，跟东方的文化相反。他们进取精神特别强，充满活力。中国人从来是谦卑、安分守己，没有很强的扩张欲。中庸之道、谦虚谨慎，这些传统，既有好的方面也有束缚人的方面，各有长短利弊。其实，这世界是多元发展起来的，通过各种冲突和交融，最终会达到一种和谐。而今西方人知道向东方学习长处。正如文化的冲突和碰撞必然要产生交汇融合。人类文化就像太极图般呈现出互补结构。西方的阳刚与东方的阴柔互补，才能达至阴阳平衡。找到超越人种、肤色、民族、国籍以及宗教派别的人类心灵的共通点，从而达成和谐发展的远景。

王红旗：21世纪是中国文化走向世界的世纪。特别是美国近几年"汉语热"在不断升温，东方文化必定会去影响世界的运转。你刚才讲东方的阴柔占主流，西方的阳刚占主流，但是作为互补关系一个太极图出现的时候，是不断旋转的变化与重组。我们自己的文化是阴阳图，旋转的时候，也有阴柔、有阳刚。西方主流是阳刚，但是实际上它也有阴柔的东西，如果是融合成一个的话肯定是互动的。八卦图是有极的，比如运转到这个极的时候，可能是阴多一些，运转到那个极阳多一些。为此我还去翻《易经》。人类和谐是一种多元文化互补的关系呈现。你的创作体现了女性文学对人类社会发展的终极关怀。

吕红：既然文化是一个共同体的社会遗产和话语编码，不仅有各民族创造和传递的物质产品，还有包括各种象征、思想、信念、审美观念、价值标准体系的精神产品与行为方式。而尊重文化的差异，这是世界文化融合的基础。

王红旗：当今世界的平面化，打破了文化历史线性的纵式，前所未有地开拓着横式疆域。全球化不是西化，也不等于本土化，而是包含了多元性的统一。这是人类进步中一个不断超越的过程。

紫云飞：在各种教义中也有很多共通的东西，比如基督教、佛教等，都追求真善美，追求与人为善的东西，这种东西贯穿了人类基本的生存意识。

吕红：这个题目比较深奥，也许在博士论文里会多说一点，但在作品里就是点一下而已。

王红旗：如果把你的这种哲学思考，注入作品人物形象的灵魂里来表达，可能会更有意思。你小说的语言很值得注意，富有诗意和表现力，细腻中见温柔，温柔中见力量和哲思。在小说中感人细节的描述中，间或精辟的简短议论，总给人意识里一亮，暖心暖肺的激励。所以我认为这种表达方式，可能跟你常常写散文，善于捕捉生活瞬间是有关系的。在一般小说里不会出现这种很明显的文眼，不会单独抽离出来，这样的结尾也是很新颖的。人是需要精神的，如果没有灵魂的满足，没有精神需求的话，就会成为行尸走肉。作为女人不仅是追求自己的理想，还要追求人类发展的终极关怀。在美国不少华人能够进入主流社会，或者才华被认可，当梦想成为现实的时候又是怎样的？

吕红： 人活着总是追梦，有的追诺贝尔，也有的追奥斯卡。把它作为某种寄托，或者说是华人所希望的，作为一个象征。让芯代表少数民族去拿奖，是体现了某种寄托吧。

王红旗： 芯能够代表少数民族去拿奖，这个阳光的结尾，带有双重的隐喻。一方面是在这个诱惑颇多的时代，为人物的心灵里输入一束希望，是实实在在的灵魂救赎，另一方面是海外华人女性渴望改变生存处境、实现个体人生价值的诗意表达。

网友： 出国的意义到底有多大？得到和放弃的一样吗？

吕红： 谈到出国的意义，如果作为写作者的话要读万卷书行万里路，要想超越自己达到某种精神境界，争取这样一种精神自由发挥的空间。从这个角度来说是值得的。新移民作家不仅承载着传统和现代、东西方文化的精髓，也显出在全球化和现代化的进程当中，任重道远。而方兴未艾的华人文学将在此历史过程中，以视野广阔和无羁的精神活力，担当承前启后重任和多元文化融合的独特角色。

网友： 因为您是海外的作家，您在创作中间有没有投老外所好的情节？

吕红： 海外作家可能有一些题材会投其所好，像"文革"题材。老外其实对中国过去的历史和当代现状很感兴趣，类似作品颇受出版商青睐。而移民题材不一定是西方读者感兴趣的。我们讲的是边缘人的生活。

两个多小时的访谈，可以说涉及方方面面，痛快淋漓。其实我非常高兴各位网友热情参与，也很感谢好友王红旗、紫云飞，更感谢人民网，感谢版主张卉，让我在网络上"亮亮相、过把瘾"。

（原载《中外论坛》2006年第6期）

有关海外创作与史料整理的对话

于文涛

于文涛：中国有句老话"有缘千里来相会"。这个"缘"就是海外华文文学。你是《红杉林》美洲华人文艺总编，我是洛杉矶维基奥秘百科网站博客主笔和亚特兰大华人写作协会顾问，因为研究海外华文文学史论的共同兴趣而走到一起。对许多理论问题抱有浓厚的兴趣，为研究课题抛砖引玉。希望在华文文学的内涵与外延上拓展，为促进华文文学经典化做出自己的探索及贡献。

吕红：很高兴与你在国内继续讨论华文文学。有关世界华文文学研究，一般涵盖海外华人文学、华文文学和新移民文学研究。中国大陆学者对海外华人文学的研究，始于20世纪70年代末、80年代初的台港文学研究。当时，首先关注台港文学并在内地倡导此项研究的是广东、福建等沿海地区的学者。1986年在深圳大学举行的第三届研讨会的名称更改为"台港暨海外华文文学国际研讨会"。这说明大家已认识到台港文学与海外华文文学的差异性。1993年在庐山举行的第六届研讨会上，与会代表有感于世界范围内的"华文热"正在加温，日益成为一种世界性的文学现象，经过充分酝酿，"世界华文文学"被正式命名，这意味着一种新的学术观念在大陆学界出现。从此开始建立了华文文学的整体观。这20多年来，经历了对海外华文文学空间的界定、历史状态和区域性特色的探索、与中华文化关系探源、如何撰写海外华文文学史等重要问题，进而转入世界华文文学的综合研究和世界华文文学史的编撰，以及从文化上、美学上各种理论问题的思考。

于文涛：我认为，华文文学是指华人作家（包括少数非华人作家）使用汉语创作的文学作品（包括文学评论与文学史）。世界华文文学包括中国文学和海外华文文学两大板块。中国文学的范畴包括台湾、香港、澳门在内的中国全境；海外华文文学的范畴主要包括欧洲、北美、东南亚、澳大利亚等地区。你能否对海外华文文学研究的现状与走向作一个概括的分析？

吕红：这个问题可能比较微妙，目前就学术界看，中国文学是不包括在世界华文文学在内的，世界华文文学仅指中国大陆以外的欧美、澳大利亚或其他地区华人文学创作与研究。当然，海外华人作家是个数量庞大、情况复杂的群体，需要在细致的划分下分别论述。就地域而言，生活于欧洲、北美和澳大利亚等地的华裔作家与东南亚诸国的华裔作家，由于地域和文化的差异，写作中的文化意蕴也是纷繁复杂的。除了地域上的区别以外，代际区别也是个重要因素。在其居住国出生并长大的华裔作家，与成年后才移居外国的第一代华人移民作家，不仅在文化认同上有着极大的差异，他们的作品所体现的中华文化底蕴也有极大的差异。而且1949年之前从大陆移居国外的华人，20世纪五六十年代由台湾移居到国外的华人和大陆改革开放后移居国外的华人，在移民的构成、移民的心态以及他们在居住国的生存和发展状况等方面都有区别。因此，近年来有专家提出，对海外华人文学的研究，除了已有的国别维度之外，还需要建立分期、分群等更多的维度，才能更加有效地对这一领域进行研究。

于文涛：《红杉林》经常刊登一些有分量、有独立见解的理论文章，特别是关于海外华文文学的理论研究的内容，我很爱读。我认为，文学世界是由作家、理论家和读者共同营造的。不知你在编刊过程中是如何促进那些有真知灼见的文学评论家与海外作家相互交流的？

吕红：正如彼此之前所分析的，有分量的评论或者文学史如果没有深刻的认识、深邃的思考、扎实的学术史料为根基，充其量也就是综合性的各个社团资料汇编。回顾一下那些在历史上有影响的文学巨著，让我们看一看19或20世纪那些中外史家编的文学史，那些前辈、同辈文学批评家们的专著包含了多么深厚的思想内涵，可以说是汇聚时代潮流的精华。当时社会是这个思想艺术文化各个方面总结，甚至是现今时代思想艺术的一种综合，这样的文学史可以让人受到深刻的震撼和深刻的启迪。

稍微回顾一下本人成为新移民作家是如何进入创作研究的。2004年金秋，作为美国华文文艺界协会副会长的我应邀在威海出席中国世界华文文学大会，与参会的海内外作家和专家学者包括张炯、王列耀、古远清、江少川、黄万华教授等建立了联系，与张错、朴宰雨、卢新华、严歌苓、张翎、陈瑞林、施雨、林湄等同登泰山。2005年秋，中国世界华文文学会长（当时是秘书长）王列耀教授邀请本人到暨南大学做学术演讲，并为第二届世华文学教师研修班分享创作心得。在增城举办的世华文学高峰论坛，做了有关华文文学身份认同的报告；接着到福建厦门华侨大学、福州等地参加社科研讨会，与刘登翰、杨际岚、刘小新、袁勇麟等相关专家座谈。

为了让来自不同地域、不同领域、不同风格的创作者的宝贵文思、呕心沥血的精神产品有交流的平台，《红杉林》独树一帜，荟萃人文，有历史担当。办刊人员既是创作者，同时也是传播者，具有专业素质及奉献精神。顾问团、董事会及编委们活跃在地广人博、中西交汇之处的北美华人社区，依托侨团与文化团体人脉资源共荣共生，搭建交流平台，促进海内外交流功莫大焉。《红杉林》创办发展这些年，也正是海外华人创作蓬勃发展的时期，恰逢互联网与纸张印刷术新旧交替之际，无论是传播形式还是思想观念都面临着巨大的改变。技术载体的改变，致使某些传统形式式微，但又催生了微博微信等新的传播手段。有人说，互联网时代，不等于传统就此终结，要推开新的大门，走进更广阔的世界。人们希望看到不只回望过去的、而且是面向未来的传媒载体与文化力量。

回眸十四载春秋，《红杉林》作为思想文化交流平台，凝聚了海内外有影响力的作家、评论家及教育家。尤其值得一提的是，几乎每期刊发的访谈对话，可以说是创作者与研究者互动交流的最佳渠道，而文坛纵横系列所展示的评论家最新评论就更多了。海内外影响较大的著名作家与重量级的评论家：如聂华苓、白先勇、哈金、严歌苓、虹影、陈河、薛忆沩、舒婷、刘震云、阎连科等访谈，张炯、公仲、陆士清、赵稀方、刘俊、江少川、古远清、邹建军教授等学术论文，还有王列耀与颜敏对话、吕红对严歌苓访谈、黎湘萍对戴小华创作评论、程国君对沙石小说研究等。

"知识分子首先应该是社会的良心。"他们站在文化的高度，"位卑未敢忘忧国"、具有强烈的社会责任感，扛着责任、怀着信念，一路前行。从北美到欧亚一系列专辑，包括辛亥革命百年专辑、北美国际论坛专辑、世界华文文学专辑、世华名博专辑、海外女作家专辑、美华文协专辑、海外文轩专辑、北海采风专辑、美华专辑、欧华专辑、加华专辑以及陕西师范大学高研院学术论坛专辑、香港科技大五四百年纪念专辑等，对海内外创作研究起了相当强力的推动作用。

于文涛：近年来，海外华文文学写作不但数量激增，而且已经形成自己的风格。站在全球华人的角度，站在文学的角度，站在审美的角度，海外华人作家的厚重之作令人刮目相看。他们的潜力不可等闲视之。当代世界文学的传世之作很可能出现在海外华文作家之中。有人说海外华文文学，在所在国处于边缘，没有进入主流，在母国又被视为旁支。我本人不这么认为，华文文学没有必要进入英语文学或法语文学或西班牙文学或阿拉伯语文学的主流。有志气有才气的海外华文作家，要变被动为主动，变"左右不靠"为"左右逢源"。我读过一些美国华文作家的作品，同中国大陆作家的作品确实不一样，有一点"怪味豆"的味道。有点"怪味"是件好事，说明作家吸纳了所在国的风味风情风格，改变了自己的"原汁原味"。为什么会有这种转变？有几个原因：生存环境改变了，衣食住行的习惯同以前不一样了；政治生态改变了，只要不触犯法律，不必担心因言获罪；写作语言也变杂了，无意之中变得南腔北调，甚至夹杂了外语词汇；写作风格也更自由了，可以猎奇，可以乱搭，可以随心所欲、酣畅淋漓。总之，不论在选材上，在语言运用上，还是在写作风格上，都变异了、突破了、升华了。

吕红：其实，这也是海外作家为什么走遍海角天涯，五洲四海，锲而不舍孜孜不倦追求的境界——"诗人对宇宙人生，须入乎其内，又须出乎其外。入乎其内，故能写之。出乎其外，故能观之。入乎其内，故有生气。出乎其外，故有高致。"

前不久无意中发现有篇论文提到本人多年前发表在《长江文艺》的中篇小说《曾经火焰山》，评论称该作品是对传统人文精神的坚守，包含对人的精神的现实关怀和终极关怀中的价值观的不同层次和关系。强调那些站在人文知识分子的立场上，不断充实、完善自身新人文精神的都市小说家，是充分发挥创作主体意识，具备强烈的历史和社会责任心的"精神界的战士"。这种建立在热爱人和生活，不懈追求、创造人生理想基础上的责任感，犹如精神界中不灭的火种，终会形成燎原之势，激励更多富有责任感的小说家通过文本中人物的塑造，帮助现代都市人抗衡日益世俗、肉麻并缺乏想象力的现实环境，找到灵魂栖息的家园。

我们需要更丰富、更复杂的文学世界观。程国君教授点评我最近发表在《侨报》的小说："在严歌苓、张翎、陈河处看不到的东西你处能看到，纸醉金迷、灯红酒绿里的坚守，谁人能识？全球化中的秩序瓦解、个体化过程和身份转换中对于人的新认知，哪个能见到？远行中的激情，无限性的迷惘，何人识得？当然，新感觉现代主义叙事开辟的路上的身影也有人赏识，侨报的人还是有眼光！侨报识你！！"文人学者的快速点评也是一个很有意义的呈现方式。

于文涛：我认为，海外华文文学归根结底应当归属于华文文学体系。尽管其中可能多数作者已经加入所在国安居乐业，有了身份归属。但是他们的文化基因没有完全改变，也不可能完全改变。他们在写作中所使用的汉字，他们的生活方式、思维方式、审美没有完全改变。他们同中国大陆仍保持着千丝万缕的联系。他们的"文学数据库"中仍保存着屈原、李白、杜甫、苏东坡和曹雪芹的密码。比如散文家刘荒田，作品不但在北美地区华人圈内畅销，而且在国内读者群中也颇有影响。还有不少海归作家。这就说明，世界各地的华文文学都拥有共同的"根"。经过这些年的域外经历，你的创作心态、阅读感受有什么变化？另外，从你的创作与其他文类来看，我觉得你的阅读范围比较广泛，大概有哪类书？

吕红：每次回国的话都少不了逛书店，这是一大乐事啊。每次返回海外居住地，那个行李箱往往是超重，嗯，几乎是满满是书，有时亲友不理解，而今网络发达，可以在线阅读或下载电子书，干吗累得气喘吁吁搬箱倒柜地带那么沉重的书呢？呵呵，当然了，除了专业研究方面的一些书籍之外，文学类也会带一些。有的书甚至自己都买过好几种版本。或许，这是某种怀旧情结使然？阅读会让我对人生充满了新鲜的感受！

回眸早年的文学熏陶是小人书，从小人书来又回归到小人书。记得有一次去寻找我母亲的根，到了安徽绩溪，看到有人在卖小人书《红楼梦》（十六本），我当时犹豫不决，怕带着太麻烦。走了老远，又折回，还是原价买下来。一套书带到了旧金山，夜里躺在床上一本本地翻。黛玉焚稿，焚稿之后，生命就是尽头。凄凉的紫鹃躺在床上哭，我也在床上哭。文学境界上感到撕心裂肺的痛苦，但是在另外一方面又感到温暖与欣慰，那就是，文学能够让过去了那么多年，牵肠挂肚地关注人的命运、人的个性及情怀，让你深深的感动。留下唏嘘与无尽的追索，仅这一点来说，这个目的也就达到了。

有一个现象值得一提就是文学作品改编成影视剧的非常多，这种强大的视听语言无疑是给日益萎缩的文学类书籍注入了活力。看电影分为两种，一种看故事，一种是不看故事。发泄、发现、思索和感觉，是让你去用心灵去体会的，而不是通过故事来刺激。当然一个好作品故事是很重要的，但在我那个年龄段，对故事反而不那么在意，特别喜欢去看一些心灵的东西，意识流和内心独白呀，比较有强烈的个人化风格，女性作家比较在乎那些稍纵即逝的、曾经有过的激情与感动、那些擦肩而过的惋惜。

我们的文化是有一个断代的，社会经历了这么多的历史运动，而当代文学划分为前十七年和后十七年，思想解放运动之后，世界文学或某种文学思潮也成为接触异域文学的通道，比如得了诺贝尔奖的马尔克斯的魔幻现实主义，还有哲学的存在主义。西蒙娜·波伏娃的《第二性》，这些在我们的创作或研究，在我们的写作视野里，或多或少地产生过影响。尤其是世界经典作品改编的影视作品。这一代最初萌发文学梦是在禁锢与解禁时期，呼啦啦一大批涌进的世界电影打开视野：埃斯梅拉达与丑陋却善良的敲钟人、冉阿让都曾让我们心灵受到强烈震撼，雨果真是了不起！世界文学经典像《红楼梦》《巴黎圣母院》《悲惨世界》《大卫科波菲尔》《简·爱》等，那些人物百年千年之后还活灵活现的，并没因时空转换而消失……

因受文艺思潮影响，那些呼唤人性的新时期的作品深深打动了我们，还抄哲学笔记，黑格尔、康德、歌德的都有，还有叔本华，——体味人生之间的痛苦。一切生命，在其本质上皆为痛苦。萨特，存在先于本质。受老师的影响，读一些很生涩的哲学书，尽管读得枯燥无味还不舍得放弃。思考是西方文学的一个特点，或是学院派作家的特点。那些作家的良知与勇气恰如灼热的阳光，为社会进步和净化鸣锣开道，为呵护内心的真理与真相而始终走在时代前列。或许放在传统语境下，有时显得有些异类异端。与中国传统的写作方式是不同的，对于社会的一些反思，以文学语言、用意识流、用内心独白把它表现出来，痛快淋漓。在海外读最新的西方作品未必比在国内多，与距离远近无关，与环境背景无关。反而是国内读者追踪西方最新作品更快捷。用一个或许不那么恰当的比喻，就好像名牌，国内人追求的程度远远超过身在西方世界的海外华人。还有一种感受，真正的中国优秀传统文学经典，仍是文化的精髓，不是说现代网络科技能够取而代之的。

于文涛：对海外华文作家以及对他们作品的评价，一定要"一分为二"。一方面，确实涌现出一大批德艺双馨的海外华文作家。就我接触知晓的，就有北美的黎锦扬、周腓力、哈金、严歌苓、张翎、刘荒田、吕红、岑岚、若敏等大家。另一方面，确实存在着一批"文学爱好者"，但写作潜力无法估量。我们当前最急切的目标，不是选拔几个大师，而是营造一方可能出现大师的土壤。海外华文文学的选材大致可分三大部分。第一部分，作家本人在所在国的打拼经历与切身感受；第二部分，作家本人移民之前在母国经历的回顾、梳理与反思；第三部分，两种经历的交叉与闪回。不管选择什么题材，作家本人的理念与风格必须出新。既然移民到异国他乡，改变了以往的生活方式，接触到新的理念、技巧与审美，也是海外文学创作中优势对吧？

吕红：记得中国文坛流行过一种说法，即越是民族的，就越是世界的；越是土得掉渣的，就越能抓老外的眼球。似乎不太喜欢那种东西，可能是跟我的审美趣味有关吧。但是我没有发言权的原因就是我不是全部看，也是感觉看一部分颇有新鲜感。

原陕西作协主席陈忠实的《白鹿原》是当代文学的一个高峰，因缘际会，俺也见到了他本人，并且还将采访刊发在《红杉林》杂志。对这样的中国作家，我是非常敬佩的。当时也对书中描写男人娶了七房女人，有些想法，但是我认为它只是一种叙事策略，似让人去寻找其中的吊诡。

于文涛：海外华文文学的文学理论与文学批评是比较薄弱的部分。目前，不要急于形成共识，不要追求舆论一律，要各抒己见，百家争鸣。对一个作家的论定，对一部作品的点评，对一种观点的取舍，均需要实践检验。即使对那几位独占鳌头的作家，也要用一分为二的观点具体分析他们的作品：哪几部是力作，哪几部是急就章，哪几部是败笔。不要武断地排名次，因为仁者见仁，智者见智，因为萝卜白菜，各有所爱，因为一切都是相对的、流动的、变化的。有的少年得志，有的大器晚成，有的愈战愈勇，有的越走越衰，最后是江郎才尽，偃旗息鼓。因为本人为特邀评论员，所以也比较关注新移民作家作品，包括一些学术研究，感觉国内高校研究者对这片领域研究得还不够深入，你对此有什么想法？

吕红：这项研究虽然前年有所突破，但还需要继续深入。正如专家程国君教授所总结的：海外华文文学社团、期刊网络史是华文文学史书写的重要史料基础，也是我们认识海外华文文学发展的重要资料。为了促进海外华文文学研究的深入和发展繁荣，由文学院程国君教授牵头开启这项研究课题可以说是恰逢其时。他认为，对于海外华文文学阅读和研究最大的困难是资料的收集和整理。加上海外作家、社团以及期刊的"不在场"的不便以及沟通、交流的困难，没有统一体制基础，多地多元的处境等原因，国内学术界尽管有多个世界华文文学研究中心及资料中心，但此项研究才刚刚开始，也缺乏有效的智库建设，而有规模的系统而科学的把华文作家、社团及其期刊的档案建构起来，建立数据库等智库，是本学科"供给测"层面必须着手的基础性建设工作，也是海外华文文学研究的硬性标志及物质性基础，具有重要的史料传世价值。我觉得这是非常具有现实及历史意义的。

前几年在旧金山举办的北美华人文学国际研讨会，苏州大学博士石娟就以《红杉林》为研究对象，论文也刊发于《世界华文文学论坛》。2017年在浙江大学举办国际学术研讨上石娟再次提出《海外华文文学报刊研究之必要性及困境》：海外华文文学研究先以港台文学为中心，近年来延伸至世界华文文学。三十余年，成果众多。从微观层面，其多关注于文本研究和作家研究，宏观层面以概念、范畴的辨析和界定，新的研究方法、研究视角和理论工具的运用和发现为主导，始终是真正的"文学的"研究。无论从数量还是从内容上，都无法与现有的海外华文文学研究体量相呼应。作为文字的有形载体，也作为文学场域之一种，华文报刊的历史现场若不能得到系统梳理、开掘以及还原，必然会"一叶障目，不见泰山"，而作品研究若失掉了其赖以依托的载体以及背景，必然在解读以及研究上存在各类盲区，对作品价值的判断也会失掉其应有之本义。有鉴于此，在海外华文文学研究如火如荼的当下，进入海外华文文学报刊研究，显得十分必要。

随着全球化趋势、海外中文热以及东西方文化交流日趋频繁，华人传媒无论是内容还是形式，都发生了质的飞跃及变化。而这种流变恰恰传达出科技文化与社会人生所呈现的相互影响、相互作用的关系。所以，我们为什么要坚持在海外办刊有这以下原因：尽可能多样性，发现在艺术上创新、思想上突破窠臼的好作品，没有条条框框，没有体制上的约束，百花齐放、百家争鸣，没有人情关系稿，不需要迎合某些需要，虽然有经济压力，但海外有识之士仍像爱护自己的家园一般爱护这个来自全世界爱好者耕耘的艺术花园。

于文涛：尽管海外华文文学的历史较短（只有近当代史，没有古代史），但就涌现出的作家和创作出的作品而言，已经可以编撰一部海外华文文学简史了。目前已经出现几部类似的简史，但远远不够。修史是项大工程，需要大量人力、物力和财力。陕西师范大学有志于此项工程，这是一件功德无量的大好事。我认为，编撰海外华文文学简史内容需要从纵横两个方向进行。纵的方面，从早期苦力移民的零散之作开始，中经缓慢的外交官与留学生华文文学阶段，再到当下波澜壮阔的新移民华文文学鼎盛时期。横的方面，可以侧重四大板块（欧洲、北美、东南亚、澳新），兼顾其他地区。简史包括：断代史，大事记，主要流派，主要社团，代表作家，经典著作。

海外华文文学的兴衰取决于华裔移民在所在国的沉浮。华裔强，则海外华文文学强；华裔衰，则海外华文文学衰。目前的新移民正在走强，所以海外华文文学也呈兴旺之态。至于50年之后，100年之后，随着"黄香蕉"一代对汉字的不断陌生，海外华文文学有可能弱化甚至消失。当然，也有另外一种可能，随着中国国力不断加强、影响不断扩大，全球出现"汉语热"，海外华文文学的疆域甚至会出现意想不到的拓宽。不但有华裔移民在坚守，而且有一部分非华裔加盟。然而，这些仅仅是预测而已。

吕红：从史料出发描述出欧美华文文学的总体面貌，为文学史写作提供完备的一手资料。同时，可以为国内知识界提供丰富的华文叙事及其传播的文献信息，为世界华文文学发展和研究提供坚实的、丰富的资料基础。这是重大的文化基础建设工程，既有重大的文化建构功能，又有重要的史料传世价值。21世纪以来，北美华文文学一枝独秀，《红杉林》至今十余年，出版共五十余期，从创刊到出版适逢海外华文文学从创作到研究的快速增长期。对其生产与消费机制以及刊物风格及流变的研究，或许可以使我们得以更清晰地窥见21世纪以来北美华文文学发展的脉络及文化走向，使我们对海外华文文学的研究从文本走向现实，从文学走向社会，从文人走向华人世界。正如石娟博士所言：《红杉林》在有限版面中呈现学理研究，每期以专栏形式发表国内学人的华文研究成果，为华文文学创作以及国内外研究者提供了学术交流平台和理论支持，对海外华文文学创作功莫大焉。正因海外华文作家及刊物与国内文化机制的差异，更显出华文传媒以及华文文学之于民族血脉难能可贵的精神价值。

她认为，这些意义都要在以海外华文报刊全面系统梳理的基础上才能得以厘清，也为当代海外华文文学的历程，留下一份"信史"。除了石娟博士的研究，还有在洛杉矶大学访学的刘颖慧教授也有研究课题，《北美华文文学传播视阈中的华文报刊》中有对报刊历史与现状的研究，她与伯克利大学东亚图书馆合作，发掘了不少有价值的资料。另外还有博士硕士也在做这方面研究，向我们索取资料。

近年颁奖给《红杉林》杂志的主流政要有美国国会议员赵美心（Judy Chu）、加州参议员威善高（Scott Wiener Senator）、加州第17选区州众议员邱信福（David Chiu）、第19选区州众议员丁右立（Phil Ting）、第25选区州众议员朱感生（Kansen

Chu）、第28选区州众议员罗达伦（Evan Low）、加州主计长余淑婷（Betty Yee）、加州财务长马世云（Fiona Ma）、旧金山前市长李孟贤、布里德（London Breed）等。赵美心称赞美国华文文艺界协会及红杉林对促进中美文化交流和社区和谐发展的贡献。都柏林市大卫·休伯特（David Haubert）市长贺函："鉴于红杉林杂志十多年来汇集了来自美国和世界其他地区的华人作家和艺术家，以促进人们之间的文化交流，增进和谐与友爱。特此恭贺并鼓励大家加入该组织，培养独立思考的精神，并通过创造性写作来改善生活和社会。"

于文涛：你认为，对于世界文学发展我们的研究者应该如何把握其中的脉络？

吕红：世界文学的影响是整体性的、相互的，虽然时代在变化、科技日新月异，但文学是人学、人性是永恒的。写论文也好，对话也好，都可以碰出火花。如今人们对文学史这个话题很关注，是好事情。特别经典的作家作品，文学思潮，相应的有影响的文学运动，构成文学史的一个主要脉络！这是一种众声喧哗，是汇聚大海浪花之总和。文学是一个时代的反映、是人类精神文化的成果。而作为研究者来说，也许精力、时间及资源有限。虽然互联网发达，很多资讯在网上可以找到，但仅覆盖一部分或一个层面。所以包容性及眼界开阔是很重要的。比如像王德威教授，他的学术研究总有新意，而且拿得出有分量的学术论证，这是一般人做不到的，凭着感觉或思维敏锐，有很强的创新意识，深厚的文化底蕴，同时具有前瞻性，在这种高度上做出成果才有其不凡意义和价值。

总的来说，世界文学影响和对当代文学的发展，一波接一波，长江后浪推前浪。王德威教授从他《被压抑的现代性》中谈到的"没有晚清，何来五四"，到《抒情传统与中国现代性》中对中国文学"有情"历史的召唤和重新叩问，再到现在的"华语语系文学"，王德威的研究从来不缺少批评和争议，但又总能以新的理论构架、新的诠释方式带来明确的启发。其新作《哈佛新编中国现代文学史》（英文版）又在尝试文学史新的撰写方式。"文学史的编撰本身就是一个充满历史话题性的过程"，不同的观点跟风格，它所造成的一个文学史的大的叙事架构，势必对我们现在所熟悉的这种不论是集体写作的或者个人写作的，刻意的强求一以贯之的文学史模式，都是一个相当的冲击。

（原载《世界文学评论》2019年第16辑）

纵横大地专访：作家吕红

木 愉 秋 尘

木愉：吕红，久违了。很高兴借着采访的契机与你重逢。你在国内时就是签约作家了，到美国这些年来，虽然处在异文化的环境里，但你创作上并没有中断，仍然佳作连连，听说最近又有一本长篇小说问世，衷心地祝贺你！请问你对在故国用中文创作和在异国用中文创作有什么不同的感受，在这两个不同的创作阶段上有什么不同的收获？在国外严峻的生活环境下，你是如何保持中文创作的热情和产量的？

吕红：自己也就这两年才真正地捡起创作的笔来，写一些长篇的东西。以前都是见缝插针零敲碎打，写散文随笔什么的。确如你所言，去国离家，生存环境的改变，其间巨大的冲击和落差；从新鲜感到彷徨焦虑；东西方文化的冲突，还有那种寄人篱下的漂泊感、挫折感、乡愁、无奈和希望交织混合，无时无刻地压力和情绪累积，似乎也都变成了灵感。不管是生存竞争下，为充塞版面的频频发稿，还是夜深人静的心灵释放，无疑都成为边缘人一种文化坚守和存在方式。

作为新移民作家，想在作品中通过对边缘人心态及生存状态的刻画，体现少数弱势族群在异乡生存的困窘和精神超越。从诸多华人永不停息的奔波寻找中，从穷学生、打工者到拥有绿卡身份、洋车豪宅和安稳生活之后所面临的一切，充实又很空虚，既拥有一切又似乎一无所有的状态，揭示出更深刻的哲学内涵。恰如专家所言，新移民创作的异同让人感到民族内部跨文化因素的出现，也显示出身份、传统、边缘这些课题将越来越影响一个民族的文学。

在国内，搞创作比较有氛围，不仅大小文学刊物多，作协在组织作家笔会、作品研讨会方面还能提供优越的条件及交流场合。而在异国创作，很寂寞甚至很无奈。要有点阿甘精神吧？至于说文学产量，自己远不如那些颇有成就的海外女作家，譬如像严歌苓、张翎她们。当然你也知道，搞创作最需要心态稳定、精力集中，既要有生活和艺术多方面的积累，还要有经济基础，才能沉得下心来，将细微感受化为艺术创造。目前我还不能全部投入文学创作，精力比较分散，一方面要编刊物，另一方面要读书和写论文，还有报刊专栏的影评、随笔，见缝插针才来创作。我知道这样时间精力是不够的，没办法，只能咬牙往下走，走多远算多远。有人曾笑：这么匆匆忙忙奔波不休，事情一桩接一桩，哪有闲情逸致享受生活，哪还像个女人哟？

木愉：近些年来有股热潮在海外文人中掀起，这股热潮就是回到祖国攻读文学博士。连我也心动了，正在论证着必要性和可行性呢。听说你正在攻读文学博士，能帮帮我及其他也心动的朋友拿个主意吗？请你告诉我们，你当初是如何做出攻读博士的决定的？获得了博士，你的创作会有怎样的升华？

吕红：有人说"性格即命运"。其实人生很多时候都是身不由己、骑虎难下的状态和感觉。似乎总是被某种力量推动着。当年回国参加世界华文文学国际学术研讨会，在海外冷寂了多年后再次重返国内喧哗热闹的文坛。会中的议题包括：华文文学的文化活力和族群特色、华文文学中的原乡性和超越性、华文文学中的身份书写等。而我的议题是：海外女性文学——边缘人的边缘文学。那段前后也是最紧张的，来不及叙旧即投入到某种"搏命"状态，各种机会轰然而至，求学压力更逼我不得喘息。

温故而知新。哲学大师黑格尔曾经指明：时代的艰苦，使人不得不为这些现实利益而斗争，它大大地占据了精神上一切能力和力量以及外在手段，人们没有自由的心情去理会那较高级的内心生活和较纯洁的精神活动。而柏拉图说，灵魂是由骑手驾驭的两匹马，一匹通体透明，日行千里，驶向崇高壮丽的天国，另一匹则黑暗而驽钝，顽固地拖向大地，拖向物的世界。居住在大地上的人们，在物质与灵魂、轻盈与沉重之间磨砺着灵魂，只有少数坚定者由此获得精神的圆满和丰裕。而人性之所以伟大，是能在劳碌奔忙的同时，超越此范围而仰望神圣——在古今中外优秀的文学作品里，人们不断看到灵魂的困境和心灵升腾的令人激荡的情景。让人反思，并对自己的"文学观"进行一番梳理：文学的要义在表达本身。每一次表达都如同电脑页面的一次刷新，每一个灵魂都是一个世界，而每时每刻不同的灵魂里都有不同的世界。当下不断更新，既更新着当下自身，也更新着对历史的记忆。文学就是这一切。

所谓女性主义，其要义也不在于它得出的若干结论，而在于它正是一次话语的重构、世界的重构、表达的刷新。由于文学的目的在表达自身，在生命本身，因此它没有什么具体的功利目的，但也正因为如此，它才实现了对灵魂的关怀和对人类的终极关怀。

在一次世界华文文学的高峰论坛上，与会者对我的发言很赞赏说：看人家吕红一边创作一边做学问，不简单。又说那些在国际知名的作家，哪个不是学者型的作家？举凡获奖之作都是比较有深刻思想的。教授的话颇给人启发。我觉得无论是读万卷书、还是行万里路，都有提升创作品质的意义。但至于影响究竟怎么样，很难说。

木愉：曾经听人说过，要害人破财，就叫他（她）去搞出版。这句话当然偏颇，国内就有许多人是靠搞出版而暴富的。但同时，我也知道在北美搞中文出版的大都步履维艰。听说你正投身于这个危机四伏的行业，主持中文文学杂志《红杉林》的编务。能否告诉我们你是怎样作出这个决定的？创办至今，局面如何？对前景有何预测？

吕红：现实的不完美，更让人去追寻、去创造。身在海外，深知在海外做文化事业的甘苦。在北美搞中文出版，的确步履维艰。投身这个危机四伏的行业，也是出于一份责任感，和对海外写作者惺惺相惜的情感。海外华人需要这样的交流平台和发表园地，同时也凝聚更大的力量去推动文学的发展。就目前来看，对愈来愈多、层次愈来愈高的文学创作者来说，海外文学刊物不是多了，而是太少太少了！

感谢加州伯克利大学美国亚裔研究系鼎力支持和襄助。社长王灵智、副社长黄秀玲，由大学学术界专家和知名作家共同组成编委会。高屋建瓴、开放广博；不拘一格，兼容并蓄。为确保刊物素质和整体风格，特邀全美及国际著名作家学者组成顾问委员会，以保证刊物的正常运作、内容素质和专业水平。其中包括纪弦、白先勇、余光中、严歌苓、单德兴、郑愁予、痖弦、洛夫、张错、张炯等名家，国会图书馆亚洲部主任李华伟博士，亦有侨领及社会贤达等。

《红杉林》于2006年5月经加州注册、美国国会图书馆核准国际刊号ISSN 1931-6682。创刊之后获得社会多方面的好评，譬如南加州大学教授张错认为"是一个很好的开始，但因要走的路尚长，需要坚持和有恒"。白先勇先生致《红杉林》的贺词是"祝红杉林愈来愈红"，希望刊物愈办愈好。不仅有多位专家学者的肯定，还获中国侨联颁发荣誉证书。迄今已出版春夏和秋季号。发表了文坛名家譬如纪弦、余光中、严歌苓、苏炜、喻丽清、李林德、黄曼君、朱琦、刘荒田、李硕儒、少君、沈宁和实力派小说家张慈、王瑞云、沙石、吕红、施雨、融融、余雪等作品，资深媒体人及诗人王性初、阙维杭、史家元、蔡益怀等佳作，还有招思虹、汪伦、黎志滔、李强、蓓蓓、尧石、陈桅等散文多篇。刊发海内外评论家及学者譬如公仲、古远清、白舒荣、张炯、陈美兰、陈瑞琳、王红旗、刘俊、舒勤、周易等学术论文，以及海外作家与国内学界交流、新书发布会暨研讨会、美华文协换届选举、加华作协通讯、华人学者欢聚长春弘扬世界华文文学、文心社北京笔会、北加州华文传播媒体协会颁奖典礼等文讯，对海外华文文学创作和发展起了相当强力的推动作用。我们能在今年这么短时间、如此少的人手、又面临其他困扰之下，出版了春夏秋季号。而且一期比一期有进步，特别是不少文友表示支持和关心，愿为刊物尽力，终让人觉得付出有所回报和安慰。希望能不断地凝聚海内外同仁力量，分工合作加强文学发展的后劲。目前看来烦心事不少。亲友关心地说："你的执着与坚忍不容置疑。"但任何事情都有双重性：塞翁失马，焉知非福。还一再劝我："省点力吧，蓄势待发！"我想，不管刊物将来前景如何，但至少表明我们奋斗了、尽了自己的一份心力，在这一阶段，也算填补了文学领域的空白吧？

木愉：你一直对女性文学比较关注，能不能简单地对祖国和海外的女性文学近些年的突出特点做一个简单的介绍？在北美中文文坛里，女性写手或作家声势浩大，几乎一手遮天，请问你对这个现象有何评价？

吕红：当今文学批评思潮中最具兴奋点与冲击力的、莫过于女性主义的兴盛和女性作品的重新诠释。其实，围绕这个话题几乎跌宕起伏了半个多世纪仍方兴未艾。其风潮涉及面之广、影响之深的确为文学史罕见。女权主义（Feminism），其中的feminine一词包含了"女性"与"女权"的双重含义。它大体上分为三个阶段：第一阶段主要提出各种社会政治要求，追求男女政治社会经济权利的平等。第二阶段以1968年以后的新一代女性主义者为代表，强调男女差异，否定男性本质，颂扬女性本质。女权主义进入第三个阶段，就是和存在论哲学相结合的女性主义。在这一阶段，女权主义所要重构的，是有别于第一阶段之社会政治权力重构、第二阶段之知识话语权重构的日常生活世界重构。在文学上实现女性的多样化的生存体验与叙述。

十几年前，据说有位女教授在大学里开设"女性文学"课，遭人嗤之以鼻："难道文学和厕所一样，也分男女吗？"时过境迁，现在男评论家们几乎个个认为，女性文学已成气候。有人说："女性文学已经发展到不容回避的时刻。现在文学不景气，女性文学还是景气的。"也有的以耸人听闻的口吻："女性已经夺取了文化领导权。"最好的例证就是，如今中国作协的主席、副主席，女性已明显占了一定的优势。

有人认为，"女性文学是块非常肥沃的土壤，一定会生长出令人惊讶的新的品种"。但女性不能仅仅研究女性自身而不去面对整个世界，只在自己的领域中自言自语。女性能充分认识男性，充分认识这个世界，才能充分驾驭这个世界。女性文学要有女性视角，但女性视角不等于只看自己，而要放射出去看世界。放眼当今中国文坛，女性作家写作愈来愈蔚为大观，惹人注目。连评论家都感叹：现在的女性文学写作已真正进入了它前所未有的黄金时期，无论是作家的数量、创作的质量或是风格的多样、作品的影响，都大大超过以往。女性文学形成如此大的气候，造成如此大的影响，这在中国文学历史长河中还未曾有过。再看看海外女作家群，同样色彩缤纷，成就骄人。尽管女性要闯出自己的一片天地，要付出比男性更多的努力，面临着更大的挑战，并要时刻警惕被异化的危险。在这个过程中，有风险和代价，也有机遇和收获。不断丰富的体验与感受、不断深入的自我认识都是对个体生命的不断充实，也是新女性不断成长的标志……

木愉：那也许是遥远的事了，不过你肯定记忆犹新。能告诉我们你是如何走上文学之路的？你发表的处女作是散文、小说还是诗歌？哪些作家和作品曾经影响过你的创作？

吕红：我最早尝试写作的是电影剧本。那时一群女兵攀山越岭采摘中草药，夜晚就团团围坐在乡村打谷场、高高的谷堆旁讲故事。讲曾经读过的中外小说，包括许多俄罗斯名著。一边讲，一边手里还不停地帮老乡掰玉米棒子，准备磨面做饼。志趣相投的好友在讲故事中彼此相互补充。当时她有句话给我的震撼至今难忘：此生最大心愿，就是留下一部《红楼梦》那样的巨著！忽然我就被唤醒了，噢，原来她，是有梦想的。这样文学萌芽就有了，但怎么写？写什么？心里并没有谱。为练笔，自己就调动想象，将那些流传口头的故事改编为电影剧本，终因力不从心，作罢。还写了些所谓的诗歌，那般稚嫩浅显的文字，居然还不知天高地厚投往当时国内最权威的刊物，想起来很是好笑。以后又上学读书，继续写作。最初变成铅字的，是报纸副刊的"豆腐块"——文学短评，刊物上发表的处女作是小说《一封终未发出的信》，获奖的却是篇散文。如此看来本人兴趣广泛，无论小说、散文诗歌或评论，通通涉猎。

在早期作品《红颜沧桑》里，我以一位大姐为生活原型，写了一个女人在那个年代无奈而惨痛的经历。我写道：我和她的差别在于她总说自己是小人物，可我从来就不想承认这一点。从表面上看我似乎比她强。从骨子里看，也应该比她强。她是需要强者的弱者，我是自称强者的弱者。没有什么可骄傲的。是的，彼此彼此。她本质上属于"失去的一代"？"思考的一代"？还是"垮掉的一代"？抑或是兼而有之？才二十多岁我的确显得比别人老一些，起码感情经历是这样。她说得对："活着，还是简单一点好……"

发表时我删除了最后一段被文友认为是"多余的话"：下山了。他们沿着一条另外的路摸索着，你拉我搀地下来。伫立石头上，恍惚又记起了有关巫女的传说……想起前不久读过一本书——西蒙娜·波伏娃的《第二性》，其中一段："自由对女人不过是一个抽象和空洞的名词，她只能运用它来反叛，反叛是那些没有机会做任何建设性工作的人的唯一途径。她们必须反抗她们受限制的处境，设法打开一条通往未来的道路。委曲求全不过是自暴自弃和逃避责任，人除了努力去追求自己的解放之外，别无他途。虽然过去和现在，均有许多妇女孤军奋战，努力达成个人的解放，但妇女真正的解放，必须是集体的；而这一项要求，便是妇女经济地位的改进。那些想达成个人解放的女人，往往企图在内闱的生活中求超越，结果是可悲的。"

在发表时已经不见这些文字，草稿中却保留了最初构思的痕迹。初稿在搁置了五年之后才修改发表在外省的文学刊物上，并且收入在小说选集中。对自己的作品常常不满意。写完之后不是到处投稿，而是束之高阁。若干年后想起来，再修改，间隔周期很长。如今写作发表比较快，一般是马上写马上发，譬如随笔之类。多产就难免仓促粗糙。大概也是快速经济时代，快餐文化的产物吧？要出版文集时就要再做一番修改。

影响自己的作家和作品，古今中外都有。像刚才说的法国的西蒙娜·波伏娃、玛格丽特·杜拉斯等。为爱而生，为爱而死。绝望的性爱，无言的别离。杜拉斯真是写尽爱情的本质。

木愉：你刚刚出版的长篇是以海外生活为背景呢，还是以国内生活为背景的？海外的生活是否是你创作取材的源泉？

吕红：长篇小说毕竟容量大，有相当多的发挥空间。在人物塑造、作品结构、思想内涵以及人文精神的升华上，可以体现作家的风格特征及艺术追求。新作《美国情人》是以女性视角来展示众多新移民命运，反映了"边缘人"如何寻找"身份认同"的经历，寻梦者的苦乐悲欢。我是想把自己在海外的观察和思考融入作品，这里包括中西方文化的差异，女性自身在社会相互矛盾的角色冲突中的尴尬等。以中美两国多年恩怨难解的背景，强化历史的厚重感和纵深感。这样无论海外或海内，皆为创作取材的源泉……

木愉：虽然这种比较可能有些不妥，但还是姑且请你作一下这个比较。如果拿海外的写手或作家跟国内的写手或作家比较，你是否认为海外的写手或作家在中文文学史上应占有一席之地？如果是这样，在诗歌、散文和小说这些领域里有哪些人值得注意？

吕红：海外移民文学对世界华文文学所产生的影响是不可低估的。尤其作为文化的表现形式之一，在很大程度体现了全球化视域下中西两种异质文化的冲突、融合的历史。新移民文学在各具特色的书写中又有了更多的文化超越。在长篇小说领域，譬如严歌苓、张翎、虹影、苏炜、施雨、张慈、啸尘、沙石、程宝林、范迁、融融等很多北美作家，关注故事背后的生命本体，在社会背景变异中对精神层面追问和寻找贯穿始终，对命运的错综纠葛及人性的深刻挖掘，无疑给读者以强烈的震撼。散文诗歌领域写作层面就更宽泛，当然最有影响力的还是北岛等代表性作家。

秋尘：吕红好，很高兴可以采访你。知道你办了一个文学杂志《红杉林》。可否给我们介绍一下这个杂志创办的初衷、目标、选稿、发行等。

吕红：《红杉林》的创办人是王灵智教授。其宗旨是：第一，提供给海外华人一个文学艺术作品发表与交流的平台；第二，促进自由开放的沟通，为作家、艺术家与学者们提供切磋交流的园地，通过各种视角的观照和评论，让来自不同地域的创作得到更进一步的提高；第三，推动全美及海外华人文学艺术的发展，系统地评估艺术创作成就，包括从文学到艺术、从电影到大众文化等；第四，让更多的海外华人（譬如晚生代华裔、或对华人文学感兴趣的各族裔读者、或研究生等）增进对华人历史文化的了解，提高他们的艺术欣赏水平，以及对文学作品的分析能力，并借此对世界华人文学有更深刻全面的了解。《红杉林》包括海外华人作家的原创作品，譬如小说、散文和诗歌。评论则不限海内外评论界，侧重以研究海外创作为主。目前发行是面向图书馆、大学研究机构、书店和报刊发行点等。同时也与国内学术界进行交流。

秋尘：一手理论研究，一手创作，又兼具大陆和海外的生活和工作经验。你如何定位将来自己在文学方面的发展？可否给我们谈一下后面的计划？

吕红：文学即是人学。心理学研究人的心理，医学研究人的生理，社会学与政治学研究人作为社会动物的特性与组织关系，不也是人学？文学作为人学，其特殊性究竟在哪里呢？其他以人为对象的学科中，人是被客体化的。而在文学的视域下，人是未完成的，正在进行的过程，不断变化，不断重塑。在这门特殊的人学中，研究者与研究对象在很大程度上是合一的。换言之，文学的根本目的就是叙述和表达。

这一表达有如下特点。其一，它有特殊的内在形式，追求开放的空间，形成有别于物理时空的新的时空结构，实现多重互相变形的镜像，比如《百年孤独》。其二，它是多元的，非决定论的。比如福克纳的《喧哗与骚动》、芥川的《罗生门》等，都是通过对同一事件与生活时空的多重叙述，将叙述本身从叙述的对象中凸显出来。其三，它带有反思性与叛逆性。叙述本身是不可完成的，是不断地重写与改写，每一次重写与改写都是对前一次的反思和疑问，都是不断超越与不断叛逆地延续。几千年的文学有多种流派、多种表达，对同样的人或事有不同的叙述，我们不能判定哪一种叙述是真理，是结论。但共同构成了我们延续至今并将延续下去生命的自我表达。离开了这种反思与叛逆，生命就会终止，文学也将消亡。——通过这带有理论意义的表述，想要说明的是，创作乃生命本体的需要，而其他不过是辅助而已。有了多方面的累积之后，长篇小说仍是主攻方向，若有机会，还想去"触电"，弄电影电视什么的。是兴趣，更是梦想呢！

秋尘：可否对你已经发表过的作品进行一个较全面的综合评价？喜欢哪些作品，为什么？你的特色是什么？

吕红：自己评价自己作品是很难客观准确的。曾经有评论家称，在我以往的作品中可见艺术的独创性。有比较多的意识流、心理小说或者新感觉派的味道。结构主义色彩较浓，笔触深入古代神话的原始意象，加以对比手法多层次的充分运用，使作品在扩充容量、引发深思的同时也在结构形式上显得较为鲜明，渗透了人文主义的意味。尤其别出心裁的时空闪回与穿插，既有对历史风云的回眸，更有对现实的扫描，有对理想人生的追忆与钩沉，小说既追求容量浓缩、又有意呈现给读者思维翱翔的空间。表现的不仅仅是一种人生的广度，同时也力求开掘人性的深度。前者表现在必然王国的不幸，后者则是表达自由王国的不幸——因为我们还远未到真正的"自由王国"。

在创作手法上，自己曾尝试过新写实、先锋和魔幻现实主义以及现代拼贴风格等，属浅尝即止，未成气候。在一些作品中，有意以女性视角表现女性在东西方文化冲突中的迷惘，并隐含在迥异的社会历史背景下，男权意识的专制粗暴对女性发展的制约及伤害。譬如表现女主人公所处具体境遇的感受与描绘上。以女性的逻辑来和世界打交道，来建筑自己心中的世界镜像，而不是按一个先验的所谓女权主义模式，将小说写成后殖民女性主义的妇女觉醒或解放的文本。我并不在意所谓传统的、现代的女性的划分。它是一种原生态，是既未经男权话语也未经某种模式化的女权话语浸染的原生态，也许因此更接近人文主义真谛。

我觉得，女性主义似乎应该进入第三个阶段，就是和存在论哲学相结合的女性主义。它从表面上看，也许显得平和一些，但是它更加关注女性的日常生存体验。在这一阶段所要重构的，是有别于第一阶段之社会政治权力重构、第二阶段之知识话语权力重构的日常生活世界重构。它在文学上的目标是实现女性的多样化的生存体验与叙述。它是前两个阶段的深化，但更加接近每个平常生活、生存的女人。这些传达出女性文学特征的作品，无不揭示了由传统到现代、从故乡到异乡或此岸到彼岸、漫长旅程中人性的变异与复归。

（原载《红杉林》2007年第1期）

在多元文化语境中蓬勃兴起的海外华文文学

——吕红女士访谈录

陈富瑞

陈富瑞：您的长篇小说《美国情人》已经由中国华侨出版社出版，成为"当代世界华文作家文库"的首部长篇，并受到了读者的广泛好评。您能简单地介绍一下这部讲述海外移民作品的相关情况吗？

吕红：这是我旅美之后创作的第一部长篇小说，主要是以女性的视角，围绕异乡漂泊男女的遭遇，刻画了形形色色的人物心态和情态，并通过林林总总、不同层次的移民心路写尽寻梦者的苦乐悲欢。无论是华文媒体从业者、学校老师，还是小生意老板、餐馆大厨，甚至沦落风尘的按摩女、情场决斗的"第三者"，都以鲜活的形象表现了斑驳陆离的海外人物众生相。同时，透过复杂交错的人物命运，反映了海外新移民多种多样的生存状况。作品完成后得到许多专家学者的肯定。

中国当代文学研究会会长张炯对此给予高度评价："这部小说通过主人公芯离别故土和亲人，在梦寻中挣扎和奋斗，经历了个人思想和情感的种种挫折和磨炼，终于获得事业成就的故事，寄托了作家对新移民生活命运的许多带有哲理性的思考，有力地伸展了新移民内心的深度和广度，揭示出人性的丰富和复杂。"

文化的冲突和碰撞必然要产生交汇融合。西方的阳刚与东方的阴柔互补，才能达至阴阳平衡。找到超越人种、肤色、民族、国籍以及宗教派别的人类心灵的共通点，从而达成和谐发展的远景。或许这也是小说中表示的一种宏观性的哲学命题吧！当然，小说的内涵比它的议论更为丰富。——总之，《美国情人》是一部有着广阔社会历史内涵的作品，也是一部反映爱情与事业追求的饶有艺术特色的作品。它向我们展现了北美移民生活的新的画卷。

陈富瑞：海外作家大多在作品中书写自己的身份认同，您也曾说过："'文化身份'也是海外华人在创作中关心的主题。其实，人活在这个世界上，有意无意，都在寻找一种身份。不管你漂流在何处，总要寻找自己的生存空间，和面对各种各样的矛盾或冲突。"在这部作品当中，您也把"身份"放到了一个很重要的焦点，您怎么看待这个问题？

吕红：或许你也听过类似的经历，当一个人到了一个全然陌生的环境后，因失去所有的标签或者自己存在的证明（譬如护照、身份证、驾驶证、工作证之类），突然就陷入巨大的茫然之中。这也算是一种"边缘情境"吧？你不知道该用什么方式来证明自己？偏偏身份是个看不见摸不着的东西。身份困惑可谓边缘人的共通感受。那些在异国他乡的移民，尤其是文化人，更加感受到孤独矛盾和分裂的尖锐痛苦。因为任何一个寻梦者，不管来自哪个国家，在美国想要待下来都会面临着"Status"或"Identity"——身份转换或身份认同问题。

所谓身份，一般指的是在某个社会结构中人所具有的合法居留标识及其所处的位置。换言之，身份是一个族群或个体界定自身文化特性的标志。而所谓身份焦虑就是指身份的矛盾和不确定，即主体与他所归属的社会文化传统失去了联系，失去了社会文化的方向定位，从而产生观念、心理和行为的冲突及焦虑体验。美国著名的精神分析学家埃里克在其论著中将"Identity"表述为"同一性"，即所谓的认同也就是人们对于自我身份的确认。身份认同带有历史和社会的影响及烙印。移民文学与其说表现了一种认同感的匮乏与需求，不如说是深刻的现实焦虑的呈现；与其说是对自我身份的建构，不如说是对自我身份的解构和焦虑。人成了一个非中心化的主体，无法感知自己与过去、现实、未来的切实联系。

随着人类对精神和物质发展的多元需求，移民潮暗涛汹涌。各种国际因素变化使身份焦虑亦愈来愈多成为描述和深层开掘的主题。新移民文学在身份书写中又有了更细腻感性的刻画。旅美女作家严歌苓以冷峻尖刻的笔调传达了移民境遇的切肤之痛："人在寄人篱下时是最富感知的。"撞车了有没有人问伤？跌倒了有没有人问疼？没有。更多的时候，生存的迫急，使生活的目的变得坚硬而直接："摆脱贫困，就是胜利"，"拿到绿卡，就是解放"——这是每一代移民都曾有过的状态。当信念成为事实时，剩下的便是生命的虚空。《少女小渔》以巧妙的构思在人们司空见惯的现象里发掘出人生的悖谬。当小渔磕磕绊绊，一路小心，终于熬到了领取绿卡的那天，她犹豫了，她问："我为什么待在这儿？我在这儿干什么？"似乎任何一条理由都不充分，任何一条理由一旦成立，就立即显出了荒诞。

加拿大华人女作家张翎的长篇小说《邮购新娘》、旅美女作家啸尘的中篇小说《覆水》也都以不同的视角及笔调透出了移民身份未定的隐忍和焦虑。在《邮购新娘》中，被男人相中的女人以未婚妻身份进入了陌生的异国他乡，不料婚姻在即将成为现实的关口化为泡影，女人面临要么回国要么黑下来的抉择。类似的例子应该说在美国、加拿大都不乏胜举，难得的是女作家在表现此类题材时，不以故事取胜，而是关注故事背后蕴含的生命本体，关注在社会背景变异中的人的命运。如小说《恋曲三重奏》，一开头便通过女主人之口，点出了"身份"问题。透过王晓楠、章亚龙的情感纠葛，表现虽有身份却内心彷徨的女人和身份不明却内心强大的男人的命运反差对比。在小说《覆水》中，女主角依群25岁来到硅谷，用了20年的光阴，从一个弱不禁风（心脏病）、目不识丁（英文盲）的中国南疆小城里街道铁器厂的绘图员，成为美国顶级学府伯克利加大的EE（电子工程）硕士、硅谷一家中型半导体设计公司里的中层主管。如此鲜明的反差是她骄傲的依据，也是她忧伤和苦涩的理由。因为这样的"神话"并不是她一个人创造的，而是与一个决定性的合作者——其丈夫、美国人老德共同努力的结果。那是上帝预先的设定，也是内心伤痛的根源。女人的人生正精彩，男人的人生却要落幕了。他们的命运既相互影响，也彼此独立。每个人只能承受自己的命运，每个人必须为自己的选择负责。作品梳理了移民复杂网络中的丰富经验，从男女跨国、跨龄、跨文化背景的婚姻中，去检索文化、身份、身体、利益、价值等诸多问题，让人物始终在情感和理智、得与失之间经受着考验。

虹影的自传体小说《饥饿的女儿》中对身份的追寻贯穿始终：对过去贫瘠荒芜年代的回顾、命运的错综纠葛、肉体与精神的双重痛苦以及人性的深刻挖掘，无疑都给读者带来强烈的震撼。

荷兰华人女作家林湄在饱经漂泊人生之后，以10年工夫磨出一部《天望》。在自序中她如此感叹："现实改变了我的生活境遇、文化背景和审美意识，也改变了我的身份和命运。我是谁？像一棵树吗？移植在天涯海角的另一土壤里……"在我的作品《英姐》等中所表现的中西文化碰撞、生存现状所带来的精神落差、迷茫情绪，无不触及了这一移民文学焦点：身份困扰。作为自尊自强的女性典型，作品主人公的精神追求和人生命运都具有某种代表性。因为对所有移民而言，异国经历是一个颠覆心智的过程，是探险与心碎的混合：它打开了一切事物的可能性，同时也侵蚀了传统信仰与习惯。华人在新旧拉扯间左右为难、痛苦挣扎的困境，不正体现了生活之纷繁复杂、人性之纷繁复杂吗？在梦想追寻的过程中，身份的不自由、残酷的生存压力生存环境、情感的压抑和牺牲、坐"移民监"的痛苦郁闷，都通过一柄"精神悬剑"淋漓尽致地表现出来。

其实，人活在这个世界上，有意无意，都在寻找一种身份。不管你漂流在何处，总要寻找自己的生存空间和面对各种各样的矛盾或冲突。作为新移民，在边缘重建自己的文化身份，很漫长也很痛苦。这里包括中西方文化的差异，女性自身在社会相互矛盾的角色冲突中的尴尬。小说就是希望透过活生生、有血有肉的人物来表现这一艰难历程。而这个也是透过作品人物对内在精神的追求来展示的。著名女作家王安忆曾经说过："内心生活可以说是作家的安身立命之所"。

陈富瑞：据我了解，您的工作很忙，一方面要编刊物，另一方面还有报刊专栏的影评、随笔等，同时还在读书、写论文，您也曾经强调："创作要沉下心来，才能将细微感受转化为艺术创造"。您是如何平衡工作与创作之间的关系的？

吕红：由于新移民作家文化身份的特性，常在大洋之间穿梭来回，彼岸视界总有许多激动人心的见闻。让你见识到不同的文化在这种视野里展现，看待你过去没有注意到的东西，这是比较特殊的体验。所谓的地球村，非常清晰地出现在你的眼前，而不像过去很遥远地仅停留在想象和口头上。当你每每遇到形形色色的人，并透过他们看不同的人生和人性时，是非常有意思的。自己的感受和想象力如果不能变成作品，那将非常可惜。我觉得长篇小说是对一个作家创造力的考验，让你尽可能地展现其丰富和深刻的东西。独特的艺术构架，涉及人类生生不息的内驱动力。不管目的是否达到，这也是一种努力和尝试，一种超越女性自我的企图心。

当然，在异国创作毕竟是寂寞的。需要心态稳定、精力集中，既要有生活和艺术多方面的积累，还要有经济基础，才能沉得下心来，将细微感受化为艺术创造。遗憾的是，目前我还不能全部投入文学创作，精力比较分散：编刊物、写论文，还有报刊专栏影评、随笔，见缝插针创作。我现在的经验就是将节奏放慢，将计划分阶段进行，一个阶段有一个阶段的重点。原打算今年再出本集子，包括影评和随笔什么的，但考虑时间精力不够，暂时搁置，长篇小说写作也只好延后了。想出好作品还是要慢工出细活吧。

陈富瑞: 黎锦扬先生曾说过:"要打入国际文艺主流,必须用英文写作,或将作品译成英文。"用英语或旅居国语言写作的华裔作家,正在不断引起西方主流文学界和批评界的注意。而您一直坚持用中文创作,还投身于中文出版事业,主持中文文学杂志《红杉林》的编务工作,您能谈谈您的看法吗?用英文写作和用中文写作有什么不同?

吕红: 从文学地图上看,世界华文文学有北美板块、东南亚板块、澳洲板块、欧洲板块,而北美的华文文学作为海外移民文学的重镇,尤其活跃。随着北美新移民作家逐渐兴起,作为最具创新力的群体,与海外华文文学的发展历程同步,同时又表现出自己鲜明的个性特征和强烈的时代特征。大概因为华人的文化背景的缘故吧,我对丰富多彩的中文素来迷醉和自豪。毕竟使用中文的人口是世界之最,所以创作亦是一片广阔的天地。恰如文友所言:关键不是中文读者是否众多,而是我们能不能创造出一流的作品。如何创作一流的作品,其中一个最主要的因素就是取材。作为海外的华人作家,"边缘人"就是我们挖掘的宝藏。

当然,以英文创作的作家也有其得天独厚的优势,一部分是土生土长的第二代或第三代华裔,英文是她们的母语,譬如谭恩美、任碧莲等;也有一部分是新移民作家,譬如哈金、严歌苓等。其中严歌苓是先在中文创作领域取得亮丽成就,譬如连续获得各种创作奖项之后,再向英文主流文坛进军的。这好比是在跳高,永不满足,不断地给自己设立更高的标杆。以双语写作,两种语言最能区别的就是幽默,能否在两种幽默间游刃有余,是很考验人的。严歌苓说,英文写作时的她是勇猛的、鲁莽的、直白的,中文背后的她是曲折、含蓄、丰富、复杂和老奸巨猾的。这样的创作思维构成了她小说的繁复意境——她称之为"双重性格"。

身在海外,深知在海外做文化事业的甘苦。在北美搞中文出版,步履维艰。投身这个危机四伏的行业,也是出于一份责任感和对海外写作者惺惺相惜的情感。尽管当今网络发达,各类写作在网络发表很容易,但正因为容易,导致鱼龙混杂,泥沙俱下,缺乏一定水准的筛选选拔,经得起时间检验的作品不多,因此平面印刷刊物的功能和价值目前仍是无法取代的。就目前来看,对愈来愈多、层次愈来愈高的文学创作者来说,海外文学刊物不是多了,而是实在太少了。

陈富瑞: 您如何评价中国大陆的海外华文文学研究?还存在一些什么样的问题?

吕红：中国的海外华文文学研究这二十年来可以说是稳步发展，颇有成就。研究命题涵盖了诸多敏感深刻的内容，如："边缘–离散""原乡性和超越性""文化属性及身份认同"……学术界亦深入概括海外华文文学的更新换代及影响。作为世界文学发展史的一个阶段，它和世界文学有密切联系。虽然有因为疏离本土文化而生出的隔膜和痛苦，但也促使文学在异域产生新的变化，成为海外华人作家得天独厚的条件和机缘。海外华文文学所表现的主题经历了从昭示移民身份无所归依，华人历史延伸，身体和精神的离散、分裂，异国的悲凉处境再向呈现人性的普遍性、身份重建的转变过程。

由于全球化与信息化的迅猛发展，使思想文化交流超越时空的限制。在多元化的世界，多元化的生存空间和个体立场身份，产生了多元语境中的文学，也赋予作家更加灵活多样的表达方式。交叉渗透、相互影响的东西方文化，不仅对海外移民文学的研究和发展起了巨大的作用，同时还包含了无限丰富的人学内容，并且为新的学术观念找到了生动的例证。

但海外华文文学研究仍然存在着缺憾。譬如资料不足，往往凭着个别印象，缺乏细致的文本阅读；整体性的作品研究不够，也缺乏全面性的史料分析；以往对海外移民文学有边缘化的漠视或迟钝，对海外移民作家创作主题的隔膜与疏离；尤其是评论界缺乏具体生存体验孕育的"现场感"。这种"不在场"的位置使评论界对移民文学的文化生存状态缺乏真切的体认，因此难以从复杂的社会背景来全面考量海外华文文学的历史与现实际遇，这大概也是文学批评滞后或仅停留在表象或抽象术语层面的深层次原因。创作者和研究者如能保持密切交流，并且全面地吸取其他族裔文化、东西方文化的精华，转化运用为自身的文化资本，相信应为推动世界华文文学研究和发展更为积极的策略吧。

陈富瑞：您如何评价近二十年来的中国比较文学研究？中国的比较文学研究存在什么样的问题？

吕红：比较文学研究的范围极为广泛，包罗万象，涵盖艺术（如绘画、雕刻、建筑、音乐）、哲学、历史、社会科学（如政治、经济、社会学）、自然科学、宗教等各个方面，是"通过一个以上的民族文学的视野来研究文学现象，或者研究文学与其他知识的关系"。美国比较文学教授布洛克曾说："当前没有任何研究领域能比比较文学更能引起人们的兴趣或有更加远大的前途；任何领域都不会比比较文学提出更严的要求或更加令人眷恋。"以我浅见，拓展东西方比较文学的研究领域，将会为比较文学注入新的活力。譬如在东西方相互交流的多元化格局中，中国的女性主义文学批评可以运用辩证的观念从西方女性主义文学批评中取长补短，从而促进自身的发展和完善。通过对女性主义文学批评实践的研究，在女性文本分析中寻找根基，在整体观照女性文学中构筑全新的女性文学史，在不懈的努力中走向成熟，在论争中完善自身，更深入细致地了解女权主义批评理论并对它加以丰富和完善，从而完善中国文学理论和批评体系。

比较文学一直持续存在着"危机论"。其原因在于比较文学研究对象的不明与方法的缺陷。40多年以前，美国学者雷内·韦勒克（Rene Wellek）发表了论文《比较文学的危机》。他认为，比较文学的危机是因为学者对这一学科方法论有着很多不必要的分歧，同时他们也很难设定一个研究对象。他认为："我们的研究很不稳定，其重要标志就是，我们没有设立一个清楚的研究主题和具体的方法。""比较是所有的批评和科学都使用的方法，它无论如何也不能充分地叙述文学研究的特殊过程。"比较即是方法的代名词。而比较文学则有综合性研究之意。

米勒（J. Hillis Miller）前不久在苏州大学比较文学研究中心作的"关于比较文学的（语言）危机"的报告亦强调了危机感。他认为比较文学目前存在着两个危机：一个危机与语言有关，另一个危机与新媒体的发展相关。对于年轻学者来说，那种传统意义上印在书页里的小说、诗歌或戏剧已经不再是他们研究的重点了，他们现在往往做的是文化研究、后殖民研究、电影研究、传媒研究、少数民族话语研究以及女性研究，看的是电影、录像、电视，或者在网上冲浪，而不是去读狄更斯、托尔斯泰或福楼拜的作品。当今的大众群体，甚至包括受到良好教育的人，都不再阅读狄更斯、托尔斯泰、福楼拜的著作，更不用说塞利纳、兰波和济慈了，他们不认为这对于自己的生活有多么重要。传统意义上的文学在纷繁复杂的文化中的地位越来越轻，成为文化百家衣上的一个小小的补丁。因此，在"'新媒体'时代中文学的前途"是当今文学研究所面临的最迫切的问题。"在一个全球化的时代，比较文学难道不应该也把自身全球化吗？难道我们不该教给学生除了欧洲和美国之外的其他文学吗？"

参照英国学者巴斯奈特与美国学者米勒的观点来剖析利弊，不少专家认为这种危机论有合理的一面，但也存在偏颇之处。承认比较文学学科的研究对象与方法有缺陷，可以使比较文学的研究对象与方法得到明确。因此需要对一些片面理解比较文学研究对象与方法的论点进行梳理，诠释出新的比较文学学科对象论、比较文学定义与系统的方法论。必须从新视域来看待比较文学学科。

另外也有教授认为，比较文学的"危机论"层出不穷，但真正的问题意识应切实正视自身的状况。对中国比较文学来说，它的真实问题源自其现代处境，在中国进入现代转型和中西方文化遭遇冲突时期而迫切需要比较的形势下，它并未得到正常发展，反而阻力重重，直至被彻底禁绝，然后又突然兴起、迅速扩张，以至它的知识学基础未能充分得到奠定。这造成了对比较文学的误解，忽略了它作为学科的特征，即对文化中心主义的超越性和世界文学的理想性。目前中国比较文学的任务不是在条件尚不成熟的情况下急于创立学派，而是要正确处理前沿发展、分支衍生和基础学理建设之间的关系。

随着信息化和国际化社会的发展，比较文学学术研究近年来发生了重要转向，突破了以本国学术研究的界限，向着国际化学科与学术格局迈进，具有现代性的国际学术研究新视域。近20年是中国比较文学由复兴走向空前繁荣的时期，现在的中国比较文学正处于承前启后的历史时期，中国比较文学理论也进入了体系建构的阶段。也许只有通过理论体系的建构，中国比较文学才可能真正走向世界，才能建立真正的中国学派。

陈富瑞：您能不能介绍一下美国华裔女作家的创作情况？她们所取得的创作成就是不是可以与中国大陆20世纪90年代以来的女性创作平起平坐？

吕红：当今文学批评思潮中最具兴奋点与冲击力的莫过于女性主义的兴盛和女性作品的重新诠释。女权主义（Feminism），其中的feminine一词包含了"女性"与"女权"的双重含义。它大体上分为三个阶段：第一阶段主要提出各种社会政治要求，追求男女政治社会经济权利的平等；第二阶段以1968年以后的新一代女性主义者为代表，强调男女差异，否定男性本质，颂扬女性本质；第三个阶段就是和存在论哲学相结合的女性主义，在这一阶段，女权主义所要重构的，是有别于第一阶段之社会政治权力重构、第二阶段之知识话语权重构的日常生活世界重构，在文学上实现女性的多样化的生存体验与叙述。

十几年前，据说有位女教授在大学里开设"女性文学"课，遭人嗤之以鼻："难道文学和厕所一样，也分男女吗？"时过境迁，如今男评论家们几乎个个认为，女性文学已成气候。有人说："现在文学不景气，女性文学还是景气的。"女作家写作愈来愈蔚为大观，惹人注目，无论是作家的数量、创作的质量还是风格的多样、作品的影响，都大大超过以往。女性文学形成如此大的气候，造成如此大的影响，这在世界文学历史长河中还未曾有过。

美国华裔女作家的创作也呈现多姿多彩的局面。无论是早期代表汤婷婷、谭恩美、包柏漪等，或是留学生文学代表聂华苓、於梨华，还是以女性视角和多元视域见长的华裔新秀任碧莲；关注历史与个人命运的闵安祺、反映"文革"经历的女作家张绒、巫一毛；新移民作家的代表严歌苓、查建英、张翎、虹影，还有在网络天地施展身手的施雨、啸尘、融融、张慈、秋尘、瑞琳等。她们关注故事中的生命本体及在社会背景变异中人的命运，对精神层面的追问贯穿始终。抓住荒芜年代人物命运的错综表现以及人性挖掘，给读者带来强烈的震撼。

以游动的、多重的、跨国的、超时空的历史与方式来架构文本的宏观背景，以两性世界的裂缝处开掘女性情感世界的纵深的丰富，有比较宽阔的社会历史背景，作品涵盖华人社区及美国主流社会。从留学生文学延续到新移民文学，将文化属性和文化身份的思考延续到新的层面。

虽然这里我无法将海外女作家所取得的创作成就与中国大陆女作家的创作进行比较，但我可以很肯定地说：在异国他乡生存立足和发展的多重压力下，在远离中文核心语境的环境中，她们不仅没有丢失自己的精神价值、人文追求，反而找到了无限旷达自由的表述方式，对读者产生了深远的影响。我相信，随着海外女作家群的成熟壮大，愈来愈多的好作品将不断地涌现出来——让我们拭目以待！

（原载《世界文学评论》2008年第1期）

中国现当代文学如何走出去?

郭枞枞

郭枞枞（主持人）：大家好，欢迎收看《文化名人访》。近两年有两个中国作家的名字在国外非常火，一个是莫言，一个则是麦家。2012年莫言获得了诺贝尔文学奖，这也是迄今为止，首位获得诺贝尔文学奖的中国籍作家。而今年麦家的新书《解密》（西班牙语版）在西班牙出版，也受到了广泛的好评。越来越多的中国作家开始走出国门，也让中国现当代文学受到了世界的广泛关注。那么到底什么样的中国现当代文学能够受到海外市场的欢迎与追捧呢？今天我们邀请到了参加中国当代作品译介研修对接计划的三位嘉宾做客我们的节目。首先让我们来认识一下他们。一位是美国《红杉林》杂志主编吕红女士，欢迎您。

吕红：谢谢。观众朋友们大家好。

郭枞枞：另一位是德国应用语言大学教授吴漠汀先生，欢迎您。

吴漠汀：观众朋友们大家好。

郭枞枞：还有一位是加拿大枫叶出版社社长桑宜川先生。

桑宜川：主持人好，观众们下午好。

郭枞枞：好的，非常欢迎三位今天做客我们的节目。三位可以说是在中国文学方面有很高造诣的。尤其是吴漠汀先生，请允许我这么称呼您的中文名字，您作为一个纯正的德国人，对我们中国的文化、中国的语言这么的精通和热爱，实在是非常令我们敬佩。所以今天我们就先从您的这个名字来聊一聊。大家都非常好奇，您为什么会起这样一个中国名字呢？

吴漠汀：我的名字叫吴漠汀，漠是沙漠的漠，我在中学的时候写过一篇短篇小说，就是有一些人在沙漠走路，后来快要渴死了，最后找到了水。所以1992年，我在北京大学中文系学现当代文学的时候，有老师就帮我起了这个名字，就是按照语音翻译过来的，Martin就变成漠汀。

郭枞枞：汀在汉字解释当中是小洲的意思，沙漠中的一方绿洲，可以说是代表了希望。那通过您的名字我们也能够看出我们中国的文化是博大精深的。正是因为有着这么深厚的文化，才能够塑造出我们中华民族非常优秀的一个集体人格，才能够有很多在用生命去感受、去抒写的一些大作家。那我想三位肯定也有自己心目当中非常欣赏的中国作家和中国作品，我们女士优先，请吕红女士您先来聊聊吧。

吕红：如果说从我们受到的文学启蒙开始，应该说是《红楼梦》，可以说是让我们一生都读不尽的书。后来我自从学了中文这个学科以后，特别喜欢的是中国当代的一些女作家的作品，对她们特别的偏爱。

郭枞枞：比如说呢？

吕红：五四以来那就不用说了。当代的开始是张洁，然后是王安忆，还有铁凝啊，还有我们湖北的方方啊，后来还有更多的作家，她们的名字就很响亮。一直到海外以后，我也挺关注她们的创作。这次我回来有个计划，希望能够把中国当代最好的女作家的作品做一个系列精选，能够译介给海外的读者。

郭枞枞：那真的是太棒了。我知道您其实也是一位非常优秀的女作家，您曾经的那本散文集《女人的白宫》，也获过奖。而且我也拜读过，里面情节可以说是刻画得非常生动，很细致，而且发人深省，触动人的心底，那么希望您也能给我们带来更多更好的作品。

吕红：谢谢。

郭枞枞：宜川先生您呢？

桑宜川：我刚才听了吕红老师对自己过去喜欢的文学作品回顾，我的经历大致相同。从少年时代就喜欢阅读中国的古典文学作品，包括《红楼梦》《水浒传》《三国演义》《西游记》，都是爱不释手的文学作品。早期的文学启蒙受到了这些中国古典文学作品的滋养，稍微大一点，到了小学的后半期和中学阶段，大量地阅读了现代中国文学作品中的那些经典作品，比方说有《青春之歌》《红岩》《平原枪声》《铁道游击队》。我们那个年代，就是20世纪五六十年代，甚至到了20世纪70年代初期，那一代人所阅读的文学作品。

我相信除了我之外，我们那一代人大部分都经历过这样一种文学熏陶。如果说我自己对文学有所偏好，喜欢阅读这些小说，或者从中受到了什么样的滋养，应该就是取材于这些文学作品。这个促成我到了海外以后，除了自己教书，同时也开始了尝试自己文学写作。近年来写了不少的文学散文，其中一部分散文在海内外受到了好评。

郭枞枞：看来中国的这些经典作品真的是让您受益终身。

桑宜川：谢谢。

郭枞枞：漠汀先生呢。

吴漠汀：我觉得我们在国外有点不一样，因为我们小时候就没有机会看中国文学作品。我们上小学、中学，一般来说看德国文学作品，也可能有一些美国文学作品翻译成德文再看，中国文学作品特别少。

郭枞枞：那您所接触到中国文学之后，您自己比较喜欢哪位作家或者是哪类作品呢？

吴漠汀：我觉得我是开始学中文的时候，就是上大学的时候才看到了一些中国文学作品，都是翻译成德文的这种版本来看的，比较喜欢看。开头就真的爱上的是唐诗和宋词。因为这个世界上真的就没法比。

郭枞枞：非常优美的文字。

吴漠汀：对。后来就开始看一些长篇小说，最早开始看那个《红楼梦》，就是在德国，就是看那个德语本的，我也爱上了《红楼梦》这部小说。但是我觉得这个翻译有点问题，后来我就比较了不同的翻译，发现德语本只有三分之一。我那个时候是一个学生，我想我一定要把《红楼梦》全翻译出来，就翻一个全译本。从那个时候开始，也就是我21岁开始，我一直都在翻译，还有一个翻译伙伴跟我们合译，17年以后才完成。

郭枞枞：我也知道您是这方面的专家了，我想每一个人所喜欢的作家或者作品都是契合各自的一个观点，契合各自的一个性格的。那么就像吕红女士在美国创办了《红杉林》，虽然它是一个华文的原创基地，但是我想文学是不分地域，不分国界的，在异国他乡可以说是异军突起了。所以大家很好奇您为什么当时会去创办这样一本杂志呢？您的初衷是什么？

吕红：对，你的问题提得很好。其实当时在我们之前是有一本杂志，那个杂志存在了大概十年。后来那个杂志要停刊，叫作《美华文学》，我们非常地不舍，作为作家，我们需要有一个平台，有个阵地互相交流。而且我们本身是有个协会的，叫作美国华文文艺界协会，你知道在中国各个地方作家协会都会有个会刊，包括中国作协。我们就觉得不能没有刊物，没有刊物，这个协会就相当于没有平台，甚至可以说就成了一盘散沙了。所以我们就在伯克利大学亚高系主任王灵智教授的牵头下，创办了《红杉林》。

当时《红杉林》集中了两批人马，一批是学术专家，是学校的，以伯克利大学为主，但不限于伯克利大学。然后一批是作家，是全美的，甚至还包括了其他一些地方。随后又邀请了在海外创作非常有名望的像纪弦、痖弦、白先勇、陈若曦，后来都在里边，余光中那更是知名度非常高的。

郭枞枞：可以说阵容非常强大。

吕红：非常强大，有了这么一个强大的阵容，所以逼使我们要做得好。后来我们在创办过程中，开始是以华语（中文）为主，逐渐地有些老美或者是其他学者和教授给我们用英文稿，后来就觉得，我们的方向也要开始改变，要扩展这个平台，所以就变成了追求双语的目标。

我们把当时投的稿子，关于《道德经》的译介，是用英文翻译的《道德经》，然后加上自己的点评。后面觉得很有趣，我们又把它翻译成了中文，然后就说从这个里面看，西方的读者怎么看《道德经》。因为文化就是一种交流，所以不管是中译英，还是英译中，都是达到一种交流的效果。从这种效果来看，我们是一个平台，也是一个桥梁，我们希望起到这样的作用。

郭枞枞：那《红杉林》里面的所有文章都是和中国有关的吗？

吕红：不一定。我们是立足海外，一部分是把中国当代的好作品推介过来，像刘震云的散文、严歌苓的《金陵十三钗》都在我们创刊号上登的，好多文坛大家的作品也在我们这都有发表，有我们精选，也有原创。

然后还有一部分是海外作家的原创作品，我们觉得这一点很重要。因为他们不一定能够投到国内的杂志来，但是投我们是非常方便。我们能够很快地看到他们作品的优点，我们也扶植文学新人。另外我们还开创了一个小作家园地，是面向大中小学生的，他们也有中英文的作品。我们还有学术板块，是针对创作而写的评论。

郭枞枞：可以说覆盖面非常得广。

吕红：覆盖面非常广，然后我们还在努力之中，希望能够做到最好。

郭枞枞：您确实为中华文化传播到海外做了很大的贡献。

吕红：谢谢。

郭枞枞：我们都发现最近这几年有一个现象就是越来越多的欧美的思想和观念冲击着中华文化。尤其是美国的一些电影、书籍成了中国甚至全世界都非常热捧。但是我们中国五千年的灿烂辉煌文化，却不能够很好的传播到海外，让更多的人去了解，去知道。今天三位可以说是代表了美国、加拿大以及德国的受众，从你们的角度来看，国外的受众比较喜欢中国哪方面的文化呢？更想要去了解中国什么呢？换句话说，什么样的中国作品、书籍包括影视剧等会受到国外的观众所喜欢呢？宜川先生。

桑宜川：我想这样回答主持人的这个问题。有关中国现当代文学作品，在海外，如何得到海外读者的认可，也就是说得到受众的青睐。这个原因，如果我们要分析起来，相对来说比较复杂。我个人认为，中国现当代文学作品要成功地进入欧美的读书市场，首先要符合西方读者的审美情趣。如果他不喜好这一类题材，那么他很难接受。也就是说用手拿起你的这本书在书店里面翻检一下，然后考虑是否购买。即便是书出到了海外，躺在书店的货柜上，也很难把它成功的营销出去。

郭枞枞：比如就拿加拿大来说，那边的受众比较欣赏中国的哪类书籍呢？

桑宜川：我们这样讲，以加拿大作为个案，加拿大是典型的一个西方民主法治国家，读者的审美情趣和美国的、欧洲的基本上是雷同的。主流社会的读者想要对中国文学作品感兴趣，要在写作中国作品的过程中首先考虑到，这部作品不要太长。我们昨天开会的时候有一位中国的女作家提到，她的文学作品写了440多万字。有一部作品写了60多万字，印出来以后会有四五百页，甚至五六百页。如果这个书印出来是厚厚的，携带起来很困难。西方读者有一种阅读习惯，这个漠汀先生很熟悉，喜欢在公共交通工具，比方说地铁、公共汽车上，在上下班的路途上阅读，在公共场所阅读，如果一本书是那种特别厚重的，不便于携带，那么它的读者面就会受到影响。

郭枞枞：也就是说首先要考虑的就要便捷。

桑宜川：要便捷，这是第一。第二从外观形态上来讲，你的这本书在装订设计、封面设计方面也要符合它的审美和消费习惯。如果太过于灰暗或者说太过于阴冷，或者说太过于狂躁，就是说封面设计的审美太夸张，有时候也很难引起共鸣。如果是这样的话，西方读者或许还不愿意在书店里面用手把这本书拿起来，翻检一下是否考虑购买这本书，中国作家应该考虑这些。就是一本书在外观形态上，首先需要考虑的一些问题。

第三，涉及这个书的内容，那么又有其他的几层内容应该加以考虑。就是这本书如果要赢得西方读者的青睐，首先应该考虑这本书要写一些西方读者感兴趣的东西。西方读者对什么感兴趣呢？

比方说有关中国现当代历史文化中的一些大事件。如果作者把个人的命运纳入这样一个巨大的历史叙事框架之中，西方读者会感兴趣。如果只写一些鸡毛蒜皮的家常琐事，那么很难说是吧。包括我们中国的读者消费审美情趣也是这样的，这个读者很难引起兴趣，写一些有历史厚重感的大事件。

郭枞枞： 更喜欢一些宏观的东西。

桑宜川： 对，一些宏观的东西。有可能就是中国现当代作家应该考虑的东西。事实上现当代一些成功的文学作品走到了西方，受到西方读者的青睐。这一类的作品中，具有历史厚重感的作品占了很大的成分。

郭枞枞： 比如说现在在加拿大比较受追捧的中国书籍有什么呢？

桑宜川： 以我个人的观察，大多还是一些过去的经典的东西。现当代作品相对来说，无论是中文版还是英文版，译介到加拿大，在各大图书馆已经在书架上展示出来的，相对比较少一些。

郭枞枞： 可能现在对于很多西方国家的人来说，他们对中国的文学作品的认识还是停留在像鲁迅、林语堂、胡适这些大家身上，像中国现当代的一些作家知之甚少了。那么漠汀先生，在德国又是一种什么样的情况呢？

吴漠汀： 我觉得在欧洲，可以说在法国，中国作品翻译得最多。特别是当代中国文学作品在法国发表得最多。但是你在全欧洲，在英国、德国、法国去书店看一下有什么样的中国作品，我觉得像余华、莫言、贾平凹、张爱玲这种作家的作品，就是著名的作品都已经翻译成西语的，这是一类。我觉得这是一种可以说是适合全球读者口味的世界文学，大家都能理解。

第二种类型在国外，特别在德国比较受欢迎的是介绍中国特色的一些作品。

郭枞枞： 欧洲国家会不会对中国的美食，或者是旅游这方面的书籍比较感兴趣呢？

吴漠汀：我觉得这个在欧洲还不是太有出息的。因为我们先慢慢开始了解一些中国文化，需要一些作家给我们介绍一下，就是用故事给我们介绍一下，所以我觉得文学方面还是会有一些效果。比如说20世纪80年代到现在的发展，像余华的小说《兄弟》这种，给大家介绍一下，我觉得这个是特别受欢迎的。

第三类在德国读者比较感兴趣的中国作品是一种现象，就是中国社会的一种现象，有可能在中国不是有名，也不受欢迎，像韩寒，他的博客在欧洲大家都喜欢看。

郭枞枞：在中国韩寒也很受欢迎。

吴漠汀：我们也感兴趣，对他的文学作品感兴趣，像《他的国》《光荣日》，还有《三重门》。所以我觉得这种现象，是一种社会现象，这个有很多文学价值。不像有名的作家那么高，但是德国读者还是感兴趣。

郭枞枞：能通过这些作品了解中国。

吴漠汀：对，就是。

郭枞枞：那像中国的作品输出，几位认为是不是还存在很大的文化差异呢？

吕红：对，还是有一定的距离。我觉得西方的读者，就像刚才桑教授说的，我觉得他说得很有道理，我就有点补充。为什么包括中国的作家到国外去，他们用英文写作也好，用中文写作也好，如果他们写的是反思类的，对历史的反思、对那种大事件的反思，就会受到欢迎。因为西方读者其实还是很愿意，很感兴趣。

郭枞枞：带有批判性色彩的。

吕红：有点批判色彩，其实他是很愿意了解这么一个国家和它的民族的。但是我们往往给他提供的东西让他觉得，他没办法找到他想了解的东西。因为中国近一二十年来发展也很迅速，有时候我们回来都是找不着北的感觉，更不要说他们，他们要想解读是很困难的事情。所以呢他希望通过一个大的事件或者一个大的历史来关注中国的这种变化。我们的创作，就恰好在这个地方好像有点薄弱。

反而是我们出去了以后，非常了解他们那种心理。有时候我看见我们的作家，比如说哈金，他用英文创作，几乎囊括了美国所有的大奖。就是国家图书奖、福克纳小说奖，最高的文学奖全部拿到了，那什么原因呢？其实他的英文也不能说特别好、很地道，人家说还是有瑕疵，但是他符合想了解中国的那种视角和愿望。

郭枞枞：但是现在还存在这样一种问题，就是很多的西方受众对中国有一些偏见的看法。

吕红：对。

郭枞枞：但我想我们应该去客观地来理解这个国家。

吕红：对对。实际上是这样的，他们关注的一个是历史反思的，还有一个少数民族的。你说普通的老百姓，你要问他什么的时候，他们好像很激动，其实他们并不了解我们历史。所以我们觉得这个方面还真的有一段路程要走。另外我也想提一个小小的建议，因为我在十年前，看见台湾的文建会，他翻译了一套诗人的作品，然后那些诗人就到了美国来巡回。跟大学合作，然后办了一些巡回演讲，译介这些诗歌当代的发展情况，我觉得那个效果很好。当时我还写了一篇专访，后来还获得传媒的奖，标题是《小众文学与大家气魄》，其实我们这么一个泱泱大国真的是要展现我们的气魄和我们文化的这种含量。

郭枞枞：所以说我们现在越来越多的作家把一个真实的中国展现在西方国家面前。

吕红：对对。

郭枞枞：那美国的很多文学作品都深受大家的喜欢，所以我们中国也应该向美国学习一下。那吕红女士您作为美国这边的一个代表人物，您认为美国的文学作品为什么这么畅销呢？

吕红：其实从文学的角度有多高的成就，我还不敢这么说，比如说从各种大奖来看也不见得。但他们影视的好莱坞文化真是太强势了，它可以集中最好的导演、演员和技术力量，而且有一个价值观和内涵，所以包装起来，能够拿捏、打动人心，这个也是我们应该吸取的。实际上它集中了很多的元素在里面，所以他有这样的影响力。

郭枞枞：有一种观点认为美国的这些作品是在营造一个普遍的价值观，是全人类所共有的一个通性，是这样吗？

吕红：对，是有这样一个特点。虽然就它本身来说，它有它的问题，也不是说跟它宣传的东西是一样的。但至少它是有一种，好像人类向往的一种愿望在里面，包含在其中。

郭枞枞：所以说中国的作家在这方面可能需要更高的全球化的视野。

吕红：对对。

郭枞枞：您刚才说到了影视作品，那我们就来聊一聊相关的影视作品。因为我也发现了，像很多比如说《指环王》《哈利·波特》以及《少年派的奇幻漂流》等，这些其实都是小说改编的，是因为有了电影被带到了世界各地，所以这些文学作品受到了大家的广泛关注。那么对于西方国家来说，会不会也存在这样一个问题，就比如说中国影视作品先进入了这些国家，然后带动了这方面的文学作品开始畅销呢？

桑宜川：有关这个问题我想这样讲一下。第一，中国现当代文学作品如果它在作品本身，除了刚才我们所提到的，有一个宏大的叙事结构，并且把个人的属命纳入这样一个叙事结构中，就是符合西方读者观众他们的审美情趣的。第二，如果现当代中国文学作品中，它的旋律是在张扬一种人性的美。如果是这样的话，那么这个文学作品就更具有朴实价值意义，或者说更具有普遍性的意义，更为西方读者所接受。因为这样他们才能看得懂。如果中国作者、作家的笔触仅仅局限于张扬一种小我意识，没有一种具有普遍性的意义，那么西方读者或许很难理解这个中国作家写的是个什么东西。他很难理解，就很难引起兴趣。那么我们从商业的角度考虑这本书，如果要成功地营销到海外去，并被海外的影视机构改编成一部影视作品，那么就有相当大的难度。

郭枞枞：好的，漠汀先生。

吴漠汀：我们如果要考虑怎么帮助中国文学在全球发展，就是让中国作家在写作的时候已经考虑到全球的读者，我觉得这个不好。中国文学有自己的历史、传统，作家有自己的想法。我觉得他们要先写他们的作品，以后我们才能看这个能不能翻译成外文，国外的读者会不会也喜欢看。

在中国每年有那么多书出来，中间肯定有很多书是可以翻译成外文的。当然中国文学本身经常提到一些传统文化的背景，对翻译人来说真的很难翻译出来。美国、欧洲的这种西方文化，特别美国文化，那就是几百年的文化。所以他们习惯看一些大家都能了解、容易了解的一些文学，不想看那种有很多提到一些历史上的，比如唐朝或者汉朝的一些事情。

所以我们翻译人，先需要自己了解一下中国文化，最好在中国待一段时间，如果是当代作品，那就要跟作家见面，讨论一下、了解一下他的作品，还有翻译的时候也要经常跟他联系，就再问一下能清楚一些地方，以后才能翻译出来。后来翻译的时候，我觉得有的地方真的翻译不出来。比如说一些成语，在英文还是在德文就没有完全一样的。但是我觉得没有翻译不了的作品，没有。我觉得每一篇作品，每一部小说都能翻译出来。连朦胧诗也能翻译出来，只要在别的文化找一下相通的表达方式就可以。

郭枞枞： 您在翻译这方面可以说是经历了很多很多了。那么在西方国家来说，欧美国家影视剧，目前有没有是中国的书籍因为影视剧而走红的呢？

吕红： 影视剧。

郭枞枞： 就比如说有很多的国外的电影作品来到了中国之后，非常得火，从而带动了这方面的图书也开始火起来了。所以说想问您一下，在欧美国家，有没有这样的情况，就是说先是中国影视剧作品在那边红起来之后，随之而来带动它们的那些文学作品也开始受到大家追捧了呢？

吴漠汀： 我觉得还不能说有这个现象。因为中国电影在西方国家，比如说第六代的导演，他们的电影在西方国家比较受欢迎的。这之前就是不太有名，所以新的这些电影受欢迎，就是因为好看而已，我觉得大部分就是有意思，不像天天看的美国电影这种片子的故事。如果真的要吸引欧美看电影的人，到看书那么远，我觉得还是需要别的方法。但到现在还没有。

郭枞枞： 目前这种作品还比较少。

吕红： 这个中国的没有，但是呢，我觉得在好莱坞李安拍的《卧虎藏龙》，带动了美国人对中国功夫的兴趣、对中国文化的兴趣；然后好莱坞还拍了《花木兰》吧，带动了一批西方的少年，也包括一些成年人对中国历史故事的兴趣，我觉得这算是对中国文化推动的一种，好像也是比较成功的例子。

郭枞枞： 我们也知道，再过不久，像中国的《甄嬛传》也就要在美国播出了，不知道《甄嬛传》播出之后，能不能受到美国人民的喜爱呢？或者是随之而来的，大家会不会对清朝历史也比较感兴趣呢？

吕红： 我觉得很难说。因为我觉得《甄嬛传》呢，好像只有华人比较感兴趣，这个电视剧在那边播出还是蛮多人看的。包括我从来不怎么看电视剧，也追着看了几集，觉得挺有趣的，甚至还想回过头来看它的前面。但是我想美国的观众要理解后宫的这种东西，这种争斗啊，可能还是要花费一点工夫。

郭枞枞： 还是文化上的差异太大了。

吕红： 对，我不知道你们二位怎么看。

桑宜川：我也觉得是这样的一个情况。我观察到，如果像《甄嬛传》这样的中国影视作品，要在加拿大的电视台公开播出的话，真正的受众还是中国大陆，还有包括港澳台，包括近百年以来生活在加拿大的老一代的华侨和他们的后人。就是整个华人社群是主要的受众，能够理解《甄嬛传》的历史文化价值和它背后所蕴含的那些艺术性、审美趣味的还是中国人。

西方读者、观众，如果说也有感兴趣的话，这个群体很小，主要集中在一些对中国文化有特殊情结的人，包括一些混血儿，就是说他的爸爸可能是法国人、英国人，母亲是中国人，他长大了带着一种家庭的熏陶，他喜欢强迫自己带着强烈的一种趋向性，他可能愿意去看。还有一种就是跨国婚姻组成的家庭，那么婚姻中的另一半，因为自己的配偶是中国人，那么他会带着一种强烈的喜好或者说一种说不出来的兴趣。

郭枞枞：情结在里边。

桑宜川：情结在里边，他会主动去看一看这些。但是我相信他们在看的过程中，由于跨越了大洋和巨大的文化差异，那么他们在理解上会比中国大陆数以百万计的新移民在接受上会有很大的差异。

主流社会更是这样，西方的主流社会，我相信跟吕红老师刚才介绍的情况，基本上是相同的。就是说西方主流社会，我们指的是在加拿大的，以英国人、法国人为主的主流社会，如果一部《甄嬛传》在加拿大，我们假设它播出了，那么西方人出于一种好奇、猎奇的心理，这是他们在思维深层里面永远根深蒂固的一种情结，他们会看一看，好奇地看一看。但是你说他们理解了多少，我们要打一个很大的折扣。

郭枞枞：好，漠汀先生。

吴漠汀：我觉得基本的问题是为什么那么多美国的文化产品在中国可以买到，可以读到，可以用到？

郭枞枞：输出得非常成功。

吴漠汀：对。为什么？但是中国的产品在西方的国家还不是那样。我觉得最重要的原因是，中国文化那么多传统历史，无须把整部小说或者整部京剧都搬到美国去给大家看，但是要拿很小的一个核心，比如说木兰这个故事，就用西方的形式，就拍成一个在西方大家都习惯看的这种形式。这样，西方人会更感兴趣，会想了解一下中国文化。

这样的话，在将来，你可以把更多的故事翻译过去，把更大的一些文化产品出口到西方国家。我觉得现在已经有这种小小的故事，像木兰，也有电脑上、手机上的游戏，很多是在中国生产的，有中国传统故事在里面。美国人不认识这个故事，但是他们喜欢玩这个游戏。所以我觉得已经有这种文化产品的出口，就是小小的、核心的一些文化产品，不是那么一下子。

郭枞枞：通过一个人物或者一个故事来传达一种精神。

吴漠汀：对对。

郭枞枞：您刚才也提到了翻译，说翻译过程其实是很困难的，但是也没有克服不了的困难，那么除了您刚才说的那些之外，在翻译上，您还遇到一些什么样的问题呢？

吴漠汀：我觉得翻译，比如说《红楼梦》，当然是特别费劲的，因为有不同的语言在里面，有不同的方言，还有官话。还有一些是对话，比较容易翻译出来，但是有古诗，它就特别，所以就有一些难翻译出来的地方。但是如果有中国朋友，进行交流或帮助，那就能翻译出来。也可以有不同的解决方法，比如说可以做一些解释，就是做注释，还是直接写进去，描写一下，就是写得长一点，在德文、法文、英文里面。

但是我觉得最重要的是翻译家先要认识自己的语言。最好他自己是作家，他就能了解中国作家的那个艺术。如果是当代作家也要访问一下，比如后天我就跟贾平凹见面，我想跟他讨论一下能不能把他的《废都》翻译成德文。法文已经有，德文还没有。还有像更当代的一些作品，如《带灯》，我也要跟他商量一下。还要采访他一下，在德国发表这个采访，这样就能传播一些中国文化。

郭枞枞：而且对于一个翻译者来说，对被翻译国家的文化也要有一个全面的了解，是吗？

吴漠汀：对，就是。

郭枞枞：另外我们再来谈一谈版权的问题，不知道在西方国家版权的问题是怎么处理的呢？

桑宜川：我来回答一下这个问题，以加拿大为个案，加拿大是一个高度民主法制的国家，版权制度非常的严谨，非常的完善。如果出现了版权的问题，一般来说作者或者出版社他会委托自己的律师去解决这个纠纷。

郭枞枞：那在西方国家当中，不存在这种盗版书的现象吗？

桑宜川：基本上是没有，刚才我有一个前提就是加拿大，以加拿大作为个案，加拿大是一个高度民主法制的国家。这一点呢，我相信和美国是完全一样的，和欧洲的所有的国家，包括德国、法国、英国，它的文化是近似的。英国、法国、西班牙、葡萄牙，过去这几个主要的西方国家，他们共同构成了一种价值体系，能够达成共识。大家都遵守一种国际惯例，就是说遇到这样的一种游戏，在游戏规则中遇到了这样的问题，怎么去应对它，怎么去处置它。

我本人是加拿大枫叶出版社的社长，是作为华人在加拿大创办的第一家，到目前据我所知也是唯一的一家学术出版社。当然了，今年也出版各种其他语种的书籍，包括少儿读物、艺术家的画册，包括中国大陆的一些老年人到了加拿大移民以后，他们写的人生的回忆录，回望过去在中国经历的大半个世纪的人生历程、心路历程。那么这些，遇到了这种情况呢，往往在加拿大我的操作方案也就是严格遵守加拿大的法律法规。作者本人授权给我，我就给他出这本书。

那么在加拿大本国，据我所知道的情况，几乎没有什么版权丑闻曝光。记者在西方国家他是一种自由职业，如果有一点点新闻，他会闹得铺天盖地的。可以说家喻户晓，然而我们所听到的情况是没有这样的丑闻。有关版权之争的丑闻很少发生，这也间接地说明了西方国家在版权制度的管理方面和人们所达成的一种共识，就是它作为一种普世价值，作为一种人与人之间交往，在书刊的文字交流方面所达成的一种，我们也可以叫作潜规则。几乎没有这样的太多的版权之争或者说盗版书的产生。

郭枞枞：那吕红女士，在美国也是如此吗？

吕红：对，我觉得版权的意识大家都很强，包括我们杂志在创刊的时候，我们社长就说，一定不要发生任何版权上的问题，跟作者之间都应该很明确，你这个有没有发表过，是怎么样的一个情况。所以我们都非常地自觉。

郭枞枞：如果产生了盗版问题的话，美国的法律是怎么规定的呢？

吕红：盗版的一方肯定是被重罚。

桑宜川：对，倾家荡产。

吕红：对，所以基本上没有发生。

郭枞枞：那最后我们想问漠汀先生一个问题，因为现在是一个英语非常普及的世界，英语很多的作品可能更多受到大家的广泛关注，而德语呢，可以说是相对弱势一些，对于中国人来说，可能对于德国的一些作品还停留在一些古典的文集当中，不知道这一点德国是怎么来做好文化输出这方面的工作呢？

吴漠汀：我觉得我还是比较满意的，因为如果我去新华书店看一下有什么现当代德国文学翻译成中文，我觉得还是能看到蛮多的，像Günter Grass，也获得过诺贝尔文学奖。所以我觉得我们德国那么小的一个国家，可以说比较满意，就是在中国能买到现当代德国文学。当然经典的文学更多，歌德这种。如果把德国、英国、法国、意大利的文学在中国书店看一下，我觉得这个情况还好。但是中国文学在西方国家，我觉得真的还是翻译得太少。

所以这个要改变一下，为什么是这样？我觉得德国没有传播文化的政策，美国也没有，但是还是一种软实力的问题。我觉得美国、德国、法国、意大利很受欢迎，比如说留学生一定要在那些国家留学。就像中国人喜欢吃麦当劳、肯德基这种美国来的快餐，喜欢看美国片子，听美国音乐，有可能法国一些黑白的片子，这些都是。还有在食品方面，意大利食品比萨、意大利面条，在中国都能吃到。

所以我为什么是这样？德国这个国家，有歌德学院，它怎么介绍德国文学？它就在中国不同的分院，邀请一个德国作家过来朗诵一下他的一些作品。然后大家都可以讨论，再邀请一个也是德国来的一个文学批评家，他就说这个作品一点也不好，因为他就批评很多很多地方。

然后中国观众就看到这个，有一个歌德学院，邀请一个作家，还邀请一个文学批评家，后来他们还在讨论，那个作家他一点也不伤心，他觉得有意思，有可能这个地方你真的是对的，那我下一次写作品的时候再考虑这个问题。所以我觉得中国观众看的是这个，就是这种论坛、这种交流，这种很自由的谈话。

郭枞枞：非常开放的文学论坛。

吴漠汀：文化传播，不一定说我们的文化是好的，是比别的国家好的，我们不可能这样说。我们只要介绍一下，你们自己看一下，你喜欢就喜欢。

郭枞枞：这是一个交流的过程。

吴漠汀：对。所以我觉得这个是在软实力方面一个成功的战略，但是这个战略不是有意识的，他们自己意识不到。他们不是故意这样做，只是介绍一下，他们是一个自由的文化，喜欢不喜欢这是你来决定的。

我觉得中国因为是，经济方面很快成为世界上第一国家，所以要文化方面，也是第一。我觉得可以做到，因为以前也是，经济方面、文化方面都是。有可能现在这个时代，暂时中国是世界上第一。但是如果用很多钱，就是说很大量的作品翻译过去，介绍到国外，然后在那边也成功，或者发现有可能还是不成功。所以我觉得不一定要用这种压力。

郭枞枞：您的意思是数量不重要，关键重要的是质量，是吗？

吴漠汀：质量也不是那么重要，我觉得重要的是方法，是你怎么做。如果你是自己有一个很自由的，很轻松的一种态度，就是介绍一下我们莫言先生他的一些作品，让大家都听见他、认识他，觉得他是很好的一个人，喜欢看他的作品。这种方式在世界是特别受欢迎的。

郭枞枞：您的意思就是说一切顺其自然，不要太急功近利了。

好的，今天非常欢迎三位做客我们的演播室。其实文学作品是没有国界的，优秀的作品是人之所向的，我们希望越来越多的中国作家能够走出国门，越来越多的中国作品能够得到全世界的广泛认可。好的，今天的节目就是这些，咱们下期再见。

（中经在线访谈之文化名人访谈，2014年9月19日）

吕红：华媒对推动华文文学创新与嬗变意义非凡

海外网：《红杉林》在海外的发展状况如何？

吕红：在全球化和移民大幅增加的总趋势中，东西方跨文化交流日趋重要。华媒在推动华人社团发展及华校互动，尤其是华文文学创新与嬗变等方面发挥了重要影响，为来自不同地域的作家学者提供了对话机会和交流平台。如何应对挑战、突破传统模式、整合资源、结合海内外人才优势并拓宽视野创造条件，来打造跨文化交流平台，是海外文学发展的关键点。唯其如此，才能不断地扩展东西方文化交流，在华语文学全球化发展态势中，发挥华媒的多重效应。

时势需要新的文学力量的崛起。由加州伯克利大学亚美研究系鼎力支持创办的《红杉林》（国际刊号ISSN 1931-6682），荟萃人文思想和艺术创作的精华，以弘扬中华文化为宗旨，秉承"高屋建瓴，开放广博；不拘一格，兼容并蓄""创作与研究并呈，典范与新锐兼容"的风格特色而颇受关注。由国际上享有盛誉的文学家及专家团队组成强大阵容，包括名家纪弦、白先勇、陈若曦、余光中、郑愁予、痖弦、洛夫、张错、张炯、单德兴、严歌苓等为顾问团。社长王灵智教授，副社长黄秀玲教授、陈杰民会计师、总编辑吕红博士等。编委们既是创作者，也是传播者，具有专业素质及奉献精神。十年来为海外作家、评论家搭建交流平台，刊登数百篇名家作品、重量级作家访谈及评论，扶植了一大批文学新人及华裔青少年写作人才。世界华文文学专辑、世华名博专辑、海外华文女作家协会专辑、美华文协专辑、欧华作家作品专辑等，对文学创作和发展起了相当强力的推动作用。

《红杉林》杂志创刊10年来，创作与研究并呈，名家与新秀并举，典范与新锐兼容，东方与西方接轨，平面媒体与网络写手合作双赢，不断地扩展文化团体的交流，联合举办国际学术研讨会、作家艺术家作品展、新书发表会、世界华人作家作品专辑、海外女作家专辑、中美青少年中英文写作大赛等，推动创作，整合资源，交流互动，创造条件，共同打造跨文化交流平台。

海外网：担任总编辑的您对《红杉林》有怎样的期许？

吕红：出走与回归，感性和理性，试图忘却而又梦萦魂牵——永远都是人生相互矛盾的悖论。移民海外不仅是寻找个体身份，更试图建立一个新的文化身份。而文本书写就成为新移民寄托情感、承载思考的方舟和文化身份构建标识。《红杉林》杂志力图以两种语言拓宽读者面，也是一个跨越之举。无不反映出中西文化交融势态与海外刊物的气派，体现了创作与评论杂糅，思辨性与感性相融的特色。虽视角不一，包容性与张力的共性趋同，即华人对文学本真的坚守，对灵魂高贵的坚守。

海外网：您认为，《红杉林》有哪些值得推广的经验？

吕红：我们在坚持创作与办刊的同时，不断地凝聚海内外学界力量，加强华媒发展的后劲。

美国华文文艺界协会是活跃在北美的华人文化团体，2014年经大会选举，吕红博士当选为会长，成为创会20年来首位女会长。2015年新春经理事会讨论决定，创刊10年的《红杉林》杂志正式成为会刊。不仅编辑出版美华文协专辑，还联合华侨出版社、纽约商务出版社策划出版会员新作，举办新书发布会，并积极推动联络与伯克利大学、中国社科院文学所、中国世界华文文学学会、暨南大学、南开大学等联合举办"跨越太平洋——北美华人文学国际论坛"；为来自不同地域的专家学者与作家提供对话机会和交流平台。论坛学术交流范围包括：世界华人文学创作生态及作家作品研究等。

中国国务院侨办宣传司2015年向《红杉林》杂志创刊10周年致贺函：祝愿《红杉林》继续为弘扬中华文化、服务华侨华人、促进中美友好做出积极贡献。美国国会议员赵美心嘉奖高度赞扬《红杉林》编委及作家们对促进中美文化交流、促进文学发展的做出不凡成就及贡献。祝"跨越太平洋——北美华人文学国际论坛"圆满成功！

美华文协《红杉林》杂志与北美洛杉矶作家协会、加拿大华裔作家协会、加拿大华人历史文化学会合办的"北美华人文学国际论坛"，逾百位来自海内外包括中国北京、天津、上海、武汉、南昌、西安、吉林、厦门、广州与韩国首尔等地的专家学者，与北美作家齐聚一堂，共襄盛举。对于推动海外作家创作、促进中美文化交流意义深远。

中国驻旧金山总领事罗林泉大使致辞表示，海外华人文学是中国现当代文学的重要组成部分之一，在近百年的海外华人作家历史中涌现过林语堂、梁实秋这样的文学大师，和林海音、郁达夫、白先勇、陈若曦等无数现当代中国文学栋梁。

海外华人文学不仅展示着中国移民在海外生根成长、开枝散叶的历史，寄托着海外华人对故乡无法割断的深情，也为中国国内民众审视自身文化、放眼海外提供了一个全新视角。

筹委会主席王灵智教授表示北美华文文学是结合北美华人社区和美国／加拿大为一整体的。用中文来表达北美华人经历的文学也是中国文学的一部分，也是世界文学的一部分。希望跨太平洋对话将促进文学创作和学术研究，并鼓励年轻一代华裔积极从事写作和研究。《红杉林》主办的青少年征文大赛恰好体现了其意义。

陆建德指出，文学领域一个重要的观念就是要跨越边界，按照美国CNN电视台的说法就是"Go beyond the boundary"。中国当代文学作家，特别是在海外的华文创作人士，更应该有多种语言的能力。他表示，中国现当代文学之初和世界文学有很密切的联系，早期的作家如鲁迅先生，他首先是翻译家，从其他语言文字中获得新的视角和灵感，促进了其文学创作。他冀望北美华人文学创作者也应该这样，从其他语言的文学作品中汲取营养，同时用其他语言创作，把北美华人的历史推向主流社会。

中国世界华文文学学会王列耀会长贺函表示："近三十年来，在全球化语境和东西方跨文化交流的大趋势下，华人与华文文学的迅速崛起令世人瞩目，在世界多元文化格局中日益凸显其重要性。相信北美华人文学国际论坛，将是一个以文会友、互学互鉴、跨界融合的盛会，成为华人文学发展历史的一个新篇章。"

学会顾问、著名评论家公仲教授表示："从去年南昌的中国首届新移民文学会，到广州的世界华文文学大会，再到现在旧金山的北美华人文学国际论坛，正好半年，跨越了太平洋，立起了三座举世瞩目的世界华文文学的历史里程碑。这标志着世界华文文学空前的繁荣兴盛，也显示了华文文学的日益壮大和不断增强的实力。旧金山是世界华文文学的一个古老发祥地，百年以来，一直是世界华文文学的重要创作重镇和研究基地，人才辈出，硕果累累。今日，能在这里举办国际高峰论坛，可喜可贺！"

中国一百一十岁的学者周有光有句名言："不要从中国的角度看世界，而要从世界角度看中国。"这正是我们华人文学、华文文学的优势和特点，"多重视角，多元文化"，把我们的文学提升到了一个新的高度，相信，未来是属于我们的华人文学、华文文学的！

北美华人文学主题丰富多样，多以表现华裔移民从内心到外在的精神求索。1909年，当第一位中国赴美留学生容闳发表他的自传《西学东渐记》时，亦成为19世纪初北美华人文学的开创者之一。从华侨到华人，历经百年发展，北美大地生根开花结果。华人文学的丰富性引起学界高度关注，本次论坛对北美华人文学与华文文学创作多重话题展开深层次对话，为来自不同地域的专家学者与作家提供对话机会和交流平台。

在异国他乡生存立足和发展的多重压力下，在远离中文核心语境的环境中，海外作家不仅没有丢失自己的精神价值、人文追求，反而找到无限旷达自由的表述方式，对读者产生了深远的影响。随着新移民作家群的成熟壮大，愈来愈多的好作品将不断地涌现。

当然，如有充分的时间精力及雄厚的资源，可能我们会做得更好！

海外网：以一个华文作家的身份，您如何看待中文书籍在海外的出版状况？中文书籍的传播状况？

吕红：美国东西两岸都有些专门出版华文作品的出版社，华人作家除了在大陆港台出版作品或专著之外，也会将文学类、或政论杂文、或学术专著在海外出版。比如我们文协都有不少作家、诗人，有作品在美国纽约或洛杉矶出版。当然，在西方世界，海外华人毕竟是属于少数族裔，而以前中文出版物市场也有限，经济效益如何就很难说。近年来华人移民越来越多，中文出版方面还是呈现上升趋势的，特别是那些创作力强、并有强烈的艺术探索性的高产作家，总希望让自己的原创作品完整呈现给读者，或图书馆、或学术研究机构的，或也会采取多途径方式在海外出版一些中文作品。

难怪有人说，海外华人往往比生活在本土的华人更加执着于自己的根性，坚持母语书写，自觉或者不自觉，借此获得安身立命的依据。海外作家经过了异域文化的浸染，再回过头来看母体文化，眼光已具有某种不可复制的特性。

地缘的变动，虽然有因为疏离本土文化而生出的隔膜和痛苦，但也促使文学在异域产生新的变化，反而成为海外华人作家得天独厚的条件和机缘。多元化的生存空间和个体立场身份，产生了多元语境中的文学，赋予作家更加灵活多样的表达方式。

海外网：如今，不少外国人都渴望学习中文，您认为在海外用中文写作，存在哪些弊端？又享受怎样的优待？

吕红：海外华文文学近三十年来可说是稳步发展、颇有成就，而成为世界文学一个有机的组成部分。恰如学者专家所见，当代的海外华文写作，在相当程度上承续了中华人文传统精髓。海外移民多重文化背景及人生经验，跨越地域之复杂性、差异性和变化性，为作家们提供了艺术翱翔的天地。展现丰富的社会历史背景，涵盖华人社区、美国主流。透过现代人的观点，在如此博大的情怀和视域下产生的作品，自有其深广的腹地；兼容多项素质，并且不自觉地注入了多元与跨界的必然性；海外作家以不同的方式来诉说命运的跌宕起伏和经验的细微感知，既包容又专精，既多变又执着，形成了海外创作的丰硕景观。

专家学者将整个华语写作纳入一个阔达的视野，对比深入，条分缕析。"在写作态度和写作资源之外，海外作家在写作方法的选择和使用方面给了我们很大的触动。"特别是在文学遗产的继承方面，提供了宝贵的启示。在全球化语境下，多种文化背景交错的海外兵团，为整个华语写作带来新的气象！

研究者从中发掘出最核心主旨，有关"边缘·离散"，有关"原乡性和超越性"，有关"文化属性及身份认同"等。焦虑中的困惑、漂泊里无奈、压抑中的奋起，在新移民作家作品的字里行间，在全球华人各类文学社团的风起云涌中可见端倪。作为跨域融合之起点，求新，独创，卓越……为文学史重写不断提供新的学术依据。

海外网：您认为，当下人人必称"融合"的互联网时代中，纸媒、杂志的境遇如何？

吕红：当今网媒活跃，电子刊物、网络刊物四面开花，刊物内容形式亦将多样化。《红杉林》杂志联合多媒体、跨文化社团举办交流活动、新书发布会、作品研讨会以及大型国际论坛，吸引主流及亚裔人群的关注；这些年来，亚裔联盟主席尹集成担任《红杉林》荣誉董事长，与亚裔公共事务联盟（APAPA）联合举办了两届中美青少年大赛，影响甚广，中美青少年踊跃参与，赢得多项大奖；聘请各界专业翘楚担任董事，并与多家媒体强强联手，推动教育文化发展，培养新一代写作人才。

经验告诉我们，媒体无论大小，如果不做活动就无法吸引公众，而不能吸引公众也就意味着缺乏影响力、号召力，将导致读者订户广告经济日渐萎缩，甚至有可能在竞争中自生自灭。所以，不仅是媒体有危机感，就连从业者亦有压力和紧迫感。放眼看去，传媒群雄争霸各出高招，如何在主流打出一片天，如何摆脱边缘赢得尊重及话语权，就成为当务之急。

随着高科技日新月异及网络迅猛发展，媒体运作方式也随之改变。驱使传统媒体转型与新媒体齐头并进。北美影响力较大的华媒比如《星岛日报》《世界日报》《侨报》老中新闻等快速或逐渐从单一纸媒向多媒体嬗变，全方位发展：网络、电视、广播、视频、微博、微信，Facebook、Google、Twitter、Yahoo、Youtube，传媒人身兼多项技能，那些从初创即定位于网媒的更身段灵活，不断地从小处着眼向个体电子邮箱群发信息，无孔不入。

《红杉林》杂志有自己的独特风格定位。作家编辑团队坚持高品位高质量的写作精神，深度与广度的作品内涵成为每年传媒从业者评奖的亮点。

哲学家苏格拉底说："未经反省的人生是没有意义的。"人生既需要历史反思，也需要文化传承；既需要艺术拓展，更需要以丰富的艺术创造留下见证。大师本雅明说："文学生活是以期刊为中心展开的。"前北大教授、美学家朱光潜认为："一个有影响力的文学期刊比一所大学的影响更大。"

十年辛苦不寻常。作为总编辑，我一直对于支持我们的读者与社会各界精英表示由衷感谢。当然，成就感与挫折感并存。仿如长跑，亟须耐力支撑。创办不易，再上一个台阶更难，或许难中才显英雄本色。

追超烈日，填平沧海，修补苍天……知其不可为而为之，正是民族的精神脊梁。人生之短暂和匆遽，然而精神仍存在着，历劫不坏，亘古如斯。印证了信念坚韧不拔。知其不可能而能之，历史因此夺目而闪耀。

依托侨团与文化团体人脉资源，共荣共生，不断地开拓文化交流新局面。海内外作家学者热切关注支持，期冀这份杂志真正担当起那些现代文学刊物担当过的责任。北美地广人博、中西交汇，多年来聚集起了相当有生气有实力的作家群。当今世纪，全球化趋势，网络及现代科技似无远弗届，那些因人文背景或时空转换而生发的命运跌宕或情感交织，为作家提供无限的思考和想象空间，以及广阔的历史哲学视野，更创作出丰富多样的文学作品。

让思考与想象交织，展现美华新移民如何以专业来服务社区、推动文化交流、造福人群的胸襟。在中美关系发展的关键之年，《红杉林》杂志采编人员采写侨界翘楚，以百折不挠的磨炼让思想转换成价值。发挥文化传媒深度特色，推出一系列的思想者和创新者的报告文学，让读者从多层面看到精英们是如何去帮助移民立身多元社会，凸显华人精英敢于创业、更勇于担起肩上重任的风采。获得北美传媒大奖。

海外网：在海外，华文媒体的受众主要是哪些人群？

吕红：高校汉学专家学者，作家文学艺术家，文化教育界及各界读者，侨领等等。当今海内外兴起"国学热"，而早在20世纪就有华人教授与美国教授联手合作，将华夏文明思想史专著引入美国大学讲堂。《人文春秋·从珞珈山到旧金山》，探幽析微，钩沉史料，两个不同文化背景的学者教授，是如何突破语言文化隔膜，将深奥的东方古典思想精髓译介给西方读者，交织出动人故事。

中华文化的博大精深亦吸引了西人关注，詹姆斯教授以英文译介《道德经》，新书引言经文坛新秀晨曦再转译成中文，无疑显示出跨文化交流已成今日有识之士的共识；字里行间，涵盖时空地域思维及语言的碰撞与交融。

全面地吸取其他族裔文化、东西方文化的精华，转化运用为自身的文化资本，应为推动海外创作发展、促进文化交流更为积极的策略。从《现代文学》杂志到美国《红杉林》杂志，具有一脉相承的人文关怀与独立思考：透过所能掌握的有限资源，不计成败得失，以一股缓慢却悠长的力量表达对社会的关切，形塑一种值得骄傲、值得维系的文化品格。

海外网：您可否详述一下，在海外的中文作家的生存现状？

吕红：不得不指出的一点是，海外创作不易，大多数人都是在工作之余坚持创作。在异国他乡生存立足和发展的多重压力下，在远离中文核心语境的环境中，海外作家不仅没有丢失自己的精神价值、人文追求，反而找到无限旷达自由的表述方式，对读者产生了深远的影响。随着新移民作家群的成熟壮大，愈来愈多的好作品将不断地涌现。

当然，如有充分的时间精力及雄厚的资源，可能我们会做得更好！

我主编刊物自然常常接到许多来信来稿，既有名家亦有新秀，甚至有过去从未做过文字工作的科研人员、硅谷工程师等。这让我很感慨。移民踏上异国他乡的土地，必然要面临着各种问题，首先是生存的压力，身份问题。所以，"移民，这是个最脆弱、敏感的生命形式，它能对残酷的环境作出最逼真的反应"。异国他乡的丰富生活题材，让新移民作家从直面"边缘人的人生"，到探索挖掘"人性"在特定历史背景下所具有的全部张力和丰富深邃的内涵。

或许因本人所担任的角色吧，是既创作也做研究。我觉得，海外创作特性就是在这多元而复杂的，原民族性与当地本土性的交错、冲突与融合中突显。新移民作家试图通过作品超越地域或其他精神藩篱，去重建新的文化身份。在海内外有影响的作家，还是那些坚持不懈、有相当阅历并且文字功力扎实的，活跃在海内外平面媒体或网络的文坛精英。

卓越、独创，是我们始终如一的宗旨，更是边缘坚守的力量所在。文坛宿将痖弦称刊物办得很有规模，尤其在海外，更不易。如果一个刊物一纸风行的话，对社会的贡献是非常大的，培养很多年轻作家，一个大时代就起来了。

脱去沉重的外壳和绝望的包袱，将信念之旗插上每座希望的巅峰。让千年文化血脉流淌涌动，在异域响彻连绵不断的回声……

承载中华精髓、融合异质、心血与财力的奉献；凝聚了编者作者读者的默默无言的付出。边缘化的写作和办刊靠的就是一股精神在坚持。眼光深邃、视野开阔，介于两种文化差异当中，更具有相互尊重相互交融的当代意识。正如学者杨匡汉所言："站三寸之地，放万丈光芒。"这，也正是海外华文文学的希望所在！

[原载《人民日报》（海外版）2015年8月17日]

第三部分

期刊论文

海外移民的生动画卷

——评吕红的长篇小说《美国情人》

张　炯

在世界华文文学的几大板块中，北美的华文文学新近的创作成就，渐被人们所广泛注目。除了传统的留学生文学外，描写题材比较丰富的新移民文学尤受到华人文坛的重视。不少新的作家和作品涌现出来，并获得好评。这些作家的新作，其酝酿和积淀，大都是表现人生命运的奋斗和选择。在书写新移民生活巨变、情感冲击和文化冲突融合的过程，同时融入对大千世界的思考和探索。新移民文学走到今天似乎更加成熟冷静，显现出思想的活跃和深沉，艺术表现形式及手法也呈现出不拘一格的特征。可以说，随着地球村意识的渗透、海外移民逐年趋增的态势，新移民文学的关注点已超越近乎传奇般的经历，而扩展为对无数海外漂泊者的普遍境遇和命运深层次的探索。旅美女作家吕红创作的长篇小说《美国情人》，就属于这一类的作品。

这部小说通过主人公芯离别故土和亲人，在梦寻中挣扎和奋斗，经历了个人思想和情感的种种挫折和磨炼，终于获得事业成就的故事，寄托了作家对新移民生活命运的许多带有哲理性的思考。描写了某些新移民成为"边缘人"如何寻找"身份认同"的经历。在对边缘人心态及生存状态的细腻刻画中，凸显了少数弱势族群在异乡生存的艰难，以及种族冲突、文化冲突、性别冲突带来的各种人生况味。观照不同的社会压力及欲望驱使下的斑驳陆离的人生百态。以女性在不同时空与不同文化背景中的情感纠葛，浓缩两性间的矛盾冲突，表现华人在东西方文化夹缝中生存的困窘和迷惘，在文化差异巨大的社会背景中有力地伸展了女性的内心挣扎的深度和广度，尤为人们揭示出人性的丰富和复杂。

此外，作者围绕许多异乡漂泊男女的遭遇，还刻画了形形色色的人物心态和情态。通过林林总总、不同层次的移民心路写尽寻梦者的苦乐悲欢。小说中无论是华文媒体从业者还是学校老师；是小生意老板或是餐馆大厨；甚至沦落风尘的按摩女、情场决斗的"第三者"，都以鲜活的形象表现了斑驳陆离的海外人物众生相。同时，透过复杂交错的人物命运，小说以广泛的社会场景反映了海外新移民多种多样的生存状况。人物的悲欢离合交织在中美两国多年恩怨难解的大背景中，从而具有历史的厚重感和纵深感。整个故事结构犹如绘画中的散点透视，蕴含着丰富的信息量。以意象和情绪上的变幻，产生电影一样光影交织的幻觉。字里行间弥漫着一种漂泊心绪，特别是一些近乎原生态的描述，使无缘亲历者也有机会管窥美国社会方方面面的逼真生活图画。

从故事的展开中，读者不难看到作家丰富的人生体验以及纵横东西方文化的精神顿悟，似乎信笔写来，却不循规矩，自成方圆。小说的价值不在故事曲折多变，而是凝聚作者对海外人生独到的观照。在人物塑造、细节把握、思想内涵和谋篇布局上，体现了作家创造性的超越和作品独特的艺术追求。

对于小说家来说，故事的部件易得，而富于表现力的细节则往往难求。人物好写，而性格刻画鲜明，血肉丰盈也颇不易。《美国情人》颇值得一提的是作者对细节的把握和对人物的刻画。在作者笔下，有不少的细节描写表现西方都市生活景观，以及边缘人日常生活和命运变迁的反差对比。人文景观、政坛风波的描写和新移民生存环境的细节对比，强化了小说的社会心理纵深感。譬如这两段：

> 穿过车水马龙、游客聚集的Market Street，咚咚咚节奏感极强的打击乐声中，几个黑人在街头大跳霹雳舞。围观人群里不乏腰缠千万的游客。形容丑陋的流浪者，高举着字牌乞讨。灯饰装点着高耸入云天的欧式或维多尼亚式建筑群，拥有超过百年历史的人文景观正逐渐被愈来愈浓的金钱帝国商业气息所浸染、所湮没。

这些细节描写不仅贴近生活，而且生动地表现出新移民困穷的心态。

> 为避免嫉妒和是非，赶紧躲到打字室内练习起来。打"仓颉"那讨厌的繁体字。速度似乎快了一点点。刚开始练习一分钟才打五个字，没达标那台破电脑居然来嘲笑——Oh，你太不像话，要加油哦！随着一段音乐电脑屏幕跳出一行字，令人忍俊不禁。

整个打字室都为之大哗。慕容说还以为又是音乐卡。李生说什么太不像话，是薪水不像话吧？牢骚归牢骚，手上的活不停。薪水少，总好过没有。大家的心态差不多。

类似这样的真实细节描写在作品中俯拾即是。又比如芯跟着风水先生看房子一段，这种信手拈来的人文景观、政坛风波的描写和新移民生存环境的细节对比，强化了小说的社会心理纵深感。将不同人物和不同阶层、男女之间的情感和命运对比穿插，使作品有着独到而深刻的表现力。

而小说对人物的描写，尤重于对人物精神世界和内心感觉的深致刻画。作品通过对深重的生存危机和荒芜绝望灵魂的展示，海外华人特殊的生活境遇，人性和情欲的变与不变；爱情、欲望、生命的狂欢，人性的感伤，肉体和灵魂的自我对话；无论是滑稽的还是正经的、残酷的还是温情的、无奈的和失落的、放浪的和颓废的、阴暗的或者亮丽的、卑下的或者崇高的、别有用心的或者良心发现的，都是人生……正因作者对人物内心世界和外部世界的辩证把握，着力塑造了血肉丰满的人物，从而为海外华文文学人物长廊增添了新的浮雕。

主人公芯和她的女友蔷薇、安绮，芯的前夫刘卫东和美国情人皮特等，固然命运和性格各异，即如老拧这个次要人物形象，在作者笔下也性格鲜明：他身上既体现了老华侨憨厚热情，但也有心胸狭隘的复杂特征。当看到芯在东西方文化碰撞交汇间找到起点，和异族男人交流，老拧那浓厚的"农民意识"就不自觉地冒出来。延绵数千年的传统男权意识依旧根深蒂固。这虽然是转瞬即逝的微观描写，又何尝不是对社会的透视呢？作者善于捕捉生活细节，以小见大。塑造出生活里似曾相识、但文学作品里却鲜见的"这一个"来。

由于女作家的独特的女性视角，小说对女性形象的刻画尤为成功。可以说，这也是一部从女性立场观照两性纠葛、展示女性内心世界的佳作。生活的压迫，命运的捉弄……无爱取代真爱，真爱陷于无奈。作品深刻挖掘了人性的复杂和深层的矛盾基因，让人物在各种矛盾冲突中经受着考验……有人是被命运摆布的，有人似乎是被自己的欲望所摆布的。在他人身上找到永恒的安慰最终都将是虚妄。

从思想内涵的层面看，《美国情人》是一本关于孤独和追寻的书，也是人生奋斗成功的书。它给人很大的联想空间，文字与影像，过去与现在，东方和西方叠加交织，给人光影交错的感觉。即便是越洋跨海，过去的历史背景、生活经历仍旧会在内心深处留下抹不掉的印痕。人的苦痛是不同质的。某些痛苦会使人的存在感更加强烈，某些痛苦只会使人的生活更加虚无。作品中描写了一种更属于现代人的痛苦。他们追求自由，却不知绝对的自由是不存在的。即使在号称多么"自由"的美国，他们的追求往往使自己陷于新的枷锁之中。对于个人生命价值的追寻，寻找身份认同，在不断地渴望之中行动，然而过多的渴望在现实面前落空而形成痛苦和挣扎。小说中有这样的议论：

> 人们是否能给自己忙乱的生活找到一个意义？一个精神的支撑点？都是生命价值的寻找和超越……文化的冲突和碰撞必然要产生交汇融合。西方文化，相对于东方文化是人类整体文化的一极。人类文化就像太极图般呈现出互补结构。西方的阳刚与东方的阴柔互补，才能达至阴阳平衡。找到超越人种、肤色、民族、国籍以及宗教派别的人类心灵的共通点，从而达成和谐发展的远景。

也许这也是小说所表示的一种宏观性的哲学命题吧！当然，小说的内涵比它的议论更为丰富。作品内容上显示两个层次：既是女性自我世界的开拓，有着男性作家写作女性题材难以企及的美学优势，又超越了自我世界之外更为广阔的社会生活视野。正是借助这种既独特又开放的女性文学视界，透视人物丰富的心灵世界，发挥了女性文学向人性深处掘进的独有特色。小说别出心裁的时空闪回与穿插。既有对历史的回眸，更有对现实的扫描；有情侣永世不得实现的苦恋，又有对当今社会风云变幻的洞察与彻悟。小说既追求容量浓缩、又有意呈现给读者思维翱翔的空间。显然，作者想深入探究的是人与世界的关系，与他人的关系。人的生活就是找到或建立与世界的关系，找到其中能够支撑其生命的真正的联系和其中的界限，也就是找到安身立命之道。

作家流畅优美的语言风格也给人深刻印象。小说语言富于洞察力、简捷优美，带有哲理性，充满诗情与画意。既有精练明快的短句，比如在人物对话上；又有诗化的抒情和空灵飘忽感，比如在描写人物情感上。现实的描写由于短句的力量而更加明显，产生一种难以喘息的感觉。这些特点随着场景变幻和人物心境变化而呈现出不同的色彩。

总之，《美国情人》是一部有着广阔社会历史内涵的作品，也是一部反映爱情与事业追求的饶有艺术特色的作品。它向我们展现了北美移民生活的新的画卷，也向我们展示了作者的出色才华和执着的艺术创造。它无疑是北美华人文学近期难能可贵的收获。

（原载《华文文学》2006年第6期）

传统和现代之间的跋涉者

——序吕红小说集《午夜兰桂坊》

公 仲

书写情爱的情感小说，毕竟还是新移民女性作家的一个主要题材。在这方面，新世纪涌现出来了一大批优秀女作家的佳作精品。这种涉及海内外的历史变迁，中西文化差异，甚至地域种族习俗不同的新视角、新情爱故事，肯定会受到广大读者的关注，特别是在中国传统和西方现代相结合的艺术形式和表现手法方面，有了很大的突破，使这种小说登上了一个更高的层次，值得我们很好研究。

旧金山的吕红，是位很有抱负的作家，她的《美国情人》是一部很有探索精神的另类的情爱小说。它游走于梦幻和现实、国内和海外、东方和西方、情感和哲理、放逐和回归、迷失和寻觅之中，大量运用新感觉派的意识流、蒙太奇、时空闪回穿插的手法，简约、洗练又不乏浪漫想象力的语言，深刻地揭示了新移民生存状态的困苦艰难和人情人性的复杂变异。这里西方现代主义和中国传统写实手法，糅合得天衣无缝，使小说既能符合中国读者的可读性，又能增加作品的包容量和厚重度。

我说吕红是位很有抱负的作家，是经过了一番斟酌思索的。这里所说的"抱负"，指的是有理想，有追求，甚而至于有野心，不服输，争强好胜的一种意愿和心态。吕红有良好的学历和文学功底，又有非同寻常的长期的海内外的生活体验和社会历练，再加之更有着顽强的意志和对文学的执着痴恋，她完全可以在文学创作上取得骄人的成绩，而且，事实上她也已经做到了。可她仍不满足，一种超越的愿望，使她马不停蹄，奋笔疾书，这本小说集就是一个明证。她这种精神，这种勤奋，令人敬佩！不过，名气和运气，往往是相连的。辛苦耕耘了，收获就在天意了。

《午夜兰桂坊》小说集里的中短篇小说，也还是一些"很有探索精神的另类的情爱小说"。我所谓的"另类"情爱小说，是说既有中国传统的情爱观念，又有现代的开放意识；既有中国传统的言情小说笔法，又大量运用了新感觉派的意识流、蒙太奇、时空交错的手法，这是些颇有新意，颇为新奇的情爱小说。中篇小说《午夜兰桂坊》，这个中国古典韵味十足的"兰桂坊"，它的"午夜"是什么？"兰桂坊是爱情迷失的路口，是酒醉的柔肠，是情愿被谎言灌醉的小女人，是爱情在倒数时刻剩下的憔悴的吻……"这又极具浪漫的西方色彩了。《秋夜如水》把无情的商场搏斗和有情的缠绵爱恋交织起来描摹意味深长。传统的情爱观念，情意绵长，两厢厮守，在当下经济大潮的现代商业意识中，如何面对？如何坚守？值得研究，值得深思！而《绿墙中的夏娃》——成欣，是个反传统的桀骜不驯的叛逆者。作者塑造的这个性格十分鲜明的人物形象，在当下文学的人物画廊中，是可以占有一席之地的。然而，在传统的体制下，利欲的引诱中，成欣终成了现代社会难以与容的堕落者，偷吃了禁果的夏娃。看来，传统与现代，何以兼容？孰是孰非？并非随意简单就可以做出判断的，只有等待历史的检验。《曾经火焰山》《怨与缘》，又把我们带进了历史的长廊之中。《曾经火焰山》其实是写新中国成长起来的那批青年人，在新疆战天斗地半个世纪的苦难历程。面对今日的现代变革、开放意识，饱受传统教育、忍辱负重、循规蹈矩的过来人，"尚能饭否"？还能发挥余热，再立新功？人世沧桑，何堪回首？历史的沉重感，大大加重了作品的分量和品位。《怨与缘》叫我想起了进入2009年全国小说排行榜的长篇小说——于晓丹的《1980的情人》。它们都是在怀念20世纪那些年代的金童玉女。有人说，《1980的情人》像村上春树的《挪威的森林》，那么，《怨与缘》就像影视里的《激情燃烧的岁月》。值得我们思考的是，爱情，这人类永恒的主题，亘古不变的情感，难道也有历史和现实、传统和现代、故国与他乡之分吗？作家的职责，是否就是要从中找到一条能排除各种干扰，沟通各方联系的畅通无阻、超越时空的爱情直通道？吕红在这里的探索，是值得充分肯定的。此外，这部小说集里，还有中篇《曝光》、短篇《商情·伤情》等，女性意识十分强烈，都是以书写女性生活命运为中心的。正如有评论所说，揭示从故乡到异乡，由传统到现代，此岸到彼岸漫长旅程中人性的复归与变异。而《一箭之遥》《跨国"红楼"新梦》，都带有实验小说味道，前者以意识流心理描写见长，后者受网络接龙小说影响，将经典作品结构以现代方式来改写。

还值得一提的是，吕红小说中的电影情结。吕红自己就说过："自从有了文学梦，我的写作几乎就跟电影梦相关联，也是奇怪，我初次练笔就是电影剧本……"这里不只是说跳跃、拼贴，蒙太奇的手法与意识流和时空交错的结构，更还有声光色的处理和运用。从《微朦的光影》到《午夜兰桂坊》，那写景、那抒情，一幅幅光影闪亮的画卷，一场场声色并茂的镜头，令小说平添几分异彩。这本小说集，就收录了部分影视评论，这也可以作为吕红小说的影视情结的佐证。

纵观吕红的小说，可以说，她是一位游走于传统与现代之间的辛苦跋涉者。她很用功，也很用心。她的小说，已不满足于传统写实的创作方法，还用尽了现代派的各种各样的表现手法，就是影视的声光色效应，她也不会放弃。她追求完美，也追求成功。她的新闻传媒经历，更使她十分注重叙事性、时效性。涉猎范围广泛，人、地、事繁杂，信息量很大。这就是吕红小说的优势，也是她的特色。然而这样，就要注意防止出现写小说，特别是写中短篇小说的一个普遍难以避免的问题：写事还是写人？追求技巧还是袒露真情？关注点是事件的铺陈还是人物性格的刻画？探索点是技艺的新颖还是人性开拓的深沉？事件是为塑造人物服务的，方法技巧是为思想情感内容服务的。巴金说："最高境界是无技巧。"集传统、现代于一体，自然天成去雕饰，才是最美。让我们共勉之。

（原载《世界华文文学论坛》2011年第1期）

"所有移民迁徙原因"

——由《美国情人》看新移民小说的现代内涵与叙事创新

程国君　韩　云

"没有人类的探索和转变，就没有现在高度发达的我们。不，应该说没有那第一个爬上陆地的鱼儿，就没有现代的我们。""寻找机会实现自身价值为所有移民迁徙原因之一。"①与《地母》《金山之路》等新移民文本不一致，也与《扶桑》《金山》《巨浪》和《情徒》两样，《美国情人》紧紧围绕现代移民迁徙的这些现代性内在动因，书写了新移民全新的价值追求，展现了当代新移民之所以"新"的内在精神底蕴和人类探险性品质，把移民书写从简单写实的经历及其历史反省书写转换到其心灵史和哲学的高度挖掘上，从而将新移民文学引向了更为深入发展的境地。

新移民文学当前繁荣发展。在2014年南昌大学"首届中国新移民文学研讨会"获得新移民文学杰出成就奖的10名作家是这一文学思潮的引领者。其中，吕红以她作为一个文化学者对于现代移民史、现代移民精神历程和华文文学发展及其研究的了解，对于世界电影艺术、艺术观念的独特理解——视自恋和宣泄为文学的本质的理解和作为一个现代女性新移民具有的"在场"性经历以及现实生命体验的创作主体身份优势，对新移民叙事内涵的丰富和叙事的探索就极有文学史意义。

一、从水莲到芯：新移民全新的价值寻求

《美国情人》这部新移民小说是"旧金山作家群"重要作家吕红的代表作品。

---

① 吕红：《彼岸追寻》，载《美华文学》2005年第59期。

与该作家群的主要作家曾宁的《地母》、黄运基的《狂潮》《巨浪》、沙石的《情徒》和穗青的《金山有约》等比较，这部作品在移民叙事内涵和形式上有了新的变化：《地母》等是过去的移民史和移民光影的摄掠与书写，《美国情人》是对于当代新移民"移民"动因与文化认同与融合的书写，后者把移民叙事从"淘金梦"的书写转换到了新移民的现代性寻求的路径上来了。

这些作品的故事都发生在移民之都美国旧金山。先看曾宁的《地母》。这是一篇反映旧金山华人生存历史今昔（访地母庙的此刻，第二夜，第三日，又到了秋天与1849年，1900年，1906年对比）变迁的短篇小说。它以"我"（伊人）访问旧金山唐人街的"地母庙"为线索，通过"我"与80多岁的老金山孟婆婆以及阿平、阿伯爷爷的对白，将"我"之现在好奇探索和"我"的梦幻交叉重现，将"我"变成水莲，描述了旧金山早期女性移民——一个名叫水莲的妓女帮助早期华人如阿良、小栓子等的平凡而无私的献身精神、行为，反映了早期移民在异乡与不同族裔冲突中的复杂命运变迁，也用今昔对比的方式，反衬了"我"和阿平等现代金山新移民对于自身及其历史的深刻反思。

孟婆婆和老阿伯是小说中两个神秘而诡异的早期移民人物。首先，孟婆婆是一个穿越历史、看透前世今生的智者与鬼一般神秘的人物。是她叫"我"最终明白："'今世的地母，只能是一个为生活所迫、远嫁他乡的软弱女人，与前世的区别不大。'我无言以对，我不知道我是谁？我是水莲，我是地母，还是一个陷身不如意婚姻'围城'的普通女人？孟婆婆扫视长无尽头的唐人街：'别死守百年前的东西了，该忘的还是要忘掉。'"[①]其次，老阿伯，这个旧金山的早期移民，现在尽管是旧金山历史的守护者，地母庙的庙祝，但他最终却与地母庙一样，被一场大火烧为灰烬。他是一个守着前世今生的人，尽管他神志不清。《地母》通过这两个人物，书写了早期金山客，对于老移民命运做了反思。

《美国情人》则以芯为主人公，并以其为典型，全面展示了一个现代新移民的心路历程。芯是一个现代新移民。她在国内已经成家、立业，在国内一个文化人具有的一切她都有了，她还有更好的发展前途，但她却放弃一切，只身来到大洋彼岸的异域——旧金山来闯荡。她知道，这个异域，完全是一个陌生而未知的世界，环境、种族、语言、文明和文化与她所生活过的地方，距离异常遥远，但她还是闯

---

① 曾宁：《地母》，载《美华文学》2004年第55期。

进了这个陌生的世界、未知的世界来。初到异域，漂泊到西方世界的芯，经历了身份的焦虑、生存的磨难，情感的多重折磨以及事业的多方磨难，最终找到了她的身份，获得了西方世界认可的杰出贡献成就奖，昂然站立在了人生、社会和生命的高点上。最后，她"就像是沙漠中生命力极旺盛的植物——仙人掌，或人们所形容的'有九条命的猫'！即便在逆境中，仍能找到自身价值，焕发出独特的魅力"，成了凤凰涅槃般的女人之歌，华人之光。与水莲不一样，芯作为一个新移民形象能够在陌生的西方世界生活下来，关键在于她的移民动因的支撑："彼岸的追寻"和"寻找机会，实现自身价值"。

> 人，从呱呱落地开始，就以口鼻眼耳去感觉和观察；手脚去触摸；用车轮纵横四方，用独木舟、轮船、潜水艇穿越横渡江河湖海，飞机穿越云霄，火箭卫星太空船穿越大气层，向着宇宙无穷无尽的未知去探索。人类不停地求索，爬过一山又一山，一岭又一岭。既探索可感知的，又探索难以明了的四度空间、负微粒和黑洞……

> 寻找机会实现自身价值为所有移民迁徙的原因之一……

> ……人类和动植物的探索和转变，都是周围环境逼的，但人类有思维，有动植物无可比拟的主观能动性。从一个人自身的发展来说，在竞争激烈的当今社会，优胜劣汰会越来越逼近每一个人。要战胜对手，获得成功，你必须探索其中的秘密、规律……当然，做出探索的同时，牺牲是难免的。鱼要想飞向天空，少不了为此窒息死亡的，鸟要想生活在水中，少不了溺死的。人类要想获得真理，少不了做出牺牲的……①

"人们是否能给自己忙乱的生活找到一个意义？一个精神的支撑点呢？譬如研究历史，寻找绝世珍宝，追逐梦想或一个活法，还有写作等，都是生命价值的寻找和超越。在身份寻找和转换中，完成自我超越…………我之所以写作，是为了抓住那流水一样的时间，让孤独的灵魂有所支撑，有所依托。写作会让人自由。当人为现实卑微所驱使时，是没有尊严的。写作，却可以让灵魂抵达现实达不到的深度和广度。"②

就是说，芯这些新的移民与水莲们已经不一样，有了新的移民动机，有了真

---

① 吕红：《彼岸追寻》，载《美华文学》2005年第59期。
② 吕红：《美国情人》，中国华侨出版社，2006年，第338页。

正意义的现代追寻。芯等新移民的这种新的移民动因，显示了这群新移民之所以"新"的内在素质——"追逐梦想或换一个活法""完成自我超越"和"让灵魂抵达现实达不到的深度和广度"。她们的移民，包含着对于自由的寻求、自我生命价值实现的善的目的，人性求变、求动和求新的合理性，因此《美国情人》的意义也就在于，它详尽书写了具有这种动机的一代新移民移民现代化西方及其美国的心路历程，塑造了一批具有新价值追求的新移民形象。

就目前的移民叙事来说，反映旧金山华人移民历史及其生活的小说很多，黄运基的《奔流》《狂潮》、穗青的《佳丽移民记》《金山有约》就颇具代表性，是"大陆人、台湾人和香港人的错综交织的'美国梦'"。①但与这些移民小说与人物特写中的人物——移民相比，《美国情人》中的芯们的"美国梦"有了新的内涵——改变、自我追寻，实现自身价值。这是新老移民的重要区别，也是新移民书写内涵深入的标志。因为芯这些现代新移民，是在高度现代化的历史背景下，在全球化及其文化融合发展的基点上的新移民，具有了别样的精神向度。所以，《美国情人》它挖掘和表现移民心理动机，从而展现一代新移民的奋斗的心理历程，是拓展了新移民叙事思想内涵的。这一具有伦理和美学制高点的移民独特心理挖掘为焦点的移民叙事，为移民叙事拓展了新的空间。通览小说整体，芯的心理辩解构成了小说主要内容。因为事实上，除去序外，小说的94节，几乎全是以心理辩白的方式展开。这不仅具有重要的历史文化价值——揭示当代新移民移民内在的现实动因，逼真再现他们内心迷人的风景，又有重要的审美价值——对于人的心理及其精神美学追求的准确把握而显示了新移民叙事审美的新向度。

二、"情人"：女性新移民与"永远的追梦人"

《美国情人》的书写背景是20世纪90年代后的美国旧金山。它书写的历史文化背景已经与过去的移民叙事的背景不同了：《扶桑》《地母》等的故事是在19世纪中期和旧金山发生地震的20世纪初，《金山》的背景是北美初期工业化时代的加拿大，而《美国情人》的背景则是20世纪末世纪之交的具有后现代语境的移民之都旧金山。

---

① 宗鹰：《草根文学长篇新收获——从〈佳丽移民记〉到〈金山有约〉看穗青创作》，载《美华文学》2003年第52期。

什么是后现代语境？按照杨伯淑等历史学家的确认，就是"大众（离散）社会"："发生在后工业化时期的家用电器进入寻常百姓家，工作场所自动化程度的提高、女权运动、性解放、妇女参加工作和政府有关政策的颁布实施，无不和离婚率的上升以及家庭的支离破碎有关。……支离破碎的家庭和孤独的人群形成了所谓大众（离散）社会。在这种社会里，人们和外部社会之间不再有缓冲区。他们直接暴露于外界势力或压力之下……在资本主义经济占主导地位的社会里，他们的全部生活好像都已经'麦当劳'化。这些离散大众不但机械而且越来越依靠他人的导向，其结果是社会成为'单维'社会，组成这个社会的大众也成为'单维'人"。①《美国情人》中的旧金山就是典型的"大众（离散）社会"："跨美金字塔矗立在蒙哥马利街，素有旧金山地标之称，白色的尖尖顶几乎刺破青天。据说那曾经是密西西比河以西最高的建筑。塔内办公室豪华，有律师，商人，主流报社。据说前个世纪，马克·吐温在此遇见他作品中的原型；辛亥革命先驱孙逸仙，就在大楼的一间律师办公室酝酿起草了那份改变命运的宣言大纲，而今，巍然矗立的巨型建筑，每个门窗，每个墙壁，甚至每段路径，似乎都有前人足迹和豪情万丈的印痕。……迷瞪中不知怎么就转到了百老汇红灯区。路边的霓虹灯招牌暧昧地闪，裸体女人的轮廓时明时暗；性感的金发美女巨照透过薄薄的一层玻璃橱窗妖冶地挑逗着行人。色情脱衣舞引诱着色眯眯的眼光。轻佻刺耳的乐声，在夜风中荡漾着。店内堂而皇之地摆着各种硕壮的器官、性感人体模型。逼真得要命。"

　　这个后现代都市，按照丹尼尔·贝尔的描述，是"单独的个人各自追寻自我满足的混杂场所"。②《美国情人》这部书写"单独的个人各自追寻自我满足的"小说，其场所正是这个"混杂场所"——离散社会。该小说借书写旧金山这个后工业化社会里的"情人"这一具有独特的内在文化张力的个体人类身份及其现象，塑造出了离散社会全新的新移民，展现了后现代化、后工业化时代的一代新移民的现代性自我追寻。

　　"情人"在离散社会的孤独的人群中存在具有别样的意义。《美国情人》以此为书名，以"美国"和"情人"这两个对于新移民文学来说具有独特意义的意象书

<hr>

　　① 杨伯淑：《全球化：起源、发展和影响》，人民出版社，2002年，第127页。
　　② ［美］丹尼尔·贝尔：《资本主义文化矛盾》，赵一凡、蒲隆、任晓晋译，生活·读书·新知三联书店，1989年，第68页。

写为主，其意图就是力图展示这种意义。西方社会很重视"情人节"，从少年以至老人，无不对其重视有加。这是这个离散社会里孤独人的极其温暖的一天。情人，也是这个冰冷坚硬社会里的温暖所在。通览小说，我们会发现，芯和皮特这对情人，就是在生活、生命、内在激情需要意义上的后现代文化语境下的至真情人。他们不是传统风流意义上的情人，这对情人，全是"精神漂泊者"，这个后工业化时代的"新人"——为了在自由世界里更自由，走出家庭，蔑视婚姻，轻视性的社会伦理约束，自我感觉，幸福第一，为了自我实现的世界公民。比较而言，他们显然已经没有了惯常情人书写包含的那种否定性意义。他们移民的现代性动机昭示了他们本身存在的意义：

> 风从车窗流入，风景一一向后倒退。耳畔，妮娜仍在喋喋不休。其实，她一点也不喜欢美国，单调沉闷，比起上海的繁华和勃勃生机不知道差哪儿去了。国内人真是不晓得，拼命考托福和GRE，以为出国真好，威，纯属"洋受罪"！我现在只想把MBA读完，然后做个跨国公司代表，自由自在的"空中飞人"，高兴住哪儿就住哪儿，想怎么活就怎么活！

> 芯若有所思，自由，究竟有无通行证？当告别家人，接触物质主义的陋习的青年男女，揣着希望怀着梦想，踌躇满志跨洋过海来美之后，莫不经历了巨大的文化冲击……"身份"问题，无形中左右了人的生存意识和生存状况。这也就是为什么那些成千上万非法移民甘愿忍气吞声做"三等"或者等而之下的打工者，总在眼巴巴期盼"大赦"？为什么人为自由而来，却偏偏陷入不自由之中。这难道不是人生悖论？……所谓排外意识、种族歧视往往是潜藏在诸多理由和借口之下的，并错综复杂地渗透到社会层面。即便你是入了籍，是有身份地位的美籍华人，但在老美眼中，从骨子里你还是异类。那些案例，或许正印证了卢梭的名言：人生而自由的，无往却不在枷锁之中。"黑夜给了我黑色的眼睛，我却用它来寻找光明"，浩瀚的大海和无垠的天空，永远是追梦人的渴望。①

就是说，芯这些以情人身份出现的新移民，他们因移民而陷于人生的悖论，与投机性的为移民做情人不同，他们大多是为了自我实现才移民海外的，明知自由是有条件的，他们仍然追求自由，哪怕漂泊。她们作为"精神漂泊者"，体认到自我

---

① 吕红：《美国情人》，中国华侨出版社，2006年，第11页。

身份后，在如此多元世界实现自我价值，成了他们不倦的追求。所以，由旧金山这个离散社会的背景决定，《美国情人》这部新移民文学潮流中涌现出来的新移民文学的扛鼎之作，它的现代性内涵就此就得到彰显：它首先书写了后工业化社会的这群自我实现的人，考辨了她们移民的深刻的现代性动机，并对于她们给予了深切的赞美与同情——《美国情人》实际上是一曲新移民的自恋与自信的歌。因为，甘愿做情人，其存在如此符合生命本真，人性之真。做情人，追寻情人，是在家庭支离破碎，女权主义盛行，性自由、性解放的语境下，孤独自我的新移民当然的选择，身心慰藉。我认为，这是吕红以"美国"和"情人"为意象自信书写《美国情人》的潜在依据。作为女性新移民，她们移民的自我实现、寻求改变和寻找世界生命存在的新的意义的现代性动机，使他（她）们具有了内在人格的高度、伦理和审美的双重性的积极意义。因为"美国情人"，与叛逆家庭、有违小城镇思维的中西体制下的情人完全两样！

所以，王红旗说："华人女作家的'情人'写作是非常有意思的，值得关注。所谓'情人'之作，关照人物命运的跌宕起伏、悲欢离合，感悟和升华到'活出自己'的精神价值。会爱自己的人，才回去爱别人。过去，情感几乎是女人的全部，而今女人的'情人'实际上是自己！"此论一语道破了《美国情人》的实质：《美国情人》是一部书写自我、书写自我实现的小说。因为《美国情人》借"情人"书写，整体上就是反映了现代新移民别样的自我追寻与自我实现的。事实上，正是书写离散社会的一批"精神漂泊者"与"追梦人"，使《美国情人》这部新移民小说具有了同期新移民小说中没有的崭新的现代性文化内涵。

三、I am Chinese：文化认同与融合思想

吕红认为，"以敏感反映移民社会生活和移民情绪的海外华文学，身份焦虑亦愈来愈多成为描述和深层开掘的主题"①。她认为严歌苓的《少女小渔》、张翎的《邮购新娘》、啸尘的《覆水》、虹影的《饥饿的女儿》和她自己的《海岸的冷月》《英姐》等，反映的正是这一主题。其《美国情人》开头的"引子"，就直接展现了这个主题。在这一节里，芯关于"I am Chinese"的宣称，实际上为整个小说

---

① 吕红：《海外移民文学视点：文化属性和文化身份》，载《美华文学》2005年第60期。

的叙事奠定了基础。按照拉康的象征秩序理论，"我是"就是说话主体将自我身份表达出来的明确语言所指。这里，"I am Chinese"的主体身份确认，可以这样来理解。[1]因为这一节书写的是芯作为一个小说家在夏威夷度假时在海涛中和白人、日本人、菲律宾人关于年龄、身份的相互指认，其中芯对于不同族裔对她身份的询问"Are you Japanese"的回答"I am Chinese"就是整部小说主题——身份焦虑和文化融合与认同的一个巧妙寓言：在身份认同、融合中确认自身的文化主体身份。该小说"引子"后的94节，就基本上以芯以及一批女性新移民的价值追寻叙事，从而传达了一代新移民的中华文化属性辨析，一代新移民的文化认同与文化融合思想。

93节是小说的倒数第二节，在这一节里，芯的个体生命的身份追寻终于获得了这样的认知。小说的86节，教授念着移民局来信"经审核你的申请已被批准"后芯和友人的电话对白与辨析，也传达了小说的基本思想："友人笑说：'的确是个喜讯！有了新的身份，该将以新的精神在这个世界打拼……如今满世界都是漂泊人，比如北京、上海、深圳甚至香港，都有不少的漂泊一族。有的离开家乡已经很久，仍然不能算扎根了，无论从身份、从口音、从对当地的情感来看都有差异。漂泊，无法感知自己与过去、现在和未来的切实联系。个体生存因此失去了内在根基，沉入孤独的困境，最终陷入深深的焦虑中。这种体验有时是共同的，自视甚高但又无法融入当地社会，自认为有点成就却又无人喝彩，总是找不到身份或是归宿感。'芯说：'是啊，从文化层面来说，现代社会人们无论身处何方，对定义自己身份都有无法解脱的惶惑。换句话说，每个身份都形成一个集合，而这无数多个集合交汇的哪一点，恰是自己所在的坐标。在社会急速流动的今天，人的矛盾身份也在不断地游移，没有一个固定的所在。换句话说，移民身份焦虑与其说表现了一种认同感的匮乏与需求，不如说是深刻的现实焦虑的呈现；与其说是自我身份的建构、自我实现，不如说是如何在身份中获得认同。"[2]所以，我们看到，《美国情人》中一批华人对于身份及其文化身份的追索，实际上是关于文化认同与文化融合的追索，自我确认和自我实现的追索。这是目前全球化世界的一个基本的世界性认知，它也由此深入了新移民叙事的书写主题。因为对于芯这一代移民来说，"落地生根"已经不再是她们移民的根本目的了，不断地游移倒是他们永远的处境。"移"成了他们

---

① ［英］索菲亚·孚卡：《后女权主义》，王丽译，文化艺术出版社，2003年，第41页。
② 吕红：《美国情人》，中国华侨出版社，2006年，第238页。

的本质性根性了。"移"与自由追索，在这里是同义的。移民，将永远面对文化身份的认知这一永恒命题。《美国情人》以此透彻的书写，扩大了新移民文学的思想美学向度。

陈瑞琳针对这一问题说："从早期的《北京人在纽约》《曼哈顿的中国女人》《新大陆》等作品内容看，表现的是人物的个人经历，并没有深入到新移民的心态及情绪发展、对自己归宿的考虑以及对自己未来的思考，而后来出现的《白雪红尘》《留学美国》等作品，思考的成分就远远超过早期的新移民文学作品。这些作品的眼光已经放开了，出现了全局性的观照，作家考虑的已经不是个人的经历，而是这一代人的命运——追求什么，失去什么，得到什么，将面对什么。这个时候的新移民文学已经上升到一个新的高度了。"[1]吕红关于"I am Chinese"的新移民的文化身份与融合的书写，对于新移民文学内涵的提升，显然是在这个基点之上。因为转换视点，转换重心后的新移民文学的书写内涵，比之这些理论家、批评家的要求与期望已经有了进一步的转向与变化——从传统美学的命运关注转向了现代文学的深层自我及其文化身份的焦虑层面，从这些身份认同焦虑转向对世界大同理想的想象。

因为如前所述，对于芯等新一代现代性移民来说，在异乡他国"落地生根"并非根本目的，他们移民，首先不仅仅是为了改变国籍身份，从中国人变成一个美国人，而是变成一个融合了丰富文化的世界人、世界公民；他们从此岸世界到彼岸世界，根本目的是改变，求得探索和转变，是为了换一种活法，是对于新的生活方式的探求，是为了寻找新机会，实现自身价值。《美国情人》的新移民书写就在这个基点上：它紧围绕世界华文文学的基本视点或焦点——文化身份与文化交流融合的视点展现叙述，以挖掘移民心理内涵为主，极其详尽地展现了当代新移民如何"移民"、如何在美国找情人做情人、如何实现自我价值、如何在异域文化、社会和历史语境下探寻文化身份认同与自身生命价值实现的历程。这使其书写站在了一般移民史书写没有的社会、文化、心理和哲学的制高点上，充分地展现了自我确认、文化融合、认同以及世界性的全球化的现代性思想。所以，《美国情人》已经不像我们熟知的新移民文学的经典严歌苓的《扶桑》和张翎的《金山》那样，去史诗般地

---

① 老路、陈瑞琳等：《追溯历史的脚步：〈北美行〉杂志关于新移民文学的首次探讨》，载《北美行》1999年第1期。

展现百年来移民的历史进程，一代移民在种族、文化、语言等差异下的艰辛奋斗的苦难史，甚至去反思那些过去了的历史，从中找出人性、历史和文化的复杂性，也不仅仅是现代个体新移民的传奇式生活奋斗的经历书写，而是芯这一代新移民的心灵史书写；不是移民漂泊史和新移民文学惯常的"二元对立叙事"的文化冲突、割裂史的书写，而是芯、倪蔷薇等一代女性新移民的文化思考、认同史和世界大同理想的书写。由此我可以看到，对于新移民的内在心灵动机的挖掘；对于新移民在现代都市化、后工业化离散都市语境下的情人追梦境遇的书写；对于新移民在全球化历史语境下走向世界化、全球化中的自我确认、自我实现的详尽书写，使《美国情人》书写的移民和移民书写站在了伦理和美学的制高点上，使其表现的"现代性"思想内涵和全球性意识也骤然提升了。移民走向世界，走向全球化，实际上是一个以经济发展为主导的全球性人类文化融合运动，它预示着"人类由追求社会的、物质的、科技层面的进步将演进到注重'心灵''精神'层面的探索，找到超越人种、肤色、民族、国籍以及宗教派别的人类心灵的共同点，认知人类的'同源性'和'平等性'，从而达成四海一家的和平的远景"①。《美国情人》最终实现了陈公仲先生所期待的新移民文学张扬世界大同这种文化理想的文学使命。②

四、自恋与电影叙事：文学审美创新

新移民诗人李兆阳认为，自恋和自我宣泄是艺术发生的真正源泉："文学艺术作品的最初动力是普遍存在的自恋情结"。"艺术作品是作者自身一种经过审美化的自我审美再现或表现。大凡艺术创作力旺盛的人，必定是极度自恋的人。比如凡·高……凡·高自恋的程度，远高于一般人——我每翻开凡·高画册，都为凡·高许多副自画像着迷：一个农民形状的荷兰人，两只深而忧郁的眼镜，从各个角度观察自己，欣赏自己，仿佛要把自己骨子里的好处都要看个透，回味个够似的可爱地让我舍不得放手的凡·高，就是这样个极度自恋的凡·高。至于大家熟悉

① 《拙火——生命的秘密》总序，王季庆译，转引自吕红：《海外移民文学视点：文化属性和文化身份》，载《美华文学》2005年第60期。
② 陈公仲：《新移民文学的新思考》，见《文学新思考》，江西教育出版社，2009年，第59页。

的蒙娜丽莎，有考证说那是达·芬奇的自画像，只不过被画家加了女人的外形而已了……至于诗人，自恋的例子数不胜数……在我读郁达夫文字的时候，我读来读去总读出这个神态来：瞧我郁达夫，一身才气，我的出身，我的相貌怎么能配上我呢？里尔克念念不忘自己的贵族血统，而但丁七八百年前就说自己是有史以来第六大诗人，屈原'世人皆醉独我醒'，更是自恋"①，这是阐释了艺术产生源泉的部分原因的。因为没有这种自恋与自我宣泄，梵高和郁达夫们的艺术便不能做出清楚的阐释与赏析。《美国情人》将自恋与自我宣泄上升到了艺术哲学的高度来书写——它从现代性的自我宣泄及其自我心灵辩白的艺术观念出发，展现了新移民的心灵史以及现代移民的现代性追寻。它是一部书写自我追索、自我实现的小说，必然就是这种艺术观的产物。

与小说书写自我、自我实现的现代内涵相一致的，是小说在叙事上的独特创新。这同其展现的新移民小说的现代内涵完美结合：为了突破新移民叙事通常的题材雷同化、叙事趋同性的藩篱，表现新移民叙事全新的思想内涵，《美国情人》采取了与表现这种内涵相一致的现代小说的叙事方式——心里剖白和电影叙事化的叙事模式。②

《美国情人》有两个并列平行的叙事线索：新移民芯与美国情人皮特、国内前夫刘卫东之间的爱恨情仇为一条线索，新移民倪蔷薇和投机政客移民林浩的情感纠葛为一条线索。其中整部小说以第一条线索为主，在引言和94节合计的95节里占了76节，第二条线索占了19节，它们分别是5、6、9、14、19、28、29、30、34、38、40、42、55、57、65、66、82、83、94。它们穿插在第一条线索里，但和第一条线索构成了平行关系。两组故事，采用了共同的叙事模式：心灵剖白与电影叙事的叙事模式。这首先在小说的"引子"与第1节以及结尾的91、92、93、94节上充分展示了出来："引子"自说在夏威夷度假的经历，第1节以电影手法呈现总裁豪宅中的热闹场面，93节展现芯获奖的精彩场面，94节是倪蔷薇的心灵追索。这是《美国情人》的基本叙事结构与叙事模式。在我看来，这种叙事模式至少包含这样三个方面的内涵：一是心灵考辨式叙事，二是电影蒙太奇、画面呈现式叙事，三是现代心理

① 李兆阳：《自恋与艺术》，载《美华文学》2005年第58期。
② 江少川：《女性书写·时间诗学·影像叙事——评吕红中短篇小说创作》，载《世界华文文学论坛》2011年第1期。

小说的意识流叙事。因此，读《美国情人》，我们如同读《追忆似水年华》一样，感觉到人物意识深处的深刻颤动，也如同在看电影一样，欣赏一个个精彩纷呈的诗艺的画面，还能够发现精微细致的心理分析与驳难，从而得到多样的审美感受与体悟。

事实上，《美国情人》的叙事性探索，受现代小说"探求生活意义"的现代叙事观念影响极深。小说的故事性弱化，现在进行时的叙事，日常生活及其细节的呈现，叙事视角的含混化，作者、叙述者和主人公的分离和混合，抒情性、议论性因素及其成分大量涌现等诸多方面，都呈现出现代小说叙事的明显痕迹。这是我们阅读《美国情人》最先得到的审美认知。因为《美国情人》由一个"引子"和94节内容构成，它的故事的连贯性和环环相扣是存在的，不是一盘散沙，但很难说它是一部传统意义上的好看的情节化小说，小说名为《美国情人》，似乎讲丈夫、情人的俗滥的情爱故事，其实小说里这些内容都是支离碎片化的，芯与情人皮特的情人关系，只是几个画面及其回忆的片段，与丈夫刘卫东的夫妻关系，也只是书信之间的相互穿插。整部小说可以说是新移民芯和倪蔷薇的"如烟往事"的心灵独白。小说的现代主义和印象派特色非常浓厚。就是说，当作者把新移民现代追寻的"如烟往事"以自我独白和电影叙事的模式呈现出来的时候，新移民文学及其华文文学在文学史上的真正的扛鼎之作便诞生了。《美国情人》叙事上的这种探索是成功的，这使它与当下流行的数以百计的新移民小说相比，没有了简单写实的雷同化倾向，有的是深刻的意识流动和心灵思辨色彩，可以说，《美国情人》以自我宣泄的表现主义艺术观，书写具有新移民动机的新的移民，传达新移民的现代性追寻意识和独特的新移民叙事探索，推动了新移民文学的长足发展，它也由此成了新世纪以来新移民叙事除张翎的《金山》之外的真正扛鼎之作。

［原载《南昌大学学报》（人文社会科学版）2015年第1期］

三川并流：吕红的文学世界

黄万华

初识吕红，是读到她的作品，从随笔到小说；后交吕红，是从她主编的《红杉林》上读到诸多初闻其名的海外作者的佳作。此期间，也不时读到她的论著，包括那本30余万言的近著《身份认同与文化建构——华人文学跨文化特质》①。北美新移民作家群英荟萃，而如吕红那样，让创作、编辑、论著三者承载起她的文学情怀的，似为罕见。而正是在"三川并流"中，吕红的文学世界才显露出它别有情志的壮阔、邈远。

海外华文文学中，新马华文文学让人寄予厚望，一个原因在于与"新移民"作家同时代崛起的新马新生代作家，不少人在创作、论述、编辑传播多方面同时颇有作为。相比较之下，属于汉字文化圈的韩国，虽有从事华文写作的韩国学者，如朴宰雨、金俊惠等，研究、推广世界汉语文学卓有成绩，但韩国整个华文界，华文创作薄弱；而同为东南亚国家的印尼、菲律宾、泰国等，近数十年华文文学复苏、发展，但在地研究、论述的滞后影响着其发展前景。北美，尤其是美国华文文学，从20世纪三四十年代的林语堂开始，到战后的鹿桥、白先勇、叶维廉、杨牧、王鼎钧等，都不只是创作骄人，而在论述上，也多真知灼见，甚至引领某一时代。因此，异军突起的北美新移民文学，也被人寄于双栖于创作、论述而成就卓越的作家不断涌现的厚望。尤其是因为新移民文学往往与1980年代后的留学生文学关系密切，此种希望更有可能在海外华文文学史和中国当代文学史中写下新篇章。旅美时间才20余年的吕红的努力就让我切切实实地看到了这种希望。

---

① 吕红：《身份认同与文化建构——华人文学跨文化特质》，中国社会科学出版社，2021年。

吕红从多湖的湖北走出，她的"三川"，恰如她主编的《红杉林》刊载的张翎的《归海》中文版尚未问世时对张翎的专访所言，"水"是"复数"，其喻指承载了多种意义，"它在流动中被形塑"①。"水"的"随物赋形"，就是写作的"在地性"，这几乎决定了海外华文文学的特质和所能抵达的价值高度，也让吕红"三川"的形成、走势有迹可循。

吕红的"三川并流"中，不妨从她"编辑"这一生涯说起。吕红原本就并非只是作者，从事过记者等多种工作，但"编辑"这一角色才使她的旅美生涯从短期留学到长期留居，也深刻影响了她的创作和论著。吕红曾不乏敬意地引用过李敬泽的一句话："一个好主编加上一个截稿期就能够催发一篇好作品。"②能催发好作品的主编自然会成为文学星空中的重要存在，即便她往往只是映衬出群星的璀璨。美华文学发展始终强劲，但有着一种困惑已久的处境，即如何在美国本土建立华文文学创作、传播的运行机制。美国华文报刊自1970年代后兴盛，副刊诸多，却鲜有纯文学的华文期刊。获得加州伯克利大学亚美研究系襄助已创刊近20年的《红杉林》与《美华文学》关系密切，后者由创办于1990年代前期的《美华文化人报》改刊而来，早被人视为美国华人作家在美国本土建构的最重要的华文文学生产基地之一③，而前者已展现的风貌完全可以让人期待它成为美华文学在地生产的又一"重镇"。吕红旅美生涯的一个重要起点就是编辑，她旅美后不久就担任了《美华文学》编委长达7年，而在《美华文学》2005年末停刊（之后曾于2007年复刊，断续数年后终刊）后，她于2006年春转任刚创刊的《红杉林》主编，这本刊物给了吕红更加开阔的情怀和视野。如果王国维曾悲叹，中国历史上所以缺乏纯文学，是因为中国文人少视文学为自己生命，那么，中国现代文学史上一些主持文学刊物的作家，已以殉身文学的精神，走出了这一历史阴影。吕红的编辑生涯就是延续着这一文学传统。

吕红是深知办好一份文学刊物应有的情怀和视野，《红杉林》激活了她原本就

① 马佳、司徒倩怡：《问渠那得清如许，为有源头活水来——张翎访谈印象》，载《红杉林》2023年第3期。

② 见吕红的《我与香港文学》（打印稿）。

③ 黄万华：《美华文学本土性生存环境的构筑从〈美华文化人报〉到〈美华文学〉》，见陆士清主编：《新视野 新开拓——第十二届世界华文文学国际学术研讨会论文集》，复旦大学出版社，2002年，第252—258页。

有的对文学的挚爱和追求,其散文集《女人的白宫》中"我"所具有的人文情怀、生命意识、艺术活力与每期《红杉林》的风貌、气息有着诸多契合,甚至就是其投射。当年《美华文学》就聚合不同文化背景的美华名家新秀,并不时有旅欧华文作家露面。而吕红主编的《红杉林》更让人感受到"高屋建瓴、开放广博;不拘一格,兼容并蓄的办刊风格",有着从美国出发接纳世界华文文学大河巨流的胸襟和气势。吕红曾多次提到她如何代表《红杉林》拜访文坛前辈,"当年《现代文学》发起人,相继成为本刊顾问","让突破藩篱勇于创新之火继续燃烧"。这是非常具有文学史意义的一个起点,因为1950年代在台湾创刊的《现代文学》与那个年代留美的夏济安曾主持的《文学杂志》关系密切,而《现代文学》的宗旨"依据'他山之石'",进行"试验、摸索和创造新的艺术形式和风格",以表现"作为现代人的艺术感情"(《现代文学》创刊词),从而突破当时政治局势所设置的藩篱,其根本归属在于"重新发掘中国几千年文化传统的精髓,然后接续上现代世界新文化"的"第二次五四运动"(白先勇语)。吕红主编《红杉林》就是要让这一历史脉络的延续、发展成为世界华文文学的大川长河。

19年来,每期《红杉林》的卷首语都由吕红执笔。此前,刊物卷首语给人印象最深的恐怕是台湾《文讯》总编封德屏女士数十年撰写的,其情之深、其文之真,与《文讯》,乃至台湾文学共永恒。而阅读《红杉林》的数十篇卷首语,会产生这样的想法:文学研究中该有"文学刊物卷首语研究"这一内容,从重要文学刊物富有才情和眼光的"卷首语"中得以窥见文学史的轨迹。虽然《红杉林》的出版时间尚未如《文讯》那么久,但其"卷首语"出自同一人之手时间之久,在华文刊物中已不多见,更有来日可待,何尝不会成为美华文学史,乃至世界华文文学史中的重要印迹?刘荒田以数十年居于旧金山而以散文征服文坛的身份评价吕红所撰"卷首语"好就好"在开放包容的格局,有容乃大的气度,在游走于两个国度、两种文化的圆润",乃至于"在谦卑的态度,在缤纷的文采"①,这些正是吕红的"信念及才情心态",还有"学养"在"旧金山文化"的《红杉林》中的闪现。卷首语自然与每期刊物主要内容密切相关,《红杉林》的"封面故事"、专辑栏目出自吕红之策划,更在"卷首语"中熠熠生辉。例如,2019年第2期的《五四专辑》是我读到过的

---

① 吕红:《身份认同与文化建构——华人文学的跨文化特质》,中国社会科学出版社,2022年,第223页。

五四百年纪念专辑中最有深远历史感和开阔现实感的。这不单单取决于专辑刊发了李欧梵、夏志清、王德威、刘再复等功力深厚的学者之论述，表明"在更宽广地对人、人与人之间的辩证看法，代表了五四之后，现代中国的文学有着更丰富复杂，同时更具象征意义的方向"①，更在于《红杉林》由此表现出世界性的宏阔和历史性的深远。与之相配的是同期的"封面故事"《李欧梵：世界主义的大同视境》。卷首语《精神之美 在于思辨》，寥寥数百语个人化的表达，极为契合地呈现思辨之美在于岁月沧桑的沉淀、相遇对话的辩证、世界同体的自在……由此也道出了"五四对于百年来历史、思想文化之意义"。让人思辨回荡的，是尺寸篇幅，既有"看形式，大有惊天地之气势；看落实，大有泣鬼神之困难"的历史大局考察，又有"身在其中"的"大欢喜，不如小确幸"的日常生活体察，呈现出一种收放自如的视野。而这与当时已80岁高龄的李欧梵的世界性人文视野如此契合地呼应，在抗衡现代消费主义"物崇拜"的现实关怀中延续五四人文思想传统。将一篇篇《卷首语》汇拢起来，吕红为人为文的精神之美跳动着21世纪美华文学的脉搏，让人得以触摸到美华文学深谙现实世界之剧变而坚持人文之本引领的前进轨迹。

自然，《红杉林》在美国这样一个对世界有强大辐射影响的国家，在旧金山这样一个数百年充满创新活力的移民都市，要产生与美国、与旧金山相应的文学影响，还在于它刊发的作品质量和文化沟通能力。吕红能在"名家新作"栏中连连约得严歌苓、杨炼等多篇杰作，让人感觉得到名家与吕红之间的信任和艺术水准的契合。而"小说拔萃"等栏目，包括"文讯"类的，即便是多年熟悉世界华文文学的读者，甚至研究者，也会有耳目一新的感觉。仅就严歌苓在《红杉林》相继刊出的新作而言，对于认识严歌苓的创作和海外华文文学的新态势就很有意义。一些很少，甚至没有登陆中国内地的华文作家的佳作在《红杉林》刊发，对中国大陆的文学史研究者尤有启发和助力。四十年来，华文文学界一直在努力绘制世界华文文学版图，但即便就海外华文文学而言，各区域相互间的历史陌生感还是多方面地遮蔽着对全球华文文学的整体把握和互为认知，而难免单一的文化视野也疏漏了重要的文学存在。"旧金山"城市传统的多元文化、多种声音和吕红编辑的《红杉林》呼应着提醒人们，要从族群、地缘、政治、语言、习俗、经济等多重视野去建构辩证的历史场域，绘制世界华文文学版图更当如此。

---

① 王德威：《五四之后当代人文的三个方向》，载《红杉林》2019年第2期。

与吕红编辑《红杉林》相辉映的是她的论述。20世纪50年代留美至今的王灵智当是研究美国研究华人历史的第一人，他研究美国华人历史的著述在1990年代就影响了我们的美华文学研究，也成为大陆相关影视创作的重要资源。吕红旅美不久，他就关注到她，就因为"在女作家中，多是描写的天赋，而鲜有思辨禀赋。有独树一帜冲劲的，甚少见"，而吕红"最令人感慨"的是她没有身份"疆界束缚"，"身体力行游走"于"学者""记者""作家""文学评论家"多个领域而各有建树。王灵智认为，"用英文写作的华裔作家包括黄玉雪、汤亭亭、谭恩美、哈金等"，已"被美国文学界接受和承认为20世纪的一流作家"，而"事实上，用中文写作的美国华裔作家"，"如聂华苓、陈若曦、白先勇、於梨华和严歌苓等"的作品和"那些用英文写作的作品同样重要"，而在这方面，"吕红是能够继续她的学术研究和文学批评的"。①王灵智的这一论述，是最能引起我共鸣的。他从当代世界文化的大局和中华民族文学的整体看待吕红的写作，尤其是吕红的文学批评和研究。吕红当年被选中主编《红杉林》，是否与她的文学研究、论述有关，我尚不得而知。但《红杉林》几乎每期都有的《文坛纵横》和《学术新锐》等栏目看得出吕红意识到论述对文学世界意味着什么：美华文学不仅自身需要"论述"来提升，更需要以"论述"来沟通、拓展各区域华文文学的空间。百年华文文学的历史远非已展开的华文文学研究能穷尽，而且应承认，与华文文学发生、发展的历史同步的是各区域在地的华文文学论述。吕红的文学研究、论述，作为美华文学在地生产的一种展开，凭借她做学问的勤奋、认真和深入，已切切实实地在世界华文文学中成为极有建设性的力量。

海外华文文学研究的历史和现状自然不能局限于新移民的出发地中国大陆，美国、新马等地华文文学论述、研究都提供了极好的"离散"文学经验，"二王"（王德威、王润华）正是其中的代表。阅读吕红的论述，可欣喜地发现，学术前辈的诸多长处，例如文本细读广泛，中西理论兼备，长于从辩证联系中看待某一文学对象，个性化的创见有深厚的历史整体感等，也闪现在吕红的论述文字中，而多了的是跨国女性气质浓厚的情怀和编辑甘谷中养成的眼光。吕红学术论述的集中体现自然是那本《身份认同与文化建构——华人文学的跨文化特质》，整部论著充溢了

---

① 王灵智：《人性的悲悯与世事的洞明》，见吕红：《女人的白宫》，花城出版社，2005年，序第4—9页。

这些人文学术特质。而将"身份认同"这一已被反复论述过的命题扩展到语言、族裔、艺术、性别等如此多的层面,由此建构跨文化的华人文学,是吕红论述最重要的贡献。恰如吕红自勉的,建构跨文化的华人文学,"非单纯地从抽象的论题出发",而要"既有'现场感',亦比较熟悉各作家群","将海外移民文学作为一个整体",考察其"转型与发生、与本土文学的某些相关特征和差异性"[①],历史感和现场感的融合,加上其敏捷的文思、辩证的视野等,支撑起了她的建构诗学,也回答了"离散文学"的诸多问题。

"文化的相互渗透影响仿佛无形之风,让不同语言肤色的人们渐渐走近。"[②]以编辑和论述为两翼的吕红创作,就是一股温馨的吸引不同族群的人们互相走近的风。无论是初来乍到美国,还是穿梭于大洋此彼岸,吕红的写作都让自己的才华、情怀与脚下的土地亲近、对话。她的旅美创作,应该是开始于后来结集为《女人的白宫》的散文。散文是最让读者走近作者心灵的文体,而吕红的散文是在祖露自我中让不同文化传统的人们"互相走近",在编辑和论述中已得到充分表露的"跨文化交流"意识成为吕红散文的一种内核。"白宫""雅典"等在中国人记忆中,皆为西方著名地理标志和历史铭刻,而在吕红,一个从珞珈山来到俄亥俄河畔的女子笔下,却都成为他乡的故交,因为那里让吕红感受到的,皆是普通人生命的自由和活力,人类普遍的情感和力量,那是最会唤起不同人的共鸣,从而跨越族群、国家、语言等界别的交流。吕红散文写到的一些即时的环境、物质差异,也许已经和时间的流逝一样消淡了,而作者文字流露出的却是"经得起岁月磨砺的"[③]的情感关怀和心灵交流。她写异乡他地的习俗、现状,对中国读者是陌生而好奇的;她忆故土祖亲的往年旧事,对异国读者是生疏而"神秘"的。但都会亲切地让不同读者会心会意,这种力量来自吕红散文选材、表达在真诚中的融合。

吕红"对两种不同文化的冲突,不同种族男女交往的看法"[④]在其小说中表达得更为深入。世纪之交和新世纪后出国的那一代已不同于1980年代后的"新移民",他们不仅走出了国门(那国门已不再是封闭而贫弱的国界,而是开放于世界

---

① 吕红:《身份认同与文化建构——华人文学的跨文化特质》,中国社会科学出版社,第22页。

② 吕红:《女人的白宫》,花城出版社,2005年,第146页。

③ 吕红:《探究文学遗传的神秘基因》,载《长江文艺》2017年第9期。

④ 吕红:《美国情人》,中国华侨出版社,2006年,第209页。

而开始强盛的国度），而且走出了异国土地上的唐人街（区）。自觉的相遇、平等的对话、彼此的尊重、亲近的交往、和谐的相处，成为他们面对异族的人生态度，而这一进程充满希望，也不乏曲折，甚至艰难。"男女交往"往往会探测到人性隐秘最深处的各种可能性，而不同族群的男女交往更会包含不同文化的深层次冲突，从而让人思考人类如何让越来越多的"相遇"成为人的自由和平等。这显然是吕红小说讲述华人女子海外爱情、婚姻的内衷。所以，吕红小说将形形色色的华人女子置于"跨洋"（"跨界"）的人生，从物质谋生到情感追求的诸多生活漩涡之中，让她们闯入文化背景相异、性格和对待女性的态度却会相通的男性领域，经受种种突破传统女子的心灵挑战和身份寻求，拷问历史和现实，以女性意识在跨国文化背景下的觉醒，来揭示人类长期受制于男权传统而痛失平等、生命。由此去看待《美国情人》中的芯、蔷薇、安绮……，《午夜兰桂坊》中的海云、凌子……，还有"我"，就更感受到吕红笔下的女性生活虽延续着女性历来对情感、婚姻的追求，但更深地还原了人本真意义上的女性。而与此相呼应的叙事艺术，无论是女性感官禀赋上的优势（如叙事的视觉化），还是现代小说技巧的发挥（从象征到意识流），都是顺势而出了。

人们惯常所说的"安身立命"，在吕红文学世界的三维空间中，应该说是"安心立命"。无论是创作、编辑，还是研究、论述，皆为安放身心、落地生根。其实，吕红的文学世界，并非仅仅"三川"。她接任美国华文文艺界协会会长已10年，各项华文文学活动有声有色……吕红值得期待，美国华文文学值得期待。

（原载《红杉林》2024年第3期）

繁花如梦：北美华人万花筒

——序吕红《红豆絮语》

张 错

人多不知，吕红与我结缘甚早，早于相见之前。

然人之相交，贵在相知相惜。纵使识尽天下人，倘若行云流水，过眼云烟，识了也等于不识。吕红识我，肇自早年少女时代，江南夜雨敲窗，曾读过我一首《红豆》。转眼多年，岁月惊心。千禧年后，始于旧金山相逢，恍如旧识。

读吕红集稿，仔细推敲，内里愁绪万千，其笔下有两个不同的我，一个是现实的我，观看北美人生百态，旋转回复，瞬息百变，有如眼底万花筒，七彩缤纷。另一个是来自东湖水畔抒情的我，感怀身世，悱恻缠绵。

前者现实显著的我，花果飘零，有如半张北美地图，从中东部的俄亥俄、匹兹堡、芝加哥、费城、纽约到西岸的旧金山。许多美国华人景物，繁花如梦，似幻犹真。这是一个学府世界与社会大千的分水岭，令人阅之心生不忍，经常掩卷喟叹。作者有时毫不掩饰自己生活适应情节上的种种笨拙（譬如开车），以及面对陌生将来的无助彷徨，但一路走来，她的自怨（有时更微带一种哲理自嘲），却恰足成为华胄子孙在异邦奋斗中，一种不屈不挠的精神缩影。她素描笔下众生，温柔敦厚，难能可贵。

她的叙事或抒情，蕴含了当今北美华人现实世界许多辛酸往事。海外华文报章杂志，每日均有许多成功者报道，固是实至名归，当之无愧；他们在美国多元种族传统里，更是少数民族的殊荣。但我们可曾想到，有似一将功成万骨枯，这些成功者的背后，容或没有什么直接关系，一定还有其他千百个无名故事，叙说无数英雄的酸楚血泪？

不，他们不是英雄，他们是英雄以外的人，有血有肉的人，千百流放在北美无数角落知识分子的人，喜欢《牛虻》，读过《钢铁是怎样炼成的》，从《英雄儿女》的群体大合唱，看到《列宁在十月》及《列宁在1918》。依然记得"面包会有的，牛奶会有的"那些"名言"。

但是他们都到哪里去了？一些幸运者，会像吕红继续在美国看着《英伦情人》或《美丽心灵》，甚至从《英雄》到《十面埋伏》。

也许，甚至会从《青春之歌》读到《往事并不如烟》。

但也有许多无名的他们，间或有所作为，而多数无甚作为，像一个"剩余者"（superfluous man），可有可无，缓慢地消失沉没在北美华人社会里。像花，飘落在水面，打几个转，浮沉几许，最后无影无踪。那是命运吗？还是真实？

但他们是珍贵的，我敬重他们，就像我敬重每一个赤手空拳，自食其力，自我苟全的劳动分子。他们的朴实与尊严，经常让我感动。而许多自我吹嘘的知识分子则刚刚相反，他们招摇，他们诳骗。

读吕红的书，让我悠然想起百年前的光绪三十一年（1905），上海图书集成局刊行了一部约六万言的《苦社会》，无作者署名，书前有漱石生之序，内有云：

> 是书作于旅美华工。以旅美之人，述旅美之事，因宜情真语切，纸上跃然，非凭空结撰者比。故书内四十八回，而自二十回以后，几于有字皆泪，有泪皆血，令人不忍卒读，而又不可不读。良以稍有血气，皆爱同胞。今同胞为贫所累，谋食重洋，即使宾至如归，已有家室仳离之慨。

《苦社会》描述的是百年前1880年美国华工禁约条例执行间，华工在美开金矿筑铁路时，在加州或其他各地所遭逢的不平等待遇，自不可与今日华人处境同日而语。

然而时过境迁，华美社会有成就的人物不在少数，就像吕红书中访问的许多成功人士例证。如果吕红将来选择在美生活题材更趋凝聚统一，人物典型深刻，有雪中送炭，也有锦上添花，自可在女性文学或华文文学争一席位，置不待疑，谨此祝福。

（原载《美华文学》2005年第58期）

人性的悲悯与世事的洞明

王灵智

我最初读吕红是她在《美华文学》《侨报》《金山时报》等报刊发表的一些散文随笔。早几年给我的印象，文章长短不一，伤感而细腻，且多半是以美国生活为主。她不少文章被编入大型6卷本散文丛书——美国新生活方式丛书、并被美国国会图书馆收藏。从那时起，我便开始关注她在文学上的步履。这些年来，她探求的脚步由彷徨到坚定。后来她常常E-Mail一些散文给我，有意识地慢慢淡出新闻圈而偏向专栏写作了。譬如从《花钱买教训》系列、《美国学车记》到《大学城纪事》系列，从《追寻梦想的彼岸》《落叶他乡树》到《跑马溜溜半月湾》等，我渐渐发现其风格之变化，无论写他人或是写自己，不再那么悲悲戚戚然；那些存心反叛文字、颠倒乾坤的意味。方式变得新颖，手法趋于老到；与过去的启蒙时期煽情作法相比，更加活泼洒脱了一些，甚至，有时还不乏幽默感。我想，这大概与对世事的洞明有关。有一次回她电邮，就半调侃地说："You are a very keen and sensitive observer and you write well and you also have a sense of humor which I did not know before.（你观察敏锐、犀利明快还具有幽默感，这以前我咋没发现。）"

在我看来，研究华侨历史和现状，根本离不开对华侨文学的研究。任何作家的创作灵感皆来源于作家对当时社会生活的观察和提炼。阅读这一时期华侨的文学作品，无疑会有助于我们对这个时代社会生活原生态的了解。因为那些作品所包含的丰富的生活内容和思想感情，真实地反映了移民的历程、情绪和声音。从这个角度来看，海外华人文学也是研究华侨史的一个重要参照系。这便是我和许多学者作家交流比较频繁的重要原因。

这里，我想以自己的阅读和观察，从三个方面来对吕红的文学生涯作一个简略概括。

较早时候，吕红在中国的报刊文学杂志发表中短篇小说，结集出版了《红颜沧桑》等书。作品被俄亥俄、匹兹堡等美国大学图书馆收藏。她成为签约作家，又是被作协拔优组入长篇小说创作笔会的优秀作家之一。紧接着，又受到美国俄亥俄大学邀请，作为研究学者赴美。异域新的视角、文化碰撞和冲击给她以新的灵感火花……

记得那次我和伯克利的访问学者去东风书店，正巧和吕红相遇。美华文协有一场书展在那里举办。在浏览琳琅满目的书架时，我向她们推荐虹影的新作《饥饿的女儿》，我知道，那一代人差不多都经历过坎坷磨难，而该部小说写法，却与许多类似题材的作品迥然不同。吕红告诉我她手头正在写一个长篇，想对自己的近年创作实力作一检视。不久，我就在《美华文学》上读到小说《海岸的冷月》节选。

小说中一个多愁善感的华裔女子漂泊在异乡，邂逅了美国主流社会权力中心的白人男子，由此，命运导演了一场火焰和冰川、盛放与枯萎的情感剧。这部长篇和她以往作品相比，在技巧上较为成熟。有作者对情感和人性的探索，还有构成异乡社会变幻莫测的景观。那些细节以意象和情绪上的变幻，产生电影一样光影交织的幻觉，是需要独到艺术眼光的。作品中的细节描写，能测出作家的深度与力度。

她比较注重语言。语言是小说的第一要素。她似乎力求让那些从指尖流泻出来的文字，像花一样开到尽头。以此努力营造一部美感和苍凉、压抑和寻找的小说，一部咀嚼孤独和疼痛的小说。像秋蝉一样呕尽心血而蜕皮。不知道是小说使她成长，还是她的成长写就了小说，或许她一边写作一边成长。我们知道，在小说中观照一个世纪末抑郁冷漠的此岸世界是需要天分的。无论写作、绘画、音乐、舞蹈……艺术都需要某种宿命的遨游和飞翔，需要对文字天生的敏感度，对孤独和阅读的热爱，对人性的观察和悲悯，还有灵魂的震颤。写作会让人自由而更有力量。当一个人为现实卑微所驱使时，是没有尊严的。写作，却可以让灵魂抵达现实所抵达不到的深度和广度。作家要做到这一点，不容易。但重要的是，她仍在努力之中。

其二，吕红曾数度获得传媒协会嘉奖。在从事新闻职业多年生涯里，她曾为旧金山历史最悠久的华文传媒《金山时报》作日常报道。我是该报的长期订阅者，自然读过她很多的文章。毫无疑问，她的写作比起同行，的确有着极为优秀的发挥。

她擅长作人物特写或者纪实类散文，她笔下的新闻人物，包括田长霖、赵小兰、李华伟、黄天中等，生动而深刻。笔调亲切自然，独具特色。这种文学形式，在中文报刊显然比英文媒体里更为发达，更为时尚。诸多报刊载体，以无拘无束的空间和庞大的流量进行作品的展示、筛选、淘汰；从中选择出被考验的具备天分和坚韧的写作者，必具备更强烈的野性和个性。因为自信来之于被读者的直接选择。唯有出版和发表才能提供一个写作者最基本的权利保障，给予其扩大影响的机会。受到专家奖励和读者青睐，对她是莫大的鼓励，也是更为艰巨的挑战。

她的作品散见于报章，一部分发表在《美华文学》《中外论坛》及《硅谷时报》等在美华人文化界比较重要的刊物。她写的《跨越时空的追寻和奉献》，以美籍华人李华伟的人生经历为经纬的长篇传记文学，节选发表在海内外报纸杂志上。尽管从一个美国人的角度来看，这样的传记应该具有更多的批评性，还要考虑社会历史背景。但对中文读者来说，这本书要写得非常好，高质量的写作风格，才会被中国著名的出版社出版。

毋庸忌言，新闻这一行在美国是属于比较紧张疲累的职业。但收获，不言而喻。她能直接切入社会生活的方方面面；广交各式各样、不同层次的人，并且透过他人的观感，来透视社区风云变幻、触摸时代脉搏的跳动……更为其未来创作积累了丰厚的生活素材。

在女作家中，多是描写的天赋，而鲜有思辨禀赋。有独树一帜冲劲的女性，甚少见。吕红那年被俄亥俄大学邀请作为访问学者，她的第一篇英文的长篇大论，就是有关文学理论批评的。她曾于千禧年在旧金山公共图书馆做过这方面的演讲。曾经在一个中国文学和文学批评理论国际学术研讨会后，她的论文《从情感到欲望：女性文学的流向》，以观点新锐而在中美两地相继发表和转载。论文分析了现代女性文学的起源和发展，通过对20世纪多位女作家详细而带有批评性的阅读，她追溯中国女权意识的萌芽和觉醒，追溯到20世纪早期的文学运动。她研究在那场运动中，由最初启蒙的种子，如何发育成为20世纪女性作家完全成熟的女性意识。

这篇文章的资讯相当丰富，尽管在我看来，理论性仍嫌不够。我并不见得完全赞同她的诠释或解读，但透过文章字里行间的挥洒，论点论据的归纳与阐述，却可一窥作者在阅读方面的广泛性，亦展现了她具有现当代中国女性文学批评家的内在潜力。

在美国，一些用英文写作的华裔作家包括黄玉雪、汤亭亭、谭恩美、哈金等，他们是被美国文学界接受和承认的20世纪的一流作家。而一些用中文写作的华裔作家譬如聂华苓、陈若曦、白先勇、於梨华和严歌苓等却仍然不为美国公众所知晓。虽然他们的作品和那些用英文写作的作品同样重要。事实上，用中文写作的美国华裔作家，拥有更多的读者群。因为他们的作品在中国和东南亚广泛流传。而相当多的后起之秀的作品，今已形成发展势头，也未被系统地评估。我认为吕红是能够继续她的学术研究和文学批评的，我很高兴她一直以来都是《美华文学》刊物活跃的编委和供稿者，希望她能继续并且发挥更多的影响力。

2002年11月，由我和黄秀玲教授牵头组织，加州伯克利大学美国亚裔研究系、世界海外华文研究学会联合主办，美国华文文艺界协会协办的"开花结果在海外：海外华人文学国际研讨会"，邀请了不少重要的华文作家、评论家。目的是在全球化和移民大幅增加的总趋势中，进一步推动海外华人文学的发展和研究。我考虑的主要原因有三：一是海外华人文学和西方文学之间，需要交流；二是作家和评论家之间，也要交流；三是不仅要把华侨研究与华人文学研究结合起来，还应该把不同语种的华人文学纳入研究范畴，进而推向世界。当时，我也邀请了吕红在会议上做专题发言，不巧在那段时间，她为中华总会馆访问大陆的"破冰之旅"而随团采访去了，遗憾失掉一场极为难得的世界性的文学盛会。

在我的意识中，没有疆界束缚的人，也是一个文化多元主义者。最令人感慨的，她似乎身体力行游走在文学与新闻、创作和评论的交叉领域；作为访问学者，她穿梭在东西方文化之间；兼具记者的冷静客观，观察大千世界、报道社会风云；作为报刊专栏散文作家，她感触万端、情感充沛；小说创作以文笔细腻而自成一格；作为文学评论家，她文笔犀利，纵横捭阖，对女性文学的跌宕起伏作一扫描；既批判，又投入，既感言、又幻想……就像一个触觉敏锐的"漫游者"，访问、思考、写作是她生存的状态，也是她影响他人、投影人生社会的主要方式。

我之所以如此不遗余力为华裔作家们打气，不遗余力地打破时代、学科、传媒、国家和语言边界，为来自不同地域的学者作家们提供对话机会和交流平台，是基于一种信念，我认为当代文化的特征就是碰撞、交叉和融合；而人们普遍对于文化交流特别是文化的多元性和国际性，认识往往不足。能够提升扩展这种认识的，除了学院派教授，便是他们，媒体知识分子、专栏作家、小说家和评论家。影响之深远，肯定超过其所在的地域。

喜欢阅读这样的作品，就因为它们具有敏感痛苦的灵魂；能透彻物欲横流背后的、糜烂而空洞的本质，以文字抗衡着苍白和麻木。并且在人生不甘沉沦的泅渡中，奋力划向遥远的彼岸……

（原载《美华文学》2005年第58期）

旅美作家小说中的中国经验

——评吕红小说《患难兄弟》

古远清

海外作家由于不生活在中国，故较少受条条框框的制约，创作视野显得相对开阔，因而严歌苓、张翎、吕红在书写自己的中国经验时，时时不忘掺点漂泊和离散的因子，让中国经验与海外经历在某种程度上串联起来。作为旅美作家吕红的小说，多年来其创作源泉来自移民海外的经验，这在她的长篇小说《美国情人》和散文集《女人的白宫》中有详尽的反映。她另一个创作源泉来自中国经验。吕红从小学到大学，均在中国大陆受教育，出国前就早已是省市作协签约作家，同时也是文艺评论家协会会员。这移民前几十年的中国经验，同时是她取之不尽的创作素材。

发表于《香港文学》2014年4月号上的《患难兄弟》，不是吕红的代表作，但是她书写中国经验的一篇有影响的作品。与吕红其他小说相比，这不是纯粹写异国他乡的故事，也不是与外国相关的北美题材，更不是与中国大陆相关的国外故事，而是纯粹写中国大陆问题的短篇小说，尽管如此，这篇作品仍和吕红过去写的"故国回望"的题材有点类似。作品中的主人公也就是患难兄弟老六和属猴的另一位老五，都有"移民"的经历。这"移民"不是从中国移至海外，而是从天津移至汉口，或从汉口移至南京再到北京。这两位老舅无论是移至北方还是南方，都心系故土，不愿意放弃家园体验。老五在北方生活了半个多世纪，满口的北方话，属典型的北佬，但填写履历表时永远填着"武汉人"。哪怕是到了一个荒凉之地劳改，得知妻子出轨后，他立马火速将老婆有关此问题的检查材料"寄回汉口禀告父母大人"。老五久离武汉市而产生的伤感情绪或浓得化不开的思乡情感，使其产生强烈回归故土和重访家人的愿望。

《患难兄弟》是一篇"故园回望"的故事。这虽然不同于吕红别的小说所写的"故国回望"，但由于作者有不短的移民经历，故作品与某些中国作家单一写大陆故事不同，而是呈多元化的风貌，如姗姗是从中国内地移至香港大学深造，而那位表姐夫也是从武汉到南京，后因战乱从南京移到台湾，再从台湾回归大陆，后来探亲访美，终因年事已高而撒手西去。这位表姐夫随着政局变化不断迁移，但家国认同始终没有裂变。这里渗有停留在离散记忆中回望故园的历史悲哀和悲凉。作品虽然没有将表姐夫失却家园在异乡漂泊流散的境遇淋漓尽致地展示出来，只是点到为止，但仍表现了他对大陆的强烈思念，这从他的乡音一点都没有改变可看出："他说由大陆过去的人，多年来仍以省为范围聚居在一起，生活习惯、风俗人情一切还和在大陆一样，所以说话的口音也跟过去一样，没有任何改变。"这位"外省人"时刻不忘大陆亲人，一回大陆就忙着去南京为岳母大人和老五的姑姑上坟扫墓，还特地从香港买了一大包冥币，足见他没有数典忘祖，家园意识是如此无法遣散，其孝恩之心可嘉可敬。

《患难兄弟》另一主题是写"生存困境"。这"困境"不是因为主人公作为异族生存在白人社会，受到种族歧视，而是由于20世纪40年代中国内战造成了流离失所，尤其是20世纪50至70年代各种各样的政治运动所带来的冲击，这就使作品从头至尾贯穿着悲苦、悲哀、悲叹之情。作品浓墨重彩刻画的老五，其遭遇最为典型，也最值得人们同情。他从呱呱坠地起就祸从天降："当一挣出娘胎，脐带尚未剪断呢，就毫不客气稀里哗啦地冲了娘一泡尿"，后来投入抗日战争，遭到日本鬼子的严刑拷打。日本投降后，他当了国军的空军飞行员。他时黑时红：重庆解放后，进入了第二野战军所主办的军政大学，开始了脱胎换骨的改造。时过不久，便成了"最可爱的人"，随部队参加抗美援朝，在前方经历了血与火、生与死的考验。吕红的深刻之处在于对现实性生存困境的描写向生存意义的探讨转化。无情的阶级斗争恶化了人与人之间的关系，再加上疾病的纠缠，使不同命运的主人公一个个走向死亡的深渊。这当然不是为了获得精神解脱，而是出自天灾人祸。在作者笔下，生存环境的恶化并没有使人变成"逃兵"如举家移民，而是逆来顺受，还一度战胜了病魔的威胁，顽强地生存下来。尽管最终仍难逃死神的召唤，但生前均坚定不移地要叶落归根，而不愿做一辈子的浪子和游子，到死对故土都抱着"一份难言又难舍的心结"。可见，吕红笔下的中国经验和她写的海外经验有相通之处。作者知识分子的批判立场，辅以医生解剖刀似的冷静审视，都表现了作品主人公至死不渝的家园情结和中国情怀。

乡愁诗人、著名作家余光中曾用"暴力经验"和"压力经验"来区分新时期伤痕文学的内容。所谓"压力经验"，是指政治运动给人带来的精神伤害。本来，"暴力经验"由于有血腥场面，即使看不出来也闻得出来，而"压力经验"就不同了，由于不呈动态而成静态，故容易被人视而不见，而严歌苓、吕红书写中国经验时，让"暴力经验"和"压力经验"相结合，由此读来催人泪下。如严歌苓的《陆犯焉识》令人掩卷深思。天灾人祸，让一个个家庭妻离子散，亲情割裂，最重要的是给人们心灵留下的创伤很难愈合。

这些细节具体体现在《患难兄弟》中，是写老五1949年10月逃亡到重庆投亲靠友，1956年大鸣大放中被打成右派下放劳动种庄稼。农场的干部和工人，对这些戴帽的右派无不拳打脚踢，这是家常便饭。"压力经验"，是指政治运动给人带来的精神伤害，如有一对乌溜溜的大眼睛、一双黑油油的长辫子、浑身上下洋溢着一股学生气的若倩，"当建立小家庭没有多久，丈夫就划成右派成专政对象，无异于晴天霹雳，陡然身边没了支柱，在白眼与冷漠中度日如年。那双乌溜溜的大眼睛陡然黯然无光"。这里有感性，更有象征，文字干净利落。

写阶级斗争给人们带来的心灵创伤，并不是吕红的首创。最先描写十年浩劫的是在南京教过七年书的台湾作家陈若曦，此外还有从香港北上到清华大学求学的金兆。当然，张爱玲也不应该忘记。她早在20世纪50年代就写过内地的土改和抗美援朝，可这些作家都来不及写到两岸开放探亲，可吕红做到了，如《患难兄弟》写的那位表姐夫——

> 已穿过岁月的迷雾从海峡那边过来，他是第一批踏上他日思夜想的故
> 乡的土地的。四十年的沧桑变迁啊！渡尽劫波兄弟在，相逢一笑泯恩仇。
> 别离多年，彼此的模样，在脑海里已模糊不清。可他从车里下来后，直奔
> 亲友而来的神情，就像从未分开过。

本来，小说家的看家本领是对话和叙事，可这里用得最佳的笔墨是抒情。当然，抒情乃至议论，篇幅不能过长，否则就变成抒情散文了。吕红用笔恰到好处，适当的抒情使作品不至于过分干枯，这是她的成功之处。

海外作家由于不生活在中国，故较少受条条框框的制约，创作视野显得相对开阔，因而吕红在书写自己的中国经验时，时时不忘掺点漂泊和离散的因子，让中国经验与海外经历在某种程度上串联起来，如《患难兄弟》中的表姐夫有一个去美国加州定居的女儿，尽管对此没有展开写，但说明吕红小说的时空一点都不狭窄。此外，《患难兄弟》主题比较自由，写老五红白通吃的手法老到，作品的语言不欧化而有浓厚的中国风味，如"千里送鹅毛""大难不死，必有后福"一类俗语的运用，还有经典小说《红岩》情节的转引，甚至出现了"当时任重庆军管会文教部部长任白戈"这一真事真人，均使人感到吕红书写的中国经验不是蹈空而来，而是一种真实的存在，连斧头都砍不掉。

众多从中国大陆赴北美的华人作家，一直不以写曲折和苦难的海外漂泊经历为满足。在她们的作品里，中国经验总是或多或少出现在她写海外生活的笔下。这不是说《患难兄弟》是将中国作为描写北美世界的背景，或作为新移民生活并列的参照，而是排除作者自己到美国寻梦的背景，像严歌苓的《第九个寡妇》那样直接创作纯粹的中国故事。为讲好中国故事，她较少应用她擅长的意识流、魔幻现实主义等手法，而是以传统的批判现实主义取胜。在结构上，《患难兄弟》和《美国情人》那样也采取老五、老六这两个老舅并列平行的叙事线索，但这"并列"不是半斤对八两，而是将重心放在老五身上，此外还加入了一个"第三者"表姐夫。小说重点写的武汉市，并没有像《美国情人》所集中展现的后现代都市的情调。此外，在细节的设计上，《患难兄弟》也给人留下较深的印象，如老五的"胎尿"，以及表姐夫送老五的刮胡刀，属写实但这不限于写实，在一定程度上带有象征意味。

新移民作品中的中国经验书写，一直是研究中的盲区。作为一位中国出身的新移民作家，大陆的政治、社会、经济、文化、性别关系和身体政治环境，必然制约着她的创作。所有这些，都是旅美作家研究中让人期待的领域。本文只是以《患难兄弟》作标本，让吕红的作品研究尽可能呈现出另一种地域性特征。还有更多的作品值得挖掘，必将展现出吕红创作影响力和重要性，这是后话。

（原载《世界文学评论》2019年第16辑）

女性书写·时间诗学·影像叙事

——评吕红中短篇小说创作

江少川

北美女作家群构成当今海外华文文学原野上一道绚丽的风景，吕红是其中耀目者之一。打开她的中短篇小说，从那独特的小说世界中，似乎读到了女作家从东方到西方跨时空跨视域多方面延伸的艺术触点，读到她对人生、对生命复杂而深刻的体验以及在艺术上执着的追寻与探求，而作为她的故乡人，从中又读出一份亲切与乡情。

一

吕红对女性文学的发展及嬗变做过潜心的钻研。她自觉从理论上对女性文学进行探究，又力图以自己的创作尝试、体现这种理论。这在海外华文女作家中并不多见。她是一位孜孜不倦的探索者。

吕红的小说体现了鲜明、自觉的女性主体意识，从女性的视角、心路历程、生命感悟来书写"女性的多样化的生存体验与叙述"。她认为女性主义进入到第三阶段，是和存在论哲学相结合的女性主义。存在主义哲学中的人的存在，是一种个体的存在。加缪认为作家首先是一个生存者。那么女作家当然首先是一个女性生存者。吕红曾直言："有意以女性视角表现女性在东西文化冲突中的迷惘，并隐含在迥异的社会历史背景下，男权意识的专制粗暴对女性发展的制约及伤害。"①这段话强调的是女性立场、女性思维。她所要揭示的是女人的本真，我注意到吕红常说的

---

① 木愉、秋尘：《大地专访：作家吕红》，载《红杉林》2007年第1期。

"女性书写应该是一种原生态"，这种所谓原生态就是"女性的日常生存体验"，就是一种"此在"，"最深刻的真理就在被遮盖着的'在'之中，遗忘了这个真理的人就是非本真的人"①。吕红极为注重的女性书写，就是这种"在者之在"。

首先，她是从女性的视角观察社会百态、世态人生、窥察女性的生活命运。她的小说的叙述者几乎都为女性。她以女性敏锐的感觉、细腻的心理，从社会边缘的视角，从弱势的位置去审视女人的处境。她的中短篇小说大都以女性唱主角，担当重要角色，出现多的是知识女性形象。《怨与缘》从女儿芯的角度回忆父母那一代人往昔的岁月。《红颜沧桑》亦是通过晴霏来回忆那个特殊历史年代的女人的遭遇，写她的困惑、焦虑、精神苦闷，以及那个时期的社会舆论对女性的压抑。《漂移的冰川和花环》从女子芯的视点，叙说她初到西方，举目无亲，为身份、生机所困扰，处于惊恐不安而四处奔波的生存状态。《微朦的光影》《午夜兰桂坊》的叙述者都是知识女性，叙说的都是都市社会女性的人生际遇。

吕红女性书写的主要特色是什么？阅读《午夜兰桂坊》后凝神思考，她用什么方式切入生活？我以为是"漂泊中的寻找"。她书写的是女性离开家园后在漂泊中寻找：其一，是在寻找一种生存方式，《秋夜如水》中的凌子到南方闯荡，蔷薇、芯远去美国漂泊，其实都是在寻找；其二，是在寻找爱情，期望找到一个意中的男人，企盼有一个能够安居的家。吕红常把生存状态与婚恋纠结在一起，谋生是一条线，婚恋又是一条线。她把这两条线交织、纠缠在一起，表现女性谋生之艰难、立足之不易、婚恋之痛楚。她的笔触常常触摸到女性的心灵与隐痛。记得杜拉斯说过，没有婚恋就没有小说。王安忆也有这样的表述，对于女性来说，爱情就是命运。对于漂泊中的女性而言，婚恋则是她们命运的冀盼与归属。然而无论在东方或西方，在现实生活的职场与商场，处于社会中心位置的仍然是男人，女性还是处在配角的位置。移民女性在西方社会同样是被边缘化。她们为了生计而四处碰壁、遭到冷遇、骚扰，还要为身份所焦灼。在婚姻爱情中，女性同样摆脱不了弱势与被动地位，最终情感与心灵受伤害的大多是女性。在吕红的中短篇小说中，女主人公几乎没出现过圆满的结局。即使是在商场小有成就的女性，如《午夜兰桂坊》中的海云也是以婚姻解体而告终。

在书写女性的寻找中，作家对男权主义的批判笔锋犀利而有力度。她笔下的

---

① 毛崇杰：《存在主义美学与现代派艺术》，社会科学文献出版社，1988年，第103页。

男性形象，有驰骋商场的骄子，有到西方闯荡的冒险家，有擅长投机的老板等。在生意场、情场上，他们都处在强势、中心的位置。《日落旧金山》中的林浩，曾是蔷薇爱慕的男人。这位当年在国内金融界发横财的暴发户，到美国后仍沿用那套"空手道"的投机商术，拉款欠债，不听蔷薇的劝告，不顾及她的情感，一切以我为核心，敛财第一，生意场上，我行我素，最终一败涂地，落得破产的下场。《秋夜如水》中的梁栋是生意场上的高手，而他在情场上却是逢场作戏，他更看重的是商海中的成败，是助手加情人的女人，他不愿付给凌子真情，说到底也是不尊重女性的人格。在《漂移的冰川和花环》中作家对大刘的自私狭隘，"老拧"的纠缠无聊都作了批判与贬斥。特别要指出的是，她笔下的这类漂泊中的女子，对爱情依然保留着浓郁的东方传统，期待爱情的专一、忠诚，有着浓重的"家"的意识。而她们的期望终究没有得到实现。作家赋予她们的是生命的呵护与关怀。

对女性人格尊严的肯定与张扬是其女性书写的又一特色。吕红小说中塑造了一系列鲜明的女性形象，给人很深印象的是对精神自由的追寻，对人格尊严的维护。这与存在论的观点是相通的。依据萨特本体论的观点：自由是人的存在的价值源泉，自由是人在虚无中通过烦恼实现的。此话的意思是精神自由相比人的社会存在更真实。他的结论：人就是自由。这与海德格尔提出的"人的本质的尊严"是一致的。

《秋夜如水》中的凌子，与商场春风得意的骄子一见倾心，其风度翩翩、潇洒、爽朗及对女人体贴入微、出手阔绰，正是凌子欲委托终身的理想男子。但在南方之行中，凌子通过多次试探与细心观察，这位男子并非真情，不过是逢场作戏。凌子是重情感的女子，鄙视拜金主义，尽管是又爱又恨，"这燃烧毁灭了我又再生了我"，但最后，她毅然斩断了这段情缘，维护了作为女人的尊严。

《漂移的冰川和花环》中，漂泊到西方的女子芯，初到异域，为身份所困扰，为生存而焦虑，面临双重危机。对在困境中帮助她的"老拧"，她心存感激，没想到他另有图谋，纠缠不休；而此时她自私、猜忌、心胸狭隘的丈夫又落井下石，另寻新欢。孤立无援的弱女子几乎陷于绝境，但是她并未逃避、倒下，而是选择了面对、选择了自由。作家在这些女性身上，寄予了生命的关怀、寄予了理想与期望。

二

女作家似乎对时间特别敏感，她们的小说中往往存在着一个时钟。吕红小说中的时钟，其一为记忆中的时间。移民作家米兰·昆德拉说过："一切造就人的意识。他的想象世界 ……都是在他的前半生中形成的，而且保持始终。"[①]记忆是一种想象的重构，它亦是激发作家创作的源泉。吕红的小说中始终保留着"掠过记忆的彩虹的碎块"。她的中短篇小说不少都取材于那片熟悉的故土，那个长江边的城市。以女性的视点回眸和审视往昔历史，是一种情感的记忆。故乡的生活虽已远去，但已经远离的时空正好形成恰当的距离，这种距离促成了美感的生成。"时间是一个最好的过滤器，是一个回想所体验过的情感的最好的过滤器。"[②]她的这类小说一为唤回真情，唤起那潜藏在心中、久经时间积淀的真挚情感，《怨与缘》无疑是这类题材的佳作。小说从移居美国的"芯"的视角回忆父辈的生活经历与命运，是从一个截然不同的时空反观老一辈人的往昔岁月。父亲志清从小在农村长大，率真而可亲。他与母亲三姐妹跌宕曲折的爱情故事，反映了那一代人对理想、事业、爱情的追求。尽管在那个特殊的年代，极左势力压抑着人性的发展，但是他们对真善美的追求仍然执着。《曾经火焰山》中着力塑造的舅舅皋，是老一代知识分子形象：当年农学院畜牧专业的青年，毕业后带头去了最偏僻、最穷的山区，工作勤奋认真。在那个极左思潮泛滥的年代，由于父亲被"抄家"，皋被误解、被排挤，遭到不公正待遇，但他仍"死守一处"，忠诚于他的科研事业，表现了一位在困境中坚持操守、为科学献身的知识分子的高尚的人格。二是反思生存，是对同辈人往昔生存状况的反思与重写。这类故事的背景较多集中在"文革"前后。《绿墙中的夏娃》写一个女人在那个特殊年代的生存困惑与无奈。她桀骜不驯，有一股反叛劲，也有自己的追求，企图挣脱历史岁月的羁绊，但她只是一个小人物，无法超越那个时代。《曝光》通过对部队医院年轻女兵生活的描述，写在那个保守、传统且封闭的年代，一群充满青春活力的女兵的生存状态，表现她们的喜怒哀乐，不同的个

---

① ［英］乔·艾略特等：《小说的艺术》，张玲等译，社会科学文献出版社，1999年，第72页。

② ［苏］斯坦尼斯拉夫斯基：《斯坦尼斯拉夫斯基全集》（第2卷），林陵、史敏徒译，中国电影出版社，1979年，第275页。

性、命运与婚姻以及她们后来的归宿，耐人寻味。

其二为共时性的"跨域"。现代小说颠覆了那种单轨走向的时间模式，常常把故事时间加以调整、分散、切割、交叉与重构，改变了原有故事发展的时间顺序进程。这就是西方学者所说的"水平时间"。吕红的中短篇小说往往打破传统的线性时间叙述的思维方式，将时间的时钟上下摆动、前后颠倒，把不同时间发生的事件转换成为五彩缤纷的现实空间，如同多幅不同的空间图案拼贴在一个更大的画框内，而这种"共时"又常常是"跨域"的共时。吕红的中短篇小说娴熟地运用了这种"共时性"叙事，打破叙述的时间流，并列地放置或大或小的意义单位和片段。这些意义单元和片段组成一个相互作用和参照的整体，常令读者眼花缭乱、目不暇接。这种阅读第一遍很难理清头绪，常常需要多遍地反复。美国著名移民作家纳博科夫在《文学讲稿》中谈到阅读时说过："等到我们读第二次、第三次或是第四次的时候，我们就如同是在欣赏一幅画了。"[1]他把这种拼贴图画非常形象地隐喻为"魔毯"。读《午夜兰桂坊》时这种感受特别强烈。这个中篇的现在时是梦薇在香港弥敦道上巧遇海云，这只是一个现在时间的画框。作者在这个时间中，不时转换空间画面，时而北京、时而美国、时而香港。穿越一个个地理空间，梦薇与海云两个女人的生活轨迹——国内职场的打拼、移居美国的艰辛、商海的沉浮以及女人的婚姻种种都容纳其中了。它是在共时中的"跨域"。《微朦的光影》中，同时展开了三扇时间的"屏幕"，或曰三条线：一是主人公"芯"为画家朋友送别，一起到旧金山一家影院看法国新浪潮电影《广岛之恋》；二是在观看影片过程中，《广岛之恋》的屏幕影像与对白的片段闪现与链接；三是"芯"观看影片中心里涌上的离别旧梦，那一段远隔重洋、发生在故国的刻骨铭心之恋，同影片中的《广岛之恋》的故事交错穿插，形成两条时间流，一个是在旧金山影院的屏幕上流动，一个是在心中的梦幻般的回忆中流动。影片结束，"芯"与朋友告别，咀嚼着一份失落和彷徨，又回想起当年与故国情人离别的情景……这里，三重时间重叠交织，构成"同时性"。这同时性同样具有"跨域"的特征，而把三者勾连起来的内核是痛苦的"恋情"。

它还表现为时间断裂的"跨域"。这种"同时性"表现为小说人物在当下时间

---

① ［美］纳博科夫：《文学讲稿》，申慧辉等译，生活·读书·新知三联书店，1991年，第22页。

的"瞬间断裂"，意识呈现出幻觉、梦境、潜意识等审美幻象。这种幻象又往往表现为故乡的图景、人物，或故乡与异乡的"跨域"双重图景的拼贴、重组、交织，使意识坠入暂时的时间"黑洞"。吕红小说中经常出现这种诗化的意识流动。它是一种现实时间的瞬间断裂，小说中的人物回到主体心灵之中，进入梦幻状态的时间流。在《午夜兰桂坊》中，梦薇夜宿在海云新买的高级住宅楼，想起好像有一部巴西电影，写一个女性与三个男人的情爱纠葛。她迷迷糊糊进入梦幻状态：像是在一间军队招待所？他按捺不住澎湃激情就要干；恍恍惚惚有个面熟的男人，就在办公室，他又搂又抱欲强行亲吻，霸王硬上弓。分不清是梦里还是真实。在海边之夜，她跟一个帅哥手牵手，去游玩，一会儿在海中畅游，一会儿在水中嬉戏，肌肤相亲……"是电影的蒙太奇吗？还是梦境？"这种主体心灵的意识流动也是"跨域"的，不仅时间上下恍惚流动、如梦似幻，同时也穿越了东西方的空间场域。

三

现代社会，影视对小说的影响与渗透已形成大潮汹涌之势。艾森斯坦说："几个世纪以来，各门艺术好像都在向电影靠拢。"丹尼尔·贝尔指出："当代文化正在变成一种视觉文化，而不是一种印刷文化，这是千真万确的事实。"[①]移居西方的吕红早就与电影结缘。当初她学习创作，就曾尝试过电影剧本写作，到美国后又观赏过大量西方现代派、新浪潮电影，并写下了不少影评与随笔。她对新锐电影导演的《暗物质》《颐和园》的解读、对西方影片《情人》《广岛之恋》的分析，都有精辟的见解与独到的阐释。吕红的小说创作无疑也受到了这种视听语言强大的冲击与影响。她的创作，明显地打上了"电影化想象"的痕迹。她试图在这种新的艺术中找到对小说全新而又有益的表达技巧。凭着对异域生活的敏锐感悟力、对影像艺术的潜心研究，她成功地借鉴了视听叙事的技巧，并将"视觉思维"（强调视觉的理性知觉功能）融入自己的小说创作中。其小说叙事在思维的层面上与影像艺术共通相融。吕红小说中的影像叙事主要表现为以下几方面：

第一，凸显色彩与光影。

---

① ［美］丹尼尔·贝尔：《资本主义文化矛盾》，赵一凡、蒲隆、任晓晋译，生活·读书·新知三联书店，1989年，第156页。

阿恩海姆说："严格说来，一切视觉表象都是由色彩和亮度产生的"，"色彩产生的是情感体验"。[①]新移民作家的故乡记忆中常常忘不了色彩。吕红写部队生活题材的作品《曝光》，记忆最深刻的是灰色与红色："说也奇怪，整个师部包括团营部、高炮连、防化连、警卫连等，都是清一色的灰砖瓦房、清一色的土包子，唯独医院却是红砖红瓦的小红楼。从红楼出来的男男女女也都是细皮嫩肉、稀稀拉拉的。看电影个个手持一把特殊化的靠背椅，在教导员沙哑的喉咙发出的口令'一二一、一二一'中，晃晃悠悠走向操场，受到男性们注目礼的待遇。"这里凸显的是灰色与红色。灰色是写实，也是部队整齐划一、纪律严明、生活单调的写照与象征，而红楼却透露出一群富有活力的青春女兵的生机与朝气。这两种色彩形成鲜明的对比，给人强烈的视觉感。

环境描写是构成电影感的重要元素，吕红很擅长抓住建筑物的特征，捕捉色彩、窥察光影，勾勒描绘城市景观。她对美国都市的描写五光十色、斑斓炫目、多姿多彩、充满异域风情。如《日落旧金山》中对汇聚民俗风情的意大利区、中国城、越南埠等艺术景观的描写；《漂移的冰川和花环》中对百老汇红灯区景观的勾画；《微朦的光影》写旧金山同性恋区的卡斯楚剧院街景：红橙黄绿青蓝紫五颜六色的彩虹，在头顶飘荡，在霓虹灯上闪烁，凸现的是色彩与光影，是建筑物的造型，是色彩的斑斓、光影的变化，营造出极具视觉冲击力的色彩景观。

如《日落旧金山》中对城市街景、异域风情的描写："年前一个烟雨蒙蒙的午后，旧金山好像水墨画一般氤氲迷离。滋润、柔情、抚慰，洗透肺腑，雨中的各式建筑浸染渗透了海滨城市特有的浪漫情调。"这里"烟雨蒙蒙""水墨画一般氤氲迷离""雨中的各式建筑的浪漫情调"，凸显的是雨中的黑白灰的色彩，水墨底色、浓淡相宜，又显光影层次，如同电影脚本的写景一般，给人极深的视觉印象。

第二，镜头般的动感画面。

小说中的画面感与影像艺术中画面的运动性是一致的。在吕红的小说中，表现为对色彩、表情、动作、道具等视觉元素的综合运用，在引起人们视觉冲击的同时又充满了动感性，犹如镜头中的画面一般。而且，这种镜头般的画面中往往包容着

---

① ［美］鲁道夫·阿恩海姆：《艺术与视知觉——视觉艺术心理学》，滕守尧、朱疆源译，中国社会科学出版社，1984年，第454、457页。

很大的容量，潜藏在画面呈现的瞬间，"影视与物象的亲近性，主要不是来自二者形体上的相似，而是二者都处于一种动态（时空运动）中"①。

《不期而遇》中有一段描述："银色的新款跑车在她等候的门口潇洒地划了个漂亮的弧形，戛然停下，好像小提琴家风度优美的即兴表演，芭蕾舞王子的轻快跳跃，游泳健儿从高台上弹起又纵身跃入碧波，自然连贯又戛然而止，一瞬间显露出高超流畅平滑的身体技巧。"这段文字不长，却同时包含了色彩（银色、碧波）、动作（车划弧形又戛然而止），及对这一动作的三个充满动感的比喻（小提琴家的表演、芭蕾王子的跳跃、游泳健儿的跳水），引发读者的想象，造成视觉冲击力。《漂移的冰川和花环》中对唐人街除夕夜景的一段描写，摩天大楼灯光璀璨、海湾大桥的背景，钟楼下的人群，疯狂的冰上表演、醉鬼扔酒瓶、黑衣警察巡逻……街景与人物合成具有动态感的镜头。

第三，蒙太奇叙事与表意。

苏联电影大师爱森斯坦说过："蒙太奇就是电影的一切。"吕红深谙蒙太奇式画面组接的艺术技巧，叙事中常常打破了时空限制，呈现出中断性和跳跃性，以句子或段落拼接，获得了悬念迭起、疑惑纷呈的叙事效果与独特魅力，与电影中的蒙太奇手法极为神似。她小说中的这种时间跳跃、空间场景转换往往以人物为轴心，它不仅是两个情节片段的组接而具有叙事的作用，同时着重于表达人物的某种情绪或情感，兼有蒙太奇叙事与表意的功能。

短篇《不期而遇》中，萧萍在舞会上，一位男子上前邀请她跳吉特巴。在激情的旋律中，那男子说好久不见，你好吗？下面紧接着是"原来是你，认出他，萧萍也有些意外"。下一段"那年，他和她在舞会上相遇"，把旧金山的一场舞会与当年在上海的舞会组接起来。这两个段落将相距多年的中美空间连接起来，不仅推动了情节的发展，而且让人心生悬念，产生一种期待效应。《微朦的光影》是吕红融入电影元素比较集中的一个短篇，在男女主人公观看电影《广岛之恋》的叙事中，娴熟地运用电影蒙太奇的手法，六次变换时空，把镜头转换到多年前广州、香港的往昔，如前所述，形成三条时间流。小说中运用蒙太奇手法将旧金山、影片中故事情节的地理位置与广州、香港三个空间发生的事件组接起来，获得电影一般的蒙太奇效果：它既是在叙事，推动情节的发展，同时在表现人物情绪的流动起伏。影片

---

① 李显杰：《电影修辞学镜像与话语》，文化艺术出版社，2005年，第61页。

中的人物命运与现实中的人物互为交织，甚至有点纠结难分，给读者的感受也是多重而复杂的。

　　吕红是一位艺术感觉敏锐而富有才情的女作家，又具有相当深厚的理论功底与文学素养，在充分肯定她的创作成绩的同时，也有更高远的期许：如题材的拓展，艺术视野的宏阔，深邃的思索与现代艺术技巧的有机整体融合等。期望她能超越经验叙事，突破已有的审美范式，升腾、飞扬想象的羽翼，开拓新的创作空间，写出挑战自我的新作。

（原载《世界华文文学论坛》2011年第1期）

架中美文化之桥　传海外华人新篇

——吕红新作《智者的博弈》

蒋述卓

欣闻旅美作家吕红撰写的长篇传记文学《智者的博弈——李华伟博士传》由科学出版社出版，应该说这是世界华文文学以及海外华侨华人研究方面的一项成果，作者经过多年不懈地努力，终于有了如此圆满收获，的确可喜可贺！

本书传主李华伟博士曾为美国国会图书馆亚洲部主任，俄亥俄大学图书馆馆长，目前担任中美两国图书馆合作项目美方评审员，在中美图书馆知识管理领域具有很高的声誉。他的经历体现了华人对陌生世界的求索与开拓，也让我们分享了他人生奋斗的甘苦与成功的喜悦……他自1958年以研究生身份进入匹兹堡大学图书馆工作开始，到2008年从国会图书馆退休，从事图书馆工作已逾半世纪。他在跨越东西方的地域及时空，将储藏人类知识宝库的图书馆逐渐演变成为现代开放的、为更多人享有的知识传播与文化交流中心方面，在知识运用与现代管理以及国际交流方面做出了重要贡献。他用智慧铸就了人生的辉煌。而最重要的一点是，李博士认为：图书馆是没有国界的，社会要发展进步，交流必不可少。身为华人，他非常乐意做这个桥梁！

这些，在吕红撰写的长篇传记中都有翔实、细致的描述。

暨南大学因为学术研究、学术交流，与李华伟博士有着深厚的交往关系。长期以来，暨南大学是世界华文文学的学术交流中心，也是海外华侨华人历史与现状研究的文化重镇，与美国俄亥俄大学交往密切。早在1997年，李华伟博士来暨南大学讲学，同时代表俄大"海外华人研究中心"和暨南大学签订了合作协议。1998年11月，他再度来到暨南大学，作了《展望21世纪的图书馆》的讲座；2009年5月9日，由中国暨南大学和美国俄亥俄大学联合主办的"第四届海外华人研究与文献收藏机构国际会议"在广州暨南大学隆重开幕。来自海内外20多个国家和地区的华侨华人研究学者、文献信息机构专家、嘉宾及相关与会人员近千人参加了此次盛会。会议主题是"互动与创新——多维视野下的华侨华人研究",涵盖了移民族群与文化适应、社会冲突与社会流动、侨批(专指海外华侨通过海内外民间机构汇至国内的汇款暨家书,是一种信汇合一的特殊邮传载体)与华商文化、海外华商网络、新移民研究、婚姻、家庭与社会、华人文化与艺术、宗教与民间信仰新史料与海外华人研究、侨乡与海外联系、族谱与华人研究、网络资源与数据库建设等12个主题。会议为全球致力于海外华人研究的学者、文献信息机构专业人员搭建一个跨区域、跨学科、多功能的互动平台,充分展示了当前华侨华人研究的新领域、新视点、新课题和新成果,堪称"海内"与"海外"华人研究与文献收藏机构国际会议的学术盛会。而对这次会议,李博士呕心沥血,贡献良多。

吕红是海外华文文学界非常活跃的女作家,出版发表过许多文学作品,同时也是媒体记者编辑。她担任海外华文文学刊物《红杉林》的总编,其主编的刊物,风格独特,兼容并蓄,为海内外华文作家、学者的创作和研究提供发表和交流的平台。每年她都来往穿梭在中国与大洋彼岸之间,出席各种学术及传媒会议、多所高校学术讲座,在海内外有着良好的影响。我也正是在她来暨南大学的学术会议上认识她,并与她逐渐熟悉起来的。

这本书出版是吕红写作生涯的一个新的里程碑,对研究海外华侨华人的历史及现状具有多方面的意义,对打造海外华人的新形象将起到示范性作用。我热切希望她创作出更多的文学精品,为推进海内外华文作家的相互交流做出新的贡献。

[原载《人民日报》(海外版)2012年2月17日]

跨越时空的追寻与认知

——从吕红《智者的博弈》谈起

王灵智

长期以来，我的研究以美国华侨史及亚裔美国人历史为重点。因学术交流与项目合作，与美国国会图书馆亚洲部主任李华伟博士相识。在与李华伟面会之前，就早已读过旅美作家吕红以李华伟的人生经历为经纬的长篇传记文学，当时节选发表在中美等地报纸杂志上。让不同地域的读者对海外华人的人生奋斗历程、历史文化以及社会生活原生态有了多方面的了解。而长篇传记《智者的博弈——李华伟博士传》的出版，为读者呈现出传主更加完整的面貌。

作者别出心裁，有意选取李华伟事业生涯和家人生活的几个转折点详述；把对传主成长影响最重要的青少年时代的经历——抗战、求学、异乡奋斗以及融入主流等采用蒙太奇的方法跨时空地进行穿插、间隔和对比，使文字与思想、文本与读者的关系更具内在张力。

传记是人物历史活动的真实记录，虽然不可避免有主观因素的存在，但不是一般的罗列成绩单、平面化的歌功颂德。传主也不是高不可攀、板着面孔的抽象符号，而是活生生的、有血有肉的人。作者不仅要采访观察，更重要的是通过多方面了解，以自己的眼光及思考刻画人物丰富的个性特征、亲情友情，以及在不同时期与不同人物的交往、记忆中的深刻印象。恰如一滴水可以反射阳光，看似不起眼的细节可反映一个人的个性或内心世界，亦可多层面立体地反映出人物的性格脉络及人生轨迹。

优秀的传记作品可以通过个人记忆去回溯、再现父辈经历，表现传主与重要人物的交往，在此之中涵盖历史变迁、时空地域变化及文化跨越，凸显人物的精神面貌。受各种利害冲突的影响，在社会大动荡和大裂变时期，人性复杂多变，手段被目的所驱使，甚至可能违背自己的本性和愿望行事，所以，历史人物的动机应该到总的历史潮流中去寻找，而不应该到个人道德中去寻找。《智者的博弈》透视了相关人性与社会性、历史性与现实性，为读者认知提供了有价值的参照。

（原载《文艺报》2011年12月9日）

当代美华知识分子心路历程的记录

——读吕红《智者的博弈——李华伟博士传》

邹建军

科学出版社最近推出的《智者的博弈——李华伟博士传》是一部关于当代美国知识分子生活与事业的传记作品。本书分"开篇""经纬枢纽、华美桥梁""峥嵘岁月、波诡云谲""活跃师大、崭露头角""求学之路、异国之恋""泰国七年、施展身手""同胞骨肉、祈盼和平""俄大扬名、华人之光""OCLC与清华'联姻'""从OCLC到国会图书馆""特殊贡献、永载史册""伉俪情深、母语情结""不算后记的后记"等十三章,历史地记录了美国国会图书馆亚洲部主任李华伟博士曲折、丰富、多姿多彩的一生,描写了在他奋斗与开拓一生中的动人故事与华美篇章。

在人物传记写作方面,本书所具有的特点:一是原始资料的发掘与运用,让我们看到了百年中国的历史地图。旅美作家吕红多年来注重收集传主各种资料,采访是深入并且是多方面的。因此对于传主的人生历程、独立而丰赡的个性与精神,有着深刻的认识。二是细节的生动与情趣拉近了读者与传主的距离。三是合理想象与文学笔法,如传主经历中的风风雨雨,人与人之间关系的酸甜苦乐,作家以想象的方式进行补充式还原,并与历史的景象交融,读来感人至深。

当今世界,图书与传媒的力量是不可低估的,因为它在无形之中影响人们思维,人的变化。中美两国的文化与文学交流从来没有间断过,早在20世纪中期,在中国南方生活多年的美国女作家赛珍珠创作的系列作品,曾经引起西方世界的广泛瞩目,长篇小说《大地》不仅获得诺贝尔文学奖与普利策奖,还被好莱坞拍成了著名的电影。更早在20世纪30年代后期,美国记者埃德加·斯诺就在延安对毛泽东等人进行了历史性的访问，写了《西行漫记》（《红星照耀中国》）等作品，在美国主流社会产生了广泛影响，直接影响了当时美国的对华政策。如果没有文化交流与文学对话，中美两国人民也许不会像今天这样有着深厚的感情，两国也不会有如此密切的关系，也许仍处于冷战对立之中也说不定。正是在此意义上，本书不仅如实地记录了李华伟博士在中美两国图书馆事业交流中所发挥的作用，对于中美两国交往历史本身也具有一种观照与总结意义。历史是由大人物和小人物共同创造的，而文化是可以超越时空而存在的。因此，划时代的风云人物可以作传，在平凡中追求梦想、在各种专业领域努力奋斗，卓有成就的人物，其情感人、其事惊人，为何不可以作传呢？

美国是一个多种族的社会，近两个世纪以来的巨大发展，与各民族特别是少数族裔杰出人物有着重大关系。从总体而言，旅美华裔对美国经济与社会发展作出的贡献不亚于犹太人，然而世界上许多人认为犹太民族了不起，而华人则少有杰出的人物。问题就在于中国人不惯于写传记，特别是不好意思为自己民族与自己同族的人写传记，人们只能在相关的新闻报道里看到某位成功华裔人士的侧影，而不了解他的来龙去脉，更没有全面认识他与他的家族与国家的机会。而这部传记开创了一个很好的传统，并为华裔传记写作积累了丰富经验！在时代风云变幻的大背景下，从童年时代到少年时代，从青年时代到中年时代，一种追求的人生历程让人惊心动魄；从中国到美国，从美国到泰国，从东方到西方，再从西方到东方，一个为人类文化传承、为图书馆事业而到处奔波的知识分子形象，一再地闪出光彩！

本书的出版，对于中美两国之间的交流与对话具有相关意义。在中美两国历史上，曾经发生的乒乓外交、科技外交以及因为台湾问题而产生的种种隔膜，都让我们眼前的世界发生着微妙的变化。最近，为纪念尼克松总统访华和《上海公报》发表40周年，旧金山市长李孟贤、中国驻旧金山总领事高占生、美国国务院旧金山地区主任帕特丽莎·海斯联合举行招待会，认为40年来中美关系的变迁，对中美两国人们的生活与整个世界所产生的影响，是巨大而深远的。中美两国关系的稳定与发展，离不开两国政府与两个民族各自的历史性选择，同时也离不开独立自主的个体生命的成长与心血。全球化发展趋势，知识分子在中美两国成千上万，然而每一个人都发挥着不可替代的作用。促进文化交流、促进社会发展，正是知识分子的历史使命。一个伟大的时代是由许许多多杰出人物所构建起来的，而知识精英则发挥着历史与文化主心骨的意义。

这，也正是《智者的博弈》带给读者的启示。

［原载《长安学刊》（哲学社会科学版）2014年第2期］

女性华文作家的跨国婚恋观和主体性构建

——从《曼哈顿的中国女人》到《美国情人》

鲁晓鹏

全球华文文学包括中国境内的中文文学和在海外用中文写作的作品。当一个作品在中国境内产生和流传，华文文学和中国文学是相同而重叠的。然而，海外的华文作品则不等同于中国文学。海外的华文文学与传统的中国国籍存在着不对称性，国家、疆界、语言、身份认同不再是同型和同质的。应当说，全球华文文学或海外中文文学对民族、国家、身份、历史和中华性的刻画有了更多的途径和方法。在全球化时代，一个作家的身份认同，一件作品的国籍变得更加模糊。多元性、跨区域性、跨国性是当今华文文学愈加明显的特征。

华文作家不等同于中国作家甚至华裔作家，华文作家包括在世界各地任何用中文写作的作家。全球华文文学所构造的身份认同是超越国家疆界的泛中华性，它不仅仅构建中华主体性，而且打造包括中国大陆、台湾等和海外的主体间性。在世界华文文学里，中华主体性可以更恰当地理解为泛中华主体间性，这类作品的内涵溢出了现代"民族国家"的疆界和范围。

本文旨在探讨跨国语境中的女性华文作家对于性别、性爱、主体性的建构。华裔女作家经常大胆探索性爱的尺度，描述跨国、跨族性爱，强化女性意识。她们作品里的女性是"大女人"，是生活中的主体；而她们小说里的亚裔男性有时被弱化，变成少有作为、羞涩的小男人。相比之下，似乎华人男性作家少有涉及跨国语境的题材，缺乏对全球化时代的华人男性的主体性刻画。周励的《曼哈顿的中国女人》、卫慧的《上海宝贝》、虹影的《英国情人》、吕红的《美国情人》、贝拉的《魔咒钢琴》，都描述了华裔女主人翁与白人男性"他者"的爱情经历，是这类小说建构女性主体的代表性文本。在这些文本中，东方文化和西方文化之间二元逻辑被化解、演绎、包装为东方女子和西方男性之间的跨国恋情。

这些作品都涉及跨国爱情并描写亚洲女主人翁与欧美男性情人的关系：《曼哈顿的中国女人》里的欧洲情人，《上海宝贝》里的德国情人，《英国情人》中的"英国情人"，《美国情人》顾名思义，《魔咒钢琴》里的东欧犹太情人。所有这些小说都讲述了一女两男的三角爱情关系，华裔女子是这个三角的中心和主导。一方面，她有一位中国丈夫，或前夫，或未婚华裔恋人；另一方面，她遇到一位欧美情人。随着故事的发展，女主人公做出一个抉择。在和欧美恋人交往的过程中，华裔女主人公意识到她现在或以前的中国恋人的多种不足：缺乏绅士风度、乏味性无能等；而欧美男性恰恰拥有中国男性缺少的品格和气质。其中几部小说用浪漫乃至夸大的笔调美化白人男性，女主人公的婚外情或多角恋爱增添了小说内容的刺激和浪漫。

吕红的《美国情人》似乎用反思的笔调讲述了华人女性与"美国情人"的微妙关系，揭露了"美国情人"的双面性和不可靠，从而质疑"美国梦"的完美性，代表了新一波更成熟的华文文学。这类作品不再一厢情愿地塑造成功的移民经历，不再把作为"他者"的欧美男性浪漫化、理想化，而是多维度地探索中西的文化差异和身份认同。《美国情人》较为贴切地表述了美国社会的广阔内容，具有多面性和矛盾性。新移民的身份认同也变成一个更复杂的过程，而不是简单地接受和拥抱欧美男性所代表的文化、文明、权力和政治。

周励的《曼哈顿的中国女人》是早期轰动一时的华文小说，它讲述了一位中国大陆女留学生在美国纽约的奋斗经历。小说的叙事者、女主人公反复强调她找到了一个蓝眼睛的、善良的欧洲情人。她赞美她的白人情人和未来的丈夫：麦克"给了我一种真正男性气质的刚柔相济的温暖"。她带麦克去中国大陆旅行。小说写道："在我的可爱的祖国的上空，处处都有麦克那豪放动人、无忧无虑的笑声。""伏尔泰说：上帝赐给人类两样东西：希望和梦想。麦克——我的蓝眼睛的欧洲小伙子，你的心地像水晶般的透明善良！"欧美情人给了华裔女性从她的前夫那里得不到的快乐，传统的中国父权文化的缺点显而易见。

卫慧的《上海宝贝》虽然不是海外华人文学，但跨国恋爱是小说的一条主要发展线索。小说的女主人公 Nikki，也叫 Coco，有两个情人：中国情人天天和德国情人马克。天天因为吸毒而阳痿，德国情人马克却被描写为健康、性功能超强的男人。

贝拉的小说《魔咒钢琴》讲述了一个中国女人和犹太钢琴演奏家的跨国恋情。在书的后记中，贝拉写道："我是一个白日梦者，一个爱情至上主义哲学的信奉者，正是通过编织各种乌托邦式的梦境，把一个中国女人'爱的宗教'传递出来。""我会一如既往地远离文学圈，却与圣洁的文学天使越来越近。是的，高贵，不仅是心灵和气质，也是我坚守的文学品质。"显然，贝拉旨在刻画"高贵"的人物。她笔下的人物，一个是红军后代，新四军女战士李梅，另一个是历经磨难的波兰裔犹太钢琴师亚当。李梅有个中国未婚夫，红军后代的赵克强，而亚当是已婚之夫。小说这样写道：

> "梅，你是上帝派来的东方女神，我爱你；薇拉曾使我获得神圣的救赎，而你给了我爱的激情，激情，知道吗？……你让我无法控制自己，梅，我的宝贝，让我拥有你……"亚当把李梅搂在怀中，然后双双又滚落在琴旁的厚地毯上。

> 虽然李梅在那刹那的瞬间，眼前闪过她的未婚夫赵克强的影子，但很快就被淹没在爱的热烈之中了。

异国恋人之间的吸引力短暂地超越了道德规范和婚姻约束。三位来自上海的女作家似乎有一个共同的特点：以东方女性和西方男性之间的异国恋情展示东方与西方各自的文化特征、价值观念、社会风貌。她们小说中的东方女性对白人男性的爱慕情结似乎也暗示了一定的价值取向。

《魔咒钢琴》里的跨国恋情背后有一个更大的历史背景："二战"时期，上海成为两万犹太人的避难所，上海的宣传部门和上海电影集团有限公司正在与美国影人合作，把这部小说搬上银幕，拍成电影。他们说，把这个发生在上海的故事拍成电影是他们的"历史使命"。这部小说被官方看好，成为一部光亮的"主旋律"作品。它讲述了一个浪漫的、美好的跨国恋爱故事，并引发了一轮全球化时代中西方文化的合作。红军、新四军、上海、中国现代史、世界反法西斯战争、西方古典音乐、欧洲、美国，被这部洋洋大作巧妙地联结在一起。

旅英华裔女作家虹影的小说《英国情人》叙述了一个在中国发生的跨国恋爱故事。著名英国作家弗吉尼亚·伍尔夫的侄子裘利安·贝尔来到中国工作，他认识了青岛大学系主任夫人闵。闵是有夫之妇，但是机会到来时，她与"英国情人"裘利安相恋，并发生婚外情。小说把中国女人自我东方化，她掌握着东方性爱的秘诀，使得英国情人得到极大的满足。小说原名《K》，取材于凌叔华的故事。为此，引发了凌叔华和陈西滢的女儿陈小滢与虹影的一场官司，陈小滢抗议小说中露骨的性爱描写，认为是"侵犯先人荣誉"。

吕红的《美国情人》与上述小说的笔法有很大不同。女主人公芯与前夫关系紧张，跨洋冷战。与皮特相识、相爱，但是小说并没有把这段跨国姻缘理想化，皮特最终还是离开了芯，导致了这段恋情无疾而终。作为他者和西方文化化身的皮特，最初对东方女性芯具有一定的神秘性和吸引力。小说如此描写他们的第一次交往：

> 临到公寓楼前，皮特敏捷地跳下车，为芯拉车门，温柔地牵扯她的手，呵护她下车，送她到门口。你的头发真美！他轻声赞叹。

西方男人天生的幽默感，自然流露的温情细腻，给她留下最初的印象。

显然，西方男性的绅士风度给了来自中国大陆的女性一个好印象，小说中的人物和事件也就此不断发展。但临近小说结尾，芯对她从前的美国情人皮特却有了这样的全面思考和评价：

> 从前他似乎拥有的很多，却又空落。对人生，他认真过也游戏过；对女人，他迷恋又迷失，尽管他是女人最体贴温馨、浪漫无比的情人。但面对各种诱惑，就像爱吃巧克力的，被甜蜜优裕宠坏了的男人——不，是男孩！心理学家说，男人或多或少都会这样有的心理：害怕成长，沉溺于自我，不愿面对矛盾的现实，有时候就好像无知男孩一般，逃避女人的认真和执着。责任感似乎令他承受不了，有畏惧感。

吕红似乎没有重复东方女性与西方男性之间二元对立的老程式。"美国情人"和任何国家的情人一样，有他的弱点、不可靠性，不是完美无缺的人。

女主人公"芯"的名字寓意深刻。小说讲述了一位华裔女性移民美国的心路过程，即关于"心"的故事。《美国情人》气势恢宏，社会内涵丰富，大千世界，林林总总，尽在笔下一一描绘出来。作者文笔细腻而优美，心理描写惟妙惟肖，娓娓动人。它是这类海外华人文学的典范和力作，也是当代华文女性小说创作的一个鲜明例证。

小说里有大量的景物描写，而外在景物与小说人物的内心活动紧密关联。旧金山是一个烟雾迷蒙、千姿百态、充满魅力的海滨城市，作者常常能以其特有的生动笔调勾勒出这座城市的风貌和人物心理。作者如此描述女主人公路过旧金山市区跨美金字塔时的感受：

> 记不清多少个夜晚，芯下班路过金融区，踏着星空下闪着细小光泽的路面，便会回忆初次走过金字塔的情景。幽暗路灯下踩着自己身影踽踽独行，茫然而又果决，去寻觅不可知未来的那个寒冷的深秋。
>
> 那年 Halloween（鬼节），芯怀着一点儿隐隐约约的兴奋和初识的几位朋友一起去旧金山广场，看五颜六色奇形怪状的男男女女，装鬼弄神，或唱或跳，群魔乱舞。那是刚来旧金山寻梦的第二天。她根本不知道自己的脚，会落在何处；心，会落在何处。就这么大大咧咧硬着头皮来了……怎么说呢，拣好听一点地讲，是闯荡；说穿了，就是漂泊。

这是一位华裔女子初到美国打拼的感受。她满怀个人奋斗的志向，但具体的生存状况却是漂泊不定。临近小说结尾，经过多年的努力和磨炼，主人公芯终于在美国拿到"身份"，喜悦之情可想而知。也是在小说的这一节的开始，作者再次通过描写旧金山的风土人情来分析芯的心路历程。吕红的文笔还是那么引人入胜：

> 烟火是从海滨的愚人码头发向夜空的。
>
> 伴随着一串巨响，五光十色的烟花在深蓝的背景中绽开时分，芯在小屋里敲电脑。探身从二楼窗口看去，西天上荧光闪闪。璀璨光斑及人潮的喧闹隐隐拨动心弦，芯随意披件外套出门，朝海滨方向而去。绚丽夺目的烟火在旧金山北岸哥伦布大道两侧，成双成对地升起，绽开。越来越密集、热烈。人群在欢呼，有夫妻结伴观看的，有父子或母女同行的。此情此景再次触动她心中那最柔软最感伤的一处，真不敢想象，当一个模样个头声音都认不出来的孩子来到身边，是什么感觉？
>
> 梦想到底还有多远？

作为母亲，芯很久没有见到留在国内的女儿了，她感叹人生的遗憾和悲欢离合。海外游子有着割不断的亲情，这种情感上的联系永远不可能消失，而且会与日俱增。在追寻美国梦时，付出了孤独漂泊的代价。在热闹的节日期间，看到别人结伴出游、万家团圆的时候，更感到漂泊他乡的孤独。

总体来说，华裔男性小说对跨国恋情的描写要少一些，也没有华裔女性作家大胆和深刻。20 世纪 90 年代初期的一部著名的华裔小说是曹桂林的《北京人在纽约》，小说被改编为电视剧，在中国大陆热播。小说主要讲述男主人公王启明和他的妻子郭燕以及华裔女老板阿春的故事。《北京人在纽约》没有着意刻画亚洲男性在美国的跨国恋爱经历。小说对纽约的描写是双向的："如果你爱他，就把他送到纽约，因为那里是天堂；如果你恨他，就把他送到纽约，因为那里是地狱。"在小说的"前言"，成功的新移民、"外商"曹桂林解释他写小说的冲动，他要讲述移民过程给他造成的"内伤"。

21世纪前后，中国大陆出现了所谓的"美女作家"现象，来自上海的卫慧便是美女作家的佼佼者；随后又产生了所谓的"美男作家"小说。江南才子葛红兵的小说《沙床》是美男作家的开山之作。小说的男主人公诸葛与许多女子产生恋情，其中包括在中国的外国留学生（日本留学生Onitsuka，美国留学生Anna）。但是这两段异国恋情在小说中的篇幅不长，这些外国情人也不是小说里的主要角色。对于小说情节的发展和男性主人公的主体构建，中国男性与外国女性之间并没有形成至关重要的关系。男主人公并没有将那些外族女性"她者"理想化，没有将她们奉为文明、浪漫、摩登的化身而追求和占有。

男性作家有待共同进一步探索写作途径，一道推进海外华文文学的发展和繁荣。

（原载《名作欣赏》2016年第16期）

只为销魂一刻

——读吕红长篇小说《美国情人》

于文涛

吕红的《美国情人》是一部真正意义上的长篇小说。内容厚实，场景开阔，人物饱满，细节鲜活，生动地描写了世纪之交美国旧金山湾区华人新移民的劳作打拼和苦辣酸甜，宛如一幅异国情调的《清明上河图》。

当下，描写海外华人生活的华文文学作品频繁亮相，但佳作屈指可数。十年前，《美国情人》飘然而至；十年后，《美国情人》风韵犹存。真正的经典必定经得起时间的考验，犹如一坛美酒，越是久远，越是醇香。

小说的主线似乎可称一个女人与中国丈夫及美国情人的爱恨情仇。但围绕这条主线，我们看到的分明是一代新移民的芸芸众生相。书中第239页有这样一段精彩的话语：

> 假如你能停留一下脚步，倾听那轻轻掠过华埠的风声和雨声——在每座楼业后面都有华人历史深处的无言叹息，异邦开拓的辛酸，曲折的故事连绵不绝。记载了从淘金者、修路劳工到工程师或商业巨子的漫长风雨路；记载了移民从筚路蓝缕到扬眉吐气的历史变迁。

由于女儿移民美国多年，笔者对美国的华人移民史颇感兴趣。读邓瑞冰的《寂寞的辫子》和张纯如的《美国华人简史》，五味杂陈，百感交集。华人移居美国大约始于19世纪50年代初，旧金山则是早期华人进入美国的重要埠头。华人曾被禁止拥有最基本的权利。直到1943年，美国政府才废止1882年通过的排华法案。随着全球风云变幻和中国和平崛起，作为少数族裔之一的美国华人的地位也在不断改善。

我们听到不少华人新移民在美国拼搏创业、终于成功的例子。然而，其中的血汗泪水，又有几人晓得？《美国情人》侧重讲述的是：华人新移民（或曰"洋插队"）在美国死打硬拼以求自立的曲折经历。

芯，秀外慧中、不甘平庸。为了看看外面精彩的世界，寻求机遇，实现自我价值，便毅然放逐自己，放弃国内一份稳定，漂泊他乡，一切从零开始。

苦涩是不可避免的。首先，华人新移民欲从边缘进入主流，进一步参政议政，奉献社区，必然要比"老美"多花费几倍的努力；其次，来自华人移民圈内的攀比、嫉妒、拆台、忽悠、宰熟、内耗等恶习，在这个狭小的生存空间，要么把你逼疯，要么把你搞成抑郁；而"压垮骆驼的最后一根稻草"乃是：爱情的沦陷。这几劫，芯都遭遇了，挺住了，过来了。历经周折，终于盼来了"身份认同"的融入与文化身份的建构；由于在华文创作上技压群芳，还获得了全美少数族裔发展协会颁发的年度杰出贡献奖。

芯，不但具有传统女性温柔、贤惠、善解人意的美德，而且具有现代女性独立、开拓、永不言败的精神。遗憾的是，如此强势的事业型女性，在爱情和婚姻上却是屡战屡败。芯的丈夫（后来降格为"前夫"）刘卫东，几乎集中了"渣男"的所有可恨之处：志大才疏、假模假式、外强中干、小气抠门，唯一的特长就是说些永远正确的"豪言壮语"。芯的美国情人皮特（似乎为"有妇之夫"），高大，俊朗，甜蜜的情话，厚实的胸膛，把智商不算低的芯搞得昏热发烧，以为找到了"真爱"。万没想到，这个"情种"在高潮过后，竟移情别恋，一走了之。

生动刻画了东西方政客们说一套做一套，面貌不一，骨子里相类似的本性。

写情爱，乃是女作家的长项。吕红的独特之处在于，她不是单纯地写情爱，而是通过描写"饮食男女"去透视社会，剖析人性，追问生命的终极意义。情爱的最高境界是灵肉合一，两情相悦。可惜，在当今社会，情爱掺杂了太多的"非爱"因素，男人和女人都过于现实，过于警惕，过于求全责备。其结果，情爱异化，要么变成一场交易，要么变成一场骗局。

有良知的作家，应该在自己的作品中以严肃的态度去探究情爱。情爱是美丽的，描写情爱也有雅俗高低之分。要像吕红这样，把情爱写得"像雾像雨又像风"，给人一种美的享受、梦的升华和形而上的浮想联翩。请欣赏第117页这段文字："夜晚是梦境泛滥的海洋，是幻想遨游的寰宇。在奇异而飘忽的幻境里，小人鱼和梦中王子肌肤相亲，生死相缠……像是早期的无声电影，或者说就像深海中漫游的精灵。那丝缎一般的皮肤、温柔的亲吻，犹如山涧潺潺的流水润泽了丰美的草地……"

吕红对文学情有独钟，对诗歌、散文、小说和文学评论均有涉猎。她是现任《红杉林》杂志总编辑。她不是那种"书斋写手"，而是一个奔波于政界、商界、文艺界的"行者"，一个有才气、有阅历、有眼光的作家。其主编的《红杉林》，水平高，影响大，是海外华文文学的一方绿洲。我很喜欢她为每期撰写的《卷首语》，纳天地山川之气于方寸之间，妙语连珠，回味无穷。

近年来，中国大陆之外的华文写作不但数量激增，而且已经形成自己的风格。站在全球华人的角度，站在文学的角度，站在审美的角度，海外华文作家的厚重之作令人刮目相看。海外华文作家身在异域，同传统的中华文化渐渐有了一些间离。但是，他们从所在国的文化中又学到许多新鲜的东西，恰恰是中华文化值得借鉴的精华。海外华文作家的潜力不可等闲视之，当代文学的传世之作很可能出现在海外华文作家之中。

［原载《国际日报》（洛杉矶版）2018年11月30日］

论新移民小说中的跨国婚恋书写

江少川　周钢山

以写跨国婚恋题材《情人》而著称文坛的法国女作家杜拉斯说过："没有爱情就没有小说。"①如果把这句话加以延伸，也可以说：没有婚恋就没有新移民小说。纵观新移民作家的小说，在表现移民生活的曲折坎坷、沉浮起落的命运困境的同时，都绕不开描写跨国婚恋，新移民小说中的跨国婚恋是一种值得探讨的现象。本文拟从跨国婚恋中的边缘女性、文化冲突以及人性真爱三个方面展开论述。

一、跨国婚恋中的边缘女性

西蒙娜·波伏娃在她的论著《第二性》中提出了所谓女性为"第二性"的著名论断：男人将"男人"命名为自我，而把"女人"命名为他者，即第二性。女性的历史和现状是由男性的需要和利益决定的。而对移民女性而言，她们又处在第二性的边缘，尤其是在异域的有色人种女性与白人男性的跨国婚恋中。

移民女性首先要解决生存危机。"'生存是残酷的。'这是身处充满竞争的当代社会的人们对自身生存环境的感叹；而对于从发展国家向发达国家迁徙的新移民来说，其生存就当然更为残酷了。"②新移民小说中的移民女性为了实现心中的梦想，离家别国，远赴他乡，来到陌生的国度。当她们踏上异国土地，面对的现实并非她们想象中那样美好，尽管心中有着极大的落差，但是回头亦异常艰难，只能硬着头皮走下去。混迹于高度竞争的现代化大都市，她们首先要学会生存。或到酒店

---

① ［法］米歇尔·芒索：《闺中女友》，胡小跃译，漓江出版社，1999年，第118页。
② 吴奕锜：《"新移民文学"中的生存书写》，载《文艺理论与批评》2000年第5期。

餐馆洗碗打杂，或在咖啡馆做清洁工，境况稍好一点的进入报纸、杂志社，但工作任务依然十分繁重，与国内生活相比较，形成巨大反差。严歌苓在一次访谈中说："在国内，专业作家很优越；到了美国后，从心态、感觉、生活到语言都发生了变化，到美国，为生计而写作，很担忧。我初去美国，为生活所迫，干过餐馆服务员、保姆、模特，不是为了体验生活，而是为了生存。"①她以自己的亲身经历说明了这种国内国外两重天的差异，显示出刚移民美国时那种艰难的生存状况。吕红的小说《美国情人》中芯的好友妮娜是个典型例子。她在州立大学读MBA，经济上不能独立，她穿梭于三个男人之间：美国公司副总裁，老板约翰，恋爱五年的台湾男友。虽然她知道这种飘忽不定的生活并不好过，但她又不得不这样做，"学费又涨价了，房租电话，用的吃的……，哎，真的好辛苦哦！总恨不得赶快找人嫁了，但既然是一辈子的事，也得挑个好的啊"②。挑来挑去，选择了约翰。尽管她知道约翰有太太孩子，又不愿离婚，但她不能不依靠他，和他保持着不明不昧的关系，也不知不觉成了老板的"专利"。虽然后来妮娜受不了自己被冷落而约翰带着家人出去游玩的事实，想要揭穿老板的骗局，但芯站在局外人的立场，冷静为她分析，并劝导她说："你还得依靠他，目前你没拿到学位，也没有身份。在经济上不能自立，下面的路怎么走你考虑过了吗？最重要的，你既要读好书，也要去寻找新的工作机会，多结识新朋友，慢慢疏远约翰，不能马上跟他闹翻。你需要马上翻报刊媒体，或者上网寻找招聘广告。尽可能在经济上独立，在情感上摆脱男人的控制。"③妮娜觉得很无奈，但又无路可走，这就是身处异国他乡的女性必须面对的残酷现实。

其次，与生存危机相关的，便是如何获得合法身份。对于移民来说，没有合法的身份和居留权，便得不到居住国的承认，就找不到工作，继而生存也会受到威胁。正如吕红在一篇文章中所说："任何一个寻梦者，不管来自哪里，在异国他乡要待下来首先要面临着'Status'或'Identity'——身份转换或身份认同问题。"④《美国情人》中芯对"身份"问题也有着精彩论述："当告别家人、戒除物质主义

---

① 江少川：《走近大洋彼岸的缪斯——严歌苓访谈录》，载《世界华文文学论坛》2006年第3期。

② 吕红：《美国情人》，中国华侨出版社，2006年，第191页。

③ 吕红：《美国情人》，中国华侨出版社，2006年，第244页。

④ 吕红：《海外新移民女作家的边缘写作及文化身份透视》，载《华文文学》2007年第1期。

陋习的青年男女，揣着希望，怀着梦想，踌躇满志跨洋过海来到美国之后，莫不经历了巨大的文化冲击。日出而作，日落而息。苦闷，孤独，失落，而最难耐得是身份转换过程，等待的遥遥无期。迁徙者的命运，无数迷失的怪圈……身份焦虑如影随形。不同的身份有不同的待遇。无论你求学，或者打工，或去租房、去DMV考驾照、去医院看病、去银行申请信用卡或贷款等，几乎随时会被问到'什么身份'？……'身份'问题，无形中左右了人的生存意识和生存状况。……'追求绿卡，甚于追月。'"①于是，婚姻成为移民女性获取身份的兑换券。莫里安娜·亚当斯指出："妇女的经济和地位多么依赖于她们的婚姻。"②新移民小说中的移民女性为获得身份：一种是与移居国的西方男士结婚，获取身份得到合法认同；一种是为了获得绿卡，与移居国男子假结婚，即所谓的"纸婚"。严歌苓的小说《少女小渔》中，年轻、漂亮的少女小渔为了取得合法身份，与六十七岁的意大利老头假结婚，等获得居留地合法身份后，再上诉离婚。为了解决身份难题，小渔要同一个不相识的男人同进同出各种机构，被人瞧、审问，还要宣誓、拥抱、接吻，不止一回、两回、三回。并且要住在一起，随时等候移民局"来访"。尽管小渔开始有些不愿意，但又不得不装着像正常夫妻那样生活。《美国情人》中的妮娜因母亲检查出了肺癌而哭着让芯帮她找个男人，只要那男人帮忙办理身份她就嫁，她想尽快结束这种悬空状态，也好早点回去与父母团聚。诸如此类的例子在新移民小说中屡见不鲜，这是奔赴异国他乡安身立命的无奈选择。

再次，新移民女性在面对生存危机与身份获得的困境的同时，还会受到移居国的种族歧视。她们由发展中国家进入发达国家，白人与强势主流文化对华人的歧视、排挤和欺压触目惊心。"在妇女与殖民地民族之间存在着一种内在的相似性，他们都处在边缘，从属的位置，都被白人视为异己的'另类'和'他者'。"③如小说《扶桑》中，尽管"克里斯带着少男的好奇与对母性的迷恋使他深深爱上了扶桑。他关注她，帮助她，试图彻底拯救她，但他终究难以摆脱自己集体无意识中的仇恨，不自觉地参加了反华排华的骚乱"④。虽然他有一个相当"浪漫"和"动人"

① 吕红：《美国情人》，中国华侨出版社，2006年，第10—11页。
② 张京媛主编：《当代女性主义文学批评》，北京大学出版社，1992年，第45页。
③ 刘晓文：《多元文化视野中的西方女性文学》，华中师范大学出版社，2007年，第28页。
④ 杨红英：《民族寓言与复调叙述——〈扶桑〉与〈她名叫蝴蝶〉比较谈》，载《华文文学》2003年第5期。

的目的，可他和他的白人同伴的行为实质上却是企图用骚乱把中国人赶出去。这次反华排华暴乱不仅烧毁唐人街上华人的房子，还轮奸强暴了华人妇女，包括中国妓女扶桑，扶桑拳头中握着的纽扣便是最有力的证据。这是白人歧视有色人种女性的经典情节例证。

透过这类移民女性的生存状况，不难发现，相比较于男性，她们已经是处于"第二性"，而在踏入另一块完全陌生的国土时，生存压力、性别歧视、种族歧视更加突出，移民女性为了生存、身份，以婚姻为代价，更是处在"第二性"的边缘："种族歧视、性别歧视和阶级偏见在理论上可以分开，实际上也是不可分的。"①就像妮娜、小渔一样，她们与老板约翰、意大利老人之间的关系完全被扭曲异化了，没有爱情可言，为了能在居住国有个栖身之所，赖以生存，她们成为"他者"与"另类"，付出了沉重的代价。

二、跨国婚恋中的文化冲突

跨国婚恋的发生都潜藏着某种对文化的好奇因素在里面。"'每一个新移民都有一个梦'，这是不少'新移民文学'的作者常常提到的一句话。"②西方的自由、平等、开放、富足，对中国人是个不小的诱惑。而中国对于西方人也具有极大的吸引力，西方人对五千年的华夏文化怀有某种猎奇心理，存有着某种神秘感，他们希冀从中国人身上找到打开东方古国的钥匙，这种好奇心促使他们对华人女性情有独钟。在《天望》中，当微云在新婚之夜询问弗来得世界上有那么多人种为什么只喜欢中国女人时，弗来得这样回答她："学生时期，我很喜欢地理课，爱看世界地图，对那块马鞍状似的中国地图十分好奇，好奇令人神往，神秘感产生魅力。为了获得更多的了解，我渴望有机会接触中国人。但我真正对中国的印象，是受到爷爷的启发。有一次，我看到爷爷保存的纪念品柜里，有两样有趣的小玩意，一件清代的儿童上衣和一个小小的梳妆盒。……异域风情使我从好奇到怀疑，我对爷爷说：'这是小孩子的玩具吗？'"爷爷告诉他，这是有钱买不到的东西，并且与中国的

---

① ［美］罗斯玛丽·帕特南·童：《女性主义思潮导论》，艾晓明等译，华中师范大学出版社，2002年，第320页。

② 吴奕锜：《"新移民文学"中的生存书写》，载《文艺理论与批评》2006年第5期。

历史有着渊源关系。①从此之后，弗来得对神秘的中国更加好奇，这也使得他与微云喜结连理，成就一段跨国姻缘。《美国情人》中芯的美国情人皮特不仅对中国历史略知一二，而且文化品位似乎更近东方。在他的房子里，"一幅旧上海的美女图挂在门边，旗袍，波浪的秀发，弯眉俏目。进里面房间还有另外一幅。泛黄的纸页、古朴流畅的人物线条，还有那如诗如梦般的笔调，细细勾勒了往昔岁月的风情。三四十年代旧上海特有的气息扑面而来——此番怀旧气息让多少文人墨客以及画家表演艺术家沉迷！……"②看到皮特家里如此浓郁的中国风味，芯百思不得其解：这位生长在美利坚的皮特，怎会对一个古老而陌生的国度发生这么浓厚的兴趣？难道说他也在追寻什么Dream？也有浓得化不开的中国情结？在与皮特的接触中，芯发现他非但丝毫没有身为美国人的优越感，还口口声声称自己是"中国人"。碰到一些令人啼笑皆非的人或事，他还会冒出一句口头禅：这"洋鬼子"！正是洋人皮特身上这股中国风味吸引了芯的注意，而芯所显示出东方女人卓尔不群的气质也让皮特着迷，因此，两人心心相印，迸发出爱的火花！因为对中国和中国文化的好奇而发生跨国恋情的故事在严歌苓的《扶桑》中也有所体现。白人少年克里斯迷恋扶桑，在他眼中，扶桑就是神话中遥远的东方国度的化身，"她的每一个动作都是女神或女妖的摇身一变。东方，光这字眼就足以成为一切神秘的起源，起码在这个十二岁的男孩心目里"③。他时常在梦想中把自己想象成一个高大、勇敢、多情的骑侠，持一把长剑，搭救一位被囚禁在"牢笼"中的奇异的东方女子。扶桑身上的黄皮肤、黑头发、裹小脚在某种程度上象征着神秘的东方，因而成为他神往的对象。

诚然，对中国和中国文化的好奇是促成中西跨国婚恋的重要因素，但是，随着婚恋双方在一起生活与交往，他们之间存在的某种挥之不去的差异便会渐渐显露出来，小到饮食、生活习惯等方面的不同，大到是否结婚、生孩子等问题上的明显分歧。它其实体现着中西文化之间的冲突，婚恋双方从小受到各自文化的影响，形成不同的观念，而这种浅层的文化好奇并不能消除这种观念上的沟壑。新移民小说家把这种文化冲突演绎得有声有色、淋漓尽致。

其一，中西性观念的差异。西方人提倡个性解放，思想解放，恋爱自由，婚

---

① ［荷］林湄：《天望》，长江文艺出版社，2004年，第9页。
② 吕红：《美国情人》，中国华侨出版社，2006年，第78—79页。
③ 严歌苓：《扶桑》，新星出版社，2009年，第12页。

姻自主，尤其是性开放。在西方人眼中，人们只要不伤害他人，不触动有限的法律规范，就能将天性极大限度地舒展。婚外恋、性自由等行为很少受到法律和道德的约束。而在中国，情况大有不同。长达两千多年的封建观念根深蒂固，一整套的清规戒律规范、制约着人们的行为。对女人而言，约束更加繁多，冰清玉洁、从一而终等贞操观念影响她们终身。虽然经历过五四运动的洗礼，但大多数中国人至今仍存有严重的"处女情节"。融融的《热炒》中，借用菊蒂和琼的对话道出了中西性观念上的差异：中国姑娘素妍与美国人查理结成一段跨国婚姻，对此她们感到有些不解，难道他们以前都没结过婚？哪来那么巧的一对？原来素妍在中国的时候，不是处女，很难嫁出去。来到美国遇见了查理，而美国的男人正好相反，女人没有性经验，男人不喜欢。素妍歪打正着，碰到了查理，他们的故事看似带有很浓的戏剧性，但却见证了中西在性观念上的根本区别。

其二，中西情感观念的差异。由于西方人对婚姻恋爱的思想比较开放、自由，只要双方愿意，便可以在一起生活，如果相互之间感到不快乐，可以随时分开，不必承担任何责任，往往是性与爱分离，发生关系的两人未必有真正的情感。相对而言，华人比较保守、传统，尤其是华人女性，比较看重与自己发生婚恋关系的男人，从一而终的思想常常左右着她们，一旦结婚，便会倾注全部感情，对她们来说有爱才有性，她们追求性与爱的统一。《天望》中，方蕾蕾（即海伦）与她的洋人丈夫之间有着矛盾：白人丈夫喜欢现代爱情生活方式——互不约束、控制，保持一定的时空距离，彼此经济独立。方蕾蕾原本抱着好奇心去试着接受这种现实，但她还是没能做到。她想生个小孩改变这种状况，可是遭到丈夫的极力反对。方蕾蕾无法理解丈夫的生活方式与思想，无法跟他生活在一起。她是一个渴求对生活对爱情有所答案的女人，面对跨国婚姻的尴尬状况，方蕾蕾渐渐迷茫起来：内心与外界，传统与西方，思考与生存，难以分开又不易相处。是对于崇高纯洁的爱太幼稚固守，还是以性代爱的畸形恋情？[①]经过长时间的苦苦思索与斗争，方蕾蕾没有获得答案，也不可能得到答案。她与洋人丈夫之间的这种差别根植于中西文化冲突之中，一时难以消解。

其三，中西家庭观念的差异。西方人，尤其是西方男士，追求个性解放、人身自由，他们往往不愿受到婚姻的束缚，而期望停留在恋爱阶段。即使结婚，也不

---

① ［荷］林湄：《天望》，长江文艺出版社，2004年，第265页。

愿生小孩，以免影响夫妻两人安宁自由的生活。而中国人比较注重家庭，从恋爱到组建家庭，都是为了享受家的温馨、舒适，而且华人还特别看重生儿育女传承香火。华人的这种家庭观念与西方人的文化传统相差甚远。小说《美国情人》中的芯和皮特本是相互欣赏、相互吸引的一对恋人，当爱情发展到如火如荼的时刻，突然冷却下来，最终化为泡影，分析其原因，正如芯的好友蔷薇和琳解释的那样："在情感上也许你们很投缘，但实际上，你和他之间还是缺乏平等的。无论是身份，是社会地位，是种族等等，尽管你觉得爱情是高于一切，尽管你美丽贤淑温柔，符合他的东方审美意识，但毕竟你是个一无所有的异乡人。何况，你把面临的诸多问题一下子毫无保留地端出，太傻。作为受西方文化影响的美国男人，他再怎么了不起，怎么爱你他也是现实的。浪漫的女人都以为爱情的力量能够跨越所有的屏障，真的就像童话里的'水晶鞋与玫瑰花'，其实那灰姑娘和王子的故事只能是美丽的梦。"[1]华人，尤其是移民女性，倾向于感性，喜欢理想化，而西方人多注重于理性，比较现实。当面临实质性问题诸如工作、结婚、财产等关系到自身的利益或需求时，美国人皮特理性的一面便发挥作用，不愿面对矛盾的现实，逃避女人的认真与执着，畏惧承担做丈夫的责任，乐于享受单身的自由和无拘无束。芯则是典型的东方女性，在经历家庭婚变之后，向往一种和谐、安宁、舒适的家庭生活，想以家为依托，共同面对困难，分担风险。这显然与中西方人所受到的不同文化传统影响有关。

三、跨国婚恋中的人性真爱

新移民小说家在跨国婚恋题材的书写中，一方面表现了处于边缘的移民女性谋生存、求身份的悲惨境遇，在中西文化冲突中的种种矛盾与碰撞，同时也在作品中彰显人性的真、善、美，以及对超越性别、超越种族的人类真爱的憧憬与追求。

其一，表现东方儒家的"仁爱"品格。中国女性特别善良，她们温顺、卑谦、宽容、坚忍，持家有道，吃苦耐劳。这些品格经过历史的沉淀和传承，成为华人女性的传统美德，延续至今。在新移民小说中，那些不远万里从中国奔赴西方发达国家的东方女性，虽然身处的环境发生了变化，却不能改变她们身上固有的品性。少

---

① 吕红：《美国情人》，中国华侨出版社，2006年，第247页。

女小渔以获取身份为目的与意大利老人假结婚，在与他相处的过程中，虽然有过矛盾，如老头上涨房价，她都是以宽容之心善待，就是对男友也绝口不提，以免生事。她偷偷倒掉垃圾，防止老头的情人瑞塔觉得她侵权，争夺主妇的位置；她总是把老头家里打扫得干干净净，即便是她就要离开这所房子；看见老头在雨天卖艺所得的钞票被风吹走，小渔不顾男友江伟的劝阻，帮老头追逐着一张张辛苦换来的钱，并架着摔倒的老头回家。小渔的行为在潜移默化之中影响着意大利老人，他变得越来越爱干净，再也不挨门去看邻居家的报纸，也不再诈偶尔停车在他院外的车主。小渔的仁爱善良感化了老人，老人也以同样的方式回馈给小渔。《天望》中的女主人公微云，海边长大的她拥有大海一样的纯真气质，在与弗来得结婚后，她对丈夫那种传道、参观、交友、聊天的流浪式的生活方式并不满意，但她却能随遇而安。在她看来，女人对男人的依附和顺从，是与生俱来的天性，这种天性让她知足常乐。尽管她有过迷失，与老陆发生一夜情，并生下儿子塞缪尔，但她也觉得对不起丈夫而羞愧离家。最后，在弗来得双目失明将死之时，微云以她的情与义、真诚与善良、热情与爱心感化了上帝，让弗来得重生。《扶桑》中，被拐骗后沦为妓女的扶桑，对克里斯的爱情，包含着母性的宽容和温厚。也正是扶桑身上这种来自东方的浓烈的母性征服了克里斯，使他对她着迷。虽然克里斯和其他白人一样，在扶桑身上造成伤痛，可她依然沉默地忍受他所带来苦难，微笑地接受生活的压力，母性地宽容他的罪过。母性气质在微云身上也有所体现，她非常喜欢孩子，也渴望能有自己的孩子。在她看来，只有在孩子面前，才能流露出女人特有的天性和意义，结婚终究不是目的，做母亲、带孩子、看着孩子一天天长大，那才是女人的满足。她与老陆的一夜情，其中不免包含母性的同情和宽容，一个异乡的单身汉，无亲无故，没有妻子的关怀和照顾，而饱含母性气质的微云心生怜悯，满足了老陆的需求。正如有的论者所说："这些在现实中被认为'无耻'的品行在她们身上都已经淡出，上升为母性的大度、宽容及对人性弱点的容忍。"①华人女性的无私给予使男性得到心灵上的净化。

其二，表现西方基督教的博爱情怀。基督教认为人是带着原罪而来，提倡教徒要有仁爱、宽恕之心，用自己的宽大胸怀、仁者之爱去感化救赎他人，基督徒大都以助人为乐，救人为善，真诚地关心每一个人，体现出一种博爱精神。林湄在

---

① 江少川：《漂流、再思、超越——林湄女士访谈录》，载《世界文学评论》2009年第1期。

接受访谈时说过："人天性需要宗教。诸多宗教著作均有高超的思想、伦理、哲学等观念，基督教涉及更多的灵体和博爱问题。"①这种基督教博爱情怀在张翎的小说《羊》中有着很好的体现。《羊》是写传教士约翰和保罗祖孙与中国女子的故事，不同时间，不同地点，却上演了几乎相似的一幕。一个世纪之前，约翰前往中国办学，收留了一个先叫邢银好，后改名为路得的中国女孩，他为她放脚，教她识字，送她上省城读书，他们之间存在着由最初的亲情发展成为恋情的微妙变化。当约翰觉察到这种感情变化时，理智的反思制约着他的抉择，后来约翰娶了他的同行萝丝琳娜为妻，他和路得的恋情随着他的回国无果而终。时间过去一个世纪，约翰的嫡亲孙子保罗竟然在地球的另一个地方，遭遇了另一个中国女子羊阳。羊阳的境遇让保罗十分同情，他不断地鼓励她振作起来，"从这里走出去，一切就重新开始了"。他还以基督教的教义开导她："孩子，压伤的芦苇，他不折断；将残的灯火，他不熄灭。世人也许弃你不顾，他总是爱你到底的。"②保罗身上优雅的西方男性气质，牧师的虔诚、善良与博爱，深深打动了羊阳，让她想在异国他乡找到一种依托。两人虽心有好感，但发乎情，止于礼，因为保罗有个生病住院的妻子。面对如此的抉择，保罗祈求上帝，帮他挪开"诱惑"，怜悯他肉身的软弱。他们的故事如此相似，有缘无分，在他们中间站着一个威严的上帝，他们只能进行着一场精神恋爱。虽然他们最终都没能成为恋人，但约翰对路得、保罗对羊阳的关怀、爱护和帮助超越了恋情，彰显出基督徒之爱，人性之真、善、美。

其三，表现超越种族的人类真爱。跨国婚恋的双方毕竟来自不同的国度，属于不同的民族，由于文化传统的差异、隔膜，双方产生矛盾冲突在所难免。而新移民作家的可贵之处在于他们看见并承认种族、国家、文化之间的差异，但仍坚信有超越一切的人类真爱存在。《也是亚当，也是夏娃》中，英俊、优雅、富有，而且才华横溢的白人男子亚当，是个同性恋者，四十二岁的他感到了0+0=0的危机，于是千挑万选，寻觅一具符合他要求的母体，通过非正常的男女程序，孕育出他的下一代。经人介绍，亚当选中了华人女性夏娃。两人都怀揣着各自的目的，一个为了延续自己的生命，一个为了得到5万块钱。他们从最初的窘迫、尴尬、逢场作戏的生

① 李培：《雌性的魅惑——试析严歌苓小说中女性形象的独特内涵》，载《华文文学》2004年第6期。

② [加]张翎：《尘世》，广西人民出版社，2004年，第68页。

活开始，到为了腹中的胎儿慢慢适应对方，再到孩子出生，在抚养孩子的过程中，他们逐渐投入真情，把对方当作自己最亲密的人。一直对本性造反的亚当，同性恋的亚当，厌恶女性的亚当最后发现他和夏娃的亲密大大超出了他的意外，而凑合着生活的夏娃也奇怪"对亚当讲的实话已远远超过对M讲的"。最后，他们俩相处愉快、融洽。在《天望》中，因为宗教信仰、价值观念大不相同，微云与弗来得结婚以后产生分歧，从而发生对抗、抵牾、矛盾，历经生活的艰辛，微云放弃对海神的信仰，弗来得双眼被害失明，生命垂危而逢凶化吉。后来弗来得以仁爱征服了微云，而微云也以她的善良、情义感化了上帝，使弗来得重生。最终双方通过沟通和交流，跨越了民族和文化的冲突与矛盾，感情也因此而更加牢固，家庭和睦美满。在新移民小说中，跨国婚姻的双方从分歧矛盾走向认同谅解，在碰撞摩擦中找到超越人种、肤色、民族、国籍以及宗教派别的人类心灵的共同点，从而达到和谐的境界。

德国现代哲学家卡西尔曾经反复思考"人性"的内涵，认为"从长远的观点看，一定能发现一个突出的特征，一个普遍的特性——在这种特征和特性之中所有的形式都相互一致而和谐起来"[1]。新移民小说家的跨国婚恋书写所追寻的，正是这种超种族、超文化、超地域的人类和谐的真爱。

---

① ［德］恩斯特·卡西尔：《人论》，甘阳译，上海译文出版社，1985年，第90页。

美华女性言说之魅

林丹娅

文学是语言的艺术，以汉语写作为其本质特征的华文文学，必然蕴含母国文化元素与所在国之文化构成，从而拥有各具特色的文化图像。海外华文女性文学创作成规模效应，并产生较大影响的主要有两块，一为东南亚地区，一为北美、欧洲地区。以海外、华文与性别三大关键词为核心概念的海外女性文学，已然标出其有别于他的文学特质。而相对东南亚地区，欧美华人女性处于比自身传统强势得多的西方文化圈内，因此，文化差异的相吸与排斥并存，同化与反同化的现象共生，无论从早期的留学生到后来的新移民，华文写作既慰藉她们融入西方社会的焦虑心灵，又释放着对民族文化的顽强情结。近半个世纪多以来，美华女性文学以其一波续一波的领先写作浪潮，在琳琅满目的文学世界中表现得十分醒目抢眼。在传统话语与现代话语之间，在民族话语与西方话语之间，在男性话语与女性话语之间，思想与文化资源的丰富性与多样化，使美华女性文学的言说与行为特具世界性价值与意义。

首先是于20世纪五六十年代由中国台湾留美学生潮带动"留学生文学"的产生，成为美华文学兴起的一个重要标志。这批台湾留美学生有着大致相近的迁徙背景：从故土大陆迁至孤岛台湾，从同源同宗的台湾岛又飞往陌生地北美大陆。这一批人几乎都是在中国传统文化与古典文学的浸淫下长大的，几经离散后他们便完全置身于异己文化圈与社会圈中，一方面在心理上必然要承受着从身份到地位迅速边缘化的现实危机，一方面在现实中又必定要经受从文化到观念的强烈排异所造成的心理危机。独在异乡为异客的漂泊感，浓郁的文化乡愁，包括种族歧视、学业、就业、婚姻等问题在内的生存困境与精神感伤等，化为文学的形式与意象，成为他们的心理需求与精神补偿，形成其独特的现实感与美学况味，引起华人世界深刻的震撼与共鸣，产生重大影响。身置其间的美华女作家如於梨华、聂华苓、陈若曦等，更是以其独树一帜的创作，在留学生文学中脱颖而出。

　　於梨华，一个可谓代表了那个年代全程式留美生涯程序的台湾女性：她在获得米高梅文学创作奖与硕士学位后，与同为华人精英的一位物理学博士结缡并生儿育女，不仅在心灵深处体验了何谓文化的乡愁，更是在具体生活中体验了由文化差异带给他们的种种问题与危机。她以女性特有的对事物的敏感度与感受力，看问题的角度与表现力，将这一切付诸她的创作，如《又见棕榈 又见棕榈》中的男主人公牟天磊就是在传统文化的熏陶下长大，20世纪60年代随留学之风赴美，苦熬十年后虽然得到一纸博士文凭，找到一份工作，但却始终无法摆脱孤独与迷惘的心态，他既无法完全融入美国文化意识中去，把自己当美国人，又与日思夜念的故国亲友在交流上渐渐疏离；而《考验》更是直面他们这批人所构成的移民家庭的生存现实，於梨华成功地把中国传统性别文化图景置放在中西文化交锋的背景下描述，使其所揭示的华人精英们复杂的心理危机与生存困境，更显精辟与独到。在她的笔下，华人男女精英，不仅置身于由种族歧视所造成的边缘困境中，而且还置身于白人与华人共有的性别歧视所造成的双重边缘困境中。小说女主人公吴思羽，在留美校园里钓到高才生乐平后，便一洗铅华，关起门来做全职太太，最时髦的留美学生身份与传统女性角色定位观的结合，使吴思羽理所当然地扮演了这样的角色：她的留洋似乎只是为了能够更高级更体面地嫁为人妇。而她的留洋身份决定了她在婚姻中的分量与筹码，她对婚姻的期许与回报。当回报不能兑现，当期许总是落空，处于美国社会对华人定位与中国传统文化对性别角色定位双重困境中的夫妻俩，便内战频发。有一个细节很能说明这个问题：吴思羽因不满丈夫不成功而导致不满现状，开始外出结交包括白人在内的朋友，这使黄种人丈夫感到巨大的精神压力与心理压抑，大男子主义的传统情结与身份，在社会与家庭生活中同时遭遇双重边缘化而产生的焦虑，使他做出偷窥妻子内裤这样大失身份的举动，最后吴思羽愤而出走。

　　"出走"常常被当作女性反叛常规生活的开始，有意思的是，如果把吴思羽的出走与美国影片《克莱默夫妇》中乔安娜的出走做比较，便会看出二者的不同之处：二者同为中产阶级家庭主妇，乔安娜为寻找自我而出走，弃夫贵家和于不顾；吴思羽则是因实现不了夫贵妻荣的预期而导致对丈夫的失望而出走，於梨华的笔不仅刻画出文化乡愁中的无根一代，更是深层次地揭示了华人女性的精神危机，这也是作为女作家的於梨华，最能体现其女性创作特色与文学成就之所在。

聂华苓以20世纪60年代的《失去的金铃子》，20世纪70年代的《桑青与桃红》等长篇小说闻名于世。其代表作《桑青与桃红》，以同人异名的典型手法，宏观地展开对无根一代历史渊薮的叙写，表现被命运强加予的放逐与逃遁，不断地出走与不断地流离失所，以致身份错乱到难于自我确认，造成她们从文化角色到人格精神的分裂，造成她们无可归依的现实窘况。《千山外，水长流》的女主角莲子身上寄寓的也是海外华人暧昧难言的身份特征：他们是混血儿，在故国他们是客人，在居留国，他们是外国人，他们注定悬空在两种文化之间、两个时空中间，感受飘零的沧桑。聂华苓的女性视角特长之处在于，她将历史性的变迁轨迹落实在女性于父权社会中逃亡的经历，她不仅描述了各种变乱带给人们无奈的逃亡，更是揭示了女性对男权的依附在变乱中所呈现出的苦难形态，并以此象征化寓言化了逃亡者的生命形态与精神弱质。聂华苓加固了"无根一代"的文学意象，使之成为特定的语言符码。可见"留学生文学"之特质，就是被她们以极具代表性、典型性的个人体验与文学叙事体现到了极致，她们的小说被公认为"留学生文学"的开山之作，她们也以"无根一代的代言人"而蜚声文坛。

时间到了20世纪80年代，随着中国大陆的改革开放，留学海外成为大陆知识青年的一种可行性选择，而留学北美则成为首选，随之通过各种途径出洋并获得居留国移民身份之群体形成，"新移民文学"随之产生，带来华文文学创作的新景象，涌现出为华文世界读者所熟知的众多优秀女作家及其作品。与上一辈留美女作家相比，新移民女作家其心态与处境已大为不同。冷战结束使她们的去国不再有身世之痛，断根之哀；地理上的全球村概念与文化上的全球化，使他们在异国他乡少了许多漂泊感；个体主观上的进取与文化自信，消解了包括生存在内的许多压力感。扬东方文化之优势，打入美国主流文化与上层社会之中，成了他们敢有也敢做的野心与梦想。求知与冒险的积极心态，使他们对他文化的不适、隔膜乃至对抗被降低到最低程度与最短期限。反映在文学中，小说主题、题材、话语、格调便与前辈有所不同，查建英、周励、严歌苓、张翎等大陆赴北美女作家是最早写出新移民文学的代表性作家。

就严歌苓的《少女小渔》《扶桑》来说，无论是从取材到内容，从表现主题到精神气质都已非昔日"留学生文学"之风貌。如"少女小渔"用假结婚骗取绿卡，这项既违法又违心的勾当，是由在居留国没有身份的小渔与有身份者共同实施的，这种合谋实际上已把双方身份的差异性与强弱势奇妙地扯平了，在共同"平等"地身处于罪与法的负压日子中，小渔身上所具有的东方文明古国之传统的人情美，西方世界文化之理想的人性美得到展示。一面是底层边缘人的生存黑幕，一面是东方女性的人性证明，她的介入使异域生活和文化色彩都发生了微妙变化。这也是最早从新移民中提取"假结婚"现象做创作素材的陈若曦，在其名作《纸婚》中着力塑造的女性形象特征所在。当女主人公们在西方阴暗的生存黑幕之下仍发出人性之光时，女作家们的叙事意图一下变得十分明朗：在貌似卑贱的女性形象中，寄托的是东方古国的文化意象，隐喻的是来自遥远时空的人类文明的品质。作者在混淆了天堂与地狱、东方与西方的世俗界定后，又大胆混淆了叙事的主流与边缘、宏大与屑小的认知模式。

很久以来，在西方人心目中，殖民与被殖民的关系在性别文化政治学层面已被置换成男人与女人的关系，殖民统治与性别政治也已定性为西方殖民文化中的模式，成为西方中心视角下想象与虚构的产物，东女西男的模式深入人心。然而具有文化"间性"的新移民女性作家，在现代性的叙事方式中，在女性救赎生命与繁衍善良的历史书写中，一边肯定了西方世界文化之理想的人性美，并借此反思东方文化的积弊；一边又保持自己的独立品格颂扬东方文明自身的文化特性，并期待东方文化和西方文化彼此在相互体认和关照中都能够都有创造性的转化。她们着力于东方女性形象的塑造，借此标明自己的文化身份，释放自己的文化立场。她们一般都拥有多元文化下多国生活的经验，这也使她们拥有全球性的多角度视野，对事物的多方位观照与思考，既可游离自身传统的拘束，又可洞悉西方的偏见，在明显强势的西方中心主义面前，如何发掘东方文化的内涵，让中国文化以一种开放的姿势争取与世界的平等对话，获得自我认同，这是她们叙事中所蕴含的深层意图。由此东方女性的传统元素，被她们赋予了重构女性形象的魔力。她们试图借助对东方文化特质的发掘，对历史场景的重新想象，颠覆既往的文化关系与故事规则，改写既往的性别关系所像喻的文化关系模式，甚至表现那些在传统中失语的女性在历史上所发挥的作用，以期改变人们对女性形象的刻板印象及其存在价值的定位。

如吕红的《美国情人》讲述出身于中文系教育背景的女主人公芯，为了寻找自我，离家别夫，独身到美国闯荡，历经几番寒彻骨的磨砺与成长，最后获得全美少数族裔发展协会颁发的杰出贡献奖的故事。故事情节在前夫刘卫东和美国情人皮特之间进行，辅以芯的朋友蔷薇等人的故事。其与前夫的故事几乎是吕红短篇小说《不期而遇》中那个为了家庭放弃梦想的女人翻版，而与情人皮特的故事则瓦解了习见叙事里"中女西男"而"中女弱西男强"的"东方主义"结构，芯没有在"优秀"的西方男人那里寻求到东方女人的身份认同，这一位勇敢的"娜拉"最后凭自己在"少数族裔"那里找到了自己的位置。"既然我来了，我也是，也应该是主人。"女主人公以此观念改写了此前种种不适于自己的命运，获得主动权，建构了崭新的关系方式，从而完成对自己世界立场的"身份认同"。华文文学研究者公仲曾评价道："旧金山的吕红，是位很有抱负的作家，她的《美国情人》是一部很有探索精神的另类的情爱小说。它游走于梦幻和现实、国内和海外、东方和西方、情感和哲理、放逐和回归、迷失和寻觅之中，大量运用新感觉派的意识流、蒙太奇、时空闪回穿插的手法，简约、洗练又不乏浪漫想象力的语言，深刻地揭示了新移民生存状态的困苦艰难和人情人性的复杂变异。"

近些年以计算机工程硕士学位出身，在高科技公司任资深集成电路芯片设计师多年的刘谦的创作，则从美国朝阳主流行业人的生活中，深刻揭示了女性独特的人生观与价值观，如其长篇小说《爱在无爱的硅谷》，也是以"娜拉出走"的叙述模式，讲述了一个想要自我实现的现代女性为寻找有价值有意义的人生而离家出走，故事象征着对现代性"工具理性"带给当下世界的物质化、理性化、机器化的抗议。《望断南飞雁》中南雁的老公沛宁是典型的理工科博士，他辛苦做实验，在顶尖的杂志上发论文，获得俄勒冈大学的终身教授资格。当南雁追问他人生的意义时，他从生物学专业的角度判定：基因本来就是没有意义的，以"科学精神"为指导的现代性消除了生命的奥妙。很显然，两部小说的女主人公都是坚决不认同此类观点的，所以都选择了以出走来摒弃"中心"，从而建构起以自己为主体的人生。"娜拉们"的出走确实是女性自主性的彰显，但毫无疑问，这样的外壳下包裹着"对人生意义的执着叩问和追求"，走出去，飞起来既象征着女性得以从男权文化的压迫中脱身而出，也预示着对当下"丰裕的物质生活与贫瘠的精神状态"的尖锐责问。她们把"娜拉出走"的问题升华到人类普遍性的"意义"认同问题，这其实都是新移民女作家的超越二元对立思维的逻辑结果，陈谦在并不复杂的叙事结构中喷薄出极其强大的精神批判力量。

新移民女性言说偏重从民间视角、边缘的文化思想、人性的精神、女性的柔情和孩子的眼睛进入叙事，突显人的情欲挣扎、人性的张力和人存在的困境，表现出人物的"边缘"性、"阐述者"的无处不在、个体对公共权力的消解性或颠覆性、对"大历史"线条的弱化以及对"个人史诗"书写的重视等特征。她们笔下的人物，大多处在包括经济、政治、文化、种族、阶级及两性关系上的边缘，大都属于少数族群或弱势群体，是"边缘人的人生"，她们一方面用柔弱承受周遭施加于身上的重力，一面用坚韧向世人昭示令人敬畏的存在方式，以个体化的、私人化的方式在某种程度上消解了以西方文化中心或父权制中心为主要特征的社会主流意识。这与作者所具有的"西方／东方，男性／女性"序列下的双重边缘身份有关，通过对此类边缘人物及其处世方式的设计，也体现出她们试图通过边缘人行为来撼动主流文化的企图或期许。

此外，小说人物的跨国别跨文化特征，超越国界和种族差异的博爱精神和人文关怀，对多元文化和价值观念的肯定，对极端环境中人性的刻画，对女性命运的特别关注，对富有悲剧色彩的人生的展示，寻找与家族前辈女性的精神联系等，也是新移民女性写作所显示的。她们一方面侧重对历史的主观重述从而表达一种新的历史观，一方面也侧重对原乡文化与家族精神的认同，只是在认同中并不构成对异乡文化精神的否定和拒绝，而是把不同文化和价值观作为自己成长与成熟的共同资源。在前辈的感受中，乡愁是文化的乡愁，文化冲撞成为无根的证明。但在她们的表现里，冲撞常常是为了沟通与理解，寻求文化间的共融或共存。

另外值得特别注意的是，与上辈美华女性文学队伍相比，是美华新移民华文文学女性研究者、评论者的出现。她们常常有着多重身份，既是具体从业者又是作家，同时又是评论者研究者，或是文学组织者，或刊物主持者。前者如近年来学术活动十分活跃的陈瑞琳，后者如吕红，她接过前辈重担，把美华文学的重阵刊物《红杉林》主持得风生水起，并且将之反向推向大陆学院派的图书馆体系中，召唤起更多大陆学子对海外华文文学的关注与研究。如果能在此刊中更赋予海外第一手华文资料性信息功能的话，那此刊功能将更强大，于美华文学的发展与研究，功莫大焉。

概而言之，时空的社会性迁移，身份的多重性变化，文化背景的多元性，思想资源的丰富性与复杂性，与特具个性的性别感受、性别体验与性别视角的契合，带给美华女性言说的多方嬗变。它不仅表征着华文文学叙事的新指向与高度，也表明其创造力与活力。在东方文明与西方文化之间，在古典情结与现代认同之间，在传统观念与现实问题之间，在男性社会与女性自我之间，她们的文学言说颇具魅力：既昭示了自身存在的价值与意义，又为世界奉献出独具美学况味与精神品格的文学。

（原载《红杉林》2019年第2期）

生存困境中的人性展现

——评吕红的《美国情人》

吕周聚

从国内移民到国外，移民面临着文化冲突、身份焦虑和生存危机等一系列现实问题，这些问题是移民文学中永恒的主题。从这一角度来说，即使是今天的新移民文学，其思想也很难超越这些老问题。然而，吕红的长篇小说《美国情人》作为近年来新移民文学的重要收获，却表现出一种新的追求，即在叙述文化冲突、身份焦虑、生存危机的同时，着重对人性的思考，写出了复杂的人性，作品及其中的人物因此而具有了新意。作品中的女主人公芯是一个在国内已成家立业的女性，作品以其离家到美国的经历，表现其在新的环境中所面临的身份焦虑、物质困境和情感困境，以其与两个男人之间的情感纠葛为主线，以蔷薇、雯雯、妮娜等人的情感纠葛为副线，在复杂的人际关系中，展现出人性的复杂与变化，在生存的困境中，展现人性的负面。

一

许多中国人怀着美好的"美国梦"来到美国，"攻学位—求职—拿绿卡—养育孩子，第二代子女土生土长，地地道道的英语、良好的教育背景让他们顺顺当当地融入主流"，成了他们追求的目标。然而，真到了美国，他们却发现美国并不像他们所想象的那么美好，要想实现自己的美国梦，他们必须付出沉重的代价。

作为移民，来到一个陌生的国家，必然要面临着各种问题，其中最重要的问题首先是生存的压力。美国作为世界上最发达的资本主义国家之一，对移民有着巨大的诱惑力，同时，它对移民也有着苛刻的条件与限制。芯离开生活条件优裕的中国时已经成家立业，来到陌生的美国后，身份、角色都发生了根本性的变化。她不再是小有名气的记者，而是成了一个没有合法身份的"边缘人"，她必须尽快调整心态，适应新的生活环境。为了尽快地拿到绿卡，她不得不寄人篱下、忍声吞气，独自品尝人间的苦味。

为了养活自己，芯在一家报社找了一份编辑兼记者的工作，尽管她有认真的工作态度和不错的业务能力，但她拿到的报酬却非常有限，有时还被拖欠工资。为了保住饭碗，同时为了使自己在这一领域成名，她勤奋地工作，为此而与同事之间产生了矛盾与冲突，遭到同事的暗中报复。他们给她设置各种困难，谣言、匿名信、捕风捉影，使她举步维艰。芯曾为此感到苦恼与不平，同胞之间为何不能相互帮助？男士们为何要与小女子计较？然而，在一个机会匮乏、崇尚竞争的社会中，人与人之间的竞争必不可免，为此而带来的矛盾与冲突也就成了必然。有人将在美国的中国人喻为螃蟹，意为若一个中国人在美国出人头地，其他的中国人便会嫉妒他，千方百计地将他拉下来，使之与他们处在同样的社会地位。中国人的这一特性，在《美国情人》中的其他人物身上也有着具体的表现，无论是老拧、林浩，还是霎霎、妮娜，当涉及自己的切身利益时，这种本性就会表现得淋漓尽致。

实际上，自私并不仅是中国人的专利，而是所有人的本性。这种本性，在美国人身上也同样存在。林浩在做生意的过程中，被当作肥肉宰割，最后破产，被崇尚竞争的美国社会吃掉；皮特表面上看来非常绅士，善于关怀、体贴女性，但当遇到芯的身份问题、孩子问题时，他马上就变了一副嘴脸。作者借助琳的话来说明这一点："文化背景迥异却秉性相同的男人，不管平时怎么对你天花乱坠，海誓山盟，但危及自身利益或需求，就可能做出冷漠伤害之举。人性是自私的，最后的底线就是爱自己，怎么也不能伤害自己。"由此来看，无论是刘卫东的无情还是皮特的翻脸不认人，都不是芯的遇人不淑，而是人性使然。同样，林浩与蔷薇的分手，除了性格的因素，自私的人性也是一个必不可少的因素。

在竞争的过程中，人的自私的本能得到具体的展现，人性的复杂也得到集中的表现。当面对弱小者时，人身上便会表现出狼性；当面对强者时，人身上又会表现出羊性。于是，大鱼吃小鱼，小鱼吃虾，就成了动物生存的自然法则。

二

作品以女主人公芯与丈夫刘卫东、情人皮特之间的情感纠葛为主线来贯穿始终。如此看来，情感应该是作品表现的主要内容，其实不然。我们在感受到主人公情感世界的同时，也深切地感受到情感背后所蕴含的复杂人性。

何谓"人性"？古往今来的思想家、文学家对它有着不同的理解与阐释，这也正好说明了人性本身的复杂。相比较而言，周作人对人性的阐释更加合理。他在《人的文学》中对人性进行了具体分析，认为神性与兽性的合一便谓之人性，这一方面揭示出人性的双重性与复杂性，另一方面将人的动物性本能作为人性的有机构成部分，使文学作品表现人的动物欲望有了合法性与合理性。在《美国情人》中，作者对人物身上所具有的这种复杂性给予了集中的展现。

男女间的和谐相处，一方面自然须有美好的情感，另一方面亦少不了自然人性的因素，所谓的两性相吸，主要指的是人的动物本能的需求。这在作品中的男女人物形象身上都有具体的表现。

作品中的主人公都是中国女性，她们在性爱上比较含蓄，但这并不意味着她们没有欲望要求，只是她们表达欲望要求的方式不同而已。芯到美国之后，远离自己的丈夫，生理需求得不到满足，尽管她拒绝了老拧的求欢，但当她遇到外表潇洒的皮特时，终于挡不住诱惑，投向了皮特的怀抱。尽管作者对芯与皮特的交往进行了大量的叙述、铺垫，力求展现他们之间在精神、灵魂方面的相通之处，也极力地描绘她与皮特相交时的美妙感受，但她在皮特那里得到性的满足的同时，也对这种行为产生了质疑："女人男人如此疯狂甚至是自虐般地去做爱，是为了让心灵得到片刻的慰藉？还是为了忘记现实的烦恼？还是什么也不为，就为逃避孤独？"芯与皮特最后的分手、形同路人，已经对这些问题给予了充分的回答。作品中的其他女性，也以不同的方式来实现自己的欲望。蔷薇虽然对已有家庭的林浩颇多疑虑，但在林浩强大的攻势面前，终于倒向了他的怀抱，享受到了乡村男人的野性和与大自然融为一体的爱欲，被传统女性矜持、现实压力等压抑了的欲望得到释放与满足。妮娜因长得漂亮而成为男人们追逐的目标。她脚踏三只船，周旋于几个男人之间，通过男人获得金钱，解决自己的生活问题，并想通过男人拿到绿卡，最终解决身份问题。对她来说，性只是她实现个人目的的一个手段。霎霎因持商务签证来到美国，在美国成了黑身份，无法拿到绿卡，最后只能开一家按摩院，靠抚慰男人来得以生存。这些女性的遭际，说明了单身女人要想在美国生活、立足并获得合法身份，只有"先靠身体，再取身份，才能海阔天空，才能实现自己的梦想"。原始的身体，既是享受的本体，又是实现梦想的工具。

动物性的本能欲望在男性身上表现得更加直接、露骨。对男性而言，追逐性欲的享乐与满足好像是自然而又合理的事情。刘卫东在芯去美国之后找了一个情人住在一起，以满足自己的欲望要求。老拧是芯的朋友，在芯刚到美国时给予了她关照，然而，他的关照本身具有非常明确的目的性，即性的回报。在他看来，男女交往没有性就没有实质内容，为此，他对芯死缠硬磨，目的便是使芯成为自己的情人。林浩到美国后独自一人带着孩子们生活，因老婆没来美国，他身边缺少女人的慰藉，为此，他极力地追求蔷薇，并最终得到了蔷薇的身体。皮特在摆脱芯之后，又迅速找了一个女性。作者借用艾伦的话来表达对男性的评价，"全世界的男人都一样，都是狗"，形象地概括出男人的动物性与占有欲。在崇尚自由开放的美国，对本能欲望的放纵、追逐是自然而又合理的，但当人们一味地追求性的满足而忽视了人的精神层面的沟通时，人就愈来愈接近兽性而远离了神性，这样，人性也就是一种残缺的人性。因此，尽管芯追求的是灵肉的合一，但得到的却仅仅是肉欲的暂时满足和情感上的长久伤害。

三

人的本性究竟是善还是恶？对这一问题，中、西方文化有着不同的看法。在基督教看来，人是生而有罪的，这种原罪，来自人类的始祖亚当、夏娃不听上帝的劝告，在蛇的引诱之下偷吃禁果，因此，谎话就成了人类原罪的一个重要的构成部分，是人性负面的具体表现。在小说中，作者以芯与丈夫、情人之间的关系为主线，描写芯在婚姻、情感及日常工作中所遇到的谎言与欺骗，揭示出人与人之间的复杂关系。

在人生中，人们都在渴望有可以互相诉说、倾听自己内心话语的知己，寻找自己的另一半，希望能够得到一个互相理解、互相沟通的伴侣，然而，这一理想却很难变成生活现实。尽管在谈恋爱的过程中可以卿卿我我、海誓山盟，但当在现实生活中遇到利益冲突时，恩爱的夫妻也会反目成仇。芯与刘卫东结为夫妻，不能说他们之间没有感情，但这种感情随着时间的流逝变得越来越淡。在芯出国后，他们的婚姻面临着存亡的抉择。浩瀚的太平洋不仅阻隔了他们的身体接触，更隔膜了他们的心灵交流。虽然他们也通过越洋电话、通过电子邮件进行交流，但和谐的感情渐渐被猜疑所代替，吵架成了他们通话的主要内容。刘卫东的出轨、背弃成了芯离开他的理由，然而，芯在离婚前与皮特的来往对刘卫东而言何尝不是一种谎言与欺骗？离婚时，刘卫东撕去了原来温情脉脉的面纱，露出了其自私、无情的真面目，但在离婚之后，他又给芯来信诉说他对芯的怀念，其前后行为、言语之间的矛盾形成一种极妙的反讽效果。在芯的情感、婚姻生活出现困惑、裂缝时，她遇到了皮特。皮特的温柔体贴、幽默潇洒及其社会地位，对芯而言都是一种挡不住的诱惑，也就成了压垮其婚姻的最后一根稻草。皮特为了得到芯而竭尽全力，除了大献殷勤外，还声称自己已经离婚三年，只等着芯办完离婚就可与之一起生活。但当芯离了婚真的要和他结婚时，他却将芯视作生活的负担而改变了自己的主意，以自己与太太没离婚只是分居为借口来摆脱芯。这样，皮特对她的一切追求、体贴、信誓旦旦，都成了一场设计好的骗局。皮特虽然有知识有绅士风度，但这只是他迷人的外表，在本质上，他与其他的男人没有什么区别，即可以为达到自己的目的而撒谎欺骗，他在感情上是这样，在政治上又何尝不是如此？

人活在这个世界上，难免要与各种不同的人打交道，人与人之间往往存在着复杂的关系。在现实生活中，许多人为了达到自己的一些目的，不惜利用谎言进行欺骗。在工作中，当发生利害冲突时，人与人之间便会充满谎言与欺诈。芯在与同事相处的过程中，刚开始大家对她还加以照顾，但当芯渐渐适应环境、对他们的生存构成威胁时，他们便采取种种方式进行对她进行打击，向主管告状、造谣，成了他们的惯用伎俩。同事之间的尔虞我诈，成了一种真实的生存环境。

除了芯、刘卫东、皮特外，其他的人物诸如林浩、蔷薇、雯雯、妮娜、艾伦等也都在一定程度上说着谎话，进行着互相欺骗的勾当。人生如戏，每个人都戴着多重的假面具在人生的舞台上上演着变脸的戏法，诚如作者所言："是是非非，鬼鬼魅魅，哪是真相？哪是谎言？谁也说不清，一锅子搅入浑水。这个混浊混乱的世界就像个舞台，不停地上演各式各样的戏。不知道到底谁是演员？谁是导演？或者有时是导演，有时就是演员吧？若有兴趣，谁都可以涂脂抹粉装神弄鬼上去发挥，轰轰烈烈演绎出惊心动魄的正剧反剧和荒诞剧？"这种滑稽的演出是人性使然，其所呈现出来的自然也是复杂多变的人性。

　　《美国情人》是一部思想内涵丰富的作品，作者要表达且已表达出的思想很多，如文化冲突、女权主义等等，但对人性的表现是其中一个重要方面。应该说，通过情人、两性的关系来表现复杂的人性是一个非常好的视角，在灵与肉的冲突中来表现跨越文化的普遍人性，这将是对传统移民文学的突破。如果作者在写作过程中能够将要表达的思想系统化、完整化，将那些可有可无的东西去掉，选择运用更加合理的叙述方式，那么，作品对人性的思考与表现将更加独到、深刻。从整体上来看，作者对人性的思考与表现呈现出独到、新颖之处，从而使得这部作品摆脱了一般通俗情爱小说的模式，具有了严肃文学的特质。

（原载《世界华文文学论坛》2009年第2期）

生命之本，蝴蝶裂变，文学之质

——以吕红创作为例

宋晓英

　　海外华文女作家因经历各异、代际不同而人格相异，创作纷呈。她们坚守与决断的原因，是我穷究不解的一个难题。2014 年底的"首届中国新移民文学研讨会"给了我机缘。通过近距离观察、促膝访谈及把其文字细读了多遍，我做出了初步的判断。

　　在我看来，海外华文女作家秉承了20世纪 50 年代至 60 年代初期出生的中国女作家的理想主义、完美主义、人文情怀等，却不像严歌苓那样批判得尖刻，虹影那样追问得执拗，也不像李翊云、郭小橹那样决绝前卫，她们的文风与人格更多地体现为温情、亮丽与知性。她们也犹豫与彷徨，却有杜拉斯、西蒙娜·波伏娃、伍尔夫等的坚定，不再屈从于时代、社会、他人的压力。她们与传统并非截然对立，但其目标坚定、不畏辛苦，温文的面容与绰约的风姿遮掩不住一路向前的果断。较之于"向内转"的"新生代"女作家，她们的文学内蕴包含了外部世界的宏阔，也不排斥集体意识中"他我"，没有完全如引小路般"飘来飘去"的洒脱无羁与个性表达。应该说，她们的命运与社会的关系不再是随风飘逝、顺水漂流，但也不是逆流而行，而是一种"到中流击水"的状态。由于其"击水"时的自信与自为，方向明确，内心少纠结，两岸的风光尽收于眼底，文本中人文、社会与族群的内容更加丰富与深刻，不像某些女作家般在写作中基本把"自我"作为唯一的意象，把"女性命运"作为反复出现的主题。

　　我认为在以女性命运为关注点，以新移民漂泊寻梦为特色的海外女作家中，吕红的作品尤为深刻。因为她的写作最接近生命的"质"，有切肤之痛，其创作也因此更加接近于文学的"质"，超出了对命运的"记录"，达到了"心灵史"的深度。

看吕红其人，仙风瘦骨，白云出岫，天然去雕饰，清清爽爽的模样。通读其作品，却看到她的描述在生命图册上刻下的深重划痕，悟到这就是一种"质"，带枝蔓，少含闲杂，只有经历心灵的炼狱、生命的提纯、凤凰涅槃之后，方能够这般天高云淡，如水墨丹青。她不拘泥，随遇淡然，但我总在疑惑，她似乎还有一种放达与决绝，有一种"越唱越高，忽然拔了一个尖儿，像一线钢丝抛入天际"那样的感觉。这是从哪里来的呢？读完了其作品《美国情人》《尘缘》《午夜兰桂坊》《红颜沧桑》与《女人的白宫》，才得其三昧。

其一，吕红之笔锐气凌然，直达人性"本质"，祛魅与解构均有划时代意义。她落笔总是独辟蹊径，从浮躁生活的表面探入深处，写出精神的向度。较之于夫唱妇随、举家全迁的移民家庭，在海外华人界单打独斗、屡败屡战的独身女性可能不少，如吕红作品中的女主人公一样血拼到底、好勇斗狠永不言败者则为数不多。历程中所遭遇的阻碍，所悟到的善恶肯定比别人多，恰在于身为弱势，孤身独立，却敢于向男性主流霸权挑战，誓不投降。反映为其文风，我们就看到一支笔如冰冷的钢刃把人性的外衣一刀刀戳破。无论是世界视野中"Caucasia（高加索人）"之"白"马王子的"谦谦君子"貌，还是秦邦大汉自诩的豪迈情怀，还有港台"成功"人士的"精明果断"，层层的面纱都被她揭开，暴露出狭隘算计与虚伪自私。但吕红的深刻远超于性别、阶层、种族等方面的对立，她的客观在于详述了女人在埋怨遇人不淑时的借口，缺乏觉悟与自省；弱国之人在批评种族歧视的当口，也没有反观自己的内心，回视个体民族的褊狭。"在竞争的过程中，人的自私的本能得到具体的展现，人性的复杂也得到集中的表现。当面对弱小者时，人身上便会表现出狼性；当面对强者时，人身上又会表现出羊性。"吕红在论证单纯以道德量人、阶层分人都远远不够，只有把各种身份解构，将生活的原态细磨了碾碎了去看，才会显露出生命的真相。如果"芯儿"没到美国访学，"林浩"没到美国创业，生活还照着原样局限在"制度"的"磨道"中，背叛与遗弃、男情与女色、趋利与避害等人类本性也就不会暴露得如此彻底。行为与结局均不能单纯地归之于道德或命运，那是人性的本质，只不过因为历史的沉积、"文明"的虚饰暂时蒙蔽或掩饰了而已。

其二，吕红对美国"平等自由"虚象的揭示。她指出人们自A地至B地的迁移固然是艰难的，"归去"也同样不易。华人文学中原乡不再是故乡的主题被重复了多次，但具体到如何"不易"，如何"归去难"，目标如何的欲近不能，道路如何的折返与不可逆，因为许多"为己者讳""为尊者讳"等原因，大多一窝蜂地描述"成功的花"，适当暴露点悲壮，磨难与纠结都被简单化、概念化了。像吕红这般极力暴露"本质"与"原色"，表现撕去皮肉的万箭穿心、切肤之痛者，可谓非常少见。如移民中的华界婚姻，大家都贫贱夫妻百事哀，或夫妻临难鸟分离，见异思迁、随景移情是通常的情节，却少有人能够写出他们情感中的百般纠结、万般挣扎，空虚失落、两头不落地的心境。早在 2005 年的散文《美国梦寻》中，吕红便写出了华人男性知识分子情感历程中的复杂。有一些移民题材的作品给读者这样的误解：较之于白先勇的"孽子"与阎真的"高力伟"，少数民族知识女性作为新移民，在海外还是受到一定欢迎的，甚至是有一定优势的。且不说北美"满地是黄金"，一个职业女性只要勤勉能干，就能有所收获。勤恳的人早晚会遭遇知遇之恩，美人更会得遇良人，虽然纯情少女遇到白马王子、丽萃遇到达西的现象不太容易出现，但简·爱遇到又老又丑的"浪子"罗切斯特，还是极有可能的。这种种描述都让汉语读者简单地误认为北美是创造爱情奇迹的地方，从而忽略了北美社会的本质是"适者生存"。而吕红的作品揭示出了其中的种种生存厮杀及其"竞争"本性的残酷：一个文科生，在国外做访问学者的单身女人，在一群群"霸气十足"实则"外强中干"，同时"飞扬跋扈"的男人群里怎能轻易获胜？移民者空间本来就局促，"性别歧视""阶层歧视"中的倾轧如何避免？嫉贤妒能的状况怎能不出？比之于国内的争斗，还多出了"土生者"与"陌生者"，"先来"与"后到"，"暂栖"与"永居"，"寄宿"与"主人"等更多的复杂因素。"美人"与"绅士"的良缘梦碎，是否在根本上源于在情感上也许很投缘，但在实际上，他们之间还是缺乏平等等问题？杜拉斯写的"异国恋情"，均因为杜拉斯生在法国，是"白种人，上帝的骄子"，其间的难言之隐，骄傲的杜拉斯哪能获知？吕红道出了北美社会钢筋水泥般的"质"。即使在男欢女爱中，西方社会也表达着人人必须对自己负责，而不能把自我命运押在别人生命赌注中的铁律，这是西方资本体制与东方宗族社会截然不同的简单道理。夏洛蒂·勃朗特为什么让简·爱在拿到舅舅的遗产后才获得爱情？"阁楼上的疯女人"伯莎·梅森之所以理直气壮，岂不因为她本是属于"上等人"的阶层？简·爱的僭越与跨界，在她看来如此地不合情理、不守道德。还没有到美国就做上美国式"蝴蝶梦"的人，怎能想象到隔膜、仇恨与嫉妒的大火会如何烧毁"借居"的"家园"？这梦想的虚妄也许是必然的。

其三，很少有人能像吕红那般细描出涅槃与蝶变。华人作品大多写命运，一般是历经艰难后精诚团结并最终获得成功。成功来之不易但最终众志成城是一种写作通例，吕红却打破了这种写作模式。她进行了人性解剖与文化自剖，亲人的、爱人的亲近与疏离，有皮肉撕裂与蜻蜓点水之区别；情感的变化可谓百转愁肠，但恰因这千回百转，才能百炼成钢。刀子扎在心里的时候，起初冒的是血，后来就见到一道道白印，最后就麻木到刀口自合。在痛的过程中，血与肉有膨胀、破碎和收缩，心与胸的器官有钙化点吗？多年之后，再去看风雨情、霜刀路，脚下的罡风会怎样暄腾，天上的云朵会几层流转？无论是皮特还是刘卫东，吕红都没有像某些女作家一样把其妖魔化或恶俗化。林浩经历了移民是否"性难移"？皮特真的一如既往为"温文尔雅"的"绅士"？是否女主人公用理想主义有色眼光看的时候，林浩的朴拙才被视为缺乏精神的釉彩？刘卫东的患得患失小人气度是情势使然，还是"心机与谋略"所掩盖的物质主义与狭隘主义本就是他的天性？21世纪，球员转会、股市变盘、关系洗牌、风云变幻都是正常的，婚恋关系是否也可以用交换原则、经济法来阐释？如果现代"东方神女"还在幻想"遥远的他乡有一个知音知遇的他"，追求欲望表达与利益交换中的有情有义，是不是有点痴人说梦？"芯儿"遭遇了"皮特白"，恰如张爱玲之遭遇胡兰成，他们同样是"御用文人"。"白"马王子必然是风流倜傥的，男人被"御用"就证明着他的"犬儒性"，女人还想在这样的男人那里找到港湾，安全着陆，岂不是南辕北辙？张爱玲的"知心一个"变为"四美团圆"；"皮特白"如此热爱东方文化，腕子上再挽上一个"小野洋子"有什么可奇怪？心灵的交合酝酿过几何，像雾像风又像雨。终于雨过天晴，都过去了。总体上看，"女人本位"的立场也是不公正的，是一种有色眼镜；换一种"男人本位"去看，女人要讨面包讨房子又要讲求精神独立、人格高扬，这可能吗？刘卫东、皮特、林浩可怜之人必有可憎之处，"男神"的幻象打破，在爱情的炼狱与事业的磨难中，女主人公终于练就了自强的"质"，成为移民生活赠予她的精神本色与理想特质。

当然，并不是每一个移民者都会更刚强、更成功，移民生涯中青春早逝、才华暗淡、生命凋零、折戟沉沙者不在少数。吕红能"凤飞凰舞"，最终成为独立媒体人，学术成就与创作实绩斐然，在于她始终如一的"法拉奇"梦想不灭。正如她的女主人公无论历经怎样的磨难，意志也不消沉。人活着不就应该有这点精神吗？不然，亲族、朋友与敌手怎样看你？群体与异境中何谈独立？这种在乎与坚持，与服从于"集体意识"、挣扎难行的"50后"，强调内心感受的"70后"，放浪形骸的"80后"作家颇有区别。其小说主人公对电影、歌曲、浪漫故事的热爱只是外部表现，内心深处，一种"至少我们还有梦"的信念像一种精神咖啡，或者吗啡，早已成为她生命中不可或缺的元素。

《美国情人》中女主人公芯儿"就像是沙漠中生命力极旺盛的植物——仙人掌，或人们所形容的'有九条命的猫'。婚姻角力与职场厮杀中的独身女人想生存，要发展，都是九死一生的，也必将百炼成钢。

在遥远的异国，中国的一只勤奋的蚕钻出万年的窠臼，化身为轻盈的蝴蝶，嬗变为美丽的凤凰，其生命之树必然长青，这就是吕红。她对移民生涯本"质"与内核的揭示、"心灵史"般的穿透并大彻大悟，为海外华人文坛少有。

（原载《名作欣赏》2015年第16期）

行走在梦幻天际

——解析长篇小说《美国情人》

宋晓英

她是谁？

她叫"红"，生命应该是火，燃烧出绚丽的色彩，而不是一张软塌塌无色无味的灰白。

她叫"虹"，生命应该有暴风骤雨后的霓采，而不只应该是度日如年沉郁不舒的雾霾。

她叫"蔷薇"，怒放的花朵有暗香的馨清与花瓣繁复的独特魅力。但直立的芒刺是人格的本质，鉴赏者进来，施虐者一定被刺得钻心。

生命当如乘火车看风景。目的地是哪里实在不重要，一帖帖不同的景致才是最重要的，以至被吸引作风景中人。

生命当如溪水，不以小流而不疏，一定要潺潺地奔向大河，奔流入海，哪怕在遥远的闭塞的山隙，而不应该是一潭死水，被碧绿的苔藓遮蔽。

过去、现在与未来

如果再回到许多年前与你相遇的那座桥，过去、未来与当下或会幻化为三层翻卷的云霞：最上的一层浮泛着金边，人们会说我的未来前景无限；中间的一层激流快进，象征我当下的脚步匆匆；而最底的一堆暗物质，积郁成块，托住了上两层云霞。那就是我的过去，我过去的现实。

长篇小说《美国情人》揭示了人生的三重悖论：瞬间与永恒、宿与命、时空与生命。

开头，那个叫"虹"的女作家把生命视作许多的"瞬间"所凝聚的"永恒"。生命是必然的，但是有许多的"偶然"构成。生育我们的民族，养育我们的东方，重"机遇"，讲"人脉"，甚至承认"缘分"，却从来不强调"历险"，也就是抓住偶然。我们自小被教育要珍惜我们的仅有，强调"人生拥有三件宝，丑妻薄地破棉袄"。林冲为"三十万禁军教头"的职位忍辱，"父母在，不远游"，知足常乐，理想的光照曾照耀过我们的生活吗？现实是严酷的，但现实是可靠的。如果现实黑暗灰黄，我们就绝不承认闪电的瞬间所激照下的亮色空间是可能存在的。移民者是相信"偶然"的，即使前面有一千个倒下了，他或她也会"前仆后继"，因为，决不允许有这样的结局："冥冥之中，机遇与你擦肩而过，在你不经意的瞬间，在你还年轻的时候。"

宿与命说的是迁徙者的未来虽然有许多不测，但挣命的人也许得到好的归宿，而认命的人一定是被动挨打的。但挣命的人遭遇的太多，精神里逐渐有了虚无的意味，就如时间与生命的感喟中，年年岁岁花相似，新年满地的旧日历，在漂泊的女人眼里，是"苍白而不甘寂寞的灵魂"。

相信爱情，相信光明，相信云端的日子，可能是每一个人少年时思想的底色。但，能够一生不放弃这种"诗性"之光，并靠拼搏、靠韧性、靠聪慧，冲出既定的窠臼，挣出自己想要的人生的人，是极为少数的。

自小的教育是"天生我材必有用"，"天生丽质难自弃"。在我的印象里，她就是相信闪电所映照的空间是真实的空间的神女，是那个行走在理想的天空，那个在云中穿越的女神，那个大喊着"赐给我力量吧，我是希瑞！"的那个理想主义者。

一切是从自己的父族开始的，一部大家族兴衰史：疆场拼杀官场沉浮商场倾轧，大小运动中或走霉运者有之，坐直升机飞黄腾达者有之，一部分穷愁潦倒，一部分侥幸平安，但家族遗传的基因或根性，就是不服输、往前走、要生存，先把泪擦干，不到黄河心不死，一条道走到黑，不信走不到天明！

一切是从自己要进取、要学习开始的

一切是从俄亥俄雅典那个小城开始的。

家乡的声音说"你不属于那里"，小城的人似乎在问你"你打哪里来？你还要到哪里去？"看完了"西洋镜"，收拾行装的行为为什么有些踌躇？"你明天来上课吗？"教授问。"你有两次没来，总有人在问，为什么你不来听课了？"这是否意味着我真的与这里有星点的维系，至少有一两个人认为在某种程度上适应这里，属于这里？

"另一种生活"展示的首先是五光十色的诱惑，让人忽略了独处的寂寞。唱圣歌访老人国际节京剧秀这是虽然浮泛，但绝不死寂的日子。

这里的人尽是萍水相逢，这里的人却有道"人生何处不逢君"，相约相携，同是天涯沦落人。我人生的目的是什么呢？好像就是在路上的。

回忆那些"人生何处不相逢"的岁月，最心怀安慰的就是与自己一样的有这么多的人，"攻学位—求职—拿绿卡—公民身份"在青春与忙碌的人看来是如此稀松平常司空见惯，怎么就成了"叛国投敌""特立独行""癞蛤蟆想吃天鹅肉""你死在外面连收尸的人都不会有"了呢？说的女人像是高速公路上被碾死的野鸽子。那些挺不下来的人是有，"索死""博死"的人都有，但在这个五湖四海的学生密集的狭小的洗衣房里，这个汗气、脚臭蒸腾的公共浴室里，就是生命的气味儿、再生的精神冉冉腾起。幸好异国之行的起点在这里，一切都源于异国居留的起点是这里，才有了这个古国现代女人的再生之旅。纽约、旧金山、洛杉矶、休斯敦，那里的餐馆里不时有一群默默端盘子的年轻面孔。他们脸色昏黄，端的饭还不如客人自己家里做得好吃。但他们收的是小费，怀揣的是大希望。"物以类聚，人以群分"，我为什么不能是他们中的一人？！

看风景的人与风景中的人到底是不一样的。"如果你还活着，旧金山不会使你厌倦；如果你已经死了，旧金山会让你起死回生。"进入了这个城市，典型的移民之地，创造了寻梦者无数奇迹的地方，孕育了33位诺贝尔奖获得者的"梦之故乡"。你能获诺贝尔奖吗？美丽的姑娘。进入了美国的职场，其"弱肉强食、处处陷阱步步荆棘"的本来面目暴露无遗。在流动的大地上或一针之地，"临时校对""半职记者"，听到"三天两头都有一场骂战"，那种"高分贝噪音"吓得心脏哆嗦。离别故土难道不就是想离开这"噪音"吗？

人生而自由，为了这自由首先就要尝受极端的不自由。这种不"自由"与"异域"有关，每一个移民者都必然会遇到。在别人的领地，总归还是异类。

两性的第一个区别是男人女人的关系是不是"所属"的理解。真正的个人是独立的，人身上不存在"送"与"被送"的关系；真正的人的独立还在于信念的坚定，"全世界"的"指指戳戳"算得了什么？"指指戳戳"难道不是非光明正大的行为动作，一个人的强大，与别人对他的毁誉无关，与他的背景、支持率、庸众的吐沫有什么关系？

羊群行走靠头羊，群羊是盲目的，孤狼是独行的。两个人的裂痕，在迁移，在这次"闪电"行动的强光照耀下暴露了。一个首鼠两端、患得患失；一个勇敢无惧，赤脚也敢走天涯。不否认这人的忠诚、努力，纯良与温厚都是怯懦与依赖的体现。目标不同的伴侣们，牵牵绊绊中磨损掉多少的爱，牺牲了多久的岁月，丧失了多大的机会。男人的狡黠在于依赖群众的舆论，男人的本色出于对群羊的训诫：羊儿是离不开集体的，羊儿是没有翅膀的，有草的地方就是故乡，不幻想飞翔，不向往山那边、云那边的天空。但对有的人来说"在巴掌大的地方穷忙，一年到头对着那几张平庸丑陋的面孔，根本不知道天外有天，人外有人"，真是"白来世上走一遭！"有的族群的生存叫"活着"，有的叫"生活"，有的人的生活叫"日子"，有的人的生活叫"流光岁月"。"再也不能这样活！""世界很大，我想去看看"在21世纪的第二个十年，成为万众念诵的流行语，在几十年前，是每个人内心的隐秘的呼喊，但不能说出口。

"你给我稳住后方"的指令，女人也听了好多年。出于与男人一样的"群羊"一般的温顺性，出于对失去安全感的惧怕。

除了"群"性，人的家庭与个体的教养也不同。有人吃生命海鲜"有滋有味"，有人听音乐"三月不识肉味"。他得意的"圆滑"与她信仰的"坚守"不同，她在留与走，决绝与优柔中纠结扭曲得已经够长久。

"所有高尚的原则只不过是弱者借以支撑自己的拐杖"。理想对她就是"拐杖"，她仅有的是"梦想"，这对别人来说也许是虚妄的、无用的，对她来说，是呼吸视听的必需，是粮食。因为她是有尊严的。"群羊"在听了"指令"之后，仍受到训斥，遭到鞭打，在"鄙薄冷淡的目光"里了。人毕竟不是羊，人的心会痛，自尊会升扬，个人的命运不同。本来应该是永久的伴侣，"白天不懂夜的黑"的情形如果不断地加重，就会逐渐到达不可调和的地方。

女人走异域，留异地，开始了"在海滩上种花儿"的流年岁月。

但，"异境"中单打独斗的女人开始目睹着釉彩一层层剥落。

这个人称"金山"的地方也许的确有座"金山"，先是压在头上的。

最初的"刀光剪影"的日子，蜗居斗室的年华，斗蟑螂，战小人，确实不是你想要的日子，但我之坚守，不就在这一块澄澈的天空吗？幽暗的路灯下踩着自个儿的影子孑孑独行，茫然。

极端的环境、极大的考验，人才能够认得清自我的缺憾与潜力。首先，一个发展中国家象牙格子中的小资女性视野是比较狭隘的，没见过大的世面，自尊心过强，心理过于敏感。语言的优势不存在，体制不同，过往的经验用不上，连打字的输入法都不一样，自己的优势在哪里呢？仅有梦想、信念与意志力就够了吗？

但无知者无畏。就像越不会开车的人越觉得练车的经验新鲜有力，不谙世事的理想主义者自有对自己人格的"傲骄"："不就是两种结果吗？一种能留下，一种大不了打道回府"。反正现在是最坏的时候，还能坏到哪里去呢！

不计成本、不算得失是理想主义者的心理优势：抱着"体验生活"的心态往前走，就会"食苦不觉"。至少，对于一个"个体的人"，"无政府主义者"这里像一片"自由的乐土"。一个人的前半生固然是"闭塞狭隘"，但只要带着拥抱新生活，"世界，我来了！"的态度，不患得不患失，未来是属于积极热情的人儿的。云开日出、苦尽甘来的那一天是有的。

"金山"代表了物质的光芒，而不是精神的辉煌。丧失了族裔土地上"形而上"的职位，就丧失了"知识者"先驱与优越的地位，与"贩夫走卒"为伍，甚至自己也要"引车卖浆"。

"林浩"，他是这样一个"贩夫"。他身上的质朴、豪爽、忠诚、敦厚，行为中的仗义与情感上的澄澈在他做"官员"或"富商"时，那是一种儒雅大方，站在"金山街"林立的店铺中，朴拙就变成了不足，玉石有瑕，成了一颗"顽石"。

他敬业，事必躬亲，扑下身子干活；他忙乱，语言与市场规则都是他不熟悉的。这里所容纳的鱼龙混杂，蝇营狗苟也少不了多少。

有人说"移民"就是剥去树木的外皮，将枝干的疤痕完全暴露在外；也有人说"移民"就是揭破疤痕的外皮，将伤处裸露在风尘之中。没有了体制的保护，所有的短处与弱势都暴露出来，如果不自省、不检讨，不分析现实，不调查社会，没有学习的能力，但凭着一股笨拙与蛮力，是难免不跌跤的。教养与非教养，受教育与非教育，传统的民族向来注重"学而优则仕"，学习的主要目的不是为了修养，一旦不能"入仕"，那"书"就成了"输"，成了书呆子、书虫子等，"林浩"从来都没有想过，一个大的企业是靠运作统筹，一个在"异境"土地上讨生活的人要熟悉当地的法律与法规，任何一个事业都是要强调细节的，单纯勤勉诚实，甚至仗义，那还是农耕社会，至少是小商品社会粗疏、粗粝、粗略、粗率的一套吧。传统的酷耕苦作，或者简单地模仿商业规律，结果不就是"表面上看，营业额一直在上升，一直是盈利的"，可"刨掉广告与活动费用"实际上是不盈利的。因为这是长期的商业行为，而不是短期的习作啊。输赢各半，是正常的规律。要么技术领先，要么服务一流，要么产品稀缺。如果没有以上的硬件因素，想要脱颖而出就是非常艰难啊！

为什么这个有教养的女人要被你"包养"？你认为她在大学的工作无足轻重，"挣不了几个钱"，不如你的买卖重要？为什么你认为女人的话不能听，黑道上的人被你认为是朋友？为什么自己的娃就必须娇宠，父亲的幸福不重要，只有封建的小皇帝才这么认为吧。身处高度文明的社会，还是让自己的孩子与他人比财富，靠财富赢得女人的投怀送抱，是一种如此原始的思维！

无论任何社会，男人的自信真的只来自财富、实力、权势，而不来自人格与修养吗？异国恋人互相吸引的因素被忽略了，那就是"精神相惜"。受教育的白人尊重女性的本质是一种表现呢，还是本质呢？他们会尊重女性的爱好、意志、工作，尽管他更尊重自己的独立空间，不能让一个异国情人阻碍了自己前行的脚步，你不能增加他太多的负累，比如你的孩子。除了性别上的优势，疼爱弱者，保护花朵的本能，在趣味上，他有没有尊贵民族的心理优势呢？比如，他有没有说"微凉的气温对人体是最适宜的"，而忽略了东方女孩的体质？

"普通男人"与"文艺女人"之第二个区别是"白天不懂夜的黑"，精神永存与欲望有限是不能想通的。"林浩"与"老狩"都忘记了"鹰有时候飞得比鸡还要低"这个道理。这个陷入困境、孤弱无助的女人，如果不做你欲望的奴隶，就是一种简单的忘恩负义、不识好歹了吗？人类文明的进步就是教养的力量高于原始的欲望，就好像GDP是硬通货，而"恩格尔系数"（Engel's Coefficient）才是评价贫穷、温饱、小康、富裕的社会标尺吧。就性别关系的层次而言，欲、性、情、爱是分层细致或纠缠勾连，进退难舍与隐秘难言的。在世俗的理念里，就成了一个说下大天来，你是我的妻呀我是你的夫，饮食男女。一个把女人当作自己的"妻"的人固然是最负责任的，但一个把最基本的欲望当作最大需求且视作当然的人，无论男女，都是应该知耻的，就好像一个人无论如何冷暖自知，也不应该满足于吃饱穿暖。在困境中愈是降低了对自己人格要求的人，愈是缺乏冲出命运桎梏的精神力量。以己推人的男人总是认定女性也是欲望的动物，对自己不满意的原因在于推三阻四地渴盼着更大的那条鱼的出现。心眼太狭的男人等不及女人立住脚跟，患得患失地怕失去自己的"拥有"，"附属"于自己的这个女人。

两性的第三个区别是把"利与益"放在首位的人眼光会太窄，不去计算多年以后的前途命运。不去问"千里共婵娟"，心心相印、同甘共戚是一种什么样的境界，而是"可是我现在就想把你手儿牵"。不可否认，有距离的情爱不会维持长久，除了亲密的程度与频率，还有双方世界观人生观处世观变化，从而分道扬镳的潜在危险。可小说中夫妻分离的根本原因不在于"距离"，称前妻为"妻"后妻为"妾"的原因在于利益上双方是休戚与共，情感上难舍难分。恰因为"休戚与共"，所以男人帮助女人做了自己能够做到的一切，不惜"看够了各种嘴脸"，"受了不少的窝囊气"。男人的"度日如年，度日如年"的孤独深情可鉴。他欣赏这个女人。但欣赏一个人与理解一个人到底差多远？男人说得对，从有形的、可见的目标去看，既然有能力凭借两人的勇气与实力不难达到成功的目标。可能会超过从头来过的标准。但"有形的功利"与无形的、诗性的成功是两回事。两个人表面说的一样，事实上根本不一样，所以再多的纠缠也是鸡同鸭讲。以"功利""合算"去衡量一起的人不能够遭受损失。所以牺牲愈多，会怨气愈盛，就比如不爱子女的父母均会把孩子叫成"冤家"。男人为什么变得如此鸡毛蒜皮了呢？难道他以前不是鸡毛蒜皮地算得失的吗？他支持你的行为也是在"算得失"，只不过他认为你"玩大了"，要退出共同的游戏而已。又是裸露的疤痕与根系。即使没有女人贸然迁移的激进与决绝，他们的婚姻能走到尽头吗？任何机械的崩溃，螺丝的松动都不是一蹴而就的。怨念堆积，孤独中的人坚守的意志逐渐崩溃。

男人的怨念在于女人是一个愈行愈远的影子，女人的伤痛是前不着村后不着店的不安感。男人尚在顺利的环境里，她遭受的暗枪与明剑他知道吗？从来都没有互相理解与体恤，这"你就是我的夫，我就是你的妻"的男耕女织大戏早晚会有一天演不下去。人性是自私的，人生而孤独的。男人的"妾"已经入室，独行的女人暗自里舔着自己的伤痕。不是不能够离开这满是蟑螂的斗室，不是某一个晕黄的灯光的房子不是自己的家，而是"难自弃，难自弃"。

女人与男人的区别之四，她是独立思考的，而他是"随大流"的。女人对自己的一生，想要什么，不想要什么，什么能忍，什么不能忍，大体有答案。男人在多年后女儿来到美国后有没有幸运自己的前妻的"先见之明"，有没有把自己与后妻一起生的"娇儿"送出来读书？他知道自己要的是什么，他一直比这个女人平安、富裕，但他要的是人前的成功，人后的赞誉，他有没有想过自己到底想要什么呢？他想要自己的儿子与自己一样成功，比自己还要生活得更好，想到过把他塑造为与自己完全不同的人，自己的主人，而非在乎别人的眼光的独立的现代的人吗？

区别之五：他有自己大个子的外强中干，她有自己小人物的掷地是金。他的连篇累牍的话语这样循循善诱、苦口婆心，掩不住自己的心中没底。支撑她口干舌燥的、理屈词穷的辩解的是咬住青山不放松、不撞南墙不回头的，"再也不能这样活"的信念，是她行走的拐杖。男人的分析还是立足于现实，较为理性的，基于他从来没有那种一定要冲破命运的羁绊，再活一次的心理，"我也认为机会难得不要有机会不抓，但必是十拿九稳"。

"十拿九稳"是传统古国的思维，李·艾柯卡《自传》中专门论述过"虽然我们的确应该尽力收集相关资料并且尽可能做出准确的预测，但在一些关键的时刻我们必须凭信心做决定。如果决心下得太晚，对的决定也会变成错的"，"在第一线战斗，而不是躲在后方不停地修订战略"，"这个世界瞬息万变，它不会慢吞吞地等你去评估损失，有时你必须去碰运气，然后一边行动，一边修正错误"。女人豪气冲天与男人本位主义的审慎，任何事情都要算计得失是完全不同的类型——从传统古国出来的女人的勇气，竟比男人还要男人。

头顶一柄"悬剑，脚下随时踩着地雷：身份，是不是遥遥无期？是不是一旦失去了一份工作，工作签证就没了，签证上的日期如定时炸弹的倒时计。女人在这样的情形下还意志如坚，其耐力、韧性与决绝不可小觑。从这个角度说，将移民进行到底的人都是强人，以访问学者的身份留下的人都是超人，外轰内炸仍矢志不改的女人应该都是神人。

即使是出身于长江以南，也被称为"北方人"，有的族群如闽南人、潮汕人就如同犹太民族、印巴民族，身处异地仍然保持自己的凝聚力。可见只要有人群的地方，就有"异类"的划分与偏见。被打上标签就如被刻上"红字"，需要几倍努力才能够证明自己？

人总是向往"异域风情""异种生涯""另一种生命形态"，美其名曰"在路上"，却忘记了风霜刀剑刺骨风寒。而能够在此种情态下情怀不改、信念坚定的小女子，腰杆子需要多么硬，笔头子需要多么锐，擦泪的速度有多么快，行走的脚步有多么迅疾而坚定，是可敬可叹的。

信念就是那个看到了湛蓝的天空的井底之蛙如果跳出了枯井，还愿意回到这个温暖而安全的"深窝"吗？

这"刀光剪影"的日子，蜗居斗室的年华，斗蟑螂，战小人，确实不是你想要的日子，但人之坚守，不就在这一块澄澈的天空吗？幽暗的路灯下踩着自个儿的影子孑孑独行，茫然，但是果断。

有的人的目标就是温饱之后的小康，或清闲度日或瓶满砵足，有的人却离不开精神生活如"夏天的旋律"，所以才会向往、奔赴，或留在有"音乐"的地方。其实，就在你的来路，在你的本土，也是有"音乐"或酷爱"音乐"的人，或创造"音乐"的人的。但你的命运不曾与"音乐"捆绑，绑定的是一个"温饱"或"小康"为天为地的人，所以你一如既往地前行，几度徘徊也没有停下脚步。现在你终于可以一个人躲在斗室中听"音乐"了，这代价高吗？

"事业的路途荆棘丛生，有所寄托却又无可攀缘。"情感上挣脱了枷锁，获得了自由，仍渴盼归属。但这是另一种挣扎图存。遇得到知音，有多少不是"之侣"，弄不好"不是人家玩偶就是人家的佣人"，晚娘或是后母的资格也不是那样容易获得的，卓文君"当垆卖酒"已算是非常幸运。单身女人遇到的都是些什么人呢？婚姻状况不明不白，但还要哄着骗着你的人；情感生活中当断不断，但牵着挂着你的人；情到深处时山盟海誓，遇到各自儿女等切身利益就借口失踪的人。婚姻介绍所里走马灯一样换来换去的人，知音者何处？有些男人"孤寒"（吝啬）得要命，却还要摆出救世主的架势。屌丝男到处皆是，凤凰女独守孤寂。

世俗的标准你是待嫁或待价，而灵魂之星高照，还有那一帖帖麻省理工的问候，克拉克大学的问候，从来不图功利，从来不求回报。"青山在，人不老"，说的是尚年轻，盼有为的志气还没有完全泯灭吧。我坚守，因为在井底仰望蓝天；我坚守，因为在寒冬相信春天；我坚守，因为我稚嫩的翅膀尚渴望远飞，尚不愿蜕化为肉腿，不愿意摒弃了飞翔的期冀吧。

世界上当有另一类生命存在的方式，是这一个女子生命的追求中的重要的动机，所以这异国恋情，是自然天成的，她飞蛾扑火，就像在高速公路上开车要抓住虹霓那"令人心颤"的瞬间，就像无论在何地听到悦耳的琴声，一定要敲响演奏者的房门告诉他这里有一位知音。

尽管她深知这句话的睿智与理性"如果文化背景、地位悬殊太大，一切都是很难预测的"。爱情犹如彩虹，很可能是短暂的。但"真情投入是一次义无反顾的赌注"，她愿赌服输。不赌的人们都赢了吗？也未必。

许多的岁月过去了，这笔情债"不思量，最难忘"，代表了峥嵘岁月中对"异域""异境""异人"命运的最大的挑战，"我是希瑞"，谁奈我何？

情爱似水，是人类作为生物的血液的自然流动；爱情是升华，恋爱中的人力量与智慧会达及极致。《查特莱夫人的情人》将最壁垒森严的英国社会撕开了一个口子，1775年第二版《少年维特之烦恼》题诗：哪一位少年不曾钟情，哪一位少女不善怀春？情爱的规则有二：一是在气质上越是两相有异，就越具有吸引力；二是在精神上越是投契，就越是难舍。皮特与"芯"的情爱当属此类。

东方小资产阶级知识女性隐秘的内心深处，关于欲、性、情、爱的审美标范是否都是一个"佐罗"式金发碧眼的"王子"呢？由于中国文学传统的断裂，中国现代文化直接承继了"西洋"传统，欧美男性知识分子成为"启蒙者"。即使在《走出非洲》中也在让那个伊顿公学剑桥毕业的丹尼斯成为女主人公的导师。所以，恋父情结严重的中国小资产阶级知识分子将课本、电影与小说当作范本，寻找的梦中情人为温文尔雅的白人知识分子，是理所当然的。她们忽略了东方男性的追求拥有与西方男性追求自由的区别。不能说对方不是认真的，在这一个时期，对方就是在认认真真地恋爱。只要不忙，他就按时给你写信，你可以去他的办公室，他可以接你上下班。但，在这个漂移的时代，自由的国度，来一场风花雪月的恋爱非常容易，谁还会把枷锁自动地套在自己头上呢？在这个国度里盼爱情生根结果，应该与海滩上种树，水里头种花是一样的道理。

爱做梦的女子一向是"抱着体验生活"的心态经历人生的，朗月当空、月下相拥的日子自会记得，星空满天、穿越城市的行走如诗如梦。人生爱一场梦一场，"天空未留痕迹，鸟儿却已飞过"。白流苏说："我没有什么故事。你过的是故事，我过的是日子。"头顶悬着一柄命运之剑，如何轻松又如何潇洒？

无论是宗教还是族规，均以钢筋铁硬的藩篱规定着种种。但人的身躯，怎能被铁定的规则钉在四方的规矩之中。

爱情如是，创作也是如此。艺术特色，体现在结构上在语言上，"引子""虹"的海边奇遇是一个舒缓的波浪，唤起沧桑，时空感强烈。

"第一幕"，市长的继任选举是一个非常好的开端，一个展示人物的平台，人物冷眼旁观的"第三者"视角恰好描摹着每一个到场的人物，客观冷静，稍显讽喻，知道这一个人物出场，唤起如情似梦，刺痛了人物历经沧桑后虚无主义的麻木："几乎忘了，几乎忘了……"看到他熟稔的表演，感念着物是人非，他是因为曾经了自己的沧海，才变得这样圆滑与练达的呢？还是他根本就没把自己当作一片海，只是把自己当作一条同样的河，蹿来蹿去就像现在的走马灯一样的女人一样呢？

如果你害怕失败，那就会不断地丧失机遇，如果你害怕失恋，就忘记了聚散是人生的必然。谁能永远伴在你左右？岂能说同床就不做异梦？何人不是客？那深刻的思念，深深浅浅的影子，你能够永远割舍吗？我们的祖辈或能够割舍，但我们是追逐太阳的人，在教育中被灌输的是理想主义，无论是欧洲启蒙主义文学，还是马克思主义者的可能性的实现，无论是"人定胜天"，还是"敢把皇帝拉下马"，都是我们挣破命运缰绳的助力，是我们飞翔的翅膀。

你的"代价"不高，是因为你的后代可以听"音乐"了，你历经了如此多的磨难，仍然是"青山在，人不老"。从历史上去看，不看一时一事，如何代价，何其有偿，或许不在于获得诺贝尔或奥斯卡什么奖，但后人或许能在任其自由创造的天空去施展与实现绚丽多彩的宏愿！

（原载《女作家学刊》2020年第1辑）

女性文学：人性的复归与变异

——评吕红的两部中篇小说

黄曼君

女性文学以现实主义为主，又有着浪漫主义、现代主义以及后现代主义交织融合。在总体审美特征上，有着崇高、悲凉、焦虑、和谐等多重审美特征的并存互渗，加以文体形式上嬗变，各种文体实验、多种话语体系以及白话文作为文学语言所激活的生命力……这些特征共同铸造了20世纪文学主流突出而又形态多样的品格。

中篇小说《曾经火焰山》与《秋夜如水》为女作家吕红所写，前者以剧作家视角即第三人称"桑"进行叙事，后者以第一人称"我"进行叙事，而且两部作品的主人公都是女性，内容上也都显示出两个层次：既是妇女自我世界的开拓，有着男性作家写作妇女题材难以企及的美学优势，又超越妇女意识、妇女世界，拓出了妇女自我世界之外更为广阔的社会生活视野。正是借助这种既独特又开放的女性文学视界，作者表现鲜活的时代精神，透视人物丰富的心灵世界，捕捉时代大潮中生命深层的强劲律动，发挥了女性文学向人性深处掘进的独有特色。

《曾经火焰山》通过对知识分子命运与遭遇的反思，热切地呼唤着新的人文精神，其中包括理想、信念、崇高，九死其犹未悔的执着追求态度，科学理性与艺术自觉意识的恢复等。这是对以"文革"为代表的专制、蒙昧主义的冲击和解构，也是人性的复归与人文自觉的新建构。而这种新的人文自觉在作品中便集中地体现在桑这位从事电视剧本创作的女作家身上。因为她是新的人文精神的现实承担者，作品的艺术构思也是以她为中心轴而转动，正是借助桑的敏感、情感丰富，喜好幻想，神经质倾向等女性心理特征，勾勒历史风云，抒写悲欢离合，剔发现实弊端，展示理想抱负。

作品中中国与外国、历史与现在、内地与沿海、青年与老年等等的对比和反差，特别是科学与艺术的分野与联姻，不仅提供了一幅叫人忧目伤世又悲天悯人的画卷，增添了历史的沧桑感和悲剧感，而且鲜明地突出了激切追求真、善、美的崇高意识和执着精神。与理性精神和崇高美相一致，作品艺术上结构主义色彩较浓，笔触伸入古代神话原型意象，构思出"火焰山"总体象征性描写，加以艺术上对比手法多层次的充分运用，使作品在扩充容量、引发深思的同时也在结构体式上显得较为和谐完美。

如果说《曾经火焰山》是对专制、蒙昧主义的解构和在科学理性精神、新的人文意识上的建构；那么，《秋夜如水》则进一步对理性人文精神进行了剖析和消解，是由新的人的发现走向新的人的分裂，由理性走向非理性，由体现理想、崇高的大写的人走向感性、平凡小写的人，因而也是作者女性意识向生活深层的新的掘进。由西部旷野到南方都市，作品通过经济体制转型期的都市风景线和市场经济带来的正负复杂效应，展示出这个特定历史情景中人性的复杂和丰富。这一点在作品女主人公凌子身上体现得最为鲜明。作为一个最大限度地负载着女性生活和心理（包括潜意识）信息的人物，她面对的是商战的风云和人性的变异——人们既在竞争中显示出自主、自强、进取、冒险、敬业、守法的新的人格特征，又身不由己地在金钱万能、人欲横流中沉浮。这里，都市社会世纪末的幽灵在游荡：他们追求金钱又戏弄金钱，追逐爱情又躲避爱情，金钱万能、等价交换已撕去了爱情脉脉温情的面纱，精神和物质、道德和历史发生严重的失重和错位，在这种情势下，凌子来到这样一个光怪陆离的大都市——花都，她追寻纯真的爱情，做着绮丽的人性和谐的美梦，然而美梦只能导致破灭，而美梦破灭后的凌子自己也置身于商战中，以商务邂逅中偶发的情感代替地久天长的爱情。由此可见，这篇作品较之《曾经火焰山》是更深地切入工商型社会的底蕴，进入了现代人特别是商海中青年人心灵的深处。从审美特征看，与上一作品的阳刚崇高美不同，这一篇主要是阴柔的婉约美。与之相应，艺术上也主要不是结构主义，而显出解构的特征；都市霓虹般风景与内心情感碎片相糅合，变化多端、不可名状、难以界说的情绪体验和潜意识的流淌，加以不断变化的人称和叙事视角，都使小说显得扑朔迷离而又别具一格的细腻深刻。

凸显出当代女作家创作呈现出多元化发展，在文学观念、思想内涵、创作方法和艺术形式等方面，以现代化追求为旨归的主要品格特征，同时又吸收与融合了前现代传统文学思潮和后现代非理性文学思潮许多合理因素，而展示出主导倾向鲜明又开放多彩的面貌。

（原载《武汉晚报》1997年12月6日）

在权欲与真相之间穿梭

——评吕红小说《曝光》

公 仲

在吕红的短篇小说中，《曝光》有些特别，表现一拨天真烂漫的小丫头，如何置身于那个特殊年代的军旅背景中，命运跌宕，花果飘零。原本素朴单纯的女孩子，为了"向上爬"，不惜弄虚作假、相互倾轧。明里暗里那些争斗，堪与火爆在网络及银屏的后宫剧可比，虽非真枪实弹的战场，却也硝烟弥漫，充满残酷惨烈的诡异气息。

《曝光》那些天真可爱、蕙质兰心女兵如何身不由己卷入是非场域中。有的选择了逃避、出走；有的选择奔赴战场；或人性扭曲献出身体，以至干起非法勾当而身陷囹圄。触及人性思考的敏感处，弥补了某类题材的缺席与遮蔽。

透过对压抑扭曲的环境描写，同中求异，在命运对比中闪现出个性的光彩。剥落出女性迥异的遭际：或被专制强力捆绑，或被欺骗，或被命运捉弄……性格各异、遭际不同。

小说继承、借鉴了经典小说艺术技巧，从肖像、动作、语言、心理等方面塑造人物，用环境烘托的手法来营造气氛、表达思想与情感，生动活泼富有质感的描写俯拾皆是。比如"带兵的头儿好像有意让女兵出洋相，突发神经撒丫子大跑一阵，把女兵跑得嗓子冒烟，嗷嗷叫。又跛腿又捂肚子，被甩了八丈远。气得心直口快的晓冬乱骂：真够呛！你们男兵怎么尽欺负我们女兵啊？无产阶级感情上哪去了？啊？对待革命同志完全没有春天般的温暖嘛！跑怕了，偶尔个别女兵也耍赖偷懒，缩在暖被窝里偷偷享受一下千金难买的幸福光阴。但冷不丁就可能遇上院长清铺。小说表现手法娴熟，语言质朴凝练、意蕴丰富。幽默反讽，生动贴切，一波三折将人物形象刻画得鲜明而饱满。作家在作品中的艺术探索，是值得充分肯定的。

（原载《文心短篇小说精选2013》，九州出版社，2014年）

夏娃的坠落

——读吕红小说《绿墙中的夏娃》

聂　尔

　　《绿墙中的夏娃》写了一个漂亮女人堕落的故事。她叫成欣，她的美丽令人惊叹，她的性情与她的容貌同样美丽。她既是如此的一个尤物，不幸就必然会追逐她。她在那样一个时代里结婚，那个时代实在不能算作一个时代，那只是另一个狂热的时代拉长了的阴影而已。那个狂热的时代对女人的容貌的美丽是极端鄙视的。当这个漂亮的女人被生活偶然滞留在那个拉长了的阴影里时，她不可能搞清楚她所要求的幸福是什么，她甚至从未想到幸福二字——幸福是我们现在这个时代对个人和家庭生活的一种"规划"。她糊糊涂涂就结了婚，就像爱玛与包法利结婚一样。不过，爱玛拥有置她于死地的关于幸福生活的幻想和一个女人的虚荣，而成欣连这个也没有。她结婚时的空虚和懵懂超过了包法利夫人。这就更加令人同情。

　　生活在变化着。时代像人们说的车轮那样向前刚刚滚动了一下，婚姻、爱情、家庭，男人和女人的关系，就都变了样。个人幸福被新的时代所恩准，有关个人幸福的种种新奇和浅薄的幻想像突然出现在天空的鸟群一般到处飞翔着，鸣叫着。感谢龙恩浩荡吧！人们奔出大赦后的牢门，向那从未谋面的臆想中的幸福狂奔而去。这就是新的时代、新的生活、新的梦想。这是裹挟万物的奔腾的洪流，没有人能不受其"洗礼"。《绿墙中的夏娃》的主人公成欣正是从那个尾巴似的阴影走进了这样一种新生活。不应忘记她是一位美妇人。她是一位在书本里驰骋自己性情的美妇人（像包法利夫人一样）。像她这样一个人在进入新生活、大梦初醒之后，会如何表现呢？这正是小说所要写的，正是作者为她抱有复杂感情（也许怜香惜玉的情感占了主导地位）的主人公所设置的困境（人物应该身处困境之中，情节应从困境中展开，这样主人公或者抗争，或者毁灭，总之她必须面对自身命运作出选择；这是现代小说从传统中继承并加以变革的观念之一）。不过作者没有想把她所爱的主人公写成英雄，那位美丽的妇人的苦恼和困惑没有任何超凡脱俗之处。她是平常的，生动的，真实的。

一旦跌入相信幸福的人流之中，她必然会懊悔自己当年的懵懂。一旦知道有一个幸福存在，她自己的婚姻就必然是不幸的痛苦的。一旦意识到婚姻是难以摆脱的困境，那过去轻松迈出的一步就显出问题的极端严重性。

"为什么会这样快落入婚姻，就像走路不当心跌到脚下的窟窿里一样，在什么都不知道的时候无可挽回地走了这一步？成欣瞪大眼睛望着黑洞洞的天花板，一千遍一万遍地问自己。"这对婚姻的反思表面上陈述了一个已经发生过的事实，实际上却是一个充满怨愤的宣言：因为"不当心"，因为"什么都不知道"而"落入婚姻"，这就不是自己的责任，只是单方的契约，是命运的强加，因而是可以而且应当加以反抗的。这就为充满幻想的婚外恋情提供了最初的原因和动机。她丈夫"那张熟睡后显得越发平庸的脸"出现在她对蜜月旅行的回忆之中，这是在床上相爱首次成功后的丈夫的脸。一切都表明她陷身其中的是不幸的平庸的婚姻。其实在她结婚的那年头，平庸正是一种最高的美德，"实心眼的男人"为那些有福的女子所独享。她现在却再也不愿意承认这一点。她要为自己的爱情和幸福创造无可辩驳的内在的条件。她成功了，她毫不内疚地追逐婚外恋情。她是羔羊，任人宰杀，她必须出逃。

但是，因为对婚外恋情的绝对要求，她又一次失败了，又一次陷入了困境。这一次她归罪于男性的懦弱。她的爱情和幸福已经变得越来越清晰、明确、具体了：依赖和维系于男性的反应和行为。这是她走向绝望从而也是走向自由的第一步。一旦跨越这一步，她就将高翔于天空，游弋于大海，抛却家庭的小舟，睥睨男性的尊严。她也许最终没能迈出这一步，但她的确曾逗留在举足未定令人神魂飘离的瞬间，面对跪在她面前的求爱者。

她抱起膀子仰望天花板，嘲弄道："把你浑身的解数都使出来吧。"

那人灰溜溜自讨没趣。而她总是那句老话："曾经沧海难为水。"

她变得越来越美，越来越有风韵，越来越优雅。"她美丽的大眼睛闪动着奇异的光"，她"毫不在乎的半躺式的坐姿"，她安闲而略带放纵的神情，娇媚而玩世不恭的口吻，所有这一切都恣意又适度，构成了对男性的致命的魅惑力。她的指头只需微微一勾，就可以索取男人的一切——心和身体，而不只是爱情。她超过了她原先的梦想，她原先只是要求爱情，现在她可以要求一切，她自己则不需任何付出。实际上她也不可能付出任何东西。她变作了一个完全的空虚，剩下了一种致命的美，就像希腊神话中的海妖一样，她的飘荡在波涛深处的魅惑人的歌声，是为了毁灭远航者的雄心，并且索取他们的性命。

从懵懂无知到追求的奇遇，从反抗婚姻束缚到要求绝对爱情，从对幸福的希冀到绝望的深渊，成欣如此走完了她在《绿墙中的夏娃》中的人生。她以自己的方式经历了平庸人生和高峰体验。可是，她无论处身平庸人生，还是逗留在高峰体验的霞光之中，她都不是充分自觉的。她总是在辩解，总是在寻找理由，总是为假想的悲剧那匆促的节奏所催迫。我多想解去她身上的这一切负累，那样她将成为真正的海妖，成为至高的美，但那是不可能的，因为人间的法律无边无际，它不会允许海妖的复活。

小说中那位美丽的妇人因为空虚、寒冷和恐惧，企图返回到远离海妖的安全住所，即她一度想要逃离的家园。为了接纳这个叛逃者就必须作出相应的惩罚：小说结尾处，她银铛入狱了。在狱中，她流着眼泪表达了对法律的感激。

（原载《世界华文文学论坛》2011年第1期）

表达的超限与梦幻的间离

——旅美作家吕红中篇小说《漂移的冰川和花环》评析

邓菡彬

在电影《海上钢琴师》的开头，伴着故事讲述者低沉缓慢的调子，画面中一艘客轮的前甲板上人头攒动，然后，其中一个人眼睛睁大了，用不知带着何种乡音的英语高喊"America"，霎时人群沸腾了。也许他们望见了自由女神？或者是金门大桥？这一幕是一个缩影。新移民总是带着兴奋、狂喜和憧憬，踏上这块土地。"America"就像一句魔咒，让人在这一刹那，将过去的生活像丢弃一具自己的尸体那样当风扬其灰。不管前途是明或暗，总之，新的生活开始了。过去那些熟悉的东西，将要被扑面而来的各种新鲜（愉快的或者不愉快的）压倒。非但亚洲的移民如此。但也许尤以亚洲，特别是中国的移民感受为深。而又更以从中国大陆到来的、近几十年的新移民更深。

这种冲击或者压力，激发出巨大的表达欲望。这首先是大量的口头文学。无数的新移民故事，以一种最古老的方式口口相传。新移民的生活是繁忙的，也没有经过文学训练，但这并不能阻挡他们对自己生活故事的不断表达。这是人的一种本能。如果不表达，人就感觉被生活淹没了。我们需要对生活进行定义、解释、分析，从而掌握它。然后，终于有一批人，拿起笔，预备让他们的故事不朽。他们原来或多或少受过一些艺术训练，但是与祖国的文学创作氛围相对隔绝，又忙于生活，常常久疏战阵，手头可以利用的文学武器，不见得比那些口头文学的作者更多或者更新，却硬是顽强不懈地打出一片天地。其中的佼佼者之一，便是本文传主、《红杉林》主编、旅居旧金山的华人作家吕红。

她的作品很多，风格多变，但大都有一种相同的内在气质。这种气质，承续了

20世纪30年代上海"新感觉派"写作之未完成的探索，又汲取了女性文学和海外文学的丰厚营养，即使放到整个当代汉语写作之中，也是相当独特的。本文就以其小说《漂移的冰川和花环》为中心，试与读者共赏之。

一、表达的超限

读吕红的小说，常让人觉得目不暇接，信息量之密集，几乎要破纸而出，直塞君面。除了个体情绪的纠结之外，大到政界风云、商海波诡、新老移民的倾轧、法律事务的繁难、华人侨社的古今、族裔之间的近疏，小到一花一景，一粥一饭，凡有涉海外生活的新鲜经验，都不被作者轻易放过。她并不准备写史诗，所有这些材料，总是缘着小说人物的生活和情绪涌现出来。但这些材料，又显然具有自己的独立性。海外作家强烈的表达欲望，在吕红这里格外彰显。甚至让人感觉，作者写下来的仅仅只是冰山一角。而且就像王小波那句煽情语录，"我要把一辈子当作一百辈子来活"，作者笔下这一角，也让人强烈感觉到是竭力在其有限的时间长度里要多活几世。以一当十，画一管之斑而可见全豹。最初我想到的是"过载"这个词。不是"超载"。超载是贬义，不合规矩，要被开罚单。但"过载"呢？在我的想象中，就好比旧金山这座山城里丁零当啷驶去的古老的有轨电车，常常连车身外的踏板上也站着不少人，手握栏柱，半悬在外，随电车上坡下坡而起落。奇怪的是，看到这幅情景时，很难想起"超载"这种充满刻板生硬的现代法律气息的词汇，反而会觉得有种美感，温暖的，有些古典气息。吕红小说里充溢的信息量，常常就给人这种感觉。

但是"过载"不能显示出那些没能搭上车的人。而她的小说实际上是要让那些坐上车的人替更多没坐上车的人把车给坐了。就像巴金名著《家》中之三弟觉慧，他一个人背叛家庭，是替包括大哥觉新在内的很多人来背叛，来远走。就像言情小说里那句套语"你要替我好好活着"。因此我不得不几乎生造一个词：超限。吕红小说的妙处和不足，常常都在"超限"的问题上纽结着。由着一股表达的冲动向前疾进，有时正好充分利用"超限"的优势，健步如飞而姿态优美，有时却不免因为太急切而有点踉跄了。

《漂移的冰川和花环》正是充分发挥了"超限"的优势。它们的节奏稍稍舒缓，所写的时间跨度也较长，但仍然是在不同的生活层面上反复穿插，左右开弓，力量绷得很足。而究其成功的关键，是几个主要人物的心态都把握得很准很细，因此，所有生活场景的展开或者转述，都紧扣人物情绪，没有流于简单铺陈。

很多女作家的小说，常常是写自己很趁手，写别人难下笔，因此很容易遇到难以打开社会视野的问题。吕红则恰恰相反。在《漂移的冰川和花环》中，三个男性人物写得甚至比女主人公还要入木三分，使得大量的社会人生酸甜百态顺畅地涌入小说。

开篇写丈夫大刘在美国的最后一夜，可谓神来之笔。比很多同类小说写主人公到异国的第一天，情绪层次丰富得多。女主人公芯来美国时间并不长，但毕竟不是刚下飞机，而且她还将在这里待很久；大刘在美国已经待了一段时间了，但他马上就要离开，将妻子一个人留在这里。两个如此亲近但此刻心情如此不同的人一起在万圣节的旧金山"观西洋景儿"，就比写一个人逛街，更能容纳信息。所以，虽然作者从市政府广场写到百老汇红灯区，又到中国城的电影院和公寓，一段又一段，读者却并未逃走，而是紧跟着作者的笔触，把眼睛贴近这小小的万花筒，得以想象一个更庞大的世界。因情绪之丰富逼真，故能抓人。

大刘这个人物一下子立起来了，后面再写牵扯到故国的很多事情，比如旁人以为"她"是到美国发洋财，等等，都可以通过大刘来写。这就比单纯地写这些世态要好。不散。就好像写"她"在美国的打拼，也是在与老拧这个人物的情绪张力之中来写的。老拧是已经在美国混得不错的老华侨，树大根深，当"她"初到之时，帮"她"积极奔走谋到工作，但是后来百般追求不利，甚至要陷害中伤，把"她"干得好好地工作给搞掉。这就比单纯写事业的打拼更好。

"超限"是一种威力很大，但却不那么容易使用的文学武器。一旦人物情绪拿捏得不够准确，就很容易导致生活场景的转换勾连不上，进而使巨大的信息量"溢出"于小说之外。就像一片过饱和的云，不再能飘飞于蓝天，却变成天空容纳不了的雨水降落下来。在吕红的某些小说中，也有这样的问题。但从《漂移的冰川和花环》来看，作者显然是有能力掌控这一手法的。而且，作者的文学风格正是由此奠定，她不可能也无其必要退回一种更传统也更稳妥的文学策略上去。

"超限"的精要，仍然跳不出古往今来的美学基本准则之一：以少胜多。但区别在于，古典美学可以求助于绝对意义上的"少"，而"超限"所代表的现代美学，则只可能是相对意义上的"少"——它的"少"相对于那种从容不迫闲散淡定的古典作品而言，已经是"多"，是纷繁缠绕，是五色百味。现代生活节奏的变化，尤其是新移民生活的特点，和吕红小说的直面生活的诉求，决定了古典的"言有尽而意无穷"只能变身为"超限"。以多写更多。

可以看出，吕红的小说颇似现代文学史上"新感觉派"《夜总会里的五个人》等名作的风格气派，但又更细腻，不生硬。当年"新感觉派"已经在尝试这条从古典转向现代的道路。上海滩的庞大生活世界，催生了这枚小花，但它终究敌不过历史的风云变幻，救亡不仅压倒启蒙，也压倒了新的文学感觉。如今，传统的现实主义已经越来越被发现不太能处理复杂的现代生活，总是简化现实，于是，对现实的整体把握已经幻为南柯一梦，写实作为一种文学潮流，衰落了。但我们又有可能淹没在这广大的细小繁复的现实之中。既然不再可以求救于对那些曾经流行的整体概括（比方说，用奴隶社会等五种社会发展阶段，来概括我们了解和感知的历史和现实），这时就难免会祭起"抒情"这件永不衰老的文学法宝，用梦幻来对现实进行补光。从吕红的小说，我们也能看到这种特点。

二、梦幻的间离

"间离"是德国大文豪布莱希特的一个戏剧理论术语。布莱希特对当时西方流行的现实主义戏剧颇感不满，他在莫斯科惊喜地发现梅兰芳表演的京剧之美学追求要远远大于现实表达的冲动，演员永远意识到自己是在进行艺术创造，而没有一味沉溺在他所表演的情境中。布莱希特将之归纳为"间离"。按照我的理解，这是一种艺术自觉对生活的自发表达冲动的超越。

吕红小说的野心，也体现在这种艺术自觉上。面对自己掌握的大量写作素材，她没有像很多当代文学作家那样，单靠贩卖生活经历吸引读者（不可否认，在当代文学的范畴内，这种写作也是不乏市场的），而总在试图用自己的精神求索来熔炼这些素材。

吕红在去美之前，就已经是武汉作协的签约作家，写有在那个时代就颇为成熟的作品。移居美国之后，她的写法一直在变，终于寻找到更具表现力的文学武器，形成了一种独具特色的破碎叙述。女作家的敏感细腻和词句的跳跃融为一体，并营造出一种梦幻色彩。善用文学来造梦的作家不少，但假如没有扎实的写实底子，文学很容易沦为单纯的造梦器。吕红小说恰好是二者的结合，梦幻成为现实的一种折射。

《漂移的冰川与花环》也是较为典型的例子之一。女主人公芯的故事虽然写实，但是被切割为许多叙述的碎片；用来完成这一切割的，是超拔于故事讲述之外的极具人文主义和强烈梦幻色彩的主人公抒情，它与故事本身形成一种间离的互视效果。精神固守于一方净土，所抵达的生活现场却愈行愈远。尤其在小说的结尾，"花环"所象征的美丽梦幻显衬出生活的琐屑、无奈、庸常。梦幻的间离让人对生活唏嘘不已。

与在中国国内的人们一般想象的不同，移民美国的生活，往往并没有那么"异邦"。甚至常常让人感觉，是从一个中国移民到了另一个中国。因为整天打交道的，往往还都是华人。那些熟悉的算计、委琐、粗俗、死要面子，所有那些以为随着一声"American"的呼号就会随风而去化作往事的东西，仍然如影随形挥之不去。他们或者是像大刘那样身在中国而持续发生着影响，或者是像老拧那样的早就熟悉了美国因而控制欲重新健全起来的移民，这些人物勾勒出一个典型的新移民文学女性形象的生活坐标。

她跑不出这个坐标系。在由《漂移的冰川与花环》等几个中篇扩写而成的长篇小说《美国情人》中，是靠美国情人皮特的出场来打破这个坐标系，但反而稍显勉强。不如《漂移的冰川与花环》之中，梦幻的间离是靠主人公内在的情绪波动连缀。比如这一段：

> 依旧是回到幽暗的小屋。没有开灯，她无意识地按动电视遥控器。屏幕上迅即闪动的是一张张怪脸，莫名其妙地不能解读。急促怪诞的伴奏音乐引出屏幕画面不断地变动、闪现，城市在路轨交错中迷茫地延伸，男人女人疯狂舞蹈的脚。变幻莫测的舞步，在幽暗模糊的背景里。一个女人完美的脸。惨白的神色。伤感的片段。落雨。

这是在芯遭受异乡生存危机、故土男人"抄家"、后院起火及情感幻灭等一连串现实轰然打击之后，几段情绪描写中的一段。在《漂移的冰川和花环》中独具特色的破碎叙述可谓俯拾皆是。有的作者之抒情，由于缺乏梦幻与现实的充分呼应，难免跌进程式化的抒情之中，看上去很华丽，其实并不及物，停留在字面的自我膨胀之中；真正的情绪场景反被层层包裹封闭起来，不再是一个可以进入的场地，而只是一个供凭吊的墓穴。但《漂移的冰川与花环》的抒情都建立在扎实的写实之上，现实感和艺术感因而同时生长。

> 芯面对着黄昏的窗口，远处云雾苍茫，海面波涛滚滚，潮起潮落。海岸线无边无际。彼岸，有她失落的青春。记得谁说过，恨是一种未完结的爱。或许吧，不然怎会藕断丝连呢？孔子曰："爱之欲其生，恶之欲其死；既欲其生，又欲其死，是惑也。"从前夫一封接一封十几页的长篇大论来看，不可谓之不爱。譬如，"十几年来你已经成为我的一部分"（夏娃变成亚当身上的肋骨？）……这个男人的心态，实在是复杂得难以理喻！

结尾写前夫大刘在彼岸的频频来信和芯跌宕起伏的心理活动，将两个不同性别人物的观念心态，甚至所处的社会位置和生存环境，以少胜多地带来。尤其是男女典型刻画血肉丰满，跃然纸上。

> 除夕之夜，旧金山中国城酒楼正举行一场盛大的餐舞晚会。人们边吃边喝边跳，伦巴、恰恰、探戈、华尔兹舞曲一支接一支。觥筹交错、笑语喧哗、温馨洋溢。蓦然，她的目光被灯火阑珊处幽暗一隅的男女所吸引……不经意想起了遥远的上个世纪末，火热夏天的晚上。此刻，新年的钟声已敲响。人们欢呼雀跃，砰地打开香槟酒，相互举杯，狂欢起来，随之即鱼儿般地跃入舞池，跳到高潮，一群群一串串相互拉起手搭起肩膀形成一个个大圈圈。不知何时，尘缘往事尽抛九霄云外。汇入缤纷的人海，她脖颈也不知被谁挂了一个蓝色花环，似乎象征着美丽新生……

那除夕最后一夜，对女主人公来说，是结束还是开始？是遗忘还是超越？是凋残还是盛放？任由读者自去想象、去解读了。

当然，"间离"就跟"超限"一样，是精密装置，很容易受到过分拉伸而失去弹性。吕红也未尝没有在某些作品中越过这个限度。但她的海外女性系列小说，确乎是"从心所欲而不逾矩"的——这种以若明若暗的感觉化叙述、细致精确的心理探幽、潜意识本能的开掘，再加上庞大的信息量，自觉不自觉地为读者展示了一个全新而复杂的世界，以及人在理性与非理性的冲撞中的焦虑、迷惘与纷乱。

从文学史的角度而言，它与"新感觉派"相似，突破了传统的行动描写，而大量采用感觉主义、意识流、蒙太奇等手法作一种"感觉外化"的尝试，而且使感觉的碎片和生活的纷繁同时喷薄而出，为现代汉语写作的另一种可能提供了探索的范例。

这种写作方式，恰如新大陆的移民，迷失于东西方文化的碰撞、异国他乡的光怪陆离、病态的繁华和尘世的喧嚣。由于其模糊的身份定位和切入都市叙事视角和审美差异，作品所展示的新旧斑驳景观，在现代主义精神一脉相连的基础上又表现出鲜明的叙事特色。

当代作家当中，能形成自己风格的固然不少，能一直同时怀有对现代生活的强烈表达欲望和对艺术的探索精神的，却并不多。而时势也正在期待一种新的文学展现更大的活力。而这篇小说，不仅引起我们的希望：或许，当年"新感觉派"未竟的事业，会由海外作家率先完成？

（原载《名作欣赏》2008年第5期）

《美国情人》的非爱情因素

丰　云

新移民文学中以女作者居多，乃是不争的事实。女性特质和现实的生活状态决定了她们有意无意地远离政治、远离经济，而时常围绕着情爱与婚姻主题徘徊。于是，在新移民文学中出现了很多面目相似的作品——《曼哈顿的中国女人》《拉斯维加斯的中国女人》《洛杉矶的中国女人》《纽约情人》《哈佛情人》《美国情人》等等。在各种"情人""女人"中，我们阅读了太多异域爱情的浪漫和跨国婚变的残酷。尽管爱情是长盛不衰的书写主题，我们永远无法躲避和拒绝每个时代的爱情故事，但就新移民文学而言，我们总是期望这些爱情小说能够承载一些与移民生活相关的非爱情元素，否则其作为新移民小说的独特性就难以呈现。毕竟，爱情随处皆可发生，婚变也是现代生活常态。爱情并不会仅仅由于发生地的不同而更具价值。新移民文学必须为自己确立一个独有的文学姿态和文学位置。

吕红的《美国情人》在题目和故事框架上显然没能逃脱新移民女性作家的写作惯性，它诉说的依然是华人新移民女性在异域的爱情追寻以及生存挣扎。但与其他的"情人"有所不同的是，作者的视线没有单纯集中于爱情的一波三折，而是在叙说情爱纠葛的同时，透过美国华文报刊这个特殊渠道，向读者展现了美国华人社区政治生活的斑斓生态。故事开端于一个政要云集的大型派对中，华裔州长候选人、白人市长候选人、地区检察官候选人、助选的华人社团领袖、市政府的官员在第一时间纷纷登场，为女主人公之一芯的美国爱情铺展出一个与众不同的场景。作为旧金山湾区华文报纸记者的芯，其主要的日常活动就是采访华人社区的各种政治、经济集会和专访政要名流。于是，在芯的生存挣扎和爱情波折的间隙之中，读者伴随着她的匆忙脚步，也渐次瞥见了旧金山华裔族群的诸多政治生活片段。德高望重的侨领、经济实力雄厚的专业精英，在种族主义、男权社会的挤压中顽强拼搏、机智周旋的华裔女议员，为了华裔族群的选票和捐款而不遗余力的白人政客等各色人等纷纷现诸作者的笔下。中华文化中心、华商总会、市政府、市议会等旧金山代表性的政治场所，侨界精英为自己支持的政客筹款的派对、候选政客的各种形式的助选造势大会等最体现选举政治的场景，交错地闪现在主人公芯的爱情波澜之中，成为独具特色的背景。这些面目各异的政治人物和频繁变换的政治场景连缀在一起，为读者勾勒出一幅美国地方选举政治运行的简约图景。而芯的"美国情人"皮特正是律师出身的政客，现任市长的助手，两人的恋情也就更加不可避免地与地方政治铰接在一起。于是，美国选举政治的独特背景设置，使得几段本来并无出奇之处的异域情感故事呈现出一种与众不同的色彩，也使这部作品最终没有淹没在大量的"情人"叙事之中。

华人移居美国的历史已有百余年，而旧金山是华人在美国最早的落脚地，目前也是美国最大的华人聚集区域之一。华人移民群体由于文化传统、生存压力以及历史上所受的排挤等因素，长期以来倾向于独善其身、积聚财富、远离政治，被称为"沉默的模范种族"，"经济上的巨人，政治上的侏儒"。但近些年，随着移民数量的快速增加，尤其是中国经济崛起后所带来的民族自信的加强，这一状况正在得到改变。一方面，华裔族群作为旧金山人口数量较大的移民群体之一，越来越为历届政客所重视，是候选政客不遗余力争取的选票源。名目繁多的拜票活动，使得华人族群身不由己地直接卷入到地方的政治活动之中。另一方面，华人侨领和各种华人社团也越来越认识到参与所在国政治活动对族群发展的重要性，因而积极地助选对华裔族群友好的政客。而华裔本身也已经开始更积极参与到政治角逐之中，各级各类政府、议会、司法机构中都已经出现了华裔面孔，其中女性参政者为数不少。在《美国硅谷60女性经典》①这本书中，我们就可以看到美国国会首位华裔女性众议员赵美心、美国首位华人女部长赵小兰、加州众议员马世云、加州核桃市首位华裔女市长王秀兰、美国第一个华裔女法官郭丽莲等诸多涉足政坛的华裔女性。《美国情人》中的那位深谙两种文化的差异、并在其间游刃有余的华裔女议员显然是这些叱咤美国政坛的杰出华人女性的一个缩影。

改革开放至今，美国一直是中国最主要的移民去向国。随着美国移民政策的

---

① 唐春敏、明瑛编著：《美国硅谷60女性经典》，中国妇女出版社，2009年。

变化，在美国入籍的华人人数呈现不断攀升的趋势。在这个多元文化、民族熔炉与种族歧视并存的移民国度，华裔族群政治地位的确立和平等权利的维护，直接关系到整个族群在移居地的生存和发展。华人移民作为少数族裔，如何参与到移居国家的政治生活之中，是他们移民生活中极为重要的内容。因此，作为以记录华人移民群体的移居生活为己任的新移民文学，自然有义务书写这一重要的章节。但遗憾的是，除了树明的《漩涡》①外，我们至今极少见到表现这一主题的新移民文学作品。因此，吕红的《美国情人》也就成为新移民文学中涉及这一领域为数不多的作品之一，有其不可忽视的价值。

同时，由于作者本人多年在美国的华文媒体中打拼，对这一领域的运作和从业人员的酸甜苦辣了然于胸。因此，作者选取华文报刊这个自己最熟悉的职场，既透过这个华人参与美国政治的前沿地带展现了华裔族群为争取自己的生存权利和更多、更深地融入主流社会而做的政治努力，也为读者真切描摹出美国华人报刊内部的世相百态，成为我们了解美国华人移民生活状态的一个视窗。

居住国的华文媒体是新移民在异域生活中最先着落的精神停泊地。他们通过华文报刊和华语电视节目，既可以解决寻找工作机会、承租房屋等一系列的实际生活困难，也能够及时获得中国两岸四地政治经济形势的变化信息，更可以通过投书报章，抒发异域生活的感慨。因此，华文媒体在新移民的移居生活中扮演着极其重要的角色。各个华文报刊更是新移民文学最早、也是最重要的发表园地。对新移民文学而言，细致描摹这一自己成长于其间的园地，原是题中应有之义。不过，除了程宝林的《美国戏台》外，我们也几乎没有见到描绘这一领域的新移民小说。因此，《美国情人》为故事所选取的这一独特的发生场景，也是极具价值的。

《美国情人》的叙事结构是"花开两朵、各表一枝"式的，其中的另一个女主人公是芯的朋友，教师倪蔷薇。倪蔷薇的"美国情人"是来自中国内地的新移民林浩——一个中国金融系统的蠹虫，利用在国内捞取的巨额钱财，来到美国闯世界。但法制健全的美国，不容许他复制国内的生存模式，只能依赖华人族裔网络的地下金融服务来运转生意，终至血本无归，不知所踪。作者透过这个失败的商人，为那些携赃款移民国外的贪官污吏也画了一个讽刺性的肖像。

芯和倪蔷薇，最初都试图通过寻找爱情的锚地来安放异域漂泊的身体和灵魂。

---

① 树明：《漩涡》，江苏文艺出版社，2003年。

芯天真地认为"出色的男人能帮你实现幻想，把幻想变成现实"[1]；倪蔷薇则从情人为她购置新房、允诺婚姻的行为中憧憬美好的未来，把这个"带有象征意味的House"，视作"异乡漂泊中的港湾"[2]。但最终，两个人都从"美国爱情"梦中伤痕累累地醒来。政客皮特，是把"东方情人"作为爱情甜点，填补分居婚姻的空缺。面对捧出身份难题、生存难题的情人，政客最擅长的是见风使舵、及时抽身，决不会为自己背负上任何人生重担。而缺少文化教养、自以为是的商人林浩，其冲动鲁莽的个性和携带自中国的有悖美国法制精神的行事方式，使得倪蔷薇的爱情信托也终至破灭。两个失落爱情的漂泊女人最终都只有依靠自己来解决身份和生存。芯凭借努力写作，获得全美少数族裔发展协会颁发的年度杰出贡献奖，令新移民备感焦灼的绿卡也终于握在手中。倪蔷薇则断然放弃林浩赠送的房产，摆脱林浩一团乱麻的危险的生活方式，独自面对生存的艰辛，继续寻找爱情的锚地。与她们相对照的霎霎和妮娜，都是企图用身体换身份、拿婚姻做赌注的移民女性。但美国不可能为她们提供免费的午餐，也没有通向幸福的捷径。无论是孩子的学费，还是自己的合法居留身份，最终都要靠自己胼手胝足地赚取。《美国情人》透过这几个爱情失意的女性，冷静地戳破了被有意无意涂抹于异域爱情之上的瑰丽色彩，还原出新移民生活的真实底色。

作者作为新移民群体的一员，深谙移居生活的五味杂陈，熟悉各种性格类型的移民个体。迥然相异的文化，尽管可以使新移民的精神获得前所未有的解放。但物质意义上的生存、个体情感的安放，永远是移居者在漂泊旅途中背负的最沉重的行囊。芯、倪蔷薇、霎霎和妮娜们的痛苦和忧伤，是新移民女性群体异域生活的一帧小照。

将爱情的发生设置在美国华人社区政治生态与华文媒体内部人事纠结的背景之上，让非爱情元素渗透爱情故事其间，使《美国情人》挣脱了这个通俗的题名为之笼罩的暧昧色彩，为自己在新移民小说中找到了属于自己的特别位置。

（原载《红杉林》2011年第1期）

---

① 吕红：《美国情人》，中国华侨出版社，2006年，第194页。
② 吕红：《美国情人》，中国华侨出版社，2006年，第22页。

再论吕红《美国情人》的性别意识与国别意识

徐　榛　王　乐

一、绪论

进入21世纪，海外华文文学的浪潮正在全世界范围内迅速扩展，创作阵容迅速扩大，并形成一定的规模，创作的作品也迅速增加，成为中国文学研究者进行学术角逐的新领域。海外华文文学的创作阵容，通常被学术界分为五大版图，即台港澳文学，东南亚华文文学，北美华文文学，欧华文学，以及澳华文学。[①]海外华文文学中，最早受到研究学者关心的是台港华文文学，之后又逐渐扩大到东南亚地区的华文文学研究。而最近，北美华文文学异军突起，广泛的受到了学术界的瞩目，成为海外华文文学的研究重地。

在中国大陆，海外华文文学还没有形成一个独立的学科进行研究，而且做海外华文文学研究的学者也不像做现当代文学的学者那么的多；在韩国，这样的情况更是明显。但是，在韩国对海外华文文学的翻译和研究也是有的：在翻译方面，有釜山大学金慧俊教授翻译的香港作家西西的《我城》，有王恩哲翻译的哈金的《Good Fall》等；在研究方面，有韩国外国语大学朴宰雨教授关于香港移民诗人黄河浪的论文——《故乡为主题的华文散文：以黄河浪的〈故乡的榕树〉为中心》，韩国外大专任教授朴南用的《许世旭诗人诗歌创作中的中国诗学观点和中国意象研究》《香港梁秉钧诗中出现的都市文化和香港意识》，著书《中国现代诗歌世界》，木浦大学林春城教授《香港文学的政治性和后殖民主义》，以及本人的拙稿

---

① 陈瑞琳：《〈跨文化视野下的北美华文文学〉：北美华文文学研究的新突破》，中国作家网，2014年1月。

《新移民诗人黄河浪诗歌创作初探——以〈风的脚步〉,〈海的呼吸〉,〈披黑纱的地球〉为中心》等。对海外华文文学作家的研究也是有的,但是,其中对海外华文文学的研究中,还是将更多的目光投向美国,欧洲地区的严歌苓、哈金、高行健等作家。由此可以发现,对于北美华文文学的研究,在韩国的中国文学研究学界,还是处于刚刚起步的阶段。

在全球的视野下,美华文学也在和世界接轨,在美国学界,还是主要以英语文学为主要的研究对象,而华文文学还是被认定为少数族裔的文学,但是,华文文学在国内却是得到了重视和研究。正如上文所说,韩国也是对一些旅美作家进行了关注和研究,虽然还没有形成较大的规模,但也为扩大华文文学的研究做出新的尝试,韩国外大的朴宰雨教授,在去年举办了第一届世界华文文学国际研讨会:大洋的此岸与彼岸,邀请了来自中国香港,马来西亚和加拿大的华文作家及评论家等,在此之前也邀请了美国华文作家协会主席吕红来韩国外大进行交流。

回首美华文学的发展,可以说它经历了三个阶段,即北美"草根族"文学,台湾的"留学生文学"和大陆的"新移民文学",由此我们可以清楚地看到美华文学发展的历史轨迹:由早期的华工到留学生,再到华裔、新移民,从旧金山老作家黄运基时代的"海外孤儿"到台湾白先勇等留学生的"失根之痛",再到今天严歌苓为代表"一代飞鸿"的广袤移植,我们可以发现,这是历史发展的痕迹,也是美华文学发展的轨迹。不管怎么来说,美华文学的发展在以英语文学为主流的西方文化语境中,避免不了地会被划分到少数族裔的文学发展范畴之中,那么,于此而带来的问题便是"边缘书写"的精神特质。作为异族,亦或是少数族裔,"边缘书写"就在所难免,那么就会涉及身份认同、文化交战与融合、生存方式等等诸如此类的问题,而这些问题也就成了海外华文作家共同追寻和解决的问题,也就成为他们的创作源泉。"旧金山作家群"重要作家吕红的新移民代表作品《美国情人》,和别的美华文学作品一样,都关注文化身份的问题,但是,在"地球村"的全球一体化的广阔视野下,吕红又和别的华文作家不同。在共同的大主题书写下,又更关照个人的经验书写,而这种个人的书写并非说是私人的,而是一种个人的心灵领悟的过程,上升到文学领域来讲,是一种人性和民族性的精神特质。本人认为,这种精神特质也正是吕红本身的精神特质,在旅美生涯中,从女性的角度,借助女性的形象来阐释在异族文化语境(西方文化语境)下,女性的性别意识和国别意识

（民族情怀）。

在韩国，有关这方面的参考资料甚少，即使在有限的条件下，对《美国情人》研究做了一个粗略调查，相关文章也为解读作品提供了不同的视角。吕周聚的《生存困境中的人性展现——评吕红的〈美国情人〉》[①]重在讨论对人性的深入思考，表现跨越文化的普遍人性；杨青的《从吕红的〈美国情人〉看北美移民生活画卷》[②]重在表现北美移民对身份进行思考，通过这个过程展现北美移民的生活情景；庄园的《穿行于东西方的性别之旅——评吕红长篇小说〈美国情人〉》[③]重在表现主人公在遭遇残酷的性别场景时，在异域生存环境下没有被打倒，而是坚强走下去的思想内涵；程国君、韩云的《"所有移民迁徙原因"——由〈美国情人〉看新移民小说的现代内涵与叙事创新》[④]重在表述这篇小说把移民书写从简单写实的经历及其历史反省书写转换到其心灵史和哲学的高度，以及电影叙事模式的创造；还有中国作家协会副主席、世界华文文学学会名誉会长张炯的《海外移民的生动画卷——评吕红的长篇小说〈美国情人〉》[⑤]重在表述某些新移民如何找到身份认同的经历，向读者展现北美新移民的生活画卷，这一篇报告也成了吕红《美国情人》一书的序。

从上述论文可以发现，众多学者对吕红的长篇小说《美国情人》的叙述视角大都还是定位在"文化身份"这一主题上，大多是持有女主人公作为新移民，在异域的文化语境之下，经过了磨难和炼狱，一反以往传奇经历的书写，经过自己的努力，表现了真实的人性世界的同时，最终实现了身份的认同。

---

① 吕周聚：《生存困境中的人性展现——评吕红的〈美国情人〉》，载《世界华文文学论坛》2009年第2期。

② 杨青：《从吕红的〈美国情人〉看北美移民生活画卷》，载《长春师范学院学报》（人文社会科学版）2013年第2期。

③ 庄园：《穿行于东西方的性别之旅——评吕红的长篇小说〈美国情人〉》，载《华文文学》2007年第3期。

④ 程国君、韩云：《"所有移民迁徙原因"——由〈美国情人〉看新移民小说的现代内涵与叙事创新》，载《南昌大学学报》（人文社会学科版）2015年第1期。

⑤ 张炯：《海外移民的生动画卷——评吕红的长篇小说〈美国情人〉》，载《华文文学》2006年第6期。

二、"情人"与"丈夫"——女性之出路

女性视角一直是女性作家进行自我阐释或是放眼看世界的一个基点，不管是诗歌创作还是小说书写，女性作家都不会错过这个表达女性意识的机会，那么，作为华文文学的作家们，在同是"边缘人"身份的话语下，女性意识的迸发多少会呈现出一些相似点。但是，吕红更为机动和智慧，她没有将女性强烈的性别意识泛滥于作品之中，没有无病呻吟，也没有大肆宣言，而是用"情人"作为参照物，来展现女性的性别地位，这就使得有关性别意识的问题变得复杂而更加有趣了。

芯完全是一个现代新移民，我们应该注意到，这个故事是发生在20世纪90年代，所以她本身就和以往的历史经验的书写不同，更具有"现场性"。芯在国内已经成家立业，有完整的家庭，并且也是国内一个具有一定社会地位的文化人（电视台主播），在外人看来，芯具备了女性所追求的一切，完成了一般女性想要达到的梦想。但是，她抛下了一切，坚持只身来到太平洋的彼岸金山来闯荡，对于芯来说，这不仅仅是空间上的异域，也是文化异域（包括语言／种族／文明等），更是精神异域（她处于毫无依靠的境地）。吕红在安排芯的命运的时候，把新移民的"现场性"的经验描写铺陈得非常详尽，并且将芯在空间异域、文化异域和精神异域下面临的焦虑都体现出来，语言不通，身份不定，情感不稳，事业不利等，然而，芯没有被这些磨难所打倒，而是经过努力奋斗，最终找到了她的身份，获得西方世界认可的杰出贡献成就奖，昂然站在了人生、社会和生命的最高点上。正如小说的最后这样写道："就像是沙漠中生命力极旺盛的植物——仙人掌，或是人们形容的'有九条命的猫'！即便在逆境中，仍能找到自身价值，焕发出独有的魅力。她认为朋友的凤凰涅槃是女人之歌，更是华人之光。"[①]所以，芯作为新移民，来到一个异域空间之后，经过自己的努力奋斗，最终是以成功女性被接纳的一个姿态。

吕红的《美国情人》这部小说中，无处不存在着女性主义的影子，这部小说也直接用"情人"这样的字眼作为标题，正如上文所说，"情人"是作者展现女性性别意识的一个参照物。但是，芯是一个复杂的综合体，她不是离婚的女性，她是一个有合法丈夫的女性。曹菁的《爱情信仰论》认为：情人是一种爱情伦理关系，区

---

① 吕红：《美国情人》，中国华侨出版社，2006年，第2页。

别于婚姻伦理关系。婚姻是管控型伦理，有管控方介入，爱情是自愿型伦理，没有管控方介入。婚姻是男女关系的社会制度。不管是结了婚的爱情还是没有结婚的爱情，神圣性都来自爱情伦理关系的产生。①所以，芯实际上是交织于爱情伦理关系和婚姻伦理关系之间的女性主体，更简单地说，芯是纠缠于"情人"和"丈夫"之间的女人。在上述的有关《美国情人》的论文中，所有的焦点都是在表述一种观点，即芯的丈夫如何的尖酸刻薄，如何的小肚鸡肠，情人皮特是如何的虚情假意，如何的背信弃义，认为芯是一个忍受着婚姻痛苦和情感伤害的坚强女性。但是，我们如果换一个角度，不要一味地将焦点指向男性如何的不通情理，把芯作为一个受害者，而是将芯作为一个主体焦点来说，可能会有新的发现。

首先将芯来作为主体焦点，这里就出现了一个对比的现象，即，"中国丈夫"和"美国情人"的对话。其实，这个问题扩大来讲，是在两个文化背景之下的一个对比，即东西方文化语境下的对比。在东方文化语境中，婚姻伦理中，再有第三者出现的时候，可能这是一个违背文化思想道德的行为，但是可能在西方的文化语境中，情人和婚姻者是不冲突的，当然这个问题不是考察的重点，而我们应该关注到的关键问题是：芯无论是"中国丈夫"还是"美国情人"，都没有完成她想要的情感寄托，也就是说，芯无论是在东方文化语境中，还是在西方文化语境中，最终都是被离散者。具体来看，芯离开丈夫来金山之前，并不是因为丈夫的种种毛病而迫于逃离，而是在感情没有重大问题的情况下开始旅美生涯的，我觉得这一点非常重要，这就说明了一个指向，芯不是因为东方文化构建中的父权体制而离开家庭和国家的。父权体制是一套两性基于生理的差异而应遵循的言行举止以及角色分工规范。②从小说来看，不是这样的原因。那是因为什么导致芯的离开呢？有学者提出，新移民的新的移民动机是改变/自我追寻。③从具体的现象来讲，这是合乎情理的，也是最直接的原因，但是，再仔细想来，芯作为一个已经成功的女性，为什么还要漂洋过海从头再来，我觉得更深层的原因还是女性意识的驱使。社会性别则是基于生理差异而衍生的概念，也就是社会制度，文化所构建两性所应遵循的行为准则。④

---

① 曹菁：《爱情信仰论》，学苑音像出版社，2005年。

② 陈滢巧：《图解文化研究》，方孝廉审订，易博士文化，2006年，第112页。

③ 程国君、韩云：《"所有移民迁徙原因"——由〈美国情人〉看新移民小说的现代内涵与叙事创新》，载《南昌大学学报》（人文社会学科版）2015年第1期。

④ 陈滢巧：《图解文化研究》，方孝廉审订，易博士文化，2006年，第114页。

而芯为了突破社会性别对女性的限定，而走向更为复杂和更能颠覆女性社会性别的文化语境之中，这是极有可能性的。当然，在芯走向西方文化语境之后，丈夫的各种挽留和中伤其实是情有可原的，他只是不想失去芯而已，但是相反，在给芯带来精神抗拒的同时，也增加了芯义无反顾的决心。

与此同时，当芯在脱离东方文化语境的同时，她领略到了西方的浪漫和清新，她也似乎感受到了真正的情感寄托的方向。美国情人皮特，给了孤独中的芯无比浪漫的爱情，并且游戏地称别的白人是"洋鬼子"，并为芯的离婚尽心尽力。而芯在经历事业打拼中的苦痛之时，她想放弃现在的工作，选择和皮特结婚，皮特却消失了。这里也就出现两个有意思的现象：（1）芯想回归到原始父权体制下女性的社会角色；（2）西方男性似乎不太接受女性这样的社会角色的倒退式转换。法国著名的哲学家西蒙娜·波伏娃在其著作《第二性》中说："一个人不是生而为女人，而是'成为'女人。"[①]也就是说，女性是由社会构建而形成的，那么，芯就是一个非常矛盾的女性主体，在要脱离父权体制，逃离东方文化语境，进入西方文化语境的同时，再次要回归到父权体制下的女性性别角色，这时女性意识体现为从迸发到抑制的过程，所以，芯的女性意识的转变就显得极具戏剧色彩了。

其次，还要注意的另一个女性人物就是芯的好友蔷薇，蔷薇的感情发展也是作品中的一个重要组成部分。不仅如此，她和芯都是以"情人"的身份存在于西方社会之中，所不同的就是她们的情人对象身份的不同，这也就是第二个对比现象，即"纯粹的美国情人"和"同为漂流者的华人情人"的互照。我觉得吕红设计的这个角色是别有用心的，这是在给女性寻找填补精神空洞的可能，也是在对性别意识的再一次拷问。具体来说，芯和皮特的关系上文已经有所说明，不予赘述。再看蔷薇，她就好似芯的一个替身，代替芯来体验另外一种两性关系的可能性。林浩和蔷薇一样，也是漂流于西方社会的边缘人，他个人的恶习无关紧要，至少也是一个比较勤奋工作、期待能够生活好的人，但是他和蔷薇还是格格不入的，他有家庭，只是分隔于大洋两岸，他也是需要填补精神和情感上的空洞，他和蔷薇表面看来比较平淡和别无波澜，但是实际上两人的差距还是无法跨越的。而芯和蔷薇周边的朋友，包括有一定社会地位，却无时不想揩油的华人老柠、做按摩女的霎霎和林浩一起打工的华工等等，就构成了一个在区别于东方文化语境下，流散于西方社会中

---

① 陈滢巧：《图解文化研究》，方孝廉审订，易博士文化，2006年，第112、114页。

的华人两性的众生相。女性无法从纯粹的美国男性那儿得到性别意识的认同，更无法寄托于同为边缘人的华人男性，所以，我们可以发现，女性在同处于西方文化语境之下的"纯粹的美国情人"和"同为漂流者的华人情人"中，也都没有完成精神寄托。

通过上述对小说的细读，我们至少可以得到这样的结论：（1）作为边缘人的女性主体，不管出于什么原因，首先自愿选择成为离散者，因为她选择身处于异域文化语境中；（2）女性在"生为女人"和"成为女人"，或者说在"生理性别"和"社会性别"之间是存在犹豫和矛盾的；（3）女性别无选择，现有的两种可能的文化语境（东西方文化语境），都指向女性独立的标题。本人觉得，这是吕红作为女性作家，在异域文化语境下，在书写和表现女性意识时，为女性分析和设计的唯一一条可行之路。

其实，上述都是建立在具有强烈社会性别意识的女性视角基础之上的解读，但是，本人就产生了一个疑问，即如何确认女主人公芯是一位女性主义者。仅仅因为是她放弃了所有的成功，或是来到完全不相同的文化语境中，重新挑战自己，实现自身价值吗？我觉得这个理由并不十分可靠。如果说女性实现自身价值需要通过移民，跨越文化语境的界限才能完成，那么，我觉得对女性的束缚和要求未免显得太严苛了，女性几乎就没有什么发言权了。西蒙娜·波伏娃提出"第二性"，强调女性主义的参照物，是和男性霸权相对的，是女性对生理性别和社会性别的解构和重构。吕红的《美国情人》是具有极其强烈的女性意识的作品，它区别于以往的华工移民和留学生移民，但是新移民的女性不是因为父权体制而进行逃离和对抗，那么，追溯女性新移民的本源是什么呢？联系作品本身来说看，也就是说芯为什么选择这样的方法来唤起她强烈的女性意识。

三、身份和文化冲突下的选择

当"离散"（diaspora）经验在20世纪对中国形成巨大影响的时候，与之就会带来"文化母国"的介入和"民族性"的思考。而文化母国的介入和民族性都指向对身份的认同和界定，身份问题也成了海外华人首要关心和期待解决的问题。生于香港，现任教于美国大学的周蕾在其论著《写在家国以外》一书中，通过对香港文化的管窥提出了一些重要的观点。她在《代序》中有写道："对于在香港生长的人，'本'究竟是什么？是大不列颠的帝国文化吗？还是黄土高原的中原文化？"周蕾更有理由拒绝当"如假包换的中国人"，而自认为是"文化杂种"①。可以发现的是，周蕾是承认美国实际上是她的身份归属，但又不放弃香港身份，在以焦虑的眼光关注着香港文化的自我构建。而反观吕红的《美国情人》，却也有着极为相似之处，吕红认为："以敏感反映移民社会生活和移民情绪的海外华文文学，身份焦虑愈来愈多成为描述和深层开掘的主题。"②身份焦虑到底是在焦虑什么？我觉得这是首先要具体化来说的问题，在海外的华人最要解决的是生存者身份的问题，其实就是政治身份的问题。那么，身份的另一个指向，即文化身份，或者说民族性，我觉得是不能改变的，因为民族性的不同而被视为异端的异族文化和主流文化其实不是融合的问题，而是维系并存的问题，所以，我觉得，文化身份的焦虑其实是少数族裔的文化和主流文化在怎样的形式中维系并存的问题。吕红其实非常清楚这一点，她在小说的开端就明确了自己的民族性，这里她既作为讲述者又作为被询问者，她说："I am Chinese."③这里，她非常明确了自己的民族性和文化身份，就是从"中原文化"中走出来的人，下面芯所经历的故事，已经不是说我怎么融入西方语境中，而是怎样在西方文化语境下怎样维系自己的文化身份。

作家在小说中写到芯在经过重重痛苦的磨难之后，在和友人通话时，这样写道："有了新的身份，该将以新的精神在这个世界打拼……如今满世界都是漂泊人，比如北京、上海、深圳甚至香港，都有不少的漂泊一族。有的离开家乡已经很久，仍然不能算扎根了，无论从身份，从口音，从对当地的情感来看都有差异……在社会急速流动的今天，人的矛盾身份也在不断地游移，没有一个固定的所在。换句话说，移民身份焦虑与其说表现了一种认同感的匮乏和需求，不如说是深刻的现实焦虑的呈现；与其说是自我身份的建构，自我实现，不如说是如何在身份中获得认同。"④从这里就可以看出，为获得社会身份的认同而不断奋

① 周蕾：《写在家国以外》，牛津大学出版社，1995年，第38页。
② 吕红：《海外移民民文学观点：文化属性和文化身份》，载《美华文学》2005年第60期。
③ 吕红：《海外移民民文学观点：文化属性和文化身份》，载《美华文学》2005年第60期。
④ 吕红：《海外移民民文学观点：文化属性和文化身份》，载《美华文学》2005年第60期。

斗，在获得政治身份认同之后，其实新移民女性还是存在显示焦虑和匮乏感的，而且此时，新移民女性已经不是在仅仅说自我实现，而是更要求一种文化身份的确信。文化身份才是新移民们，或者说文化视野与认识较为丰富的人真正的诉求。

在小说故事的最后，作家写到芯获得了"专门为美国各少数族裔在科学文化艺术教育等多方面取得成就，做出特殊贡献的人"①设立的奖。我们能够发现，作家这里强调的文化还是"少数族裔"的文化，它被西方文化融合了吗？不是，而是被具备本民族文化身份的离散者维系着。在小说的最后部分，作家提出了关于文化身份的见解："究竟是西方文化中心论，还是多元文化一体论？西方轴心论是黑格尔根据基督教提出的，认为历史的大门是从西方开始。雅斯贝尔斯重新进行文明的反思，提出世界轴心期文明有多种，中国，印度，西方，还包括以色列。中华文明古国早就有了非常深厚的文化积淀。人类各种不同文化，在未来发展中产生文化的交汇融合。西方文化，相对于东方文化是人类整体文化的一极。人类文化就像太极图般地呈现出互补结构，西方的阳刚与东方的阴柔互补，才能达至阴阳平衡，找到超越人种、肤色、民族、国籍以及宗教派别的人类心灵的共同点，从而达到和谐发展的远景。"②芯的这段获奖感言，其实就是作家吕红对文化身份的一种认识和判定：（1）她是以东方文化为主体性进行西方文化讲述的；（2）东方文化和西方文化是并存的文化两极；（3）文化没有融合成一体，而是并存发展的；（4）她在西方文化的大语境下，没有做"文化杂种"，而是为维系少数族裔文化做争取并获得成功。所以，我认为，在政治层面上，新移民面临着身份焦虑，因为这是他们得以能够正常参与社会生活的基础；在文化层面上，其实新移民华人的民族性和文化身份非常确定，就是东方文化的身份，他们本身具有的民族性不能因为政治身份的改变就说是获得身份认同，甚至说是归属感。我们可以考察的是在主流文化语境中，在可能发生的文化冲突中，怎样能够维系少数族裔的文化身份，怎样达到和谐共存的状态。

通过上述文本细读和分析，我认为，吕红似乎在为20世纪末的新移民女性进行发声，正如前文所书，吕红的这部长篇小说具有极强烈的女性意识，男性反而成为

---

① 吕红：《海外移民民文学观点：文化属性和文化身份》，载《美华文学》2005年第60期。

② 吕红：《海外移民民文学观点：文化属性和文化身份》，载《美华文学》2005年第60期。

让女性不断挑战自我，最终实现自我的参照对象。新移民女性的精神诉求和文化身份诉求在吕红笔下显得极为强烈和迫不及待，而吕红也真正的诠释了新移民女性知识分子对社会性别的判定和文化身份的理解，我觉得非常有意义，这是包含多元文化语境、女性主义、民族性、身份认同等多种问题意识的思考，在内容上，较之以往的创作来说，问题意识也变得丰富和复杂起来。其实，我在阅读和思考文化身份问题的时候，产生了一个想法，吕红在通过新移民女性的视角来再次讨论文化身份的问题时，在她说"I am Chinese"的时候，如果换成"I am Chinese woman"会不会更有爆发力，更具独特性呢？

四、结论

美华文学蓬勃发展的今天，书写主题也越来越扩大起来，从原来"草根族"文学，台湾留学生文学的创作，到现在大陆新移民文学的书写，可见美华文学的作家们对华人生活历史长卷的关注和倾心。

吕红的长篇小说《美国情人》篇幅非常长，和以往的书写还有所不同，故事空间的转变也非常大，可以说真正做到跨空间、跨时间、跨文化、跨民族的书写。"情人"成为她进行表现的参照物，新移民女性成为她叙述的主体，女性意识成为她表达跨文化书写的方式，文化身份成为她最终追寻的精神诉求，所以，无论如何，吕红的这部长篇小说可以说是非常成功的以女性为视角探讨新时期移民者的文化身份的诉求，并且书写的笔触非常细腻，虽然没有做详尽的阐述，但是不得不承认，对人物内心情感的描写和心理活动的刻画，是非常深刻的，尤其是对女性在面对婚姻和爱情纠葛、女性对婚姻的憧憬和男性对爱情的欺瞒等方面，都鲜活有力。

读完整部作品以后，还有一些疑惑的地方，即新移民书写的"新"到底新在哪儿？不断地漂泊是一种新，还是指向什么。新移民的移民动因是什么？也有学者提出，和早期的草根族文学、留学生文学、华人和留学生的移民文学不同，新移民移民的动机是实现自我价值。那么，早期的华工和留学生难道不是在实现自我价值吗？为了生存做出努力本身就是有价值的。作家创作的故事性非常强，但是或许把太多的目光集中在情感宣泄上了，对怎样经历万难获得"政治身份"关注得较多，而对"文化身份"的觉醒则显得匆促。不管怎么说,吕红在表现女性意识和对海外华人身份的关注上,获得了极大成功,她的《美国情人》已经成为美华文学中书写及刻画新移民女性形象的重要一笔。

（原载《世界华文文学论坛》2015年第4期）

当边缘遇上意识流

——写在吕红《美国情人》发表十周年之际

许爱珠　周宏亮

　　光阴荏苒，一转眼，著名北美华人女作家吕红所著的长篇小说《美国情人》由中国华侨出版社公开出版十周年了。这部成功的新移民文学代表作，十年前曾经引起过不小的轰动。小说主要讲述女主人公芯为了追寻更大的发展空间和"美国梦"，一个人背井离乡、远渡重洋，放弃在国内已有的事业、家庭，去美国打拼奋斗的故事。小说以芯与中国丈夫刘卫东、美国情人皮特这两个男人之间的情感纠葛为主线，以蔷薇、妮娜、雯雯等女性人物的情感纠葛为副线，描述了美国华人在所在国的生活全景和心路历程。毋庸置疑，"情人"题材固然成为博取眼球的要素，但显然小说自身呈现的丰富广阔，充满反思与理想主义精神的艺术魅力，才是小说拥有众多拥趸的内在原因。海外华人的奋斗与挣扎，美国文化的复杂多元，华人在美国的边缘身份焦虑，男女性与爱之间的困惑与超越，都成为小说一直以来广受欢迎的理由。

　　如今，十年过去了，世界发生了众多的改变，尤其是中国日益强大和快速崛起，逐渐成为世界舞台上的重要角色。然而，令人惊叹的是，这部小说呈现的美国社会状况，居然如发生在昨天，毫无违和之感。或者说，十年之后的今天，我们阅读这部小说，不仅更加深刻地认识到了美国少数族裔的人权和身份问题依然严峻，女性的社会认同过程依然艰难，同时，更有意义的地方在于小说独特的艺术结构和意识流叙事艺术，经过了时间的淘洗，更加凸显了作者艺术创作的前瞻性和强大的文字驾驭能力。

　　海外华人文学写作，如果涉及的是在地国的题材，首先要面对的问题就是中西两种异质文化的冲突、融合。当然，这也是华人文学让国内读者感觉新鲜的所在。这一类的文学叙事，不仅是作家们在海外生活的重要投射，更是作家们对中西两种文明差异的深度思考，其文化价值自不待言。长篇小说《美国情人》的独特之处在于，小说以美国旧金山的政治选举过程为轴心，全面展示了美国政治选举的内幕交易、各种族群面对美国政权与人权的复杂表现，并对西方现代精英文化现状进行了深刻的质疑，这使得吕红的创作有了更多的文化超越。她不仅完成了芯、蔷薇、雯雯、林浩等华人的命运书写，更将目光投向了以旧金山市长、芯的律师情人皮特等为代表的美国社会精英人群，让我们中国读者得以窥见美国主流社会的日常生活与精神面貌。这样的写作内容及其姿态，在其他华人作家的作品中较少看到，而吕红在十年之前的《美国情人》中就完成了，这很不简单。吕红坦承："我想可能是由于文化身份的特性。彼岸世界总会让你有许多激动人心的见闻。见识到不同的文化，在这种视野里展现，看待你过去没有注意到的东西，这是比较特殊的，也是有特别价值的。"①

如何表现本质的文化乃至政治冲突，正是新移民文学写作实现创作突围的关键所在。张炯认为："随着地球村意识的渗透、海外移民逐年趋增的态势，新移民文学的关注点已超越近乎传奇般的个人经历，而扩展为对无数海外漂泊者的普遍境遇和命运深层次的探索。"②而要想本质表现对海外华人的普遍境遇和命运深层次的探索，首先要重视的就是海外华人的文化冲突问题。文化冲突的最直接表现则是身份认同问题。面对异国生存环境，身份认同成为极其现实而又艰难的抉择。这是华人融入所在国现实与精神的双重考验。斯图亚特·霍尔认为，文化身份及其特征有两种理解方法，一种认为文化身份体现了集体的身份和特征，即拥有共同的祖先、历史和文化，同属一个民族，另外一种对文化身份和特征的理解强调"不同"的重要性，认为文化身份决定了"我们是什么"，或者是"我们已经成为什么"。文化身份在这里既是"是"也是"成为"，它既属于过去，也同样属于未来。文化身份有它的历史，但并不是既有的存在，可以超越地方、时间、历史和文化。③一个不争

① 王红旗、吕红：《撕碎东西方"情人"温情的面纱——解读吕红新作〈美国情人〉》，载《中外论坛》2006年第6期。

② 吕红：《美国情人》，中国华侨出版社，2006年，序第1页。

③ 吕红：《追索与建构：论海外华人文学的身份认同》，博士学位论文，华中师范大学，2009年，第11页。

的事实是美国本土对于亚裔族群的种族歧视一直存在。吕红通过芯这个人物，较好地表现了华人在异国他乡的痛苦分裂，最终获得涅槃的过程。身份认同一词源自英语 Identity，是发展心理学领域的重要概念之一，指的是人类对于自我意识的合法性的确认，对身份或角色的共识及这种共识对社会关系的影响；通俗地说，身份认同即一个人如何看待自身，以及自身在所处社会关系网中的地位和意义。小说表现了芯在原生的中华文化和在地国美国文化之间进行的文化身份与社会身份的取舍与选择，以及在这种艰难的取舍和选择中所产生的生活困境与心理挣扎，这是极其深刻的文化反思。

在芯的潜意识里，对美国文化的认同就意味着对母体中华文化的排斥与背弃，这样的一种背弃会给主人公芯造成巨大的心理压力和精神压力。因此当芯放弃了祖国的一切，来到美国追寻自己心中理想生活的时候，她会感到精神上的压抑，特别是发现生活并不如她想象中的那样美好时。而美国社会中本身就存在的问题更加重了芯对于这一人生抉择的迷茫与纠结。美国并不是天堂，在美国依然有职场的矛盾以及养家糊口的经济压力，还有看不到的天花板和无处不在时刻提醒自己身为少数族裔的种族标签。这样的一种生存困境和苦恼，从表面上看是芯在中国丈夫刘卫东和美国情人皮特之间的婚姻抉择困境，实际上是美国情人皮特所象征的西方文明和中国丈夫刘卫东所代表的东方文明之间的冲突。美国白人皮特作为美国主流文化精英的代表，以迷人的风度，令人仰望的社会地位，给孤立无援的芯以精神和情感上的慰藉，成了芯事实上的美国情人。怀揣着对在美国开始新生活的渴望和对美国式浪漫爱情的幻想，芯以为她的情人皮特就是完美男人和白马王子的化身。在芯的一厢情愿的意识里，以美国为代表的西方文化是真正人人平等的，每个人都有追求自由和幸福的权利；但是，事实是虽然有皮特的嘘寒问暖，可芯从来没再感觉自己能够走进皮特的内心。最终，皮特辜负了芯，无情地抛弃了芯。同时，因为皮特是旧金山的市长助理，芯在与其交往过程中，得以了解到许多美国政治选举中黑暗肮脏的内幕，这一切将芯的内心幻梦彻底打破，芯对于西方文化中所谓的民主、自由、平等，这才有了全新的认识。"新移民生活在多重身份和多重意识的变乱和分裂之中，小说犀利地表现了这种分裂的深度：理智和情感的相互背叛。"①芯最终获得

---

① 王红旗、吕红：《撕碎东西方"情人"温情的面纱——解读吕红新作〈美国情人〉》，载《中外论坛》2006年第6期。

了梦寐以求的美国身份，甚至还代表少数族裔获奖。但是，我们需看到，后者实际上带有深刻的双重隐喻。它一方面是隐喻了芯对于融入美国获得社会身份认同的渴望，另一方面也暗示了芯这位华人女性奋斗者，她的身份认同只能依然被定格为美国的少数族群，不可能融入美国主流社会。作为在美的华人女性，芯相对于主流的安格鲁撒克逊中心的文化场域是边缘的，正是这一种边缘性的身份给予了芯生活上的种种不便和工作上的困难。可贵的是，芯却并没有因为自己社会角色和种族地位的边缘性而自暴自弃，在酒精和毒品中麻痹对现实的感知，相反，她选择了勇敢地正视现实的处境，清醒地悦纳自我。

在身份认同的问题上，小说还有一个最为突出的特点，那便是作者始终关注的女性立场或者说女性视角。男女平等问题作为人生而平等的文化派生物，在有人类的文明历史以来，始终成为女性无法言说的痛。因为女性始终是缺席的存在。芯在国内时，与中国丈夫刘卫东的爱情婚姻，让芯深深为丈夫的传统大男子主义思想而痛苦、愤怒和失望。从某种意义上说，正是为了逃离这种男权中心主义文化，实现女性的自我价值，芯才不顾一切来到了向往已久的美国。芯与刘卫东的分离，隐喻着芯与刘卫东身后所代表的中国传统文化的分离，隐喻着芯与东方传统农耕文化中男尊女卑思想的对抗。而芯爱上了皮特，其实爱上的不仅仅是美国情人，更是她臆想中的美利坚文化里宣称的男女平等和对女性的解放。皮特就是芯追寻平等情感的理想方舟。当皮特最终弃她而去时，才彻底撕开了西方所谓男女平等的虚伪面纱，击碎了众多女性对西方男人仰视和夸张的虚象。芯作为一个少数族裔的外来女性移民，面临的其实是男权中心思想和白人主流社会价值观的双重压抑，这是两层"看不见的天花板"。小说深刻"揭示了东西男权文化的共谋关系，以及东西方男人共患的病症——人格阉割。他们共同的缺陷是自私和狭隘，而且还逃避责任"。这一人物的成功塑造，应当视为吕红对当代华文女性文学人物形象画廊的一大贡献。芯象征了许许多多的新世纪中国移民女性在异国他乡最终能落地扎根，在坚持不懈地努力中能实现人生的价值。也许正如在《美国情人》一书中，作者吕红借用主人公芯所说的那样："从文化层面来说，现代社会人们无论身处何方，对定义自己身份都有种无法解脱的惶惑。换句话说，每个身份都形成一个集合，而这无数多个集合交汇的那一点，恰是自身所在的坐标。在社会急速流动的今天，人的矛盾身份也在不断地游移，没有一个固定的所在。换句话说，移民身份焦虑与其说表现了一种认同感的匮乏与需求，不如说是深刻的现实焦虑的呈现；与其说是自我身份的建构、实现自我，不如说是如何在身份中获得认同。"①

　　复杂与多元化的社会、种族、性别叙事，边缘身份带来的文化焦虑，在华人文学中有着丰富的表达，但吕红的《美国情人》不仅以开阔的美国各阶层社会的全景描写，让读者可以完整全面地认知美国社会，而且还有美国政治精英的浮世绘，最为独特的，便是吕红设计的意识流叙事艺术，与前述的文本内容形成完整的表里呼应，使我们通过芯、林浩、蔷薇、妮娜、霎霎等不同人物构成的叙事视角，巧妙地完成了对美国生活的散点透视。作者选择了漂移不定的、多重的、跨国的、超时空的历史与方式，来架构小说文本，并以两性世界的裂缝，深入开掘女性情感世界的黑洞。这种叙事结构和题材特色的结合，堪称匠心独运。作为一名优秀的小说家，吕红的小说语言极富诗意和表现力，细腻温柔，却又不乏力量和哲思。文中大量的对人生和社会的深刻反思，正是模拟了芯的意识流心理状态，这样，大量的议论性文字，因为意识流的叙事手法，得以完美表达，丝毫不觉突兀。我以为，这是迄今为止华人小说中少见的小说叙事策略，它是大胆而成功的。

（原载《名作欣赏》2017年第25期）

---

　　① 吕红：《美国情人》，中国华侨出版社，2006年，第238页。

精神虚构中的性别诉求

——美华新移民女作家笔下的"情人"形象

戴冠青

美国华文新移民女作家笔下的一系列"情人"形象凸显出她们在异域写作中对于探索女性生存境遇与精神诉求的各种尝试，给我们提供了独特的审美经验，不仅丰富了华文文学的表现内容，而且揭示了女性自我认同的艰难进程以及背后隐藏的中国女性独有的柔弱又坚强的生存态度和生命追求。

一

在美国华文新移民女作家的笔下，情人关系不仅仅局限在相互爱恋的男女之间，也存在于欲说还休的女性单相思中，存在于因母性泛滥而界限模糊的家庭关系中，存在于因价值观改变导致妻子身份转变的婚姻关系中，等等。在这些错综复杂的关系中，一些女性以貌似"情人"的形象在有别于传统文化背景的异域他乡艰难地挣扎、周旋和追求，以赢得自己的一片生存空间。也许这确实很无奈，但其中所透露出的生命诉求却让人十分感叹。

（一）因生存困境而依附

在人们的普遍观念中，女性总是弱者，特别是一个闯入遥远的陌生环境中的女性，在缺乏职业收入陷入生存困境时，无助的她们首先想到的是寻求保护自己的力量。在传统文化语境中，这种力量常常被赋予在代表主导社会话语权的男性身上，女性独立生存的能力也被极度弱化，不管愿意不愿意，女性似乎只能在男性的臂腕下生存，一旦失去依附，女性就悲剧了，因此依附男性的女性形象也常常成为传统文学建构中的悲剧形象，如杜十娘、林黛玉等。与传统男性话语中的女性形象不同的是，美华新移民女作家笔下的一些"情人"形象或许更有一种主动进击性，面对异域生存的困境，她们凭借性别的优势主动寻求男人的扶持以获得生存的基础，然而对异国丈夫和异国生活的失望，又令她们在落寞中产生了对情感对象的病态想象，由此演绎出了一种在情感空间中周旋的"情人"形象。严歌苓的《红罗裙》中的海云也许就是这样一种形象。海云为了儿子健将的未来，把他送出国，"只要他一出国，将来回来，那就是另一番高低"①。为了解决在异国他乡的生存困境，母亲海云嫁给了定居在美国的72岁的周先生。这场不愉快的"交易"让心存感激的健将把母亲当作一生中的最爱，并用自己打工的钱买了件红罗裙送给母亲。而周先生的亲儿子卡罗也在相处中不知不觉对海云产生了超出母子关系的情感，甚至不断地主动示好。在解脱了伦理道德束缚的异域，海云似乎成为游走于三个男人之间的情人。所以面对72岁的老男人，她不想被约束在传统父权制的家庭关系中，而是甘愿像情人一样穿着儿子送的红罗裙在周先生面前起舞；而面对卡罗的爱慕她也不加回避，享受着女性被追求被渴望的虚荣心。显然在这里，她已经把为了生存而依附男性的现象变成了一种通过把握男性来改变自己生存状态的方式，以此排遣她在异国生存的空虚和无聊。可以说，这种情人角色，让海云感受到了女人在两性关系中的独特价值。这也正是新移民女作家精神虚构中的一种独特诉求。

陈谦《覆水》中的依群也是一个通过把握男性以改变自己生存状态的"情人"形象。她患有先天性心脏病，机缘巧合遇到了大她近三十岁的美国人老德，并因此改变了人生。远嫁美国后，在老德的帮助下，她的先心病手术成功获得健康，而且"成为世界顶尖级学府加大伯克利的EE（电子工程）硕士、硅谷一家中型半导体设计公司里的中层主管"。可以说，依群这个名字本身就具有了依附的含义，没有依附于美国人老德，她甚至没法生存。作为帮助依群的回报，依群嫁给了老德。但当她依靠男人改变了自己的命运之后，她就不想再从属于男人，因此她从不喜欢把老德称为"恩人"，在老德79岁去世后，依群感觉到的是一种舒心的解脱，没有伤心，对于老德没有兑现的承诺"我要照顾你，我不会先你而走的"也丝毫不感到失望。在二十年的婚姻生活里，依群是以"情人"的身份相伴在老德身边，没有生育儿女，没有过多的怀念，对于依群来说，她只是用二十年的青春回报了老德的

---

① 严歌苓：《红罗裙》，见《严歌苓文集》（5），当代世界出版社，2003年，第200—201页。

恩情。老德的房子留给了他的儿女，而依群则在净身出户后从容安排好了自己的住处。这一切都让我们相信，依群只是一个因生存而走向老德，因自立而离开老德的"情人"形象。

这类形象的身份象征了一种原始的生存欲望，在明确了各自目的之后，为求得自身的满足，不考虑世俗的眼光，女性以自己的身体作为工具，走进陌生的男性，进而通过男性来改变命运。这其实是一种无奈的诉求，无形中的自责与道德的谴责是不可避免的，海云的外嫁是受谴责的，在美国的家庭里地位也是低的；依群嫁给大自己近三十岁的男人说是出于爱情，没人不怀疑其中掺杂了多少水分。她们是不可能正视自己在家庭婚姻中的母亲或妻子的身份，努力回避的结果使得在生存、亲情和婚姻混杂的关系中，模糊了现实的身份——妻子或母亲，显示出了这一类"情人"形象在异域中生存的艰难状态。也许伴随家庭、婚姻所带来的空虚感，这类女性形象也不可避免会产生肉体和精神上的绝望，但作为情人形象，她们在两性关系中又具有一定的主动权，这也体现出身处异域的华人女性处境的无奈以及力图突破这种依附命运的某种努力。

（二）因物质牵累而迷失

仓廪实而知礼节，一切政治、经济、社会、文化行为，都是建立在吃饱饭的基础之上的。美国现代心理学家马斯洛的需求层次理论认为，生理需求（Physiological needs）是人类需求中最基础的需求，是推动人们行动最首要的动力，只有这些最基本的需要满足到维持生存所必需的程度后，其他的需要才能成为新的激励因素。也许没有物质基础，精神追求也无法顺利完成，所以作为异域移民者，首先要解决的是物质需求问题。然而，物质需求的满足又诱惑着人们去追求更多的物质利益，致使有些人在永无止境的追求中迷失了自我。在美华新移民女作家的笔下，也揭示了这一类因物质牵累而迷失自我的"情人"形象。查建英《丛林中的冰河》中，"我"为了追求美国梦独自来到美国，在寻求生存与发展的过程中禁不住物质诱惑，放弃了中国情人，投入到美国男友的怀抱中。"对他这种人你能说存个什么戒心"[①]，当她发现美国婚姻的问题后，又抛下了美国男友。"我也不知道，反正我

---

① 查建英：《丛林里的冰河》，见虹影主编：《华人女作家海外小说选》，珠海出版社，1996年，第10页。

本以为……不是这样的"①，追悔的结果，是她已经在无休止的物质追求中迷失了自我。陈谦《爱在无爱的硅谷》中的苏菊看似一个在事业与爱情中都完满的女性形象，在美国这片所谓的梦想之乡上，她在利飞的帮助下生活无忧。但利益的诱惑也让她迷失了，她弃利飞选择画家王夏，并承担了王夏的全部花销，渴望王夏能将画卖出去。然而随着积蓄越来越少，苏菊最终失去了王夏，想再挽回利飞也已不可能了。陈谦的另一部小说《望断南飞雁》中的南雁也是这样一个形象。为了去美国，与能给予她物质条件的沛宁结婚。目的达到后，异域艰难的生存困境使南雁放弃了沛宁，也放弃了两个幼儿，继续自己的物质追求。虽然在离家后的第一个圣诞日她亲自给孩子们送来了礼物，但却没有进家门，她知道自己不可能再踏进去了！她放弃了家，也放弃了申请助学的机会，在茫茫的雪天里驾车不知驶向何方。

"我"、苏菊和南雁在所谓"美国梦"的追求中并没能摆脱物质的牵累，成为迷失自我的"情人"形象。她们渴望活在自我建构的美好想象中，不安于生活现状，不断有更高的要求，在欺骗他人与自我欺骗的过程中迷失了自己的真实意图。也许她们追求物质的目的是寻求社会的认同，因为在异域，大多数华人女人作为华人被西方社会抛至边缘，作为女人则被在西方的华人男人推向边缘，在这种多重边缘化的残酷现实中，华人女人无论做什么，常常只能是一种无奈的挣扎。所以她们只能通过对物质的追求，来掩盖精神的空虚，而物质追求后的精神迷失和亲情失落，则从一个独特的角度传达出华人女人渴望得到社会承认的呐喊和反思，正如南雁对沛宁的反问："难道在你的眼中，我就是那样的人"吗？

（三）因欲望驱动而迷恋

爱情或许并不可能消除人与人的猜忌，但有时被体内荷尔蒙所支配，能令人短暂地失去理性思考，义无反顾地投身于所谓的"爱"之中。然而女性在两性关系中，处于极易受伤的地位，尤其在为爱付出一切却遭受冷遇后，更是弱者中的弱者。在美华新移民女作家的书写中，也常常出现这一类因欲望驱动而迷恋对方的"情人"形象。严歌苓的《抢劫犯查理和我》以简练的情节、细腻的笔触刻画了这样一个独特的形象："我"被抢劫犯查理的身体所吸引，由此被激发出性爱的欲望和幻想，一厢情愿地成为查理的假想情人，甚至模糊了到底是不是"爱"，即使

---

① 查建英：《丛林里的冰河》，见虹影主编：《华人女作家海外小说选》，珠海出版社，1996年，第10页。

后来"我"已明白那只是一种冲动下的幼稚，但对查理的幻想依然存在。然而，"我"发现在"恋爱"的同时也在犯罪，"我"不能自持地一次次帮助查理躲避警察的追捕，其实是一个女人在帮助一名罪犯摆脱法律的制裁。在陈谦的《残雪》中，胡力的出现，不仅让女主人公丹文找到了摆脱"母爱"束缚的可能，"她意识到，在她如今的生命里，只有胡力的能量，能够跟她母亲的抗衡"①；而且在胡力"野蛮的力量"面前，丹文获得了欲望的满足，这似乎是她渴望已久的自由。吕红的《美国情人》中，芯的追求也许少了一些欲望，多了一些与命运抗争的追求："觉得跟命运较劲的女人所承受的压力是双重的，但不认命不服输的个性，又使她于消沉中信心重振"②。芯在婚姻里感受不到丈夫刘卫东的关爱，在背井离乡的美国又备受事业的压力，美国男人皮特的出现，并给予生活工作上的照顾时，芯心底的欲望被激发出来了，她投入了皮特的怀抱，成了皮特不能公开的情人。然而事与愿违，在芯摆脱了旧婚姻以为可以步入新的婚姻殿堂时，皮特却因自身利益抛弃了芯。芯在认识到政客的虚情假意后，转身投入了写作，赢得了自己的声誉。在这里，我们似乎没有看到芯在感性上的悲伤，反而理性地总结与皮特的这一段经历，甚至认为她人生最难过的时候有这一段情人的经历多少还是美好的。也许心理的满足可以暂时帮她转移或者消解生活的苦恼，渡过难关。

严歌苓、陈谦、吕红笔下的"我""丹文"和"芯"，都是在陌生的环境中遇到陌生的男性，并被其身上的神秘感激发出了好奇的眼光和欲望的冲动，于是在幻想或现实中成为"情人"。由此可见，她们所寻求的爱其实更多的是一种性爱，它们听命于身体的渴望，希望得到一种欲望的满足。因此"我"在即将到来的婚姻面前对男人的身体与自己的身体有许多幻想，哪怕对方是一个抢劫犯；丹文则借助胡力性爱的能量挣脱母爱的束缚，使自己的性别得到真正的确认；芯则投入了皮特的怀抱，以此来转移现实的苦恼。这一类形象的塑造，也透露出了作家对长期遭受男性压迫和伦理束缚的女性渴望在爱恋上为自己做主的独特想象和生命诉求。

---

① 郭媛媛：《爱情是人生复杂的境遇——美国华文作家陈谦小说论》，载《世界华文文学论坛》2007年第2期。

② 吕红：《美国情人》，中国华侨出版社，2006年，第259页。

二

为何这一类情人形象不论在主动寻求或被动接受爱恋的过程中，都显得那样坎坷。在不断遭受打击的痛苦折磨中渐渐失去女性的高贵和尊严。且不说文化的差异，个人的成长历程，仅仅就异域社会所赋予的标签就令这些"情人"倍感沉重。总之，边缘化的作家身份、男权社会下女性话语的缺失和力图证实女性生命意义的追求都传达出美华新移民女作家建构情人形象的独特诉求和情感把握。而这一点也许正是美华文学之所以塑造出如此丰富的情人形象所在。

首先是内心的孤独与灵魂的超越。严歌苓曾对创作这样表述："像一个生命的移植——将自己连根拔起，再往一片新土上栽植，而在新土上扎根之前，这个生命的全部根须是裸露的，像是裸露着的全部神经，因此我自然是惊人的敏感。伤痛也好，慰藉也好，都在这敏感中夸张了，都在夸张中形成强烈的形象和故事。"①由此可见，许多作家创作的起步是对情感的一种释放，在笔下人物身上展开丰富想象，以突破作家在现实中的束缚，由此"夸张"地传达出自己敏感的伤痛和慰藉，让人感同身受。所以在美华新移民女作家笔下的女性，体现的不仅是作家和人物共有的本我，一种以追求愉悦的内在欲望，使其在创作中得以释放；而且是作家对现实存在可能性的前提下，一种对人物生活的憧憬，表现为自我在现实中，依照现实的要求和愿望所做的转移和生命诉求。也许《红罗裙》中的伦理颠覆与《抢劫犯查理和我》中欲望化的情人关系反映出女性的原始压抑在异域美国的转移和释放。但更重要的是，面对女性在第一世界中承受着第三世界的身份而背负精神重担的现实，美国移民华人在主流文化下失去了发言权，其声音只能在边缘徘徊，作为以边缘身份而生存和写作的作家而言，对于这种遭遇曾一度困惑并力求发声，因此可以说美华新移民女作家的书写，也是对早前移民文学思想探索与生命诉求的一种继续。正像吕红在《美国情人》中写道："我之所以写作，是为了抓住那流水一样的时间，让孤独的灵魂有所支撑，有所寄托。写作，可以让灵魂抵达现实所抵达不到的深度和广度"②。这或许是作者借"芯"之口所发出的心声。看得出，作家所要传达的是，

---

① 严歌苓：《少女小渔》，见《严歌苓文集》（5），当代世界出版社，2003年，第270—271页。

② 吕红：《美国情人》，中国华侨出版社，2006年，第257页。

人的灵魂是有寄托的，写作就是去追求灵魂的升华，就是对现实压抑和孤独内心的超越，让灵魂抵达新的境界。可以说，作者是从异域困境带给一个新移民的内心孤独和惊人敏感出发，独特地探讨了新移民女性的生存境遇和生命诉求。

其次是身份的缺失与美国梦的质疑。早期美华移民在面对"根"的问题时，显示出了流浪式的心境，有追求的信念却无法排遣心中的飘零感，"寻根热""扎根说"等华人定位的问题相继出现，这也促使美华新移民女作家就身份问题产生思考。查建英曾说，游离于国内与国外之间，就是个流浪的人，没有归属感却有个家的存在。《丛林中的冰河》中的"我"、《爱在无爱的硅谷》中的苏菊，都是在美国梦的诱惑下来到美国，却为自我身份的缺失而迷茫。移民女性的多重边缘化所造成的孤独感更增添了背井离乡的不确定性，她们不确定去美国是为了什么，有什么希望，也许这种特殊的"情人"关系让她们有了些许依靠和憧憬，让她们的情感有所释放和追求。《丛林中的冰河》中"我"的中国式理想主义失去了，又不知道另一个理想是什么，怎么继续奋斗？《爱在无爱的硅谷》中苏菊那追求艺术家的人生也变得遥遥无期。女性在美国这片土地上的生活目标变得迷茫和困惑，前途无法确定，身份摇摆不定，有如多余人。这些状况都让新移民女作家产生飘零之感，在原有的价值观被否定的情形下，她们所面对的，就是如何寻找安身立命之地。对于华人移民来说，长期受到美国社会主流文化借助其自身霸权地位的排斥，无论他们如何努力地美国化，仍然很难融入，这使华人成为一个长期处于社会边缘的弱势群体。也许通过"情人"形象改变生存困境是她们的一种独特选择，但其实这只是她们一厢情愿的诉求，脱离了既有的传统生活方式和组织方式，她们也不可避免地沦为异域男性的牺牲品。美华新移民女作家通过这一类"情人"形象的塑造，独特地揭示了美国梦的虚伪和对女性所造成的伤害，以警醒女性慎重把握自己，去寻求心灵的真正归属。

再次是文化的守护与现实的对抗。长期浸润于数千年的儒家传统文化氛围中的新移民，突然一头撞进了陌生的异域文化环境中，总是会有种茫然无措之感，一方面很想融入新的主流文化中，另一方面又想守住自己的文化之根。所以美华新移民女作家在她们的书写中，对两种文化采取了一种有意识的辩证态度，如谭恩美《喜福会》中的母亲就希望将传统思想传达给她的女儿们；而陈谦《残雪》中的丹文则希望融入男友的文化，来摆脱"母爱"传统文化的束缚，然而，异域现实的残酷最终还是让这些"情人"的努力遭受了打击。新时代女权独立的思想在与男性社会交锋的瞬间，传统文化的保守性也导致了女性不由自主地妥协，使女性在主流文化中处于从属地位，以至于女性在异域的边缘人身份上更负载着一种传统道德文化的谴责。《丛林中的冰河》中的"我"就尖锐地指出："我们是多么含蓄的民族，含蓄到曾有人倡议连握手也罢免掉，索性双手合抱为礼。这样人体之间的接触就全没有了，余下的百分之百是精神交流"①。然而，对西方的"东方主义"对中国传统文化的丑化，美华新移民女作家也通过"情人"形象的主动出击传达出了一种抗争的勇气和守护母国文化的态度。总之，虽然美国社会中少数族群的生存努力和精神追求难免被悲剧化的事实令人痛心，但美华新移民女作家的书写也体现出一代知识分子守护传统文化的努力和与现实对抗的意图，并通过情人形象予以了某种女性主义的人文关怀。

三

处于两个世界边缘的独特地位给美华新移民女作家提供了与众不同的生命体验与观察世界的视角，其笔下多样的情人形象也在某种程度上打破了主流社会男权话语对于女性的束缚，体现出了女性的某种坚守与抗争精神，其生命价值也得到了独特的表现。她们在异域的陌生文化环境中，虽然深陷于多重压迫，仍然能展现生命顽强成长的力量。与以往许多海外华文文学作品中在外拼搏的异乡人、充满乡愁的海外游子、有家难回的思乡者形象不同，"情人"形象的塑造冲破了一向被传统文化否定的藩篱，传达出了在两种文化夹缝中，作为弱者的女性渴望实现人生价值的愿望和生命追求，给人带来一种新的审美经验。

情人形象本身所传达的异域女性特有的命运遭际所带有的文化、道德上的反省也意味深刻。在以男权话语为主流的儒家传统思想影响下，情人被赋予失去独立人格而堕落的象征。新移民女作家笔下的"情人"则如战士般在为自己而活着，既柔弱又刚强，是对现实压迫和性别困境的一种反驳，也是一种力求自我认同的无奈抗争。有人说，"女性的爱与宽谅,有助于历史伤痕之弥合,重建女性与族群及国家之

---

① 查建英：《丛林里的冰河》，见虹影主编：《华人女作家海外小说选》，珠海出版社，1996年，第10页。

间的关系，恐怕已非迷思，而益显其重要性"①。从而在审美层面上带给读者一种新的思考。

虽然美华新移民女作家笔下"情人"形象处于社会边缘，但仍然表现出了强韧的生命力，在面对社会挑战时，一直在寻找自身出路，其迷茫的过程也凸显了作家的独特思考。但实际上，这仍是新移民女性在现实困境中传达性别诉求的一种精神虚构。不管怎么样，新时代女性作为时代进步的参与者，作为与时代并行的独立个人，是可以有更好的选择和更好的作为的，也许这也是美华新移民女作家的书写给予我们的另一种启示。

（原载《名作欣赏》2020年第12期）

---

① 李欧梵：《现代性的追求》，台北麦田出版有限公司，1996年，第53页。

生命的繁华与苍凉

——论美华作家吕红《午夜兰桂坊》的女性主义特质

张清芳

　　海外华文文学近年逐渐繁盛发展起来，并呈现出逐渐汇入中国当代文学创作大潮的发展趋势。海外华文文学既然用中国汉语写作，而且近年他们的作品从海外转移到用汉语写作的国家和地区，尤其是中国大陆；而且很多著名作家的作品占据了从印刷品到影视剧的高收视率，其中严歌苓颇有代表性。从这个角度来说，即使现在海外华文文学和国内的在文学史位置上是并列、平行的，但是随着中国在世界的影响力的不断增强，海外华文文学在未来必会成为中国当代文学的一个必然组成部分，在海外文坛亦将逐渐从边缘位置走向中心，成为华语创作在海外文坛展示自身强大创作实绩的一个重要舞台。

　　从海外华人作家特别是女作家这个群体来看，她们作品所涵盖的因素，既有传统印记又不乏现代西方思潮影响，深受西方女权（女性）主义理论观点的影响。西蒙娜·波伏娃中的著名论点"女人不是先天生成的，而是后天变成的"[①]，鼓励女性由"他者"成为"主体"，打破一切社会成见、习俗观念以及自身的心理偏见，不要让自己禁锢在女性功能中，要去追求有主观意识的生活，承担自己。凯特·米利特进一步揭示了性问题的政治内涵，使这一曾经充满臆断的领域暴露出其本质内容：强权和支配观念。透视读者与作者、文本之间的冲突会如何暴露出一部作品的潜在前提。另外，贝蒂·弗里丹主张妇女突破传统角色的局限，争取自己在社会、家庭中的地位……她们的观点甚至影响了包括美国总统候选人希拉里·克林顿这样

---

　　① ［法］西蒙娜·波伏娃：《第二性》，陶铁柱译，中国书籍出版社，1998年。该书影响了中西方几代文化女性。

的女政治家，后者更是以前瞻眼光重新审视女权运动的历史与未来。

那么海外华人的创作思路与创作手法，在这种社会背景下会出现哪些新的变化并形成何种独特特色？近年新移民女作家吕红的创作颇受海内外关注，她的作品亦在某种程度上给出了令人较为满意的答案。迄今为止，吕红已经发表长篇小说《美国情人》、中短篇小说集《午夜兰桂坊》和散文集《女人的白宫》《女人的天涯》等多部作品，在国内外文坛产生了一定的影响。与其他华人小说作家作品相比，吕红小说的重点不是描绘海外华人在异国面对文化差异时所发生的各种曲折故事，而是从一个独特视角来关注并思考华人女性的命运遭遇，包括那些身处20世纪90年代改革开放大潮社会背景剧烈变化中的中国人，以及20世纪90年代后去美国打拼的华人命运。作者将20世纪90年代初期人们纷纷到深圳、广州等沿海发达城市寻求个人发展，与20世纪90年代后期移民到美国去实现生活富足的"美国梦"之路，相互加以对照和对比，并使二者互相呼应、相互对照。正是在东西方社会文化对比、中美生活的对照中，力图反映出20世纪90年代后包括在海外生活的所有中国人的社会生活与内在心理世界的变化。《美国情人》和小说集《午夜兰桂坊》堪称是吕红小说的代表作，后者主要收录了以上两类主题的作品共十部，前者则把中国国内社会生活与美国生活经验同时呈现在读者面前，写出了生命的繁华与苍凉，这亦是吕红小说在内容主题上的一个独特特点。

从艺术手法来说，吕红的小说在叙事技巧上具有"新感觉"派的某些特点①，也较为娴熟地借用了蒙太奇手法、长镜头、电影对白等电影中的一些艺术手法②，而且她还喜欢用充满象征意味的多种意象来表达作者形而上的精神追求与人性思考。例如，《午夜兰桂坊》中位于香港的兰桂坊就是其中的一个中心意象，它体现出的中西合璧的生活方式，以及在纸醉金迷夜色掩盖下那些人生故事的繁华与苍凉，均使它成为迁移到西方国家去工作生活、不愿意再返回中国居住的海外华人模棱两可的身份认同观念，以及他们精神归属的暂时栖息地。不同背景、不同肤色的人身处兰桂坊时均有类似的感受："无意间在香江做一回华丽的看客，深深地体味着人的欲

---

① 邓苗彬：《表达的超限与梦幻的间离——评吕红中短篇小说创作》，见吕红：《午夜兰桂坊》，长江文艺出版社，2010年，第404—413页。
② 江少川：《女性书写·时间诗学·影像叙事——评吕红中短篇小说创作》，载《世界华文文学论坛》2011年第1期；许爱珠、高翔：《流淌的生活与女性的困惑——读作品集〈午夜兰桂坊〉有感》，载《世界华文文学论坛》2011年第2期。

望之火、魅力之源，透视香艳和浮华表象……"①从这个角度来说，兰桂坊意象不但是女性心灵象征，更是处于全球化背景下、现代性进程中的华人复杂微妙的心理世界之象征。

《漂移的冰川和花环》中的"冰川"和"花环"意象，也颇有提纲挈领的作用，前者是女主人公芯在美移民打拼所面临的生存困境、家庭危机和职业烦恼的一种隐喻，而后者则是她经过不懈努力后事业得到发展，摆脱困窘并迎来全新人生的象征。比如小说的结尾："此刻，新年的钟声已敲响。人们欢呼雀跃，砰地打开香槟酒，相互举杯，狂欢起来，随之即鱼儿般地跃入舞池，跳到高潮，一群群一串串相互拉起手搭起肩膀形成一个个大圈圈。不知何时，尘缘往事尽抛九霄云外。汇入缤纷的人海，她脖颈也不知被谁挂了一个蓝色花环，似乎象征着美丽新生……"②正是对这些意象的巧妙运用，赋予这些小说具有鲜明的、形而上的某种现代哲理意蕴。亦成就了其独特风格。

不仅如此，吕红小说值得称道的地方还在于她对中国女性，特别是当下中国现代女性身心解放之路的思考，这亦是其中的一个主题，体现出作家在文学探索上的独树一帜。小说集《午夜兰桂坊》，如果把它收入的十部作品作为一个整体加以阅读，从第一部中篇小说《朦胧的光影》到最后一篇《不期而遇》，都被当成具有因果逻辑联系的系列小说来看，就会发现其中包含著作者既具有思想上的连续性，又有逻辑上的发展系统性的女性主义思想观念。换而言之，作为受过高等教育的华人知识分子，她选择了两性的内心情感世界，在男性与女性情感纠葛的坐标系中对现代中国女性获得人格独立与思想解放展开深入考察，同时亦在不同创作阶段写出的延宕起伏的爱情故事中，在美丽繁华与苍凉灰暗交错的生命体验中逐渐形成自己的女性观点，这亦是她对海外华文文学的一个贡献。

从小说中的故事背景来看，《绿墙中的夏娃》《曝光》《秋夜如水》《那年春天》《曾经火焰山》和《怨与缘》，大概大部分写于作者在20世纪90年代去美之前，或是作者已经在国内构思出了故事框架后到国外后再写出全文。除了《那年春天》外，其他五部小说均包含着男女两性爱情的主线和主题，特别是体现在《绿墙中的夏娃》《曝光》《秋夜如水》三篇中。如果再从故事主题进行细致推敲，会发

---

① 吕红：《午夜兰桂坊》，长江文艺出版社，2010年，第82页。
② 吕红：《午夜兰桂坊》，长江文艺出版社，2010年，第147页。

现《绿墙中的夏娃》的写作时间最早，大概是20世纪80年代，体现出作者早期女性主义思想观念中的某些特征。在这篇充满悲剧色彩的小说中，美丽能干的女护士成欣的堕落，主要是因为她与木讷、沉稳、迟钝的丈夫之间缺乏共同语言与共同追求，导致这个追求心灵解放、寻找自我个性的超凡脱俗的女人，最后结局却是陷入泥沼成为悲剧；然而另一方面她在灵魂挣扎的同时，也对自己矛盾自责并内疚："她简直不敢回首往事重温旧梦，想不通为什么自己越想脱俗反而更深地陷入了泥泞之中的。游戏人生总是件痛苦的事，那种放荡无羁的关系使她深深厌腻了，这有些像吸毒，快乐麻醉是短暂的，而痛苦却是长久的，摆脱不掉。"[①]作者借好友晴霏之口则把成欣堕落的主要原因归于外部社会环境："假如，在她未曾对婚姻对爱情幻灭之前，能把身心托付给一位心地坚定的伟大灵魂，而贞操，恩情，欢愉和责任也集于一人之身，她能跌得那样惨吗？会吗？她的灵魂一定在什么地方特别在幽深的不见底的黑夜里被撕扯得痛哭……"[②]从中国女性解放的发展历程来说，尽管中国女性与男性平起平坐、同工同酬等社会平等待遇，但是在家庭这个社会结构中仍然存在着某些隐蔽的不平等现象，女性精神自我的独立性与性别身份并没有得到充分确立，而是被限定在特定的社会背景中。[③]

与此前的30年相比，20世纪80年代的中国女性模糊的性别身份与处于弱势地位，在很大程度上并未得到改善。从作品描述及反思中对于女主人公多有同情之笔[④]，不过更重要的在于，她此时已经看到，中国女性在20世纪八九十年代对人格尊严与自身解放之路的艰难探索与跋涉，虽然是一种自发的、处于萌芽状态的反抗力量，但是已经蕴含着巨大的爆发力，一旦中国社会环境发生剧烈变化，即从保守走向开放，那么她们冲破社会外部环境阻力、叛逆反抗男权社会的压迫就会成为一种心理自觉意识。可以推断，男性与女性在情爱、职业等方面的相互博弈与竞争自然也将会成为女性获得自身解放的一种常用手段，这亦是现代社会发展的一种必然趋势。

---

① 吕红：《午夜兰桂坊》，长江文艺出版社，2010年，第176页。
② 吕红：《午夜兰桂坊》，长江文艺出版社，2010年，第179—180页。
③ 戴锦华、孟悦：《浮出历史地表——现代妇女文学研究》，河南人民出版社，1989年，263—269页。
④ 聂尔：《夏娃的坠落——读吕红小说〈绿墙中的夏娃〉》，载《世界华文文学论坛》2011年第1期。

随着社会变化男女之情在《秋夜如水》中又是另一番景观。当20世纪90年代辞职下海成风的沿海开放城市背景中变得合情合理。在这部小说中，凌子没有成欣的道德谴责与心灵波动，而是理直气壮："凌子曾爱他打开烟盒取烟的姿势，还有他开车的风度，以及说话的语气贵族做派——噢，女孩们全这样，大事上懵懵懂懂，却对细节津津乐道、颠三倒四、梦萦魂牵。甚至懒得去考虑一些很现实的问题。"①凌子的这种举动就如同国人争相去沿海开放地区一样的正常，此时社会变化已经使人们思想观念相应地发生很大变化，像《曝光》中与上司偷情而遭处分的吴芹，她的命运变化——在多年后成为特区节目主持人，其他女性也在社会时代的巨变中重新找到了自己的新位置。

然而，处在古典爱情观与现代"豪放女人"观念之间徘徊的东方女性又是一个矛盾体，正如凌子在接到情人打电话说想念她时，不顾一切；然而另一方面却又希望两人能够突破婚外情人关系而达到天长地久。她把爱情推崇到无限高度："不管时空如何变幻，仍执着于这份古典浪漫……"②作者似乎在寻找拯救女性走出各种困境及在某种程度上获得精神解放，男女双方在互相理解、心灵沟通基础上建立起来的持久爱情，可以成为女性获得身心解放、追求生命繁华绽放的一个港湾。

《微朦的光影》《漂移的冰川与花环》《午夜兰桂坊》和《不期而遇》这四篇小说，很可能是作者移居美国之后所写，因为故事背景均为中国人迁移到美国之后的生活经历。《微朦的光影》与《漂移的冰川与花环》主要讲述了中国人到美国后的奋斗发家史，不论是前者中的"他"，还是后一部小说中的女主角芯，都曾在美国经历过辛酸辛苦的奋斗过程。这让人想起20世纪90年代风靡一时的周励的《曼哈顿的中国女人》、曹桂林的《中国人在纽约》等描述在美国奋斗、实现美国梦的小说作品。不过与20世纪90年代中国人为异国生存和获取物质财富奋斗的故事相比，进入新世纪之后在美国生活的中国人已经解决了温饱问题，他们所面对的问题，已经变成了深层次的精神困境。相较生存层面，精神问题可以挖掘的深度与延展空间更大，也更能够深层展示现代华人内在灵魂世界的波动。

《微朦的光影》中对画家在美生活经历的描述颇有代表性："不知什么原因，他忽然想寻找另外一片天地、感受另一种文化、另一种活法，于是来到美国……如

---

① 吕红：《午夜兰桂坊》，长江文艺出版社，2010年，第272页。
② 吕红：《午夜兰桂坊》，长江文艺出版社，2010年，第280页。

果你不出名，单纯搞艺术是很难活下去的。他改学了计算机设计，在一家印刷公司上班，老板也待他不薄，收入稳定，还有医疗保险。日子安宁，沉闷，就像是掉进了死水。日复一日，他渐渐就失去自己的灵感、激情火花。"①可以这样说，在美国生活的中国人在物质生活极大丰富之后，精神世界的匮乏问题随之暴露出来。原因不仅在于富足平庸的死水一潭的单调生活方式，更是因为中国崛起后国人在国内同样富裕发达的情况对他们产生的刺激："他回国转了一圈，国内巨大的变化，物是人非。"②这些海外华人所面对的精神压力与文化冲击、去留两难的心理徘徊，在第一代移民中具有一定的普遍性。

《午夜兰桂坊》应该是作者构思时间较长，而且在修改中增加时代新特色的一部小说③，也是最能够体现出吕红女性主义观点发生新变化的代表作。《午夜兰桂坊》中的梦薇与海云是生活命运轨迹不同、性格相异的两个女主角，她们两人分别代表着出国寻求幸福与实现个人价值的两种女性形象，不过也均属于事业有成的现代女性。与梦薇相比，海云作为事业有成的中国女性代表，她在美国的成功之路更具有代表性和典型性："海云细说了她是如何在国内学校就开始苦练英文，后来才遇到先生……这一路，虽然有伴侣支持，但最终还是靠自己打拼的。"④海云到香港就职，不仅是遵从公司的派遣，实际上也是她对当下社会环境的一种主动响应。与生活平静无波澜的美国生活相比较，繁华热闹的香港更适合中国人就业和生活，而且作为中国连接世界的一个窗口，她从香港时刻都可以感受到国内生活变换的激烈脉动："整个社会都在被无所不在的躁动不安的欲望所折磨，压抑至于窒息。好戏连台，无时无刻不上演着各类即兴演出。木子美、芙蓉姐姐、艳照门、血水洗澡门层出不穷，花样翻新。"⑤既然吕红已经敏锐地察觉到国内外社会背景发生变化，自然导致她小说中的华人女性在解放之路上不再满足于停留在两性相知相悦的港湾，

---

① 吕红：《午夜兰桂坊》，长江文艺出版社，2010年，第14页。

② 吕红：《午夜兰桂坊》，长江文艺出版社，2010年，第14—15页。

③ 可以把发表在期刊《安徽文学》（2010年10期）上的小说与收入长江文艺出版社2010年版的小说集中的同名小说相比较，可以看出后者增添了很多故事情节与时代背景细节。两相对比，可以推测出作者不断地对这篇小说在内容上进行增加和修改，以便使后者承载更多的时代内容与主题。从艺术成就来说，后者的确超过了前者，成为吕红小说的代表作之一。

④ 吕红：《午夜兰桂坊》，长江文艺出版社，2010年，第62页。

⑤ 吕红：《午夜兰桂坊》，长江文艺出版社，2010年，第68页。

而是继续走向新的路程，探索新的方向。

正是在《午夜兰桂坊》所铺展的新环境下，男女爱情故事从感情层面被推演到两性情感博弈的高度。作者通过海云之口进行了精辟的概括："女人在男人的世界里打天下，第一资本是美貌，第二是才干；抑或相反，第一是才干其次是美貌，但都离不开男人。男人强大也弱小，你说是辩证法也好，变戏法也罢，就是看最后谁笑得最好看！"①这段话显然包含着两性情感博弈的基本内容。梦薇曾也在迷离恍惚的梦境与震撼灵魂的电影情节交叠时，对男女两性情感产生了新的看法："她神情恍惚，想起某导演说的，剧中人都是我的一部分，男人表现了我的身体和欲望；女人则是我的灵魂和情感。而影像呈现的，就是灵与肉纠结，理智与情感背离，政治与性爱的险恶诡谲……难怪，浮士德对瓦格纳说：有两种精神居住在我们内心，一个要同另一个分离！一个沉溺在迷离的爱欲中，执拗地固执这个尘世，另一个猛烈地要离去凡尘，向那崇高的灵的境界飞驰。人啊，永远都在相互背离排斥、又互相纠缠的矛盾中窘困挣扎！"②此处对现代人灵魂两分裂进行的充满现代哲学意味的分析颇有深意，可知作者超越了此前女性主义观念中关于两性相知相爱的观点，也为处于国际化背景中的中国女性在两性情感博弈和竞争中占据上风作了理论上的铺垫。不仅如此，人物如此纠结矛盾的心态与性格刻画，既可看出《午夜兰桂坊》等与此前的《绿墙中的夏娃》等小说在艺术手法上的一脉相承，又可看出前者体现出的女性主义思想观念对后者的超越与新变。

然而女性在情感博弈中占据的优势地位，如同一枚硬币的两面，有时未必能够圆满解决新环境产生的新问题。具体到海云来说，在职场中如鱼得水，极大程度地实现了自己的人生价值，她如同一株艳丽逼人的牡丹，在香港这个国际化的大都市中肆意展示着女性生命的华美与活力。不过海云在香港得到高职重用的同时，却同时面临着美国丈夫对她的猜疑，而且在高速高压的现代生活中，她又在潜意识里充满了对其他异性感情的渴望，因此一面之缘男子给了她短暂的情感慰藉："没想到，突然之间会陷入这种简单而复杂的情境中，不计前因后果，有的，只是感觉。无法言喻的，对心灵同频共振的渴望，欲知难知的谜面与谜底；有时，任何语言都

---

① 吕红：《午夜兰桂坊》，长江文艺出版社，2010年，第21页。
② 吕红：《午夜兰桂坊》，长江文艺出版社，2010年，第77页。

显得苍白无力；而有时，语言又成为推进关系的关键……"①

如果说作者对成欣的不幸命运掺杂深切同情，是对当时压抑保守社会的反叛；那么海云在二十几年后的命运则体现出作者在中国现代女性得到期盼已久的身心解放、自由之后的迷茫之感和人生无常的慨叹。人性的错综复杂和男女两性天性中的弱点等内在原因："一位心理学家曾经断言：再美好的婚姻也不可能阉割了男人对异性的性趣和女性对异性的情趣。男人之对'性'与女人之对'情'，正是两性间人性最大的弱点。"②从这个角度来说，女性在两性情感中虽然掌握了主动权，宽容开放的社会环境与容易获取的爱欲机会使她们可以获得身体的某种解放，但是她们的精神却依然无法找到归宿和停泊休憩的落脚点。"爱太沉重，激情太飘忽，不管怎样，我们永远都做好朋友。起码我能活在你的记忆中，而成为你生命的一部分……"③这是海云略带嘲讽的人生感悟，或许也是经历过世界现代性潮流洗礼过的女性的喟叹：只有回忆才能够存留爱情与生命。像杜拉斯的那个中国情人，尽管跨越半世纪，却依然栩栩如生地存活在法国女孩的记忆中。如天边那些缥缈变幻的云朵，又如何能够在芸芸众生庸常中长留？唯有让作品留给读者去思考了。

早在1995年吕红首次参加女性文学国际研讨会时，以题为《从情感到欲望——女性文学的流向》④论文概括"五四"为起点的现代文学史出现了冰心、庐隐、丁玲、萧红等女作家，仅有丁玲等创作表现出较强的女权主义倾向。研究者认为，张爱玲是一个特例。而近年出版的《小团圆》等亦不难发现西方女性主义的痕迹，从这个角度上来说，张爱玲创作的意义与地位是独特和难以替代的。通过对女性内心近似残酷的自省与自剖解构了男权给女性设置的"天使"与"妖妇"这两种非此即彼的角色。西蒙娜·波伏娃早就清醒地认识到女人在生物性上的弱点，她承认这个现实，因此显得冷静而客观。但往往许多女性却没有意识到这个差异，这是仍没有追求到梦寐以求的"权利"的重要因素。

相比之下，华人女性今天的"第二性"的生存状态是否得到根本的改变？正如西蒙娜·波伏娃所言："我认为从总体上看，对今天的女性来说，情况一点都不

① 吕红：《午夜兰桂坊》，长江文艺出版社，2010年，第70—71页。
② 吕红：《午夜兰桂坊》，长江文艺出版社，2010年，第80页。
③ 吕红：《午夜兰桂坊》，长江文艺出版社，2010年，第78页。
④ 吕红：《从情感到欲望：女性文学的流向》，载《文艺评论》1996年第4期。

好，我甚至认为情况比我当初写《第二性》的时候还要糟糕，因为当我写的时候，抱着一个热切的希望，希望女性状况即将产生深刻的变化，这也是我在书的最后所说的，我说："我希望这本书有朝一日会过时"，不幸的是这本书根本没有过时。"从这个角度来说，《午夜兰桂坊》这本书亦未过时，因为它带给我们的是对（女）人和存在的本质问题的质疑和思考。当下我们经历了性解放、离婚、同居、同性恋、双性恋……白尤禁忌的新背景下，不是女权（性）主义理论过时、落伍了，而是整个社会的道德观、价值体系暧昧模糊、复杂多元。被科技操纵着社会加速发展的错觉和按遥控器换电视频道的自由，人们似乎已经没有兴趣去思考自身的存在价值，无法形成自我主体性，那么女性还如何对当下社会中存在的某种男权压迫进行反抗？又能够去具体反抗什么呢？最现实的则可能与权钱形成共谋关系。

既然新世纪的社会背景在带给华人女性身心解放机遇的同时，又使她们面临着新的迷茫困惑与问题，那么她们在以后的解放路程中又该何去何从？怎样才能获得真正意义上的解放？女性解放之路如同一个斯芬克斯之谜，吸引着吕红在以后的小说创作中继续寻找答案，亦成为她不断进行文学创作的一个推动力。

概而言之，吕红在创作与研究中充分吸取了中西方文学的丰硕成果，无论是在小说作品中化用中国经典小说和最新国际电影中的某些艺术因素，还是在创作中形成的思想比较先锋的女性主义理论，某种程度上都可成为国内学者观察了解、分析海外华文文学创作特点及发展趋势的媒介物。更期待海外华人作家不断地创作新作品，为现当代文学史提供更宽阔更新鲜的研究视野与研究范式。

（原载《世界华文文学论坛》2017年第1期）

叙事高地，中西合璧

——评吕红的《午夜兰桂坊》

林　瑶

　　中国世界华文文学学会顾问公仲教授曾说："新移民文学是世界华文文学的新生长点，它为世界华文文学注入一股新鲜血液，并正逐步形成了一支新生的主力军。"[①]在新的生存环境中，当个体被置入世界舞台后，灵魂、情感、命运等在多元文化背景与多声部中嬗变，每一种继续都是一段疼痛的挣扎。旅美作家吕红的《午夜兰桂坊》（2010年由长江文艺出版社出版）就是华文文学中关注新移民心灵与情感的一部作品集，主要收录了《午夜兰桂坊》《怨与缘》《微朦的光影》等中篇小说，同时，也收录了影评、书评等其他文体作品，展现出作者多方面的才华。本文主要讨论书中的小说作品，着重分析其独特的叙事策略和融贯中西的写作技巧。

一

　　《午夜兰桂坊》具有丰富、独特的叙事策略，作者善于运用电影叙事方法来叙述故事，成功地建造了一方叙事高地。

　　作者善于运用独到、精准的电影互文来叙述故事，结构全篇。小说与电影虽属两种不同的艺术形式，但二者是可以相互借鉴、相互补充的。吕红自己说过："自从有了文学梦，我的写作几乎就跟电影梦相关，也是奇怪，我初次练笔就是电影剧

---

　　① 公仲：《世界华文文学概要》，人民文学出版社，2000年，第447页。

本……"①在《午夜兰桂坊》中，几乎每部作品都有电影手法的摄入，有的将其作为支撑作品的一个结构要素，有的执着于电影强烈、生动的画面感、音响感而为小说增添立体感，有的则将其作为对无形的情感、意识的具体阐释手段，不一而足。在这方面，《微朦的光影》最具代表性。在这部作品中，电影《广岛之恋》贯穿于整部作品，与小说叙事形成一种互文。在主题一致、情绪同步、氛围近似的条件下，影片与小说互相阐发，为整部小说增添了层次感、丰富性，使作品变得更加广阔与绵长。小说在交代了背景后，就进入了由这两种叙事元素构成的光影斑驳、时空交错、现实与虚幻交织的情绪流动中。"轻微的颤抖和内心重温的硬核，与影片画面朦胧的感觉混合……在剧情变化中，恍惚离别旧梦的疼痛和绝望一下子涌来，心生纠缠的，是一段刻骨铭心之恋。"作品由此进入故事主体，由三个分离的故事组成，其中以我和阿蒙与《广岛之恋》中男女主人公的两个分离故事为两条相互缠绕的线索。二者虽有一定程度上的背离，然而更多的是两相契合的，大概都是经过了相识—发展—回归（精神）—分离的过程，其超越道德的灰色边缘情感是相通的，一种见不到太阳的情感共鸣是相同的。本文开头就为整篇作品预设了色彩和基调："红橙黄绿蓝紫，彩虹在头顶飘荡，在霓虹灯上闪烁，让人有迷幻之感。"这是由电影生出的光影氛围，让迷失的主人公于"迷幻之感"中咀嚼伤痛与悔悟，为小说蒙上了色彩鲜明的情感。电影是本篇的一个重要角色，将现实经历放在荧幕上的演绎。

作者还善于运用多元、新奇的叙事方式，突破了传统小说的直线叙述方式，打乱了自然的时空秩序，在不同的时空裂痕中为主人公的命运变化提供适合的叙述场域。在叙事时间上，有涉及两代人的历史叙事（《怨与缘》《曾经火焰山》），也有触及真实生活的现代展现（《午夜兰桂坊》）……不是说每一部作品都有专门明确的时间划分，而是说不同的时间阶段散落在作品中，它们承载着厚重而绵长的日月；在地理空间上，作品涉及繁华都市香港、新疆、旧金山等方位坐标，在不同的母体腹地上演着与之相匹配或相悖反的人生故事；在话语语域上，作品涵盖了公司、报社、部队、医院等各个社会板块，它们为人物的经历提供了角色背景，为他们的人生遭际奠定行动依据。这些时空场域的交替变化没有一条直线可以循迹，在

---

① 公仲：《传统和现代之间的跋涉者——序吕红小说集〈午夜兰桂坊〉》，见吕红：《午夜兰桂坊》，长江文艺出版社，2010年，序第3页。

倒叙或插叙的整合下常常出现叙事的断裂与空白。一方面给读者的期待视野提供了丰富、补充的空间；另一方面则可能超越读者的期待视野，颠覆阅读习惯。《微朦的光影》或明或暗地讲述了三个故事，其中还嵌套着过去时空里的故事，这种嵌套结构中夹杂的错位时空叙述，并行地在小说与电影两条线索上的呈示，不免会让读者眼花缭乱，只有细读才能理清。"事实上，真正赢得大多数读者喜爱的作品，往往既有顺向相应又有逆向遇挫。一方面，文本不时唤起读者期待视野中的预定积累，同时又在不断设法打破读者的期待惯性，以出其不意的人物、情节或意境牵动读者的想象。"①大跨度的时空交错结构，一般不易掌握，这就对作者提出了很高的要求。通过《微朦的光影》可以看出，作者具有掌控大跨度时空交错结构的能力，对其处理得恰到好处。

二

《午夜兰桂坊》继承、借鉴了中国小说传统艺术技巧，从肖像、动作、语言、心理等方面塑造人物，用环境烘托的手法来营造气氛、表达思想与情感，小说语言也质朴凝练而意蕴丰富。

童庆炳认为："小说是一种侧重刻画人物形象、叙述故事情节的文学样式。"②《午夜兰桂坊》对故事的叙事策略已经在上一部分论述到，需要进一步挖掘的是作者在人物形象塑造上对于传统小说的借鉴。刻画人物形象的传统手法主要有肖像描写、动作描写、语言描写、心理描写、细节描写、环境描写等，肖像描写为一个人物在出场时定型，动作、语言、心理描写用以表现人物的性格特点、揭示人物的内心世界，细节描写则可以将人物描绘得准确、传神，环境描写是为了烘托人物性格、心情。吕红继承了这些传统的艺术手法，成功地刻绘了一群漂泊异乡的人，其中女性形象塑造得最为成功。小说多以情爱体验贯穿始终，将女性形象置于被弃置的环境中来塑造。最具震撼力的女性形象当属《绿墙中的夏娃》的成欣，她本是很素朴的一个人，在静如止水的婚姻中为了寻求改变而堕落。她选择了放纵，生命姿态慢慢地降落，她背叛了婚姻，以至干起了非法的勾当而身陷囹圄，自我毁灭。在

---

① 童庆炳：《文学理论教程（修订二版）》，高等教育出版社，2006年，第345页。
② 童庆炳：《文学理论教程（修订二版）》，高等教育出版社，2006年，第199页。

同一环境中塑造出众多的人物形象的手法在古典小说《红楼梦》中就已成熟，同时，作家也同中求异，在对比中塑造出不同的人物形象，比如林黛玉和薛宝钗。小说集《午夜兰桂坊》是一个粉碎压抑移民女性情爱婚姻与生存环境的"破坏性"文本，它弥补了男性作品里女性历史的缺席与遮蔽，为这样一个被置于"第二性"地位上的主体寻求权力和真相。这正应了埃莱娜·西苏的话："女性的文本必将具有极大的破坏性。它像火山般暴烈，一旦写成它就引起旧性质外壳的大动荡，那外壳就是男性投资的载体，别无他路可走，假如她不是一个她，就没有她的位置，假如她是她的话，那就是为了粉碎一切，为了击碎惯例的框架，为了炸毁法律，为了用笑声打碎那'真理'。"①这些女性形象有着各自不同的命运遭际：或被抛掷（如《午夜兰桂坊》中的海云），或被专制强力捆绑（如《漂移的冰川和花环》中的芯），或被欺骗（如《秋夜如水》中的凌子），或被捉弄（如《怨与缘》中的"二姨"）……这些女性性格各异、遭际不同，但她们都属于被压制的一群。

《午夜兰桂坊》借鉴传统小说的表现手法还体现在环境描写上。环境描写主要有烘托人物、渲染气氛、传达感情等作用，可分为自然景物描写和社会环境描写。本部小说集的环境描写主要集中于社会环境描写，尤以人物身处的具体环境为主，兰桂坊就是这样一种深具情感倾向与思想沉浮的环境，它同张爱玲笔下的电影院类似。在张爱玲的作品中"电影院既是公众场所，也是梦幻场地；这两种功能的交织恰好创造了她独特的叙述魔方"。②以此独特的空间来展示现实世界中人物遭遇的林林总总，从而为其穿越不同的时空场景提供了便利，使小说在表层之下蕴含着更深广的意蕴。兰桂坊究竟是怎样的一种情绪承载呢？文中写道："午夜的兰桂坊，一波波人流，灯红酒绿的场景好像是在反映旧电影？酒吧，忽明忽暗，一对对、一堆堆年轻人，或游荡或饮酒，享受除夕梦幻之夜。"由此可见，兰桂坊实则是一个盛满放纵、迷失、苦闷的器皿，这些情绪的制造者就是身在其中的人。人的流动、灯的氤氲、酒的沉醉正烘托出了主人公迷茫、苦痛的心绪。对于海云来说，"兰桂坊是什么？兰桂坊是爱情迷失的路口，是爱情在倒数时刻剩下的憔悴的吻……"兰桂坊的气氛正好与主人公在经历了与丈夫婚姻破裂后迷失、憔悴的心境弥合。

---

① 佘艳春：《解构神话，重写历史——论当代女性历史小说》，载《北方论丛》2006年第5期。

② 李欧梵：《中国现代文学与文学性十讲》，复旦大学出版社，2002年，第227页。

中国传统小说的语言多质朴委婉而表意明确，且富有哲理。《红楼梦》的语言文意曲折而含褒贬、质朴自然而富哲理情趣，《西游记》则以生动、贴切的对话取胜，亦将人物形象刻画得鲜明、饱满。在现代作家中，与鲁迅语言的凝练隽永相比，老舍、巴金的语言浅显直白却字字血泪，他们也借鉴了传统小说语言的书写方法。吕红也不例外，通过传统语言技法的运用，使小说语言质朴凝练而又承载众多的意蕴与理趣。能够使语言凝练的一个重要修辞手法就是比喻，它化深奥、抽象、冗长为浅显、具体、简洁，作品中充满了这样富有质感的比喻。比如，作品形容女人"像雾像雨又像风，不是无法理解，是不会理解"。这一比喻，让女人的特点顿时可触可摸。此外，小说还承继了传统小说语言的另一特点——富有警句式的哲理。在描写爱情时，作者写道："情，包容着'灵与肉'，风雨同路。相互间无尽的慰藉与支持。天各一方的情，聊胜于无。'移民太空人'，越洋长途说爱，家变又多少？"这句形而上的话深深地揭示出作者本人对爱情的哲思，又道出了新的环境中人们的情感窘境，惹出多少人的叹息，引发多少人的深思，触动多少人的心弦，引起多少人的共鸣！

三

《午夜兰桂坊》在承继了中国小说传统的表现技巧外，还借鉴、吸收了西方现代小说的表现手法。

意识流在乔伊斯的《尤利西斯》中的运用可谓登峰造极，它也因此成为西方现代派小说一种典型的表现方法。《午夜兰桂坊》中的许多作品即以意识的流动来建构，这种流动起着变换叙事场景的联结作用，使得作品富于变化而不致断裂。《微朦的光影》在简短的背景交代后，就陷入了时空交错、现实与虚幻交织的情绪流动中。"我"和阿蒙的情感过程随着电影《广岛之恋》的起伏，以意识流的方式零星地展示在读者面前，使读者从内在心理与意识的层面去触摸一段情感，而不是叙事逻辑层面。

心理分析手法也是西方现代派小说由外向内转型时运用的一种独特手法。作家们将关注的目光从人之外的一切转向人的内在心理、情绪情感。中国现代文学史中的新感觉派小说对这种表现手法的吸收、借鉴已取得了相当的成就，新世纪移民文学关注人的内心世界，心理分析手法正好迎合了这种叙事需求。看看午夜时分兰桂坊里迷失的人们："在暧昧的灯影下，不同背景的人在这里擦肩而过，狭小的空间里弥漫着热腾腾的人气，宣泄着都市欲望；成堆的年轻人在酣畅淋漓，如痴如醉……"我们很容易被这些人的情绪所感染，他们内心的迷惘与恐惧也被具体地呈现出来。从作者倾尽全力塑造的女性人物形象看，海云、芯、凌子、梦薇……她们的心理都被作者分析得透彻、深刻。对她们命运遭际的烛照，是通过将其置于爱情、婚姻的底端位置上，以心理上的变化来反映女性意识的自觉。

象征是法国象征主义诗歌的主要表现手法，后来在小说领域也得以广泛地运用。吕红也善于运用象征手法，用具体的事物表现某种抽象的概念、思想或情感，小说中的电影背景、人物置身场景、环境描写等，构成一个个蕴含情感与意义的象征符号，呈现出丰富复杂的内涵，"文学的本质就是符号。文学不是一种单纯的不受限制的对于客体的反映，它是我们用于加工世界，创造世界的一种代码，是一种符号"①。拿兰桂坊这个场景来说，它是一种不定性、不定型的象征符号，被各种人的情感揉搓成形态各异的物什，给迷失、空虚、伤心、寂寞的人们以"虚幻的快乐假象"和精神慰藉，实则是一个发泄的容器、释放的场所，不能给人们带来真正的快乐。兰桂坊作为一个象征符号，与人物形象迷茫、梦幻的情绪有着相似之处，通过这种相似之处建立起来的联系，使被象征的人物心境与情感得到强烈、集中而又含蓄、形象的表现。

作者吸取了存在主义哲学理论，将目光投诸漂移中的人的生存状态，使小说语言的哲学支点落在了存在主义的王国中。《绿墙中的夏娃》即对小人物的生存困境发出的诘问："难道小人物的命运就是堕落和毁灭么？她本质上属于'失去的一代'？'思考的一代'？抑或是兼而有之？"。尼采的超人哲学认为："跨越是通过'超人'实现的，也就是说站在'人'之外的整体上来俯视跨越的。"②人具有主观性，能自由选择，所以，他能根据不断选择来超越自己，他的存在是一种可以实现的可能性，而不是先验的结论性。因而，每一个"在路上""漂移"的人，都在为理想而持着追求的坚定信念，努力为自己的人生奋斗。在《曾经火焰山》中，作

---

① ［法］罗兰·巴特：《符号学美学》，董学文、王葵译，辽宁人民出版社，1987年，第36页。

② 李钧：《存在主义文论》，山东教育出版社，2000年，第147页。

者即陈述了这样一种超人姿态："之所以许多人在这个世纪这个时代，不约而同地选择了萨特的存在主义，选择了'存在先于本质''人每分钟都在创造自己''人除了自身的创造，什么也不是''人以自己的行为对自己负责'等等，总要在这个世界撞裂板块漂移中找到一处立足点。"

小说是一种叙事的艺术，叙事艺术水平如何就成了衡量作家、作品高下的一个重要标准。吕红在小说叙事技巧方面进行了大胆探索，《午夜兰桂坊》以其独特的叙事策略建造了一方叙事高地，对中西方表现技巧熟练、自由地运用，使她成为一位中西合璧的优秀作家。她的创作已融入了当代华文文学的洪流，成为华文文学不可或缺的组成部分。

（原载《名作欣赏》2012年第18期）

流淌的生活与女性的困惑

——读作品集《午夜兰桂坊》有感

许爱珠　高　翔

　　或许是由于文化的碰撞和视野的融合，海外华人作家总会给我们带来别样的艺术感受。吕红女士的作品集《午夜兰桂坊》，就是近来海外华人作家的美好收获。

　　《午夜兰桂坊》所蕴含的艺术元素无疑是极其丰富的，但是作为吕红创作的一个基点，她始终是站在女性的立场上去思考女性生活的可能性，描述女性在时代大潮中的探索和心灵困惑。因此，将《午夜兰桂坊》视为女性文学的作品是有助于我们理解这部作品、理解吕红的创作的。

　　女性文学在文学史上早有脉络。20世纪30年代，张爱玲已经敏锐地窥见了在文化断裂的背景下，处于弱势地位的女性的悲怆命运。经过长时间的蛰伏，在20世纪80年代，中国的女性文学重新破土而出，张洁、张欣欣不无激愤地描写了男性主导的社会中女性在事业和家庭之间的不可弥合的裂痕，及至20世纪90年代，陈染、林白的私人化小说风行一时，产生了很大影响。这种耽于女性个体的隐蔽经验的写作，一方面由于其独特、深入的女性体验和心理描写，使女性取得了突出的主体地位，但另一方面，它的封闭性特征，又排斥了更多的生活经验的介入。正如詹姆逊所说：当你把自己个人的主体性构成一种自足的领域和一种自身封闭的范畴时，你也因此使自己脱离了其他一切事物，宣告了自己无声无息地单体的孤独。私人写作杀死了男权和政治话语，事实上也杀死了生活。

　　《午夜兰桂坊》正是在这种承接意义上给了我们新的认识和思考。它将女性和时代的转变互相交缠，以小见大，写出了女性命运随时代的跌宕，使作品获得了一种生活、时间的质感。吕红于背景描写的模糊和文本中隐含的时代环境构成了不露声色的契合，使她的作品摆脱了主流话语而又显得真实具体。就像集子中《绿墙中的夏娃》一文，尽管作者并没有交代时间背景，我们显然可以从中获得当时社会强烈转型、变化的真实感受。

吕红笔下的女性人物虽然各具特色，但是都深深浸润了她的个体经验，具有了某种精神上的联系。她笔下塑造的主要女性形象，大多都是具有强烈自我意识的知识女性，她们不甘于庸常的生活，勇敢地追求情感和精神的饱满。她们的努力和挣扎，在男权社会中总是显得缥缈而脆弱。正是通过对这些女性的悲剧性命运的书写，吕红展现着她对女性命运的深刻探索。

难得的是，吕红的书写总是在不动声色中进行，追求还原生活的多义性、复杂性，而不直接以自身的感情介入，从而达到了更客观、更深刻的叙述效果。《绿墙中的夏娃》中成欣的悲剧性命运令人唏嘘，但是构成她的悲剧的原因却是复杂的，老慕和她的婚姻是真挚的，但是性格、志趣的差异使这段婚姻注定无法满足成欣对生活的追求。晓伟和她的爱恋曾使她燃起生活的激情，但是投入真情的成欣一方面接受着道德上的压力，另一方面注定无法从晓伟那里获得长久的感情依靠。在一段爱情结束之后，成欣终于悲怆地感慨：连爱情都不过如此，那么人间还有什么是不可亵玩的呢？从导演对他的引诱中，她更看到了男权社会的粗鄙和虚伪，她终于变得冷漠起来。她开始用玩世不恭的态度对待生活，最终沉湎于低级的物欲中难以自拔。成欣的悲剧，深刻揭示了女性的生存困境，给我们提出严峻的关于女性的思考。事实上，吕红的作品就是从大的时空背景上反复探索这一问题。成欣的生存背景是中国社会转型化的时期，我们可以从作家的其他小说中看到成欣这类勇于追求的知识女性的面影，她们性格有不同，但却有着精神上的联系和时间上的前后相继。《秋夜如水》中的凌子在商海中游走于情人和各类男性之间，《漂移的冰川和花环》中的芯已经来到了大洋彼岸，而《午夜兰桂坊》中的海云更是一个从大陆漂洋过海到了美国又来到香港的精神强韧的女子。无疑，时代的发展使女性获得了更多的生存空间，从成欣到海云，女性追求自我的勇气和可能性在一步步拓展。吕红笔下的这些知识女性无疑是勇敢的，这勇敢是她们的武器，但也正是由于她们自我意识的觉醒，才和男权社会发生更多的碰撞与冲突，这是女性命运的悖论和悲剧之所在。但是，即使在男权社会中败退下来，这些女性也坚守着自身的独立和尊严，表现了女性精神的日趋觉醒。

余华曾经说过：写活了一个人，就是写活一个世界。吕红笔下的女性是细腻生动的，她的艺术世界也是别具匠心的。

吕红说，身处变化多端的世界，人充满了不确定性，而小说，就是希望透过活生生的、有血有肉的人物体现的。当传统形式无法表现，就要以新的手法去突破去追求随心所欲之境。

从她大胆多变的艺术手法中，我们可以看到她对心中这种随心所欲之境的追求。她的艺术是令人眼花缭乱的：反复切换的视角，细致的场景描写，营造出一种喧嚣却真切的生活味道。吕红略显随意的视角与场景切换中我们感受到了她所说的随心所欲。当应用不够好的时候，这种随意性损害了文本的整体结构的和谐；但是当应用得当的时候，这种节奏便契合了吕红作品那多变的散漫的却又伤感的气质，构成了吕红独有的叙事风格，从中我们不难看见电影艺术的某些影子：全知的叙事，视觉感极强的场景切换，多条线索的展开与交错，仿佛一位悠然自若的导演徐徐展开她的屏幕。《朦胧的光影》正如其名字一般充满着画面感，其变化多端的三线结构宛若一部迷离感伤的电影。与其说吕红的作品受到了电影艺术的强烈影响，不如说在吕红的观念中，现代人的生活越来越集中于视域的维度。人们思考的时间越来越少，奔走的时间越来越多；社会被物质的汪洋所湮没，精神的领域无从填充。吕红笔下的场景充满了流动感，人物总是在行动，在挣扎，却总是在生活的圈子里打转，找不自己的方向。《绿墙中的夏娃》的成欣堕落了，《秋夜如水》的凌子回到了起点，《漂移的冰川和花环》中的芯只能抛弃过去重新开始，或许《午夜兰桂坊》中的海云最为潇洒，但是物质上的荣华却填补不了内心的空虚和倦怠。和张洁赋予女性以道德的高点不同，吕红笔下的人物只是迷失在社会中的脆弱个体，她们也会经受不住诱惑，也会被那些风度翩翩、颇有地位的成功男士所吸引，也会天真、盲目、迷恋物质享受。我们甚至不难从某些文本中读出道德角度的危险性。吕红的世界是一体的，她表现了女性，也表现了这个欲望化的、平面化的世界。女性共生于这个世界，展现着她们的光彩和弱点。正是在这个意义上，吕红蒙太奇式的表现手法和她的艺术世界取得了内涵上的一致。

吕红的描写总是那么轻灵飘忽，流溢着灵动的细节，却避免太过猛烈的深入和展开，就好像成欣的婚外恋情和堕落，通过清浅恬淡的文字，化入了庸常世俗的生活之流中：一切都埋没在冷、强大的社会生活中，而这是一个集合了世俗和冗繁、物质和诱惑、男权和情爱的庞大的难以逾越的怪物。其中的知识女性们勇敢可爱，却总是发现不到自己生活的支点。正如《那年春天》中的两位女性春节相见，共同感慨的那样："永远在边缘行走、在夹缝中挣扎，找不到心灵归宿……"吕红或许也没有找到这个心灵归宿，没有洞见女性的前路，但她是诚实的，并且用她笔下的主人公们和社会进行了碰撞，这已经可以成为我们的收获。

（原载《世界华文文学论坛》2011年第2期）

多重困境下的艰难融入

——《美国情人》的美国梦叙事

默 崎

　　吕红有着多重身份，作家、主编、会长。作家身份自不待言，一部《美国情人》在美华文学史的进程中就有其独特的贡献与价值。三重身份的并置使得吕红的小说别有意味，作家的敏感直觉与诗意的文笔表达、学者的理性思索和睿智的归纳提炼以及记者编辑特有的提取事件和题材的立场角度这三点集中在她的长篇小说《美国情人》之中。吕红"丰富的人生体验以及纵横东西方文化的精神顿悟，似乎信笔写来，却不循规矩，自成方圆"①。《美国情人》是一部以女性视角书写女性异域环境中磨砺成长的故事。主人公芯在移民生活中经历与遭受情感和事业的挫折与困难，在爱情的磨砺之后的重新奋起。她在华人报社的小圈子里经历了内部的排挤欺压和开拓事业的种种挑战，最终自己的事业得到认可获得少数族裔文化奖项。其间穿插叙述了蔷薇、雯雯和妮娜几个女性的两性情感故事。小说借几位女性在婚恋及事业上的不同发展再现了移民女性在文化连根移植后所遭遇的种种困难以及各自的人生走向。

　　《美国情人》是一部文学性与思想性都有较高水平的作品。它有着诗一样的文笔，文字典雅清新脱俗，字里行间透露着作者的文字功底以及诗性的光芒，可以说在海外作家的文本中很少有《美国情人》这样文字的诗意表达。同时，作者以丰富的人生阅历和由此沉淀对生命存在的理性思考，这使小说又充满了睿智的思想者的影子。新移民文学题材所能够涵盖的内容它至少有了一大半，内容信息的丰富就使小说的主

---

　　① 张炯：《〈美国情人〉——对海外漂泊者境遇与命运的探索》，载《文艺报》2006年8月5日。

题更为朦胧多义，它既可以是成长小说，又可以是情爱小说，又可以从女性角度观察而成为深刻的女性主义小说。文化融入之痛也是小说所表达的主题之一。

东西方文化隔阂与融入之难

芯作为小说的绝对主角经历了两段与异性的情感，一是与前夫刘卫东的爱情与婚姻，二是与美国白人皮特的跨国之恋。对婚恋视角题材的选择对于女作家而言比男性作家更能细致深入地观察和体会一个异性带来的其所属文化的品性特征。芯本已在国内过上了常人羡慕的稳定幸福并且物质相对宽裕的生活，作为电视台的主持人有更多的机会展现自己的才华，寻找到上升的空间。这种典型的中产阶级生活在芯的感觉里已经没有什么意思，她出国的目的既坚决又单纯：寻找机会并实现自己的价值。"告别家人、戒除物质主义陋习的青年男女，揣着希望怀着梦想，踌躇满志跨洋过海来美"①，这是芯出国的主要动因，与之前的移民相比，芯的出国心态已经发生了极大的变化。它既不同于简单地持有发家致富梦想的那一类"淘金者"，也不同于后来以学有所成报效祖国的新文化运动以来的知识精英群体。她对西方世界的状况已经有了比较充分的认识与理解，不像第一代新移民群体中查建英们那种国门甫开带着旧有的意识形态和文化传统赋予的理想主义情怀的找寻。以芯为代表的出国的知识者本就是具有更高的精神追求的一类人，他们已经超越了简单物质意义上对西方生活的羡慕，而是为了追寻更高层面的精神的旅行，把自己的人生价值尤其是内在潜力的精神价值得以展示。虽然芯实际上在美国的打拼所获的物质收入甚至可以说极为微薄，可她不以此为衡量人生成功与否的标准，她的眼光是直指头顶上的一片天空的。从这一点而言，芯这一人物是极为典型的，远不同于以往美华作家对人物的塑造。

既然已经是精神上的富有者，那么芯在看待人和事的时候就会略去一般人所注重的金钱物质层面而直指人物的内在境界。对前夫刘卫东的描述，就带有了更多对其小农意识的贪财、心胸狭窄甚至猥琐的状态的呈现。刚到美国探亲，刘卫东就迫不及待与芯上床，满足他的性欲而不顾芯的劳累；芯刚一离开他就有了情人；处处把芯作为工具使用而没有夫妻间的彼此互助扶持的精神慰藉，在离婚时疯狂地占有

① 吕红：《美国情人》，中国华侨出版社，2006年，第10页。

本是夫妻二人共有的财产。芯对刘卫东的内心已经看透，对前夫的失望无以言表。小说中以情爱关系展现的华人中，几乎所有的男性都在叙述人的话语中变得异常渺小甚至卑劣。与蔷薇相好的林浩，身价百万却一身农民习气，对蔷薇没有丝毫的尊重只是视其为工具而已。雯雯作为按摩女所遇男人更是不值一提，同事好友妮娜的台湾同居者，吝啬抠门。四个女人遇到的华人男性均以贪财、好色、猥琐而被几位女性所鄙夷。作为一种叙事策略，华人男性"集体"失势，先后被这几位女性所"抛弃"，这为"等待"芯已久的皮特的出场做足了铺垫。

皮特的出场是对比着刘卫东们的猥琐而来的。他是律师，是美国社会的高收入者，并且与旧金山的市长是密友、现任的市长助理。他的父亲曾经是飞虎队队员，他从小喜欢中国文化，家里摆满了中国的古董和工艺品，前妻和前女友都是中国人。良好的教育背景，使皮特面对芯时温文尔雅。他是一个典型的西方绅士，懂得女人的心理，会时不时制造一些小浪漫，这样的成熟优雅的男人，很快芯就被彻底降服。皮特对芯的爱，是雄强男性对弱小女子的保护。芯正处在面对美国的异质文化的不适期以及与前夫刘卫东情感的低潮，于是面对异域文化下的充满伟力的英雄，她以为终于找到了追寻已久的真爱，陷于爱情的漩涡之中。审视他们的爱情，东方的芯总是以被保护者的身份而出现，皮特始终掌握着二人感情的主动权，芯时时处于被动局面。芯由此而痛苦、孤独，然而多重压力之下，芯却最终在事业上获得成功。爱情对她而言是促使其进一步心理成熟的"催化剂"，女性的艰难成长主题得以确立。芯与皮特的感情失败让人透视东西方文化之差异。皮特的自私利己在其绅士一样的英雄行为中被揪出来，于是很自然读者得出结论皮特这样的人如同他的政客的身份一样是善于伪装的，其本质是虚伪的。皮特身上确有虚伪之处，但是他身上所具有的此类特点是他所浸染的文化环境施加给他的。为什么皮特在分手后多次见到芯并和她打招呼依然"含情脉脉"，并且芯彻底放弃了对皮特的期待之后，皮特甚至重又找到芯试图再续前缘。可见皮特的爱情观是享受爱情的快感而不喜欢婚姻的负累，终究原因是人的自私本性作祟，可这同样成为现今美国社会颇有一些人认同的共识。这里不是为皮特的"始乱终弃"做注解，而是说个体的人总是要受外在的社会文化环境的影响而形成自己行为处事的指导原则。从这一点而言，芯的这段情感悲剧，深层原因是中美不同的文化观念所致。每个人身上都有浓厚的母国文化浸染的特点，他（她）的言谈举止到深层文化心理无不带有深深的本民族文化印记。比如芯在与皮特的交往中，一贯自立要强的芯在皮特面前更多地表现出的是弱势女性的娇柔，在自己离婚后不是直接告诉皮特自己与他结婚的想法而是极为含蓄地试图让皮特表达出来。针对芯的感情经历而言，小说以此表现的华人男性的猥琐，是由于芯与刘卫东们毕竟是一个文化圈子里的分子，她看到刘卫东的种种猥琐是在充分认识自己本民族文化的基础之上才有了极为深刻甚至有些刻薄地对刘卫东的负面评价。刘在一定程度上代表的是中国文化孕育而成的中华文化的子民，芯的负笈去国也在更深层面与她对极为熟悉的中国文化的纠结与认识有关，于是到另一个世界去，成为所有人面对现实时的自然的梦想。

另外，皮特身上所具有的东方主义思想也是二人情感不能继续的原因之一。作为"远东"的中国，本就是以欧洲为中心的被边缘化的国度。欧洲的学者"发明"了西方与东方的概念，作为认识世界的手段的二分法被运用到这样的"自我"与"他者"的区分之中，由此而始，东方作为西方的陪衬、作为主体所要研究、观察与了解的客体而存在。先进与落后、科学与愚昧、拯救与被拯救等等都被贴上标签。"在西方，东方人常常被置于由生物学决定论和道德——政治劝诫所建立的框架之中。因此，东方人与引起西方社会不安的诸因素联系在了一起，像罪犯、精神病人、妇女和穷人等，他们成为令人悲哀的异类，将要被解决、被限定，东方人放纵、懒散、残忍、堕落、愚昧、落后，是未开化的民族。"[①]皮特对芯处处温柔体贴、关心照顾，绅士风度尽显，而芯也突然由独立自强的女性在皮特面前变为柔弱甚至孤苦无依的状态，身心和意志似乎在恋爱的漩涡里突然改变了方向，皮特不仅作为一个拯救者形象出现，并且在二人的交往中，皮特始终掌控着局势。如果他愿意，就可以费尽心思给芯过一个浪漫的生日，反之他可以躲开芯连见面的机会都没有。娇小的芯和皮特的前女友都被他尽心"呵护"，她们成为他手里的可爱的宠物、工具，而不是平等交往与对待的、以情感和真心去碰撞与共鸣的恋人。甚至极端一点表述的话，皮特越是对东方中国女性风度翩翩，其实质就越是把东方女性以非对等的姿态看待，内心里是对东方的拯救者身份自居的不屑。这些女性仅仅是满足美国白人皮特内心优越感的对象而已。作者吕红在小说的叙述中以现实主义的再现方式不动声色地以文字刻画出皮特的绅士式的行为，没有一句对他内心真实隐秘状态的揭示，但一个虚伪的"东方主义者"的形象就已经呈现在眼前。

---

① 陈爱敏：《"东方主义"视野中的美国华裔文学》，载《外国文学研究》2006年第6期。

在这里刘卫东们充当了作者含蓄批判皮特身上的东方主义情结的道具，所以通过芯的爱情遭际，更深刻地表现出文化的差异才是她和皮特走不到一起的最终原因。东方文化的子民主动到异质的"他者"文化之中寻求和解与沟通而不得，《美国情人》的文化融入之痛得以彰显。

华人女性的融入之难

《美国情人》是一部女性主义的文本，不仅是因为它的作者以及主人公的女性身份，还在于它通篇都贯穿了作者对女性生命样态的思考。小说一改过去那种对个人"奋斗史"的回望式书写，而是以一个现代女性的视角立场来观察和分析女性在面对空间异域、文化异域和精神异域时的矛盾与碰撞，把自己的人物置身于最为矛盾纠结之处然后冷静地注视着这些女性面临生存绝境时的拼搏与挣扎。以女性为主体的叙述方式得以凸显，男性成为作品文本中女性艰难成长的斗争客体，以男性来反衬女性生存环境的恶劣以及她们的成功包含的种种艰辛困苦。作为华人女性的融入之痛，主要表现在少数族裔的身份的确认和性别意识的逐渐觉醒，在这样的文本背景中，小说的主人公在东西方相似的男权世界中为自己争得了一席之地，取得与男性"斗争"的胜利，芯获得全美少数族裔发展协会颁发的"年度杰出贡献奖"，以此作为其身份获得认同的标志。然而，作者并没有在小说里四处鼓吹女权主义，以决绝的姿态与男性进行"斗争"，她只是深刻地意识到作为女性生活的不易，融入异域文化较男性有着更多的文化和性别的羁绊，以冷静的笔调书写自己的女性意识希望与男性的和解。《美国情人》"在灵与肉的冲突中来表现跨越文化的普遍人性，完成了对传统移民文学的突破"。[1]

近年来，反映移民生活的作品越来越多并且逐渐深入，不再单纯浮光掠影地介绍东西方文化差异的表象，而是更加深入到在离散大背景下的身份问题的探讨与追寻。作为少数族裔的华人，经历了文化、心理和精神上的移植后，我是谁的自我追问就越发急迫。于是身份尤其是文化身份的问题就更加凸显出来。并且作为少数族裔文化身份与主流人群的不同几乎很难改变，这也显示了文化是生命个体长时间在

---

① 吕周聚：《生存困境中的人性展现——评吕红的〈美国情人〉》，载《世界华文文学论坛》2009年第2期。

某一个文化环境中浸染而成的，它甚至是自我区别于他人的内在标志，即使在同一文化内部也有着诸多亚文化的差异。由肤色、语言、心理及行为习惯均有差异的人群构成的不同文化族群，其差别是天然存在的。它不会因文化个体的空间的改变而改变，今天全球化的背景之下多元文化并存成为时代的主题，求同存异、和而不同成为各民族遵循的基本交往原则。但是由于文化差异存在，种族性歧视就不会绝对消失，华人在异域的融入就会困难重重。于是华人在面对文化融入的艰难时，不得不抱团取暖，以应对基本的生存压力，各地的唐人街由此建立，它成为华人遮风避雨的屏障。可长时间的封闭与保守，使得华人与当地的主流人群的交往越发减少，彼此间由于文化而产生的隔膜越发严重。

芯们不仅承受着作为少数族裔的生存压力和文化的隔膜，而且作为女性的少数族裔，她们成为边缘人群中的边缘者。生活的压力无处不在，租房不仅要考虑房租便宜，还得时刻提防自己的人身安全以及无处不在的性的纠缠与骚扰。老拧把她介绍到一家报社，虽然是凭芯自己的能力而工作，但是在老拧的多次骚扰中也得虚与委蛇。在报社内部微妙的人际关系中，既不能丢掉饭碗，也得坚持底线，委屈与痛苦只能一个人默默承受。在前夫面前，她看到的是男人丑陋的嘴脸，自私猥琐，自己只能照顾自己，成为独立自强的女人；在西方的情人皮特面前，芯又成为一个软弱无依的女子，这种人格表现的转变也透露出芯做人的痛苦与无奈，甚至陷于两难的境地。哪一个身份都不是真实的芯自己，她迷失在与男性的纠缠之中而没有了自我。作者显然更为冷静地关注着芯的状态，这是她成熟长大的关键，必须咬牙挺住。芯经历了重重的生活磨难之后，终于在心理上、文化选择上也成为一个女人，不卑不亢既不失温柔又卓然独立。小说的楔子部分很明显是芯已经成熟长大的时期，当被人问起是不是日本人时，芯答道，"I am Chinese"，作为少数族裔，她已经有了充分的理由确认自己的身份。但是她的成长是伴随着荆棘与榛莽铺就的曲折之路而实现的，作为社会中的"第二性"的存在，被双重边缘化的少数族裔，其融入之痛得以呈现。

融入华人同业圈子之难

中国人的国民性格总是具有两面性，在外来的欺压盘剥面前，或被迫团结一致对外，或者一部分人甘心做出卖民族利益的"汉奸"以苟活，国民性特点不会随空间的转变而有根本性变化。尤其把中国人放置于异域文化环境中，华人身上的"江湖"性格就更加分明，为了一己私利可以出卖良知在内的任何东西。中国人国民性演绎的舞台被作者转移到美国文化环境中，如作家老舍笔下的《二马》，对比之下中国人的文化性格越发凸显。

芯在国内时就已经是有名的主持人，并且她以一堆获奖的作品为敲门砖，去敲开命运之门，在一家报馆开始了打工生涯。她工作能力出众，认真敬业，在四处是男人的围追堵截中开辟了一番自己的事业天地。然而，报社里的人际关系与国内一样微妙而复杂。当芯刚开始工作时，大家以弱者的眼光看待她，能帮助的就帮她一把，但是她的工作能力逐步显露出来时，各种明的暗的诽谤谣言开始铺天盖地。亏得自己的工作能力有目共睹，老总听信谗言差点使芯丢掉这份薪水微薄的工作。上述已提及，以芯为代表的女性出国的主因不是为了美元的物质诱惑而是对自己人生价值实现的追寻。她与前夫离婚任对方把夫妻共有财产据为己有也不愿再为钱财纠缠，虽然在旧金山的报社工作薪水很低且老板经常拖欠工资，芯照样努力地工作并获得侨界华人的肯定。但是无论芯怎样努力工作，与人为善，总是有一双窥视的眼睛在芯的身上逡巡，并暗中掣肘。即使她已在业界圈子里获得少数族裔的最高奖项，依然免不了被暗地里觊觎的遭遇。小说高明之处在于作者并没有在最后把那个隐于无形的"小人"放到阳光下暴晒，而是始终没有让他出场，如同恐怖电影桥段的手法，这也从另一方面象征了中国人国民劣根性的难见天日以及绵延不绝无处不在的事实。

国民性揭示不是《美国情人》着意表现的主题，但是但凡有华人存在的地方总会有中国人国民性格的展现，作者吕红通过女性主人公芯对外在世界的向往与梦想，以华人圈子里的国民劣根性表演作为芯迈向人生事业成功的绊脚石，一个使主人公更加完满的路途中的"劫难"。小说最后以蔷薇在斯坦福发表关于女性主义的演讲和芯终于获得被肯定的少数族裔杰出贡献奖结束，芯的文化身份的确认、男权话语下的出色工作成就也由此获得肯定。也就是说，她为了实现人生价值而不顾文化、精神和心理的移植之痛，经过自己努力打拼，在文化融入与作为少数族裔的身份均取得了一定的成就，虽然芯满含辛酸的泪水，但毕竟美好的结局在向她招手，可是陷于同业华人圈子里的融入之痛，依然坚冰一样拒绝融化，在此依然是铩羽而归。说明整个民族依然需要不断的自我改变，通过汲取异质文化的优点时，对自身的文化糟粕能有所扬弃。

美国梦的追寻路途之上，总有前赴后继的奋斗者，他们怀揣着各种美丽的梦想却走向了不同的人生结局。融入只是为了追求文化上的和而不同、互相尊重彼此的文化观念，世界上不可能有两种不同的文化真正"杂交"而最后融为一体的情况。随着全球化时代的到来，人们也逐渐意识到文化异彩纷呈的重要性，文化不会最终走向消亡而成为全球一体化的单极化的存在，而是在互相尊重的基础上各自既保持自身的特点，又能在发展的路途中取长补短，互为参照。

长篇小说所涵盖的生活面之深广。它像一座矿藏，可以挖掘到很多不同的闪光的贵金属。其作品内涵厚重，个性鲜明，在文化冲突与融合中承担更多和更大的时代命题。吕红的美国梦叙事文本给读者呈现了他们寻求世界一体化的美好梦想，并从不同的侧面反映华人在世界现代化进程中积极主动的言说和参与。虽然交流融通的渴望有时会被不解与狭隘的民族主义和自我为中心的傲慢所遮盖，但是中国人作为新的开放者与担当者的角色已经开启。当然，其中还要有很长的一段路要走。这也是我们今天研究海外华文文学的意义所在。

（原载《红杉林》2019年第2期）

多维度冲突与阴性书写之痛苦

——评长篇小说《美国情人》*

李耀威

旅美华人作家吕红的长篇小说《美国情人》，多层次、多侧面地反映出新移民在美国的奋斗历程，其中既有为理想奋斗的热情，也有现实生活的艰辛，作品以细腻的笔墨展现女性人生各个维度中的冲突，尤其是对男权社会的反抗。谋篇布局，既体现了海外生活经历的独特性，亦透视女性的情感的深度，从而引起广大读者的共鸣。

细读《美国情人》可以发现，作品中主人公的故乡虽然被刻意模糊了，但是偶尔也有迹可循："小许一本正经说道：为了实现梦想，去进攻白宫、打垮克林顿，莱温斯基算什么？能敌得过我楚国美女么！"[①]上述文字可以体现出在创作过程中作家有意无意带出楚地文化的天然优势，或可成为研究中解读作品的一个重要途径。

一、内在世界的多维度冲突

《美国情人》以芯和倪蔷薇两人各自的爱情故事为主线，两条线索既独立又有交集，前者所占的篇幅稍多一些；同时还以妮娜、霎霎、雯雯、安绮等女性形象的情感经历为副线。多线索交织在一起，为读者展示出了一幅美国华人女性移民群

---

　　* 本文系华中科技大学武昌分校校级科研项目《文化视野中的湖北籍海外华文作家研究》（项目编号XK1407）阶段性成果。

　　① 吕红：《美国情人》，中国华侨出版社，2006年，第69页。

像。作者在刻画这些女性人物形象时，着力于展现她们在内在世界与现实生活中碰到的种种冲突。

（一）弱小者强势的人生追求

女主角芯几乎浓缩了那些对人生、对世界充满希望的年轻女性，从幻想到幻灭、从失落到奋起的心路历程。她们最大特征是性格单纯、执着，遇到陌生的人与事时总是少一分谨慎而多一分热情。这种性格导致了芯在不断碰壁的同时又支撑着她坦然面对生活，不断地前进；这种性格容易在事业上较快取得成就，但专于一途的同时也难于兼顾其他。

在《美国情人》中，男性的世俗与女性的纯真相互交织着，构成社会之两性间复杂多变的关系。芯在东西方社会经历两段爱情经历固然有着多方面的差异，但是从女主角的性格角度看，两者之间又存在着相同之处。而婚后的生活准确地印证了这一点："每当她跃跃欲试，想改变生存环境和命运时，'你给我稳住后方'这句指令就出来了。"刘卫东婚后一直将芯玩弄于股掌之中，甚至要求芯去代替他给领导送礼，待芯回家后"他眼睛贼亮地在女人脸上扫来扫去，似想找出某种破绽或蛛丝马迹"[①]。然而他忽略了的是，芯单纯与执着的性格的确可以在一段时间内任由他掌控，一旦有了明确的目标后芯就会更加坚定地向之迈进，这种性格会在瞬间转变成刘卫东的"灾难"："他只要芯完成'镀金'就回去，他最担忧的是夜长梦多。于是开始了最初的感情拉锯战。"[②]当刘卫东发现自己已经完全无法掌控芯的时候，便瞬间翻脸，"拉锯战"的重点由回国变成了离婚。芯的第二段感情经历是在她与皮特之间展开。皮特是一个喜欢东方文化的美国人，但他更加自私，也更加善于伪装。他喜欢与中国女性交往，会不断地寻找中国女性来满足他自己的幻想，被他追求的中国女性也只能亦步亦趋地配合着。一旦东方女性动了真格的，洋鬼子的嘴脸便暴露无遗。

从上述变态的掌控欲角度看，皮特与刘卫东完全相同，他们都只是深深爱着自己的世界：刘卫东只喜欢他的庸俗小市民世界，皮特喜欢的是他自己构筑出来的东方世界；他们需要有一个女性角色的目的只是来配合上述想象，以便让他们的世界更加完美；至于这个女性的内在世界是怎样的，她受到了怎样伤害则与他们毫无关

---

① 吕红：《美国情人》，中国华侨出版社，2006年，第168页。
② 吕红：《美国情人》，中国华侨出版社，2006年，第48页。

系。芯在不断成熟着，她单纯、执着的性格使她受到欺骗与伤害，同样使她更加坚定地向自己选择的路迈进，终于在面对成功与荣誉时，"她的笑容里有看不见的沧桑，有淡淡的忧郁，还有一份任花开花落，云卷云舒的宁静。"①此刻，作为弱小者的芯隐去了，消失在历史之中，勇敢而不屈的强势追求令她脱胎换骨，在异域中实现了自我价值。

（二）孤独者执着的情感追求

如果说芯这一人物形象的性格于不变中蕴含着变化，那么倪蔷薇这一人物性格则始终如一：在小说中，她始终是一个孤独者，始终没有异性能够真正走入她的内在世界。

倪蔷薇的工作是教师，经济来源较为独立、稳定，"她喜欢有自己独立的工作"②。所以在生活方面，她比芯少了一份艰辛；她的情感经历看似平稳、快乐却丝毫没有真实的满足可言。倪蔷薇与林浩的爱情颇似《包法利夫人》中的男女主人公，双方无论在生活经历、文化程度、审美爱好方面都存在着巨大的差异，但是艰难的现实蒙蔽了两人，他们还是走到了一起；只不过动因不同——《包法利夫人》中的男女主人公是因为日常生活的乏味，而倪蔷薇和林浩则是因为身在异国的孤独。倪蔷薇和林浩都是颇有个性之人，也有各自的理想。当彼此从对方身上获得驱逐孤独后的满足感时，矛盾也便逐渐显露出来了。

倪蔷薇最初对林浩的印象非常好，"俊朗有型""正气凛然""淳朴厚实"③，会做菜，辛苦地操持着小超市，这些表象对于一个孤身漂泊海外的女人来说具有极大的征服力。然而，外形俊朗掩盖不了文化水平低，厨艺精湛也无助于经商。与林浩相处越久，倪蔷薇就越深刻地感觉到这个男人的自负与愚蠢，两人的内在世界之间的距离也越来越远。最终当他不顾一切地将属于倪蔷薇名下的别墅抵押给银行时，他们之间积压已久的矛盾彻底爆发。这一矛盾的根源在文化差异——不是芯与皮特之间的中西文化差异，而是中国文化内部知识人与底层市民间不同层次的差异，这种古老的差异在倪蔷薇和林浩所依赖的内在世界，即中华文化中久已存在，哪怕是在异域环境当中依然具有强大的影响力并且造成的后果更严重。最典型的例

———————————

① 吕红：《美国情人》，中国华侨出版社，2006年，第256页。
② 吕红：《美国情人》，中国华侨出版社，2006年，第35页。
③ 吕红：《美国情人》，中国华侨出版社，2006年，第92页。

证是当爱情死亡之后，倪蔷薇对巨额房产毫不动心，作为知识人的她断然不会被物欲所迷惑："她已经不想再为某个人焦虑"①，因而毅然在放弃房产的公证书上签字。简单的手续办理完成之后，倪蔷薇感觉所有的矛盾与烦恼都随房产一起被迅速抛弃了。

其实，两人的内在世界仿佛如平行世界一般，本来不应该发生任何交集；倪蔷薇执着追求的爱情是内在世界的琴瑟和鸣，而绝非物欲的满足，林浩所能提供的恰恰与此完全相反。所以倪蔷薇在得知林浩破产的消息后，心里只是略有悲伤，因为她深知：在庸俗的礼物、混乱的经营、盲目的投资中，林浩一切遭遇都属必然。

芯用中美两个国度中两段痛苦的爱情经历完成了内在世界的成熟这一过程，而倪蔷薇在签字放弃房产的那一刻她的内在世界又一次冷静下来，重新变成了孤独者。

二、外部世界的多维度冲突

中国世界华文文学学会名誉主席张炯对吕红的小说给予高度评价："作品描写了一种更属于现代人的痛苦。他们追求自由，却不知绝对自由是不存在的。即便在号称多么'自由'的美国，他们的追求往往使自己陷于新的枷锁之中。"②

诚如作品中所展现的，"或许你也听过类似的经历，当一个人到了一个全然陌生的环境后，因失去所有的标签或者自己存在的证明（譬如护照、身份证、驾驶证、工作证之类），突然就陷入巨大的茫然之中。这也算是一种'边缘情境'吧？你不知道该用什么方式来证明自己？偏偏身份是个看不见摸不着的东西。身份困惑可谓边缘人的共同感受。那些异国他乡的移民，尤其是文化人，更加感受孤独矛盾和分裂的尖锐痛苦。因为任何一个寻梦者，不管来自哪个国家，在美国想要待下来都会面临着'status'或'identity'——身份转换或身份认同问题。"③她笔下的人物都有各自的背景，又在相同的外部环境中追求着各自的目标；然而他们都没有意

---

① 吕红：《美国情人》，中国华侨出版社，2006年，第166页。
② 陈富瑞：《在多元文化语境中蓬勃兴起的海外华文文学——吕红女士访谈录》，载《世界文学评论》2008年第1期。
③ 陈富瑞：《在多元文化语境中蓬勃兴起的海外华文文学——吕红女士访谈录》，载《世界文学评论》2008年第1期。

识到，坎坷的追求之路上他们已经在不知不觉中被套上了新的枷锁——有的人是在幸福的追寻之路上快乐疾行，直到幸福突然结束之后才发觉自己已经根本停不下来了，在巨大的惯性推动下她掉进了深渊之中，如芯；有的人是在清醒之中感受着困境日渐加深的过程，如倪蔷薇；有的人却自始至终都没有意识到旧的困境与新的枷锁，如霎霎。芯最痛苦，因为变故太突然；倪蔷薇最无助，因为明知是深陷困境却无力改变；霎霎等人最可悲，因为她们甚至对周围的环境始终毫无认识。

《美国情人》每个角色都有各自的命运，有追寻中的多维度冲突。芯欲追求自我价值的实现，却不断碰到沉重现实的羁绊；林浩到美国的目的是逃避国内法律的惩罚，空有豪情却无头脑；倪蔷薇和老拧在经济上可以自给自足，但需要寻找精神上依赖；哪怕是美国白人皮特，也是无奈又小心翼翼地周旋于政治漩涡，情感追逐成为他的麻醉品；其他次要人物也莫不如此。这些人物被生活海洋的乱流裹挟着，生活于内外世界的多维度冲突之中，自身却依然在不断地努力向既定目标前进；最终的结果是在两者合力之中，他们被迫漂泊到无尽苦痛之中。"人的苦痛是不同质的。某些痛苦会使人的存在感更加强烈，某些痛苦只会使人的生活更加虚无。""对于个人生命价值的追寻，寻找身份认同，在不断地渴望之中行动，然而过多的渴望在现实面前落空而形成痛苦。"[1]

特定人物成为解析美国政客的典型。皮特这一人物形象为我们更深入地了解美国上层社会一扇窗口。其身份是市长助手，深谙政治、权术与社交之道，在翻云覆雨与逢场作戏中游刃有余；他绝对不允许有任何人通过任何方式来撼动他所拥有的一切。整日周旋于复杂的人际关系中，上流社会才是他立足之地和归宿，华人女性只不过是他生活中的调剂，仅此而已。

林浩与老拧的身份是漂泊在美国的底层华人男性，他们追寻的首先是钱，其次才是感情。他们都有不愿提及的过去，在美国都有自己的经济来源，但是在精神上却没有任何立足之处。唯一能让他们感到亲切与稳定的便是金钱与爱情。倪蔷薇与芯成了两人各自的目标，他们与皮特一样自私，但却采用了不同的伪装：林浩利用的是金钱与别墅，老拧利用的是芯初来乍到的无助。当所有手段都用尽之后，他发现依然无法达到目的，便露出了残酷的真面目。

---

① 陈富瑞：《在多元文化语境中蓬勃兴起的海外华文文学——吕红女士访谈录》，载《世界文学评论》2008年第1期。

小说还描绘了妮娜和霎霎的形象，她们的身份是美国底层华人女性，追寻的只有钱。她们没有任何职业技能，甚至连英语水平也很差；她们毫无"过去"可言，她们的"现在"同样乏善可陈；但这一群体却是在美国底层华人女性中占有多数，妮娜想依靠各色外国男人站稳脚跟，霎霎想通过"按摩"来为儿子攒钱留学。作者写道："霎霎的英语词汇滚瓜烂熟的不多，不甚流利地应付老美，但笑容可掬，调侃，亲切自然，一开口就让人一下子放松，乐意让她放松自己的回头客不少。"[①]一段简单的文字，含泪的笑浮现在读者面前。揭示了作为少数族裔的底层华人在面对外部环境时可悲的选择。

意向与行动是痛苦的根源，那么彻底否定或者排斥意向与行动是否就能逃避痛苦？宗教的存在可以说明这是一条可选择的路，但是这条路与楚文化、楚人精神相悖！从数千年楚人的生活发展历程可以看出，楚文化当中蕴含着丰富的痛苦与承受痛苦之能力，"心不怡之长久兮，忧与愁其相接。惟郢路之辽远兮，江与夏之不可涉"。正因为在作家深层文化结构中存在着这一古老的传统，她才能将精神痛苦及其反抗深深地赋予笔下人物，才能将整部小说的意蕴从单纯的爱情小说升华为展示海外华人漂泊者崇高的心路历程："华人移民在迁徙异乡的漫长过程中，虽然可以跨越地域疆界，获得一个新地的居留权或身份位置，却无法从精神上获得归属感。也就是说，移民获得'永久居民'或'绿卡'，并不等于建立了真正的文化归属。有时甚至感觉身份更尴尬和模糊。即产生所谓的身份困惑：既疏离于故乡，又疏离于异乡。引起人们对自身存在以及全球化带来的各种变化因素的关注。"[②]

源自爱情的痛苦是东西文学永恒的主题与母题，女作家吕红对这一内容进行了大胆地充实与重构，创作了这部融合中西文化多维度冲突的独特作品。

三、女性痛苦的阴性书写

《美国情人》之独特性可以从下述概念所提供的视角来分析："阴性书写（Ecriture feminine），或'女性书写'，是露丝·伊丽格瑞（Luce Irigaray，1985）

---

① 吕红：《美国情人》，中国华侨出版社，2006年，第229—230页。
② 江少川：《海山苍苍——海外华裔作家访谈录》，九州出版社，2014年，第182—183页。

提出的一个术语，指的是女性的象征性表述这一概念，它能够克服当前语言结构中的霸权，这一霸权结构不仅是阳性的，而且是绝对男权主义和族长制的，特别是使女性的表述处于默默无闻的境地。"①吕红女士的阴性书写特征主要体现在叙事技巧与情感线索相配合上。

首先，从叙事方面来看，《美国情人》全书共由1个引子和94节正文组成。94节正文义可以分成芯的故事共68节，倪蔷薇的故事共18节，芯和倪蔷薇共同出现的部分共4节，作者的议论与描写共4节。从以上分析可以看出：第一，吕红女士采用了两条主线交织的方式，芯的故事与倪蔷薇的故事各自独立又同步推进，但两人因相识而两线偶有交织。第二，芯的过去与现在在叙述过程中交织在一起，时断时续，悬念不断，深深地抓住了读者的心。第三，几位次要人物的线索穿插在其中，使整部作品纵横交错的同时又主次分明。第四，作家刻意将对美国风景的展示以及西方风俗文化的介绍融入作品中，使作品的叙述节奏时缓时急，错落有致。

关于吕红女士小说的叙事特点，江少川教授曾有精彩分析："她的创作，明显地打上了'电影化想象'的痕迹。她试图在这种新的艺术中找到对小说全新而又有益的表达技巧。凭着对异域生活的敏锐感悟力、对影像艺术的潜心研究，她成功地借鉴了视听叙事的技巧，并将'视觉思维'（强调视觉的理性知觉功能）融入自己的小说创作中。其小说叙事在思维的层面上与影像艺术共通相融。吕红小说中的影像叙事主要表现为以下几方面："第一，凸显色彩与光影。""第二，镜头般的动感画面。""第三，蒙太奇叙事与表意。"②《美国情人》的叙事方式也是如此。东西方文化冲突蕴含在情感与命运的跌宕起伏中，也是小说创作中可资借鉴的极好范例。叙事技巧将人物的心理状态巧妙融合，宛如一段柔美感伤流动的音乐，或轻快跳跃或奔放热烈，最终都将融入在海水一般的沉郁与舒展开阔之中。

精彩的叙事技巧在提升作品可读性的同时也展示出了阴性书写的魅力。有学者分析了阴性书写在中文创作中的例证："朱天文作为张爱玲的精神追随者，自然也从张爱玲那里袭得了阴性书写破坏主体性的方法。张爱玲从事主要创作的 20 世

---

① ［英］奈杰尔·拉波特、乔安娜·奥弗林：《社会文化人类学的关键概念》，鲍雯妍、张亚辉译，华夏出版社，2009年，第116页。

② 江少川：《女性书写·时间诗学·影像叙事——评吕红中短篇小说创作》，载《世界华文文学论坛》2011年第1期。

纪三四十年代，中国社会处于动荡之中，一方面张爱玲为逐步走向现代性的中国社会，特别是上海、香港这样的大都会中应接不暇的物质增长所迷，另一方面也深感身处动荡社会中的人类在逐步丧失主体性，被逐步物化，故其作品中充斥着琐碎的细节，打破了惯用的叙事流程，这些细节压迫那些原本作为行为主体的主人公，使他们在情节中完全被边缘化，以感官的认知替代时间的行进，颠覆了以往的叙事惯例，重构一种阴性的书写方式。"[1]

　　总之，《美国情人》这部小说以女性独特的视角，流畅的行文，微妙的情感，精雕的细节，描绘了几位身处美国的华人女性形象，同时又不断地使用或明或暗的方式将美国社会各个层面的种种现实，艺术化拆解了一般人心目中根深蒂固的美国形象；不言而喻，上述形象显系在男性所主导的社会中形成，包含着大量的男权观念。既展示大多数人所不熟悉的美国风情，又记录下华人女性艰难的奋斗历程，更深刻揭示了移民所遭遇到的种种压力；这些压力来自家庭和社会，包括亲情、友情、爱情，还有生存、事业和自我价值的实现。在《美国情人》中，上述内容组合成了多个维度，主人公的内在世界和所处的现实世界得到了全面展示，最终提升了全书的思想和艺术价值。

（原载《红杉林》2016年第1期）

---

　　[1] 李晨：《论朱天文创作中的阴性书写方式》，载《江汉论坛》2007年第2期。

新移民作家性别书写的突破

——评吕红的创作

王 茜

旅美女作家吕红是一位经历丰富、才思敏捷的人，有着出色的才华和艺术创造，表现在作品中给人一种宏大深厚而又独特新颖的感觉。近年来，新移民文学的关注点已超越那种单纯的传奇般的经历诉说，而扩展为对海外漂泊者的普遍境遇和命运深层次的探索。作为新移民作家中的佼佼者，吕红在这一领域不断开拓并取得了不凡的成就。她的长篇小说《美国情人》就是一部以主人公的感情为线索，表现新移民在异域国度的艰辛和挣扎，在描写移民的寻梦过程中，作者寄托着许多哲理性的思考。中短篇小说集《午夜兰桂坊》更是构思精巧，题材开拓，语言灵秀，不仅写中西方文化的差异，还写出了"文革"后的社会变动在那代人身上留下的烙印。

一

《美国情人》是一本关于新移民在海外寻梦的书。主人公芯离别故土家园，只身来到美国寻梦，挣扎、奋斗，经历了个人思想和感情的挫折与考验，最终获得了事业上的成功。主人公奋斗的过程，同时也是华人移民寻找身份认同的过程。

作品以芯与前夫刘卫东和美国情人皮特的感情为主线，以芯的朋友蔷薇、妮娜等人的感情和经历为副线。在国内已成家立业小有名气的芯，为了寻梦，来到美国，没有任何的身份，一切要从头开始——租住在阴冷狭小的公寓里；华人报社的工作不仅工作量繁重，而且工资低廉，还经常拖欠；美国艰辛的生活，不仅得不到慰藉，还面临着误解、争吵和离婚。在窘困疲惫时，高大英俊温柔体贴的律师皮特走进芯的生活，让芯一度以为找到了情感的归宿，沉浸在幸福之中。可是当芯准备投入到新的生活中时，皮特却以自己还没有离婚为由，仓皇逃离。失望的芯只能痛苦而坚强地舔舐伤口，继续自己的寻梦历程。

副线人物中的女性，不论是蔷薇还是妮娜，最后也都没有传统意义上的完满结局，都是以女性受到感情的伤害而告终。有人说："大多数女人总是穿行在性别之旅中成长起来的。"①《美国情人》里的女人正是在这种不尽如人意的性别之旅后，才发现生活的缰绳只能抓在自己手中。

《美国情人》不同于一般的通俗情爱小说，爱情只是一个载体。本质上说，它是一本关于孤独和追寻的书，是一场远赴海外的华人移民女追求自我价值实现的寻梦之旅。芯也好，蔷薇也罢，不论在恋爱中多么沉醉，依然没有彻底迷失方向。不论在感情上受到了多大的伤害，依然没有放弃希望，依然相信未来。所以在吕红的笔下，女性不再是软弱的代名词。正如江少川教授所说："对女性人格尊严的肯定与张扬是其女性书写的又一特色。吕红小说中塑造了一系列鲜明照人的女性形象，给人很深印象的是对精神自由的追求，对人格尊严的维护。"②

中短篇小说集《午夜兰桂坊》作为吕红小说艺术的阶段性成果，在写作技巧上富有特色。作者擅长以意象和情绪上的变幻，营造出电影一样的画面交错感。但同吕红的其他作品一样，文本中的漂泊心绪是贯穿始终的，对在陌生而熟悉的城市中产生的内心感触描写得真实动人，使无缘亲历者也有机会管窥美国社会方方面面的逼真生活图画。其中，《微朦的光影》最具代表性。"在这部作品中，电影《广岛之恋》贯穿于整部作品，与小说叙事形成一种互文。在主题一致、情绪同步、氛围近似的条件下，影片与小说互相阐发，为整部小说增添了层次感、丰富性，使作品变得更加广阔与绵长。小说在交代了背景后，就进入了由这两种叙事元素构成的光影斑驳、时空交错、现实与虚幻交织的情绪流动中。"③文中大量使用的意识流、时空闪回穿插的手法，让"我"和阿蒙的情感过程随着电影《广岛之恋》起伏，断续地展示在读者面

① 庄园：《穿行于东西方的性别之旅——评吕红的长篇小说〈美国情人〉》，载《华文文学》2007年第3期。

② 江少川：《女性书写·时间诗学·影像叙事——评吕红的中短篇小说创作》，载《世界华文文学论坛》2011年第1期。

③ 林瑶：《叙事高地　中西合璧——评吕红的〈午夜兰栏坊〉》，载《名作欣赏》2012年第6期。

前，在这种缥缈的思绪中，逐渐勾勒出一场婉转凄美的爱情轮廓，诗意浓郁。

二

江少川教授称吕红为"一位孜孜不倦的探索者"①。因为吕红不仅是一个文学写作者，还是一个文学研究者，尤其对女性文学的发展和演变做过系统的钻研，并力图在自己的创作中体现女性主义的理论。因此，吕红的作品具有鲜明、自觉的女性意识，长于从女性的视角和心路历程来书写女性多样化的自我体验。吕红曾直言自己："有意以女性视角表现女性在东西方文化冲突中的迷惘，并隐含在迥异的社会历史背景下，男权意识的专制粗暴对女性发展的制约及伤害。"②

《美国情人》虽然以情人为题，但作者着重发掘的是女性在生活、爱情、事业中表现出来的自我意识的觉醒和自我价值的肯定。当今时代，无论是在东方还是西方，处于社会中心位置的仍然是男人，女性还处在配角的位置。移民女性在西方社会更是双重的边缘化，她们是男权社会中的配角性别，是白人社会中的配角族裔。小说中的各个女性人物，虽然试图以婚恋作为命运的期盼和归属，但她们在婚恋中所要追索的仍然是真爱。当这种纯正的爱消失后，她们并不会仅仅为了物质诱惑或者身份获得而违心接受不完美的婚恋。如蔷薇和林浩，林浩的自私、粗暴、鲁莽和猜疑深深地伤害了蔷薇，最终导致分手；林浩为了挽回这段感情，拿房子诱惑蔷薇，可是蔷薇清楚地知道自己需要的是平等和信任的关系，而不是物质上的满足，所以她没有走回头路。"女人压抑自己，屈从男人的要求，最后怎么样呢？仍然什么都没有。从那鄙薄冷淡的目光里，女人开始寻找自己的失落。在情感遗弃后寻找自我。"③虽然《美国情人》中几个女人最后还没有找到自己感情的归宿，但是她们没有放弃自我价值的实现，在事业上取得了成功，在社会上发出了自己的声音。

有深度的作家总会关注人性。作为一个女性作家，吕红从女性独特的视角在对边缘人心及生存状态的刻画中，揭示出人性的丰富和复杂。《美国情人》就有着出

---

① 江少川：《女性书写·时间诗学·影像叙事——评吕红的中短篇小说创作》，载《世界华文文学论坛》2011年第1期。

② 木愉、秋尘：《纵横大地专访：作家吕红》，载《红杉林》2007年第1期。

③ 吕红：《美国情人》，中国华侨出版社，2006年，第31页。

色而深刻的人性描写。芯来到美国后去报社工作，在表现出出色能力后，大家对她态度有了变化——几千年来国民劣根性的表现，嫉妒别人比自己过得好。作者还通过叙写男女两性的交往，揭示出男人、女人在婚恋中的复杂人性。芯的美国情人皮特不愿意承担责任，只想要情人间的那种没有责任和义务的逍遥交往。林浩和蔷薇最终分手，除了性格不合，最主要的还是林浩内心就不信任蔷薇。对于男人的这种种表现，吕红借助作品中的琳之口加以说明："文化背景迥异却秉性相同的男人，不管平时怎么对你说得天花乱坠，山誓海盟，但危及自身利益或需求，就可能做出冷漠伤害之举，人本性是自私的，最后的底线就是爱自己，怎么也不能伤害自己。"①

有意味的是，身为女性作者在作品中并没有放弃女性本身，譬如《美国情人》中的芯是在工作不顺利、生活艰辛、情感和婚姻生活出现裂缝时，遇到了皮特。皮特对于芯来说是挡不住的诱惑，也成了加速其离婚的催化剂。吕周聚教授曾评价这一立意："通过情人、两性的关系来表现复杂的人性是一个非常好的视角，在灵与肉的冲突中来表现跨越文化的普遍人性，这将是对传统移民文学的突破。"②虽然女性在社会上取得真正平等的地位还有一段漫长的路程要走，但是有像吕红这些孜孜不倦的女作家，努力书写女性的自我经验，发出女性的声音，让我们没有理由不憧憬女性未来广阔的天空。

吕红在一次采访中说道："我觉得，移民在迁徙异乡的漫长过程中，虽然可以跨越地域疆界，获得一个新地的居留权或身份位置，却无法从精神上获得归属感。也就是说，移民获得'永久居民'或'绿卡'，并不等于建立了真正的文化归属感。有时甚至感觉身份更模糊和尴尬，即产生所谓的身份困惑：既疏离于故乡，又疏离于异乡。"③也许正是源于这种深刻的认识，她才能在华人移民文学的领域中笔耕不辍，不断奉献出更深刻的作品。

（原载《世界华文文学论坛》2013年第4期）

① 吕红：《美国情人》，中国华侨出版社，2006年，第248页。

② 吕周聚：《生存困境中的人性展现——评吕红的〈美国情人〉》，载《世界华文文学论坛》2009年第2期。

③ 江少川：《寻索在游离或跨域之间——吕红访谈录》，载《世界华文文学论坛》2012年第1期。

女性主义视角审视下的美国之"情殇"

——以美华作家吕红的长篇小说为例

张清芳

作为知名的海外华人女作家，美华"学者型"作家吕红的创作特征是："从一个独特视角来关注并思考华人女性的命运遭遇"[①]。如果说她在短篇小说集《午夜兰桂坊》中主要探讨了20世纪90年代后被国内改革开放的现代性大潮所裹挟，以及那些移民到美国后面临更多的人生困境与命运挑战的中国女性之故事，那么，长篇小说《美国情人》以丰富的社会场景及细腻传神的描写，展现新移民女性移民他乡之后的跌宕起伏。评论家张炯先生曾在《〈美国情人〉序》中指出："这部小说通过主人公芯离别故土和亲人，在梦寻中挣扎和奋斗，经历了个人思想和情感的种种挫折和磨炼，终于获得了事业成就的故事，寄托了作家对新移民生活命运的许多带有哲理性的思考。"[②]作品以芯和蔷薇到旧金山后充满"情殇"的情感经历和人生拼搏为中心线索，将华人移民都纳入视野，并融入西方女性主义理论，深刻透视弱势与性别弱势的华人女性对环境的抗争，也兼用直笔或曲笔书写出其他华人的人生故事。

现代女性在20世纪90年代的美国这个后现代社会中获得了个人的自由与个性的初步解放之后，自由、独立、勇敢、坚强的现代人性格特点是否一定会使她们收获幸福的爱情与婚姻？吕红在小说集《午夜兰桂坊》中曾给出了答案，指出中国现代

[①] 张清芳：《生命的繁华与苍凉——美华女作家吕红的女性主义特质》，载《名作欣赏》2017年第25期。

[②] 吕红：《美国情人》，中国华侨出版社，2006年，第1页。

女性依然跋涉在寻求深层次解放的路上①，依然无法轻易获得美满的爱情与婚姻；在《美国情人》中，那些20世纪90年代后移居美国的新移民女性已经成为实现个人价值的"世界人"，然而后现代社会中隐藏的不公平、不平等仍然笼罩着她们，爱情婚姻上的"情殇"依然成为她们无法挣脱的悲剧。从这个角度来说，分析新移民女性的"情殇"过程就成为分析她们在物质高度发达的后现代社会中追求个人身心解放之路的一个切入点，也就具有了更深层的文学史价值和意义。

《美国情人》一开头就写"我"到夏威夷海边度假，遇到形形色色世界各地来度假的人们。美国作为一个移民国家，同样充满了来自世界各地的新移民，其中有在美国出生长大，却回到原来国家日本生活的青年Jeff。对他来说，在美丽的夏威夷邂逅一段美丽缥缈的爱情，大概属于青年人冒险本性的一部分，或男人的爱欲幻想。不过"我"对所谓的艳遇若即若离充满了悲观又辩证的看法："爱，是世人的幸福。但幸福不是圆满的实现。爱是聚。无散，就无所谓聚。在爱之中，一切融欢乐与赞美于一体。没有先前的分离，便没有如今的聚首。万物一旦融为完美的一体，在爱之中就不再发展了。爱的运动，正如海潮，在此刻达到了高潮；还会有退潮。所以，聚依附于散；缩依附于张；涨潮依附于落潮。这些永远不能成为宇宙的爱、永恒的爱。恰如这宁静的海湾，令人迷醉，而狂暴的海啸也令人恐惧；美丽的山麓，令人向往，但火山的滚滚喷涌来势汹汹，在瞬息之间烧毁吞没了一切！"②这也奠定了这部小说的爱情悲剧基调。

20世纪90年代作为初踏入美洲新大陆的第一代新移民，在中西方文化的碰撞中必然产生艰难的心理嬗变和各种不适应。旧金山是一个非常自由开放的地方："个性自由发展，穿衣随便，大冬天穿短裤着三点式在阳光下暴晒的悉听尊便。绝对没有群居习惯带来的群体惰性、扼杀个性的闲言碎语清规戒律。"③因此在"第一代"新移民眼中，这是一个可以实现个人价值追求的乐土，因为"迁徙者在这片重新移植的地方嫁接文明精髓，并吸收融合异质文化而形成多元文化，呈现出不同凡响的价值取向和人性中最值得彻悟的精神内核……"④但是这种看法却遮蔽了西方文化

---

① 参考张清芳《生命的繁华与苍凉》（《名作欣赏》2017年第25期）中的观点。

② 吕红：《美国情人》，中国华侨出版社，2006年，第5页。

③ 吕红：《美国情人》，中国华侨出版社，2006年，第34页。

④ 吕红：《美国情人》，中国华侨出版社，2006年，第35页。

所处的霸权位置及它对当时处于弱势地位的东方文化的压制与压迫，如果从女性主义角度来看，西方文化就是"男权社会"的一种象征和体现，而处于弱势地位的女性对前者却经常会产生一种"斯德哥尔摩式"的仰慕和臣服，并不是反对和反抗情绪。这也增加了现代女性解放之路的复杂性和曲折性。

也正是在西方文化的文化霸权和它所营造的温情假象笼罩下，芯和皮特之间存在的东西方文化差异被有意缩小，他们的相遇、相恋和分手过程被赋予了张爱玲言情小说中的感伤色彩，只是吕红把张爱玲的散文《爱》中男女主人公在历经沧桑再次重遇时所说的"你也在这里"，变成了带有西方化色彩的问候语："嗨，你好吗？"①然而二者的内涵却是相似的，都包含了悱恻缠绵、欲说还休的爱情感伤情绪："一句寻常的问候，却花开花落随冷暖悄然流动，穿越了跌宕起伏的沧桑世纪。"②与此相对应，芯第一次见到皮特时印象非常好："西方男人天生的幽默感，自然流露的温情细腻，给她留下最初的印象。"③然而二人的兴趣爱好也隐藏着东西方文化差距的阴影。皮特喜欢看棒球赛，"芯也知道老美一般对体育的迷恋程度远胜于文艺。每逢周末电视台几乎大多转播各类球赛的实况，而美国人全家老少都会聚集在电视机跟前兴奋地大呼小叫不亦乐乎。也难怪，那些球星是青涩少年的偶像；是美女狂热追求的目标；是经济人脑满肠肥的摇钱树、印钞机！"④但是芯当时却想去听华人名家的小提琴音乐会。这种文化差异因为被隐藏在西方男人温情脉脉和儒雅温和的外表下，而且此时的芯正处在与国内的丈夫刘卫东产生的种种矛盾中，丈夫根本不尊重妻子的选择，而是采用种种手段，其中不乏威逼利诱和卑鄙的手段来逼迫妻子离开美国回国。这些行为反而激起了芯的厌恶："本应夫妻慎重考虑之后再做决定的事，到男人那里就演变成为一场精心谋划、动用所有关系网和软硬手段来向女人施加压力的计谋。一切或许都出于爱，出于痴情，但却难以让女人接受和容忍。当双方矛盾和裂痕愈来愈烈、愈难以调和——爱，便也走向尽头。"⑤其实刘卫东这个人物非常符合20世纪80年代中国文坛流行的"男子汉"和"硬汉"形象，吸烟喝酒和性格粗豪曾是前两者豪迈性格的一种魅力体现。但是随着进入20

---

① 吕红：《美国情人》，中国华侨出版社，2006年，第11页。
② 吕红：《美国情人》，中国华侨出版社，2006年，第11页。
③ 吕红：《美国情人》，中国华侨出版社，2006年，第66页。
④ 吕红：《美国情人》，中国华侨出版社，2006年，第65页。
⑤ 吕红：《美国情人》，中国华侨出版社，2006年，第61页。

世纪90年代和文化语境发生变化，尤其是在当时美国所处的文化语境中，西方男性温柔礼貌的举止成为新的评价标准。在此影响下，芯有意无意地会把温柔细腻的西方男性与前夫的粗鄙自私行为相互比较，在情感的天平上自然也会倾向前者。

除了前夫形象外，《美国情人》中还出现了另一个对比性人物——早就移民到美国的广东男人老拧。与皮特不仅风度翩翩、温文尔雅，而且温柔体贴、很有情趣的性格又一次形成鲜明的对比。当皮特约请芯见面吃饭约会时，这也是两人的第二次见面，他刻意营造的浪漫温馨氛围非常契合具有"文艺女青年气质"的芯的美丽幻想："他言辞幽默，比喻生动，笑容舒展，间或恰如其分的表情及手势，为女人带来徐徐暖意……"①

其实西方男性也只是用表面的温柔文雅掩盖了内里的自私无情而已，只是此时的芯因为欣赏西方文化的优点而塑造西方文化的代表——皮特的形象，他们两人之间的爱情由此也被涂抹上丝丝缕缕的、似梦似幻的唯美情调。当爱情成为悲剧，芯在梦碎的痛苦中才能清醒地认识到，她不是皮特的第一个爱情猎物，也不会是最后一个。于是不再独自咀嚼悲伤而是毅然前行自我奋斗。从这个角度来说，"情殇"也成为促使芯心理上发生巨大蜕变的重要因素。"一对怨偶经历了长期痛苦磨合、生死交缠、跨越大洋的恩怨，从吵架到伤害再到陷入冷战，婚姻已名存实亡。维持僵局，相互不理不睬，一拖又是两年。在男人那边，也许是权衡，如弈棋；在女人这边，却是痛苦，还有万般无奈。"②不仅如此，后来她在面对皮特几次提出的复合请求时也坚定地加以拒绝。她清醒认识到，即使是在标榜如此自由、平等的美国，男女之间存在的平等也是表面的，骨子里却依然缺乏真正的平等。也就是老美一贯行之的白人至上那种"骨子里的优越感"③。

事实上，不仅在种族上有不平等，而且性别差异也形成了心理上的不对等关系。就连美国本土女性也未必能够拥有幸福的爱情与婚姻。热爱中国文化的金发碧眼的美国女人琳达曾把自己喜欢的一个北京男人不惜一切代价弄到美国生活，但是这个男人到美国后却离开了她。还有与丈夫皮特两地分居的妻子也是典型的美国女人，她未必不知道丈夫的背叛和他不断寻找中国情人的外遇生活，不过两人却没有

① 吕红：《美国情人》，中国华侨出版社，2006年，第74页。
② 吕红：《美国情人》，中国华侨出版社，2006年，第63页。
③ 吕红：《美国情人》，中国华侨出版社，2006年，第247页。

离婚。从这个角度来说，美国本土内部也依然隐藏着男女之间不平等的社会问题。这也剥开了披着自由、平等外衣的美国社会内里充满了不平等的事实真相。吕红还指出这种不平等无处不在，特别是对新移民来说，而且"所谓排外意识、种族歧视往往是潜隐在诸多理由和借口之下的，并错综复杂地渗透到社会层面，即便你是入了籍，是有身份地位的美籍华人，但在老美眼中，从骨子里你还是异类。"①创作来源于生活，《美国情人》中提到的美国种族歧视、排外意识到现在还是常见的社会痼疾，且有愈演愈烈的趋势。

"第一代"新移民女性不仅要面对美国本土男人之间不平等的现状，还要面对美国华人社会中更严重的不平等问题，更遑论是爱情婚姻上的幸福了。由于美国的华人社会是更封闭性的一个小圈子，其中存在着更严重的性别歧视。一个华人女性如果想在事业上干出一番成就，就要参加与华人男性的博弈与战斗，要抵抗、颠覆后者所代表的华人社会秩序的压迫和压抑。芯作为这场男女性别之间旷日持久的"战役"中的一员，切身体验到自己身为女性的性别弱势："从地域来讲，是'外来妹'同'本地佬'的竞争；从性别来讲，是弱者对强者的挑战。有人说自古以来，男人为女人作战，为不同女人作战。（譬如冲冠一怒为红颜，譬如古希腊帝王为美人海伦的特洛伊大战等。）上帝是按照自己的形象创造了男人的，于是男人便认定了自己是国家和家族中的上帝。而女人，只是亚当的一根肋骨，只有一个弱者的名字。面对女人的挑战，男人不屑一顾。男人的微笑就足以剥落女人的铠甲了。从前，只知道性格就是命运，现在才恍然明白，性别，也是命运。无力挑战的她，说到底，也只是一个把命运悬系于梦想的女人。"②因此华人女性要想在美国获得事业成功和身份上的认同，必须要付出比华人男性更多几倍的努力和艰辛。她们追求自身解放的路途上充满了种种坎坷与荆棘，付出的代价和挣扎并不比当时在中国的那些女性少，甚至是更多。因为在异国他乡的美国，华人新移民处于高度紧张的生活环境中："来得早的已打下地盘，唯恐新人来争，变得狼一样凶残。为一点可怜的私利造谣中伤，明枪暗箭，手段无所不及。"③这种人性异化，一方面在于生存的重压导致华人的一些国民性弱点，像"窝里斗"、造谣中伤等得到放大，导致他们

---

① 吕红：《美国情人》，中国华侨出版社，2006年，第11页。
② 吕红：《美国情人》，中国华侨出版社，2006年，第99页。
③ 吕红：《美国情人》，中国华侨出版社，2006年，第111页。

的性格变得扭曲；另一方面则是客观生存环境的冷酷和激烈的竞争氛围，使他们为了生存和获得更好的物质生活，就不顾同胞之谊地相互争斗。诸多因素导致为追求实现自我价值的现代女性所选择的路必然会充满坎坷与艰难。

《美国情人》中的蔷薇美丽聪颖，偏巧遇到新移民林浩。不同于刘卫东、老拧等人的粗俗不堪和自私自利，林浩在性格人品上有很多优点，他能干吃苦，例如他在自己开的超市中与工人一起来干活："说起来，在美国当个老板也辛苦，事必躬亲；还得扑下身子干活，以补人手不足。西装不脱，多少显得和那些身罩布衫大褂的打工者有心理和外表上的区别。"①日久生情。"他和她关系始终都是淡淡的，好像雾里看花，总也看不分明，却又总是充满向往。隐隐约约，随着流水般的日子渐渐生出的，是说不清的情愫：比怜惜更纯，比依恋更深，比渴望更强烈。若是哪天没见到她，听到她的声音，便觉得心里发空，有点失魂落魄。"②为了表达自己的诚挚心意，他特意买房子、买车送给蔷薇，他也希望以后能和后者走进婚姻的殿堂。然而事情的发展并不如意，当林浩把自己的三个孩子从中国接到美国上学后，孩子们却并不接受蔷薇当继母，想方设法地破坏和阻碍父亲与她在一起。林浩出于溺爱孩子和对他们的补偿心理，对他们的伎俩和恶作剧并没有加以阻止。这给他与蔷薇的感情生活蒙上了一层阴影。

不仅如此，林浩到美国生活后并没有改变业已形成的经商思维，他的心理状态依然停留在属于中国改革开放早期阶段的八九十年代。他把在国内形成的商业"赌徒"心理运用到已进入后现代社会阶段的、商业机制运作已经比较成熟的美国，把自己"冒险家"的投机性格发挥得淋漓尽致，为了赚钱不计后果，也一次次地使自己陷入失败的困境中："自从林浩进入美国开办公司、搞买卖大抽奖、买两栋房子、搞抵押贷款几乎没停歇没喘息，就像一匹马车飞驰，茫茫然，看不清方向又不停地飞驰，在激情燃烧欲望驱使和外人设套诱骗下，一次次为鲁莽褊狭付出高昂的代价。沮丧时他会骂自己是'盲人瞎马'，但血液冲动却又使他一再顾此失彼，重蹈覆辙。"③林浩的失败不仅在于他的经商思维和策略不适应美国的商业情况而且缺乏应有的冷静明智。经验教训，旁人提醒劝阻都被当成耳旁风，不以为意。从这个

---

① 吕红：《美国情人》，中国华侨出版社，2006年，第24页。
② 吕红：《美国情人》，中国华侨出版社，2006年，第68页。
③ 吕红：《美国情人》，中国华侨出版社，2006年，第165页。

角度来看，也说明西方并不是华人投资商和冒险家的乐园。由桔变枳，林浩种种鲁莽导致双方感情不可避免地陷入危机："最初的一点浪漫情怀，早被现实麻烦搅得支离破碎。"①林浩最后结局是被人设套后不知所踪。

在小说结尾部分，作者凭借在沿海开车吊唁自己情殇的蔷薇之思来直接抒发人生感慨："从未想到自己和朋友在异国他乡会遭遇各种变数，个性被逐渐磨损，爆棚信心被肢解得支离破碎，碎得很惨。不光是她自己，还有芯，安琦，妮娜，还有琳达。不仅是东方女人，甚至也包括了西方女人。"②这也映射出"情殇"和漂泊感使她无法在精神世界中获得大完满，精神世界中总是存在着某种残缺。或许这也是身在后现代社会中的自由而又孤独的一部分人的悲剧性的宿命。亦是现代人在后现代社会中会经常面对的一种悖论情境。

程国君、韩云曾指出："《美国情人》是一部书写自我、书写自我实现的小说。因为《美国情人》借'情人'书写，整体上就是反映了现代新移民别样的自我追寻与自我实现的。"③然而"第一代"新移民为实现自我价值付出的代价同样巨大，尤其是中国现代女性在进入以美国为代表的西方社会生活之后，处于"精神转型期"的她们更是面临着中西文化差距产生的不平等、不公正等更多的问题和困境，更遑论是追求个人的进一步解放了。或许这也是在20世纪90年代后进入"全球化""地球村"后的所有现代人必须要面对的人生悖论：他们曾毅然挣脱和斩断了传统文化思想的束缚，但是却在获得个人自由和原始欲望解放之后产生了不知何去何从的困惑感、迷茫感、孤独感，更何况是在一个男女并不真正平等的西方后现代社会中，情殇由此成为一种常见的社会现象。这是《美国情人》揭示出的一个社会现实，也由此给现代人深刻的启示。

（原载《中国当代文学研究》2019年第5期）

---

① 吕红：《美国情人》，中国华侨出版社，2006年，第165—166页。
② 吕红：《美国情人》，中国华侨出版社，2006年，第259页。
③ 程国君、韩云：《"所有移民迁徙原因"——由〈美国移民〉看新移民小说的现代内涵与叙事创新》，载《南昌大学学报》（人文社会科学版）2015年第1期。

楚人楚歌

——吕红和她的散文

李硕儒

小说给你的是故事，散文给你的是意味、情态和作家对人生的感觉。这感觉若一般，它留给你的不过是一篇或长或短的文字；要是别致细腻，它也许会勾动你的心，勾动得它疼痛，流血，酸涩得颤动不已。

那天，同一群旧金山美华文协的朋友喝咖啡。饮毕，走出那家咖啡屋时吕红顺手递给我一摞来美国后陆续发表的散文，并且不在意地要我有空就看看，没空就扔掉。或许正是她的不在意，倒弄得我非看不可。

说实话，她们把我的心"勾"住了，倒不是她们多美多诱惑，而是作者那强烈的跳荡的以不同视角印证了的那份独到的生命体验。

孤独，本是生命与生俱来的状态和况味。今天要是再有人来问我：你从哪里来？你到哪里去？我会回答他：我从孤独中来，我到孤独中去。因为，当人们离开母腹走向未知的大千世界直至告别这个世界而成为被忘却的寂灭，这一个个的过程都发生在或热闹或冷清的孤独中。深沉如大海者在沉默中承认了这事实，淡远如苍穹者有意地消解了这事实，那些更多的耽于各种欲望的众生们来不及领悟这事实就又追逐他们的欲望去了；可吕红不能，诗样的敏感总在搅动着她的感官，"楚人"的执着纠缠着她，非要抓住哪怕一丝的感觉也要捋出个究竟，于是孤独成了她挥之不去的梦魇，抒写不尽的情愫。

一个个情人节来了又去，给她送来了甜蜜又缺憾的故事、欲罢孤独更其孤独的心痕：那位送给她红玫瑰的主编，那位在"萤萤烛光"、妙曼乐曲中与之共话衷肠的教授，那位"从老远的地方开车来"会她并且"冒险停车"高速公路上、为她采摘大把野花的男生……这一个个追随者不谓不钟情，那一个个瞬间不谓不温馨，可他们走近了又走远了，不是不想留住，可她等的不是他，她等不到要等的人。情人节啊，任凭无奈的心无奈地躁动，她只能闷闷地听一曲"我曾为你疯狂，你曾为我迷醉"之后，陷入更深的孤独，写下那篇《又是情人节》。

孤独者没有眼前的拥有，唯有在过往中搜寻。春节了，她想起早逝的母亲每天给她扎好小辫去往幼儿园的温馨，想起年年春节为一家团聚而忙碌辛劳的老父，更想起刚以稚嫩的字体为她写来"祝妈妈新年愉快"的儿子；她写出对父亲的孝敬，对寄给她祝福与祈愿的孩子的思念，仅仅是几个字、一句话就让远离骨肉的母亲感动不已；让一个漂泊异乡的女人真真切切领悟了什么叫乡愁……抽刀断水水更流，这跨海的邮寄带给她又一种别样的孤独，这孤独实实在在原原本本成为浓得化不开的篇章，尽情倾注在《思乡情结》中。

不是没有慰藉，不是没有温存，鬼节那天，女友来过长长的电话，关照她要奋争、别灰心，更"不要亏待自己"；文友也暖意融融，电话中请她"相信朋友是你最后的防线"，可这不是她要的，她要的是自己织出的梦。在异乡，连梦也不肯送她一点点允诺。她受不住这漂泊的残酷，她捺不住这命运的无情，唯有振笔直抒，写出她的《生命不能承受之重》，由浅唱低吟急转为深切呼唤……其实，她的要求并不高，只是希望在一个温暖而厚实的肩膀上靠一靠。

《红豆》是一篇孤独中写就的散文诗。婉约柔美，缓缓流出作者对昔日情缘的回望；其间过去与现在交织，中国与美国穿梭，时空变化，缱绻悱恻，令人感慨光阴如织，造物弄人。凄美的辞章带出无尽沧桑和感喟，语言功力和饱满的情感均在其中。著名旅美诗人张错读后表示，作品"抒情而激荡，另有一种现代文采！"

《香江情怀》则浓缩了分隔大洋两岸男女的苦涩恋情，是吕红散文创作中较有代表性的一篇。"依稀仿佛，随乘客乘坐大巴士从皇岗出关已是香港的黄昏。巨大的东方明珠眼前光华四射。面对繁华如梦的旖旎景色，你轻轻叹息。此情此景难再……聚首便是分手，命运之神的眷顾从来就这样，既奢侈又吝啬。"感性的语言，温馨又凄诡的篇章，表现了"完美的爱情犹如夜空满月，可望而不可即。即使在最贴近激动滚烫的瞬间仍能体会隔着冰峰和沧海今生今世永远不能实现的绝望与凄凉。清晨告别，也是象征性地拥抱一下碰碰脸颊，匆匆离去……"低回欲绝的情怀，欲罢不能的理性，带给你的是无言的叹息。

和一般散文不同的是，吕红比较偏重内在情绪的流动和心灵的感悟，"……醒来才知是一场空，幽幽月光独照两行清泪""见不到面是撕心裂肺的空茫与痛；见到面更是无可奈何的痛与空茫"。难怪一位读者网络留言称《香江情怀》让失却真爱的现代人怀疑故事的真实，但读来感人至深！

又是一份孤独的感受，《英姐》和《美国梦寻》确属于比较厚重而有现实分量的纪实散文。作者敏锐的文学目光，对周围人物长期细致地观察提炼，笔墨简练地勾勒出一个来自香港、自尊自爱、靠工作争取移民的女强人形象。结合小说笔法的运用，英姐这个艺术形象已经呼之欲出。她既有移民经历的悲剧意味，又有女性自我奋斗的典型价值。

《美国梦寻》也是用的小说素描的笔法，通过一个华裔教授自身经历的叙述，来挖掘移民经历中的情感遭遇、家庭变故的伤痛，揭示东西方文化冲突带来的精神无所适从的尴尬。"对所有移民而言，美国经验是一个颠覆心智的过程，是探险与心碎的混合。它打开了一切事物的可能性，同时也侵蚀了传统信仰与习惯。华人在新旧拉扯间左右为难、痛苦挣扎的困境，不正体现了生活之纷繁复杂、人性之纷繁复杂吗？"

生活在旧金山这座多元文化多种人种的国际大都会，吕红不能不将她的眼睛投向白人、黑人、混种人……当她在金融区，在那些"步履匆匆、从银行大厦走出来的男男女女"的人影中，听到谁也无心旁顾的"优美而舒缓动人的旋律"时，她认出那个情怀落寞的俄罗斯音乐家，从他的眼睛中，她辨出"那种俄罗斯民族与生俱来的，或者说源远流长的、诗人般的忧郁"。有感于古老文明的衰败、时空变幻、梦想失落与命运放逐，她写下《异域觅知音》《白色的圣诞节》和《波特兰的"白宫"之夜》。

《异域觅知音》她写的是那位俄罗斯韵音乐家，透过他的落寞与忧郁，诠释出一种情怀，一样际遇繁衍出的不同形态与色彩。

对于吕红，道路漫长且崎岖。她需要沉下去、向纵深开掘，需要锻造更独特的语言表现力。"作为一个作家，为什么不发掘、追问出更多的你独有的悟？"我问。

她说，过去自己比较注重呈现，社会的、自己的、外在的、内在的，各种状态，各种感觉。这或许与一直从事的记者职业相关。其实，呈现的过程也是超越的过程。关键是找出自己的最佳切入点。越是情浓时，越要写得淡，于不动声色中，蕴出作品的张力……

听着她的话，我不由一愣。愣过才明白，她是"楚人"。楚人执着，楚人更率真。这率真呈现了她的状态、感觉和梦想，也呈现了社会与人生。呈现是沟通，也是呼唤。然而不管得到的是什么，这早已不只是吕红自己的，而是她以率真的心及率真地寻找呈现的一个漂泊者最为切肤的生命体验。

（原载《女人的白宫》，花城出版社，2005年）

评吕红中短篇小说创作

——序《红颜沧桑》

刘富道

我读这部书稿，最先读的是中篇小说《红颜沧桑》，因为吕红给我书稿时，见她特意整理一番，我猜想她是在给我排列阅读秩序，这部作品是排在最前面的，那么一定是她最得意的。我没有想到的是，我很快就被她的小说语言吸引住了，小说中女主人公的生活故事，也紧紧牵动着我的心。这部作品，她早在几年前就已经写成了，然而，她为什么早先没有拿出去发表呢？我边读边为她感到遗憾。

读这部作品，让我惊异不已的是，她的小说语言写得那么熟练，又很善于捕捉生活细节，而且对生活有着深刻的思索。我这样想，如果早些年，吕红的这部作品发表出来了，而且有好事者出来炒一炒，说不准吕红会红起来。

自古红颜多薄命——这当然是一句陈旧的俗话。而在《红颜沧桑》中，天资聪颖容貌俏丽的成欣，的确命运不佳。成欣的婚姻，"就像走路不当心跌到脚下的窟座里"，"稀里糊涂由人介绍牵线搭桥"就成了老慕的妻子。当初她也只是想到，"有个实心眼的男人身边知冷知暖疼自己也就够了。简简单单安个家吧"。然而，一个人活着，是简单一点好，还是复杂一点好呢？这个问题似乎太简单，其实很复杂。成欣的悲剧在于，她不甘于简单，向往复杂；成欣的悲剧还在于，她天生丽质，她的美构成了对男性的诱感；这些，当然都不是她的过错。她的过错在于，在清贫的生活中，为了求得物质的和精神的享受，似乎首先还是为了求得心理的平衡，她不仅是超越"等级"，而且还严重失控，以致坠落。试想如果她不是碰到坠落的点子上，仅仅只是有一个第三者进入她的生活，还会赢得读者更多一些的同情。只有在她坠落之后，她才认识到："活着，还是简单一点好。"但她所获得的顿悟，又未必是接近了真理。吕红在另一部中篇小说《季节之风》中写道："整个社会价值观发生了畸变。大如突然醒过来的美人儿，把不多的一点资本投进享乐的漩涡中。"这就是20世纪末五千年古老文明所面临的挑战。

吕红这本集子中的小说，就我所读到的篇目而言，大体以女性人物为主体的，而且多数篇目中都有个"第三者"情结，这大约是20世纪八九十年代以来社会价值观"畸变"的一个缩影。她所描写的那些女主人公们，似乎都在从不同角度思索着同一问题：活着，是简单一点好，还是复杂一点好？小说《一封终未发出的信》中，女主人公给予她幽会过的作家的信终未发出，是因为她在"简单"地活着与"复杂"地活着之间"迷惘"了，对于要不要"在命运的杀场上下赌注"，她还拿不准。《云中梦》整个儿是一场对"第三者"期待的梦，而且梦中套梦。这场梦可看作是对"单位"复杂的人际关系的一次逃遁，但是梦中的一场噩梦，却又分明说明逃不出"文学所那个不学无术、专门搬弄是非的家伙"的巴掌心。由此可说在生活的"简单"与"复杂"之间，有个难以破译的怪圈。《今天是愚人节》是写得很漂亮的一个短篇。女主人公若冰想到丈夫外出潇洒那个德性，顿生一个念头，"她要恶毒一回癫狂一回痴迷一回"，于是有了在舞厅的知遇，然而当她回家面对镜子分不清哪是真实的若冰，哪是装扮过的若冰时，突然感叹："活着，真够累的。"作者没有用简单化的方法处理她笔下的人物，她对于他们的生存状态，不只是很了解的，而且可以看出是很理解的；对于他们的非分之想及非分之为，既不是武断的批判，也没有盲目的同情，而是把自己的情感倾注在对人物命运的关注上。这正是这些作品获得成功或接近成功的重要因素。

吕红写了好多个女性人物恨爱交织的故事。在众多的女性人物中，令人印象最深的是弥漫在许多篇目中的一个"作家梦情结"。比如在《红颜沧桑》的开头有这样一段描述："晴霏观察角落里泰然自若神情飘然的成欣。这人好生了得！"作品以晴霏的视角展开这部小说的叙述方式，并用她的眼睛"观察"跟踪成欣的故事的。小说的结尾，在成欣被收审的这个痛苦的事实面前，作者竟让成欣的丈夫"说也许这番经历倒能让她日后写出惊人之作呢"！《今天是愚人节》本来是一篇与作家完全不搭界的小说，却在若冰与追她的男子跳过舞后，"她对他说今晚有些细节可以写进小说里去"，"她笑笑说我有个朋友是写小说的"。总之，我要武断地说，作者在许多作品的构思中，是把自己的作家梦渗透进去了的，至少在她的潜意识里是这样的。在创作中或许太挑剔而对作品不能作出恰当的判断，或仅凭某位编辑看法就不好意思拿出手，而贻误了许多时机。因此就有了我在本文开头所说的遗憾。

近几年来，吕红发东西很容易，而且发过不少东西，大多是记者手笔。她并不满足于此。她更钟情于文学，钟情于创作。从她新近创作的小说看，她的视野拓展得很开阔，笔触伸向社会各个层面，作品蕴含的信息量大。这些都是无冕之王的头衔给她带来的实惠。我读中篇小说《季节之风》时就不时嫉妒她拥有的这种信息实惠。但我又不能不在这里提到一个问题，在小说的叙述语言中，过于铺张地罗列信息，过于频繁地发表随感，对作品的自然运行节奏和整体感或许会有伤害。

我多次在文学圈子的聚会中见过吕红，但我却很少听到她的声音。一口气读她这许多作品，我突然感觉到，她更喜欢用笔说话，用笔流畅地滔滔不绝地说话。读她的小说，如同听她兴致盎然地说话，给我们讲述娓娓动听的故事。如果让我用一句话来评价她的作品，我就这么说，她讲述的故事，我还是爱听的。

祝吕红走红。

（原载《红颜沧桑》小说集，武汉大学出版社，1994年）

吕红小说印象

樊 星

吕红小说给人最突出的印象，是感伤的古典情怀。在一个浮华的年代，还苦心经营着一块古典理想的园地，似乎有点不合时宜。当"现代识"已成为时下的标识之时，古典情怀还有怎样的价值？

"寻梦"，是吕红小说的一个基本主题：《调色板中的世界》里的叶舟、《红颜沧桑》中的成欣、《曾经火焰山》中的桑、《花都绮梦》里的凌子……都是当代寻梦人。叶舟寻找着理想中的"英雄"做爱人、成欣寻找着自由的人生理想、桑寻找着"精神的力量"、凌子寻找着同频共振心心相浪漫之恋——她们都在文学的世界里浸淫太久，因此固执要在现实生活中实现理想：可她们偏偏生活在一个物欲横流、"金钱主义超过理想主义"的时代，当叶舟和凌子都不得不面对着心目中的"英雄"剧变为颓废的放纵者，当成欣在情场上因为浮躁也因为对手的品质低劣而滑向放纵之路时、当皋和桑只能在怀旧的思绪中走进古典的梦想时，吕红既写出了"寻梦"的幻灭、又写出了"寻梦"的伟大（成欣堕落了，但叶舟、桑却迈向了新的"寻梦"之旅）。而"幻灭"，不还是个"现代意识"特强的主题么？

吕红在揭示"幻灭"的必然性的同时决不流于冷漠，而是固执地从"幻灭"中再发现"新生"的希望，这样，她便使自己超越了时代的冷淡心态，为这个年代里决意不随波逐流的人们留下了真切的写照。

其实，"寻梦"也许是一个永恒的文学主题。而"永恒"二字便意味对"现代意识"的超越。是的，古典情怀，永远散发着不灭的魅力。当人们不断谈论着"精神家园""良知""理想""心灵"这样一些永远温柔的字眼时，他们便证明了"寻梦"的力量。世俗化大潮淹没了不少困惑的灵魂，却吞没不了高贵的灵魂。

寻梦需要理性的支撑。因为"跟着感觉走"常常会迷失在感觉的迷宫中。吕红勤于思考，并将理性的思想化作哲理性很强的格言，嵌入一个个感伤的故事之中。对于喜欢思考人生的读者，这样的格言常常能如闪电一般拓人心胸。请看这样一些句子："个人对自身的看法往往决定这个人一生的命运：生活中有不知爱的。有知爱而不会爱的。有会爱而不愿爱的。有愿爱而不被爱的。""世上真有所谓公平吗？"……这样一些哲思显示出吕红深受俄苏文学影响的痕迹，而俄苏文学不正是古典情怀最为深厚的文学范例吗？高尔基曾在《俄国文学史》中写道：俄国文学的思想意义在于"没有一个问题是它所不曾提出和不曾企图去解答的"。也显示出吕红求索人生的可贵努力。当今文坛上，"玩文学"之风在"人文精神大讨论"的冲击下势头已衰，"问题学"又有回归之势。像《苍天在上》那样的"社会问题文学"、像《爱又如何》样的"伦理文学"不是都很有影响吗？

吕红的"寻梦"故事中，也传达出"寻梦者"的人生困惑：在《调色板中的世界》中，"谁是爱情的受害者？"的问题扣人心弦，叶舟和陆原钟倩似乎都是受害者又都是困惑者；《红颜沧桑》中成欣的一句"我活得是认真还是不认真？"也发人深省：她似乎有几分认真又有几分不认真，可谓"剪不断，理还乱"的人生之谜；《曾经火焰山》里桑的一句"付出比得到重要是为什么？……来源于某种信念吗？"写出了"寻梦人"苦苦追求中的殉道精神……能写出这样的人生体验，能道出这样的人生困惑，一定离不了理性的砥砺、思想的支撑。而吕红似乎也特别迷恋哲理议论，《调色板中的世界》开篇引（叶普尼·奥涅金）的一段话，努力开启一扇"理智的冷静的观察"的门；小说中又有一段写叶舟偏爱赫尔岑那种"政论和叙事生硬的采合的作品"的文字，都不妨看作是吕红对一种理想文体的追求——一种长于议论、耐人思索的文体，的确，值得一试。但这方面的偏爱是否也妨碍了吕红在人物塑造、氛围营造或心理分析、情绪渲染方面的努力呢？至少我觉得是这样的。吕红的有些小说显得枝蔓了一点，以至那些独特的哲思有时就被枝蔓的议论遮掩了，这一点是值得吕红注意的。

（原载《长江日报》副刊1995年5月3日）

三代"娜拉"的"先驱"形象与"启蒙"意义

汤嘉晰

一、文学"母题""娜拉"从挪威到中国

自五四至今，挪威最伟大的戏剧家亨利克·易卜生的著名社会剧《玩偶之家》被译介至中国后，其"娜拉"形象，成为中国女性解放的先驱。彼时开始，中国现代文化及女性文学构建中，"娜拉"的"出走"与"回归"似乎成了一个永久的话题。

《玩偶之家》创作于1879年，主要写主人公娜拉从爱护丈夫、信赖丈夫到与丈夫决裂，最后离家出走，摆脱玩偶地位的自我觉醒过程。话剧的最后一幕，娜拉摔门而去。这是话剧的结束，却预示着全球妇女解放的开端。在易卜生的故乡挪威，1981年已经出现了挪威历史上第一位女首相，"加布里埃尔森提案"已经把所有的上市企业董事局与所有公共委员会的女性成员比例规定到40%左右。在中国，虽然由《玩偶之家》引发的妇女解放的思想洪流在20世纪初就已经风起云涌，其给中国社会及文坛带来的冲击也可称翻天覆地。陈平原在他的《娜拉在中国》一文中曾指出："世上不知有哪个国家能像中国一样创作了如此众多的娜拉型剧本，中国人把娜拉迎进家门后，进行了新的创造，使她在中国复活再生。这里有从沉重中醒来的娜拉，也有从追求个性解放到投身革命的娜拉。"①

但思想革命的轰轰烈烈与"娜拉"热的讨论并不能真正落实到社会改革的实践之中，以至于至今还存在许多社会问题，如女大学生分配难、独立女性婚恋难等等。1923年12月26日，在北京女子高等师范学校发表会讲《娜拉走后怎样》，发出了独特且理性的声音。关于"娜拉"走后的结局，鲁迅认为，如果没有取得经济

---

① 陈平原：《在东西方文化碰撞中》，浙江文艺出版社，1992年，第242页。

权，简单说就是没有钱，那么"娜拉或者也实在只有两条路：不是堕落，就是回来。"①回望历史，延至我们所处的时代，有多少比例的中国女性取得了鲁迅所称的"要紧的经济权"？少数"出走"的"娜拉"在获得经济独立与人身自由以后，她们又遇到了哪些新的问题？在不同的时代洪流的裹挟下，"娜拉们"如果"独立"不易，"自由"难成，她们究竟是应该冒着"堕落"的危险成为丁玲的"莎菲"或者曹禺的"陈白露"，还是应该回家？不同的"娜拉"的觉醒度、奋斗的道路与结局各有什么不同？本文选取可作为"娜拉"式心灵觉醒与行为独立精神的三位中国女作家——秋瑾、苏青、吕红作为代表，对其进行作家与作品比较研究，以探讨不同时代与社会中的女性主体，独立不倚精神实现的有效性与有限性。

二、三代中国"娜拉"的命运

秋瑾、苏青和吕红，她们有着各自不同的自我觉醒历程。

在革命先驱秋瑾——第一代"娜拉"生活的时代，还没有"娜拉"这个词的出现；但秋瑾的确是第一代中国近代史上"出走的娜拉"。秋瑾成长于晚清向民国过渡的时期，是中国妇女的先觉者，其爱国意识、男女平权思想的萌发深受戊戌变法的影响。从秋瑾所留下诗词与杂文，特别是其带有强烈自传色彩的、未写完的弹词《精卫石》去看，作为中国历史上"家庭革命"的先驱者，其女性自觉意识是朦胧却充满生命力的。虽然秋瑾自小接受的是传统的私塾教育，但丝毫不影响秋瑾的求知欲，随丈夫进京以后，她更加关心国事，每天阅读书报，开阔视野。随着眼界和思想的提升，秋瑾与丈夫的分歧也越来越大。事实上，秋瑾的丈夫王子芳是典型的没落阶级的纨绔子弟，秋瑾七年的婚姻都是在隐忍和委屈中度过，终于与丈夫爆发冲突，继而在28岁时与王家决裂，东渡日本留学。回国后的秋瑾提高了知识水平，也更加坚定了革命信念，此刻，她已经从一个具有爱国思想的家妇女发展为自觉、坚强的革命战士。秋瑾的确是一个坚毅的理想主义者，甚至不惜以自己的生命为代价去践行革命理想。郭沫若在《〈秋瑾史迹〉·序》中写道："易卜生自己不曾写出的答案，秋瑾用自己的生命替他写出了。"②

---

① 鲁迅：《鲁迅选集·评论卷》（3），湖南文艺出版社，2004年，第68页。
② 郭延礼、郭蓁：《秋瑾集　徐自华集》，中华书局，2015年，第280页。

本文所述的第二代"娜拉"苏青，相比较秋瑾，在思想与行为上要温和得多。秋瑾是一路高歌猛进地追求理想，苏青则是在逃离与回归中摇摆。尽管同为女性，苏青最初的人生理想与秋瑾就有很大的不同，苏青要"独善其身"，秋瑾欲"达则天下"，因此二人有着鲜明的思想起点。与秋瑾仗剑执笔闹革命的"女侠"形象，革命精神的猎猎旗帜不同，苏青的形象颇具有"女性成长"的意义。从其出身看，苏青是地道的"红颜"，人生梦想就是单纯做一个大家闺秀。因此，她从东吴大学外语系退学，一心在家"弄瓦弄璋"。但命运不公，不允许她实现祖父为自己命名时的"鸾凤和鸣，有凤来仪"的期望。娘家家道中落，丈夫浪荡公子，从容与富裕不可实现不说，婚姻的最后破裂将她逼至竞争激烈的社会。苏青的觉醒，历时整整十年，从一心梦想做一个顾全大局、一个大家庭里上承下效的和谐角色，到不得不委曲求全，拼命生孩子，到"不服"与"抗命"的现代女性，是一个典型的"成长"的形象。这段经历被她写进了自传体小说《结婚十年》，讲述自己理想的婚姻是如何一步步被残酷的现实所粉碎，自己从幻想、妥协、忍耐、争吵到与丈夫决裂。照理说，作为受过新式教育，被五四精神熏陶过的新女性，苏青在面对婚姻问题应当是更加理性和果断的，但我们在苏青的作品中，看到的满是纠结与挣扎，这是一个自我拉扯和分裂的过程，是苏青与自己抗争的过程。《结婚十年》的意义在于它解释了"娜拉"形象难成的原因：这是一个做男人的玩偶与傀儡也做不成的内忧外患的世界。

　　与前两位相比，第三代"娜拉"，新时代知识女性，旅美作家吕红更加贴近当代女性的生活，也更能代表现如今社会上的一部分精英女性。吕红是一位浪漫的理想主义者，作为受过高等教育的精英女性，她手中似乎拥有得足够。但这位新时代的"娜拉"冲出枷锁、放弃安定的环境，去美国求学求职，白手起家，通过不懈地奋斗成功站稳了脚跟。长篇小说《美国情人》中或有几分影子。与前两代娜拉最大的区别在于，她生在和平年代，祖国也日益强盛，没有了炮火连天、内忧外患的环境阻碍；女性也基本获得受法律保护的、与男性无差的受教育和工作的权益，可就在这样一个看似理想的社会环境里，女性的生存依然受制于社会和家庭。正因为感受到了这样的阻力，才选择了壮士断腕一般地"出走"，尽管曾短暂迷失在"美国情人"的幻梦中，但最终这位"娜拉"还是找回了自己的尊严和方向，选择做一个自立自强的新女性，这样的自觉意识和历程具有更强的现实意义。

综上而看，"娜拉"作为一种文学形象的"典型"，大约有如下共性：具有一定的文化素养；有机会接受新文化、新思想的启蒙，并且富有才华；性格倔强，有勇气与命运进行抗争。

然而这并不是每一个"娜拉"成为自为的人与自觉的作家的关键。三位"娜拉"能够成为革命先驱与著名作家的原因，在于其对社会人生、生活与自我关系的深度反思。"娜拉"的境遇似乎相似，就是处境与梦想相距甚远，身处的家庭观念陈旧，丈夫即使表面上尊重妇女，但是骨子里一定要阻碍女性的"出路"，不允许"娜拉"追求理想、提升自己，试图将其淹没在庸俗事务与永远的争端之中。终于在忍无可忍的痛苦中，"娜拉"觉醒了，于是愤然出走。她们的意义在于，在多重角度上已经质疑了出走家庭的后果，其可行性的有限，却仍然身先士卒地不惧现实走在时代的前面，步履维艰却从未放弃，并用自己的文字塑造出鲁迅口中的"真正的勇士"的形象。

三、女作家的先驱意义与文学启蒙

鲁迅说："人生最苦痛的是梦醒了无路可以走。做梦的人是幸福的；倘没有看出可走的路，最要紧的是不要去惊醒他。"可是"娜拉"们已经因痛苦而从梦境中惊醒，并毅然决然为逃离痛苦而率先"出走"，这种"先驱"的意义，在其文学作品中有着充分的体现。当然，其作品也是充满丰富的意蕴的，首先，就在于再现了"觉醒"的意义，一个平凡妇女变成"娜拉"的关键意义。虽然三位作家作品的形式多为"虚构"，但"娜拉"式的"自传色彩"还是较为浓烈的。她们均讲述了传统社会理念下实现自我的艰苦卓绝，女性是怎样被困于时代的。

秋瑾作为"中国女性文学的第一人"，其作品的格局是三人中最开阔的。秋瑾在《精卫石》自序中如是说："余处此过渡之时代，吸一线之文明，摆脱牢笼，扩充智识。每痛我女同胞，坠落黑暗地狱，如醉如梦，不识不知。……噫嘻乎怨哉！二万万姊妹，呻吟蜷伏于专制男儿之下，奄奄无复人气，不知凡几！……余惑不解……余乃谱以弹词，写以俗语，逐层演出女于社会之恶习，及一切痛苦、耻辱。欲使读者触目惊心，爽然自失，奋然自振，务使出黑暗而登文明，为我女界放大光明，脱离奴隶范围，做自由舞台之女英雄、女豪杰，继罗兰、马尼他、苏菲亚、批茶、如安而兴起焉！余愿呕心滴血而拜求之，祈亲二万万女同胞，无负此国民责任也。速振！速振！女界其速振！"①我们不难看出，秋瑾的文学创作带有鲜明的革命性和目的性。尽管《精卫石》残存仅六回，但从架构上看，秋瑾所表达的不单是追求妇女的解放和独立，而是在此之上去实现的救国救民、民族复兴的伟大理想，这也是秋瑾所处的时代之下的必然要求。在《精卫石》中，秋瑾巧妙借由历史与神话去强化自己斗争的神圣感与合理性："且说那瑶池王母在宫中，只见那下界漫漫怒气冲，打听方知诸妇女，十分磨折理难容"；"务使男女平权，一洗旧恨"……之所以这样安排，并非秋瑾对神佛有所信仰，正因为了解到普通妇女们遇事容易依靠神佛逃避现实，而秋瑾认为神佛是虚无缥缈、不足为信的，真正到了存亡的关键时刻，并没有神仙从天而降来解救苍生。因此，秋瑾将小说主角们设定为英雄的转世："只有英雄忠义辈，肉身虽死性灵存"。并且，秋瑾选择弹词这种创作文体来写作《精卫石》，以便能更好地传播其革命思想，使民众觉醒。像秋瑾这样将澎湃的激情和神圣的理想糅合进文学创作中，在女性作家群中实属罕见。

相比秋瑾重视文学创作的教化作用，苏青和吕红更加注重现实的自我书写。尤其是苏青，其独特的日常生活视角和写实主义叙事更加直接地将时代之下女性的命运起伏展现在大众视野中。苏青的《结婚十年》《续结婚十年》和吕红的《美国情人》共同涉及了现实中女性的地位，具体表现为出走家庭的女性在男权社会中的生存状况。无论是在国内还是走出国门的"娜拉"，取得经济独立的过程都可谓艰难，苏青所处的文场与吕红所处的职场，都是充满男性霸权、弱肉强食的环境，在以男性为中心的社会里，女性明显处于社会的边缘。在与男性争夺话语权的过程中，"娜拉们"意识到，仅有女性的觉醒是不够的，还要唤起整个社会对女性的关注，三代"娜拉"都曾为此奔走发声。在吕红的身上，我们仿佛看到了像秋瑾一样的理想主义者的影子，尽管一路历尽挫折，也从未浇灭理想的火焰。吕红曾直言自己："有意以女性视角表现女性在东西方文化冲突中的迷惘，并隐含在迥异的社会历史背景下男权意识的专制粗暴对女性发展的制约及伤害。"②《美国情人》就是以跨越种族和性别的视角，通过讲述离家的女人"芯"的逐梦之路，来展现海外华人特别是新移民女性群体的生存空间，为奋斗中的女性描绘了一幅真实的、充满希望的蓝图。

① 郭延礼、郭蓁：《秋瑾集　徐自华集》，中华书局，2015年，第161页。
② 木愉、秋尘：《大地专访：作家吕红》，载《红杉林》2007年第1期。

四、当代启示录

身为21世纪受人文教育的一位女学生，一位被"宁肯在宝马上哭，不在自行车上笑"的"时尚声音"所包围，而不得不独思默想的一位"现代女性"，不由得去追溯上一代女性，三代"娜拉"的奋斗历程，方能在后启蒙时代客观自省。纵观她们的人生，可以看出，家庭革命只是一个开端，出走家庭后的"娜拉们"真正的出路在哪儿？我们要追问与深思。

秋瑾是时代的先锋，作为一个处于时代洪流前端的弄潮儿，她必须拼命挣脱出去才得以看到希望的火光，因此她的出走是决绝而勇敢的，容不得一点妥协和隐忍。第一位"娜拉"多少是能得到社会的支持的，秋瑾就是如此。在第一代"娜拉"出现的时候，人们会感到惊叹和新鲜，继而对这样一个脱离家庭的妇女报以同情。在整个社会同仇敌忾地进行变革的时候，秋瑾不仅得到了许多革命伙伴的支持，也能够有机会加入很多爱国组织和组建妇女会，秋瑾在这样的团体中是有安全感和归属感的，她不是一个人在战斗，但同时，在那个暗无天日的时代，她不得不用鲜血为广大同胞劈开一条生路，选择牺牲是无奈的也是必然的，这便是时代的悲剧。第二代"娜拉"苏青则少了一点"冲劲"，尽管在20世纪40年代，五四精神已经普及，在刚蒙蒙亮的天空下，更需要这代人继续奋斗前行，但此刻同样是五四的退潮时期，人们对于新思想已不像当初一般感到新鲜，社会的动荡加剧，就连基本的生存都成了问题。与五四初期的女作家相比，苏青从不是激进的、革命的，也不是一个喜欢寻求刺激的女性。苏青不是时代的弄潮儿，她原本只求"岁月静好"，是悲剧的婚姻使她觉醒，残酷的现实逼迫她成为一个自强的女性。对于女性真正的出路，苏青也是迷茫的："我总觉得站在时代的面前，个人乃是很渺小的。譬如说革命的女性吧，似乎一度被崇拜过，现在却又成为讥笑的对象了。这是个退潮的时期，人心难测，畏缩，什么都行不通，女人究竟如何是好呢？"[①]一个人是无法同一个时代抗争的，因此在风雨飘摇的时代之下，女性能争取到的实在太少。因此，第三代"娜拉"吕红相比秋瑾和苏青更加幸运，毕竟当今的社会已经很大程度实现了男女平权，加上吕红移民到了一个更加发达的国度，女性在出走家庭后应该有更加

---

① 苏青：《苏青经典作品》，当代世界出版社，2004年，第33页。

广阔的天空。但是在吕红的笔下，这个自由国度之下，性别的不平等依然存在，不仅如此，新移民的身份问题也成为女性在异国生存的沉重枷锁。一位21世纪的精英女性，摆在她面前的是不一样的新一代移民的现实困境，一样的男性霸权社会。化为书中的女性"芯"，一个"把命运悬系于梦想的女人"，在鱼龙混杂、弱肉强食的环境中陷入了一场力量悬殊的战役，当地域与性别都处于劣势的时候，女人又该何去何从？理想主义者的乌托邦还需要不断地追寻和努力才能抵达。小说的最后，"芯"拿到了身份，也实现了家庭的叛逃，终于懂得不能够从他人身上寻求安慰和依靠，走出了一条属于自己的奋斗之路。吕红不仅是时代的进行时，其漂泊于海外寻找身份认同和性别认同的经历，也为当下时代中的女性提供了一个自立的范式。

三代"娜拉"们所探寻的女性真正的出路，是整个社会实现真正意义上的男女平等，女性能够占领一定的地位，实现自己的价值。一直以来，妇女解放运动都是社会改革的一部分，对于广大女性来说，自我意识的觉醒是一方面，同时时代也必须随之进步，二者缺一不可。回望历史，新时代女性所拥有的天空格外开阔，但女性还是需要不断抗争才能挣脱时代之下的隐形的束缚，拥有真正的出路，创造自己的时代。

（原载于《名作欣赏》2016年第33期）

儒家父权和西方救赎意识中突围的女性书写

——吕红长篇小说《美国情人》解析

徐 榛

在性别概念的认知上，两性如同天平的两端，而显示出惊人的"平衡感"。在文化领域的解读中，女性主义（女权）的呼喊一直在两性关系主题中释放着它所包含的"爆发力"，然而，这种"爆发力"含蓄地打破了两性关系之间被粉饰的"平衡感"；而在现实社会的语境下，女性一直没有完全走出传统文化强行赋予"弱势群体"的身份标签，这张身份标签迎面痛击着两性的"伪平衡"，而使女性在社会性别的文化语境中，只能"生为女人"，而难以"成为女人"（西蒙那·波伏娃在《第二性》中说："一个人不是生而为女人，而是'成为'女人"①）。本文尝试从女作家吕红创作的长篇小说《美国情人》等海外作家的作品来解析女性书写的困窘与突围。

一、"娜拉"走后怎样

中国的女性书写在进入到现代文学范畴之前几乎呈现出单一的书写模式，不管是在诗词还是话本小说等文学体裁中，都在表现着女性作为两性的一极参与社会文化语境时的存在轨迹。在传统的文学话语中，女性的性别意识相对处于沉睡的状态，无论是诗词中的"窈窕淑女，君子好逑"式的两性美好关系的想象，还是通俗文学中"杜十娘怒沉百宝箱"式的女性对男性的埋怨与反抗，甚至在酷似美好和谐的两性关系的背后，女性走上了"被牺牲"的苦闷之路。进入到现代文学之后，女

---

① 陈莹巧：《图解文化研究》，方孝廉审订，易博士文化，2006年。

性与男性的关系出现了新的表现形式，即"出走"模式。鲁迅的《娜拉走后怎样》一文，将女性从以男性话语为主流的社会语境中暂时"解放"出来，即最大可能地将女性从男性世界中抽离出来而实现其独立性。娜拉出走以后走向何处，鲁迅并没有作出明确的解答，最后的留白也实现了对女性出走命运的不同解读。自鲁迅笔下娜拉出走以后，出现了越来越多的"娜拉"尝试出走，"出走"已经不再单纯地是一种行为形式，而包含了更多的文化意义。

　　女性的"出走"成了文学作品中表现女性性别意识觉醒的一种表现形式，甚至被运用到电影文学的表现领域中。台湾导演蔡明亮和韩国导演金基德执导的电影中将"女性出走"的主题在电影中最大化地表现出来。蔡明亮的《爱情万岁》中林小姐与阿荣做爱之后，都马上离开，走出原本属于自己的"家"，特别是在影片最后，林小姐走进了大安公园，坐在长椅上从小声抽泣到号啕大哭，最后点上了一支烟，电影在香烟的烟雾中结束。这里的场面在视觉上产生了极强的冲击感，由砖瓦隔离出来的"家"与由黄土烂泥堆建出来的"大安公园"，在空间上形成了巨大的反差。林小姐从集装箱式的空间中逃离出来，闯入了一个没有边界却能够容下女性释放情绪的空间之中。从悄无声息地出走到号啕大哭地释放，空旷的公园被女性释放的情绪所充满，最后持续六分钟之久的哭泣一方面指向女性情绪的释放，另一方面也哭出了台北人在虚无的文化语境下的孤独。无独有偶的是，时隔十年之后，韩国导演金基德的《空房间》与蔡明亮的电影形成了对话之势，虽然说在电影主题的表达上存在着差异，但是在表现女性性别意识的层面上，却有着千丝万缕的联系。金基德镜头下的女主人公善华在丈夫的家庭暴力之下，选择与另外一名男性泰石出走，善华辗转于不同的"家"中完成临时性的停留，经历种种变故，女性最后回到了原先自己的家。然而，善华在出走前后发生了巨大的变化，经历了游历修行式的女性实现了对性别意识的觉悟。林小姐和善华两位女性都进行了"女性出走"的仪式，值得注意的是，这里还是延续着鲁迅"娜拉式"的出走模式，女性走出形式上的"家"，究其源头都是女性与男性在两性关系中发生了断裂，即女性在男性的话语空间中出现了失语的状态，然而出走之后，女性却出现了不同方向的发展。林小姐走向的是文化意义上的虚无，女性在男性话语中碰壁之后选择逃离，逃离的不仅是形式上的"家"，更是逃离男性所创造的文化语境，可是女性在逃离之后又走向何处？女性的逃亡之路是充满未知的。善华却十分有趣，她跟随着男性逃离男性话语的强势语境，她与男性发生冲突与断裂，又与男性进行逃亡，最后又回到了男性主导的空间，但是女性已经忽略了形式上的"家"的模式，而走向了对"个人"与"自我"的追寻与体验中。

如果说蔡明亮与金基德是让女性延续着鲁迅"娜拉式"出走的追寻与探索的话，那么世界华文文学的女性作家们则将鲁迅笔下女性"出走"模式推向了新的高度，不仅冲破了形式上的"家"在空间上的桎梏，而且扩大了其文化内涵。其中，颇受关注的有北美"旧金山作家群"的重要中坚力量吕红的长篇力作《美国情人》。这篇小说在女性"出走"模式的书写上，可以说是具有颠覆性意义的，在文化空间上的扩展与性别意识上的表现都呈现出极其丰富的内涵。从文化空间上来看，不仅是吕红的《美国情人》一书，大部分新移民女作家的作品都实现了主人公的"出走"行为。然而，此时的女性走出的不再是狭义概念上的"家"，而是"（家）国"之门。从空间范围上来说，女性从最小的群体单位走向了"国"的概念，进而带来的就是文化空间意义的转变。

鲁迅"娜拉式"出走是对传统家长制中男权话语的反抗，"出走"本身与"反抗"形成了关联，然而，新移民女作家们所塑造的女主人公却呈现出另一种面貌，即在没有发生实质性家长制矛盾的前提下进行的"出走"，那么，"出走"与"反抗"的连接也就发生了断裂。观察吕红的《美国情人》，在进入新时代之后，女性对两性在社会活动中所扮演角色的认知较之传统认知发生了巨大的变化，女性积极地参与社会活动，地位得到前所未有的提升。在这样的大背景下，女性"出走"的文化意义就发生了变化，从传统话语中女性在两性关系中的"生理性别冲突"到新时代女性集中于社会性别意义上的"挑战与追求"。如果说这是新移民女性从两性关系在参与社会活动时所进行的对话层面来看的话，那么，新移民女性在"出走"时还面临着新的文化冲突。从《美国情人》的标题来看，"美国"给出了新移民女性所闯入的文化空间的信号，与林小姐、善华不同，她们的出走是在同一空间与文化语境下的一次逃亡，然而，吕红笔下的新移民女性"芯"则闯入到另一个完全不同的文化语境下，从"东方的中国"闯入了"西方的美国"，即跳脱出了东方文化语境（中华文化圈）进入到西方文化语境中。因此，女性在进入新的文化语境之后，不仅在两性关系上会面临新的挑战，而且在文化接受与融合的层面也将会受到新的冲击。不仅如此，新移民女作家笔下的女性还闯入异域的文化语境中进行自我挑战与追寻。

二、"离散者"还是"闯入者"

在20世纪60年代西方的女权运动如火如荼地发展并取得了一定成果之后，女权运动的种子也进入了东方文化土壤中，20世纪80年代初中国朦胧诗派著名女诗人舒婷的《致橡树》，将女性对自由、美好爱情的向往表现得淋漓尽致，女性对爱情的诉求是自由、自主、自愿。到了20世纪80年代中期，女诗人翟永明的《女人》组诗震撼了文坛，其"黑夜意识"成了女性主义的另一个标签，而一反舒婷"光明／希望"的体验，虽然说翟永明在进入20世纪90年代以后的诗歌创作和《女人》组诗有了不小的变化，但是其主张的"黑夜意识"对当时的女诗人的影响是巨大的，它呈现了中国八九十年代女性主义的一个高峰。女性在男性霸权话语下，追求的是女性个性的独立与解放，而"出走"成了女性在传统东方文化语境之下，与男性话语进行对抗的重要表现形式。

中国现当代文学中女性的"出走"其实并没有实质性的定论，有时好像被男性们视为是女性独自沉浸于自我性别想象中的游戏，甚至在他们眼中，女性的实质性体验并没有改变其在两性关系中成为"牺牲品"的命运。鲁迅的《伤逝》中，子君选择自由的恋爱而跟随涓生逃离传统家长制的家庭，然而，子君的爱情想象在实际的社会生活实践活动中被碾压得粉碎，而最终她又再次回到了传统的两性关系的模式中，东方女性在本族文化语境中尚不能实现对性别意识的想象，那么，当东方女性进入到异域的西方文化语境中去的时候，就一定会表现出其文化意义上的复杂性。

美国华人教授王德威在《原乡想象，浪子文学》评述中以"离散"一词来诠释海外游子浪迹天涯而又不断地回望故乡与想象的特质；亦有学者从论述聂华苓的《桑青与桃红》对女主人公在中国儒家父权和西方理性中游离、无处可走的境遇来透视华人离散者的典型生存体验。而在吕红长篇小说《美国情人》中，将东方女性在异域文化话语下的踌躇与纠结深刻地表现了出来。芯作为新时代的女性形象，和传统两性关系中的女性完全不同，她有独立的思想、稳定的工作，甚至取得了可观的成绩，也就是当代话语中的成功女性。她选择"离散"与"突围"，即打破精神上的某种困惑及压抑，而独自闯入西方社会。

如果说"美国"一词是在地域空间与文化空间上为女性的闯入提供一个具有文化意义的行为场所，而"情人"则成了另一个关键词，它表明了女性在"美国"的文化场域中所面临的实际性课题，即与两性关系相关的女性性别意识。在"'爱情伦理关系'与'婚姻伦理关系'"①的碰撞下，原本东西方是两种完全不同的文化语境，作为"离散者"而义无反顾地从东方男权话语中突围，以"文化闯入者"的身份进入到西方世界，执着于浪漫爱情，可是"情人"的神像却坍塌并消失了。用鲁迅的话说就是"把美好的东西撕碎给人看"。或者说女性本身即使实现了在地域和文化空间上的瞬移，但却难以摆脱长久以来的情感或性别关系的藩篱。

小说的巧妙之处还在于吕红进行了双线的创作，当读者沉浸于芯与东西方男性纠葛的漩涡中时，她又给我们描绘了另一幅场景，同为"文化闯入者"的两性关系，即中国女性与同处西方世界的中国男性的两性关系。蔷薇与林浩一波三折的情感纠葛更深刻反映了异域中男女面对生存压力与文化冲突的不同认知与应对。

作品双线书写，芯和蔷薇在西方文化语境中表现的女性意识指向了以下三个特点（这也是笔者在讨论吕红《美国情人》性别意识与国别意识时提到的）："一是女性自愿选择成为离散者；二是女性在'生为女人'与'成为女人'（'生理性别'和'社会性别'）之间存在着犹豫与矛盾；三是在现有的两种文化语境中（东、西方文化语境）中，实现女性独立是唯一的选择，这也是吕红尽可能为闯入异域的女性所设计的一条可行之路。"②中国女性作为东方世界的离散者与西方世界的闯入者，她们所面临的文化拷问与性别纠缠表现得更加激烈与复杂，而女性在文化身份与性别意识上的独立性成了她们不可回避的主题。

三、"I am Chinese."

每一个在异域奔波的人的内心都隐隐地藏着一份家国情怀，从现代文学中鲁迅所批判的国民性开始，无论中国人的骨子里存在着怎样的恶习，但是在民族大义

---

① 曹菁：《爱情信仰伦》，学苑音像出版社，2005年。
② 徐樑、王乐：《再论吕红〈美国情人〉的性别意识与国别意识》，载《世界华文文学论坛》2015年第4期。

面前，每个中国人都会为中国红感到热血沸腾。西方文化语境中对东方世界的偏见与误读，在华文女作家的笔下留下了明显的痕迹，在异族文化语境下，女作家吕红《美国情人》等作品凸显东方文化身份，足以表现出她作为东方女性行走在西方世界的自信感。

在《美国情人》中，有这样两次有趣的对话："一个白人走近我，Are you lonely？我说 No。/ 有年轻人问：Are you Japanese？ No, I'm Chinese。我答。"这两次对话指向了两个关键词：一是孤独者，二是民族性。身处异域的女人注定是孤独的，不仅是在生活上的孤独，也有文化上的孤独，当进入到西方文化的话语权中，东方女性是被边缘化的，甚至存在着失语的危机，即便是像芯一样的女性在西方世界中拼搏出属于自己的一席之地，也避免不了被刻上少数族裔的标签，文化身份的孤独使得女性在异域的路上只能是形单影只，然而"我"的两句"No"让女性在内心开始承认自己的独立性与民族性，女性因为是女性而变得不再孤独。这里的"我"是一个叫"虹"的女人，笔者曾经问过"虹"的塑造者另一个"红"："这里的'虹'是您吗？""红"笑一笑，没有作声，只淡淡地说："也许吧。"一个叫"红"的 Chinese Woman 塑造了一个色彩缤纷的"虹"，我想："红"＝"虹"。因此，"红"既是故事的书写者，又是故事的参与者，"红"是"芯"、是"蔷薇"、是"虹"，更是她自己。一个走在异域的女人"红"，一个坚守着"闯入者"文化身份的女人，走得自然而潇洒，她用一支笔将中国女人送上异域文化的舞台，在这场看似与东方女人格格不入的舞台剧中，"红"散发着东方女人的骄傲和自信，异域对于她们来说，不再只有孤独与冲突，因为她们是走在异域中的一群 Chinese Women。

因此，新移民女作家的作品创作，在继鲁迅"娜拉式"出走之后，出现了新的表现形式和文化内涵，至少出现了三个层面的变化或突破：一是行为主体发生了变化。和以往文学作品或电影作品中对女性"出走"的描述不同，其作品不再只执着于被塑造的女主人公形象，而是将塑造者与被塑造者连接在一起，实现故事内外的结合。二是行为空间的变化。女性的出走很显然是对"家"的逃离，不仅是对实物性质"家"的摆脱，也是对文化抽象性质的家长制度或是男性话语霸权的反抗，但是不管女性进行怎样的逃亡与疏离，她还是一直身处于同一文化语境之下而进行的反抗。然而，新移民女性在地域空间上将离散迁徙的空间扩展开来。三是行为内容的变化。在以往的文学作品中女性的"出走"大多集中于对家长制的不满而引起的反抗式书写，主要还是集中于女性在两性关系与男性强权话语下对自身性别意识的觉醒与要求。在新移民文学中，已然发生了巨大的变化，女性的"出走"内涵发生了变化，尤其在《美国情人》中，女性出走的最直接原因是为了追寻自身价值的实现，进而带来的问题就是，女性在进入异族文化语境之后，必将面临更加强势的挑战，包括物质生活、文化身份、性别意识等多方面的冲击。综上可见，新移民女性实行"娜拉式"出走，但又赋予了它更加丰富的内涵，当东方的"娜拉"走在异域的西方路上，她所面临的机遇与挑战将呈现出多样的画面。

［原载《太原师范学院学报》（社会科学版）2018年第3期］

在漩涡中的"芯"

——论吕红的《美国情人》

徐　健

随着地球村意识的渗透，海外移民逐年趋增的态势，新移民文学也在"百花丛中"蓬勃发展，从中涌现了不少优秀的旅美作家。吕红就是其中的佼佼者之一。旅美生活带来人生的无常，跌宕起伏。就像旅美作家严歌苓说的那样"在美国随时会感受到一种揪心的疼痛，那是因为文化冲突所致"①。这种"疼痛"也带给了吕红创作灵感的涌动。

《美国情人》这部小说通过主人公芯离别故土和亲人，在寻梦中挣扎和奋斗，经历了个人思想和情感的种种挫折和磨炼，终于获得事业成就的故事。把新移民文学的关注点，由原先传奇般的经历，扩展为对无数海外漂泊者的普遍境遇和命运深层次的探索，凸显了离乡背井中的女性在异乡生存的艰难以及文化冲突、性别冲突带来的各种人生况味，为人们揭示出人性的丰富和复杂。

一、冷漠的伤害

玛格丽特·阿特伍德在《女人的小说》中说："男人的小说是关于男人的，女人的小说也是关于男人的，但观点不一样。男人的小说里可以没有女人，女人的小说里却不能没有男人。"②《美国情人》中涉及的男性角色就达十三个，女性只有六个。但这个差距并不代表作者特别青睐于塑造男性"完美"的艺术形象，相反作

---

① 吕红：《女人的白宫》，花城出版社，2005年，第292页。
② ［加］玛格丽特·阿特伍德：《女人的小说》，载《世界文学》1997年第1期。

者始终是把那些与女性对位的男性作为塑造女性形象的陪衬，把在旋涡中女性的矛盾、挣扎和坚强通过男性的自私、狭隘和虚伪突显出来。

在还没出国前，芯扮演的就是一个传统女性相夫教子的角色。当男人下海奔钱、奔前程的时候，她便在家守护幼小的孩子。这种看似悠闲的生活，却让芯陷入了对未来迷茫的旋涡。她觉得现在的一切都是在虚掷岁月。于是芯很想改变命运。但最后都选择了放弃，只因刘卫东"你给我稳住后方"的压力，让她像被施了定身术，不敢轻举妄动。芯在丈夫大男子主义的要求下极力压抑自己，使自己屈从，最后怎么样呢？仍然什么都没有。"在他看来，老婆就像个影子，对影子，还要商量沟通吗？"①

刘卫东这种大男子主义做法处处留着封建残余的影子。在中国，不仅封建社会特别漫长，而且男性中心主义的文化渊源尤其久远，对人们思想的影响与禁锢也尤为深重。与西方的个人主义价值不同，中国是注重整体主义、群体本位的，主要是来源于中国的小农经济。在自然经济下，一家一户成为生产单位，每一个人都以家族为单位，共同生活，久而久之，家庭观念就深入人心。在处理个人与家族的关系时，人们都以家族利益为重。因此，在男人眼里，女人的崇高使命就是相夫教子，在家庭中扮演贤妻良母的角色，而男人的职责则是在外部世界中建功立业，在光宗耀祖的同时实现自己的人生价值。刘卫东正是抱着这样的心理，处处给芯下指令。偏偏忽略妻子作为有着独立人格的知识女性的发展需求。

对于芯，她则是经历了一个自我反省、自我认识的过程。当这种居家的生活渐渐失去色彩，内心有冲动想出去时，丈夫一个指令就让芯动弹不得，只能安慰自己"做了女人，自然就承受了女人所有的爱与痛"。

天真的女人以为只要压抑自己，屈从男人的要求就会获得所谓的幸福。单纯的芯也是如此，一次次放弃择业的机会，但是最后换来的却是丈夫鄙夷冷淡的目光。这像把利剑一下子把困惑中的芯刺醒了，她渐渐明白女人不能委曲求全，不能失去自我。她开始觉醒，开始反抗，用行动来证明自己的价值。

芯走出人生目标的漩涡，来到了美国求学。原本以为来美后会有一个全新的开始，可是经济上的压力和文化上的冲突把她卷入了生活的漩涡。她好像失去航向的船，失去线绳的风筝，焦虑而无措。打电话给彼岸的男人想寻求一份慰藉，可听到

---

① 吕红：《美国情人》，中国华侨出版社，2006年，第30页。

的却是他淡漠、陌生的嗓音，好像不是那个曾经与她肌肤相亲、相濡以沫的男人。

正为生计奔波辛劳的芯，随即又被带入到感情的漩涡中，从此开始了感情拉锯战。原本希望丈夫也能来美发展，却被他的两利相权论弄得无可奈何。刘卫东认为"年轻人在美发展比在国内具有明显优势，所以付出的代价值得"，而自己"从没做出去的准备，缺乏必要的条件和优势"。这种权衡利弊的思想，说白了就是崇尚个人奋斗的美国精神与深受封建等级观念桎梏的东方理念的差别。刘卫东就是以这种理念每天对芯电话轰炸，让她委实感到一股愈来愈紧迫的窒息感，甚至感叹"男人不想来美国，是没有信心……我也只好嫁鸡随鸡，嫁狗随狗了"。刘卫东最终还是做出了有利于自己的选择。

刘卫东这种瞻前顾后的担忧不是个体的表现，而是一种通病，一种在儒家思想影响下的产物。孔子主张"克己复礼"，要求人们时时处处把自己作为斗争的对象，处处克制自己，以安于现状，安于传统。①刘卫东在国内有稳定的工作和收入，有一定的社会地位。但来美国，一切就要从零开始。除非有一些吸引人的条件，让他重新找回在国内的一切，否则这个放弃就太过于冒险，代价太过于惨烈。因此，在利益、权益和名利上，刘卫东是理性的。但这种理性在作者笔下就演化为自私和无情。他们把一切都放在利益的天平上去称一称，然后再决定如何行动，包括婚姻与爱情。

如果说一开始，芯对丈夫的做法还报以理解态度的话，那么后来他虚伪而又残酷地紧逼，让芯对这个丈夫对这段婚姻彻底失去了信心。

刘卫东为了能让芯尽快回国，费尽了心机，对内"电话轰炸、电邮催促、串联亲友，同时对她施加压力"，并切断了她的经济来源；对外"挖空心思，编造冠冕堂皇的理由，谎称芯为了身份已跟了别人"。这种极度自私的举动像闪电霹雳，给了芯重重的一击。正当她处理完面临的生存危机时，前夫又适时地给她制造了家庭危机。这些种种在男人那边，也许是权衡，如奕棋；在女人这边，却是无尽的痛苦与茫然无助地等待，等待这段婚姻的结束，这也许是芯跳出这个感情漩涡的最好解脱方式。

刘卫东对芯的逼迫手段，表面上看是他对感情的一种挽留，一种无可奈何，实际上是一种人格的扭曲，一种文化影响下的缩影。马克思曾经说过："专制制度的唯一原则就是轻视人、蔑视人，使人不成其为人……哪里君主制的原则占优势，哪

---

① 孙念超：《试论传统文化对个性发展的束缚》，载《船山学刊》2007年第2期。

里的人就占少数；哪里君主制的原则是天经地义的，哪里就根本没有人了。"①在中国，君主制的原则正是从"占优势"逐步走向"天经地义"的。中国的君主专制应该是从公元前221年秦始皇称帝时算起，在这之前虽然有专制主义的萌芽，但只有到了秦始皇的集中统一，才出现了大成至上的专制主义，形成了一整套专制体系。并且随着历史向前发展，历代封建统治者不断加强中央集权，维护君主专制制度，于是秦有"焚书坑儒"，汉有"罢黜百家"，魏晋隋唐有三武灭佛，宋有"理学"一统，明有特务政治，而且从朱元璋到清代的列祖列宗，大兴文字狱，专制日酷。

这种严酷的君主专制既扼杀了中国人的自由自主意识，也促进了后来男权主义的发展，加强了他们对女性、对家庭的控制。男性都希望自己能娶到一个贤妻，不仅仅是因为打理生活的需要，更是一种心理和生理的需要。在心理上，他们希望自己是一家之主，掌控着所有的权利；在生理上，他们享受男女之事，一为传宗接代，二为感情满足。而芯所选择出国，在外人眼里是一种女性的强势证明。男性凡事都以面子为先，面子为重。过激的行为亦证明传统文化对男权主义的深刻影响。

海德格尔说："物"是一个不幸的字眼，一旦"存在"有了它的物性结果，我们就永远失去它了。②这里的"存在"，当然包括爱情，在情感系数微乎其微的掘金时代，面对金钱与爱情，男性总是倾向前者。在两个人感情甜蜜期，他给你抒情、山盟海誓、天花乱坠怎么都行，一涉及钱，温情脉脉的面纱一下子就被撕破，男人骨子里的东西就暴露出来了。刘卫东胁迫不成，就不断地拿钱说事，不仅没收了芯准备给孩子留学的私房钱，还希望能从芯身上再得到什么。对芯来说，"钱财乃身外之物，生不带来死不带去"。对于刘卫东这种"妇人"之举，芯无言以对，她逐渐从感情的漩涡中清醒过来，一切的痛苦、矛盾与挣扎都是边缘于自己的感情用事，因为自己的善心一直在遭人利用。

二、温情的欺骗

"受古今中外经典文艺作品的熏陶，感性的女人即便经历过人生挫折、风雨

---

① 《马克思恩格斯全集》（第1卷），人民出版社，1956年，第411页。
② 孔令云：《新时期女性写作中男性形象的衍变》，载《烟台教育学院学报》2005年第1期。

坎坷，仍坚信世上也存在完美的、可以牺牲生命的爱情"①，这是芯的自述，也是她内心对爱情的渴望。皮特就是在这种情形下进入芯的生活，成了她的"西方情人"。

这个西方情人是典型的美国人，黄头发、白皮肤、蓝眼睛，幽默而绅士。他在市政任职，却骂"政府那帮家伙都是没有脑袋的白痴"，对东方文化颇有研究。正是这种温情、爽朗，还有随时随地的幽默，无形中化解了他和芯之间的种族及文化差异。因此皮特对于芯来说是一个迷惑，是一个开始。当芯不经意间问起他太太时，皮特"用手比画了一下说'掰了'，快三年了"，这好比一颗定心丸，让芯渐渐融化在甜蜜的爱中。皮特希望与芯有"实质性进展"，而芯一方面受传统观念束缚，"害怕他这样快进入自己"，一方面又"隐隐约约在等待"。

中西方文化的不同直接导致了两者对于爱情论调的差异。在中国，大多数的人，对爱情是一种非常复杂的心理因素，需要又排斥，接受又逃避，既憧憬爱情激动人心的一面，又恐惧爱情令人痛苦的一面。就像芯，面对绅士浪漫又幽默的皮特，她受宠若惊，对这份感情寄予了很大希望，但是又时时表现出一种不安，害怕这种甜蜜的消失，害怕这段感情的终结。

正当芯鼓起勇气接受皮特时，一个"实质性进展"又让芯迟疑退却了。这种矛盾的心态再次表明了中西方对爱、对性的不同诠释。在传统观念中，女人必须懂得自重，恪守妇道。因此性爱对于女人来说非常神圣，也是一个禁区。只有与对方走进婚姻的殿堂才能越过雷池，突破最后的防线。而芯与皮特的感情如小荷，才露了一个尖角，无法跳跃那么多过程直接进入"正题"。

但对于追求自由，追求个性的西方人来说正好相反。他们是崇尚爱情的，除了宗教中将"性欲"作为一个需要抑制的东西去约束外，人们对爱情的美好是带着崇敬的心理去接受的。西方的爱情观相比中国的，似乎较合乎人性，较于成熟，可这种爱情的本质也注定了它不可能给婚姻带来幸福。诚如情爱大师瓦西列夫所说：爱情是本能和思想，是疯狂和理性，是自发和自觉，是激情和修养，是残忍和慈悲。爱情的种种特质都决定了它的不稳定性和不确定性。爱情跟其他快乐一样，需要一定的刺激，如果没有不快乐做陪衬，这种快乐就会显得平淡，一般说来，晴空万里的爱情会很快地消失，爱情的幸福离开陪衬的感受就不复存在。因此，爱情要想长

---

① 吕红：《美国情人》，中国华侨出版社，2006年，第176页。

久，要想始终保持激情，否则，再热烈的爱情也终会平淡，消失，毁灭。

弗洛伊德精神分析学说认为，性的意识和欲望是人类远古祖先原始野性的本能在现代子孙意识中的残留，并已经成为人们生活的根底，不可能因为受到压抑而不发泄出来。人在诉求性本能欲望时遵循的是快乐原则。①因此对于西方人来说，性不是一种禁锢，更不是一种职责，性只是感情发展过程中的延续与生理需要。因此，他们不会为了性而与你产生夫妻关系。皮特很好遵循了这一原则，按他的话说："东方有东方的长处，西方有西方的优势，唯有结合起来，相互取长补短，才能更好地发展。"

但芯的矛盾心理终究还是被情人的爱所化解，她觉得皮特"对于那些以性或功利为目的的男人，是个例外，他不会"。从这里我们可以发现芯对皮特的感情不只是简单的好感，更多的是一种信任与期盼。这种感情的变化是芯对中西方文化转变的象征，华裔在美国所面对的是一种包括冲突与融合的文化接触。他们的生活在很大程度上已被美国社会所同化，比如对金钱、财富的追求，对于美国价值观、伦理道德的认同。但在骨子里他们依然有着中国文化的烙印和中国情结。这种双重文化背景使得他们具备了双重文化身份和意识。当他们遇到问题时，他们会自觉不自觉地用两种方式去处理它们。然而当他们用中国方式去处理所遇到的问题时，在现实生活中往往会遇到困难；而当他们用美国方式去解决所遇到的问题时，却又会在潜意识里受到中国文化的影响，最后慢慢妥协于西方文化。芯从开始对皮特感情的忐忑到认可这份爱，从开始对性爱的犹豫到接受这种感情的表达，都是中西方文化斗争妥协的最直接体现。与其说这是一种文化的丢失，不如说这是让自己尽快融入异邦的捷径。

两人性与爱的微妙关系，让芯死死地认定皮特就是她停泊的海湾，可以依靠的码头。所以当芯说签证到期要回国时，就为了皮特的"你千万别离开我，离开爱你的和你爱的人"这个承诺似的恳求而决定留下，又为了"我没有婚姻你有，你应该尽快把你的枷锁打碎"这个命令式的建议而与丈夫办起复杂的跨洋离婚诉讼。这份看似能触及婚姻的爱情，实际上却是一场温情的欺骗。

皮特突然间变得捉摸不定，像一团迷雾一样，与芯保持着若即若离的关系，打电话、发E-mail也都毫无回应。在这种焦虑不安中，芯等来的却是一个致命的打

---

① ［奥］弗洛伊德：《释梦》，孙名之译，商务印书馆，1996年，第26页。

击——皮特目前还没离婚只是分居。芯原以为"茫茫大海中的小船即将靠岸"，现在却一下子沉没在情人的欺骗中。更绝的是皮特每次都是让朋友传话，本人不出面，不愧为彻头彻尾的"洋鬼子"。

黑格尔曾经说过，男性已是不系之舟，当女性心怀疲惫进入他们的生活时，则不可避免地在"生命的绝对支离破碎中"饱尝痛苦。芯正是带着对前夫感情的失望与疲惫走近皮特，一点点倾入自己的感情，一点点沉醉其中。但最终还是在爱的漩涡中遍体鳞伤。"没有比灼热的爱情幻灭更摧残和打击女人身心的，也没有比飞蛾更奋不顾身拼命扑向火光的"，这个血淋淋的伤口让芯明白"女人到头来也要靠自己"。

三、自身的矛盾

一旦男人声称自己是"主体和自由的存在，他者的概念（就产生了）"[1]——特别是女性作为他者的概念就产生了。从女性有意识的时候开始，男性化社会精神就源源不断地被灌输进入她们的精神体系中，以此促成女性的社会化，即接受男性意识形态赋予的价值观、人生态度、情感表达方式乃至有如男性一样观看自己的方式。女性的社会化过程是痛苦的，尽管这个过程承载的压抑和痛苦不断被社会否认和掩盖，但是事实上，至今仍然很难有真正承认身为女性能感受到如同男性一样的完全自信、满足和自由的女人。因为在社会化过程中，女性生存至少在三个基本方面失去了统一性和整体性，表现在女性自在、自由的自我在被男性社会意识入侵、消融的同时不可避免地造成的女性与自身的分离、女性与女性之间的分裂、女性与男性间的疏离以及女性与社会的分离。

女性与自身的分离是从接受男性意识形态的时候开始的，当她被迫面对男性社会中无法逃避的"他者的凝视"后，她就被降低为对象，自我也失去了活力。芯是一个有追求有梦想的知识女性。但是她对事业的追求都在刘卫东"你给我稳住后方"这把大男子主义的保护伞下夭折了。

刘卫东对芯的压制，实际上就是男权社会对女性意识的控制，通过这种变相掌

---

[1] ［法］西蒙娜·波伏娃：《第二性》（第1卷），陶铁柱译，中国书籍出版社，1998年，第89—90页。

控，使她们与社会分离，让她们远离现实、逃避自我，深陷于爱情和虚荣的幻想。于是女性采用幻觉的方式从现实考验中退缩出来，满足于仅仅将自己想象为"娇艳含羞的，等待被人温柔采摘的玫瑰"，然而这些幻想常常歪曲了现实中的行为，在现实中遭到冲击和否定。女性似乎已经习惯了男性社会对她们的忽略，只是默默忍受。所以她们会被男人的强势所俘获，因为她们存有受到尊重和重视的需求。然而，她们高估了顺从对男权制的缓解作用，这些观念只是对不公正的妇女社会地位的妥协，也是掩盖这种不公正的手段，它对提高女性社会地位的作用微乎其微，因为"征服""奴役"和"驯服"并没有什么区别。相反，男性从伪装过的"奴役"中建造了女性的精神世界，并将定义女性的人生价值的权力牢牢控制在了手中。男性社会的虚假意识削弱了女性的自我力量，使她们无法认识到自身存在的全部可能性，泯灭了自我发展的意识，完整人格和自由精神的发展也遭到了破坏。这种意识的结果，必然是女性与社会的疏离。而男权社会也正是通过让女性与社会疏离来达到不断巩固男性主导、女性被动的社会结构的目的。

作为积淀着中国传统文化并系之于思维和行为方式的人，一旦远离了既定的文化和社会背景而投身域外生活，必然遭遇不同文化间的相遇、碰撞、影响和交融等问题。随之而产生的是追求与彷徨、兴奋与痛苦的复杂心态交织缠绕，挥之不去。他们试图在这种冲击下改变自己，将自己融入异域文化之中。

芯是抱着美好的期待"只要我努力，定会有更好的未来"。于是她极力让自己适应"洋插队"的生活，渐渐习惯价格不菲满是蟑螂的小房子，习惯每次社团宴会后打包剩菜……周围虽然不乏一些对芯的追求者，有已经站稳脚跟的老拧，也有美籍黑人汤姆，但芯都予以拒绝了。她心里有更重要的东西，一边是面对刚刚起步的事业，日夜奔波，另一边是惦念着家人。深陷在中西方不同文化背景带来的矛盾中。一方面是在西方启蒙思想影响下，要求女性热情开放，追求自我价值的实现，另一方面则是中国传统思想要求女性温良贤淑，忍辱负重。这对矛盾让芯，也让每一个走出国门的女性都面临着两难选择：是皈依这种习惯且对自己影响根深蒂固的东方文化，还是接受那个和东方价值观念完全不同的西方文化？

但事实上，来自自身血脉中的文化因素又不时地会跳出来抵抗：为此身陷跨国离婚诉讼案中不能自拔；受传统观念束缚，难以割舍的母爱和对感情的保守正是中国人内敛含蓄的表现。这是任何一种文化都替代不了的。斯宾格勒在《西方的没落》中也有与之相同意思的表达："每一种文化各有自己的观念，自己的情欲，自己的生活、愿望和感情。"①它支配着芯的决定，控制着芯的情感。

在传统观念被改写或消解的今天，女性有了更大自由地选择和表现的机会，然而随之而来的竞争、生存压力使她们感到"生命中不能承受之重"。表面上她们独立洒脱，在社会中如鱼得水，但内心充满奔波的疲惫与辛酸，渴望一份情感依托，一份关怀。她很执着，无论是工作上受到排挤还是生活遭遇拮据，她都坚守自己不向环境妥协，既然出来了，就不轻易回头。但是唯有对感情无法释怀。芯相信情人的承诺，喜欢情人制造的每一个惊喜，深陷其中，以为找到了真爱。

作为地地道道的美国人皮特，皮特和芯虽然在感情上很投缘，但是当芯把面临的诸多问题——工作的调换、离婚案……一下子毫无保留地端出，他就脚底抹油，一声不响地消失了，就好像什么都没发生过。虽然女人心底深处渴望有一个坚强、勇敢、厚实的男性肩头供自己歇憩。男权主义的价值标准在某种程度上消退着，但却依然束缚着女性及整个人类的心灵和行为。②或许，"文学创作的客体，不同程度地包括主体本身"③。

"对所有移民而言，美国经验是一个颠覆心智的过程，是探险与心碎的混合——它打开了一切事物的可能性，同时也侵蚀了传统信仰与习惯。"④这是她的感受又体现了某种寄托——芯代表少数民族拿了奖。这个阳光的结尾，带有双重的隐喻。一方面是在这个诱惑颇多的时代，为人的心灵里输入一束希望，是实实在在的灵魂救赎；另一方面是海外华人女性渴望改变生存环境，实现个体人生价值的诗意表达。

结　语

《美国情人》的结局意味深长，而且作品本身也给予了西方现代精英文化相当力度的质疑。不像有些"另类"作家，把西方男人写得那么雄性十足，好像中国的

---

① ［德］奥斯瓦尔德·斯宾格勒：《西方的没落》，商务印书馆，1963年，第206页。
② 寿静心：《从中心到边缘——论当代女性主义文学中的男性形象》，载《青海师范大学学报》（哲学社会科学版）2007年第2期。
③ 易健：《文艺学原理》，陕西人民教育出版社，1990年，第117页。
④ 吕红：《女人的白宫》，花城出版社，2005年，第19页。

男人都一无是处。从自身经验出发，描写女人的艰难，表达对社会为她们规定角色的不满，希望能够冲出家庭，对前途和命运做出自己的选择，成为有独立人格和完美自我的一个人。《美国情人》正是基于这样的高度创作的，芯的形象塑造，正是作者以独特的文化经历和种族身份建构了自己的写作传统，创造出鲜明的华裔文学个性：把表现视角转向了给她们很大影响和沉重压力的西方和中国传统男权文化，矛头仍然指向了沉重的话题——妇女解放。

（原载《红杉林》2019年第4期）

由边缘向中心坚韧游移

——论《美国情人》边缘女性的追求

罗爱玲

边缘主题是华文文学一个永恒的主题。边缘人这一概念最早由德国心理学家K·勒温提出，泛指对两个社会群体的参与都不完全，处于群体之间的人。他认为人的地位的改变会导致心理特征和行为特征的改变；工作环境改变也会产生紧张感、失落感，并对自己的天性进行抑制等。那么地位下降、从乡村到城市、移民等人都属于边缘人之列。

《美国情人》主要讲述女主人公芯是一个在国内已成家立业的女性，作品以其离家、离国到美国的经历，表现其在新的环境中所面临的身份焦虑、物质困境和情感困境，以其与两个男人之间的情感纠葛为主线，以蔷薇、霎霎、妮娜等人的情感纠葛为副线，展现出人性的复杂与变化；在生存的困境中，展现人性的坚韧。这些故事也让我们看到主人公在东西方文化的交汇中找寻自己生活起点的艰难。芯的经历实际上是一种浓缩的社会现实。

一、在同胞的"勾心斗角"与男权社会夹隙中寻找

凭借着对安逸平庸生活的拒斥和对新生活的渴求，芯辞掉国内人人羡慕的电视主持人的职位，带着真实但不确定、坚定却漂泊的感情，踏上了美国的国土，孤身在海外闯荡，刚开始那阶段，举目无亲，那种无助、挣扎、漂泊，处于惊恐不安而四处奔波的生存状态，是一种无所依托被悬挂起来的状态。

首先，要解决工作压力，她以一堆获奖的作品为敲门砖，在一家报馆打工，刚

开始别人还会帮助她，稍微感觉有潜在的竞争威胁，人们就恨不得你吃了我，我吃了你：同事使尽浑身解数造谣中伤她，不断打压、挤对她，给她穿小鞋；同行不给她好脸色看，千方百计"围堵"她，让她无法施展身手。一个弱女子一没背景二没靠山，为了生存四处碰壁、遭到冷遇及骚扰。而在自己的祖国，芯倍受领导重用，但在异域环境中，她不但得从头来过，能力还得不到施展，在异国他乡一个人面对一个充满敌意的世界，"生存压力太大，总有头上悬把剑的感觉"。

其次，还要面对经济压力，薪低房贵，有病不敢轻易看医生……整天忙忙碌碌，累死累活好像就是为了对付高额的租金和一系列的账单，找不到自己存在的价值。

芯很快从无情的现实中惊醒，她"明白自己已经不自觉陷入了力量悬殊的一场战役。从地域来讲，是'外来妹'同'本地佬'的竞争；从性别来讲，是弱者对强者的挑战"[1]。她们是男权社会的边缘人，真不知道为什么要留在这里吃苦受罪？"想放弃又舍不得，不放弃又似不值得"，出国对大部分人来说是一旦拥有觉得很棘手，放弃又很可惜，其中的滋味自己最清楚，芯逐渐体会到新移民都活得不容易。来得早的树大根深，已有属于自己的地盘，害怕新人来争，为了生存，虽是同胞也只能"自相残杀"。

让人眼花缭乱的社会生活让她时常处于忧虑或空虚的状态，一会在希望中拼搏，一会在幻灭中苦苦挣扎，一直在理想与现实间撕扯着，漂泊中的人对遥远梦想的追求，是一种身心的抗争。东西方文化之间的磨合是一种痛苦的过程。很多移民只是为了能够生存下去，为了自己卑微的理想久久挣扎在不被看好甚至遭人唾弃的边缘状态。在这风雨飘摇、动荡疯狂的世界上，她们竭尽全力探索自我、寻求自己的本质，她们是精神上的漂泊者和流浪汉，遭遇着类似的生存困境——"边缘化"，永远无法找到与社会沟通的途径，无法找到自己的立足之地，迷失方向。面对失业的威胁，就业的艰苦，体验情绪的孤独，前程的祸福未测，现实生活让她们经历着炼狱般的挣扎和痛苦，边缘人的生存是艰难的，抗争是无语的，结局是未知的。

华人在海外竞争，其惨烈，好比持刀从同胞中杀出来。而改变自己生存方式的愿望，把人变得凶残，逼着人人去"浴血苦战"。

---

① 吕红：《美国情人》，中国华侨出版社，2006年，第99页。

新生活回馈她的不是期待中的美好生活，而是那难以忍耐的寂寞及莫名的失落，每天踩着自己的影子行走在冰冷无情的钢筋水泥之间，面对艰难的生活状况，她找不到可以依靠的肩膀，每天下班还得面对冷冷清清的简陋的家，美国不仅撕碎了她精心编织的美梦，而且吞噬了她的青春和尊严，让她看到人性自私的一面，看到异邦冷酷无情的社会现实，机遇和陷阱并存的境况及各种人的互相倾轧，感受到谋生之艰难，立足之不易。

这种了无生机的生存状态让她永远处于一种精神虚脱的极度疲惫之中，但在现实的种种冲突面前，芯并没有不知所措，她是个顽强表现自己的女人，她不甘于庸常的生活，她步履维艰地寻找着自己的归属。在正义与邪恶的角逐中，她敢于表达自己的意见和不满，虽然这种反抗，在男权社会中总是显得缥缈而脆弱。为了美国梦，她在困境中积极向上，努力进取，她并不柔弱、依赖、卑微和一味顺从，并不甘愿逆来顺受地作为牺牲品，而是在自己坎坷的过程中不断地追求自我独立和自由，展示自己倔强而不懈追求的性格，做一个自尊自强、有自己主见和思想的女性。为了理想她不顾周围人的挤兑和打压，不顾周围环境的粗俗和狭窄，至死不渝，毫不动摇，抓住机遇，实现自我。她要用行动来证明自己的力量——女性的力量。她的身上蕴涵了美国梦的精神，希望在忙碌中延伸，芯在不同文化的交流碰撞中突破重重障碍，开始找寻到自己的起点。对异域生活的适应能力更趋成熟，但异域生活的艰难辛苦，文化冲突的沉重、陌生环境的尴尬却不曾完全消失。她以她柔弱的力量，承受着来自各方的压力，仍然坚强地生活着，她殚精竭虑，就是想证明自己的能力。

二、在异域文化冲撞中寻找身份

身份认同（Identity）是西方文化研究的一个重要概念，其基本含义，"是指个人与特定社会文化的认同"。"由于文化主体之间的不同所以需要主体的身份认同，文化主体之间的相互作用导致了身份认同的嬗变。身份认同是文化认同问题，主要由主体的个体属性、历史文化和发展前景组成。在更广泛的含义上，身份认同主要指某一文化主体在强势与弱势文化之间进行的集体身份选择，由此产生了强烈的思想震荡和巨大的精神磨难，其显著特征，可以概括为一种焦虑与希冀、痛苦与欣悦并存的主体体验。我们称此独特的身份认同状态为混合身份认同（HybridIdentity）。"①

"人不能离开身份而存在，对于自我身份的寻求与确认是人类主体性的重要表现。"②虽然移民可以通过自己的奋斗改变经济状况，但尴尬的是他们没办法改变原本的身份，不可能将过去毫不费力地抹掉，然后在另外一个完全不同的地方安营扎寨。背离了自己生息的土地，他们就成了无源之水，无根之木。在新的领域寻找"身份认同"，要经过苦苦的挣扎，漫长的等待。

当一个人怀揣着希望梦想，投身到一个全然陌生的环境，也就意味着她丧失了原有的身份，必然遭遇不同文化间的相互碰撞、相互交融等问题，视野变得既开阔又狭窄，精神变得既丰富又贫乏，随后产生的是追索与迷惑、振奋与苦痛的矛盾层叠交织，让人难以排解，自我感觉一下子迷失在这种激荡的情感之中，失去一切可以证明自己的标签，于是就陷入无边无际的迷茫中，不知道该如何证明自己？恰恰就是这个看不见摸不着的东西——身份，把人折磨得痛不欲生。身份困惑可谓边缘人的共通感受。因为"任何一个寻梦者，不管来自哪个国家，在美国想要待下来首先都会面临着'status'或'identity'——身份转换或身份认同问题。"而等待"身份"转换过程遥遥无期。"追求绿卡，甚于追月。""拥有绿卡，就意味着解放。"③这是新老移民都要面对的状态。

很多人为了尽快结束身份等待的悬浮状态，为了拿到绿卡委曲求全、奔走钻营，完全失去了自我，甚至不惜出卖自己的婚姻。小说中的妮娜想回国探望母亲，但身份问题没有解决，一去怕很难回来，就让芯帮她找个男人，谁愿意结婚，帮忙办理身份她都肯嫁。但后来听说回国探望母亲问题不大，她又不想随便嫁人了，

可见身份问题一直困扰着移民。经过漫长的等待，芯好不容易收到移民局的信，"经审核你的申请已被批准"。这句简单的话已决定了她的命运，决定她将以一新的身份在这个自由的国度打拼。

如果从思想内涵角度来思考的话，《美国情人》是在抒写有关孤独和追寻的小

① "身份认同"详见百度百科。
② 郭群：《文化身份认同危机与异化——论查建英的〈到美国去！到美国去！〉》，载《东北大学学报》（社会科学版）2007年第9期。
③ 吕红：《海外新移民女作家的边缘写作及文化身份透视》，载《华文文学》2007年第1期。

说；同时也是抒写人生奋斗的小说。芯凭着自身努力获得永久居民身份，成为迈向成功第一步。

三、在"自由"的国度里寻找自由

移民舍弃原有的身份来到这个自由女神照耀的国度，在这个因其标榜"自由"而为世上不少人所神往的国家里"浪迹"，感受它的自由之风，拥抱期许的自由。

在这块自由的乐土上，人人都可以避免惶惶不安，免于压抑，自由地生活，自由地工作，同性恋可以公开打出自己的旗帜生活，有专为他们服务的商店、影剧院、酒吧咖啡厅等各类设施，还有政要为他们撑腰，和他们握手言欢。没有人会戴有色眼镜看他们，没有人会在背后指指点点。

自由参与公共的生活，在政治上，每个公民，不论肤色种族男女，都拥有平等的权利去参加和决定国家未来的大事，文中有很多地方涉及华人积极参与政客助选及华裔女性参政，这是自主精神在公共生活的体现，这种精神的价值是直接出于对人的尊重。

自由选择和追求自己的人生目标，美国人天性中的自由奔放表现得淋漓尽致，绝对没有群居习惯带来的群体惰性、扼杀个性的闲言碎语和清规戒律，每个人都有言论自由。个性自由发展，穿衣随便，大冬天穿短裤着三点式在阳光下曝晒得悉听尊便。

能力素养情感信念认知可以得到充分发展，并在这个过程中重塑自我，获得认同，看到生命的种种可能。因为在美国人看来，这一切都是你的权力，你有这个权利自由选择，选择是最大的自由，在这块土地上，人人都是平等的，人人都拥有均等的机会。

芯崇尚心灵的自由，她本可以不用那么辛苦劳累，在美国对她有意思的男人很多，她完全可以找个人依靠，既可以解决身份问题又可以缓解经济压力，但她不愿被包养，喜欢有自己独立的工作，渴望摆脱束缚，渴望做真正的自己。

芯对前夫的失望和怨恨包含了她对中国男权文化的批判和反思；对皮特的情感由深陷其中，到彻底解脱那是芯成功重塑自我后的标志，并因此获得了精神上真正的自由。

芯在男女情感上的理想主义追求"表面上看起来是在向往身份和婚姻，其实是对精神和生存境界一种更高的追求"。这也是她走遍千山万水孜孜以求的梦想。

四、在无情的情人面前坚守爱情

对于漂泊中的女性而言，寻找一份永久的爱和安全感，找到一个意中的男人，有一个能够安居的家，是弥足珍贵的。在女性的天空中，没有什么比爱情更璀璨，爱情和婚姻对女性的重要性不言而喻。

然而。芯遭遇的中国男人太丑陋。她的前夫刘卫东虽然是一个受过高等教育的知识分子，但野蛮粗暴：漠视女性尊严、醉心女色、语言粗俗、自私自利、性格多疑。为人夫为人父都特别失败。这样一种令人窒息没有温情的夫妻关系，使芯宁愿在一个看不到前景的异域里继续冒险。她租住简陋，居无定所，周围男人觊觎她美色，同事嫉妒她的才华，老板对她层层施加压力，这些都没有成为芯回国的理由。

那么在美国是否寻找到好的情感归宿呢？邂逅的美国男人皮特，让芯享受了短暂的"爱情"之后又痛上加痛：皮特，他是市长的竞选助理，外表英俊高大，谈吐风趣幽默。追求芯时，很会制造浪漫，绅士风度让芯陶醉和流连；生活中，体贴周到，忙碌中也不忘电话、小点心带给她惊喜；工作中，给她提供与市长合影的机会提高她工作中的竞争能力……这一切真实而感人的细节，都让芯以为找到了心中的白马王子。这种爱情，一如大自然，不但能够给人带来慰藉，成为她艰难的漂泊之后温馨的避风港，让她在异域里有了冀盼与归属，使她沉闷的生活焕发光彩。热恋中的芯觉得自己是幸福女神的宠儿，她的整个身心都被对他的爱占据了，愿意为之赴汤蹈火不惜一切。而这种爱正是发自一个女性心灵最深处的本真情感。她认为皮特就是她一直等待的那个人，那个唯一的人。她感觉自己就是唯有真爱，除了爱情其他一无所有。当他鼓励她加紧离婚摆脱往事忘却那些不愉快，还介绍了一个律师给芯。当芯终于办妥手续，欲全身心奔向恋人的怀抱，当她欲辞掉那份讨厌而廉价的工作，情人立即改变以往的情意缠绵，意外地冷下来，没有给芯任何解释便彻底销声匿迹，此时刻骨铭心的爱情变得隐现不明，让人心中疑虑。皮特现实地将芯视作生活的负担和压力，他乐于享受爱情带来的美好感觉，而不是婚姻带来的束缚，再次相遇时，他不但另有新欢，而且表情轻松洒脱，好像跟芯从未认识，从没相恋过，炽热的爱情幻灭了。美国情人皮特浪漫潇洒的背后，却是绝情、欺骗和不负责任。

"在婚姻爱情中，女性同样摆脱不了弱势和被动地位、最终情感和心灵受伤害的大多是女性。"①文化背景不同但本性相同的男人，不管平时怎么对你花言巧语，山盟海誓，一旦危害到自己切身的利益或需求，就可能翻脸不认人，做出无情伤害之举，因为他们之间缺乏平等，不管是种族、性别、还是地位等，尽管芯认为爱情大于一切尽管芯美丽、端庄、温柔，性格贤淑，符合他的审美标准，但毕竟她是一个两手空空的外乡人，作为美国男人，他再怎么爱你也是现实的，芯陷入了荒芜绝望的情感纠葛。

当芯终于获得了成功，金钱和名声也接踵而至，文中却出现戏剧性的一幕，皮特主动找她，要和她重修旧好，而芯清醒自知，即便在十分渴望的爱情面前，她毅然地斩断情根，在爱情里芯重新沦为边缘，但她似乎又愿意边缘、主动接受边缘的状态，捍卫自己的主体性，她并没有一味妥协或丧失自我，表现了她在爱情中的主动与强烈的自我意识，她追求的是灵肉的合一，两情相悦之境界，她要的是相互依存的感觉。"爱诚然使人陶醉，孤独也未必不使人陶醉。当最热烈的爱受到创伤而返诸自身时，人在孤独中学会了爱自己。"过去，情感几乎是女人生命的全部，而今女人的"情人"几乎是女人自己，也学会了"理解别样的孤独的心灵和深藏在那些心灵中的深邃的爱，从而体味到一种超越的幸福"。②

五、结语

在漂泊中寻找生存方式、寻找身份、寻找自由、寻找爱情，这些寻找并不是孤立的，它们相互渗透、相互涉及，身无立足之地，何来的精神享受，海外移民只有解决了生存和身份认同这些外在的需求，才能更好地享受爱情、自由这些精神的需要，但精神上的无所依靠比物质上的匮乏更加难以忍受，在一个自由的环境里拥有一份美好的爱情可以给艰难漂泊的人带来慰藉，让人在异域里有了期盼与归属，让

---

① 江少川：《女性书写·时间诗学·影像叙事——评吕红中短篇小说创作》，载《世界华文文学论坛》2011年第1期。

② 周国平：《爱情的容量》，北京理工大学出版社，2009年，第11页。

人的能力在不同领域得到充分开展实现，让人更有信心战胜困境。总而言之，《美国情人》为我们塑造了一个坚忍、顽强的女性形象，向我们展现了女性移民作为社会边缘人身份的焦虑与迷惘，同时再现了边缘女性在漂泊中如何从自我寻找到自我迷失再到重塑自我摆脱边缘境地。旅美文学评论家陈瑞琳说："吕红作品的寻梦色彩很浓，她是一个顽强的寻梦主义者，也是一个非常执着的理想主义者。"①她在作品中，表达更多的是在现实生活中的挫折，我感动的是她在逆境中一直没有被挫折打垮，让人从作品中感受到苍凉的背后还有一个很崇高的东西。

（原载《福建教育学院学报》2013年第4期）

---

① 庄园：《穿行于东西方的性别之旅——评吕红的长篇小说〈美国情人〉》，载《华文文学》2007年第3期。

中国现代都市小说新人文精神的价值取向

李 丽

商品经济让人们过上物质丰盈的好日子的同时，也给人们带来了精神的危机：崇尚消费便利、感官享乐、金钱至上的享乐主义和拜金主义观念迅速泛滥，世风日下。用一种经典的表述，就是对金钱的关怀远远大于对人的关怀，传统的文化结构和理性秩序被无情颠覆和消解。

在此背景下，有些作家纷纷降下理想的旗帜，放弃精神的追求，把写作视为养家糊口、奔向小康的谋生手段，写出或玩世不恭或媚俗平庸的文字来，把精神产品完全当作商品，把对社会生活的责任转变为对一己生存的吟咏。曾经坚强守护人类精神家园的小说沦落到商品社会的边缘位置，被迫走向媚俗的境地。那些格调低下、空洞地展示欲望的都市小说，其对社会风气的不良侵蚀所构成的价值失范和精神虚无有加剧社会结构的紧张与恶化之嫌。

以往的现实生活中，由于宣传上的某些误导和认识上的局限，物质和精神这两种价值都被极端化了，成为以"商品-市场"为中心的现代社会和以"政治-伦理"为中心的传统社会进行精神统治的工具，刀刃相向，完全对立起来。在我国现阶段历史条件下要改变这种文学状态，应建构"新人文精神"价值系统，以适应时代的选择，挑选被大多数人公认和共同奉行的价值准则。以"以人为本"的信仰和选择标准来建构一种个人价值选择的新秩序，使之成为当下多元价值系统的主导价值观，达成某种价值共识，消除新旧价值体系交替造成的社会价值的炫惑。一些作家责无旁贷地在这方面做了有益的探索。小说的价值取向与同时期的精神生活价值取向是一种互为因果、互相影响的亲密关系。在经历过对金钱的关怀远远大于对人的精神关怀而引发的精神危机后，世人需要作家在把抽象的精神价值观具体表现出来的作品中，提供价值观的积极引导，反思过去，展望未来。

20世纪90年代中国都市小说中的"新人文精神"价值取向主要表现在以下方面。

一、立足对人的精神的现实关怀

部分都市小说家在创作中以平民的意识探求、思考社会变革中的种种无奈和隐患，表现出分享艰难的主人翁意识和参与精神，对现实生活中受钱、性、权的挤压造成的深刻的物质和精神的暴力中的非人性和反人性的一面进行了批判，以此来对抗人的生存中的平庸与精神的堕落。这些都市小说家以深刻的文学批判力度，以超越生活、把握时代制高点的思想深度，从作品中表现自身的价值取向。他们用现实主义笔触揭开了现代都市生活的帷幕，在呈现令人陌生而又焦虑的现实生活的同时，也表述了自己所持的或肯定或否定的价值向度。其对人的现实精神关怀的价值取向是建立在以"人文主义"价值观为主导价值观的基础之上的。这是正确认识个体的价值观、群体的价值观和社会的价值观之间的关系的依据和方向。其具体表现如下。

（一）凸显关注自由个体的价值观，肯定不同人性意识的相对合理性

作为自由个体的每个人，都会依据自己的利益需求，产生自己的或清晰或朦胧的价值观。

这种价值观只要不损人，不危害群体，就有其相对合理性。我们肯定人的主体性，实质上最重要的就是肯定个体价值的相对合理性。世界是"人"的世界，所以新人文精神关注每一个人的生存意义和价值，体现出对生命个体的重视。

在作家李佩甫的小说《学习微笑》中，我们看到一个普通的下岗女工刘小水在艰辛的折磨中，如何从卑微走上自尊自立的一段心路历程。"微笑"原是人性的本能，但当"我是国营的"自豪感消失了的刘小水被挑中通过专业的技术学习——用强颜欢笑来取悦投资的阔佬时，我们看到对人性的强行扭曲。但她需要钱，迫切地需要钱来解决公公的医疗费和生活的困境。当合资的梦想破灭，刘小水在经历过惶恐、不安的磨炼后，在伙伴们的帮助下，凭自己的双手走上了自救与自立的人生道路。那曾经被扭曲的笑最终恢复为正常的、自然的、发自内心的微笑。《学习微

笑》中所把握的打破铁饭碗后自立自尊自救的人生价值理想，不正是许许多多普通百姓渴望引导的精神价值定位吗？哪怕是街角摆小摊卖炸臭豆腐的下岗女工，同样能展现生命价值的美丽。

现代社会的确立，事实上是一个欲望解放的漫长过程，是一个公民个体权利得到充分保障的漫长过程。这个漫长的过程不可能一蹴而就，财富的增长、经济的发达不可能一了百了地解决一切问题，就像单纯政治变革或社会控制不能一了百了地解决一切问题一样。因此对不同的自由个体给予不同的关切，特别是心灵的关怀，是新人文精神的一个根本内容。在刘恒的作品《贫嘴张大民的幸福生活》中，主人公张大民是社会中最不起眼的小人物，每天都有各种琐事的烦扰，物质并不宽裕，但他的生活中却充满着那些"穷得只有钱"的人所没有的快乐。刘恒在谈到这部作品的主题时指出："张大民的可爱之处"在于"知足常乐"，他的"幸福"是"不幸中的幸福"。"在生活中不幸是绝对的，幸福是相对的。任何人的任何角度都能看到不同的幸福与不幸，而每个人都有自己的精神幸福与物质幸福"，"能否得到精神幸福很大程度上也就取决于自己的个性"。①这些正好体现了小人物的坚韧与豁达，以及对生命个体的关怀。

小说家可以通过作品中人物形象的生老病死、悲欢离合，来表现和关注社会下层，关注普通百姓。但同时也应对他们那种固有的缺点，例如缺乏竞争上进意识、抱残守缺等进行批判。在中篇小说《大雪流萤》中，作家魏光焰通过一个医院实习生依丽的所见所闻所感，写出了现代都市人生的众生相：喝下三整瓶敌敌畏被抢救过来的16床杨昭娣，她的被冤枉逼妻自杀的丈夫老唐以及替全病房打开水的儿子黑孩；有钱的10床康老太和她带来的14岁的小保姆樱桃；放弃手术回家，节约五千块钱办丧事的13床王婆婆；像一个得道仙人似的，但没钱动手术的8床酱面老头等几个人在同一个病房里演绎着人生的艰难。每个人有每个人的宽厚与狭隘，他们一个个为生存而奔忙，却麻木于日常生活的平庸之中，病中的人们为仅有的肉体生存殚精竭虑。然而，哪怕是在这样的生存条件下，他们仍没有忘掉对明天的期待，生存环境的恶劣没有泯灭他们本质上对真、善、美的向往与追求，如蒙冤的老唐恪守"无

---

① 钟鹭：《电视剧受宠引发热议——敢问张大民幸福在哪里》，载《北京青年报》2000年3月1日。

论什么时候，都要保持清醒的头脑，以诚善待人"的信条。①除此之外，魏光焰的《胡嫂》、王安忆的《长恨歌》、池莉的《水与火的缠绵》等大量作品，都对普通老百姓的生活给予了极大的关注，拓展了一个广阔的叙事空间，为人们认识生活提供了新视角。

（二）强调关注在一定条件下的群体认同的价值观及认同群体类别的共同性

不同的自由个体组成一定类别的群体，这一群体在总体上涵盖、代表着其共同的利益，有着共同的价值观和追求。

人文主义精神关注的核心是"人"，这包含了对人与其社会环境协调性的关注。人，作为一个独立的个体，也必然身处一定的群体当中，参与群体的发展和建设，当个体与群体出现这样或那样的不协调时，个体应做出价值判断，选择能反映时代精神的价值取向，促进相互的协调和群体的发展。作家周梅森的《中国制造》描写了经济发达的平阳市十几天内壮丽感人的故事。把姜超林、高长河为代表的高层领导，田立业、何卓孝等中层干部，田立婷、李保垒等社会底层的普通群众三个层面的人物的思索和奋斗、奉献和牺牲、感情和命运，纠葛交织成迎接新世纪的改革交响曲。陆天明的《省委书记》展示了改革中的冲突、艰险、忧患，乃至严酷的境遇。作品中的人物刻画不回避现实矛盾，通过改革中的风风雨雨和沉重压力，满腔热忱地歌颂了省委书记贡开宸的勤政廉洁与忠于职守的崇高品格。这些作品体现了新时期党的干部对党的忠诚，对百姓、群众的关怀，以此来体现对人民的关切。新人文精神不排除价值观的相对差异性，但这种群体价值观的需求与满足，是应该与使人与人的关系相协调的，与促进当下社会主义现代化建设不相违背的。

商品经济社会，要培养人们的良性竞争意识首要的是培养人们对竞争意识的正确认识。市场经济能释放人的潜能，也释放人的各种欲望，它能发挥人的主体性，激发人的风险意识、挑战意识和进取意识，这是富有现代性的人格因素。但是，如何遵守市场法则、遵守法律、遵守做人的一般准则乃至遵守信用也是必须考虑的。竞争不能以经济实力为唯一标准，它除了要讲究社会生态平衡外，也要关注自然生态平衡，关注人类可持续发展的未来。竞争也不排斥抽象的人生精神价值标准和意义，集体主义精神和英雄主义精神能给我们以超越竞争困境的信心和勇气。

---

① 魏光焰：《大雪流萤》，载《长江文艺》1999年第9期。

（三）引导关注全人类性的价值观，激发人们的人类意识

这是最高层次的价值观，超越了各文化局部群体，为全人类所认同。所谓全人类性价值观，就是全人类的利益需求，是人类公认的价值原则和行为标准，反映了全人类共同的需要，因而它具有普遍性，可以为全人类共享。21世纪的中国现代化建设处于全球化的历史时代，不能无视人类所面临的共同的生存困境。例如，对资源的掠夺式开发和挖掘已经使自然界不堪重负，能源危机、生态失调、土地沙化、大气污染等等人为破坏活动已极大地威胁到人类的生存和可持续发展。为了共同的生存环境，人类的思想也在渐渐趋同，正在形成许多共识，例如和平与发展、自由与平等、民主与法制以及文学领域内的文学生态学等。有人称之为"人类意识""价值底线"。

作家莽萍说过："就历史而言，现代人缺乏的是十分宝贵的'废墟感觉'，对于遥远的触摸总是十分恐惧，愈来愈汹涌的物质流，使人类的心灵变得麻木。"①是的，人类生存的脚步在不断地迈向前方，时间在前进着，生态却在退化着。部分小说家已敏锐地意识到我们应该与地球上的所有生命、所有人类首先建立一种理解和关怀性的联系，在唇齿相依的共识前提下，穿越不同文化背景的价值标准和原则，建立反映全人类共同价值观的思想体系。何申在《百年思乡岭》中讲述了在未来的2049年，一个都市化的乡村村主任控告乡政府的故事。小说从后代人的利益和未来的眼光，反思了20世纪90年代乡长决定采矿为民造福的同时，带来遗患后代的环境污染与出现畸形化发展的严重后果，以虚构的真实来警醒盲目开发的现代人：不要为了谋取眼前的利益，甚至为了行一时之贪便牺牲生态。在全球化趋势下，我们若不及早思考以怎样的价值标准应对面临的现实，恐怕难以适应社会发展的需要，最终也不能顺利地实现群体或个体的利益需求。

二、坚守对人的精神的终极关怀

另外，"人文主义"的价值观认为，"人文主义"作为自我实现需要和社会需要的必然产物，也存在价值的引导问题，因而它包含了理想主义的因素在内。并且，关于世界价值和人生意义，关于"需求的价值何在"这样的终极追问，"人文

---

① 莽萍：《绿色生活手记》，青岛出版社，1999年。

主义"也认为这是一个个体的信仰选择问题。可以说 "人文主义"价值观是内在地涵盖了理想主义和终极关怀在内的。英雄的高尚精神境界和人性完美的状态是值得人去孜孜追求的。吕红发表在《长江文艺》一文的《曾经火焰山》中讲述了女主人公桑以"找灵感"之名，迢迢千里从武汉赶到新疆乌鲁木齐采访她的舅舅——皋的故事。采访从桑在"城市里的村庄"——菜地里与正挥锄劳作的皋相遇开始。皋回忆了自己选择畜牧专业的原因，尤其谈到曾受俄国文学家普希金、契诃夫等的深刻影响而与俄罗斯女孩妮娜美好纯洁的笔友之情。他在高考时战胜肺结核这个当时犹如被判了死刑的病魔，终于考上农学院，即便"文革"中受父亲问题的牵连，经过18年的苦难之后，还是回到最初的起点——农科所搞畜牧专业，取得了事业上的成功，尽管最终还是遭遇因出国考察而被官员"摘了桃子"的事件——科研成果被别人窃取，却从没放弃自己的信仰。"皋回忆这段经历时，脸上洋溢着欢快的神色，皋说，哪能像当今一些青年，自私冷漠，对什么都无所谓。信仰危机是你们这代人最大的不足！ "[1]毕生执着于农业科学的舅舅，以其不可抗拒的人格力量对充满才情和浪漫气质的女作家产生了潜移默化的影响，她也像舅舅一样以九死而不悔的决心执着于艺术，并且坚信科学与艺术将会殊途同归。正如文章结尾所言："桑忽然明白自己一年到头累死累活地往前奔，有意无意地错过路边许多的风景，不分昼夜地采访写作到底为什么？发现自己把用钱看得比挣钱重要是为什么？哪怕推上山的石头滚下来砸到自己身上，哪怕被罚，重新裹上大皮袄站在七月的火球下……她不正是来源于某种信念吗？"[2]她以自身的觉悟为自己崇高的人生追求和理想找到了精神支柱。我们的生活中还有英雄吗？还存在理想主义和英雄主义吗？商品社会中的人在面临精神空虚的窘境时，难免会这样自问。魏光焰在《舍不得你的人是我》中塑造了"陈和"这样一个曾经最不可能成为英雄的英雄。他对领导毕恭毕敬，对夫人唯命是从，在单位谨小慎微，跟邻居相处也是委曲求全，可以说非常懦弱、窝囊。于是妻子哀其不幸、怒其不争，可陈和依然故我，直至与妻子离婚，他也只是以自认倒霉的"认输"两个字来安慰自己。尽管他对所在"破厂"的厂长与书记钩心斗角，溜须拍马的小人活得"潇洒"，工人工资朝不保夕而当官的却腐化堕落的一切都看不惯，但他仍耐心地等待着。直到最后，实在忍无可忍，他这个"小虾子干

---

① 吕红：《曾经火焰山》，载《长江文艺》1996年第3期。
② 吕红：《曾经火焰山》，载《长江文艺》1996年第3期。

部"在绝望中奋起，为了全厂职工的利益呕心沥血写出揭露全厂腐败的调查报告，以最后的生命显示了其正直良知的辉煌，他的行为感动了工人们也感动了离异的妻子。平凡的陈和，绽放出生命中不平凡的光彩，成为全厂职工敬仰、缅怀的英雄。陈和舍弃"忍"字当头，挺身而出与邪恶抗争的故事，是正直没有泯灭的证明，是英雄没有走远，理想精神尚存的呼唤。包括魏光焰的《大雪流萤》《胡嫂》等作品在内，在描写普通人的"生存"危机状态和心理时，总是让读者强烈感受到在现实无奈中充溢着不灭的人间温情和古道热肠，成为支撑普通人生存的信念和力量。还有像许辉的《碑》，徐汉洲的《游戏规则》，张炜的《致不孝之子》，巴兰兰的《别了，最后的香格里拉》等都市小说，让读者从一个个在生存竞争状态下努力生活着的人物身上，找寻解决自身的无论是物质还是精神上的人生困境的方式。正如在思索人该怎样生存这个问题上，张炜用一种率直的方式来表达他真诚的生活理念："现在比试机智、运用手段互相征服的人多起来，这些渺小无知的做法，采用者一生也难以觉悟，可是必将走完毫不磊落毫无意义的一生。"①现代人的一些看似机敏的生存方式消解了人一生的价值和意义，这是值得人警醒的。对人生的终极关怀会让人类倍加珍惜和创造人世间的美好。这些都市小说家丢弃了无谓的困惑、迷茫、失落和焦虑，坚守其求真的品格和职责，抓住市场经济下提供的更多选择的契机，在矛盾、痛苦的撞击中开创出充满思想的新人文精神，给当代人以极大的启迪和警醒。

[原载《武汉理工大学学报》（社会科学版）2004年第4期]

---

① 张炜：《致不孝之子》，载《长江文艺》1996年第4期。

从吕红的《美国情人》看北美移民生活画卷

杨 青

近年来，北美华文文学作为世界华文文学的重镇越来越受到人们的关注。撇开以往的留学生文学不说，"新移民文学之所以受到特别关注，正是来自他们双重文化身份的跨域写作所呈现的文化特征和文化优势"①。这一时期涌现出的作家和文学作品备受好评。这些作者在创作作品的时候，都是以对人生命运的选择和奋斗历程为主要思想，作品内容以描述新移民生活变化为主，作品深刻体现出了对新移民的特殊情感以及地域文化带给新移民的冲击，并且从这些作品中还能看到作者对我们生活的这个世界的思考和探索。②新移民文化发展至今已非常成熟，作品内容呈现出多样化的发展趋势，海外移民文学的发展已达到一种"炙热"的状态，相关作品也已上升到对北美移民者和漂泊者命运、境遇的深刻思考。透过吕红的《美国情人》，我们可以从中了解到北美移民的生活画卷。

新移民文化经过漫长的发展历程，至今已进入较为成熟的阶段，从中我们也能发现一些新元素的不断融入。尤其是"地球村"意识的不断加强，以及海外移民群体的逐渐庞大，都为新移民文化的发展奠定了重要的基础。《美国情人》是新移民文学发展中的一部代表作品，该作品通过描述主人公芯离家、离国这一特殊经历，表现出在新的环境中远离故土的中国人所面临的物质困境、身份焦虑以及情感困境。作品以她与两个男人间的情感纠葛为主线，以雯雯、蔷薇等人的情感纠葛为

---

① 刘登翰：《关于"新移民"和"新移民文学"——从成都出版社的"新移民文学大系"说起》，载《文艺报》2007年4月7日。

② 陈富瑞：《在多元文化语境中蓬勃兴起的海外华文文学——吕红女士访谈录》，载《世界文学评论》2008年第1期。

副线，借助各种繁杂的人际关系，来凸显人性。作者在作品中向我们描述了漂泊异乡的男男女女的生存状态，在描摹众多北美新移民成长心路的过程中，为我们展现了华人在找寻自己梦想时所经历的各种悲欢。"小说中无论是华文媒体从业者，还是学校老师；是小生意老板，或是餐厅大厨；甚至沦落风尘的按摩女、情场决斗的'第三者'，都以鲜活形象表现了斑驳陆离的海外人物众生相"。[①]作品从小人物入手，通过对这些典型小人物的塑造和近乎原生态的描写，生动地呈现了北美移民的生活画卷。

一、移民生活的真实再现

《美国情人》里的女主人公芯的爱情之路经历坎坷，在国内她遇到了中国男人刘卫东，然而刘卫东却在她期望的爱情婚姻中表现出了斤斤计较、自私等缺点，这与她所想象的甜蜜浪漫爱情有着天壤之别。移民美国以后，皮特这一典型美国男人浪漫背后隐藏的却仍然是欺骗和谎言。这使得异域他乡求生存的孤独女人显得更加艰难。刘卫东对芯的粗暴行径，是作家笔下所要表现的男人的自私、不忠和贪心。小说中的刘卫东是一个受过高等教育的知识分子，但依旧野蛮粗暴。

正所谓人物好写，但性格刻画鲜明，血肉丰盈缺相当不易。最值得一提的便是作者笔下多处生动的细节描写，如西方都市生活景观，以及"边缘人"的命运变迁。当地的人文景观、风波描写等与新移民的实际生存环境形成了强烈的对比，使得作品增加了其原有的社会心理纵深感。作品中主人公芯的看似浪漫潇洒的美国情人皮特，实则是一个欺骗、绝情、不负责任的现实美国人，他们之间无论是身份还是地位都非常"不平等"。恋爱的时候，热心地帮着芯解决她遇到的各种问题，当芯准备好一切要离婚的时候，皮特却对芯异常冷淡，并且还消失不见，让其他人转告芯他并没有离婚。就在芯陷入失恋的痛苦中时，皮特已经和他的另一个女友光明正大地在一起了。

《美国情人》最为人称道的便是作者笔下典型人物的生动刻画。作品通过小说的细节描写，真实生动地向我们再现了西方都市生活的人文景观及对边缘人命运的

---

① 陈富瑞：《在多元文化语境中蓬勃兴起的海外华文文学——吕红女士访谈录》，载《世界文学评论》2008年第1期。

反思。穿过车水马龙、游客聚集的Market Street，咚咚咚节奏感极强的打击乐声中，几个黑人在街头大跳霹雳舞。围观人群里不乏腰缠千万的游客。形容丑陋的流浪者，高举着字牌乞讨。灯饰装点着高耸入云天的欧式或维多尼亚式的建筑群，拥有超过百年历史的人文景观正逐渐被愈来愈浓的金钱帝国商业气息所侵染、所湮没。[①]

小说中这种细节描写俯拾即是，这些信手拈来的人文景观，强化了小说的社会心理纵深感。将男女之间、不同阶层、不同人物之间的命运和情感进行强烈对比，独到而深刻地表现出作品的社会心理纵深感。

二、人性的探寻

《美国情人》中以芯和刘卫东、皮特之间的感情纠葛为主线来贯穿全文，感情纠葛的背后，作者让我们领略到了情感背后蕴含得更为深刻复杂的人性。小说中，作者集中展现了这种复杂性："本来男女之间的相处，一方面会凸显美好的情感，另一方面也肯定会有自然人性因素"[②]。

小说不但从生活细节生动刻画了小人物的形象，而且更从其精神及内心层面来深入人物的描写，从另一个角度表现了小说揭示的厚重的生存危机，以及海外华人的生存境遇，深刻展现了人性和情欲的不稳定，这些不稳定包括各种各样人生的失落、无奈等，有放浪的和颓废的，有阴暗的和亮丽的，有残酷的和温情的等。作者对小说人物的内心世界的准确把握以及对人物形象的丰满塑造，也为海外华人文学的人物画廊增添了丰富的一笔。

作者勾勒出了几个比较重要的人物形象，主人公芯、她的女友蔷薇和安绮，以及前夫刘卫东和美国情人皮特等，每个人物都有其独特的特点。例如小说中的老拧这个人物形象，在作者笔下有着鲜明的性格特色，他既憨厚热情又心胸狭隘。他是刘卫东的朋友，也是芯在美国的担保人，他利用这个身份来接近芯，想和芯发生关系，在被芯多次拒绝后就翻脸不认人，甚至要把他给芯介绍的工作搞砸，于此我们可以看到人性的黑暗。有着几千年传统的男权意识依旧没有发生动摇，老拧要使用

---

① 吕红：《美国情人》，中国华侨出版社，2006年，第334—411页。
② 吕周聚：《生存困境中的人性展现——评吕红的〈美国情人〉》，载《世界华文文学论坛》2009年第2期。

传统的侨社大佬的那种权威让芯屈服，否则就别想待在这里。这些故事也让我们看到主人公在东西方文化的交汇中找寻自己生活起点的艰难。芯的经历实际上是一种浓缩的社会现实，这种以小见大的写作方法深刻展示了移民生活细节。

《美国情人》作者吕红以其女性作家视角，塑造了小说中完整的女性形象，同时也深刻展示了女性迫于生活压力以及当真爱陷入无奈境地后的内心世界。作品从精神层面挖掘出了人性潜存的矛盾基因，并在这些深层复杂矛盾之中不断地接受着重重考验。

如果从思想内涵角度来思考的话，《美国情人》是在抒写有关孤独和追寻的一本小说，同时也是抒写人生奋斗的一本小说。它给读者留下了非常广阔的想象空间，作者通过文字和想象将过去与现在"串联"，同时将东西双方交织叠加，给读者带来无限阅读快感。作品通过对现代人生活苦痛的描写，揭示了他们在不断追求自由的同时，却忽略了绝对的自由是不存在的。即便"移民"到了号称最"自由"的国度，人们对自由的追求，也往往使自己陷于新的枷锁之中。这也许正是小说所要表示的深刻哲学命题。

总的来说，《美国情人》是一部历史内涵丰厚的作品，作家通过清新流畅的语言为我们生动展示了北美新移民的生活画卷，在这一画卷的描绘中，也蕴含了作者对艺术创作的执着追求。

（原载《长春师范学院学报》2013年第3期）

北美华文文学纵览："万花筒"中一图案

刘　俊

在世界华文文学的全球版图中，北美华文文学是极具变化性的一个区域。北美华文文学由于其发展历史和生存形态的特殊性，所以它的文学呈现总是处于一种"变动不居"的状态之中——所谓的"变动不居"，一方面是指其人员构成相对流动性较大，另一方面，也是最主要和更重要的方面，是指其创作风貌总是变化万端，各种"新图案"层出不穷，犹如一个万花筒。由于北美华文作家有来自中国大陆的，也有来自中国台湾和中国香港的，不同的"来源"背景不仅使他们的创作特质各有千秋，而且也使他们的文学诉求各不相同。虽然表现北美生活的当下处境是他们的文学共约数，但相对而言，台港背景的北美华文作家往往在现代主义外形背后内蕴中国传统文化的精髓，而大陆背景的北美华文作家则更具现实主义精神并更多联系当代中国的历史和现实，前者在文学中期待寻绎人性的深层面向，后者则注重表达对中国社会历史的反思。这样的作家队伍构成以及关注点各有侧重，就使得北美华文文学的"新图案"（有时也可称为"新姿态"）因为作家"来源地"的差异和文学关注的不同，而不断地产生着变化——丰富、拓展和增殖。[①]

即便是同为来自中国大陆的北美华文作家，作家们的活跃程度和创作形态也千姿百态、彼此不同 ——当然，作家都是不同的，但同样有看大陆背景的北美华文作家们的不同，似乎更为明显。不知是不是与他们的成长环境、人生经历、文学教育和文学追求的"相似"有关：从中国大陆去北美的华文作家，许多都经历过动荡的浩劫岁月，基本上都有过不小的人生坎坷（有的是外在的，有的是内心的），对文

---

① 刘俊：《北美华文文学中的两大作家群比较研究》，见《复合互渗的世界华文文学：刘俊选集》，花城出版社，2014年，第289—304页。

学都有着一份难以忘怀的挚爱和坚韧不拔的执着，对人生未来都有着不断追求的渴望和不竭的上进心——在大陆接受多年的社会／学校教育所形成的"顽强"和"拼搏"精神，已经深入他们的骨髓，融入他们的血液，成为他们百折不挠的巨大动力和内在支撑，并形成了在他们身上独有的"大陆气质"。这种明显的"大陆气质"看上去虽然使他们具有极大的"相似性"，但恰恰是这种"相似性"导致了他们文学的多变性，并形成了他们各不相同的文学风貌——当他们都在践行"顽强"和"拼搏"精神的时候，在文学上寻求创新、希冀突破，力图超越前人超越自我，就成了他们不知疲倦永不停息的人生追求和文学理想。

在这个文学小辑展示的八篇北美华文作家的作品中，有小说、有散文、也有诗歌。小说部分有吕红、沙石、孟悟、伍可娉四位作家的最新奉献，散文部分则有刘荒田、李硕儒、木榆、于文涛（同时还有诗）四位作家的文学成果。就小说而言，吕红、沙石都是北美华文文学中的名家，吕红的小说集《午夜兰桂坊》《红颜沧桑》，长篇小说《美国情人》《尘缘》，散文集《女人的白宫》等，已成为北美华文文学的重要收获，这里的《江湖浅不可测》以独特视角掀开东西方被遮蔽的浮华世界背后的阴影以及被忽略的人性幽微，小说以霞飞、樱子和文旂三位女性的"艺文故事"为"载体"，写出了海内外文艺界一些人某些事之怪现状。文艺（学术）界貌似高雅，其实也是江湖，各种繁花似锦背后的龌龊，恐怕不亚于一切"丑恶界"。《江湖浅不可测》以辛辣的笔法，描画了文艺界的阴暗。如果说吃涮羊肉、泡温泉、异性按摩、沐浴泡浴蒸气浴、老虎机游戏机、卡拉OK、电唱机还是外在的"腐败"，那作品被他人剽窃或公然抢夺，则是内在的更致命的"糜烂"——霞飞作品投稿后杳无音信，等到"再会"时已成别人的电视连续剧，或被迫成为以他人（樱子）为主导的合作成果；文旂参加征歌比赛等到结果出来"她的名字被一只无形的手悄悄抹去了"，屏幕上打出的名字成了电视台的主事者。《江湖浅不可测》中的文艺界"江湖"，几乎无问东西，肮脏一律！文艺"江湖"已不必"深不可测"，即便是在"浅"层，也照样令人"不可测"。

吕红以"江湖"写出了名利场的丑恶，沙石则以战争写出了人性的共通。《两个兵的战争》以抗战时期士兵在面对狼群时的特殊境遇，写了一个隐喻性很强的心理交战故事。战场上的"敌我"有时会在特殊情形下发生突变，苏联作家拉甫列涅夫的小说《第四十一个》，就描写了红军女战士马柳特卡和白军中尉戈沃鲁哈·奥特罗克因身陷孤岛而发生角色转变，由"敌人"而成为"恋人"的故事（虽然最终还是以"敌""我"身份的"你死我活"悲剧收场）。沙石的《两个兵的战争》表达了普通士兵要面对的战争其实不是彼此，而是要共同面对凶狠的动物界（狼群）。小说延续了沙石一贯舒缓的叙事风格（不知是否与他的"黏液质"气质有关）以及特殊的观照视角（常能别出心裁有"惊人"的发现），写出了战争中不为人注意的一面——普通士兵都是"人"，要吃他们的"兽"才是他们的共同敌人。虽然后来还是以失败告终，两人都在狼的啃啮下成为白骨，但沙石在小说中传达出他对人性和战争的独特思考，却为北美华文文学留下了与众不同的印记。孟悟的小说《紫薇谋杀》视角独特，构思精巧，将树木形态、人生婚姻、选举立场、商业疫情等诸多元素杂糅成一个复杂的北美故事，彰显了男女、中外不同人等在生活变化、疫情肆虐之际的现实处境和精神状态，紫薇需要修剪，但修剪过度即成谋杀，树木如此，人生、社会又何尝不是？无论是罗衣和杜晨辉的爱情／婚姻，还是桑娜的瑜伽馆；无论是茉莉娅的商业谋划，还是老川的政治方略，最要紧的端在一个分寸拿捏和行动适度——就此而言，小说《紫薇谋杀》也就成了一则带有象征意味的寓言。

前面提到的几位小说家都在中外"共呈并现"中牵涉到了历史和现实，伍可娉的小说《哑巴与钢琴》则在一篇小说中进行了带有历史纵深感的整体观照，其中既写到了抗战（哑巴当年是抗日军人），也写到了他的当代遭遇，而哑巴的外国留学经历则使《哑巴与钢琴》也如吕红、沙石和孟悟的小说一样，串联起中外两大空间世界。在这篇小说中，哑巴的无声和钢琴的"巨响"作为对照，以一个热爱艺术忠心为国的艺术家的人生遭际为叙事焦点，小说借"梦"连接起历史和现实、艺术与人生，在"梦"的闪回中"弹奏"出哑巴人生／历史的最强音。在艺术上，伍可娉的这篇小说除了现实主义手法之外，还在写实的同时进行了"先锋"艺术的尝试，如"哑巴"和"钢琴"的象征意味，"梦境"的穿插等，无不体现出作者的艺术用心。

小说是虚构的艺术，需要作家进行想象的驰骋和艺术的加工，比较起来，散文虚构成分较少而"如实"的比例占优——如此一来，在不能进行虚构挥洒的"限制"下进行文学（具体地说是散文）创作，就要靠作者的见识、性情、文笔和"境界"地呈现了。刘荒田是散文名家，他的散文不但数量多而且质量也颇佳①。这里的《书即命运——怀老友许培根》写出了一个爱书人的人生境况和海外命运。许培根爱书如命，家有藏书两三万册，一个小小的公寓，已然成了书的世界！然而就是这样一位爱书如命的华人书生，去世后书的命运却令人担忧也令人叹惜！如同主人生前的寂寞，这些书在主人身后确乎难逃"全运到填埋场"的结局——"这就是中文书在异国的命运。难以抗拒，思之凄然"。

刘荒田的这句话不仅道出了"中文书在异国的命运"，某种意义上讲也是借书的命运感叹老友的人生——一生的努力收藏，最后不过是化为乌有。物伤其类，刘荒田在为老友许培根的人生及其书的命运感慨的同时，某种程度上也写出了当代海外华人的一个重要侧面：生本不易，华人的海外人生又岂是全为成功和光鲜？即便是付出了终身的努力，最后的结果也可能是归为空无！

生固不易，死亦颇难！在《骨灰撒在梦露湖里》一文中，木榆一方面写出了目下无论是在中国还是北美，"死"的代价都很"高昂"——墓地的价格令人瞠目，大有"死不起"之感！从玛格丽特和博雅教授的聚合离散中，从他们和那对老年男女充满爱的行动中，我们都能强烈地感受到对生的尊重和对死的超然——既然如此，我们还有什么理由不敬畏生命，欢庆每一天"波澜不惊的日子"呢？

木榆说在人生的各种"坎"和"灾"面前，"所有在平常日子里感到的无聊和烦恼都像是无病呻吟"——那人生的"烦恼"包不包括别人的批评呢？对这个问题，李硕儒在《世态人情的大师》一文中做了回答。与刘荒田、木榆的"现实题材"不同，李硕儒的这篇散文可以算是"历史题材"，他通过对民国时期一些著名"批评"事件——周善培对梁启超的批评、陈独秀对沈尹默的批评、李苦禅对齐白石的批评、傅斯年对蔡元培／胡适的批评、蒋梦麟对自我的批评、梁启超对徐志摩的批评——的铺陈和解说，展现了那个时代一种良好的风气和当时的文化精英所具有的开阔胸襟：批评者敢言，而挨批者不以受批为"烦恼"，却大有"闻过则喜"——起码也是"不以为忤"——的雅量！这种民国风采，展现了当时高德大贤的气度，也为这些负载在大师身上的"世态人情"增添了一种温润和温暖：在一个动荡不安战争频仍的历史时期，有这样心态、自信的态度、睿智的理性和博大的胸

---

① 刘俊：《刘荒田：美国人生的日常见证和中国延伸》，见《越界与交融：跨区域跨文化的世界华文文学》，人民文学出版社，2014年，第208—217页。

怀！或许就是这种不以批评为"烦恼"的高远见识和不凡境界，最终成就了他们真正的"大师"地位。

"大师"固然不同于凡人，但凡人未必没有自己的坚持。于文涛在《云中漫步三题》中，对聊天群、人体美和读书人"三题"阐发了自己的观点：聊天群不聊也罢！人体美但看无妨！读书人自己开心就好！道理虽平常，却也是"一家之言"和"个人心得"。如同作者在诗中对曹雪芹的赞美："绛珠仙草乘风去，丹枫金菊祭傲魂"——在这些平常的道理中，不难感受到作者的"傲魂"。

北美华文文学这个"万花筒"随便一转，就能组合出一幅幅美丽的图案。虽然在它的不断变化中，毋庸讳言有时呈现出来的文学"图案"不无老旧，有些"图案"也会一再出现以致显得较为同质化，还有的"图案"则限于个人生活的简单记录而令人感到苍白和薄弱，但无论如何从总体上看，对"变化"的不懈追求，试图在"万花筒"中转出新的美的文学图景，则是北美华文文学的一种特性，也可以说是北美华文文学的一种根本属性——这里的这个小辑，就是富有变化的北美华文文学"万花筒"中的一种图案。

（原载《红杉林》2023年第1期）

"美国梦"的两种叙事

——《梦断得克萨斯》和《美国情人》的比较阅读

王澄霞

"美国梦"是海外华文文学创作中的常见题材。从曹桂林《北京人在纽约》、周励《曼哈顿的中国女人》到严歌苓以《少女小渔》为代表的一系列小说，都是通过叙写华人在美国的生存境况，他们"美国梦"圆或梦断的历程，揭示跨文化语境下东方文化的边缘化处境。

《梦断得克萨斯》是现居加拿大的女作家曾晓文的长篇代表作，"《小说月报》金长篇丛书"之一。这是一部讲述"美国梦"破灭的长篇小说。女主人公舒嘉雯和男友阿瑞在美国得克萨斯南部小城创办的中餐馆生意红火，生活逐渐步入正轨。此时却祸从天降，两人被移民局以"非法居留、窝藏移民"的罪名投入监狱。经过98天的炼狱煎熬，舒嘉雯重新认识了生存的残酷、"美国梦"的虚幻以及个人成长所需付出的代价。舒嘉雯最终毅然离开了她曾寄寓无限梦想的美国，独自移居加拿大，重新又开始了爱情的守望和新的创业历程。

《美国情人》是旅美女作家吕红的长篇代表作，曾被誉为"是北美华人文学近期难能可贵的收获"①。女主人公芯辞掉了国内稳定安适的工作，来到美国冒险一搏。屡经情感和事业上的挫折挣扎之后，美国绿卡和华文创作成就奖联步而来，芯终于靠自我奋斗打拼获得了自由女神的眷顾垂怜，圆了自己的"美国梦"。

---

① 吕红：《美国情人》，中国华侨出版社，2006年，序第4页。

一

　　笔者之所以把《梦断得克萨斯》和《美国情人》联系起来进行比较阅读，主要是基于以下因素：首先，两部小说题材和主题相似。两者都以"美国梦"为题材，通过主人公逐梦、弃梦或梦醒后重新自我定位的艰难过程，客观展示了华人族群尤其是女性新移民的成长成熟，由衷礼赞了她们的坚韧执着。其次，主要人物形象相似。舒嘉雯和芯都是中文系毕业，专业素质和工作能力出类拔萃。她们都是为了实现心中的"美国梦"，孤注一掷远涉重洋。其间遭逢大致相似的人生新挑战：语言障碍、文化休克、学业（事业）困顿、离婚、失业或失恋等等，她们最终都是凭着意志和才智拥有了自己的一片天空。第三，小说艺术特征相似。两部作品都以第三人称展开叙述，抒情成分浓烈，都带有一定的自传体色彩，如女主人公的行状与作者本人的生活经历有诸多相似或重合，连姓名多有相似关联，如舒嘉雯与曾晓文，芯（引子部分名"虹"）与吕红等。同时，两部作品对女性心理的刻画描摹都非常细腻周至，读来令人动容。第四，作者阅历相似。年龄相仿且都毕业于中文系，都在中国大陆完成高等教育后赴美留学。上述相似之处正是笔者对两部作品比较研究的前提和基础。

　　当然，两部小说同中有异。譬如，故事讲述方式不同。《梦断得克萨斯》单一视角线索集中。全书42章24万字，都是从舒嘉雯一人的视角单线叙述展开情节。换言之，舒嘉雯在整部小说中是唯一一个贯穿始终的"在场者"和"报道者"，小说主题也完全是通过她的美国经历得以彰显。而94章28万字的《美国情人》从两个视角展开叙述，小说大部分篇幅主要以芯为叙事焦点，但全书至少有19个章节则从另一个华人女性蔷薇的视角独立展开。所以，《美国情人》的主题是通过第一女主角芯和第二女主角蔷薇的故事共同建构。在叙述方法上，《梦断得克萨斯》采用截然分明的顺叙（1—5章）→插叙（6—28章，用顺叙方式来插入补充）→顺叙（29—42章）手法，所以文本内容和时空上"现在→过去→现在"有序切换脉络清晰。《美国情人》则不太注重事件叙述的完整性和流畅性，情节相对淡化，内中掺杂了女主人公大量的抒情独白和作者本人的诸多议论。小说虽然也在"现在→过去"中进行内容和时空的切换，但"过往"与"当下"往往杂糅交融，跳跃反复，因而具有意识流小说的某种特征。在风格上，《梦断得克萨斯》可谓激情澎湃，《美国情人》则是幽怨舒缓。

另外，两部小说对美国的认识评价也明显不同。《美国情人》以肯定赞美为主，《梦断得克萨斯》则是肯定与否定并举，审美与揭丑齐下。这应该与作品中的两位女主人公不同的美国境遇直接相关。例如，同样是移民局，给舒嘉雯带来的是牢狱之灾和莫大屈辱；而给芯的则是"打指模"即获得美国身份（绿卡）的丰厚礼遇。《梦断得克萨斯》中对美国司法制度及其监狱中的人性和反人性、民主和专制、平等与歧视等等的描述详尽完备具体而微，非亲历者不足以有如此的切肤之感，因此小说对美国社会的认识评价就要客观理性得多。

两部小说艺术上的同中有异异中有同，正是对之进行比较阅读的意义所在。

二

《梦断得克萨斯》中的舒嘉雯和韩宇，《美国情人》芯和刘卫东都是由自由恋爱走入婚姻，但两个家庭最终都是在美国走向解体。在中国土地上培育起来的爱情之花，为何到了美国就枯萎凋零？是环境改变了他们还是他们改变了自己？追逐"美国梦"过程中两位女主人公的婚恋困境，折射出作家本人价值观人生观的高下异同和中西方文化的强弱处境，为两部小说的比较赋予了更多价值。

舒嘉雯与前夫韩宇认识并相爱，缘于两人对对方艺术才华的互相欣赏。为了让韩宇早日出国成就他当科学家的梦想，硕士毕业的舒嘉雯主动放弃了自己梦寐以求的记者工作，在狭小简陋的租住屋内，用两人菲薄的收入全力以赴照顾丈夫的一日三餐。可是婚姻危机恰恰出现在夫妻两人团聚美国之后。韩宇固然如他本人辩解的那样没有打骂、虐待过舒嘉雯，但他忽视了坚强能干的妻子同样需要来自他的关注呵护，他对妻子遭逢语言障碍、文化休克时的孤独无助熟视无睹置若罔闻，两人日渐隔膜。难怪舒嘉雯感慨：

> 在大陆时他们的爱情在清贫的生活中幸存了下来，没料到在美国这个许多人向往的乐园他们却做了陌路人。……他们之间有许多共同的兴趣爱好，一致的观点，可以平和地相处，但就是缺少一种心疼，一种牵挂，一

种难以泯灭的激情，因此而成了陌路人。①

此时，华人打工者、高中毕业的阿瑞以一般男性少有的耐心细致和温柔体贴，逐渐赢得正在彷徨四顾的舒嘉雯的好感，犹如压死骆驼的最后一根稻草，阿瑞的出现加速了舒嘉雯和韩宇婚姻的解体。

舒嘉雯性格复杂，她自尊又自卑，强大又软弱，她骨子里其实并未真正摆脱中国传统社会成见，她对阿瑞常常心存遗憾，她无法否认因为文化程度悬殊他俩的身份地位存在差距。她痛苦地认识到自己所有的奋斗拼搏，固然是出于个人能力的自我证明和实现梦想的良好愿望，其实更是要向周围的中国同胞们证明，她当初弃高就低、放弃韩宇选择阿瑞并非欲令智昏的糊涂之举。面对现实和心理的两重落差，舒嘉雯又试图说服自己，自我宽慰自我劝解：

> 可是哪一对夫妻，哪一对恋人之间没有沟壑呢？这种沟壑也许是教育的、文化背景的、性格的、生理的……又有哪一对夫妻或恋人敢于声称他们之间的爱情是完美无缺的呢？也许人成熟的一个标志就在于正视这道沟壑，接受这种不完美，而人必须首先想明白究竟哪一种沟壑，哪一种不完美是自己可以接受的。
>
> ……
>
> 爱情是否真的有一个规矩或标准，一个女人是否一定要爱一个年纪长于自己，学历高过自己，收入多于自己的男人？如果所有的女人都恪守这样的原则，爱情的世界会不会变得很单调很乏味？②

可见，即使身处崇尚个性解放和男女平等的美国国土，"男高女低""男强女弱"的中国传统婚姻模式以及由此形成的集体有意识积淀，其威力仍不可小觑。所以小说最后舒嘉雯只身一人移居加拿大，彻底告别居留了9年的美国和深爱着她的阿瑞。这固然是缘于她经历牢狱之灾后对美国的彻底失望，但也不能排除舒嘉雯意欲通过此举，让自己与阿瑞"到底意难平"的同居现状，来一个无伤大雅的了断和终结。

《梦断得克萨斯》正是通过舒嘉雯在两个华人男子韩宇和阿瑞之间的选择和取舍，显示了她对爱情婚姻的思考和见解，表现了这位华人知识女性难能可贵的独立

---

① 曾晓文：《梦断得克萨斯》，百花文艺出版社，2006年，第101页。
② 曾晓文：《梦断得克萨斯》，百花文艺出版社，2006年，第109页。

自强，同时也令人深感女性自我解放征途漫漫。

<h1 style="text-align:center">三</h1>

与舒嘉雯的爱情困惑相比，《美国情人》中的芯则充分领教了中美跨国情缘带来的苦辣酸甜。芯在中国丈夫刘卫东和美国情人皮特之间的取舍褒贬，表明了这位中国女性对中美两国男性群体的不同评价。更耐人寻味的是，男性的形象"自塑"①，折射出了某种文化偏见。

美国情人皮特的完美无瑕正是通过刘卫东的丑陋猥琐得到强烈反衬。皮特温文尔雅机智善辩，有着非同一般的政治才干和令人艳羡的政治地位，情趣高雅格调脱俗。芯频频使用"稳重潇洒""爽朗幽默""多情而又不乏理性""凤毛麟角"等等褒义词，高度赞美这位美国情人的罕见美德。在芯眼里，皮特不仅谈情做爱技巧一流，甚至连他身上的气息都是"清新的、高贵的和温柔的"，相较之下，浑身散发出"刺鼻的""腹腔未消化的食物残渣，日积月累抽烟喝酒熏染的怪味"的前夫刘卫东简直鄙陋不值一哂！总之，美国情人、白人男子皮特无可挑剔无比完美。芯反复赞叹他的潇洒性感，类似的段落在文本中起码出现了五六次：

> 皮特一手持手提电话，拎着笔挺的优质名牌西装，皮鞋锃亮，喷了发胶的头发一丝不乱。眼神温柔敏锐，嘴角微抿，迈着潇洒矫健的步伐，那气派和风度，仿佛哪部经典名片中的男主角，洋溢着欧美男人的性感。金色卷发在晨光里分外耀眼。②

爱情无国界，芯与美国男子皮特的爱情本来无可厚非。问题是，在女主人公芯的眼中和作者吕红笔下，中国男人何以几乎都是那么猥琐丑陋？

细数《美国情人》中出现过的华人男人形象，正面形象几近空白。刘卫东自不待言，像蔷薇的情人、华商林浩，其实是从大陆出逃的贪污犯；芯的同乡老拧小肚鸡肠心胸狭隘；报社的头头脑脑谄上压下，对职员鲜有体恤之情，记者同仁都是各怀鬼胎的乡愿小人。其他如曾接受过芯专访的几位华人实业家，在旧金山堪称功成名就，但仍卷入政治献金丑闻。

---

① 孟华主编：《比较文学形象学》，北京大学出版社，2001年，第15页。
② 吕红：《美国情人》，中国华侨出版社，2006年，第122页。

其实，那位与芯一度如胶似漆的美国情人皮特，其薄情寡义自私自利比起刘卫东有过之而无不及！一旦听闻芯挣脱枷锁皮特顿改往日的情意缠绵，没有给出任何解释便彻底销匿了踪影。再度相遇时皮特不仅另有新欢而且神情轻松洒脱，仿佛与芯从未相识相恋。

综观整部小说，作者对华人男性以贬抑为主，对西方男性则推崇备至。笔者以为这种价值倾向的出现，追本溯源，恐怕还是以美国为首的欧美强势文化改造和重塑了中国女性的审美趣味，她们的眼光和口味已被彻底同化。

四

美国作为多元文化的集散中心，身处其间的华人所代表的中国文化和以美国为首的欧美文化发生了怎样的碰撞？各自处境如何？在中西方文化背景下来解读两位女主人公的婚恋经历，也许会引发读者更多的思考。

自由民主平等，一直是以美国为代表的西方现代社会全力标举的核心价值观。吊诡的是，恰恰是主动奔赴美国、日日经沐着欧风美雨的中国留美学生，却如此固执地捍卫着诸如"男高女低""门当户对""郎才（财）女貌"等等中国传统婚恋模式，而对自由民主平等这种普世价值观主导下的恋爱婚姻横暴否定。舒嘉雯主动放弃令人歆慕的博士太太、教授夫人的名分地位，而与一个有情有义却不名一文的打工仔一起生活，她的婚恋选择在华人圈子所引发的舆论的一边倒现象，就证实了这种悖谬的存在。舒嘉雯勇于挑战传统的"婚姻梯度"①，打破学历、出身、门第等等的观念束缚，大胆追求并努力实现了恋爱双方精神上感情上的平等而非财富地位方面的对等，她和阿瑞这种"女强男弱""女高男低"的爱情组合，她这一颇具民主色彩的婚恋观，遭到了堪称中国知识精英代表的留美学子们的一致反对和讥嘲：

> 她知道在别人眼里她已不是博士生的太太，而是打工仔的情人了。

> 嘉雯是硕士，而阿瑞只是高中毕业，他们怎么能合适呢？如果一个中国女孩子找了个美国人，哪怕是个秃了半边头的小学毕业生，很多人也会艳羡地去道贺，可嘉雯和阿瑞何曾接受过一句祝福？②

---

① 孙绍先：《女性主义文学》，辽宁大学出版社，1987年，第109页。
② 曾晓文：《梦断得克萨斯》，百花文艺出版社，2006年，第107页。

中国留美学生群体在婚姻恋爱上一方面讲究"师出有名"，讲究学历、出身、门第等外在身份，另一方面，这些日后的华人在择偶问题上面对西方异性，他们又不自觉地流露出自我贬抑的弱者心态，这似与崇尚自我奋斗，主张"英雄莫问出处"的美国文化观念背道而驰。

因此到了《美国情人》中，无论是财富、地位还是文化处境都属于弱势一族的中国女性芯，自觉地循着"男高女低""男强女弱"的文化心理模式，一心向往能和各方面都处于强势地位的美国白人男子皮特结为连理。为了迎合这位自称"东方文化的无限迷恋者"的美国情人，芯主动地、刻意地表现自身的东方文化元素，如飘逸的红裙或丝绸衬衣的打扮，娇小玲珑弱柳扶风的身姿，中国古代仕女般温婉内敛的性格，这些自我表现都与皮特对于东方文化的想象无比契合，因此也一度赢得了对方的频频赞赏。

但是，东方女性芯始终没有看清的事实是，皮特才是游戏规则的制定者。芯要么参与到他所设定的游戏中，按照他的游戏规则行事，要么拒绝游戏，自娱自乐，可是芯不能对皮特制定规则。所以皮特在抽身而去时，对芯事先没有招呼、事后也不给解释。正是芯一厢情愿地认为自己"众里寻他千百度"才觅得的这位"真命天子"，即皮特本人，毫不留情地击碎了她的美国情梦。这实在颇具反讽意味。

中国女性芯身上折射出的这种自我东方化心理，其实在张艺谋等中国当代导演的一些影片中也不鲜见。如他在《红高粱》《菊豆》中对"癫狂""野合""乱伦"等情节的设计运用，在《大红灯笼高高挂》中的"老人政治""窝里斗"的政治隐喻，充分满足了西方民众对古老中国异国情调的文化想象，因此这些影片在国际上很是叫座。从表面上看，我们获奖了，我们在与西方文化的价值对抗中胜利了，实质上我们是顺从了西方的逻辑来满足他们的需要，靠自我丑化、自我贬损来赢得表面上的胜利和实质上的失败。当芯反复赞叹白人男子的"性感"时，中国女性历来对中国男性"白面书生""文质彬彬"的传统审美口味，已经被"性感"所代表的美国强势文化彻底改变。芯动辄以仰视目光来神话西方男子，可她最终被抛弃的结局，其实体现出了21世纪世界弱者文化命运的基本特征。

文学作品是社会心态的反映。随着时代发展，越来越多的"舒嘉雯"或"芯"这样的中国女性将会走出国门走向世界各地，去追逐和实现梦想。她们在异国他乡想必也会继续遭遇"理想的恋人在哪儿"的困惑。因为寻觅理想男性，似乎是所有女性的一个心结。在全球化席卷一切的今天，这些来自东方世界的华人女性将以怎样的文化心态处理自身的婚恋问题？随着中国经济的崛起和其世界影响力的扩大，东方文化由弱渐强逐渐从边缘向中心靠拢，其地位改变能否带来海外华人移民精神面貌、文化心态的相应改变？不同文化之间能否真正实现"文明对话"？

舒嘉雯和芯两位华人女性的"美国梦"，或破或圆或断或续，倒都昭示了一条朴素的常理：实现任何梦想的途径只有一条，那就是靠自己的奋斗和拼搏。男女皆然。

〔原载于《扬州大学学报》（人文社会科学版）2011年第4期〕

造梦者的言说

——读吕红《美国情人》

郑淑蓉

  《美国情人》是吕红旅美后创作的第一部长篇小说，"情人"这个温情缱绻的名词，令人想起杜拉斯笔下发出"与你那时的面貌相比，我更爱你现在备受摧残的面容"之爱情宣言的中国情人，而隐秘、传奇，再配上跨越地域的"美国"二字，愈发显出异域风情，你仿佛得以穿越时空，在异乡落日的余晖中瞥见一对甜蜜相拥的情侣，夕阳映照海滩上高鼻梁男子的侧脸，眸子里满满的柔情似水，梦境一般……

  这梦境便是吕红为女主人公芯倾心打造的。海洋的密语、嘈杂的市声、虚伪的人情、腐烂的欲望，在灯光璀璨的旧金山城市里，吕红似一个气定神闲的旁观者，蜗居一角，在自己营造的梦境里不时掀起波澜，以期照应那颗不甘寂寞的心。与其说主人公芯是独自赴美闯荡，不若说她是漂泊异乡，"入境安身难如意"，找房子、攻学位、找工作、办绿卡，绵密不尽的日常生活中，往往危机四伏，芯不仅在美国遭遇了求学受挫、职场小人暗算、生活性骚扰等问题，同时还得面对她的中国丈夫刘卫东对其电话、邮件不明就里的狂轰滥炸，以致日子一天天过去，芯不得不感叹"飘零的不是日历，却是苍白而不甘寂寞的灵魂"。

  深不可测的绝望与绝处逢生的希望从来就是一体两面。在最落寞的时候，芯遇到了生命中的Mr. Right——皮特先生。"你好吗？"这一声轻轻的问候犹似穿越沧桑世纪终于抵达爱人的耳畔。文学、电影、历史、音乐，他们在一起总有聊不完的话题，时间像一帧帧的画面定格，分分秒秒都变得弥足珍贵，他们共享清晨的第一缕晨光，亦在夜幕低垂的星空下喃喃细语，默契得仿佛相拥的两棵树，"根，紧握在地下；叶，相触在云里"。你别以为梦境到这里，总算有了个完美的结局，炊烟尽处，正是硝烟起时，吕红好不容易在城市一隅找到梦境的最佳观望处，她要编织的必然是层层叠叠、一波三折的故事。于是，就在芯陷入灰姑娘与白马王子的美梦时，皮特暴露了真实的本性——他隐瞒了自己尚未离婚的事实，同芯玩起了失踪游戏，不得已再次相遇时，芯发现皮特早已另外结交了新的女朋友，转瞬之间，两人已由至死不渝的爱人变成毫无瓜葛的陌生人。一切的一切，原来不过海上繁华，梦一场。柔情与残酷并置，现实与梦境重叠，如诗如歌如梦如幻。除了芯与刘卫东、老拧、皮特的故事外，小说中还穿插了蔷薇与林浩以及妮娜、霎霎的情爱纠葛。就这样，吕红仿佛一位编织能手，在褶皱与褶皱之间亦能设计出不同的风格，起、承、转、合丝丝入扣，顺手一扬，竟似张爱玲一袭华美的袍，内里爬满了毁坏梦境的虱子。

新移民文学中，身份认同与生存危机似乎是永恒的母题，然而吕红并没有机械地为小说贴上这些标签，而是通过重重的现实波澜打开一个个梦的缺口，让人在不经意间从这剖出的缺口中窥见变质变味的梦境，就仿佛造梦者不过是在这梦境里不小心打了个时光之盹，醒来时却已是洪荒莽原。旅美文学评论家陈瑞琳曾对《美国情人》作出这样的评论："吕红作品的寻梦色彩很浓，她是一个顽强的寻梦主义者，也是一个非常执着的理想主义者。她表达更多的是在现实生活中的挫折，但是让我感动的是她一直没有被挫折打垮，一直在顽强地往前走，这点是她作品感人的地方。让人从作品中看到苍凉的背后还有一个很崇高的东西。"这种崇高的东西恐怕就是突破了地域限制的普遍人性感悟吧。

"漂泊，无法感知自己与过去、现在、未来的切实联系。个体生存因此失去了内在根基，沉入孤独的困境，最终陷入深深的焦虑之中。这种体验有时是共通的……每个身份都形成一个集合，而这无数多个集合交汇的那一点，恰是自身所在的坐标。在社会急速流动的今天，人的矛盾身份也在不断地游移，没有一个固定的所在。"[①]

吕红是聪明而慧黠的，她隐蔽在浮光掠影中，用记忆与想象拿捏出几个人物、几段故事，孤独的时候就假装身处其中，与人物来段荒嬉嘉年华，清醒的时候便从容退居事外，不避讳地抒发些哲理，使故事在叙述之余平添了几分深刻。当然，这

---

① 吕红：《海外新移民女作家的边缘写作及文化身份透视》，载《华文文学》2007年第1期。

种角色的处理有时也显得不那么妥帖自然，或许容易招致批评家的指摘，然而造梦者自有她的沉迷自足，写作也不过是她造梦的工具罢了。

情爱纠葛、灵肉冲突、生存困境、女性意识、身份认同等沉重话题一一被造梦者囊括进笔下，在言说中变得举重若轻，饶有韵味。犹记得梦里的悸动声响与明暗光华，在恍惚一片的雾霭里，低声细语地告解着衰亡的爱与梦。你可以循着这梦境追溯那些虚掷而荒芜的年年岁岁，亦可以从造梦者的言说中汲取与残酷现实抗争的不竭源泉。重要的是，吕红的作品为海外华人新移民文学尤其是女性文学开启了又一轮写作热潮，此后，可以绵绵不绝。

（原载《红杉林》2011年第1期）

吕红创作特色浅谈

——以散文集《女人的白宫》为例

卢妙清

很偶然也很有缘，读到了吕红的散文集——《女人的白宫》。先是被书名所吸引，翻开书，还没来得及进入她的文字，又被她的一张张照片打动，因为它们都绽放出一个个坚毅而高雅的笑容，笑着看人生沉浮，社会百态。

吕红的散文没有虚华，没有矫情，更不是无病呻吟。而是处处散发着一阵阵凭借生命的厚度和质感所铺就的芬芳，真实而率直，深沉而余韵缭绕。之所以能取得这种艺术效果，除了吕红善于对生活、对人生进行哲理性思考，透过表面现象挖掘一种深刻的共识外，还与她构思行文中渗透出来的诸多创作特色密切相关。

一、抒写生活的真与善，追求人性美

首先，善于通过哲理性思考，用女性主义的悲悯情怀，抒写生活的真与善，追求人性美。吕红的身上有着多重身份，既是年老父亲的女儿，又是幼子的母亲，同时还是学生和事业的打拼者，而且为了梦想独自远渡重洋漂泊异国他乡。这样，她生活感受的点点滴滴、人生体验的零零散散便化作她创作的天然源泉，从笔下汩汩流淌而出。所以，她不用虚伪，不用造假，真实便足以感人。她不是一个娇弱低怜的弱女子，更不是一个强悍干巴的女强人，在她身上，女性的温婉、纤柔与坚毅、执着和谐而美妙地统一起来。她需要亲情、友情，需要关爱。她赶在新年到来前让年老孤独的父亲收到礼物和祝福，寄圣诞卡给儿子，为朋友送行，自己的付出是那么理所当然，而当收到儿子的新年祝福时她却感动不已："让一个漂泊异乡的女人真真切切领悟了什么叫乡愁？……醒来空落落，双泪长流，再不能寐。"①她又是坚毅、执着，不愿轻言放弃的。她勇敢而果断地放弃了国内功成名就的辉煌日子，连根拔起地把自己重新置于零点的位置，一步步地织就新的梦想。"是的，不管多么没有希望都不要放弃"②，"只要你去追求，勇敢而执着地，无怨无悔，终归要，梦想成真"③。

从吕红的散文中，我们还欣喜地看到她对超出一己之外的世界和人性的关怀和追求。她感叹朋友聚散、人生无常："看烟花的朋友如今有几人是合家团圆、安然无恙的呢？还是早已随烟花凋零、曲终人散？"④她认为尔虞我诈、钩心斗角不应该是生活的主调，"这是一个需要以悲悯感恩的心，以宽阔的胸怀去接纳和包容他人的世界"⑤。最有代表性的是《女人的白宫》一文，她不是为女人申辩，也不是说世界要重新掌握在女性手里，她希望的是男性的粗粝、坚硬与女性的纤柔、细腻能够完美地结合，使世界变得更人性、更美好；她更盼望被权谋、贪婪、种族仇恨和战争摧残的文明世界，能早日恢复并重建各个民族自由幸福美好的家园。

吕红之所以能避免将视域局限于一己之内，而上升到对世界与人性的关怀，这与她的思想深度是密切相关的。她有一种女性所难得的睿智和深刻，能够撩去生活表面的浮华而深入到哲理性层次的思考。她从不满足停留在生活表象层面的书写上，她要说出自己的思考来。你看她对爱情体验的剖析是何等的独特而深刻："聚首便是分手，命运之神眷顾从来就是这样，既奢侈又吝啬"，"回忆过往的日子，见不到面是撕心裂肺的空茫与痛；见到面更是无可奈何的痛与空茫"⑥。聚与散，得与失，福与祸，总是相依相傍，那种字里行间的忧患心理，那种期盼美好、幸福之长驻与事实上的不可能间的矛盾无奈，从某种程度上也正是"绝望之为虚妄，正与希望相同"的另一种注解。她对人生的分析也非常精辟："人生在世，无论你是否意识到，在某些境遇里其实就如同赌博。"⑦尤其是不安于现实，喜欢挑战的人，

① 吕红：《思乡情节》，见《女人的白宫》，花城出版社，2005年，第125页。
② 吕红：《走过四季》，见《女人的白宫》，花城出版社，2005年，第27页。
③ 吕红：《美国学车记》，见《女人的白宫》，花城出版社，2005年，第198页。
④ 吕红：《难忘的烟花》，见《女人的白宫》，花城出版社，2005年，第111页。
⑤ 吕红：《丝路花语》，见《女人的白宫》，花城出版社，2005年，第115页。
⑥ 吕红：《香江情人》，见《女人的白宫》，花城出版社，2005年，第35—36页。
⑦ 吕红：《大学城记事》，见《女人的白宫》，花城出版社，2005年，第43页。

选择与取舍其实就是一场赌博，有可能名利双收，也有可能血本无归，如果畏缩你就不要参加这个游戏，选择了就只能勇往直前。有的人只关注着胜利的光环，但吕红更善于做冷静的叩问："美的极致后藏着多少善恶真伪？期盼与失落？欣慰与乡愁？无奈与超越？"①正因为吕红善于对很多表面现象做出一个又一个追问，勇于进行哲理性的反思，所以她的散文才有一种难得的厚度与深度。

二、灵活多变的格调变化与叙事视点变换

读吕红的散文，我们发现，她的行文格调不是一贯而终的，而是好像一部交响曲，时而高昂时而低沉，时而明快时而暗淡，时而让人忍俊不禁，时而又引人黯然神伤……如那篇写于去美第二年的《生命不能承受之重》，感触于"日月有增，衣袋里钞票无增；年岁有增，情感归宿无着。心态情态多少已有些物是人非的酸涩及沧桑感"②，全篇凝聚着厚重、低沉的思绪，让人看了久久挥之不去。颇具代表性的人物纪实——《英姐》，平静的叙述中自有抹不去的悲凉和无奈，为英姐，也"为我们这帮'精神贵族'忙碌清苦不知所为的生活而沮丧"；《香江情怀》则是一篇熔精致与细腻于一炉的美文，在豁达与理性中包蕴着凄美和痛楚；还有通篇孕育人间真情、浓得化不开的《母亲节》，以及全篇流淌着舒缓、柔和格调的《异域觅知音》等。同时，吕红笔下的散文也不乏轻松明快、爽朗奔放之作。《跑马溜溜半月湾》生动地抒写了"我"的第一次骑马经历。从对马的初识到彼此了解直到最后马独自和我悠然而行，娓娓道来，自成一体。《美国学车记》和《花钱买教训》系列则是写自己到了美国后，为了生活和工作的需要，不得不买车、学车并与交警接触、周旋的故事，既有风驰电掣的新奇刺激，也不免无可奈何地自嘲："只好'铤而走险'，心虚虚地驱车上了路，心里默默祈求上帝保佑，唯恐一不留神犯了规让'黑猫'逮个正着。那一段怕警察就跟老鼠怕猫一样。"③如此之类的自嘲比比皆是，如"就算'破财免灾'""千万别成'回头客'"等，读来别有一番味道。就这样，吕红游刃有余地游走于各种格调和体式中，为自己找到倾泻情感的最合适的

---

① 吕红：《再见"烟花"》，见《女人的白宫》，花城出版社，2005年，第112页。
② 吕红：《生命不能承受之重》，见《女人的白宫》，花城出版社，2005年，第45页。
③ 吕红：《美国学车记》，见《女人的白宫》，花城出版社，2005年，第195页。

一条渠道。通过这一渠道，吕红展现了自己，展现了她眼中的世界，也让读者认识了她和她的世界的与众不同。

另一方面，吕红的散文在叙事视点上也是有所变换和选择的。一般情况下，她多采用第一人称写法，直接抒写自己在异域的所见所闻所感所想，拉近与读者间的距离，给人切身的体会和感受。如我们似乎身临其境地与作者一起体验怡然自得、古朴淡雅的波特兰白宫，同她一道在异国他乡观看灿烂而绚丽的烟花，同她一块分享人生的沉浮得失。而感情浓烈时，吕红则采用第二人称来倾诉衷肠，如让人回味无穷的《香江情怀》，真挚感人的《思乡情结》，温馨浪漫的《说不尽的情人节》等等。借用第二人称，作者表达了对完美爱情的向往却又可望不可即的无奈，对故乡亲人的浓浓思念。抒情格调和叙事视点的不断变换，是服从于情感表达的需要的。严歌苓说过人在寄人篱下时是最富感知的。对独处异乡的吕红来说，内心感受同样非常丰富而强烈："异乡漂泊的人总有一些故事要讲下去，不管有没有人听，也不管听者理解还是曲解。"①"去国离家，想要诉说的愿望比任何时候都强烈。"②而"文学的根本目的就是叙述和表达本身"③，所以，随着表达需要而不断地变换抒情格调和叙事主体，使吕红的情感得以淋漓尽致地挥洒而出，也使她笔下的散文摆脱了千人一面的呆板样态，而呈现出四处开花、五彩缤纷的姿态。

三、可触可摸的奇特比喻与寄寓手法

读吕红的散文，常给我很大的触动，原因在于她笔下往往会冒出一些新奇、别致，令人耳目一新的比喻佳句来。比如，她刚到俄亥俄大学时正值秋季，"高速公路两旁的各色植物火一般地燃烧，宛若绚丽而短暂的梦"，"仅仅一周，秋日……一下子变得像个垂暮的妇人"④，秋是艳丽的，但却短暂如梦，好像一下子间便从一个活力四射的姑娘变成一个了无生气的老年妇女，一切美好的东西都是倏忽即逝的，寻常的季节更替却蕴含着深刻的人生哲理。写恋情，她说："不能开诚布公的

---

① 吕红：《情人节随笔三篇》，见《女人的白宫》，花城出版社，2005年，第149页。
② 吕红：《作者后记》，见《女人的白宫》，花城出版社，2005年，第342页。
③ 吕红：《文学之旅故园行》，见《女人的白宫》，花城出版社，2005年，第223页。
④ 吕红：《走过四季》，见《女人的白宫》，花城出版社，2005年，第22页。

364 -

恋情最是痛苦。形象地比喻，好像是有根刺，扎着那儿有点疼，拔掉呢，又有点舍不得。"①把无形的痛苦和两难的心境形容、刻画得如此形象、贴切，没有切身的体会是万难做到的。她写电影中女学生纯洁的笑，"宛如春天绽开的马蹄莲"②，经这么一点化，我想谁也忘不了这张独一无二的笑脸。写初到异国他乡时，形容自己的处境就像"在平衡木上玩杂技"；当无数个日日夜夜地奔波忙碌后，身心极为疲惫，"孱弱得如同冬天里的一棵小草、长途放飞的一只孤雁、汪洋中漂泊的一叶小舟"。③作者毫不设防地把自己整个地呈现在我们面前。在为她的成功欣喜之后，我们更为她的坚强、执着所感动。她通过许许多多这样生动、形象而又恰到好处的比喻，把说不清道不明的感觉实实在在地描述出来，明白清晰地传达给了读者。

结合各种奇妙的比喻，作者还适当采用了寄寓手法。最典型的代表便是《女人的白宫》，我们知道作者所去之处是波特兰白宫，而非叫作"女人的白宫"，而她却有意把其命名为"女人的白宫"，而且还把这定为整本散文集的书名，足见作者对其寄寓之深。其实，女人的白宫不正是温馨如家园的一个所在？不正是女人身心的一个理想栖息地吗？在这里，只有爱和美好，没有压制和争夺，没有丑恶。男人和女人不就应该和谐地爱着吗？这个世界不就应该是一个充满宽容的美好家园吗？另外，作者写烟花也是别出心裁，匠心独运："节日烟花一个个绽开又消隐，宛如朋友聚散。"④烟花的一绽一收与朋友的一聚一散何其相似，美好而短暂。"烟花就是这样因黑暗而夺目，因短暂而美丽，因猝然的爆发而让人无法忘却"⑤，烟花这样，人生又何其不是如此？！正因为人生是短暂的，追求美和极致才显得难能可贵。

我觉得吕红的散文总有其深刻之处，这深刻与其对人生的洞察、体悟和透视是分不开的，因为她看得远、看得透，才能写得深。

---

① 吕红：《情人节随笔三篇》，见《女人的白宫》，花城出版社，2005年，第150页。

② 吕红：《看电影》，见《女人的白宫》，花城出版社，2005年，第190页。

③ 吕红：《走过四季》，见《女人的白宫》，花城出版社，2005年，第30页。

④ 吕红：《难忘的烟花》，见《女人的白宫》，花城出版社，2005年，第109页。

⑤ 吕红：《再说"烟花"》，见《女人的白宫》，花城出版社，2005年，第112页。

四、细腻、柔和的环境描写、细节刻画和恰到好处的古诗词引用

读吕红的散文，不会感到空，而是感觉很实在，几乎每一篇都有一个具体的情节、具体的环境。情感的表达很需要氛围的熏染，吕红的很多散文，我们往往从其环境描写的笔调，就可看出她要表达怎样的情感类型来。例如在《女人的白宫》《美国梦寻》《走过四季》《香江情怀》《花园随想三则》等篇章中，作者在一开始的环境描写中便已自觉不自觉地给全文定下了感情基调。

同时，吕红的散文中还有些类似小说笔法的细节刻画，令人印象深刻。在《女人的白宫》中她两次出现了这一细节：在睡梦里，"我"拇指包在手心，拳合着抱在胸前，身体微微卷曲，仿佛安睡母体的胎儿。这一细节给了我很大的震颤，自从离开母体，我们便开始陷入世界的纷纷扰扰，面临着形形色色的诱惑和考验，甚至在一个又一个的追求和欲望中迷失了自我，灵魂飞离了肉体，除了奔忙还是奔忙，不知所为。而作者为何如此细致地刻画她梦里安睡的姿态？因为她在那里找到了家的感觉，找到了胎儿依恋母体般的安全，她又何尝不希望永远做着这样的梦？她更何尝不希望这不只是在梦里出现？详细的细节刻画，在《情人节三篇》《异域觅知音》《由一张圣诞卡所想到的》等多篇文章里都有出现，这些都使她的散文脱去了虚浮，而平添了丰实。

值得一提的还有吕红散文的古诗词引用，这也是颇有特色的。如："回去后，你没有像往常那样打开电视或收音机或电脑，而是早早躺下了。身体极度疲乏，思维异常活跃，翻来覆去睡不着。那个影子在心头缠绕。唉，'欲将心事付瑶琴，知音少，弦断有谁听？'"①那种知音难觅的孤独感穿透纸背扑面而来，胜过千言。在"雪泥鸿爪"一栏中，她引用了苏轼的"人生到处知何似，应似飞鸿踏雪泥；泥上偶然留指爪，鸿飞那复计东西"作为题首，寄寓了自己身处异邦雁过留声、雪地留痕之意。在美国看烟花时的无限感慨："今夕为何夕？他乡说故乡；看人儿女大，为客岁年长。戎马无休歇，关山正渺茫；一杯柏叶酒，未敌泪千行。"②短短一首古诗，将自己"独在异乡为异客"，骨肉分离，想念故乡、亲友，奋斗不歇却前途未

---

① 吕红：《生命不能承受之重》，见《女人的白宫》，花城出版社，2005年，第48页。
② 吕红：《难忘的烟花》，见《女人的白宫》，花城出版社，2005年，第109页。

卜的无奈和酸楚等种种感觉恰如其分地表达了出来。书中还有引用"年年岁岁花相似，岁岁年年人不同""纵使相逢应不识，尘满面，鬓如霜"等例子。恰到好处的古诗词引用自然得益于作者扎实的古诗词功底，这无疑给她朴实自然的现代散文，增添了一种难得的古典美，愈发耐人斟酌。

有位先哲曾说过，一个女人之为女人，与其说是"天生"的，不如说是"形成"的，这在吕红的身上得到了很好的印证。我们看到了吕红收获的精彩与绚丽，更看到了她背后的艰辛与执着，相信她会在文学的道路上越走越顺，越走越好！

（原载《世界华文文学论坛》2009年第1期）

遥远的思念

亢 霓

几年前的一个初夏，她告别年迈的老父及孩子，只身前往美利坚。走时笑嘻嘻的，轻描淡写地说"等我回来怎样""等我回来如何"，好些未尽之语要等再次重逢时倾吐，相信她并未料到分别是如此漫长，我们的告别也只如她外出旅行般轻松。——那一头瀑布似的长长秀发，百般犹豫之后仍然下不了决心，剪？还是不剪？理由嘛是不知道再留什么发型。"等你回来再剪吧"，我说。她笑，"好啊"。谁知这一步踏出国门竟是千百日的奔波和不能回头。

人到中年就有光阴似箭的感觉，但一个弱女子在举目无亲的陌生国度生存，光阴便不能似箭。因为生活已不是按部就班如行云流水的日子，而成为一个极其严峻的挑战。人的生存能力必须如攀岩般达到智慧、毅力、耐力的极限。柔弱的肩要承受超负荷的压力，更何况长夜漫漫，故土难离，走遍万水千山，挥之不去的是乡愁，在乡愁里最揪人心肺的是亲人的呼唤和泪水。知道那份孤苦，也知道在纤弱的外表下，还有一颗异常坚定的心。

因为是朋友，便从不当面赞美；也因为是朋友，更从不在人前夸奖。多年的友情便无言地说明彼此的那份认同相契。记得还是花样年华，美丽的眼中，总有几分迷茫，但年轻的脸就透露了些许坚毅。在北方古老的城墙脚下，仰望满天星斗，她说想成为作家。我们年轻的心都为那瑰丽的梦轻轻颤抖。

造化弄人，环境使她选择了最为艰辛的路——业余创作。无数的日夜，她伏案疾书，不管是挥汗如雨的酷暑，还是滴水成冰的严冬，她心中一直燃着一团火。从城墙脚下满天星斗的夜晚开始，环境越艰难，她那被燃烧的感觉就越强烈。她不仅在报刊发表了许多文学作品，还出了专集。在分享丰收果实的同时，分明感受到字里行间的汗水和艰辛。

　　其实她完全不必如此劳累，可以像许多女人一样，相夫教子，出出厅堂下下厨房，再去商场舞场消磨时光，做轻轻松松的小女人。为什么不呢？因为一个梦，因为轻易不言放弃的信念。纵然前路仍有荆棘，但一路走来，还有什么不能克服？更何况红舞鞋已穿在脚上，没法不跳，更何况她就是一个要跳下去的人呢！

　　无论分别多久，只要片言只语，彼此就能会意。大千世界，人海茫茫，这难道不是一种幸运？因为心路相通，所以感情相通，语言有时也会显得多余。虽无法体味高山流水的意境，但有朋如此，我亦满足。满足之余，还要感激上天对我的垂爱与恩赐。

　　有时更觉得她像一片火红的枫叶，风和日丽的春天，焕发青春萌动的碧绿，可以和着清风漫舞吟唱。在秋风渐冷的日子，色彩由绿变黄再变红，透着暗暗的成熟，仍然可以在风中飞舞轻啸。在异国他乡被命运之神抛出又接住。山重水复路遥遥，不变的还是始终未熄灭的胸中之火。肤发之间虽然充满淡漠的特质，骨子里流动的却是浸润了千年传统文化的血脉。生存乎？挑战乎？"弃我去者，昨日之日不可留，乱我心者，今日之日多烦忧，长风万里送秋雁，对此可以酣高楼。"奋斗乎？拼搏乎？"行路难，多歧路，今安在，长风破浪会有时，直挂云帆济沧海。"更希望的是，白日放歌不纵酒，青春做伴要还乡。这天不远了，是吗？！

（原载《美华文学》2003年第52期）

从秋水之恋到悲情城市之惑

——解读吕红小说的女性文学特征

韦 尔

新移民文学酝酿和积淀，大都是经历人生巨变、情感冲击、文化冲突融合的漫长过程的。华人文学走到今天似乎更加成熟冷静，显现出思想的多元化、艺术表现形式及手法不拘一格的特征。像当年纪实文学或电视连续剧在海内外造成那么大的反响，似乎也是新移民文学初始阶段一个异数。十多年来，随着社会发展、海外移民逐年趋增的态势，新移民文学的关注点已超越个人近乎传奇般的命运，而扩展为透视全球化移民浪潮及社会嬗变带来心灵深层次的探索。

如果站在女性文学的角度来看吕红的小说及散文创作，我以为是颇见其特点的。近年来活跃在美华文学界的新移民作家吕红，以她女性视角通过对边缘人心态及生存状态的细腻刻画，凸显了少数弱势族群在异乡生存的艰难，以及种族冲突、文化冲突、性别冲突带来的各种人生况味。

犹记那年，吕红应邀出席"中外女性文学国际学术研讨会"，匆匆路过京都。怀揣厚厚一叠学术论文《从情感到欲望：女性文学的流向》，深入透析了女性文学与社会环境变迁的密切关系。而后若干年，她落脚在美西一百五十多年前华人"淘金者"上岸的地方；半世纪前华人被美国苛刻的移民法拘留的地方；而今集中了全美最富有或者最贫穷的、不同肤色少数族裔最多人口的地方；成为海外媒体记者、人文科技主编、文学刊物编委和专栏作家等。异域的竞技场上，借喘息之际短兵出击，在职业性的大篇幅人物报道和日常繁杂压力之下，见缝插针撰写了一系列的散文随笔，散见于海内外报纸杂志，并被编入光明日报出版社去年出版的大型纪实散文丛书《美国新生活方式》中。

随着异乡生活阅历积累的广度和深度逐渐增加，她又回归到小说创作上。从新近创作发表的长篇小说《海岸的冷月》（以下简称《冷月》）及前些年的中篇小说《曾经火焰山》和《秋夜如水》等比较来看，无论在人物塑造、作品结构、思想内涵及艺术特质上，都体现了女作家日渐成熟的风格特征及人文精神追求。

在创作中，透过女主人公的命运变幻、情感纠葛、跌宕起伏，表现女性在东西方文化冲突中的彷徨、迷惘。另外的副线则穿插诸多女人的命运，凸显华人及白人情感纠葛在中美两国多年恩怨难解的背景中，从而具有了历史的厚重感和纵深感。故事基础和结构都比较好。有的地方像工笔，描绘细腻婉转，有的地方简略留白，欲言又止，令人回味。

作品挖掘了在情感理智交战中人性深层的矛盾基因。如果说，情人皮特代表了梦想的话，前夫大刘则代表了现实；一个是彩虹般艳丽的虚无缥缈，另外一个是平庸扭曲和粗暴。当她刚凭着梦想翅膀飞出狭小恶俗的樊笼，虚伪狡诈残酷的西方世界就让她在带着爱情的飞翔中陡然悲惨地跌下来，尝到冷漠狞笑着的"现实"的滋味。

尤其值得一提的是，小说没有让她的主人公陷入情绪低谷，沮丧绝望下去，而是在迷惘中继续寻找继续奔波；找到她存在的意义和生命价值。就像《红菱艳》中的那位女主角，一旦穿上了红舞鞋就要永远不停地跳下去……《冷月》的字里行间弥漫着一种漂泊的心绪。近乎原生态的描述，使无缘亲历者也有机会管窥美国。同时，作品又透过人物复杂交错的人生历程折射出海外新移民的生存状况。

正如专家学者所言，"新生代、新移民创作的异同让人感觉到一个民族内部跨文化因素的出现，也显示出身份、传统、边缘这些课题将越来越影响一个民族的文学"。这种体验有时是共通的，比如外省人来到京城，大概也有类似的心态。以前一些都市移民小说，写有些从外地分到或漂流到大城市的年轻人种种边缘人心态。自视较高但又无法融入当地社会，自认为有点成就却又无人喝彩，总是以一个无名氏的身份在社会上打拼，时间久了自己也不知道这都是为了什么。当然，作为新移民、又是身处陌生的异国环境，比国内人的体验肯定要更深切。从诸多新移民永不停息地奔波寻找中，从穷学生、打工者到拥有绿卡身份、洋车豪宅和安稳的生活之后所面临的一切；他们既充实同时又很空虚，既拥有一切又似乎一无所有的心理状态，从而揭示出更深刻的哲学命题。

吕红在传统和现代之间是有过自己的探索的。如果说早期创作的小说《红颜沧桑》《调色板中的世界》等还带有稚嫩和青涩，而中篇小说《曾经火焰山》和《秋夜如水》就可以感觉创作手法的细微变化了，尽管从风格上依然可以看出其一脉相承的特色。

　　作为一篇有思想深度的小说，不单是题旨的韵味，使人纵想起了"很久很久以前"唐僧四天西天取经的坎坷经历与历史遗憾，横想起了"很远很远的地方"吐鲁番、葡萄沟那一片苍凉又肥美的所在。单是这部小说包含的内容就已够丰富，使人生起"曾经沧海难为水"之慨。在这"火焰山"中既包含了地理概念，也注入了历史内涵。

　　从燥热空旷的西部旷野来到喧哗拥挤的南部都市，一夜之间，游遍神州西北边陲和东南沿海，令人联想起苏东坡"故国神游，多情应笑我"的名诗佳句。

　　作品别出心裁的时空闪回与穿插，既有对历史风云的回眸，更有对现实的扫描；有对理想人生的追忆与钩沉，也有对青春岁月不再的感伤与悲怀；有对异国他乡秋水伊人的永世不得实现的苦恋，又有对当今社会风云变幻的洞察与彻悟。不同角度的对比与反差，让小说既追求容量浓缩、又有意呈现给读者思维翱翔的空间。

　　《秋夜如水》则细腻多了，就一个现代社会儿女情长与商战风云的故事，反复把玩揣味，层层推进，步步为营，展示特定情境下人性的复杂和丰富。较之《曾》是更深切人工商型社会的底蕴，显示了人性的变异，譬如冒险、进取的新人格特征；又身不由己地在金钱万能、人欲横流中沉浮。红男绿女们追逐金钱又戏弄金钱，追逐爱情又躲避爱情。当物质匮乏时人们无以谈精神谈爱情，当物质充裕时人们又不屑谈精神谈爱情。当人们更习惯单刀直入，更习惯等价交换。对爱情所固有的相互思念、又相互折磨，相互爱恋、又相互摆脱的游戏，现代人已经没有足够的时间、足够的耐性去品味，去经历，于是就有了千姿百态的尴尬与烦恼，有了永远不被回应的呼唤，也有了永远不会呼唤的回应。

　　女作家梦游式的笔法表现了现代人既充裕又空虚，寄情于爱又找不到真爱的惶惑和无奈。文中"我"与"她"交叉对比，反衬女性既想参与又无力参与现实的焦虑和躁动。

　　在光怪陆离纸醉金迷的生活场景中，人们似乎一时间成了可支配物的主人，很幸福很自由地生活，过着上层人的奢华日子，潇洒风光。另一方面又处处掩饰不了空虚与无奈，物支配人包括人的精神情感的现象比比皆是，人的精神失落与物质的富有形成强烈反差。

如果说，《曾》追求表达的是一种人生的广度，那么《秋》则开掘了一种人生的深度。前者表现在必然王国的不幸，后者则是表达自由王国的不幸，因为我们还远未到真正的"自由王国"。此外还有中篇小说《曝光》短篇小说《商情、伤情》《不期而遇》等都从不同侧面角度对女性命运的揭示，凸显出从故乡到异乡、由传统到现代、此岸到彼岸、边缘到主流的林林总总的人性变异与复归。

（原载《美华文学》2004年第55期）

读《红杉林》的散文和诗歌

木　愉

　　《红杉林》从2006春天诞生，到2008年春季号，一共出版了八期。主编吕红问我是否有兴趣就《红杉林》创刊以来的散文和诗歌写一篇评论，我没有仔细权衡，就答应下来了。及至着手去干这件事，才发现这是一件多么不容易的事。散文是一个极为宽泛的分类，状物写景、感触心得、人物特写、游记日记等等都可以统摄为散文，要一一去品味，说出点子丑寅卯，就有了些千头万绪的感觉。至于诗歌，虽然就其排列形式而言，容易区分一些，但其内容却是飘忽得不容易琢磨的。正像艾略特说过的那样，诗难理解，因为诗人写诗时不得不省略很多逻辑步骤。所以，要品诗，还要说出究竟；要一一读了，且有所领会，却也不是手到擒来的。然而既已答应下来，就覆水难收，只有勉力去做了。

　　在《红杉林》上刊载的散文中，写文人的占了好大篇幅。从创刊号上北岛的《帕拉与聂鲁达——智利散记之一》和苏炜的《千岁之约》以及阙维杭的《永远的惠特曼》开始，到后来李硕儒的《繁华未尽已凋零》和王学信的《阿成印象》等都可以归为这类范畴。

　　北岛在中国现代文学史上是以诗歌名满天下的，他诗歌中的很多句子至今还为人们所铭记，"卑鄙是卑鄙者的通行证，高尚是高尚者的墓志铭"这类句子就像历史上流传下来的名句一样，为人们评说人物时所津津乐道。诗人可以把句子锤炼成诗句，也可以闲散地把句子连缀成美文。在他的笔下，聂鲁达变得生动了，仿佛就在他的黑岛复活过来，面对大海吟诵，向我们展现他富有魅力的革命斗志和浪漫情怀。北岛的笔触时而指向历史深处，时而回到现实；时而描述生活，时而谈论文章，却不露声色，不着痕迹，显示了他高超的文字素养和玄妙的脉理思路。

阙维杭笔下的惠特曼也有革命性的一面，从诗句到内容，惠特曼都是一个蓬勃的革命者。我在准备高考的那段日子里，曾经在很多个午睡前的几分钟里，读过《草叶集》，惠特曼那些长而流畅的诗句，铺陈得如海上汹涌而来的波涛，读起来让人荡气回肠。好多年过去了，他的诗句如今记不住一句，但当初读他的诗的感觉却还崭新如故。惠特曼虽然是个故知，却从来没有对他的诗歌有过理性层次的认识。现在，读了阙维杭的文章，对他在美国文学史上的地位，对他的诗风以及其他人对他的评价，才第一次有了一点了解。

阿成是中国文人都知晓的一个文人，他当初的三王系列让他声名鹊起。阿成的故事塑造了一个一个鲜活的人物形象。他的语言很有争议，有人说他的语言是挤出来的，读起来疙瘩。也有人说他的语言有着拙朴之美。这正好说明，他的语言风格独树一帜。阿成到美国都超过二十年了，听说他在美国生活得不容易，好长一段时间就以车为家，曾经搬过不计其数的家。王学信以老同学老兵团战士的身份，把一个内向沉稳、学识渊博的阿成介绍给了我们。通过《阿成印象》，我们知道，阿成好像是偶然成为一个文学大家的，在朋友的聚会中，他从容地聊起了在云南生产建设兵团时的生活，绘声绘色地谈起了那里一个一个有趣的人物。听众被感染了，于是鼓励他把这些人物写出来，这就有了三王这些脍炙人口的故事。写出来了之后，阿成的朋友们看了，就悄悄地替他投稿了，这样，作家阿成就塑造出来了。阿成的作家之路看起来不在设计之中，不是主观意愿，但是，又有着某种必然性。他的家庭，他从小浸淫其中的书香环境，以及他的博览群书，使得他的作品不过是厚积薄发的产物而已。

《繁华未尽已凋零》告诉的是一个凄凉的故事。同样经历了体力劳动的洗礼，同样到了美利坚，还曾经在文坛意气风发，先做中文副刊主编，后来开办公司，在经商之路上正阔步前进的时候，刘维群却突然撒手西归。在李硕儒的笔下，刘维群是个古道热肠的湖南汉子，一个热忱的文人，有着超凡脱俗的文学理想。灾难降临到刘维群的头上，是人世间一件很残酷的事，让同样从事中文写作的我们，不禁有了兔死狐悲的感觉。在异国，要从事中文写作或编辑出版，本来就像苦行僧一样清苦，如果只是清苦而已，却有一份平实、欢乐和健康，那也是很不错的一种境界。不幸的是，像刘维群这样好的文人，却会遭受如此落难，读完这篇，由不得不扼腕叹息。

所以，人即使不是太得意，也要像李白说的那样"须尽欢"。《千岁之约》渲染烘托得正是这样一种文人作乐的场面。在诗人北岛家暖融融红彤彤的壁炉前，一群文人歌而蹈之，唱着故国悠远豪迈的民歌，甚至裹着羊毛肚毛巾摇头晃脑，即使没有亲历现场，也不能不被感染。苏炜的文笔欢快而恣肆，这篇文人的聚会散文读得人全身发热，血也有些沸腾了。

苏炜的另外一篇散文《金陵访琴》也染着他一贯的欢快气息，但却透露出儒雅和书卷气。中国传统文人对于琴有着一种近乎图腾的崇敬。所以，他在文章的标题里对琴用了"访"这个尊敬的字眼，俨然把琴拟人化为一个可尊敬的对象，可谓用心良苦。这篇散文篇幅较长，却不嫌啰唆，谈起琴来，引经据典，表现出作者对琴史、琴理的了然于心。但是，最让我感动的还是作者在琴师郭平家里听琴得琴那段。郭平在琴房里，为他演奏了千古传颂的《流水》。一曲听罢，作者"一时百感会心。我只是沉默着，不说话，好像特意为琴音留一个回旋的空间，心神还羁留在那萦绕不去的流水之中"。听琴的美好感受还没有化去，另一个幸福又接踵而来。琴师要赠给他一床琴，而且任他选。苏炜选中了"霜钟"。他抱着琴，"像是抱着一个初生的婴儿，一身的细润娇嫩，左右上下端详个不够，一时竟有些不敢置信的真是个'一琴在手，蓬荜生辉'！我乐呵呵、傻呵呵地抱着琴，抚着琴，在屋里兜着圈子，一时真觉得眼前的空间豁亮了，高旷了，落霞变成调色盘，小小雅室，一下子烟霞滚滚，变成万松之壑、万川之流了。"读到这里，我仿佛看到了苏炜像孩子一样开怀大笑。我不能不为他高兴！

既然扯到了艺术，那就姑且顺着这条思路去读吕红的《森林中的白马》。

吕红谈东山魁夷的画，由头是一个青年画家当初赠给作者的一幅临摹画。临摹的当然是东山魁夷。那个青年画家为了一个久远的梦，远行。临别前，就把这幅画作为一个告别赠送。画中，茂密的森林是远景，近景是平静如镜的湖面，一匹白马在湖和林之间徘徊，像是在思考，像是在酝酿某个新的目的地。照作者的理解，这幅画表现的就是梦，关乎人生，关乎自然。吕红从这幅画谈起，却不以这幅画为终结。她在北京逛书店时，看到了东山魁夷的画册，爱不释手，就毅然买下。所以，在这篇文字里，其笔触所至，东山魁夷的风格就被丝丝入扣地揭示出来。

《森林中的白马》对画面有着富有层次的感悟，让读者欣赏着画家的绘画风格，也欣赏着作家的散文风格。吕红的小说中，常常有大段的散文化铺陈。这篇散文中自谓为"你"，却也特别，读着就有了些小说的意味。吕红在创作的时候，原来是在小说和散文这两种体裁间自由跳跃的。

前面那些写人物的散文着墨在文人上，而且其中许多文人都是闻达之人。依娃、蓓蓓和余雪却把目光放在了自己普通的亲人身上。依娃的《妹子》通过妹妹跟自己不同的人生境遇，发现了人的命运的偶然性，或者说发现了环境对人制约的必然性。当初，只是因为省一张嘴，作者跟妹妹由城里亲戚家选择收养，自己成了幸运者。由此，就进了城，最后还出了国。而妹妹却成了一个农妇。她们之间以后的不同不是因了自己的造化，而是因了城乡间的巨大壁垒。在她的《万里归来祭父魂》中，她以深情的笔触向我们介绍了她质朴的父亲，一个黄土高原的老农，一个未老先衰的一家之主。依娃成了城里人，却对生她养她的父亲，对曾经一同成长的妹妹充满了爱和尊敬，这种情怀实在可敬可佩。她的文笔真诚细腻，真情真爱都从心间流淌出来，灌注于文字之间，读了不能不怦然心动。

蓓蓓的散文中，飘着浓烈的贵州乡土气息，读来格外别致和亲切。《对一个无声世界的怀念》的字句和情绪就像贵阳市郊花溪的水，清丽可人，潺潺不息。她对一些概念、场景和意象的描述，充沛而丰厚。比如，关于上班，在每一个人那里是表现得截然不一的。苹果是她家的大堆积，但在那个出门的日子里，那个苹果又是如此稀缺金贵。她的很多描述生动新奇让人拍案叫绝。比如："他常常出去钓鱼，从早钓到晚，把太阳和月亮统统钓落，可他从来没有钓到过鱼。"又比如："电话拨通了。婷的语调很是热情。一点也不像我的记忆里那个墙一样足以堵死去路的影子。"还比如："她独白式的语言，把一条噩耗压得平平展展，服服帖帖的，就像她没有一丝纹路，青春洋溢的脸。"贵州虽然穷，但那里陡险的山清亮的水就像艺术的养分，滋养了好多不凡的艺术家。在歌唱、绘画以及写作这些领域里，常有不俗的人从贵州走来。

被人称为湾区余秋雨的朱琦果然名不虚传，他写的《问（牡丹亭），情为何物》旁征博引，把《牡丹亭》问世的前前后后、汤显祖的初衷和后人对《牡丹亭》的痴迷娓娓道来，让人大长见识。朱琦在此文中还花了大量文字来说明在程朱理学占统治地位的时期，却也有着人性的暗潮汹涌，并试图用当时都市经济的繁荣来说明这种人欲跟灭人欲理论的不对称。且不论他是否揭示了这种不对称的历史成因，单就这种不对称而言，就是中国历史上一个有趣的现象。那个时期还是中国历史上性文化发达的一个时期，比如《素娥篇》就是那个时候问世的，如果一定要去追究其中原因，经济发达也许是一个原因，但更重要的是上层建筑的松散直接给予了文化自由发展的空间。明末，朝纲已经败坏，所以统治者也顾不得来控制人民的精神创造了。这种情形跟宋朝相仿。宋朝统治者昏聩软弱，反倒提供了一个理论蜂起、学派林立的兴盛局面。

东方人家庭中的长辈跟晚辈的关系多有壁垒森严。孔夫子的君君臣臣父父子子的理念早就成了一种集体无意识，固着在千千万万的中国人家庭里。正因为如此，余雪的《女儿》把一个母亲跟女儿之间亲切平等的关系，通过一个一个场景表现出来，读来让人感佩。

辛哥的《家居黄页》不管是"空城计"也好，是《不得不说谎》还是《人生次序》也罢，宣示的是另外一种滋味。散文家刘荒田在他的《旧赋》中，以沉郁辛酸的笔调回溯文人在异乡执着于故国文字的艰难，用中文写文章，出版中文刊物报纸，竟然有了堂吉诃德一样的悲壮和荒诞。在《填空式书写：新历除夕》中，他则以细密的笔法把除夕那天的所见所闻都一一记载下来，很多场景，我们都熟视无睹的，在他的笔下，却有了另外一番意义和出人意料的新奇。仿佛观测同一个物事，我们看到的只是两维，他却揭示了三维。

亢霓的《山幽月明时》把山中一个美轮美奂的中秋夜形之于笔端。在日益都市化的今天，回到山野，原来是多么奢侈的一件事。文中的晓北从海外回到故国，却又不留在繁华的都市，而像古时的高人，息影山林，独得清幽。让人不由生出许多羡慕。

喻丽清是我喜欢的一个散文大家。很早以前读过她一篇小文，虽然篇幅不大，却跌宕起伏，发人深省，让人耳目一新。后来每逢她的文字，总要流连一番。她在《红杉林》上发表的《都是雷暴惹的祸》却一反以往风格，以平铺直叙的手法把旅途中的不顺告诉给读者。

秦婕的《感动与困惑》读了之后，让人跟着作者一道深思。一些貌似平白成为定论的历史事件和人物，在另外的背景下，有了从另外一个全新角度诠释的可能性。

此外，《红杉林》上发表的诗歌于数量上讲，不是太多；从形式上论，像是点缀。但是，这些诗歌中，很多是值得品味再三的。

在《红杉林》上，我首先读到的诗歌是郑愁予的《水巷》和《归航曲》。他的名字可以咀嚼，他的诗句更让人不得不一再地读下去，不是因为不懂，而是因为美妙。"四周的青山太高了，显得晴空／如一描蓝的窗……我们常常拉上云的窗帷／那是阴了，而且飘着雨的流苏"就这几句，我读啊读，读得意犹未尽。后来一个金色午后，我在电话里对着一个朋友朗诵了这几句，也把对方感动了，于是就在网上寻了更多的郑诗来读，一样喜欢。郑愁予的诗就像撩拨人的小曲，节奏徐缓，一唱三叹，读着读着，人就进入了一种迷醉的诗意状态。

老诗人写的爱情诗也许是他年轻时候写的，但知道他如今已经90高寿，看着照片上的他如苍劲的青松，心里的感动竟然无以复加。纪弦的《你的名字》读起来，由弱渐强，由低渐高。虽然在诗中用到了十二个轻字来呼唤"你的名字"，情绪却像风帆一样被诗中旋律的长风鼓满，充沛得在低音区强劲地激荡。"用了世界上最轻最轻的声音／轻轻地唤你的名字每日每夜／写你的名字／画你的名字／而梦见的是你发光的名字"。一个人对另外一个人如此着魔般在乎和想念，也许会让凡夫俗子们嘲笑，但这种痴情才真是超凡脱俗的人间至情。

才读了张错的《山居》的前两句，我就被他的那种恬淡的家常气息所感染。"默默淘米煮饭／再把卷心菜一刀切了"。句子平实如直白一般，却也生动，把山居的平静日子烘托而出。"清晨推窗，／有雪，佳。／去夕，暮色强掩夕阳，／无妨"这两句把山居中人的随意心情表达得贴切而生动。

施雨是写小说的，但却是从写诗歌起家。以前，没有好好读过她的诗歌。因为写这篇文字，才读了《红杉林》上登载的几首。一读，却不由一震。她在诗中把比附手法用得娴熟自如。比如："夏日的葡萄，卷曲着所有的新意／黑白相间的琴键，是阴晴不定的季节。"在她的诗中，强烈的对比随处可见，使得她要表达的情绪更具感染力。比如"每当天色暗下来的时候／总是小心收紧自己／让教堂的尖顶去支撑天空／我只要一间亮着灯光的小屋。"这一句也很精彩："擦肩而过／笔是笔 墨是墨／白纸上不会留下风雨阴晴。"

四季原来是有性别的，两男两女。春天是浪漫的女孩子，夏天是爽健的男孩子，秋天是优雅的夫人，冬天是威厉的将军。这不是我的发现，是曾铭在《四季的肖像》中的宣示。诗不仅要有形式的美，而且要能传达某种内容某种旨趣。曾铭的诗除了形式上的工整，还不拘于形式，赋予某种意象以多重的意义。《我的月亮》

分为九阙对月亮作了九个描述，却能做到不重复不累赘，委实不易。

读王性初的《寒窗》，20世纪80年代读朦胧诗的感觉油然而生。他的诗充满了意象，意象之间好像都独立，并没有递进的关系。这首诗是诗人赴美十周年写的，显然是对十年异乡生涯的一个总结或者感叹，但诗句间并没有直露地表达什么，一切情绪都通过隐晦的诗句来宣示。"将熟悉抵押给日后的陌生"仿佛是指抛弃了自己熟悉的文化习俗环境，到了全新的美利坚。但这也只是读者的意会而已。诗的末尾一句"扯下窗帘又是一个世纪的睡意"传达出几分潇洒和通达。

非马是诗歌王国里的一棵常青树，创作生涯漫长而硕果累累，如今，他已经著有诗集十四种。非马的诗少有低吟浅唱，更多的是某种深沉的思考。他的很多诗句就像古希腊哲人的沉吟。在《芝加哥之冬》中，他以室内电视上的春天景象与室外的冰雪压弯的老树作对比，读来不免震撼。同样是说杨翁之间的婚恋，非马却以他的思辨写出了《82—28》这样的小诗，把近代数学和物理学中的重要概念巧妙地应用在诗中，值得玩味。

作为一种文学样式，诗是最精致的，一字一句都有讲究，字斟句酌在作诗的时候才真正达到了极致。受过严格数学训练的小平写着自由的诗篇，这是件很有趣的事。数学思维要严谨，诗歌情怀要飞扬，数学和诗歌这两者之间看起来是如此水火不容。形式严谨的格律诗本来对数学还有的某种包容，在新诗这里却似乎丧失殆尽。但是，这种表面上的对立其实是不能抹去深层结构的共通的。语义哲学家早就认为不同语言之间在深层结构是一脉相通的。数学语言和诗歌语言之间的关系也概莫能外。小平对诗句的营造和对营造出来的诗句增减的坚守，跟她的数学背景大有关联。

《我的河》跟《在此相遇》写的是某种微妙的倾诉，字句之间若隐若现地流露出某种情愫，让人可以琢磨，却又不得要领。小平的诗风含蓄隐晦高远，大量应用隐喻，以缥缈的手法轻歌曼舞。破译小平的诗句是件愉快的事，之所以愉快，是因为那是一个再创造。她怎么样想的，已经不是很重要。重要的是她给予了读者想象的暗示和空间。在《我的河》中，"写诗的女人／一旦／爱上了自己的爱／千年的蛊惑／便肆意穿梭夜色"这几句说了爱这个原因，却道出了蛊惑肆意穿梭夜色这个结果。读起来有些费解，再一细想，才似乎明白了诗人要说的是，爱让人辗转而不得眠。用一种对立的手法来表达，也是小平酷爱的，比如："虚幻得如此真实／

那么就相约吧／约好了在寂寞里散步／在蓝色的第五季／站成窗口彼此凝望的旅人"。虚幻跟真实是对立的，但却也相通，在某个论域里，虚幻就是真实。那么第五季呢？季节只有四季，第五季显然是一种虚无。在这样的季节里相望，就成了一种梦境。这样的梦境不再有任何维度的羁绊，以精神的形式长存。

（原载《红杉林》2008年第1期）

"迷失"与"突围"

——论海外新移民作家的文化"移植"

陈瑞琳

引　言

当华文文学以野火燎原之势伸展到海外的时候，这显然是一个与中国本土的华文文学迥然有别的文学景观。

中国人需要流浪，"流浪"的本质意义首先是一种"放弃"，"放弃"的同时才能真正开始"寻找"。"放弃"就会有"迷失"，因为有"迷失"，才会有新的"发现"，才会有新的灵魂的铸造。

面对百年沧桑的海外华文文学，正是中国文学史上前所未有的"独立寒秋"，是崭新的"移民文化"在异域他乡的艰难创立，更是对源远流长的中华文学传统自觉意义上的反叛和开拓。在这个层面上，美华作家的艰辛努力显得尤为突出，而又以近年来的"新移民文学"走得最远。

滥觞在20世纪八九十年代的欧美"新移民文学"，首先表现在由于文化生存背景的不同，他们的创作与东南亚等地的文学风貌在文化寻求的方向上俨然有别；其次，欧美的新移民作家与他们的上一代移民作家又由于时空的不同而在文化的依归上表现出强烈的反叛和超越；再次，欧美新移民作家的创作又与他同时代的华裔英文作家的"殖民心态"迥然对立。正是在这样的坐标中，海外的新移民作家展现了他们所谓"新"的突出特点。"新"在文化移植的发现开拓，"新"在精神迷失后的独立寻找，"新"在对母文化的审视和超越，"新"在对历史时空的重新再现。

"移民"与"移植"

　　"移民"其实是人类历史上最引人瞩目的一个文化现象，对于古老的中国来说，大规模的"海外移民"则是发生在20世纪的后半期。所以，全面地思考"移民文化"，深入地探索"移民文学"，也只能是近二十年的崭新课题。

　　美国学者斯蒂芬·桑德鲁普在他关于"移民文学"的研究中写道："移民作为一种社会现象，展示出一系列复杂的分裂化的忠诚、等级制度以及参照系等问题。对于移民者本身来说，各种各样的边缘化是一种极其复杂而且通常令人困惑不已的体验。一方面，移民在新的文化环境中体会到了不同程度的疏离感：陌生的风俗、习惯、法律与语言产生了一般将其甩向社会边际或边缘的强大的离心力；另一方面，移民也体会到了一种对于家国文化的疏离感。那些导致移民他乡——远离自己所熟悉的、鱼水般融洽、优游自如的环境——的各种因素，会更为清晰与痛苦地一起涌来"。斯蒂芬先生的真知灼见更体现在他精妙的结论："移民他乡的游子们至少会较为典型地体验到在新的文化环境中的某种程度的边缘化，但更为通常的是，他们将会变得越来越疏离那不断变化的本土文化。"（见《文化传递与文化形象》一书）

　　在这里，我们所要思考的是，只有"移民"所特有的这种"疏离体验"，才是更深刻地辨析与割舍庞大根深之母文化的最"典型"状态。

　　"移民"，本质上就是一种生命的"移植"。"移植"的首先痛苦是来自"根"与"土壤"的冲突。在"新的土壤"中，深埋的"根"才会敏感地裸露，移民作家才能真正地走出"庐山"重雾，重新审视自己的文化命脉。与此同时，在时空的切换中，"根"的自然伸展也必须对"新鲜的土壤"进行吐故纳新。这个时候，生长在海外的"移民文学"，就有了它独异存在的生命。

　　北美著名新移民小说家严歌苓的创作，就充分地体现了这种"生命移植"的伸展成长。对于敏感纤细的严歌苓来说，"移植海外"竟如同是拘谨柔弱的根忽然嫁接在饱满新奇的土壤，蓦然间开放出再生的奇葩。显然，严歌苓的海外创作，散发着与她前期作品迥然不同的奇异芳泽，闪烁着"移民文学"所特有的独立思考的文化人格。1989年，严歌苓移居美国，一举从长篇的积累进而到短篇的操作，其中的情感浓缩和心灵体验非一般的作家所能及。异域生活的切换，竟全面激发了严歌苓渴望个性的创作才情，也触发了她新异的生命感受。她曾这样表白："到了一块新国土，每天接触的东西都是新鲜的，都是刺激。即便遥想当年，因为有了地理、时间以及文化语言的距离，许多往事也显得新鲜奇异，有了一种发人省思的意义。侥幸我有这样远离故土的机会，像一个生命的移植——将自己连根拔起，再往一片新土上栽植，而在新土上扎根之前，这个生命的全部根须是裸露的，像是裸露着的全部神经，因此我自然是惊人地敏感。伤痛也好，慰藉也好，都在这种敏感中夸张了，都在夸张中形成强烈的形象和故事。于是便出来一个又一个小说。"也正因为这些"强烈的形象和故事"，她的短篇集《少女小渔》《海那边》《倒淌河》《白蛇橙血》，长篇《人寰》《扶桑》《无出路咖啡馆》等一经问世就立刻引起撼动，一举成为海外新移民文坛成名最早的代表性作家。严歌苓的文学贡献是在敢于直面"边缘人"痛苦交织的"人生"，深刻展现在异质文化碰撞中人性所面临的各种心灵冲突，尤其是在"移民情结"中如何对抗异化、重寻旧梦。严歌苓直言："移民，这是个最脆弱、敏感的生命形式，它能对残酷的环境作出最逼真的反应。"在海外，几乎所有的新移民作家，其创作的首先冲动就是源自"生命移植"的文化撞击。

旅加女作家张翎笔下的母亲河，网络名家少君的"百鸟林"，刘荒田散文里的"假洋鬼子"，苏炜小说中的"远行人"，宋晓亮迸发的凄厉呐喊，陈谦故事里的爱情寻梦，融融塑造人物的情欲挣扎，吕红在作品中寻找的"身份认同"，施雨、程宝林在诗文中苦苦探求的"原乡"与"彼岸"等，无不都是"生命移植"后的情感激荡，是他们在"异质文化"的强烈冲击下"边缘人生"的悲情体验。

"放弃"与"寻找"

21世纪之初，中国学坛的一位年轻人在他的《中国文化与海外华文文学》一书中慨然问道："海外华文学跟中国文学不一样，为什么？东南亚一带的华文文学与西方的华文文学不一样，为什么？"他在书中特别指出："海外华文文学所暗示的是中国文化的变化，海外作家所开拓的是新的文化精神。"他的更深远目光是看到了"文化之冲突才是历史与文学前进的动力"，而"美国华文文学是两种异质文化相碰撞所产生的对峙状态"，是在"个体主义"的文化背景下对"生命自由"

哲学所做的深刻反思，从而在一个新的意义上达到了对"人"的概念的认识上的完整。

美华文坛的作家，虽然首先表现出在强大的文化冲突面前的有些茫然失措，但随之而展开的即是对"家国文化"的全面反思，从而在"个体价值"的寻找认知中完成了自己新的文化依归。

虹影，一个从川南重庆的江边走到伦敦泰晤士河畔的中国女人，在她心灵流浪的途中，她说"自己曾经被毁灭过，但后来又重生了"，"在黑暗的世界里看到了光，这真是个奇迹"（孙康宜《虹影在山上》）。虹影这里的"重生"，是来自新世界的"光"。从《饥饿的女儿》里面的长江，到《阿难》里面的恒河，虹影所思考的已不是海外游子对于"家国文化"的乡愁依归，而是关于世界性的"大流散民族"的文化哀歌。虹影的小说，表现的主题大多是精神层面的"寻找"，在流浪中放弃，在放弃中寻找。除了《K》《阿难》这样的长篇作品，虹影在《背叛之夏》《带鞍的鹿》《风信子女郎》《女子有行》等中短篇里，表达的意念都是对人的命运在现代时空下处于"无根"状态的艰难思考。

少君，最早开始在网络驰骋的名家，他的百篇《人生自白》系列小说，创造了一个当代华人世界的"百鸟林"。其中所采写的海外人物画廊，可谓各形各色，从厨房里无奈的大厨，到澳大利亚沦落的"洋插队"小姐，从红尘挣扎的演员，到情场求救的"ABC"，犹如一幅斑驳陆离的海外"清明上河图"。人物故事的命运虽然血泪交织，但作者表达的却是"移民"世界所必须面对的放弃痛苦以及在浴火中挣扎重生的生命信心。悲怆的气韵之中，洋溢的却是勇于面对新世界挑战的慨然坦荡，鲜明地表现出"新移民文学"艰难寻梦的精神特征。

"反思"与"依归"

移居在欧美的新移民作家，他们有意识地使自己处于一种独立于两种文化"边缘"的创作状态。他们不再追随前辈"老留学生"作家当年所普遍弥漫的苦闷失落、内心分裂的情感心态，由于时空的切换，新的文化环境的趋于成熟，也使得他们更多地具有了一种毅然抉择的精神勇气。他们的努力，不仅仅是要告别单纯的"乡愁文学"，更还有对"家国文化"的冷峻反思，从而在新的高度上向"母文

- 385 -

化"依归。

20世纪60年代，台湾的出国潮诞生了以於梨华、白先勇、欧阳子等为代表的"留学生文学"，其作品所表现的主要是海外留学生"无根"的精神痛苦。无论是聂华苓的《桑青与桃红》，还是白先勇的《纽约客》、於梨华的《傅家的儿女们》等，都是在面对陌生的新大陆的疏离隔膜与无奈，遥望故国，表达自己那挥之不去的落寞孤绝与血脉乡愁，以及对西方文明不能亲近又不能离弃的悲凉情感。

但是，对于新一代的移民作家来说，其精神走向已不再沉溺于"乡愁文化"的沉重和哀叹，他们的着眼则更多在"个体生存方式"的探求，强烈地表现出这一代移民作家渴望摆脱"家国文化"重负的心理趋向。他们惊然回首，重新审视和清算自己与生俱来的文化母体，从而在新的层面上进行中西文化的对话。旅居在旧金山的学者作家朱琦，其文化大散文最深刻的部分就是他的"重读千古英雄"系列，他让自己站在新的文化视点上，隔着海外的时空，反思中国文化的传统精髓，从千百年传颂的故事里剖析中国文化的弊端。其中的《人肉包子与座上客》，参照西方文化中平等博爱的精神以及尊重个体生命的理念，指出了"义"在伦理价值观上的深刻局限，正可谓发人深省，闪烁着独立批判的理性光芒。

而另一位旅居在旧金山的著名散文大家刘荒田，其作品的内涵魅力，首在他"假洋鬼子"系列作品的心理塑造。这里的"假洋鬼子"形象，正是一种文化反思后"双面人格"的界定，它的深刻含义除了对移民身份的自我解剖，更蕴藏着一种文化融合的艰难渴望，一种海外人生消融痛苦的幽默悲怆。

卢新华，这位最早为当代中国文坛刻出第一道《伤痕》的弄潮儿，十七载海外苦涩春秋，使他再以悲怆之心，反思中华民族的世纪"伤痕"，在中西文化的冷峻观照中泣血抒写长篇《紫禁女》，以一个东方"石女"挣扎自救的悲凉故事，寓言般地写出中国人百年来的幽闭之苦以及承受着罪与罚的灵魂折磨。"紫禁女"的"伤痕"，已不再是个体命运的悲欢离合，而是一个"伤痕"累累的古老民族争取生命力解放的艰难跋涉。卢新华奇异的"漂流"经历正造成他洞察时空的深邃冷静，他的远离主流文坛的"离心"旋转，正造就他跨文化的批判眼光。

苏炜，辗转东西，两度告别国门，如今在耶鲁大学东亚系的书香中沉溺，但一颗寻觅的心却始终在回忆与反思中浮游。他的小说创作冲动首先来自他对当代中国"左"倾风云的政治反思，长篇小说《迷谷》，再现的是红色风暴中暗流涌动的烟尘往事，一群热血的青年在天涯海角的穷山恶水之中挥洒着青春的血泪岁月，残酷而壮丽，谬误却崇高。而他新近创作的中篇小说《米调》，精心表达的更是一种精神失落后的漫漫寻找。苏炜的小说，越过了时代的压迫，以海外时空的现代浪漫演绎着历史记忆中最伤情美丽的故事。

"超越"与"再现"

"超越"是一种冷静的俯瞰，也是一代文学思潮走向成熟的重要标志。异军突起的北美新移民文坛，早期的异乡故事虽然如雨后春笋，但是，情感的焦躁始终流露在近距离观照的自缚之中，文字上更表现为粗糙和急迫。直到加拿大女作家张翎小说的问世，才终于有了一种秋收季节的冷静和清凉。

从处女长篇《望月》里的上海金家大小姐走进多伦多的油腻中餐厅，到《交错的彼岸》中那源于温州城里说不清道不明的爱恨情仇，再到《邮购新娘》的时空转换，张翎以她稳健的纤柔之笔，把个时代风雨交加的异域故事写得如此苍茫辽远。她的精神成熟表现在冷静地驾驭中西文化尺度的价值取舍，她的卓然目光一直在"乡土"与"他乡"的两极探寻，在那梅雨绵绵的温州小城与多伦多亚德莱街的咖啡弥漫之间，她所再现的是两种文化的交融互补，是移民心灵在经历漂泊后的精神熔铸。

另一位旅居在美西硅谷的工程师女作家陈谦，海外生活的切换，激发了她文字寻梦的激情，使她以沧海之水的细腻、玫瑰之心的绚丽，为文坛捧出《爱在无爱的硅谷》。她的小说，超越了早期移民生存挣扎的藩篱，而将笔触直捣"白领"女性灵魂蜕变的"浴场"，其表达灵魂欲求的深邃透彻，其人物刻画的大胆震撼，亦将海外新移民文学的精神层面推向了一个新的高度。

融融，一个处在东西方文化焦点中燃烧的女人。她的创作，更是远远超越了母体文化的道德图圄，真实地再现了人性深处所潜藏的原动力。她的特别贡献，是在以"性爱"的杠杆，正面地撬开"生命移植"后人性的深广。她笔下的故事，不仅仅是中西异国文化碰撞出的"灰姑娘童话"，而是对生命能量的挖掘和由此发出的衷心礼赞，具有惊世骇俗的思想力量。

吕红，这位移植在西海岸上的"冷月"，敏感脆弱的心经历过寒夜苦雨的侵蚀，浸润着"拔根"后孤芳失落的隐痛。汹涌的回忆，绵密的愁思，浓烈的伤感，倔强的欲望，正构成她的小说丰厚充沛的精神底蕴。近年来吕红用"心"流淌的故事，无论是家族传说的一叹三折，还是一个受伤的心在新大陆的风雨中重新启航，都是她对故国青春的勇敢告别。尽管她那天涯孤旅的缱绻情怀始终在故乡与异乡的爱恨情仇之间徘徊，但她对人生的观照，对生命的感悟，已经远远超越了个性体验的藩篱，升腾为对一代新移民追寻理想之路的艰辛写照。

结　语

综上所述，近二十年来的海外新移民文学的创作风貌，正在东西方文化的"离心"状态中独立探索地成长。他们在身份的迷失后重新寻找自己的精神家园，他们在文化"交融"的状态中创作自己全新意义的文学。他们的可贵，正体现在愈来愈多的作家自觉地重建自己的文化人格。他们在前辈作家开创的精神轨道上努力前行并寻求突围，正在为中国文学的洪流巨波注入一股来自海外世界的涓涓清流。

（原载《华文文学》2006年第5期）

长袖善舞缚苍龙

——当代海外华文女作家散文管窥

陈瑞琳

文学，对于女性有血脉天然的诱惑。中国早期，女性被迫远离文化的中心，偶尔的闪光创作也只能是个人生存空间的私密表达。直到"五四"，女性作家堂而皇之登上文学舞台，但在数量比例上依然是寥若晨星。1949年后，汉语言文学迅速向港台分流，并随之延伸海外。大陆本土始二十年，创作环境风霜严峻，女性作家多噤于情感表达。反观港台作家，则迅速接壤西方，精神趋于解放，女性作家应运崛起。及待大陆"文革"结束，文学重返"人"的母题，女性作家忽如飓风云涌，成显赫方阵。到了海外华文坛，承接历史长河的漫漫涓流，各路笔耕者策马相聚，层林尽染，花色相融，蔚然绿洲之上，竟以女作家为盛。

解析当今海外文坛的"红楼"现象，一来女性生来敏感多情，渴望倾诉；二来女人在海外生计的压迫相对比男人少，于是，春江水暖，女人先"知"，也由此，一代"文学女人"在海外应运而生。女人爱小说，心里更爱散文。"散文"乃中国文学之正宗，能够"为文"方为"文人"。尤其在海外，"副刊文学"为主要园地，遂给散文的生长以沃土，不仅造就"文学轻骑兵"，更成为女作家长袖善舞的疆场。

域外写作，最可贵是无须"载道"，作者的心灵得到充分自由的表达，作家因此可坦然观照外部世界并发掘内心情感的宝藏，再加上各种异质文化的碰撞，从而将创作意识的个体空间无限拓展。如果说男性作家多喜欢以政治视角来叙述、反映社会、道德、文化等宏大题材的话，那么女性则更倾向于"自我"的修为，即用自己的语言表达"个体"与"外部世界"的关系，由此而形成的散文风格不仅在题材上随自己心灵所欲，而且在笔法上也姿态万千。

纵观近年来活跃在海外的华文女作家，突出的一个创作母题就是各国"文化之旅"的反思。因为她们有条件行走在世界的角落，能够写出不寻常的风景故事。

李黎，一个喜欢风的女人，多年前就聆听她关于"旅人"的感悟，至今难忘的一句格言就是"旅行不同于旅游"。这位当年的"保钓"新锐作家，风云散后，豪情转化为脚步，开始了兴致勃勃的游走。正如她在《像我这样的一个旅人》中写道："中年后最大的奢侈，是一再重去寻访同一个地方，就像一再重读同一本书。"然而"真正牵动我心的不一定是一处地方，而是一个个闪现的意象，甚至不一定是视觉的：像威尼斯夜晚运河的水轻轻拍打小舟的声音和流水的气味，青海高原上一个藏族女孩嫣红的笑靥，敦煌莫高窟里一尊佛像面容上的柔光，印度女子身穿的纱丽明艳炫目的色彩，西班牙南方小镇上晌午时的钟声，深秋的挪威海风猎猎刷过发间的冷冽和京都的春雨淋在发梢上的温柔……"她的精辟结论是："当一个人到过够多的地方之后，才会炼出一双眼睛，看得见自己家中的宝藏在哪里。"

张让，一位在写作上绝不"让"须眉的作家，多次荣获台湾各类文学大奖，善思的锋芒寒光冷冽且飞翔无界。她写《有一种自由叫想象的自由》，将旅行文学的现实目标进而升腾为"浪游文学"的激情梦想。文中援引杰克·凯鲁亚克再版的名作《在路上》，说的是美国20世纪60年代的年轻人跳出现实、集体沉于梦中而引发出的浪游文学的精神特质：那种天真无忌的野性和活力，游荡天涯并放浪形骸。作者由一本书思考一类文学，思考一个时代的悸动，一个国家的内心演变。

严歌苓，一个全身心爱文字的女人，奇崛诡谲的小说总是充满了对"弱者"的人性关怀，承袭在散文《行路难》里，写的虽是"旅行文学"的范畴，其精神的内涵依然是悲天悯人的情怀。作者旅居尼日利亚，特别描述了这个非洲的首都城市最常见的交通工具"奥卡达"的人生图景："奥卡达在大街小巷游串，招手即停，迅速贼快，生死由天。我从来统计不出每天奥卡达的交通事故率，因为媒体放眼大事，民间对生命似乎也看得很开，乘奥卡达丧生的危险和疟疾、艾滋、上层社会的压榨、警察的误杀相比，应该算是最小的。" 正是什么样的国家就有什么样的交通，奥卡达上的奇异风景，窥见的是一个国家和它的子民。

旅行文学的高难是地方风土的采掘。日本作家华纯，这个出生在海边的女子，如今的表情里虽然深深地浸染了东瀛女子的清婉，但心底里依旧是黄河落日的豪放胸怀。她的文字长于钻探，在风土文化的美学宝藏里总有惊人的发现。《奥多摩教你忘记东京》写的就是东京人心目中的"桃花源"：那里除了美景，更有美酒。清泉酿造的泽乃井酒，不仅是酒，更是民族文化的见证："每瓶酒都带有性别，有的像男人一样刚烈不拘，有的像女人柔肠缠绵，所以叫作辛口、浓醇、甘口、淡丽啦什么的，恐怕喝了男人的酒，骨子里都会燃烧起一种放浪形骸的欲望。"作者将两个女人山中赏酒的气象描述得实在令人心动，但最终礼赞的还是中国文化的源流。

荷兰作家林湄，近年以小说《天望》引文坛注目，散文《他为你点亮更高处的灯》却是旅行文化的佳作。文章写的是德国的名城魏玛，作者有幸走进了歌德的家园，感受他当年的沉思、读书、创作，一部《浮士德》，整整历练了60年！然而，作者发现：伟大高贵的灵魂总是与痛苦相伴，歌德在他75岁时说自己一生真正快乐的日子还不到25天。作者更深的感动是歌德的棺木与席勒并放，同代的诗人作家生前死后竟是如此亲密，那是一个多么令人怀念的时代。作者由此发出的感叹是"社会的进步和发展并没有令人类的情感世界变得更为美好和洁净，相反地，越来越多的人将灵魂抵押给财权色了"。

章缘的《当张爱玲的邻居》，写的则是中国本土的"文化之旅"。章缘，来自台大中文系的敏感女生，性格里又带着几分戏剧人的好奇和冒险。在她的"上海滩"故事里，必然要与张爱玲相遇，必然会在某一天走进爱丁顿公寓，那个曾经诞生过《倾城之恋》《金锁记》，也曾经见证过一个女人的情感高峰的公寓。文章的奇妙是先看故居，然后是想租再到想买，结局则是一场梦的怀想："住在她曾经的公寓的楼下，我会离她比较近，沾一点张爱玲的传奇，混入我的上海记忆。如果在那昏暗的房子里打瞌睡，肯定会有梦，关于张爱玲。"文章带来的那份悸动已足以弥补了落空中的一丝怅惜。除了"旅行文学"的文化时空，海外女作家的另一个创作母题就是人生旅程的幡然回忆。回忆，本就是孕育文学的母巢。资深老作家陈若曦，早年从台湾到美国，再从美国到大陆，又从大陆到香港，直至再返西方，再回台湾，人生之途可谓斑驳陆离，其中的体味也是五味俱全。她的《曼荷莲的女生》，写的却是1962年发生在美国曼荷莲女子学院的青春故事。忆的虽是前尘旧事，诸如无人查夜的自由，旅店伙计的零用钱，雅典姑娘薇姬从希腊主厨那儿走私的消夜，抗议牛肉少过猪肉的罢食，品尝"冬天来了，春天的脚步已不远"的企盼心情，"盲目的约会"等，朝花夕拾，作者感叹的是自己最怀恋的岁月，更是时代的变迁。

张翎，一个从温州小城一路走到北美大都会的南国淑女，深受西方文学的浸染却坚守着一副婉约派的传统笔法，频频获奖的小说多是写历史风云里的风月故事。她的散文，亦是心平气和地淡笔写来，却是让人丝丝震撼。作品《杂忆洗澡》，忆的是浙南小城人洗澡的旧景：男人们"在赤裸相呈的那一刻，一切等级界限突然含混不清起来"。女人们则"闩好门窗，关了灯，才敢小心翼翼地退下衣服，坐在板凳上擦洗身子"。作品写的是洗澡，背景上却是"意想不到的变迁。有些一直在台上的人突然下台去了，又有些一直在台下的人突然上台来了。当北方的来风带着一些让人兴奋的信息一次又一次地拂过小城的街面时，小城的人才渐渐明白太平世道已经到来"。作者最后的落笔是"暖暖地洗去了一身隔洋的尘土，便知道我真是回家了"。

"回忆"固然心醉，"爱情"的探索才是所有"文学女人"的魂梦所牵。赵淑侠，旅居欧洲三十余年，小说《我们的歌》倾心传导的就是那份挣扎中的爱情。新作《咬破那个茧》，更是将爱情的真谛缕缕道来："一段美丽恋情的诞生，并不意味着必定天长地久，凡能生者皆能灭，是宇宙间的恒久现象。唯由情生到情灭，经过的往往是崎岖难越的荆棘道，特别是爱情破灭后的苍凉局面，常令平日表现得意志坚强的人亦无力面对。"文章最终要说的正是女人如何从"情"的困境中自立。因为所谓的"政治的解放""经济的独立"，对于女人都不难，难得却是走不出这"情困"的茧，"只有咬破那坚硬的障壁，重塑自己独立的生命，才是解脱之坦途"。

吕红，徘徊在美西海岸的一弯冷月，喜欢在小说世界里寻找着女性命运的情感方舟。其散文《女人的白宫》，写的是俄州波特兰白宫的一个没有噪音喧哗的梦一样的夜晚，让人时光倒流，幽情如梦。作者的绵绵思绪依旧是围绕着女人的生命："这个世界不光有男性那粗粝、坚硬的争斗，还有女性那纤柔细腻、充满弹性与质感的声音于无声处存在。女人深长而痛楚的生命体验，对于爱与善与美的呼唤的焦灼——不是异想天开，女人若多一点机会参与社会，那么世界是否会变得更人性、更美好一点呢？"海外女作家，绚烂的文字不仅有灵性之花，也有理性思考的智慧之树。吕大明，游学欧洲多年的资深作家，深悟东西文化，兼有哲人的眼光和诗人的情怀。她的《时间的伤痕》，精辟优美如"悼古"，说那是"时间的舞者""在夜莺清唱的花园里漫舞，脚踏在希腊神殿的断垣残壁间……""在记忆的古园里，时间的钟摆缓缓倒转……"文字的意象重叠交错，浓烈的思绪几乎有些化不开。

丛苏，台湾现代文学浪潮孕育出的后继名家，醒世的目光里总是含着善思的冷峻。她的《迷海与海谜》，写的是海的意象，陪衬的则是自己的记忆。童年的她向海叩问："这就是海？它是什么？它怎么不累？怎么老爱翻滚不停，它着急着什么？那波波层层的滚浪下蕴藏着什么？"及长，"去亲近大海与海滩也只为了那偷窥天堂的瞬间"。然而终于发现："海的性格像是一个善变难测的情人，它是既美丽又丑恶，既温柔又残酷，既可亲又可怖。既象征着生命，也意味着死亡，既是活力，也是毁灭"。作者由此而明白："人类渴望了解海，但终于海是不可征服的，因为它是自然。"

同样是"生命的移植"，来自大陆背景的海外作家显然更易于表现自身经历的坎坷，如顾月华的《灵魂归宿》。作者来自上海，历经了多年政治风暴的沧桑，而今怡然的移民生活，最后的心灵渴望还是归乡。游子的心，因为有故乡的依托才踏实，因为有远方孝心的儿子才美满。儿子送来故乡的钥匙，房子并不新奇，新奇的是母子俩所共同经历的艰辛岁月。

台湾背景成长的文学女人，笔下则少见惨痛的记忆，更擅长的描写多凝聚在人文的关怀和文化的传播。喻丽清，北美华文坛的散文名家，人如其名，带着出生地西子湖畔的清丽之气。作品《那瓦荷之梦》，说的是在美国大学任教授的中国夫妻，甘愿放弃教职，去为那瓦荷部落的印第安孩子教书的故事。作者亲临其境，为那两个中国人感动，感动那"火柴"划在印第安人的荒原上，光亮虽弱，但那种韧性、那种包容力、那种随遇而安、那种无私的爱，令人倍加感佩。

吴玲瑶，当代海外华文坛的幽默独秀，多年"执笔卖笑"，渴望"笑里藏道"，她以《女人的幽默》以及《生活麻辣烫》等49部幽默文集风靡在海峡两岸。中国人历来少幽默，女人更无从笑起。"五四"后虽有林语堂、梁实秋倡导"幽默"，却怎奈烽火年代无人善解。进入当代文坛，作家层层辈出，或呐喊，或低吟，多挣扎在现实苦痛中不得超越。却未料在海外诞生了一位笑看人生百态的喜剧作家，且还是女性！吴玲瑶开口或下笔，皆喜妙语，像是一个积淀了多年的烹调大师，将色、香、味逗人的一盘盘人生佳肴不间歇地端给你看，直看得眼珠流泪，笑到衣带渐宽。作品《减肥专家》，说的是洋妞莉莎在减肥路上的坎坷经历，典型的吴玲瑶式"幽默"：温厚婉讽，精彩细节画龙点睛，醒世的笑谈中却饱含着对生命冷暖的深深眷爱。

"走马"海外女作家的道道风景线，看她们从"文化之旅"的斑斑屐痕到人生旅程的时空翻转，从爱情之窟的苦苦探索到哲理之树的悠悠思辨，从博大的人文关怀到幽默的智慧之光，各自表达的"母题"虽有不同，但突出的一个特点都是有意识地坚守了自己独立人格的美学追求。在艺术上，女作家为文，延承着中国散文传统的性灵文风，但异趣于庄子、苏轼的汪洋恣肆，章法上多细腻和精致。再对比周作人、梁实秋等的微言大义，则更具温暖明净的情怀。说到底汉语的魔力，首先来自情感的冲击。

（原载《香港文学》2008年第8期）

中国现代文学视野中的当代海外华文写作

——以《红杉林》作家群小说为例

邓菡彬

作为一个从国内来的"访问学者",看海外作家的小说,常常会有一种穿越时空的错觉,仿佛回到了"现代文学"的时代。情绪、氛围、表达的冲动和表达的方式,都那么像。仔细一想,也不难理解。"海外"无异于一个放大了的"异乡"。而"中国"则是一个质点意义上的"故乡",在交通和通讯发展了的今天,也不见得比鲁迅的绍兴和沈从文的湘西更远。但相对的隔绝和差异则非常类似。在中国国内,经历了半个多世纪的政治的和经济的"一体化"进程之后,作家们面对的这个生活世界,不管北京还是陕北,广东还是湘西,在精神向度上并无太大的差别。这和鲁迅们当年所处身的中国是非常不同的。那时候,北京这样的"异地"与绍兴、湘西这样的"故乡"或"边城",在精神向度上,是如此的不同。假如没有这隔绝和差异,以及它们所带来的精神冲击和折磨,大概也就很难爆发出以鲁迅的《故乡》系列(包括《祝福》等)和沈从文的《边城》系列(包括《萧萧》等)为代表的一代杰作。相比而言,现在中国国内作家至少在表达欲望上严重萎缩,不能不说更精神向度的"一体化"没有关系。这种情况倒是跟巴思所感叹的美国国内的文学创作状况很相似。有的文学史家把文学看成是宗教的现代替身,此说未必可靠,但至少它们的遭遇有一点相似:当大家的生活过得太安逸,对整个世界的想象太"一体化"因而缺乏探究的兴趣,文学和宗教的市场需求都会降低到必须有志者去捍卫和维持的地步。当然,这个问题是海外作家最不会遇到的问题。也许有一天,中国和"海外"之间的隔绝,会像当年湘西和北京、上海之间的隔绝一样,渐渐消失。这个过程已经启动,在某些作品中,也有一些体现;但至少从本文论述之"《红杉林》作家群"的小说来看，窥斑见豹，还是可以将"海外华文写作"比照"中国现代文学"，作一次有趣的赏读。

一、"异乡"目光中的"故乡"人物画廊和生活现场

曾经有人很惋惜鲁迅太少写以自己长期居住的都市生活的小说。也曾经有人纳闷为什么沈从文笔下的作品水平差别那么大，写都市人为什么总像漫画，怎么就写不出湘西那些边城儿女们的水平来呢。更不要说巴金和老舍在法国和英国写中文小说，最后传世的尽是家乡的人和事。其实这与当代海外华文作家的创作状况非常相似。写得最好的，往往还是故乡、故人、往事，或者同在海外的故乡人圈子中的人和事。写外国人或者华人在外国人圈子中的故事，终究稍逊一筹。

比如陈谦《落虹》之中，写当年嘉田与木棉在中国相恋的往事，心理刻画体贴入微。木棉觉得自己命途多舛丧偶寡居，配不上也无须高攀众人羡慕之中的美国华侨嘉田，态度笃定、心静如水。作者成功勾勒出一个独立、坚忍的女性形象，似乎是悲剧，读者都要为之叹息了。但笔锋一转，在嘉田的诚恳面前，木棉作为女性柔软的一面又渐渐展现出来。细节的把握准确、不弱也绝不过火，使读者信服且喜爱。而且《落虹》不是商业言情小说的写法，它的妙处在于，通过两人的故事，引带出庞大的人物谱系，以及更加复杂幽微的父辈往事；但又没有刻意多拉一些人物和故事进来的嫌疑，因为所有人物的引入，都是自然而然，紧扣主人公情绪的发展变化。这大概就是距离的力量。相比而言，即便在陈谦《落虹》这同一篇作品中，写美国的生活场景笔力就要"怯"得多。越是着力写，越是"怯"，越是拖沓、吃力不讨好。跟写往事的时候有时甚至几笔写活一个人物的感觉相比，简直判若两人。

为什么呢？我觉得是"异国"制造出了足够的艺术创造的距离。在《落虹》，以及张慈的《浮云》、沙石的《天堂·女人·蚂蚱》等成功作品中，甚至是利用"故国+往事"的双重距离。处在前台的美国生活反而更像是起渲染效果的舞台背景。著名海外作家严歌苓在《红杉林》创刊号上发表的《金陵十三钗》亦可谓"故国+往事"模式的典型使用。不过，这一篇写南京屠城故事的小说，虽然努力按照作家的惯有招数，以个人记忆切入，却又毫无悬念地被集体记忆的巨大黑洞瞬间吸尽

其能量。国内当代文学的无数作品都在这种创作上血本无归。此篇作品也并未显示出海外作家的优势。由此，我们可以提出一个更严峻的问题：一旦"异乡"的距离感失效，海外作家将和国内作家站在同一起跑线上，面对同样的表达复杂世界的困难，倘若不能发明一些私房策略，硬碰硬的结果，只能像那些在帕修斯之前想要杀蛇发女妖美杜莎的英雄一样，刚一出场就变成了石头。

王瑞芸的两篇云南系列小说写海外华人回到中国，也是利用"异乡"视角营造人物层次，但可惜用得有点硬，故意往人物心里钻，反而把两个层次的人物都写得简单了。出不来"我"和"鲁四老爷"都活灵活现的感觉。可见任何文学手法都是可能被程式化的。

辛哥的《男女声二重唱》也有其生趣之处，勾勒出一幅海外中国城小世界的世情图景。但可惜有点流于浅表了。之所以我们写往事有时会写得更好，是因为往事常常是自己一个人来回味，这是适合艺术创造的。而当下之事，往往处在众人言谈的罗网之中，写的时候，不知不觉就掉进俗谈，放弃了独立审视的机会。这是不少作者在创作中很容易出现的问题。

鲁迅之所以不怎么写后来在故乡之外的生活，恐怕就是怕火气太重，不能"出乎其外"。沈从文、巴金就没有鲁迅那么狡猾。我私下琢磨，鲁迅、周作人是很有"才子气"的，深谙才子之道，但凡下笔，就是才气纵横；但凡觉得比较复杂、没有十足的把握，就宁可不写，让你们遗憾去。沈从文毕竟是从一个文学青年一步一步咬着牙越写越好的，比较老实，也更自大，不懂得这些虚实，只要想写，不管难易，跃马扬鞭就过去了。许多海外作家也常如此。沙石虽然在写作手法上更加成熟，而且不断尝试新的变化，用幽默等方法制造叙述距离，但从《我的太阳》和《一个人的小说》所达到的文学效果来看，作者与他所试图表达的生活体验之间，尚处在不分胜负的战斗胶着状态。而文学存在的理由之一，就是能在纸面上凌驾于我们常常不得不深陷其中的生活。

在沈从文写都市生活的作品中，只有像《虎雏》等少数写得较好。而《虎雏》中的主人公也正是海外作家比较擅长写的另外一类人物：在异乡的故乡人。

一种是从故乡短期来"此地"的过客。这是典型的"虎雏"。说话行事完全还是故乡的做派。浑然是一个被无限拉近的微型故乡。咫尺天涯的故乡，这种距离感非常有利于艺术发挥，有时只需点滴笔墨就能起到很好的效果。比如范迁《红杏》

有个小细节，写女主人公当年在美术学院的教授访问美国，看到自己当初如此不看重的学生和画法，现在却能在美国置换成如此惊人的物质财富，"面上作出鄙夷的神情，内心却深为震动，这些五六十岁的老艺术工作者在返回杭州之后，好一阵子面对空白的画布却不知从何下手"。言简意赅。

另一个更完整的例子是吕红的《日落旧金山》。主人公林浩虽然抱着来美国扎根的豪情，也有相当充分的从国内带来的财力作为底气，但俨然又是一个"虎雏"，全没把美国当外国，该怎样豪放还是怎样豪放，该怎样莽撞还是怎样莽撞，虎虎生威地潇洒一把之后，终于做了过客，面对解不开的困局，流星般不知所终。

另一种变形的"虎雏"是主要在海外华人圈子生活的中国人。而在吕红另外的作品中人物画廊更为丰富。那些熟悉的算计、猥琐、粗俗、死要面子、强烈的控制欲，并未随着异国的香风飘走、化作往事，而是在熟悉了美国生活之后更加滋生起来。这是一个多么噩梦般的挥之不去的近在身边的"故乡"。但痛苦之处又在于小说的主人公一般又都民智已开，有了"异乡"的目光，有对"异乡"的理想生活的想象，不复能在铁屋中安然酣睡。也正是小说的张力所在。

秋尘的《一江春水》也是如此。偌大的一个美国世界，居然撞来撞去遇到的还是中国故人。身份不同了，可还是那些基本情绪主宰着大家。而且这情绪随着小说的推进，有点过分重复缠绕了，未能充分表现出"虎雏"在异乡环境中终归会有一些不同。前世今生混在一起，就丧失了宝贵的距离感。不管作者如何竭力加大抒情篇幅，小说还是从情绪主导滑向情节主导。虽然仍具有可读性，但相信作者最初的发愿并不止于此。

董铁柱的《表妹的婚礼》颇见鲁迅的《故乡》或《祝福》之风，几乎不写叙述者本人现在所处之地的生活，但所写之故乡，显然是以"异乡"作为参照，因而方便获得如此脱去火气的克制叙述，把一个自己曾经深浸其内、现在也与之割不断血肉联系的世界写得如此冷静、稳健、游刃有余。正像王国维在《人间词话》里说的，"入乎其内"，而又能"出乎其外"，是艺术创造的必由之道。

二、"却把他乡做故乡"：寻梦与造梦的两重天地

王德威从鲁迅的日记中搜索过他的都市体验。这位老成的才子在日记里暴露了

他面对上海滩时的两重心理，一方面茫然不可把握、几乎要被淹没，一方面从某种近乎可笑的精神角度重建了对它的优越感。这种都市体验，如果写下来，很难说会比沈从文、巴金更高明。才子们都是这样的，他们要维护自己的足够受人膜拜的无瑕形象，只能选择有所为有所不为。沈从文的学生汪曾祺自言，发现自己把握不了泰山的美，就专注于泰山脚下的一石，也蔚然成为名家。

在《红杉林》上两次发表小小说的尧石和《红袍子》的作者蓓蓓，也显示出这样一种才气，以极细小的心理切口，写出了篇幅很短但很聪明的小说。但还是有不少作家，野心勃勃地想"却把他乡做故乡"。

作为一种文学的发展，野心是必须的。由"异乡"所造成的"入乎其内而又出乎其外"，归根到底是一种自然资源，而非作家的自觉创造。葛红兵的那篇盛传一时的《为20世纪中国文学写一份悼词》，批评中国的新文学无非都是"青春期文学"，并非完全危言耸听。所谓"青春期"，就是一种注定要耗尽的自然资源。在那特定的年华之中，接受了某些精神文化的召唤，与自己所处的生活世界拉开了距离，从而完成了一种反叛的或者感伤的叙事。时过境迁，诗人们悔其少作，就像《狂人日记》中的狂人一样立地成佛。所以这种文学是必然没有下文的。孤峰突耸，别无分店。而真正的大文学当然可以像陀思妥耶夫斯基那样无须"异乡"来制造艺术距离，没人比他更在俄罗斯之内，但也没人比他更超越俄罗斯。这样的文学，才可以从一个高峰到另一个高峰，不断喷薄。

现代文学的发展，由于时代的特殊原因，更大的家国忧患压倒了文学自身的问题，未能生长出这样的大师，但也还是出现了钱锺书、张爱玲及"新感觉派"作家等。海外华文写作中的"写外国"的作品，直接继承了这一不算太强大的传统，去试图直接书写他们所面对的这个纷繁世界。

譬如在吕红的《不期而遇》中，作者借一次周末舞会，让笔下的主人公不断遭遇各色人等，而这些人又不断引发以往的记忆，大量的生活碎片仿佛随着舞曲的节奏纷至沓来，速度之快信息之多让人应接不暇。但同时，主人公的情绪、舞会的进行、作者的笔调，三者比较浑然地结合在一起，因而能抓紧读者，让他把眼睛贴近这小小的万花筒，得以想象一个更庞大的世界。颇似"新感觉派"《夜总会里的五个人》等名作的风格气派，但又更细腻，不显生硬。

木愉的《食人族》功力不凡，通过描写一个华人白领在美国职场的"小公务员之死"似的沉浮，写了大量的"美国"生活场景和"美国人"。绝非沈从文式的漫画都市人，略约有点张爱玲的味道。不借用"异乡"而自具备了一种冷静，却又不至于太"隔"，不像董铁柱的《门》那样，完全站在外国人的外面，虽写之而不写。但它又终究还有点"隔"，终究有点像是"浮绘"。小说的立足点还是依靠一个"虎雏"式的主人公。所以写得好固然是好，总还显得单薄，其他人物没能一起凑趣使力，多少有沦为背景之叹。

其实张爱玲也只是巧妙地掩饰了这个问题而已。她写得最好的，仍然是那些旧式人物。她被新文学阵营斥为鸳鸯蝴蝶派、长期不能进入文学史，也是有道理的。她捏出一幅全知的视角，写了各色人等，究竟有多少是以她过人的文采吹塑出来的漂亮人偶？她还是作为文章家大于作为文学家。钱锺书有时也不免拿文才来挡一挡。海外作家无论文采高低，也有意无意学会了用"做文章"的技术手段来缝合笔下的人物群，绕过复杂的深入探索。

施雨的小说就很能说明这个特点，《刀锋下的盲点》尤为突出。写律师事务所负责人等人物细致的感受，但她不会像沈从文那么傻那么冲动，而是她像张爱玲一样，缩减写作的情绪投入，用技术来解决问题，最终提供给读者一个比较可看的文本。

但这样的话，小说的附着能力也大为降低。因为读者关心的重心在情节了，觉得情绪反正无非是比较套路的一些东西，更加不会关心为了营造情绪而出现的大量场景描写。于是就像前面分析的《日落旧金山》一样，当作者想在对"虎雏"们的描述之外引入更多更加美国的信息时，使"超限"发挥作用的微妙张力就有点失衡了，人物情绪拿捏得不够贴身，程式化的抒情（回避了小说创作应挑战的难度），连很多关节地方都是匆匆带过，结果导致生活场景的转换常常勾连不上，巨大的信息量"溢出"于小说之外。就像一片过饱和的云，不再能飘飞于蓝天，却变成天空容纳不了的雨水降落下来。

范迁的《红颜》，"溢出"现象也较明显。它们是"却把他乡做故乡"的另一类小说的典型：它们的主要意图似乎不是表现作者对生活的直接体验，而是借用生活素材，幻成一个想象的世界，来缓释作者在生活中积聚的某些存在体验。有点像沈从文笔下的都市，是漫画式的。但沈从文是抱着一种幼稚的精英优越感来漫画之，范迁却像是抱着对美国上流社会物质生活的艳羡来漫画之。我无意于批判这种艳羡。沈从文的精英优越感未必比这艳羡强。但文学的一个有趣之处就在于可以在作品中造出一个与作者不同的叙述者，或者提纯或者审视或者掩饰自己，这也会使小说更具可读性。范迁当然很有才气，但《红颜》比《红杏》更显肿胀。文学是白日梦，但毕竟是当众做梦。

李泽武的《谢立特》属于造梦高手。它充分调动各种元素，积极调动读者的兴趣，最终精确地制造了一个相当好玩的故事。其丰富、有趣的程度，不亚于好莱坞电影。但它就好像一个小心翼翼打着伞提着衣襟的观雨者：它确实在雨中走了一遭，然而它真的去过雨中吗？作者精心留出空白和供人思考的入口。但仅是入口而已。这是一个好看故事的必要道具。李泽武的另外一篇《万国人物志》流于铺叙，只剩下语言的有趣了。可见好莱坞故事片的编制也是需要相当努力的。

说起来，文学史上所谓"中国现代文学"或"中国新文学"的主流，本身就是当年的一次海外文学运动。当年不是没有别的写作，应该说更多的是那些鸳鸯蝴蝶的文学，但直到现在，它们想要进入文学史仍有障碍。鲁迅、周作人、郭沫若、徐志摩、梁实秋等分属不同文学阵营的现代文学大家，最初都是在海外开始文学活动，然后又在国内掀起波澜。连中国话剧的诞生也是在日本。更不要说巴金在法国，老舍在英国，更是泡在外语环境中令人吃惊地写出了大量中文作品，人在海外，就已在国内文坛成名。与如今的许多海外作家非常相似。至于茅盾和曹禺，也是在这一文学潮流的影响之下，身在故国而自具备了异国的目光和焦虑，才写作出《子夜》《雷雨》这些现代文学经典的。

有人说鲁迅是用殖民者的眼光来看中国，甚至说他的那些对国民性的猛烈批判本身就是从某个外国传教士的小册子里抄来的。这种说法有些滑稽，但具有启发性，因为一种夹在"异乡"与"故乡"之间的身世之感，显然是那一代作家表达的冲动、批判和感伤的源泉。说它滑稽，乃至哗众取宠，是因为殖民者传教士是纯粹的外部眼光，不会有同时又身在其中的那种深切的痛感。这两者的区别，是殖民主义和人文主义的区别。

身在其内而不能跃身其外，容易导致麻木或者过于愤激。国内的当代写作，往往如此。当代的海外华文写作，因为非常类似于现代文学的发酵环境，在相当程度上承续了它的人文主义传统，而且有可能将它未能完成的文学潜能发展下去。会不会再出现一次由海外返回海内的文学运动呢？国内的文坛已到了文人"耻谈文学"

的程度，少数的探索也是各自为战，能产生一些可能会传之后世优秀作品，但是难以产生对当代社会直接发生影响的文学潮流。时势需要新的文学力量的崛起。而这，靠一两个作家是不行的。《红杉林》这个阵地，在两年的时间里，聚集起了一个相当有生气的作家群。这也许会是一个文学潮流的诞生之地。当然，时代已经不同了，海外作家如何才能以更大的野心来书写他们此在的世界？仅凭与现代文学相类似的热情，这种人文主义已经不能产生冲击力，而只能产生对冲击力的回忆，因而影响往往只局限在知识分子之中。处在中西交汇之处的《红杉林》，有理由变得更好，才能担当过去时代那些如雷贯耳的文学刊物担当过的责任。

（原载《华文文学》2008年第2期）

北美新世纪华文小说综论

张俏静

  新世纪海外华文小说创作在题材开掘和艺术形式创新上都有比较明显的发展。海外作家身份的特殊性，使得他们的创作视域和创作形式更加开阔和多变。海外华文小说为新世纪的中国小说发展增光添色，为繁荣中国小说发展起到了不可或缺的作用，使整个中国小说在21世纪的第一个十年显得更加流光溢彩。

一、螺蛳壳里做道场：民族、人类大命题的微型书写

  从小角度、在小角落写历史长河中人性、人类大命题。美籍华文作家严歌苓重复采用此种创作方式。她的小说总是创造一个凄美的故事，在这个故事中，不一定追求纵横捭阖、翻江倒海、天崩地裂那些大场面，但是质感强烈的人性光辉确是鲜亮的。中篇小说《金陵十三钗》，把最孱弱的生命放到屠城这个残酷的事件中来写，一刹那我们看到了弥漫血腥的天空闪过一抹美丽的人性的光辉。长篇小说《穗子物语》的"自序"中，严歌苓写道："穗子是'少年的我'的印象派版本。"她选择了童年、少年的我，一个小女孩儿的角度，完成了从"文革"到"改革开放"的历史书写，真切地感受到历史从来都不纯粹是个人的，而国家和民族的历史，从来都属于个人。《一个女人的史诗》从一个不起眼的女人近乎一生的爱情叙述中，重新认识爱情的真谛，发现人性的魅力。女主人公田苏菲为了心中的爱情，倾尽一生的情感力量，她爱得很笨拙，甚至让人怀疑是否值得，但是我们最终感受到爱情的执着力量，一个人一辈子都在追求一个心爱的人，始终不渝，这恐怕才是真正的幸福。在这部长篇中，一个新的爱情观潜滋暗长。难道一个人的历史就一定不能成

为史诗吗？在这部小说中，一个人的经历更像是一个民族的没有浮出地表的史诗。2008年创作的两部长篇《第九个寡妇》《小姨多鹤》都是写柔弱的小女人，从抗日战争结尾写起，经历了半个世纪的风云变幻，政治更迭，使小寡妇王葡萄、小姨多鹤遭受了长时期的磨难，可她们坚守不变的是人性的善，不论在怎样的严苛环境中，都用像海水般的爱包容一切，她们失去了很多，却收获了人性的光辉，表面上她们好像很值得同情、怜悯，其实她们最让人佩服尊敬。她们是我们在现实生活和以往的文学作品中都极其陌生的平民英雄。因为所有的战争都免不了毁灭生命、人性。严歌苓的这些小说从小处着眼、细密绵实；故事好看传奇、有趣丰富、真实感人；立意深远、大气不倚。有很大的审美价值，小中见大、细中显真、弱中看韧、善中含美，在中国大陆产生了轰动效应。

美籍华人作家沈宁的长篇纪实小说《唢呐烟尘》和《百世门风》，也是从对个人家庭、家族血脉的追寻中，书写出中华文明的高贵气质。长篇传记小说《唢呐烟尘》，表现的是中国20世纪的政治风云演绎在一个家族的悲怆故事。小说以著名人物陶希圣的活动线索为背景，以其女陶琴薰的坎坷一生为主线，展开了波澜壮阔的历史图画。沈宁在书中自题："这是一个母亲及一个时代的血泪传奇"，透过母亲一生的艰难困苦，看到了不管时势多么变幻无常，母亲始终不变的是善良、爱心。《百世门风》通过对沈陶两家众先辈的传神刻画中，传递出中国读书人的精神面貌：威武不能屈，富贵不能淫，贫贱不能移；玉可碎而不可改其白，竹可焚而不可毁其节；从不与暴力专制妥协合作。沈宁刻画了世代读书人的精神，这种精神经百代积淀陶冶已经像血液一样遗传不衰，书中写道："家族的血液在我血脉里流淌，家族的情感在我胸膛间震荡，家族的荣誉在我头顶照耀。"以家族故事为背景谱写时代风云的长篇传记小说，也是海外华文文学的新质。而这些都是从个人的、侧面的视角来书写完成的。

二、大洋两岸交错更替：中西文化交融的新篇章

海外华文作家一般最多表现的是海外华人在异国的生活，随着物质生活的困境超越之后的文化冲突是海外华人最焦虑纠结的精神状况。20世纪六七十年代的海外留学生文学在这个方面都有不俗的表现，比如白先勇、丛甦、於梨华、聂华苓等。

寻找新形式表现当今海外华人的心境，是新世纪海外华文小说创作的贡献。

加拿大籍华文女作家张翎用交错编织的叙事方式，讲述远走异国他乡寻梦的意义所在，同时也发现了东西方文化中的契合点，为人类搭建共同的精神家园。求同存异似乎才是众多海外华人的精神价值乃至信仰的皈依所在，不再是先前的非此即彼的归属寻找追求了。

张翎的多部中长篇小说都是精心安排了交错编织故事的结构方式。她继1998年发表长篇《望月》后，2001年出版第二部长篇《交错的彼岸》，整个故事穿梭在加拿大和中国温州两地中，通过时空的交错变换，展示中西两种不同的文化对话，通过留学移民、爱情婚姻、家族历史、个人命运等复杂多层的内容安排，揭示了超越民族和文化冲突的普世人性。《邮购新娘》用交叉的写法讲了一个当代最普通的移民故事。一个加拿大的鳏夫，一个从中国邮购的新娘。小说中的人物都在寻找，寻找精神家园、寻找文化归属、寻找心灵慰藉，而那漫长的寻找的过程显得那么富于人性，是否找到却随着小说的逐步展开变得无关紧要了，人类的脚步有多远，寻梦的路程就有多长，这是永恒的主题。中篇小说《余震》构建了一个地震之后疼痛与梦魇交相纠缠的生命世界。张翎更在意的是地震灾难之后的心理创伤，唐山大地震过去几十年了，可是并不能消除创伤带来的也许是终生的心理疼痛，作者发现了在极度环境中生存下来的人是需要终生疗伤的，同情、宽恕。2009年出版的长篇巨作《金山》，依然沿用了大洋两岸交错更替的叙述方式。《金山》以家书为引线，牵动着大洋两岸，一地在中国的广东开平，一地在加拿大卑诗省的温哥华，不断闪回穿梭。随着一封封家书的展读，华族走向世界的百年历史就鲜活地铺满在小说人物的琐碎生活和悲欢离合的儿女情长中。整部作品既是中国海外劳工的百年血泪史，也更是海外劳工的寻梦史诗。作品通过方氏家族五代人在海内外两地为生存而拼搏创业的艰苦卓绝的奋斗历程，折射出中国走向世界的步履维艰。张翎小说创作叙事模式的独特性，是新世纪海外文坛非常值得关注的新气象，她用这种模式驾驭各种海外华人生活题材，使得她的小说创作视野：环视大洋两岸，纵看上下百年。

对于东西方文化中的深层次问题的全方位的思考，是新世纪海外华文小说创作的新收获。旅美华人作家卢新华2004年发表的长篇小说《紫禁女》，凝聚了他对中国文化和历史数十载的潜心思索，更融汇了他对中西文化碰撞的深刻感悟。作者试图通过女主人公石玉与三个男人的情感故事，表现民族从闭关锁国走向开放的艰难历程。复旦大学中文系教授陈思和评价《紫禁女》说："显形故事层面上叙述的是一个含有世俗气息的好看故事，熔生命奥秘、男欢女爱、身体告白、异国情调、情色伦理等于一炉，可以当作一部畅销的时尚小说来读；而在隐形结构里，它却沉重地表达了一个打破先天封闭限制，走向自由开放的生命体所遭遇的无与伦比的痛苦历程。"

三、墙外开花墙内也红：海外小说最先揭示出人类新困境

享有"留学生文学鼻祖"美誉之称的美籍华人女作家於梨华，在近八十的高龄创造了具有高度现代精神的小说。2009年，她发表了长篇小说《彼岸》。书中以一位独居养老院的老人洛迪的视角，刻画了一个美国华裔中产阶级家庭三代女性的人生悲欢。於梨华用她细腻的笔触，全方位描写在中西文化语境之下三代母女关系，她们如何彼此相爱又彼此伤害，最终又如何彼此原谅，显示了女作家纯熟的叙事技巧和对女性家庭情感题材的掌控力。在丰富婉转的叙述中，小说直面现实，巧妙地表现了老龄化、单亲家庭与代沟这三大社会现实问题，她用恬淡的文字、深刻的体验，道尽了几代美国华裔移民的情感变迁。2003年，於梨华发表的长篇《在离去与道别之间》，也是首次描摹的一幅北美华人知识圈的"士林百态图"。小说中一段段发生在美国高等学府里的男女之间的爱、恨、情、仇故事被作者展现得淋漓尽致：同事间的冲突，家庭的纠纷，爱情的纠葛，友情的考验，人性的揭示等，故事丰富耐看，情节高潮迭起。离去与道别之间只是短短一刹那，小说却在於梨华心里酝酿了许多年。与《围城》和《儒林外史》中的辛辣笔调不同，这本书的的字里行间更多的是一种难以言喻的伤痛和感慨。於梨华既展现了美国高等学府华人教授的精神面貌，也借这些高等华人的百态生活，表现了超越种族文化的恒定人性。中国知识分子为什么远在美国，他们身上的人性弱点还是如同在国内一样，奉献精神、自律诚信等人性的高贵品质究竟与什么样的人才是相辅相成的？反正不是与知识、学历成正比。这个疑问和感叹又一次被於梨华在新世纪的对美国华人高级知识分子提出，可她的针对性又何止是美国华人，对当今的中国大陆尤为重要。

四、永恒的话语诉说：女作家视野下的女性生命体验

　　女性视野中的爱情婚姻、女性意识、女性生命体验是海外华文女作家创作中表现比较多的题材。海外华文女作家比较多地书写了永恒的话题，爱情婚姻。生命的移植，文化的冲突，爱情婚姻能有什么样的不同呢？有一批海外女作家在小说创作中做了探寻。旅美作家吕红的长篇《美国情人》，把情人这个概念理解成心中的理想，是不断追寻的一种境界。小说表现了人活在这个世界上，有意无意地都在寻找一种身份。不管你漂流在何处，总要寻找自己的生存空间，面对各种各样的矛盾或冲突。作为新移民，在边缘重建自己的文化身份，这个过程，很漫长也很痛苦。这里包括中西方文化的差异，女性自身在社会相互矛盾的角色冲突中的尴尬。小说就是希望透过活生生、有血有肉的人物来表现这一艰难历程。

　　旅美作家陈谦的《爱在无爱的硅谷》，很像是在表现一种灵动的生命状态，超越了以往那种有情人不能终成眷属的遗憾，而是表现了一种爱情理想终或实现后的失落和茫然，传递出世上没有真正的完美爱情的信息，但是追寻过才是激情而灵性的生命体验。《爱在无爱的硅谷》以苏菊对王夏的爱情选择为主体，但选择后的生活并不是作者写作的侧重点，重点是她追寻的过程。寻找的结果并不重要，重要的是寻找的激情、过程甚至姿态，一种高于生活的向上的生命流动性的呈现。也展现了现代人的追寻自我传奇和想要飞翔的激情与梦想，从而展现了文学超越世俗的向上追问的引导性力量。女作家施雨的长篇《纽约情人》，采用了"一章在中国一章在美国的对比写法"，最后把故事结束在美国的"9·11"之中。小说写了女医生何小寒不同的爱情遭际，爱的种种悲欢离合。小说中的每个人都以自己的方式接纳爱、表达爱。说不上谁对谁错，爱情本身就无错可言。我们生活其中，凭借爱才能坚强我们脆弱的灵魂，"为了爱，梦一生"。也许表达了在没有信念的时代里，爱情被升华为一种信念一种理想的意思。这些海外女作家对异国爱情婚姻的思索，对人性美好精致的一面有了更新的诠释，在物欲愈发膨胀的时代，无疑是一剂清醒剂，在不再谈爱说情的人中，表达了爱情始终存在，不过有时是东边日出西边雨，道是无晴却有晴。

　　借助域外的文化视角，打捞被遮蔽的历史，从而在不同的族群文化中展示华人

的精神特质。这种表现方式和题材，是新世纪海外小说创作别致的风景，极大地扩大了文学的承载量，也显示了文学总是能在不清混沌处挺立。

加拿大华文作家陈河的小说《黑白电影里的城市》，表现了在大大扩张的世界背景中的漂泊、离乱、怀乡。兵荒马乱的生活与传奇的、英雄的黑白影像构成了深具反讽意味的对比：他乡在记忆中成为故乡。小说的故事最早可以追溯到陈河的青少年时代。那是20世纪70年代，他看过一部叫《宁死不屈》的阿尔巴尼亚电影。女主角米拉是二战时一个地下游击队员，后来被德军抓去绞死。1994年，陈河去了阿尔巴尼亚，在第一个落脚的城市城门广场的一棵无花果树下，他看到了一尊少女的雕像。"后来，新华社的一个记者告诉我那就是米拉的原型。我听了内心很震动，就像回到以前看电影的时光。"就在阿尔巴尼亚做药品生意期间，陈河遇到了《黑白电影里的城市》里的故事原型，一个叫杨科的老药剂师，陈河巧妙地把电影里的女游击队员米拉和现实里的伊丽达糅合起来，找到了通往小说深处的路。

在近期出版的长篇《沙捞越战事》里，陈河同样以"在别处"的独特视角，描述了二战时期的东南亚战场。沙捞越是日本军队的占领区域，那里活动着英军136部队、华人红色抗日游击队和土著猎头依班人部落等复杂、混乱的力量。生于加拿大，长于日本街的华裔加拿大人周天化，本想参加对德作战却因偶然因素被编入英军，参加了东南亚的对日作战，一降落便被日军意外俘虏，当上了双面间谍。从加拿大的雪山到沙捞越的丛林，从原始部落的宗教仪式到少女猜兰的欲念与风情，……在错综复杂的丛林战争中，周天化演绎了自己传奇的一生。

总之，新世纪十年的海外华文小说，摆脱超越了前期的倾诉式地表现海外华人艰苦创业的艰难生活，视野更加开阔，注重反映海外华人的精神状态、中外文化的融合和差异、从人类人性的高度审视人的丰富多变，表现形式更加艺术化，更多地从文学审美的角度去创作小说，不仅仅是华文小说，华人作家用外语创作的小说也获得了世界范围的关注，比如美籍华人哈金的长篇小说《等待》《战废品》《自由生活》，加拿大华人女作家李彦的长篇《红浮萍》《嫁得西风》等。这些海外华文小说丰富了中国小说，也繁荣了世界文学。

（原载《跨越太平洋——北美华人文学国际论坛文选》，暨南大学出版社，2018年）

《红杉林》文学场域的多重共振与华文文学的
国际传播

胡德才　张悦晨

　　《红杉林》文学场域的内部共振和与其他场域跨界互动的过程，便是美华文学进一步扩散传播的过程，是传播渠道多样化和多元化拓展的体现。《红杉林》通过文学场域内部共振的可供性，实现主体与客体之间的互动体验；通过多重场际共振，实现乐与媒介场、学术场、政治场的多元跨界泛传播。在场域共振间，《红杉林》实现了华文文学价值内核的认同，个性释放与社会记述、世界意识与中国特色的融合以及在文化"镜中我"中对自身的重新审视。

一、场域内共振的可供性：主体与客体间的互动体验

　　布莱恩·摩尔安提出了"可供性场域"概念。可供性可理解为一种相互作用，强调行动主体与客体之间的互动体验。[①]也就是说，在文化生产场域中，文化产品是在一个系统中经过多元持续的交换和互动后产生的结果。在以《红杉林》为中心的文学场域中，时空可供性、再现可供性和社会可供性比较突出，这些要素可供性所包含的价值是文学传播互动与多方交流协商的产物，在历史与现实的共生中拓展叙事空间，挖掘内容"刺点"，为多元传播渠道的拓展奠定基础。

　　1. 时空可供性：跨地域性热点专题的传播

　　时空可供性讲究当下性。以《红杉林》为中心的文学场域与时俱进，紧跟时事

---

　　① Brian Moeran, *The Business of Creativity: Toward an Anthropology of Worth*, Haven: Left Coast Press, 2013, p11.

热点，为其场域行动者提供最新信息。其时空可供性主要体现在以下三个方面：

一是当季热点时事。《文讯（剪影）》一栏主要体现了这一特征，该栏目主要刊载文学社团的最新活动、华裔圈的最新动态等。如2020年第4期刊登了薛忆沩获第五届中山文学奖、美华精英颁奖典礼、黄宗之朱雪梅《幸福事件》出版、APAPA举办亚太裔领袖研讨会等，为海外华裔文学爱好者提供文学场域近况。

二是场域作家群动态。《红杉林》或以专栏形式，刊登主要的作者群出游采风的实录。文学创作离不开生活与情感的积累，《红杉林》以组织团体出游的方式，或回到大陆，感受青砖白瓦的江南小镇的清丽风光，感受大漠孤烟直的西北风情，或共游海外名胜，远离城市喧嚣，在山水间收获别样情感体会。如2018年第4期推出的《作家江南采风专辑》，收录了吕红、刘荒田、林中明、融融、夏婳、孟悟、冰凌、冰清、江蓝、文章、黄雅纯、于文涛、王克难等作家的采风作品。此次采风由《红杉林》杂志总编、美国华文文艺界协会会长吕红和荣誉会长刘荒田率领，来自美加的北美华人作家组成的访问团赴江南采风，历时9天，从上海出发，到松江、太仓、常熟、苏州、南京等地，采访了大学、科技公司以及农村渔业等，亲身感受改革开放40年来，江南一带经济、生态、环保、人文等方面的成就。《太仓"话雨"》等系列作品不断地见诸报刊。《红杉林》暨美华文协理事会经常举办文学交流活动，文学研讨会邀王蒙、公仲等专题演讲，以及赵稀方、刘俊、陈浩泉率团访美座谈活动等。

三是文学事件。一方面，在文学界或学术界相关会议召开后，《红杉林》会以专栏形式刊载会议主要内容，如《北美华人文学国际论坛专辑》等。另一方面，文学界有作家获奖，或是某作品在华文文学界引发轩然大波时，《红杉林》亦会刊载相关的文学评论或是名篇欣赏。例如薛忆沩作为《红杉林》作家群的重要一员，其作品《李尔王与1979》在获得第五届中山文学奖后，《红杉林》刊登了林岗的评论《薛忆沩的李尔王》。在特别企划中，总编吕红对话薛忆沩，以人文历史视野，将人道精神与悲悯情怀相互映衬。长篇小说《李尔王与1979》以及获奖感言《我的"乡土小说"》等构成了他颇具分量的薛忆沩创作专辑。又如，另一位第五届中山文学奖获得者周励的新作《亲吻世界》出版时，《红杉林》即刊发了陈思和的序言《在至暗时刻，做清醒的理性主义者》。还刊发了江少川对周励的访谈，穿越了构成传奇女作家三十年的"曼哈顿三部曲"。另外，针对场域内部重大人事事件，

《红杉林》也会推出相关的专栏。2017年著名诗人、《红杉林》顾问余光中逝世，2017年第4期的《红杉林》特别推出《纪念余光中先生专辑》，发表了与余光中有交往的张错、古远清、林丹娅、刘荒田、江少川、王性初等十多位作家、学者的纪念诗文。再如著名美华作家於梨华逝世后，《红杉林》推出了《於梨华纪念专辑之一》《於梨华纪念专辑之二》，缅怀大作家，以表悼念之情。

2. 再现可供性：杂志内生作品的良性循环传播

再现可供性丰富了文学传播内容的文化底蕴，提升了杂志的文化品格。《红杉林》的再现可供性不仅体现在其与中国传统文化元素的融合，还体现在其文学场域内部作品与评论的互动关系。

首先，《红杉林》将中国经典文学作品、历史人物传奇、中国传统文化象征符号等融入到文学创作之中。例如在《跨国红楼梦》中，吕红等作家对中国文学经典《红楼梦》进行了现代化的再创作。古代文化与现代文化的融会贯通和创新文本的多样塑造，赋予了经典文学更广阔的再现空间，呈现了别具一格的文学符号，给予读者耳目一新的体验。这正是再现可供性意义的体现。

另一方面，《红杉林》中文学作品的发表与针对该作品的文学评论的共生，在其文学场域内部也形成了再现可供性，让作品得以持续地传播，拓展了文学作品的价值空间。原创作品《金陵十三钗》刊登后不久，《文坛纵横》栏目便发表了邓菡彬的《他者化的主体分析——解析〈无出路咖啡馆〉和〈金陵十三钗〉》。彭朝琴则在《思与诗、意与境——评吴唯唯的现代汉诗写作》中评论了《红杉林》刊登的唯唯的诗作《无痛的怀疑》《想象》等；陈瑞林的《"苦行者"沙石》一文亦涉及沙石在《红杉林》发表的《一个人的小说》《我的太阳》等作品。

从《名家新作》《名家名篇》《小说拔萃》等文学创作类栏目到文艺评论类栏目《文坛纵横》，《红杉林》形成了一套完整的栏目间动态互动系统，让文学作品与文学评论在再现可供性的作用下交相辉映，让读者更深入、全面地理解文学作品，并融入到文学系统运行之中。

3. 社会可供性：庶民参与和日常生活的审美化

《红杉林》的社会可供性超越了传统文学创作环境，更强调一种可提供给社会的可联合、可连带、可推动的包容开放化，这让作家和普通作者在其文学场域中融为一体，满足日益丰富和多元的表达需求和阅读需求，既为美华文学的多元化发展起到了至关重要的作用，更推动了"日常生活审美化"。

"日常生活审美化"由迈克·费瑟斯通提出。他认为，日常生活审美化正在消解艺术和日常生活之间的界限，把艺术转化成生活，使艺术从精英式的精神殿堂转入日常生活。[①]在《红杉林》中，这种"日常生活审美化"在广大文学爱好者中得到了集中体现。

参与《红杉林》内容创作的群体中，除了已经位列文学系谱中的职业作家，还有普通文学爱好者。既有在美家庭主妇，也有事业有成的商界精英。他们一同参与到《红杉林》文学场域之中，分享感性的日常生活——真实的个人故事、所见所闻奇闻异事以及人生感悟。可以说，《红杉林》提供的是开放的、"庶民写作"的文学交流平台。

《红杉林》常常收到许多来信来稿，其中既有名家亦有新秀，甚至有过去从未有过创作经历的科研人员、硅谷工程师等。这正表现了移民的强烈表达欲望。他们踏上异国他乡的土地，必然要面临各种问题，包括生存的压力、身份的困惑。异国他乡充斥着新奇的见闻和多样感受，这让新移民作家不得不直面边缘人的人生，进而探索人性在特定历史背景下所具有的全部张力和丰富深邃的内涵。

因此，《红杉林》文学场域的社会可供性，以通俗化、大众化写作唤起的参与热情，成为文学推广与传播的重要方式。从事各类职业的作者参与写作，丰富了文本涉及的不同领域的内容分享，呈现出了多重经验的跨界多元化写作特征。

二、多重场际共振：《红杉林》多元的跨界泛传播

文学领域一个重要的观念就是要跨越边界，在跨越边界的同时拓展文学传播的多样化渠道。《红杉林》作为海外文学杂志，先天具有跨越性。跨越了文学创作的文化界限，跨越了编者群、读者群和作者群的边界，也跨越了传播的时空阻隔。正是这一突出的特性，使得《红杉林》超越了其内部文学场域的边界，为其与其他多

---

① 1985年12月，费瑟斯通在向荷兰提尔伯格大学召开的"日常生活，闲暇与文化"大会提交的论文中，就运用布尔迪厄的文化社会学理论研究了消费文化中的日常生活方式变化。1988年4月，他在新奥尔良"大众文化协会大会"上做题为"The aestheticization of everyday life"（日常生活审美化）的演讲，认为日常生活审美化正在消弭艺术和生活之间的距离，在把"生活转换成艺术"的同时也把"艺术转换成生活"。

个场域的跨界场际共振提供了便利。在多重场际的共振中，《红杉林》实现了多元与跨界的泛传播，对美华文学的创作及其影响力的提升起到促进作用。

1. 媒介场与文学场的互动：媒介事件策划与二次传播

《红杉林》作为文学传播媒介，与传统媒介场有着频繁的互动。北加州华人传播媒体协会及《星岛日报》《世界日报》《侨报》《国际日报》《亚省时报》、世界名人网、华人之星广播、城市新闻网、硅谷回音、文学城、海外文轩、新浪网等对《红杉林》给予了媒体支持，都有过对其内容的转载、评论等二次传播行为。

知名纸媒《星岛日报》报道了由《红杉林》承办的第四届青少年中英文征文大赛启事，号召华裔青少年踊跃参与。华媒在全球华语传媒中占据重要地位，通过此类既有影响力又有传播力的华语报刊的传播，不仅推广了青少年中英文征文大赛，更让《红杉林》及美华文学获得了华裔族群更多的关注。同时，《中国青年报》也对青少年中英文征文大赛发表了报道《"中美青少年中英文大赛"让文化为媒，讲好中国故事》以及选刊了不少优秀作品。

此外，《红杉林》的人物访谈常被其他媒体多次二次传播。如《与时间共舞——百岁寿星与百年老店》华人头条转载获近10万阅读量；还有《文学城》转载了《红杉林》的人物专访《谭元元：美到极致的芭蕾舞精灵》，获得万级点击量。同时，《红杉林》主编吕红也代表杂志多次接受媒体采访，其访谈内容涉及《红杉林》杂志内容、杂志运营和美华文学创作等方面。这些访谈发表的媒体平台不乏高传播力、高影响力、高权威性的媒体。如2020年8月，《人民日报》（海外版）官网在《华媒大V说》栏目中，发表《吕红：华媒对推动华文文学创新与嬗变意义非凡》一文，媒介场与《红杉林》文学场域的互动，让杂志在海内外得到更广泛的关注，为杂志影响力、权威性的提升铺平了道路，打通了与海内外受众的最后一公里。

2. 学术场与文学场的引流：华文文学学科与美华文学的共同发展

以《红杉林》为中心的文学场与华文文学研究的学术场域的来往较为频繁，也是其传播的重要渠道。在与学术场的共振中，《红杉林》推动着华文文学学科和美华文学的共同发展。

加拿大华人历史文化学会、北美洛杉矶作家协会、伯克利大学、加拿大华裔作家协会、中国世界华文文学学会、中国社科院文学所、南开大学、暨南大学等知名高校、研究机构、作家协会、学术团体，都与《红杉林》有着持续且密切的合作。

其共同合作搭建的北美华人文学国际论坛是世界各国专家学者与作家面对面的学术交流平台。每次都有百余名海内外作家学者参与，各地学者与美华文学作者在这里碰撞出思想的火花。其中海外华文文学创作生态和作家最新作品研究是论坛学术交流的主要内容。文学因交流和传播而丰富其意义、扩大其影响，文化因交流和传播而凝聚共通的情感。因此，北美华人文学国际论坛在激发美华作家的创作活力、提高美华文学学术研究的热情、推动东西方文化交流和中华文化的对外传播方面发挥着重要作用。《红杉林》也高度重视北美华人文学国际论坛，每当论坛召开之后，相关信息会都通过《文讯剪影》栏目或设置专辑的方式，进行二次传播。如《红杉林》在2015年第2期推出了《论坛专辑》，对北美华人文学国际论坛的大会论文摘要进行了汇总。

同时，不可忽视的是，《红杉林》本身也是学术场与文学场的共同载体。目光回到杂志的重要栏目《文坛纵横》，可以发现不少专家学者的踪影。饶芃子、邵燕君、赵淑侠、江少川、公仲、古远清、程国君等学者都曾多次在《红杉林》发表学术论文。在《文坛纵横》中，诸多专家学者对美华文学研究见解独到，对美华文学作品解读深刻，对提升《红杉林》的专业化品质和格调发挥着重要作用。

3. 政治场对文学场的助力：作为全球化时代的文学新气象

华文文学是讲好中国故事的重要载体。华文文学的发展一方面有赖于国内文学报刊；另一方面也有赖于海外华文传媒包括报纸、杂志等传播渠道和媒介的丰富。这些海外华文传媒对华文文学的传播和发展、对中华文化的传承，对以文化为媒、讲好中国故事有着深刻的意义。

近年来，世界华文文学的繁荣发展证明了华文文学本身的丰富价值，诸多国家都曾召开过本地华文文学的会议。经历时代的变迁与洗礼，从早期华人移民文学到新移民文学，华文文学涌现出的作家人数和创作实力非常可观。侨办支持、举办的两大项目——世界华文文学大会和世界华文传媒论坛，在海内外影响巨大，也体现了国家层面对海外华文文学和海外华文传媒的高度重视。

《红杉林》作为美华文学的重要阵地，同样也发挥着华文传媒的多重效应——一是提供华裔移民的情感表达渠道，二是扩展东西方文化交流，推动全球化时代华文文学力量的崛起。因此，以《红杉林》为中心的文学场也充分得到了来自政治场的重视。

中国国务院侨办宣传司曾在2015年向《红杉林》杂志创刊十周年致贺函：祝愿《红杉林》继续为弘扬中华文化、服务华侨华人、促进中美友好做出积极贡献。美国国会议员赵美心也曾高度赞扬《红杉林》编委及作家们对促进中美文化交流、促进文学发展的不凡成就及贡献。

作为总编辑的吕红也曾多次代表《红杉林》杂志参加世界华文传媒论坛，如第十届世界华文传媒论坛于2019年10月隆重举行，来自世界61个国家的427位媒体高层人士出席盛会，中央主要新闻机构及国内有影响力的媒体都参与其中。世界华文传媒论坛由国务院侨办、中国新闻社携手省级地方政府联合主办，秉持"联谊、交流、合作、发展"的宗旨，先后在南京、武汉、成都、上海等地举办。如今，在华文传媒领域，世界华文传媒论坛有着高知名度、高信誉度，是一项由政府牵头打造、多方华语传媒共同参与的华文传播品牌。该论坛每两年一届，是开放性、国际性的华文媒体高层交流平台，已获得世界范围内华文媒体的高度认可，并被列入国家级对外交流合作的重要平台之一。受邀参与这一论坛，既体现了政治场对《红杉林》杂志的高度认可，又激励着《红杉林》迈向更高的台阶。

总之，《红杉林》的文学场与社会共振的过程中，畅通了中外传播的渠道。对于传播中华文化，促进中外友人的交流与联系、沟通与合作作出了重要贡献。

三、传承与话语表达：场域共振间华文文学价值内核的认同

以《红杉林》为中心形成的文学场域，不仅能为文学营造良好的文化氛围和传播环境，实现其场域内部多个行为者的共振，更在与其他场域的多重共振中，推动与媒介场、学术场、政治场的多元跨界泛传播，拓展美华文学的价值空间和意义表达渠道。微观而言，在个性释放与社会记述中，《红杉林》满足了社会的文化需求；宏观而言，其跨文化视野，实现了世界意识与中国特色的融合，也成为了文化的"镜中我"，推动了对自身文化的重新审视。

1. 个性释放与社会记述：恢弘的情感自传和移民社会史

林林总总的移民人生，演绎着形形色色的移民喜乐哀怒。《红杉林》文学场域实现共振的价值，最直接地体现在文学场域中的个体和社会群体通过个性释放与社会记述，满足精神和情感需求，书写多姿多彩的移民生活，畅通跨时空传播的渠道。

海外华文文学大多为海外华人的"业余"写作，这不仅使《红杉林》凸显开放包容的风格，也彰显了华裔群体的个性释放。这些美华文学的创作者们在异国他乡找到了属于自己情感价值的表达方式和平台，对文学场域产生了深远的影响。作为开放的美华母语写作发表园地，生活随笔类、散文类文本写作满足了具有母语情结的华人写作者书写自己的生活和表达内心情感诉求的需要。

在《心灵之旅》栏目中，散文大家刘荒田的《"终极写作"的诗人》以奇笔叙述女诗人失忆昏冥时也诗心不泯，文中写道："因遗忘而荒芜，因衰竭而紊乱的心灵，居然在最深处保留着完全清明、澄澈、敏锐的诗感"。这句话用于《红杉林》文学场域中的各类行动者们，尤其是作者群和编者群也是恰当的。又如《去广东市场》一文，笔墨精粹，关注华人移民的各种甜酸苦辣，作者"去广东市场"寻常买货一趟，阅尽洋插队或偷渡客前世今生恩怨纠葛的驳杂世相。

可以说，十九年来，以《红杉林》为中心的文学场域共振交错，记载着在美移民喜怒哀乐的情感历程，也是一部移民社会酸辣苦辣的生活史。

2. 跨文化视野：世界意识与中国特色的融合

跨文化是在与他者的碰撞中发现自我。[①]这需要在差异中承认他者，以理解并解决跨文化摩擦。《红杉林》作为华文传媒，是中西文化交流互鉴的重要渠道，杂志创刊十九年来，创作与研究并呈，名家与新秀并举，典范与新锐兼容，东方与西方接轨，平面媒体与网络写手合作双赢，不断扩展文化团体的交流。其参与联合举办的国际学术研讨会、作家艺术家作品展、新书发布会及刊发的世界华人作家作品专辑、海外女作家专辑，举办的中美青少年中英文写作大赛等，在整合资源、交流互动中，为推动美华文学的创作创造了良好的生态环境，打造了跨文化交流的平台。不仅其文学场域内部的作者群、读者群、编者群融合中外，而且与其文学场域共振互动的媒介场、学术场、政治场也同样是横跨海内外。因此，这一开放包容的文学场域必然带着世界意识与中国特色相融合的烙印。

以《红杉林》总编辑吕红为例，作家兼媒体人的吕红身上便带着多元融合的特质。中文系出身、负笈海外、文学博士、知名作家、新闻记者、媒体总编，吕红具有开放包容的格局，有容乃大的气度。与《红杉林》文学场域中的诸多行动者一

---

① ［法］米歇尔·苏盖、马丁·维拉汝斯：《他者的智慧》，刘娟娟、张怡、孙凯译，北京大学出版社，2008年。

样，吕红游走于多个国度、多种文化之间，有着正派的"三观"统御下的中庸，也有着兼容并包的趣味、谦逊的态度和缤纷的文采。这带给《红杉林》的优势是吸纳了多元写作者身处华洋社会的多样化历练、学养、经验和感悟，让跨文化融合视野凸显得淋漓尽致。

主体间性体现为一种交互主体性，其追求的是主体与主体的共在。[①]而在文化符号世界的互动过程中，不同国家文化之间存在的主体间性也是一种文化间性。而以《红杉林》为中心的文学场域，可以说是中西文化间性的缓冲地带。《跨国红楼梦》等文学作品对中国的呈现平衡了中国或西方单一视角的选择性倾斜——自我陈述的"选择性呈现"和他者叙述的"刻板偏见"。这使得其文学场域中的有关中国元素，不再是"漂移的能指"，而是汲取了自我陈述和他者叙述的优点，让自我与他者互为映衬，实现了文化互通。

又如周石星的《卜算子之秋感》、马慕远的《水调歌头之群英会》、李硕儒的《秋叶赋之捣练子令》、曹树堃的《咏春之诗言志》和《虞美人之疫中之夏》、吕朝刚的《清平乐之山居》，各家或用中国传统古诗的格式，或用经典的词牌名，书写海外移民故事，无疑显示了世界意识与中国特色的融合。

在世界意识与中国特色的融合中，在中国性与本土性的交错中，在兼容并包的宽广视域下运行的《红杉林》文学场域，具有多元化基因。在形式上，《红杉林》将典范与新锐并呈；在内涵上，显示出不同的视野或焦点，以迥异的方式来诉说命运的跌宕起伏和经验的细微差异，尽情展现海外华文文学的纵横切面，构成奇特的文化景观。从文学、艺术、历史、景观等多维度的书写中，表现中国传统文化的海外传承，为海内外读者呈现一幅丰富多彩的跨文化图卷。不仅展现了美华文学场域中多元作家群体的风采，更彰显了源远流长又生机勃发的中华文明的伟大生命力。

3. 文化"镜中我"：以美华文学审视自身文化

《红杉林》作为拥有跨文化属性的文学场域，不仅增强了中国文化的国际影响力，还有助于海内外民众对自我文化的反思，在与异质文化的交流和碰撞中直面差异与冲突，实现兼容并包的文化整合。可以说，这一视角完善着文学传播的内向化传播渠道。

---

① 周建萍：《中国当代文艺实践与"国家形象"建构中的"自我"与"他者"》，载《江苏师范大学学报》（哲学社会科学版）2013年第5期。

社会学家库利提出的"镜中我"概念，认为人对自我的认知主要是通过与他人的社会互动而形成。[①]这同样也适用于我们对本国文化的认知。著名学者周有光说："不要从中国的角度看世界，而要从世界角度看中国。"这正是《红杉林》这类海外华文文学媒介的优势和特点，多重的视角、多元的文化，使《红杉林》的文学价值提升到了一个新的高度，让这一文学场域内外的行动者能够以另一异质的视角，重新审视自身文化。

随着博大精深的中华文化影响力的提升，越来越多外国人被吸引并深受其影响。2010年第3期的《红杉林》，刊登了詹姆斯教授的英文译介《道德经》，新书引言经美华文坛新秀晨曦再转译成中文，让读者了解到西方人对于中国传统文化的认知，也为我们自身重新审视中国文化提供了全新的视角。

海外华裔移民是游离于本土中心的"他者"。《红杉林》文学场域中海外移民作者笔下的文字也是反映中国的一面"镜子"，透过这面"镜子"同样也可以认识和把握中国文化。如江岳的《瞎子阿炳与聋子贝多芬的对话》、李林德的《漫谈青春版牡丹亭》、朱琦的《问牡丹亭情为何物》等，皆凸显出作者对民族文化的自我审视。可见，海外作家经过了异域文化的浸染，再回过头来看母体文化，眼光已经具有某种不可复制的特性。

安德森认为民族是想象的共同体。[②]同时，他也指出报刊可以构建想象的共同体，人们可以被"请进"其中。在一个庞大且由多民族组成的民族国家中，绝大多数社会成员之间没有血缘关系且生活习惯也大有不同。而合适的传播媒介可以将民族历史、民族现实转化为民族共享的集体记忆，并在共通的民族情感的作用下逐渐达成高度的民族认同，进而构建出民族想象的共同体。

《红杉林》作为重要的海外华文媒体，也是民族想象的一种话语方式，在民族共同体的建构中发挥着举足轻重的作用，实现了从文学场域的共振到华裔族群的情感共振。虽然我们无法做到海内外每个华人都互相认识，但是在滚滚历史洪流中，我们却拥有着共同的文化经历、共同的民族情感和共同的民族记忆。

---

① ［美］查尔斯·霍顿·库利：《社会过程》，洪小良等译，华夏出版社，2000年。
② 安德森说："遵循着人类学的精神，我主张对民族作如下的界定：它是一种想象的政治共同体。"见［美］本尼迪克特·安德森：《想象的共同体》，吴叡人译，上海人民出版社，2016年，第6页。

第一，《红杉林》通过理解力场的共振归位，实现族群共同体纽带的再凝聚与维系。

洛文塔尔的理解力场认为人性的传播和交融共享理念须臾不可分离。作为人类交往活动中的一种传播行为，文学艺术对于恢复传播的本真内涵和人性内容，推进人与人之间的交流理解、分享内在的体验，具有不可替代的价值和作用。[①]正是在这一理解力场中，《红杉林》以对美华移民社会图景与微观个体命运的描写，多重互文空间的同频共振，民族国家文化符号的精神烛照，唤起了民族集体记忆与情感共振，实现了民族共同体的有效想象与强化。

《红杉林》对中国近代和当代历史上的重大事件给予了特别关注，策划推出了《抗震救灾专辑》（2008年第2期）、《纪念百年辛亥革命专辑》（2011年第1期）、《知青话题专辑》（2016年第2期）等专辑，在海内外读者中引起广泛共鸣。"历史记忆往往与某个国家、民族的主流意识形态相关，是现行秩序得以合法化的关键性叙事。"[②]个体间共享的历史记忆作为一种集体记忆，能够更牢固地把分散的个体凝聚在一起，使民族想象共同体得以建构和强化。集体记忆越是深刻就越会产生强烈的凝聚力和认同感。然而，身处海外的移民面对西方大众文化和异质文化的席卷，容易在民族内部出现集体记忆的分化和断裂，长此以往可能会阻碍中华文明在海外延续。而《红杉林》作为海外移民表达情感的载体，其思乡、望乡的故土情怀，对民族历史、文化的记录，对中华文化传播起着重要作用。通过文学创作与整合、再塑集体记忆，可以使那些与民族国家文化渐行渐远的社会成员重拾被遗忘的记忆。

在《红杉林》中常出现的中国传统文化符号和对"精神原乡"的追求，也有力推动着民族共同体的建构。中华文化符号的主题内容是对中国传统文化的传承与消费，美华移民远离中华母体文化，失去自然存在的原生文化土壤和环境。而共同的语言文字、神话传说、历史故事、节日习俗等共同的象征系统可以让民族意识得以凝聚，实现文化认同的深度共鸣。如刘荒田的《填空式书写：新历除夕》、马慕

---

① 甘锋：《文艺研究新范式——洛文塔尔传播论文艺观解读》，载《贵州社会科学》2009年第11期。

② 余霞：《历史记忆的传媒表达及其社会框架》，载《武汉大学学报》（人文科学版）2007年第2期。

远的《新春联欢》、曹树堃的《冬至之七绝》、裴多菲的《除夕》等作品对中国传统节日的书写。除夕、春节、清明等中国独有的节日，作为中华民族传统文化的表征，不仅是民族文化中独有的特殊文化符号，也是无数海外华人的精神寄托。以其作为文学创作的主题和背景，是海内外华人族群共同体纽带的再凝聚。这类符号多次出现在《红杉林》的文学场域中，是对民族共同体身份的强调。

对象征民族和国家的文化符号的强调往往与民族共同体建构的强化相关。立足于中华民族每个人都共享的传统文化符号的基础上，《红杉林》不断挖掘和表达符号背后共享的有关于民族团结、民族凝聚力的精神内核，营造出中华民族集体普遍的认同话语，实现民族共同体的建构。代表华族文化的符号每在《红杉林》杂志中出现一次，其所指意义便能够在作者和读者心中潜移默化地强化一次，传播效果不言而喻。

第二，《红杉林》通过文学的薪火相传，彰显了赓续民族文脉的担当精神。

树高叶茂，系于根深。文化是一个民族的根性支撑力量。《红杉林》杂志名称的能指红杉树林，其所指挺拔、高大、生命力强韧，生生不息，繁衍成林。这种稀世巨树的共有特征是穿天而立，坦然迎受风霜的摧折。树在时光里屹立，亦如人在时光里屹立，支撑着它不败之身的，是挺然的骨骼。红杉的根在地下相互交织生长，这使得红杉树总是成片成片地出现，即使面对风风雨雨依旧能够屹立不倒。可见，红杉林的种种，都与华人顽强的生存信念和族群情结完美契合。红杉林不仅是华人文学的象征，更是华人华侨在异国他乡落地生根、自强不息的精神写照。

而《红杉林》这片美华文学之林，在海外扎得深，扎得稳，扎得持久，不仅依靠华人移民作家的辛勤耕耘与传播，还有望于美华文学的后备军青少年的薪火相传。《红杉林》对此进行了不懈的尝试与努力。出自《华文校园和小作家园地》栏目的《嫦娥的故事新编》《花木兰之谜》《嫦娥奔月的故事》等，都体现了在美华裔小作家对中华民族传统文化的浓烈兴趣和创作激情。又如，在旧金山举办新闻发布会的第四届青少年中英文征文大赛，大赛主题是"心中有爱"及"人生路上"，这一主题既是召唤，也是扬帆起航；是意志力的冲刺，更是灵感飞扬的激发。尤其在全球经济放缓、种族冲突、社会动荡不断的逆境之中，这场跨场域的青少年文学大赛意义深远。它鼓励华裔青少年勇于追寻梦想，鼓励他们面对挑战坚持不懈，鼓励年轻一代"心中有爱"，有胆有识，以文学之力，学贯中西，讲好中国故事，促进世界文明和谐发展与中华文化的薪火相传。

不管是开放化采用华人世界各行各业的普通作者的来稿，还是承办文学奖，鼓励华人世界青少年群体积极创作，《红杉林》如风乍起，吹皱一池春水，搅动华人移民精神世界的涟漪，以独特的烟火气温热文学场域，发扬中华文化传统，接力民族文学，扶植文学新人，传承文化薪火。

第三，《红杉林》通过唤起文化认同与文化自信，超越个体差异和群体藩篱。

斯图亚特·霍尔认为文化身份可以理解为"一种共有的身份"，反映共同历史经验的文化符号构成了"现在的我们"。这种共有的文化身份的深层逻辑是流淌在文化逻辑中的一体感和连续性。正如《红杉林》杂志名的族群寓意，它象征着团结和凝聚精神，流露着强烈的文化定力和文化意念。作为美华文学重要载体的《红杉林》是连接海内外中华民族文化身份的纽带，超越个体差异和群体藩篱，筑牢共同的文化身份，唤起族群文化认同与文化自信。

从《心灵之旅》栏目到《天涯芳草》，从对遥远故土的热爱到对民族传统的弘扬，《红杉林》文学场域的行为者已习惯以情感和传统为桥梁把散落在美国土地上孤立而分散的异乡客和远在大洋彼岸的同族联系起来。不仅保留了本民族的语言和传统，使其不至于在文化熔炉的同化中失去自身民族性，又在对中国传统文化要素的再现可供性中，激发共同文化身份的族群自豪感和文化自信心，唤起深植于文化内表的民族认同意识。

《红杉林》创办二十载充分体现了北美华文传媒和华文文学的共生态发展。美华文学场域的创作动力来自于新移民与故土距离感与新居地陌生感的焦虑；来自于读者受众的情感共鸣；来自于媒介场、学术场和社会等多重场域的互动。《红杉林》为海外移民作家提供了情感表达的平台，为海内外读者提供了多姿多彩的文学作品和移民生活生存经历的分享，为学术研究提供了珍贵的史料库。

（原载《红杉林》2024年第1期）

后　记

　　2019年转眼已过半，《吕红研究资料汇编》已经进入收尾阶段。这份汇编工作在我们心中是一件很有意义和价值的事情。因为近几年来海外华文文学发展势头正劲，且取得了令人瞩目的成就，吕红是海外华文文学创作群体中的佼佼者。作为美华文学的代表作家之一，吕红的著作量多质丰。从研究方面看，海内外吕红研究资料多种多样，成果颇多。为了全方位地展示吕红研究成果，深入地推进研究进程，我们编写了这部资料集。收集整理出版这部资料集，至少是出于以下三方面的考虑：

　　首先，研究总结与史料建设。吕红著有长篇小说《美国情人》《尘缘》，散文集《女人的白宫》，小说集《午夜兰桂坊》《红颜沧桑》等。作品入选《美文》《解密美国教育——旅美华人看美国教育》《一代飞鸿：北美中国大陆新移民作家短篇小说精选述评》《世界华语文学作品精选》《华夏散文选萃》《海外华文文学读本》等。她的作品曾获多种文学奖项，并获中国驻旧金山总领事、美国国会议员、加州及旧金山市府颁发的多项嘉奖。中国作协会员、中国小说学会副会长公仲称吕红为"很有抱负的作家"；华中师范大学文学院教授、华中科技大学武昌分校中文系主任江少川对吕红的评价为"一位艺术感觉敏锐而富有才情的女作家，又具有相当深厚的理论功底与文学素养"。因此，对吕红研究的成果进行一次全面的整理，这既是一次有意义的驻足回望和阶段性总结，又为以后吕红研究者的研究提供宝贵的参考资料。

　　吕红的相关研究驳杂多样，对其做一番梳理是极其有必要的。2006年出版的《美国情人》是吕红旅美之后创作的第一部长篇小说，这部小说引起了评论界的较

422 -

大关注。世界华文文学学会名誉会长、原中国作家协会副主席、中国社会科学院文学研究所所长、中国当代文学研究会会长张炯在《美国情人》序言中对该小说作出了高度的评价。张炯《美国情人》序言以卓越的文学眼光和敏锐的评论感觉奠定了吕红研究的基调，为后来的研究者提供了借鉴意义。近十几年来，研究吕红的期刊论文约60篇，其中硕士论文3篇，博士论文1篇。这么多的研究成果，其质量毕竟也参差不齐、高下有别，需要进行筛选，做"研究的研究"。为了推进研究的深入，为后来的研究者提供一部具有史料性价值的《吕红研究资料汇编》，本身也是一件很有学术意义的事。

其次，通过研究吕红彰显世界华文文学的发展实绩和研究硕果。吕红是目前世界华文文学中成就突出的作家之一。我们之所以选编《吕红研究资料汇编》，是因为读者能够从吕红的文学世界中进一步地了解世界华文文学及北美新移民文学取得的成就，也能透过世界华文文学掌握全球化背景下世界文学的发展态势和基本动向。吕红自2018年受聘成为陕西师范大学人文高等研究院的驻院作家，是我们陕西师范大学文学院世界华文文学研究中心的一件盛事。在陕西师范大学文学院教授程国君老师的提议下，我们选编了这部资料汇编集。这不仅是一个重要的起点，也是一个新的契机，它会为我们中心深入推进世界华文文学的研究提供强大的动力。

再次，研究及批评文体可以是多种多样的。"演讲""会议报道""访谈论"、批评论文、报刊新闻、读者博客、点评等多样化的批评文体可以多维度地、立体化地展现一个作家及文本的整体和全貌。为了给读者的阅读带来便利，《吕红研究资料汇编》以"访谈录""评论集"两种"批评文体"编排。"访谈录"收录了江少川、王红旗、于文涛、木愉、陈富瑞、晓薇等人以及中经在线、人民日报海外网对吕红创作的访谈。从涉及作品的广度和话题的深度来看，这些访谈都是很有价值的，它们反映了访谈者的问题意识和受访者的创作思考。"评论集"精选了几十篇学术论文。这些论文大多出自华文文学研究的著名学者，其观点和质量几乎可以代表目前吕红研究的最高水准。在精选的过程中，我们抛开门户之见，特别注重不同的学术声音，无论是批评还是赞扬都有收录，期望能够呈现吕红研究的全貌。另外，需要补充说明的是：其一，我们虽然统一了这些论文参考文献的格式，但是我们并未对正文内容进行改动；其二，此书完稿于2019年5月，因而其后略做必要的补充。

本资料汇编程国君教授为主编,在其周健、封艳梅、苏芳泽博士以及罗吉萍、张正阳、丁润之、赵香、马兴艳等硕士研究生的通力合作下精心挑选、汇编完成。其间,吕红老师提供了不少资料,并为汇编建言献策;陕西师范大学高研院院长李继凯教授及陕西师范大学出版总社为本书的出版也给予了帮助。另,所选论文的作者,我们大多联系并作了照会。他们是此书坚实的后盾,在此谨向他们献上真挚的谢意。作家的创作、学者的研究、些许的机遇成就了此书,但愿此书能为吕红的研究者们提供一定的帮助。当然,此书难免有遗漏或不妥之处,敦请各位专家不吝赐教!